Zomerzusjes

Elin Hilderbrand bij Boekerij

Een prachtige dag
Eilandliefde
Die onvergetelijke zomer
Op blote voeten
Een warm weerzien
Een paradijs aan zee
Een weekend aan zee
Zomerzusjes

www.boekerij.nl

Elin Hilderbrand

Zomerzusjes

Ze zijn een tweeling, maar ongelooflijk verschillend. Tot een familiecrisis hen dwingt nader tot elkaar te komen.

BOEKERIJ

ISBN 978-90-225-8253-4
ISBN 978-94-023-1023-8 (e-book)
NUR 302

Oorspronkelijke titel: *The Identicals*
Vertaling: Annemarie Lodewijk
Omslagontwerp: Johannes Wiebel | punchdesign
Omslagbeeld: © Shutterstock
Zetwerk: CeevanWee, Amsterdam

Voor Eric, Randy, Heather en Doug
Samen staan we sterk

Nantucket

Net als duizenden andere ontwikkelde, kieskeurige mensen heb je besloten je zomervakantie door te brengen op een eiland voor de kust van Massachusetts. Je wilt stranden die zo van een ansichtkaart komen. Je wilt zwemmen, zeilen en surfen in Yankee-blauwe wateren. Je wilt *clam chowder* en broodjes kreeft eten en je wilt dat die gerechten worden geserveerd door iemand die ze uitspreekt met het bijbehorende accent. Je wilt in een open jeep rijden, met je golden retriever, Charles Emerson Winchester III genaamd, naast je. Je wilt het allemaal. Je wilt een Amerikaanse zomer.

Maar wacht! Je staat in tweestrijd. Moet je voor Nantucket kiezen... of voor Martha's Vineyard? En maakt dat eigenlijk iets uit? Lijken die eilanden niet gewoon heel veel op elkaar?

Wij grinniken en grijnzen maar wat om die veronderstelling, die door zo velen wordt gedeeld. Misschien heb je nog nooit de bumpersticker gezien (een bestseller bij de Hub in Main Street en te zien op de auto's van vrijwel elke eilandbewoner met enig aanzien, inclusief de directeur van de Kamer van Koophandel van Nantucket Island) met de tekst: GOD SCHIEP MARTHA'S VINEYARD... MAAR HIJ WOONT OP NANTUCKET.

En als je je niet laat beïnvloeden door zulke schaamteloze propaganda, kijk dan naar de belangrijkste statistieken:

Nantucket Island
Eerste kolonisten: 1659
Oorspronkelijke bewoners: Wampanoag-indianen
Afstand vanaf Hyannis: 48 kilometer
Oppervlakte: 117 vierkante kilometer
Inwoners: het hele jaar door 11.000; 's zomers 50.000
Aantal plaatsen: 1
Beroemde inwoners: Worden liever niet vermeld

Martha's Vineyard
Eerste kolonisten: 1642 (Wij zeggen: 'Leeftijd gaat voor schoonheid')
Oorspronkelijke bewoners: Wampanoag-indianen
Afstand vanaf Woods Hole: 17 kilometer (Wij zeggen: 'Praktisch op het vasteland!')
Oppervlakte: 260 vierkante kilometer (Wij zeggen: 'Twee keer zo groot')
Inwoners: 16.535 het hele jaar door; 's zomers 100.000 (Wij zeggen: 'Twee keer zoveel')
Aantal plaatsen: 6 (We zijn sprakeloos [!!!] – en kan iemand ons misschien vertellen hoe dat zit met Chappaquiddick?)
Beroemde inwoners: Meg Ryan, Lady Gaga, Skip Gates, Vernon Jordan, Carly Simon, James Taylor, en... John Belushi, overleden en begraven bij South Road (Wij zeggen: 'Nou en?')

Is er op Martha's Vineyard een plek te vinden die kan wedijveren met onze met kinderkopjes geplaveide straten of de statige perfectie van de Three Bricks, de huizen die handelaar in walvistraan Joseph Starbuck tussen 1837 en 1840 bouwde voor zijn drie zonen? Heeft de Vineyard een enclave van piepkleine met rozen begroeide huisjes – zo speels als poppenhuizen – net als wij in het schilderachtige dorpje 'Sconset? Heeft 'MVY' een beschutte uitloper van gouden zandstrand, bewoond door dwergplevieren en een kolonie zeehonden, net als ons noordelijkst gelegen punt,

Great Point? Heeft het zulke weidse uitzichten, zoals dat over Sesachacha Pond in de richting van de rood-witte vuurtoren van Sankaty Head? Heeft het net zo'n fijne, gezellige kroeg als de Chicken Box, waar je de ene week Grace Potter en de week erop Trombone Shorty kunt horen? En dan hebben we het nog niet eens over onze superieure restaurants. Als het onze laatste avond op aarde was, wie zou er dan een keuze kunnen maken tussen de cheeseburger met knoflookfrietjes van de Languedoc Bistro en de taco met dichtgeschroeide coquilles en rodekoolsla van Millie's?

We begrijpen dat je ons hier gemakkelijk zou kunnen verwarren met onze vrienden daar – onze regio klontert immers samen als Cape Cod met eilanden – maar wij vormen twee afzonderlijke volkeren, elk met zijn eigen gebruiken, zijn eigen middelen, zijn eigen tradities, geschiedenis en geheimen, en zijn eigen wirwar van roddels en schandalen. Kijk liever naar de twee eilanden zoals je naar een tweeling kijkt. Uiterlijk lijken we op elkaar, maar onder de oppervlakte... zijn we individuen.

Martha's Vineyard

Er bestaat een bumpersticker – een bestseller, volgens de eigenaar van Alley's General Store – met de tekst: GOD SCHIEP NANTUCKET, MAAR HIJ WOONT OP DE VINEYARD. Sommigen van ons zouden de tekst liever veranderen in: MAAR HIJ WOONT IN CHILMARK – want wie wil er nu geassocieerd worden met de goedkope praktijken die zich zuidelijker op het eiland afspelen?

Maar goed, om de strijd buiten de deur te houden en niet te laten ontaarden in een burgeroorlog, kunnen we ons beter verheugen in de redenen waarom wij superieur zijn aan Nantucket. De Vineyard kent diversiteit – van rassen, van meningen, van terrein. We hebben de Methodist Campground, met zijn kleurrijke peperkoekhuisjes; de Tabernacle; Ocean Park; Inkwell Beach; Donovan's Reef, waar de Dirty Banana-cocktail wordt geschonken – en dat is alleen nog maar in Oak Bluffs! We hebben tientallen boerenhoeves waar een overvloed aan biologische producten wordt geoogst; we hebben de *Jaws*-brug en de kliffen van Aquinnah; we hebben East Chop, West Chop, het Katama-vliegveld en een buurman in Edgartown die lama's in zijn voortuin houdt. We hebben Chappaquiddick, dat heel wat meer is dan de plek waar Teddy Kennedy al dan niet de dood van Mary Jo Kopechne heeft veroorzaakt door met haar van de Dike Bridge te rijden. We hebben daar per slot van rekening ook nog een Japanse tuin! En als we de bandenspanning van onze jeep terug laten lopen naar 0,75 bar en tweehonderd dollar betalen voor een sticker, kunnen we genieten van de woeste, winderige schoonheid van Cape Poge.

We hebben glooiende heuvels, loofbomen en lage stenen muurtjes. We hebben Menemsha, het beste vissersdorp in de bewoonde wereld, waar je de meest verse vis en schaaldieren kunt eten, de romigste vissoep en de krokantste en sappigste gebakken mosselen. Nog nooit gehoord van de Bite? Van Larsen's? Van de Home Port? Dat zijn iconische plekken; dat zijn legendes.

Wij hebben de beste feesten: Illumination Day, de Ag Fair, het vuurwerk in augustus. We weten eigenlijk niet wat ze op Nantucket vieren, behalve dan de veilige landing van een vliegtuig op het vliegveld ondanks dichte mist of eindelijk een geklede pantalon vinden in precies de goede tint oudroze.

Maar wat de Vineyard echt bijzonder maakt zijn de mensen. De Vineyard kan bogen op een grote en actieve Afro-Amerikaanse bevolking binnen de midden- en hogere klasse. We hebben Braziliaanse kerken. We hebben ook beroemdheden, maar de helft daarvan zou je nooit herkennen omdat ze gewoon in de rij moeten staan bij Back Door Doughnuts en staan te wachten voor de kruising bij Five Corners in Vineyard Haven, net als iedereen.

De meesten van ons zijn maar voor één ding naar Nantucket geweest: De Eiland Cup. Over het voetballen zelf zeggen we niks, want niemand houdt van opscheppers, maar elke keer wanneer we er zijn om onze middelbare scholieren aan te moedigen, vragen we ons af hoe onze mede-eilandbewoners het uithouden om op zo'n platte, kale, mistige rots, zo ver in zee te wonen.

Toch bestaat er een band tussen ons die moeilijk te weerleggen is. Geologen vermoeden dat Martha's Vineyard, Nantucket en Cape Cod zo recentelijk als drieëntwintigduizend jaar geleden nog deel uitmaakten van één grote landmassa. Je zou ons dus zussen kunnen noemen – tweelingen zelfs – geboren uit dezelfde moeder. Wat ons betreft is Martha's Vineyard dan natuurlijk het lievelingetje.

Maar dat vindt Nantucket natuurlijk ook van zichzelf.

Martha's Vineyard: Harper

Reed Zimmer heeft geen dienst op vrijdag, 16 juni, om 7 uur 's avonds, wanneer Harper Frosts vader, Billy, zijn laatste adem uitblaast. Dokter Zimmer is aan het picknicken bij Lambert's Cove, met de familie van zijn vrouw; het schijnt dat ze zo'n zelfde feestje elk jaar houden, aan het begin van de zomer – groot kampvuur, aardappelsalade, kip die lekker zwart ligt te blakeren op de draagbare Weber-barbecue. Sadie Zimmers broer, Franklin Phelps, is een populaire gitaarspeler op de Vineyard – Harper gaat altijd naar hem luisteren wanneer hij in de Ritz speelt – en in gedachten ziet Harper dokter Zimmer voor zich, met zijn voeten diep in het koele zand, meezingend met Franklin op 'Wagon Wheel'.

Harper zit nog aan het bed van haar vader wanneer ze dokter Zimmer een sms'je stuurt. *Billy is overleden*, staat er. Ze ziet voor zich hoe hij eerst schrikt en zich vervolgens schuldig voelt; hij had Harper verzekerd dat het vanavond nog niet ging gebeuren. Hij had haar verteld dat het nog wel even zou duren.

'Ga nog even bij hem kijken, net als anders,' had dokter Zimmer die middag gezegd toen hij opstond uit Harpers bed, de witte lakens in wanorde na hun vrijpartij. 'Maar geniet daarna lekker van je weekend.' Hij had uit haar raam gekeken, naar de seringenstruik die in één nacht, zo leek het wel, was ontploft in een opschepperige bloemenzee. 'Niet te geloven dat het alweer zover is. Alweer een zomer.'

Geniet lekker van je weekend? had Harper gedacht. Ze had er een hekel aan wanneer Reed tegen haar praatte alsof ze niet meer was dan de dochter van zijn patiënt, praktisch een vreemde – maar is ze in wezen ook geen vreemde voor hem, in zekere zin? Reed ziet Harper alleen wanneer ze aan haar vaders ziekenhuisbed zit of wanneer ze de liefde bedrijven in haar kleine woninkje. Ze gaan nooit samen uit; ze zijn elkaar nooit tegengekomen bij de supermarkt; Reed beweert dat hij haar nog nooit achter het stuur van de bestelwagen van Rooster heeft zien zitten, ook niet als ze als een idioot naar hem zit te zwaaien. Harper en Reed gaan nog maar sinds oktober met elkaar naar bed en ze weet dan ook niet wat 'alweer een zomer' precies voor hem betekent. Vandaag kreeg ze de eerste aanwijzing: zijn schoonouders, de heer en mevrouw Phelps, zijn onlangs teruggekomen van Vero Beach en hebben hun intrek genomen in hun huis in Katama. Er zijn nu dus familieverplichtingen, zoals deze picknick, waarbij het zal lijken alsof Reed op een andere planeet woont.

Harper wacht een paar tellen voordat ze anderen gaat sms'en. Haar vader is hier, maar hij is er niet meer. Zijn gezicht is uitdrukkingsloos; het oogt leeg, als een huis waar niemand thuis is. Billy is gestorven terwijl Harper tegen hem zat te praten over Dustin Pedroia van de Red Sox; hij haalde een keer diep en bevend adem, en nog een keer, keek toen recht in Harpers ogen, in haar hart, in haar ziel en zei: 'Sorry, kindje.' En dat was het dan. Harper legde haar oor tegen zijn borst. De machine liet een langgerekte piep horen. Einde. Oefening.

Reed sms't niet terug. Harper probeert zich te herinneren of Lambert's Cove mobiel bereik heeft. Ze praat altijd alles goed voor hem, want van de drie mannen die nu nog een rol spelen in haar leven is hij degene op wie ze verliefd is.

Ze stuurt dezelfde tekst – *Billy is overleden* – naar sergeant Drew Truman van de politie van Edgartown. Harper en Drew zijn drie weken geleden voor het eerst met elkaar uit geweest. Hij vroeg haar mee uit toen ze allebei op de Chappy ferry zaten en Harper dacht: Waarom ook niet? Drew Truman behoort tot een van de meest vooraanstaande Afro-Amerikaanse families in Oak Bluffs. Zijn moeder, Yvonne Truman, is meer dan tien jaar raadslid geweest. Zij is een van de vijf Snyder-zussen, die allemaal vrolijk gekleurde, onberispelijk onderhouden gemberkoekhuisjes met uitzicht op Ocean Park bezitten. Harper herinnerde zich dat Drew in zijn middelbareschooltijd elke week in het sportkatern van de *Vineyard Gazette* stond. Na zijn vervolgopleiding aan de politieacademie was hij teruggekeerd naar Dukes County om waakzaam en dienstbaar te zijn.

Harper had gedacht dat afspraakjes met een nieuwe man de pijn van de relatie met een getrouwde man minder zou maken. Zij en Drew zijn nu zes keer uit geweest: ze hebben vier keer Mexicaans gegeten bij Sharky's (Drews lievelingsrestaurant, hoewel Harper niet begrijpt waarom), ze hebben een keer geluncht op het Katama-vliegveld en hun recentste uitje was een 'chic' etentje bij de Seafood Shanty – *surf & turf*, uitzicht over het water, zingende obers. Harper weet dat Drew aan het eind van de avond seks verwachtte, maar tot nu toe heeft Harper hem op afstand weten te houden, waarbij ze haar op sterven liggende vader als reden aanvoerde om niet intiem met hem te willen zijn.

Drew wil Harper dolgraag voorstellen aan zijn moeder, zijn broer, zijn schoonzus, zijn nichten en neven, de kinderen van zijn nichten en neven – de complete familie Snyder-Truman – maar ook dat is een stap die Harper nog niet bereid is te nemen. Ergens hunkert ze ernaar te worden opgenomen in een familie, dat er voor haar wordt gezorgd, voor haar wordt gekookt, dat ze wordt bewonderd en geknuffeld, zelfs dat er ruzie met haar wordt gemaakt en dat ze met een scheve blik wordt bekeken omdat haar huid blank is. Om kort te gaan: het zou wel iets hebben om officieel verkering te hebben met Drew. Maar dat verandert niets aan de harde realiteit: Harper houdt van Reed en van niemand anders dan Reed.

Harper zucht. Drew is vanavond aan het werk. In het weekend draait hij dubbele diensten, maar heeft dat, met al die idioten die te veel drinken en van de eerste zomerse dagen genieten, wel zin? Ze wil wedden dat hij er wel dertig keer op uit moet en dat het bij zevenentwintig van die oproepen om openbare dronkenschap en ordeverstoring zal gaan en bij drie om taxichauffeurs die hier nog niet precies de weg weten.

De derde man die nog een rol speelt in Harpers leven is haar dierbare, beschadigde vriend Brendan Donegal, die in afzondering leeft op Chappaquiddick. Harper wil Brendan laten weten dat Billy is gestorven, maar het lukt Brendan niet meer om te sms'en. Het alfabet is voor hem een zwerm stekende horzels. Hij gebruikt zijn mobieltje alleen om te kijken hoe laat het is.

Niets van dokter Zimmer. Wordt Harper nu gedwongen hem te bellen? Ze belt dokter Zimmer zo vaak, met allerlei legitieme vragen over de toestand van haar vader – leverfalen, nierfalen, hartfalen. Billy Frosts einde was een en al falen.

Niemand zal het Harper toch zeker kwalijk nemen als ze Reed nú belt, nu haar vader is overleden? Maar ze heeft een onaangenaam voorgevoel. Ze wacht.

Billy Frost is op drieënzeventigjarige leeftijd overleden. Terwijl de verpleegsters binnenkomen om Billy te wassen en voor te bereiden op het vrolijke tochtje naar het mortuarium, probeert Harper in gedachten zijn overlijdensbericht op te stellen. *William O'Shaughnessy Frost, elektromonteur en vurig Red Sox-fan, is gisteravond overleden in Martha's Vineyard Hospital in Oak Bluffs. Hij laat een dochter, Harper Frost, achter.*

En... zijn dochter Tabitha Frost... en zijn kleindochter, Ainsley

Cruise... en zijn ex-vrouw, Eleanor Roxie-Frost, allemaal uit Nantucket, Massachusetts. Wat zal de mensen het meest verbazen? vraagt Harper zich af. Dat Billy een dochter heeft die identiek is aan, maar volstrekt anders is dan dat leuke meisje dat pakjes bezorgt voor Rooster Express? Of dat Billy getrouwd is geweest met de beroemde Bostonse modeontwerpster Eleanor Roxie-Frost, beter bekend als ERF? Of zal de grootste schok zijn dat de andere helft van Billy's gezin op het rivaliserende eiland woont – dat luxueuze, exclusieve oord voor miljardairs? Harpers tweelingzus, Tabitha, heeft al in geen veertien jaar een voet op Martha's Vineyard gezet en Harpers moeder, Eleanor, is hier voor het laatst geweest tijdens haar huwelijksreis, in 1968. Harpers nichtje, Ainsley, is hier nog nóóit geweest. Dat had Billy erg jammer gevonden; wanneer hij Ainsley wilde zien, moest hij altijd naar Nantucket, wat hij dan ook trouw deed, in augustus.

Weet je zeker dat je niet mee wilt? vroeg hij altijd aan Harper.

Heel zeker, antwoordde Harper dan. *Tabitha wil niet dat ik meekom.*

Jullie leren het ook nooit, was dan Billy's reactie, waarna Harper zwijgend haar mond met de zijne meebewoog: *Van je familie moet je het hebben.*

Van je familie moet je het hebben, denkt Harper. Dat is het 'm nu juist.

Geen reactie van Reed. Harper stelt zich voor hoe hij taart zit te eten. Reeds vrouw, Sadie, staat bekend om haar taarten; haar moeder had vroeger een kraampje langs de kant van de weg, en Sadie heeft van dat ambachtelijke taarten maken een goudmijntje gemaakt. Ze huurt een kleine professionele keuken met een winkelpui in Vineyard Haven – pakweg vijftienhonderd meter van Harpers huis – en bakt daar haar taarten: aardbei-rabarber, bosbes-perzik, kreeft. Een kreeftentaart kost tweeënveertig dollar. Dat weet Harper omdat Billy Frost tegen het einde van zijn leven een liefhebber was geworden. Een van zijn bewonderaarsters (en dat waren er veel) was er een keer een bij hem langs komen brengen, een warme, heerlijk ruikende taart vol vlees van de scharen en de poten in een dikke sherryroomsaus, onder een deksel van goudgeel bladerdeeg, waarop Billy verklaarde dat hij zich, tegen alle verwachtingen in, in de zevende hemel had gewaand. Toen het heel slecht met Billy ging maar hij nog wel kon eten, had Harper zich verplicht gevoeld een kreeftentaart voor hem te kopen. Ze was de winkel – de Upper Crust – heel voorzichtig binnengegaan, wetende dat ze zeer waarschijnlijk voor het allereerst oog in oog zou komen te staan met de vrouw van haar minnaar.

Harper wist dus wat er komen ging, maar het was niettemin een schok om Sadie te zien. Ze was veel kleiner dan Harper zich had voorgesteld; haar hoofd kwam maar net boven de taartenvitrine uit. Haar haar was jongensachtig kort geknipt en haar ogen puilden uit, zodat haar gezichtsuitdrukking op die van een voortdurend verbaasd kijkend stripfiguurtje leek.

Sadie leek geen idee te hebben wie Harper was. Haar gezicht vertoonde geen enkele behoedzaamheid en ze glimlachte vriendelijk, waardoor het spleetje tussen haar beide voortanden zichtbaar werd. Harper wist dat sommige mannen zo'n spleetje sexy vonden, hoewel Harper zelf nooit had begrepen wat er zo aantrekkelijk aan was. Als haar eigen tanden er zo hadden uitgezien, was ze er regelrecht mee naar de orthodontist gegaan.

'Wat kan ik voor u doen?' had Sadie gevraagd.

'Mijn vader ligt op sterven,' flapte Harper eruit.

Sadies ogen puilden nog wat verder uit.

'Hij heeft trek in een kreeftentaart,' zei Harper. 'Dat is het enige waar hij om vraagt. Vorige week is mevrouw Tobias er een voor hem langs komen brengen en sindsdien heeft hij het over niets anders meer.'

'Mevrouw Tobias is een bijzonder goede klant,' zei Sadie. Ze hield haar hoofd een beetje schuin. 'Is uw vader toevallig Billy Frost?'

'Ja,' zei Harper. Ze had het gevoel dat ze in een achtbaankarretje zat, en langzaam steeds hoger werd gehesen...

'Ik hoorde van mevrouw Tobias dat hij ziek is. Toen ik deze winkel opende heeft hij een paar lichtpunten voor mij geïnstalleerd. Hij was de enige elektricien die dat wilde doen. Alle anderen zeiden dat ik de aannemer maar moest bellen die de elektriciteit had aangelegd in de tijd toen het nog een geurkaarsenwinkel was, maar die vent zit al heel lang in de gevangenis.'

'Buttons,' zei Harper, bijna onwillekeurig. Billy had veel van Buttons Jones' klanten overgenomen toen Buttons veroordeeld was voor belastingontduiking.

Sadie haalde een warme kreeftentaart uit de oven. Even dacht Harper dat ze de taart niet hoefde te betalen, dat het een cadeautje was voor een man die Sadie Zimmer lang geleden een dienst had bewezen.

'Dat is dan tweeënveertig dollar,' zei Sadie.

Het kost Harper moeite zich Reed en Sadie samen thuis voor te stellen. Ze weet waar hun huis staat – in West Tisbury, vlak bij de Field Gallery – maar ze is er nog nooit binnen geweest. Ze kan zich nog makkelijker voorstellen hoe de Zimmers naast elkaar in het zand zitten bij het kampvuur bij Lambert's Cove. Misschien kan Sadie wel heel mooi zingen, terwijl Harper – hoewel ze het heerlijk vindt om in de bestelbus van Rooster Express uit volle borst te zingen – geen wijs kan houden. Maar het is geen wedstrijd, weet Harper, niet in de zin van rijtjes met voors en tegens. De liefde is een mysterie.

Een van Billy's verpleegsters, Dee, steekt haar hoofd even om een hoekje. 'Gaat het een beetje?'

Harper probeert te knikken – *Ja hoor* – maar kan alleen maar staren. 'Ik krijg dokter Zimmer niet te pakken,' zegt ze en ze is meteen bang dat ze zich verraden heeft. 'Ik bedoel, ik weet dat hij geen dienst heeft, maar ik wilde het hem toch vertellen. Billy was zijn favoriete patiënt.'

Dee glimlacht toegeeflijk en Harper verwacht bijna dat ze zal zeggen dat dokter Zimmer alleen maar favoriete patiënten heeft; dat is nu juist zo bijzonder aan dokter Zimmer. Vervolgens is Harper bang dat Dee staat te wachten tot zij de kamer uit gaat; ze is hier tenslotte geen betalende klant meer.

Maar in plaats daarvan zegt Dee: 'Je bent heel goed voor hem geweest, Harper. Je zult waarschijnlijk merken dat dit in zekere zin een zegen is.'

Een zegen? denkt Harper boos. Ze staat op het punt tegen Dee te zeggen dat ze op kan hoepelen, maar dan vraagt ze zich af of Dee misschien gelijk heeft. De afgelopen tien maanden heeft Harper niets anders gedaan dan bang zijn dat Billy dood zou gaan. Nu dat is gebeurd is het in zekere zin een bevrijding. Ze hoeft zich nergens meer zorgen over te maken. Maar nu voelt ze zich verstikt door een zware mantel van verdriet, die zo intens en schrijnend is dat er een andere naam voor zou moeten bestaan. Sinds de scheiding van haar ouders, toen zij zeventien was, is Billy 'haar' ouder geweest. Hij was haar vriend, haar held, haar trouwe bondgenoot, haar dagelijkse metgezel. Ze had zich geen betere vader kunnen wensen – en nu is hij er niet meer.

Dood.

Harper veegt haar tranen weg, haalt een keer diep adem en zegt, als de dappere kleine meid die Billy altijd in haar zag: 'Vooruitkijken.'

'Zo mag ik het horen,' zegt Dee. 'Ik zal Billy's spullen gaan pakken.'

Vooruitkijken: precies zoals Billy het heeft gewild, zal zijn lichaam worden gecremeerd en wordt de herdenkingsbijeenkomst gehouden in de Farm Neck Golf Club. Zodra Harper Billy's huis heeft verkocht zal ze ontslag kunnen nemen bij Rooster Express, een wanhoopsbaantje dat ze drie jaar eerder heeft aangenomen toen Jude haar na de Joey Bowen-ramp had ontslagen bij Garden Goddesses. En wat gaat Harper dan doen? Ze zou, in theorie, haar eigen tuiniersbedrijfje kunnen beginnen. Ze weet zeker dat de klanten nog steeds om haar vragen en niet alleen omdat ze hun gazonnetjes maaide in een bikinitopje. Ze is een aardig en fatsoenlijk mens, ondanks indirecte bewijzen van het tegendeel.

Dee komt weer terug met papieren voor Harper om te tekenen en een grote zak met Billy's kleren en andere spullen, waaronder zijn dierbaarste bezit, het gouden Omega-horloge uit 1954 dat hij van zijn eigen vader had geërfd. Billy Frost was in 1995 naar Martha's Vineyard gekomen, volkomen blut na zijn scheiding van Eleanor, en had moeite gehad zijn hoofd boven water te houden, net als Harper zelf, die in datzelfde jaar eerstejaars was geweest aan Tulane. Billy had werk gezocht als elektromonteur en had kleine klusjes en klanten overgenomen van mensen als Buttons Jones. Hij had vriendschappen gesloten met kerels die bomen omhakten en mensen verhuisden en kruipkelders isoleerden; hij was bevriend geraakt met de vissers en de stuurlui, de zwervers en de junks die rondhingen bij de kroeg op de Wharf en die, wanneer ze wat te veel ophadden, Carmen, de barvrouw van Coop DeVille, lastigvielen.

Maar Billy droeg altijd zijn horloge, de gouden Omega, en dat onderscheidde hem van de anderen.

Wat gaat Harper met het horloge doen? Ze heeft niemand om het aan na te laten.

Tabitha heeft Ainsley, maar wat moet een meisje van zestien met een gouden Omega uit 1954? Harper denkt aan Ainsleys vader, Wyatt. Billy had Wyatt graag gemogen, maar kan Harper zich voorstellen het horloge aan Wyatt te geven? Nee.

Ze kan het probleem Tabitha nu geen seconde langer uitstellen. Zes weken eerder, toen het heel slecht ging met Billy, heeft Harper het nummer van Tabitha's mobiele telefoon uit Billy's contactenlijst overgenomen en, met behulp van een stuk of zes Amity Islandbiertjes en drie glaasjes Jägermeister, een voicemail voor Tabitha ingesproken om haar te vertellen dat ze, als ze Billy nog een laatste keer wilde zien, beter haast kon maken. Tabitha had nooit gereageerd, maar ze had ook niet anders verwacht. Achteraf zou Harper willen dat ze Tabitha nuchter had gebeld, want ze is bang dat ze nogal onduidelijk heeft gesproken, waardoor het veel gemakkelijker was geweest om het bericht te negeren en te wissen.

Billy's overlijden is eigenlijk reden voor nog een telefoontje, maar Harper is te kwaad om het op te kunnen brengen. Heeft Tabitha zich verwaardigd het bericht af te luisteren? Is ze op bezoek gekomen? Is ze zelfs nog maar één keer op de Vineyard geweest sinds de dood van haar zoon Julian, nu veertien jaar geleden? Nee. Nantucket ligt hier achttien kilometer vandaan, dus de afstand kan niet het probleem zijn geweest.

Harper stuurt Tabitha hetzelfde berichtje. *Billy is overleden*. En dan, wanneer ze eenmaal veilig en wel in haar Bronco zit, stort Harper in en belt dokter Zimmer.

De telefoon gaat zes keer over voordat hij fluisterend opneemt. Harper stelt zich voor dat hij even is weggelopen van het kampvuur en op een donker plekje staat.

Hij zegt: 'Ik vind het heel erg, Harper. Ik dacht dat het langer zou duren. Weken.'

Wat is hij voor arts? Het liefst zou ze hem als incompetent zien en hem haten, maar ze kan het niet. Reed doet alles voor zijn patiënten. Hij werkt over om zijn ronde te kunnen doen; hij neemt de tijd; hij is attent, consequent, vriendelijk, duidelijk. In al die tien maanden heeft Harper niet één keer het gevoel gehad dat hij eigenlijk ergens anders moest of wilde zijn; het was alsof Billy zijn enige patiënt was. Af en toe kwam dokter Zimmer langs met een verrassing of iets lekkers voor Billy – het badpakkennummer van de *Sports Illustrated*; een pijlpunt die hij op een wandeling in de natuur had gevonden; een doosje bonbons van Enchanted Chocolates, waar Billy dol op was (en die hij eigenlijk niet mocht hebben). Reed Zimmer leek wel een dokter van tv, maar dan beter, omdat hij echt was. Hij was zowel knap als menselijk. Soms had hij wallen onder zijn ogen omdat hij de hele nacht op was gebleven; soms had hij stoppels op zijn gezicht of zat zijn haar in de war. Soms droeg hij een spijkerbroek en een grijs T-shirt onder zijn witte jas. Hoe had Harper níét verliefd op hem kunnen worden?

'Kom naar me toe,' zegt ze.

'Vanavond niet. Ik...' Zijn stem valt weg en Harper stelt zich voor hoe Sadie de telefoon uit zijn hand grist. Harper heeft al sinds ze vanmorgen wakker is geworden een akelig voorgevoel. Ze voelt zich net als haar Siberische husky, Fish, wanneer hij zijn oren spitst: die hond hoort de scheet van een muis van vijf kilometer afstand. 'Ik moet hier bij mijn familie blijven.'

Het is jouw familie niet, wil Harper bijna zeggen. *Het is Sadies familie.*

'Mijn familie is net dood,' zegt Harper.

Reed zegt niets – Harper weet niet of dat uit schuldgevoel is of omdat hij wordt afgeleid.

'Heb je je zus gebeld?' vraagt hij. 'Of je moeder?'

Mijn moeder? denkt Harper. Ha! Als Harper Eleanor belt om haar te vertellen dat Billy dood is, zal haar moeder bij wijze van antwoord snuiven of kuchen. Misschien. Er is een tijd geweest, tijdens de bloedige veldslagen van de scheiding, dat Eleanor Billy het liefst dood had zien neervallen. In het gunstigste geval zal ze zeggen: *Ik vind het heel verdrietig voor je, schat, maar met al dat roken wat hij deed, heeft Billy het toch echt over zichzelf afgeroepen.*

Natuurlijk heeft Eleanor er niet altijd zo over gedacht. Ooit vormden Eleanor Roxie-Frost en Billy Frost een dynamisch, fascinerend koppel – Eleanor, de beroemde modeontwerpster en Billy, de eigenaar van Frost Electrical Contractors, Inc. Ze woonden op Beacon Hill in een huis dat ze van Eleanors ouders hadden geërfd en daar brachten ze hun eeneiige tweelingdochters groot. Ze deden alles zoals het hoorde: ze gingen één zondag per maand en ook met Kerstmis en Pasen naar de episcopaalse kerk. Ze stuurden de tweeling naar Winsor, de particuliere meisjesschool waar ook Eleanor en Eleanors moeder op hadden gezeten. Billy en Eleanor woonden feestjes bij in het Park Plaza, het Museum of Fine Arts en de Harvard Club. Bij dit soort gelegenheden werden zij zo vaak gefotografeerd dat ze er een vaste pose voor ontwikkelden: Eleanor keek stralend in de camera, terwijl Billy een arm om haar middel sloeg en haar op haar wang kuste. Ze waren de lievelingen van heel Boston; de stad was dol op hen.

Uiteindelijk, veronderstelt Harper, werd het succes hun ondergang. Eleanors japonnen werden zo populair dat ze een drie verdiepingen tellende boetiek met haar eigen naam kon openen, in Newbury Street. Bijna twee jaar lang was Eleanor dag en nacht in het gebouw te vinden, om toezicht te houden op de verbouwing en de ontwerpen. Een foto van Eleanor waarop zij in een kokerrok, op naaldhakken en met een bouwhelm op verleidelijk in de lens keek, verscheen in *Women's Wear Daily*. Dat was het eerste waar Billy boos om was geworden.

'Jullie moeder,' zei Billy. Terwijl hij de foto voor hen omhooghield boven de ontbijttafel, 'is pas gelukkig wanneer ze voor de volle honderd procent alles in eigen hand heeft.'

Het echte probleem, zo bemerkte de tweeling al snel, was dat Eleanor Billy's bedrijf niet had ingehuurd voor de werkzaamheden aan de elektriciteit in haar winkel. Dit weigerde ze principieel: volgens haar zou samenwerken hun huwelijk kapotmaken.

'Dat slaat nergens op,' zei Billy. 'Jullie moeder is in wezen een snob. Ze wil niet dat al die dure fotografen een foto kunnen maken van haar man, die een gewone arbeider is. Ze heeft altijd al gevonden dat ze beneden haar stand is getrouwd.'

Er waren dat jaar luidruchtige ruzies, herinnert Harper zich. Billy beschuldigde Eleanor ervan haar gezin in de steek te laten en alleen nog maar aandacht te hebben voor haar zaak; Eleanor verweet Billy dat hij haar onder druk zette. Waarom wilde hij niet dat ze succes had? Hij had van meet af aan geweten dat zij een carrière wilde.

Billy besloot dat er maar één manier was om Eleanor thuis te laten blijven en dat was door zelf vaker weg te zijn. Hij begon drie, vier avonden per week in de Eire Pub in Dorchester door te brengen, met een groepje mannen die door Eleanor als gangsters werden aangeduid. Billy's vrienden waren geen haar beter dan Whitey Bulger en de bende van Winter Hill, zei ze.

Au contraire, zei Billy, met een Frans accent dat zelfs na zes of zeven whisky's nog vlekkeloos was, dankzij de vele jaren met Eleanor. Deze vrienden van hem uit Boston waren goudeerlijk. Ze moedigden Billy aan om zich verkiesbaar te stellen voor de gemeenteraad.

Over mijn lijk, zei Eleanor.

Was het maar zo'n feest, zei Billy.

Billy en Eleanor scheidden in de zomer voordat de tweeling naar hun respectievelijke vervolgopleidingen vertrokken. De tweeling was zeventien en dus nog minderjarig – en nu Tabitha naar Bennington ging en Harper naar Tulane, zou het nog vier jaar duren voordat de meisjes financieel onafhankelijk waren. Het was Eleanors idee geweest om de meisjes te verdelen – Eleanor zou financieel verantwoordelijk zijn voor de een en haar in de zomervakantie bij zich nemen, terwijl de ander met Billy mee zou gaan. Tijdens de feestdagen zouden de meisjes dan van ouder wisselen. Eleanor kon de gedachte niet verdragen dat beide meisjes bij de een of bij de ander zouden zijn en hun spullen in een koffer mee zouden zeulen van het ene naar het andere huis. Dat was gewoon ongepast, zei Eleanor.

Wat Harper zich nu realiseert is dat haar moeder doodsbang was om alleen te zijn. Eleanors ouders waren overleden; haar zus, Flossie, was naar Florida verhuisd. Eleanor had geen vrienden, alleen zakelijke contacten.

Waar Eleanor echter geen rekening mee hield, was dat beide meisjes met Billy mee wilden. Toen ze eindelijk de moed op wisten te brengen om dit te vertellen, lachte Eleanor achteloos en zei: 'Alle meisjes geven de voorkeur aan hun vader. Dat weet iedereen. Ik was zelf ook gekker op mijn vader dan op mijn moeder. Maar Billy kan het zich niet veroorloven voor jullie allebei te zorgen, dus ik vrees dat een van jullie met mij mee zal moeten. Het maakt mij niet uit wie van de twee dat is, want in tegenstelling tot jullie hou ik er geen lievelingetjes op na. Ik houd van jullie allebei evenveel. Dus zoeken jullie dat maar samen uit. Ik wil het morgen weten.'

Hierop volgde een van de verschrikkelijkste nachten van Harpers leven – een urenlange opeenvolging van gefluisterde smeekbedes, discussies en onderhandelingen, en ten slotte een stevige ruzie met haar zus. Harper had aangevoerd dat zij altijd net iets closer was geweest met Billy – zij was de sportieve zus, en zij was degene die fan was van de Red Sox! Tabitha zei dat zij naar Billy's moeder was vernoemd, terwijl Harper de meisjesnaam van Eleanors moeder, de ontzagwekkende Vivian Harper Roxie, had gekregen. Daarom, zei Tabitha, hoorde Harper met Eleanor mee te gaan en zij, Tabitha, met Billy. Zo was het almaar doorgegaan totdat de meisjes uiteindelijk – net voordat het daadwerkelijk tot een handgemeen kon komen – hun onenigheid besloten op te lossen zoals ze dat al zeventien en een half jaar hadden gedaan: door steen-papier-schaar te spelen.

Het was een oplossing die ze van Billy hadden geleerd. Hij beweerde dat elke onenigheid ter wereld kon worden opgelost met steen-papier-schaar. Vuistgevechten, advocaten of oorlogen waren nergens voor nodig, wat Billy betreft: het enige wat je nodig had was een hand en begrip van de regels: een schaar verknipt papier, een steen maakt de schaar bot, papier bedekt steen.

En als de uitkomst je niet bevalt, zei Billy altijd, *dan vraag je gewoon om nog twee potjes te spelen en kijk je wie er twee keer heeft gewonnen.*

Om te bepalen wie er met Billy mee zou gaan, kwam Tabitha met steen en Harper met papier. Harper won dus.

Tabitha beschuldigde haar van valsspelen.

Hoe dan? had Harper gevraagd. *Denk je soms dat ik gedachten kan lezen?* Maar ze liet Tabitha 'gewoon' om nog twee potjes vragen. Het was meteen duidelijk toen Tabitha opnieuw voor steen koos en Harper weer voor papier. Harper won.

Zij ging met Billy mee.

Je kon gerust stellen dat Harpers verhouding met Tabitha daarna nooit meer helemaal goed was gekomen. De eerste jaren bleven ze nog wel beleefd tegen elkaar, maar vriendinnen waren ze niet meer. Billy ging helemaal uit Boston weg. Hij kocht een huis aan Daggett Avenue in Vineyard Haven, terwijl Eleanor in het statige drie verdiepingen tellende herenhuis aan Pinckney Street bleef wonen. Later, toen Eleanor haar schoenenlijn aan Steve Madden verkocht – een verkoop die ze op aanraden van haar advocaat had uitgesteld tot na de scheiding – kocht ze een tweede woning, op Nantucket.

De meisjes brachten de zomers door bij 'hun' ouder, terwijl ze de andere ouder, precies zoals Eleanor het had bepaald, tijdens de feestdagen bezochten. Harper stelde zich altijd voor hoe de slipstromen van hun veerboten over elkaar heen golfden en hoe de condenssporen van hun vliegtuigen elkaar kruisten in de lucht.

Eén keer had zich een kans voorgedaan voor de tweeling om weer bij elkaar te komen en dat was nadat Tabitha drie maanden te vroeg was bevallen van haar tweede kind – een zoon, Julian. Tabitha had hulp nodig en Harper was onmiddellijk naar haar toe gegaan... maar vervolgens was alles verschrikkelijk misgegaan. Julian overleed en Tabitha had het nodig gevonden Harper de schuld te geven – niet alleen van Julians dood, maar ook van het winnen bij steen-papier-schaar en verder van ongeveer elke andere tegenslag in haar volwassen leven.

Jij maakt alles kapot, had Tabitha gezegd. *Alles is jouw schuld.*

Dat was veertien jaar geleden en in de tussentijd heeft de tweeling nauwelijks een woord met elkaar gewisseld.

Harper realiseert zich dat Reed op haar reactie zit te wachten. Ze denkt niet graag aan haar zus of aan haar moeder want dit is wat er dan gebeurt: het voelt alsof iemand haar heeft geblinddoekt en gekneveld.

'Ik heb Tabitha een sms'je gestuurd,' zegt Harper. 'Dan neem ik aan dat zij het wel tegen mijn moeder vertelt.'

'Mooi,' zegt Reed. 'Hoor eens, ik vind het heel vervelend, maar ik moet ophangen.'

'Dus je komt niet naar me toe?' vraagt Harper. 'Moet ik Drew dan maar bellen?' Dat is een wanhopige, gemene rotopmerking. Harper heeft Reed verteld dat ze omgaat met sergeant Drew Truman van de politie in Edgartown en Reed vindt dat niet leuk. Drew heeft de voordelen van zijn jeugd, de lichaamsbouw van een politieman, het feit dat hij vrijgezel is en zijn grote familie – en hij is nog een aardige vent ook. Sergeant Truman en dokter Zimmer kennen elkaar vanwege overdoses heroïne. Drew heeft het afgelopen jaar drie keer Narcan toegediend, waarna hij de verslaafden rechtstreeks naar het ziekenhuis heeft gebracht, waar dokter Zimmer ze verder behandelde.

'Bel Drew nou niet,' zegt Reed. 'Ga gewoon naar huis en kruip lekker op de bank met Fish.'

'Fish is een hond, Reed, geen mens,' zegt Harper. 'Billy is overleden terwijl ik hem de baseballstatistieken van Dustin Pedroia zat voor te lezen. Wat jij nu van me vraagt is niet eerlijk en dat weet je best.'

'Ik kom morgen bij je langs,' zegt Reed.

'Vanavond,' zegt Harper.

'Goed, vanavond,' zegt hij. 'Maar het wordt wel laat. Om een uur of twaalf. En ik kom niet naar je huis – dat is te gevaarlijk. Ik kom naar de parkeerplaats bij Lucy Vincent Beach.'

'Vind je dat soms wél veilig?' vraagt Harper. Voordat Reed het aandurfde om naar haar huis te komen, spraken ze altijd af op het parkeerterrein aan de achterkant van de schaatsbaan, na sluitingstijd. Daar is het in deze tijd van het jaar ongetwijfeld uitgestorven, terwijl het strand... 'Het is bijna zomer, Reed,' zegt Harper. 'Overal lopen mensen.'

'Dat snap ik ook wel,' zegt hij. 'Maar ik kom niet helemaal naar jou toe rijden.' Waarschijnlijk beseft hij hoe onvriendelijk dit klinkt, want hij voegt eraan toe: 'Meer kan ik niet voor je doen als het per se vanavond moet.'

'Het moet vanavond,' zegt Harper. 'Twaalf uur bij Lucy Vincent.'

'Vijf minuutjes, zodat ik je even een kus kan geven en je kan vertellen dat alles goed komt,' zegt hij.

'Is dat zo?' vraagt zij.

'Ja,' zegt hij.

Harper gaat even naar huis om Fish uit te laten. Hij is een hond, geen mens, maar toch staat hij achter de voordeur op haar te wachten, terwijl hij de laatste tijd eigenlijk altijd in zijn hondenmand ligt te slapen en amper zijn kop omdraait wanneer Harper binnenkomt. Maar vandaag staat hij er, zet zijn voorpoten tegen haar bovenbenen, likt haar gezicht en geeft haar alle liefde die hij in zich heeft. Hij weet het. Harper moet ervan huilen. Haar hond weet dat Billy dood is maar ze voelt toch de behoefte hem het nieuws zelf te vertellen. Ze pakt Fish bij zijn snuit, kijkt in zijn ijsblauwe ogen en zegt: 'Paps is er niet meer, jochie.' Hij jankt en wrijft zijn flank langs Harpers been en ze moet hem bijna met geweld de deur uit duwen, haar voortuin in, waar hij tegen de grootste hortensiastruik piest. Dan draaft hij de keuken weer in, waar Harper zegt: 'Vanavond krijg je lam, ter ere van paps.' Maar Fish begint niet meteen te schrokken, zoals hij anders altijd doet, maar kijkt naar Harper op alsof hij haar om toestemming vraagt. 'Toe maar,' zegt ze. En met een soort verdrietige waardigheid buigt Fish zijn kop boven de etensbak.

Wanneer Harper weggaat, rijdt ze eerst naar Our Market voor zes blikjes Amity Island-bier en drie miniflesjes Jägermeister. De caissière, Robyn, kent Harper al twintig jaar, maar Robyn is een goede vriendin van Jude, zodat Harper altijd op haar hoede en op afstand blijft.

'Wil je een tasje?' vraagt Robyn.

'Graag,' zegt Harper.

Misschien heeft Robyn het nieuws over Billy al gehoord, want ze doet er gratis een hondenkoekje bij voor Fish.

Het is half negen en de zon is net onder. Harper houdt meer van de winter, wanneer het om half vier begint te schemeren en het tegen de tijd dat ze klaar is met haar werk pikkedonker is. De zomerzon onthult te veel.

Harper gebruikt het metalen uiteinde van haar autogordel om een van de biertjes te openen, drinkt het half leeg en giet dan een van de miniflesjes Jägermeister in haar mond. Haar moeder zou een rolberoerte krijgen.

Harper had beter de Middle Road kunnen nemen, want de State Road voert haar vlak langs Judes huis, waar Harper aan weerszijden van het bord met het logo van Garden Goddesses auto's en pick-ups geparkeerd ziet staan. Het is Judes jaarlijkse begin-van-de-zomerfeest voor haar personeel. Ze roostert een varken aan het spit, maakt zelf maisbrood en koolsla met groene appel en er staat een grote zinken teil vol bier. Judes partner, Stella, maakt *mudslides* in de blender, iedereen luistert naar Jack Johnson en de nieuwelingen denken: wauw, wat een geweldige plek om te werken! Alleen de oudgedienden weten dat dit hun laatste vrije dag is tot Labor Day, wanneer Jude weer een feestje geeft, nu met kreeften.

Harper geeft gas. Ze wil zo snel mogelijk Judes huis achter zich hebben.

Sirene. Zwaailichten. Harper kijkt in haar binnenspiegel.

Politie. Ze sist tussen haar tanden en kijkt naar het open blikje naast haar, maar ze heeft geen tijd meer om zich ervan te ontdoen en geen plek om het te verstoppen. Ze zet haar richtingaanwijzer aan en stopt langs de kant van de weg.

Dit kan ze nu helemaal niet gebruiken. Haar reputatie ligt al aan flarden, besmeurd en vertrapt door laarzen met stalen neuzen. Drie jaar eerder is Harper gearresteerd omdat zij ene Joey Bowen, die ze slechts oppervlakkig kende, 'een dienst had bewezen'; hij was een vaste klant van Dahlia's, waar Harper één avond per week als serveerster werkte. De 'dienst' was het afleveren van een pakje bij de zoon van een van Judes tuinklanten, de familie Monaco, waar Harper de volgende dag het gazon moest maaien en onkruid moest wieden. Ze hoefde alleen het pakketje maar in haar kruiwagen te verbergen, onder de mulch en de kunstmest, en het naar het huis te brengen. De zoon van de Monaco's zou dan naar buiten komen om het op te halen. Harper moest de kruiwagen voor de zijdeur zetten en er met haar rug naartoe gaan staan – en daarvoor zou Joe Bowen haar drieduizend dollar betalen. Harper besefte wel dat ze waarschijnlijk drugs afleverde, maar het aanbod was te verleidelijk om af te slaan; ze had het geld nodig. Ze woonde op dat moment nog bij Billy in huis. Ze wilde op zichzelf gaan wonen, maar de Vineyard was duur en het viel niet mee om te sparen.

Harper kon niet weten dat de staatspolitie en de FBI de woning van de Monaco's al weken in de gaten hielden, in afwachting van deze speciale levering. Toen de zoon het pakketje pakte, sprongen er agenten over het hek, kwamen omlaag uit bomen en renden over het gazon. De jongen werd in de boeien geslagen en Harper ook.

Tijdens het verhoor legde Harper de politie uit dat dit echt de enige keer was dat ze ooit iets voor iemand had afgeleverd. Joey Bowen was een klant van het restaurant waar ze werkte, zei ze. Ze vertelden haar dat Joey Bowen van de Upper Cape tot New Bedford in het zuiden werd gezocht voor handel in verdovende middelen.

Harper zat achttien uur in een cel, totdat Billy een advocaat voor haar had gevonden. Ze werd vrijgelaten en kreeg slechts zes maanden voorwaardelijk, maar haar baan was ze kwijt, zowel die bij Garden Goddesses als die bij Dahlia's. Jude Hogan spreekt openlijk haar verachting voor Harper uit, omdat zij haar tuiniersbedrijf in diskrediet heeft gebracht. De andere mensen die Harper haten zijn beangstigender maar veel minder zichtbaar – het zijn de mensen die gewend waren hun drugs bij Joey te kopen.

Maar het allerergste was misschien wel dat de buurvrouw van de Monaco's ene Ann-Lane Crenshaw was, die in haar studietijd de kamergenote van Eleanor Roxie-Frost was geweest. Eleanor kreeg onmiddellijk te horen dat Harper was gearresteerd en deelde dit afschuwelijke bericht ongetwijfeld meteen met Tabitha. Geen wonder dus dat Harper zich opeens het allerzwartste schaap van de familie voelde.

Ieder ander zou de Vineyard hebben verlaten. Het feit dat Harper is gebleven getuigt alleen maar van haar trieste omstandigheden.

Ze zou niet weten waar ze anders naartoe moest.

En haar vader is hier. Was hier.

Opeens komen de tranen. Haar vader is net overleden. Dat gaat ze de agent vertellen. Op zijn gevoel werken.

Ze draait haar raampje omlaag. Ze staat nog geen honderd meter voorbij Judes terrein; ze is als de dood dat iemand van het feest haar zal zien.

'Hé, schatje.'

Ze kijkt op. Het is Drew.

'Wat?' zegt ze. Ze kijkt in haar achteruitkijkspiegel. Het is een patrouillewagen uit Edgartown, niet uit West Tisbury. Met een gevoel van intense opluchting laat ze zich achterover zakken in haar stoel. 'Moest je me nu werkelijk aan de kant zetten?'

'Je bent zo mooi dat je de wet ermee overtreedt,' zegt hij. Hij buigt zich naar binnen om haar een kus te geven. 'Bovendien reed je te hard.'

'Echt waar?' zegt ze.

'Wat doe je helemaal hier?' vraagt hij. 'Ik rijd al achter je sinds je wegreed bij de supermarkt.'

'O ja?' zegt ze. Drew heeft wel iets van een stalker. Waarschijnlijk vermoedt hij dat ze iets voor hem verzwijgt. 'Hoef je niet te werken?'

'Ik heb tot negen uur pauze,' zegt Drew. 'Ik was eigenlijk op weg naar jou, in het ziekenhuis, toen ik je auto zag.' Hij kijkt naar het bier. 'Daar zou ik maar mee oppassen.'

'Ik maak een ritje naar Aquinnah, ik wilde er even uit,' zegt ze. 'Ik vind het lief van je dat je bezorgd bent, maar zoals ik aan de telefoon al zei: ik denk dat ik nu even alleen moet zijn.'

Drew knikt. Ze vindt hem geweldig in zijn uniform. Hij is zo knap, zo oprecht, zo'n ongelooflijke goedzak. Waarom kan ze niet verliefd zijn op Drew?

'De tantes maken een stoofpot met kreeft voor je,' zegt hij. 'Die kom ik morgen bij je langs brengen.'

'Heb je het al verteld van Billy?' vraagt Harper.

'Ik heb mijn moeder gebeld om het haar te vertellen,' zegt Drew. 'Wanda en Mavis waren bij haar om te helpen met bonen doppen en toen hebben ze het gehoord. Wanda is meteen naar huis gegaan om aan de stoofpot te beginnen. Het is hun automatische reactie op de dood – een pan met iets warms wat troost kan bieden, zodat je niet vergeet te eten en broodmager wordt.'

'Ze hoeven toch niet zoveel moeite te doen,' zegt Harper. 'Ze kennen me niet eens.'

'Ze weten dat ik je lief vind,' zegt Drew. Hij bukt zich voor nog een kus. 'Dat is het belangrijkste.'

Harper glimlacht en draait haar raampje dicht.

Om middernacht ligt Harper half te slapen achter het stuur van haar Bronco. Ze heeft vijf van de biertjes en twee van de miniflesjes gedronken en is onderweg nog even bij Alley's General Store langsgegaan voor een pot van hun ingelegde groenten – haar avondeten. (De tantes maken zich terecht zorgen.) Sinds kwart voor tien, toen er een stel middelbare scholieren terugkwam van het strand, heeft ze niemand meer op het parkeerterrein gezien. Harper is opgelucht: Lucy Vincent is nog steeds helemaal veilig.

Reed komt om op de kop af twaalf uur aanrijden; hij is heel erg punctueel. Harper zet haar stoel weer omhoog en stapt uit. Vijf minuten, heeft hij gezegd, en Harper weet dat hij zich daaraan zal houden – geen seconde meer of minder. Hij zet de motor van zijn Lexus af, stapt uit en komt op een drafje naar haar toe. Hij spreidt zijn armen en zij stort zich erin.

'Hij is dood,' zegt ze. 'Ik zal hem nooit meer zien. Dat is, denk ik, het onvoorstelbare ervan.'

Reed trekt haar nog wat dichter tegen zich aan. Hij is arts. Omgaan met de dood hoort bij zijn werk – niet dagelijks, maar vaak genoeg.

Hij zegt: 'We gaan allemaal dood, Harper. Billy's einde was heel vredig. Degene van wie hij het allermeest hield zat aan zijn bed de statistieken van Pedroia voor te lezen. Wat een mooie manier om te sterven.'

Harper heft haar gezicht naar hem op en hun lippen vinden elkaar. Reeds lippen zijn warm; hem te kussen zet haar altijd in vuur en vlam, maar vanavond is ze zo uitgeput van het huilen dat het verlangen dat ze voelt rauw en overweldigend is. Hij reageert op haar, opent zijn mond en zoekt haar tong terwijl hij zijn onderlichaam tegen het hare drukt. Hij verplaatst zijn mond naar vlak onder Harpers oor. Zijn handen zijn overal. Ze gaan vrijen. Harper kan het niet geloven. Hij zal wel een paar biertjes hebben gedronken bij de familiepicknick en thuis misschien nog een whisky, want hij heeft dit weekend geen dienst. Hij is losser dan anders, onstuimig bijna. Zijn handen glijden in haar blouse; hij haakt de voorsluiting van haar beha open. Hij speelt met haar tepels, buigt dan zijn hoofd omlaag en zuigt aan haar linkertepel tot ze begint te kreunen. Ze houdt het niet meer uit. Ze streelt de voorkant van zijn jeans.

Hij bevrijdt een hand om zijn gulp open te ritsen en Harper steekt een hand uit naar het autoportier.

'Nee,' zegt hij. 'Buiten.'

'Buiten?' zegt ze. Is dit Reed? Reed Zimmer? Hij neemt niet eens de moeite een condoom te gebruiken, iets waar hij altijd heel fanatiek mee is; hij stoot meteen in haar. Harper wordt met haar rug tegen het portier van de Bronco gedrukt en juist op dat moment ziet ze de koplampen. Een passerende auto, denkt ze. Maar nee: er komt een auto het parkeerterrein oprijden. Hij komt dichterbij. Harper probeert zich los te worstelen, maar Reed heeft geen erg in het schijnsel van de koplampen of het geluid van de motor. Hij zit helemaal in zijn ritme en heeft zijn ogen dicht. Hij komt klaar met een grom en een huivering, een zachte uitroep in Harpers hals.

Harper duwt hem weg, maar het is te laat. Een autodeur slaat dicht en een vrouwenstem schreeuwt, gilt, krijst: 'Reed! Reed! Reed!'

Het is Sadie.

Nantucket: Tabitha

Ze is uitgenodigd voor een cocktailparty op de Belle, een drieëntwintig meter lang motorjacht, gebouwd in 1929, dat nu wordt gebruikt voor ontvangsten van leden van de Westmoor Club. Het feestje van vanavond is georganiseerd door mensen die Tabitha amper kent en het is nog best frisjes in de haven, maar sinds Tabitha het heeft uitgemaakt met Ramsay doet ze niets liever dan uitgaan.

Ramsay zit nu ongetwijfeld aan de bar van de Straight Wharf te wachten tot Caylee klaar is met werken. Tabitha is degene geweest die het heeft uitgemaakt, maar Ramsay heeft zich veel sneller hersteld – eigenlijk meteen al. In de drie jaar dat Tabitha en Ramsay een relatie hadden, plaagde Tabitha hem er vaak mee dat hij liever iemand zou hebben die jonger was, wat volgens hem niet zo was. En toch is Caylee – een naam die wat Tabitha betreft geschikter is voor een barbiepop – nog maar tweeëntwintig.

Toen Tabitha tweeëntwintig was, was ze hoogzwanger. Zij heeft nooit de kans gehad om een zomerbaantje in een bar te nemen of een tatoeage te laten zetten; ze heeft nooit de mogelijkheid gehad zich los te maken van haar moeders mode-imperium en zich te richten op haar eigen passies – onroerend goed, architectuur, interieurs ontwerpen. En toen ze vijfentwintig was, heeft ze een tragedie meegemaakt waarvan ze nog steeds niet is hersteld. Ramsay wist van Julian en hij wist ook dat het een leegte was die nooit gevuld kon worden – dat had Tabitha althans gedacht. Maar op een ijskoude nacht, afgelopen februari, toen ze allebei nuchter waren – ze kon niet eens de alcohol de schuld geven – had Ramsay gezegd: *De enige manier om je verdriet achter je te laten is door opnieuw te beginnen. Laten we een kindje maken.*

Reageren had geen zin gehad. Hij begreep het niet. Hij zou het nooit begrijpen, realiseerde Tabitha zich. Ze voerde het 'wij willen niet hetzelfde in het leven'-gesprek met hem en twee dagen later pakte hij zijn spullen.

Het feestje is best leuk. De gastheer en gastvrouw komen uit Tallahassee en vinden het dus van nature frisjes in New England. Daarom hebben ze voor een hele stapel kasjmieren omslagdoeken gezorgd in vrolijke zomerse tinten – zachtoranje, fuchsia, aquamarijn – die de vrouwelijke gasten op de boot kunnen gebruiken. Er is een eindeloze voorraad ijskoude Laurent-Perrier-rosé en op de achtergrond klinkt muziek van Sinatra en Dean Martin, waar Tabitha dol op is. Omdat ze zelf geen jeugd heeft gehad, heeft ze de voorkeuren van haar moeder, Eleanor, overgenomen. Eleanor is beslist een beschaafde vrouw met goede smaak, maar ze is eenenzeventig en Tabitha is wel eens bang dat ze niet alleen haar eigen jeugd heeft overgeslagen, maar ook haar middelbare leeftijd en in één klap in het tijdperk van kunstheupen en gehoorapparaten is beland.

Terwijl Ramsay zijn spullen bij elkaar zocht om te vertrekken, hield hij een betoog waarin hij al Tabitha's tekortkomingen een voor een opsomde.

Ze is ongelooflijk snobistisch. Ze is gestrest. Ze geeft toe aan alle grillen en wensen van haar moeder; ze heeft haar hele volwassen leven in haar schaduw geleefd. Ze heeft zich altijd onvermoeibaar ten dienste gesteld van Eleanor Roxie-Frost Designs, LLC, terwijl de boetiek op Nantucket elk jaar met verlies draait! Tabitha heeft geen zakelijk inzicht; ze heeft de zaak de vernieling in geholpen. Ramsay zelf heeft haar veertigduizend dollar geleend zodat ze het assortiment kon uitbreiden en niet alleen ERF hoefde te verkopen. 'En denk eraan dat je me dat geld nog schuldig bent,' zei Ramsay.

'Dat weet ik,' antwoordde Tabitha, hoewel ze vermoedde dat Ramsay ook wel begreep dat ze er, met een kind dat ging studeren, heel lang over zou doen om hem terug te betalen.

Bij wijze van trap na had Ramsay gezegd: 'Het is maar goed dat je geen kinderen meer wilt. Je bent een waardeloze moeder, Tabitha.'

Ze wist dat hij boos was en gekwetst en verdrietig, maar de pure wreedheid van zijn opmerking bracht haar ertoe te zeggen: 'Hoe durf je?'

Hij zei: 'Wanneer ik weg ben, lukt het je misschien eindelijk je dochter in het gareel te krijgen.'

Het eten op de boot is verrukkelijk – lamskoteletjes, kreeft-maiskoekjes, kaasbolletjes, gevulde eieren. Tabitha bedient zich er ruimschoots van – Ramsay is zo vriendelijk geweest niets te zeggen over de kleine zeven kilo die ze de afgelopen drie jaar is aangekomen – terwijl ze het gezelschap afzoekt naar mannen die in aanmerking komen om een gesprekje mee te beginnen. Ramsay had wel gelijk wat betreft haar gebrek aan zakelijk inzicht. Wat ze op dit moment het allerhardst nodig heeft is de loterij winnen of een suikeroompje vinden.

De keuze op de boot is beperkt. Alle mannen zijn ouder en ogenschijnlijk in goeden doen, maar ze zijn ook getrouwd – en de meeste komen uit Tallahassee, waardoor ze onmiddellijk afvallen.

Tabitha laat de barkeeper haar champagneglas bijvullen en loopt dan in haar eentje naar de boeg van de boot. Ze varen net om Brant Point Light heen en het uitzicht hier is zo schitterend dat Tabitha haar adem inhoudt, ook al heeft ze het al honderden keren eerder gezien. Ze leunt met haar ellebogen op de reling en houdt haar champagneglas met twee handen vast. Ze doet haar ogen dicht.

Ze is géén waardeloze moeder. Ainsley is gewoon op een moeilijke leeftijd en ze is van nature opstandig. Maar als je heel diep in Tabitha's hart zou kijken en de gedachten kon zien die ze nooit met iemand anders zou delen, zou ze toegeven dat ze wat Ainsley betreft een monster heeft gecreëerd. Na het overlijden van Julian stopte Tabitha al haar energie in de opvoeding van Ainsley. Ze was een helikoptermoeder – een tweedegeneratiehelikoptermoeder – die elke stap die Ainsley zette nauwlettend in de gaten hield, zoals Eleanor dat ook bij haar had gedaan. Maar Ainsley groeide wel héél snel op. Ainsley was een onberekenbaar veulen en Tabitha voelde hoe de teugels haar ontglipten. De manier waarop Tabitha Ainsley dicht bij zich probeerde te houden was door haar op alle mogelijke manieren te helpen het populairste en meest modieuze meisje op Nantucket High School te zijn. *Tabitha* kocht de make-up en de jeans van tweehonderd dollar. *Tabitha* vond het goed dat ze zo laat thuiskwam. Dat Ainsley nu zo'n ongeleid projectiel is, heeft Tabitha helemaal aan zichzelf te danken.

Dit soort gedachten komen altijd bij haar op wanneer ze op het water is. Tabitha had beter aan land kunnen blijven.

Opeens staat er een man naast haar. Hij draagt een uniform.

Hij steekt haar zijn hand toe. 'Ik ben Peter,' zegt hij. 'De kapitein.'

'Tabitha Frost,' zegt zij. 'Als jij de kapitein bent, wie bestuurt dan de boot?'

Peter lacht. 'Mijn eerste stuurman. Ik heb hem gevraagd het even van me over te nemen, zodat ik een praatje met jou kon komen maken. Heb je zin om mij te helpen deze schoonheid te besturen?'

Wanneer ze naast elkaar aan het roer staan – elke keer wanneer er een bemanningslid binnenkomt stuurt Peter hem weg om nog wat champagne of een schaal verse hapjes te halen – vertelt hij haar zijn hele levensverhaal. Op zijn negentiende bij de kustwacht, op z'n tweeëntwintigste getrouwd, twee jongens (PJ en Kyle), gescheiden op z'n dertigste, ex-vrouw nummer 1 woont in Houston.

Tabitha vraagt zich af hoeveel exen er in totaal zijn. De muziek, hoort ze, is inmiddels veranderd in Top 40 – van die nummers waar Ainsley naar luistert wanneer ze in een goede bui is – en Tabitha ziet al voor zich hoe de champagne iedereen naar het hoofd stijgt en hoe die lui uit Tallahassee hun lichaam in onhandige, gênante bochten wringen en net doen alsof ze dansen.

'Ga door,' zegt ze tegen kapitein Peter.

Opnieuw getrouwd toen hij tweeëndertig was. De dochter uit dat huwelijk is een hartenbreekster en met haar negentien jaar tweedejaarsstudente aan Northwestern University; ex-vrouw nummer 2, de moeder, is eigenaresse van een luxe camping op het bovenschiereiland van Michigan.

Vervolgens kreeg Peter op zijn vijfendertigste een soort midlifecrisis. Hij verhuisde naar Maui, werkte tien jaar als kapitein op een schip waarop toeristen naar walvissen konden kijken, woonde samen met een inlands meisje met de naam Lupalai en kreeg nog een paar kinderen – een jongen en een meisje, nu respectievelijk veertien en elf jaar oud – hoewel hij nooit met Lupalai getrouwd was. Hij stuurt geld, zegt hij, maar heeft de kinderen sinds hij vijf jaar geleden naar het oosten is gekomen niet meer gezien. Hij vaart nu al vijf zomerseizoenen als kapitein op de Belle en 's winters gaat hij naar de Bahama's, waar hij een botenverhuurbedrijf runt.

'In april ben ik vijftig geworden,' zegt hij. 'En jij?'

'Ik ben negenendertig,' zegt Tabitha.

Kapitein Peter lacht. 'Ik geloof dat je dat als vrouw nu eenmaal hoort te zeggen.'

'Nee,' zegt Tabitha. 'Ik ben echt negenendertig. In december word ik veertig.'

'O,' zegt de kapitein. Hij is verbaasd en de moed zinkt Tabitha in de schoenen. Ze ziet er ouder uit; ze gedraagt zich ouder. Ze draagt een wit linnen jurkje met een brede, gestrikte ceintuur. Het jurkje is al dertig jaar de pijler van haar moeders collectie; de Roxie, wordt hij genoemd. Het is bedoeld om een klassieke tijdloosheid uit te stralen en hoewel het daar zeker in slaagt, is het niet bepaald jeugdig of sexy. Tabitha had beter het met pailletten bezette minirokje van Haute Hippie met het knalroze Milly-bloesje aan kunnen trekken, maar ze was bang geweest dat ze daarmee de indruk zou wekken wel érg hard haar best te doen. In plaats daarvan ziet ze er nu uit alsof ze iets gaat eten in een lowbudgetrestaurant om daarna een robbertje te gaan bridgen.

De kapitein zegt iets, maar Tabitha hoort hem niet.

'Wat zei je?'

'Heb je zin om straks iets te gaan drinken? Ik ga deze oude dame nu keren, dus je moet weer naar beneden, naar het dek.'

Tabitha trekt haar ceintuur recht. Ze voelt zich tegelijkertijd opgejaagd en aan de kant gezet. Wil ze wat gaan drinken met de kapitein? Ze weet het eigenlijk niet. Het is wel duidelijk dat hij geen eerzame bedoelingen heeft. Hij papt waarschijnlijk aan met elke redelijk uitziende vrouw die zich aan boord van de Belle waagt. Hij is een man van vijftig die nog steeds het zomerseizoen aangrijpt om vrouwtjes te scoren. Waarschijnlijk huurt hij ergens op het eiland een zomerhuisje, of maakt hij gebruik van een personeelswoning van de Westmoor Club. Hij heeft waarschijnlijk geen eigen huis en rijdt vast in een kleine pick-up. Zo'n soort leven is prima tot een jaar of... Tabitha kiest de willekeurige leeftijd van achtentwintig. Na je achtentwintigste is het tijd om volwassen te worden. En hoeveel kinderen heeft kapitein Peter te onderhouden? Tabitha is de tel kwijtgeraakt. Vier? Vijf? Als Eleanor hier was zou ze onmiddellijk haar veto uitspreken over kapitein Peter. Wyatt had Eleanors goedkeuring niet kunnen wegdragen omdat hij huisschilder was en Eleanor wilde dat Tabitha met een advocaat zou trouwen of met een private equity-investeerder of zoiets. Nu Wyatt inmiddels een schildersbedrijf heeft dat opdrachten uitvoert op de hele Cape, van Plymouth tot aan Braintree, is Eleanor hem veel gunstiger gezind. Ze is dol op Ramsay, die voor het verzekeringsbedrijf van zijn familie werkt, in Main Street. Ramsay draagt een stropdas naar zijn werk en zijn familie is lid van de Nantucket Yacht Club.

Deze man, kapitein Peter, is niet iemand met wie Tabitha ooit een relatie zou beginnen. Hij is het type... met wie *Harper* iets zou beginnen! Harper houdt er geen normen en waarden op na. Harper legt de lat – voor alles in het leven – niet gewoon laag, maar plat op de grond.

Eigenlijk moet Tabitha nu zeggen: bedankt voor het aanbod, maar nee, dank je.

'Heb je al eens iemand verloren?' vraagt ze.

'Iemand verloren?' zegt Peter. Hij lijkt haar niet goed te begrijpen en wil verder met zijn werk.

'We hebben het er nog wel over,' zegt Tabitha. 'Het lijkt me heel leuk om wat met je te gaan drinken.'

Wanneer ze naar de Nautilus wandelen, heeft Tabitha spijt van haar besluit. Ze heeft een berichtje op haar mobieltje, van Ainsley: *Wanneer ben je thuis?* Ainsley heeft een week huisarrest gekregen nadat ze midden in de nacht Tabitha's FJ40 heeft meegenomen voor een joyride, zonder toestemming en, wat erger is, zonder rijbewijs. Tabitha had het afgelopen zondagochtend ontdekt, toen ze in haar auto was gestapt voor een vroege yogales. De tank was leeg en de auto stonk naar sigaretten. Tabitha had Ainsley wakker gemaakt en van haar geëist dat ze alles zou opbiechten, wat Ainsley zonder morren had gedaan.

'Ja, ik heb de auto gepakt. Ik ben naar Emma gereden.'

Naar Emma!

Tabitha en Ainsley wonen in het koetshuis achter Eleanors indrukwekkende woning aan Cliff Road, en Ainsleys vriendin Emma – wiens foto in het woordenboek thuishoorde naast de term 'slechte invloed' – woont aan het eind van Jonathan Way in Tom Nevers, en op heel Nantucket zijn er nauwelijks twee plekken te vinden die verder bij elkaar vandaan liggen. Tabitha had gehuiverd bij de gedachte dat Ainsley een ongeluk had kunnen krijgen terwijl ze zonder rijbewijs in de FJ40 reed. Wat als ze iemand zou hebben aangereden? Wat als ze iemand zou hebben dóódgereden? Dan had Tabitha een proces aan haar broek gekregen en dan had Eleanor een proces aan haar broek gekregen. Dan had de zaak een proces aan z'n broek gekregen en waren ze geruïneerd geweest. En toch had Ainsley geen enkel berouw getoond. Tabitha has Ainsleys mobieltje van het nachtkastje gegrist. Toen was Ainsley opgeveerd. In een oogwenk was ze haar bed uit en rende achter Tabitha aan, het hele huis door, om te proberen het toestel uit haar moeders hand te rukken. In haar woede had ze Tabitha in haar gezicht gekrabd en daar was Tabitha zo van geschrokken – geslagen, door haar eigen kind – dat ze het telefoontje had laten vallen, waarna Ainsley het had kunnen oprapen.

'Dit heb ik nodig,' zei Ainsley. 'Dat jij nou geen sociaal leven hebt, maar ik kan niet zonder.'

'O, nee?' zei Tabitha zwakjes. Ze voelde aan de kras op haar wang en keek naar de veeg bloed op haar vinger. 'Nou, dan heb je pech, want voorlopig kom je de deur niet meer uit.'

'Há!' zei Ainsley. 'Ik zou wel eens willen weten hoe je me binnen denkt te houden.'

Tabitha was woedend geweest, maar had ook haar eigen onmacht moeten erkennen. Hoe ging ze verhinderen dat Ainsley gewoon de deur uit zou lopen? Tabitha kon haar zakgeld inhouden, maar Emma had een regelmatige bron van inkomsten van haar vader, Dutch, die eigenaar was van het restaurant op de luchthaven, nooit thuis was en daarom zijn dochter opvoedde middels contanten. Emma leende of gaf Ainsley altijd geld voor sigaretten of wiet of bier of wat ze dan ook maar kochten om de avonduren prettiger door te komen.

'Als je ook maar één voet buiten deze deur zet, laat ik je mobiele abonnement stopzetten,' zei Tabitha. 'Dan heb je je telefoon nog, maar dan doet hij het niet meer – geen sms'jes, geen gesprekken, geen Snapchat, geen internet. En ik verander het wachtwoord van de wifi hier in huis.'

Ainsley had haar ogen sceptisch tot spleetjes geknepen. 'Dat doe je niet.'

Tabitha dacht aan Ramsays opmerking dat ze een 'waardeloze moeder' zou zijn.

'Moet jij eens opletten,' zei ze.

Vervolgens had Ainsley het op een akkoordje gegooid. Ze zou een week lang thuisblijven, maar dan wilde ze wel haar abonnement houden.

Prima. Vanavond, vrijdag, is de laatste dag van het huisarrest – godzijdank. Ainsley heeft de hele week lopen schelden en mokken. Ze eet alles waar ze zin in heeft, maar brengt nog geen bordje naar de gootsteen. Laat staan dat ze haar bed opmaakt. Tabitha heeft de huishoudster, Felipa, moeten vragen deze week drie uur extra in het koetshuis te komen werken om Ainsleys rotzooi op te ruimen en Tabitha weet dat Eleanor haar elk moment kan bellen om te klagen dat ze Felipa extra werk heeft bezorgd.

Tabitha sms't Ainsley terug: *Ben laat thuis.*

Ainsley reageert onmiddellijk: *Wat is laat? Twaalf uur vannacht?*

Ja, sms't Tabitha terug. Haar dochter denkt dat zij geen sociaal leven heeft – há! *Op z'n vroegst om twaalf uur.*

Dan bedenkt Tabitha dat Ainsley zich misschien wel eenzaam voelt. Als klein meisje was ze bang geweest in het donker; een angst die meteen na de dood van Julian was ontstaan. En Tabitha had haar nooit een ander broertje of zusje gegeven om haar gezelschap te houden.

Tabitha had als kind altijd een zusje om zich heen gehad: Harper.

Wat gek, denkt Tabitha. Ze heeft in het afgelopen uur al twee keer aan Harper gedacht. Wanneer is dat haar voor het laatst overkomen?

En dan – zo mogelijk nog gekker en grenzend aan tovenarij – pingt Tabitha's telefoon en kijkt Tabitha (ook al weet ze dat het onbeleefd is om tijdens een soort afspraakje gewoon verder te sms'en, maar in de veronderstelling dat het een reactie van Ainsley is) op haar telefoon. In plaats van een afzender staat er alleen maar *Vineyard Haven, MA.* Het is Harper.

'Word je misschien ergens anders verwacht?' vraagt kapitein Peter.

'Nee,' zegt Tabitha. Ze stopt haar mobieltje in haar avondtasje. Het berichtje leest ze later wel.

Tabitha heeft voor Nautilus gekozen omdat ze er met Ramsay nooit kwam en waar ze nu het meest behoefte aan heeft is een nieuwe start. Ze heeft uitsluitend goede berichten over het restaurant gehoord – ambachtelijke cocktails, creatieve maaltijden – en ze wilde er altijd al eens naartoe, dus waarom niet vanavond?

Het is druk in Nautilus en het publiek is jong. Kapitein Peter aarzelt voordat ze naar binnen gaan. 'Weet je zeker dat je hiernaartoe wilt?' Hij lijkt bijna... geïntimideerd, wat geen aantrekkelijke eigenschap is. Tabitha voelt haar temperatuur teruglopen van lauw naar koel. Ze staat op het punt om te vragen: 'Waar zou jij dan naartoe willen?' Maar ze heeft geen zin om er hier buiten moeilijk over te gaan staan doen en ze heeft al helemáál geen zin om in de Anglers' Club te belanden.

'Ja,' zegt ze, 'hier.' En ze gaat hem voor naar binnen.

De muziek staat hard en de twintigers en dertigers staan in elkaars oren te toeteren en drankjes te bestellen aan de bar. Tabitha houdt zich voor dat ze zelf ook nog een dertiger is. Ze loopt naar de gastvrouw. 'Een tafeltje voor twee?'

De gastvrouw zegt: 'We hebben een wachttijd van anderhalf uur, maar u kunt kijken of er een plekje is aan de bar.'

Tabitha loopt met opgeheven kin naar de bar, op zoek naar zitplaatsen. Er is nog één plekje vrij, half verscholen tussen een groot gezelschap mensen. Tabitha dringt zich tussen de mensen door om het plekje voor zich op te eisen; zelfverzekerd zet ze haar avondtasje op de bar, bijna alsof ze een vlag in de grond steekt, en draait zich om, om te kijken of kapitein Peter achter haar aan is gekomen. Dat is hij inderdaad, maar hij kijkt ellendig, alsof ze hem aan een riem heeft meegesleurd.

Stralend kijkt ze op naar de barkeeper. Ze heeft zich vast voorgenomen dat dit gaat lukken. 'De kaart?' zegt ze.

Er verschijnt een drankenkaart. Tabitha neemt hem vluchtig

door. Normaal gesproken bestelt ze altijd een wodkacocktail of een glas rosé, maar bij nader inzien zijn dat drankjes die Ramsay haar heeft leren drinken. Vóór Ramsay dronk ze gin-tonic als ze trek had in een cocktail, of rode wijn bij de maaltijd, omdat Eleanor die dingen dronk.

Vanavond neemt ze iets dat de Nauti Dog wordt genoemd. Ze geeft de kaart aan Peter en wijst het drankje aan. 'Zo een wil ik.'

Hij fluit. 'Vijftien piek?'

Tabitha sluit haar ogen en koelt af van koel naar koud. Ze heeft geen moeite met het feit dat Peter niet rijk is, maar ze kan niet tegen mensen die zich beklagen over de prijs van een drankje.

Peter zegt: 'Doe mij maar gewoon een biertje. Een Cisco.' Hij geeft de kaart terug aan Tabitha.

Moet zíj nu gaan bestellen? vraagt ze zich af. Zij is dichter bij de bar dan Peter, maar Peter is de man. Peter heeft háár uitgenodigd voor een drankje. Ze draait zich weer naar hem om. Hij trekt vragend zijn wenkbrauwen op, alsof hij haar nooit eerder heeft gezien, en zegt dan: 'Ik ga buiten even een sigaret roken. Ben zo terug.'

Een sigaret, denkt Tabitha. Dit is de laatste nagel aan de doodskist van dit afspraakje. Ze wenkt de barkeeper – leuke vent, met een baard, een en al lach – en bestelt de drankjes. Wanneer hij ze voor haar neerzet – de Nauti Dog prachtig dieprood van kleur, dankzij de Campari en het versgeperste grapefruitsap – is Peter nog buiten. Hetgeen wil zeggen dat Tabitha mag betalen. Ze overhandigt de man vijfentwintig dollar. De barkeeper wil haar het wisselgeld geven en zij zegt: 'Laat maar zitten.'

'Bedankt, schat,' zegt hij en hij kijkt haar lachend recht in haar ogen.

Schat, geen mevrouw. Ze kan de man wel zoenen. Zou ze een afspraakje willen met de barkeeper? vraagt Tabitha zich af terwijl ze een slok van haar drankje neemt. Hij is een jaar of dertig. Hooguit. Is dat te jong? Tabitha probeert zich Eleanors reactie voor te stellen wanneer Tabitha haar vertelt dat ze iets heeft met een negenentwintigjarige barman die in Nautilus werkt. Tabitha zou haar uitleggen waarom: een reactie op de breuk met Ramsay.

Maar ongeacht de omstandigheden: Tabitha slaapt niet met barkeepers. Harper wel.

Tabitha denkt weer met verbazing aan het sms'je uit Vineyard Haven. Tabitha en Harper hebben elkaar amper nog gesproken na die afschuwelijke weken na Julians dood, veertien jaar geleden.

Dan herinnert Tabitha zich de voicemail van een week of vijf, zes geleden, ook afkomstig van Vineyard Haven. Het was Harper, die vertelde dat hun vader, Billy, nierproblemen had en in het ziekenhuis moest worden opgenomen. Tabitha was van plan geweest Billy te bellen, maar het bericht kwam op een moment dat ze het erg druk had – ze liet net nieuw tapijt leggen in de boetiek en was bezig met de laatste zomerinkopen – en daarna had Tabitha niets meer gehoord en was er daarom van uitgegaan dat het probleem uit de wereld was.

Even komt Tabitha in de verleiding haar mobieltje te pakken om te horen wat Harper van haar wil, maar naar Tabitha's mening bestaat er in de hele wereld niets zieligers dan een vrouw die alleen in een bar zit en op haar telefoon kijkt of ze nog berichtjes heeft.

Ze neemt een grote slok van haar drankje en wanneer de barman weer langskomt, vraagt ze: 'Hoe heet je?'

'Zack,' zegt hij.

Zack: hij is waarschijnlijk nog jonger dan ze dacht. Zack is een naam die populair was in de jaren negentig.

Ze kijkt om, om te kijken hoe het met kapitein Peter is, maar er staan zoveel mensen dat ze hem niet ziet. Het stel naast Tabitha staat op en Tabitha vraagt zich af of ze een van de krukken moet inpikken voor kapitein Peter, maar voordat ze daar de kans voor krijgt, gaat er al een ander stel op zitten.

Tabitha knippert met haar ogen. Het zijn Ramsay en Caylee.

Ramsay grijnst. 'Dat is boffen.'

Caylee draait zich om op haar kruk. Ze kijkt Tabitha lachend aan. 'Neem me niet kwalijk. Hield je deze plek voor iemand bezet?'

Ze is zo mooi. Met haar regelmatige witte tanden en haar lange, glanzende haar, dat ze achter één oor heeft gestopt. Maar waar Tabitha echt jaloers op is, is haar huid. Als ze alles nog eens over zou kunnen doen en één ding zou mogen veranderen, zou het zijn dat ze zonnebrandcrème zou hebben gebruikt. Heel veel zonnebrandcrème.

'Ja,' zegt Ramsay. 'Voor wie is dat bier?'

Zijn stem is zo vertrouwd, de bedoeling achter zijn ondeugende glimlachje zo zonneklaar dat het net is alsof Caylee per ongeluk tussen een echtpaar is gaan zitten dat al jaren getrouwd is. Ramsay is in vrijwel alle opzichten de ideale levenspartner voor Tabitha. Maar er zijn een paar *dealbrekers*. Het is niet alleen dat hij een kind wil. Het is ook dat hij nog nooit iemand heeft verloren en niet in staat is de diepte en de intensiteit van Tabitha's emoties te begrijpen. Er zijn dingen die haar verdriet om Julian versterken: Julians verjaardag natuurlijk, en zijn sterfdag, maar ook baby's en jongens die nu zo oud zijn als Julian zou zijn geweest. Veertien. Ramsay had weinig begrip voor Tabitha's emotionele dieptepunten wanneer het om Julian ging; hoe meer ze haar best deed erover te praten en het hem duidelijk te maken, hoe meer hij haar aanspoorde zich 'eroverheen te zetten' en 'verder te gaan met haar leven'.

Dat Tabitha nu zo ongelukkig is zonder Ramsay heeft haar verrast. Dat ze gruwelijk jaloers is op Caylee – Tabitha zou haar wel met een mes willen bewerken, echt waar – is een grote schok.

'Die is van de man met wie ik hier ben,' zegt ze. 'Kapitein Peter.' Ze zou willen dat die titel hem een zekere autoriteit zou geven, maar het komt wat lullig over. Ze had net zo goed Kapitein Iglo kunnen zeggen.

'Vent in een wit uniform, net als kapitein Stubing in *The Love Boat*?' zegt Ramsay. 'Die zag ik daarnet buiten. Hij ging weg.'

'Weg?' zegt Tabitha. Heb jij wel eens iemand verloren? denkt ze. Nu heeft ze kapitein Peter verloren, maar het enige wat ze voelt is een golf van opluchting. Godzijdank, die is weg! Als dit bericht haar niet was verteld door haar ex-vriend, zou ze er dolblij om zijn.

Ze pakt kapitein Peters bier en drinkt het hele glas in één keer leeg. Ze is nu officieel veranderd in haar tweelingzus. Caylee lijkt onder de indruk, Ramsay verbaasd. Tabitha houdt een hand voor haar mond om een boertje te verbergen.

'Ik ben weg,' zegt ze, terwijl ze haar tasje pakt en de jonge Zack een kushandje toewerpt. 'Veel plezier samen.'

'Tabitha,' zegt Ramsay.

Tabitha kijkt hem aan. Hij houdt van haar; het is duidelijk van zijn gezicht te lezen. Maar houden van is niet genoeg.

'Goedenavond,' zegt ze en loopt naar de deur.

Tabitha kan de muziek al van twee huizen ver horen, voelen – sterker nog, ze kan de muziek praktisch proeven. Het is rap, of hoe de jongelui dat tegenwoordig noemen, maar dan met minder onrustbarende teksten en een zwaardere baslijn. Wanneer Tabitha de oprit oprijdt, klinkt de muziek zo hard dat de muren van het huis lijken uit te zetten en weer in te krimpen. Het lijkt alsof het huis ademt.

Of misschien is dat het effect van de Nauti Dog.

Dan ziet Tabitha de auto's. Eén ervan is de zwarte Range Rover waar die verwende, losgeslagen Emma in rijdt en de andere is de witte pick-up van Teddy – Ainsleys vriendje.

Tabitha stapt uit en zoekt steun door een hand op de motorkap te leggen. Hoe kan het dat Eleanor de muziek niet heeft gehoord? Ze wordt echt doof. De muziek staat zo hard dat Tabitha amper kan geloven dat de buren de politie nog niet hebben gebeld.

Ze doet de deur open en stapt binnen in een wolk van wietdampen.

Dit kan gewoon niet waar zijn, denkt ze.

Maar dat is het natuurlijk wél; Ainsley is zestien. Ze heeft huisarrest en zal ongetwijfeld zeggen dat ze het huis niet uit is geweest. Ze heeft niet gevraagd of ze vrienden mocht uitnodigen, want als ze dat wel had gedaan, zou Tabitha haar dat uitdrukkelijk hebben verboden. Maar aangezien Ainsley het niet heeft gevraagd en Tabitha geen nee heeft gezegd, zal Ainsley aanvoeren dat ze in principe dus niets heeft gedaan wat niet mocht.

Tabitha schopt haar hakken uit. Het koetshuis heeft een omgekeerde indeling; de slaapkamers zijn op de begane grond en de woonkamer is boven. O, wat zou Tabitha nu graag naar haar eigen kamer gaan, een slaappilletje nemen en in bed kruipen. Ze heeft hier de energie niet voor.

Je bent een waardeloze moeder, hoort ze Ramsay zeggen.

Dan hoort ze iets anders. Een hol, plonkend geluid. *Plonk plonk plonk. Plonk plonk plonk.*

Nee, denkt Tabitha.

Ze sluipt zachtjes de trap op, met het idee dat ze de situatie liever eerst wil zien voordat iemand in de gaten krijgt dat ze thuis is. Ze grijpt de leuning terwijl het plonkende geluid intussen doorgaat, stopt, en weer opnieuw begint. Het nummer is afgelopen. Het blijft een paar tellen stil en Tabitha verstijft. Dan begint Meghan Trainor dat nummer van afgelopen zomer te zingen: '*My name is no...*' Tabitha is er trots op dat ze haar dochters muziek herkent, en denkt dan: *My name is no. No no no no no no no.*

Wanneer ze boven aan de trap tussen de spijlen van de balustrade door gluurt, ziet ze minstens twaalf jongelui die sigaretten en joints roken, die blikjes bier drinken en, ja – de bron van dat akelige geluid – die *bierpong* spelen op haar Stephen Swift-tafel.

'Nee,' zegt Tabitha. Ze loopt de kamer in en vraagt zich af welk vergrijp ze het eerst zal aankaarten. Ze wil de muziek uitzetten, maar wordt als vanzelf naar de mooie tafel getrokken, haar kostbaarste meubelstuk. Ze grist een batje uit de hand van een jongen die het net naar achteren zwaait en hij schrikt zo dat hij per ongeluk een van de bekertjes bier die op tafel staan omgooit. Een amberkleurige stroom verspreidt zich over het glanzend gepoetste kersenhout.

'Whooo,' zegt hij. Het is BC, een vriend van Ainsley. Het is een leuke jongen, met donker haar en hij draagt een T-shirt van Young's Bicycle Shop. Tabitha heeft zin om hem een pak slaag te geven met het batje.

Ze rent naar de keuken voor een handdoek en vindt daar Ainsleys mobieltje in de iPod-dock. Tabitha rukt het toestel eruit en de muziek stopt. Tabitha is zo kwaad dat ze Ainsleys telefoon in een van de bekers bier op het aanrecht gooit.

In de woonkamer roept iemand: 'Muziek!'

Een andere stem zegt: 'Haar moeder is thuis.'

'Ja,' zegt Tabitha. 'Haar moeder is inderdaad thuis!'

'Hé, Tabitha,' zegt Emma, wanneer Tabitha de woonkamer weer binnenkomt om het bier op te deppen. Emma zit met kleine oogjes, zo stoned als een garnaal, op de Gervin – Tabitha's schitterende, met blauwgroene tweed beklede retrosofa – tussen twee jongens.

'Emma,' zegt Tabitha. Tabitha ergert zich er dood aan dat Emma haar bij haar voornaam noemt, maar toen Ainsley klein was, was Tabitha nog zo jong geweest dat ze er niet aan moest denken mevrouw Frost genoemd te worden en aangezien ze nooit met Wyatt was getrouwd, kon ze zich ook geen mevrouw Cruise laten noemen. Eleanor had er altijd op gestaan dat Tabitha's en Harpers vriendinnen haar mevrouw Roxie-Frost noemden, wat ook een reden was waarom Tabitha zich niet zo wilde noemen. Het was zo onnodig formeel! Maar wat Tabitha zich nu realiseert is dat een aanspreekvorm respect kan afdwingen. Als Tabitha zich lang geleden al mevrouw Frost had laten noemen door Emma en Ainsleys andere vrienden en vriendinnen, hadden ze zich misschien wel twee keer bedacht voordat ze bierpong gingen spelen op haar eettafel en de tweed van haar bank lieten doordringen met de geur van marihuanarook.

'Emma,' zegt Tabitha. 'Waar is Ainsley?'

'Hmmm?' zegt Emma.

Dan snapt Tabitha het: die is beneden met Teddy.

Tabitha overziet de bende. De andere jongelui staan er gespannen bij, in afwachting van haar reactie. Vriend of vijand? vragen ze zich waarschijnlijk af. Zal Tabitha een coole moeder blijken te zijn, of gaat ze hun ouders bellen?

Het liefst wil ze hun allemaal de deur wijzen. Ze moeten weg. Maar ze ziet de bui van een rechtszaak al hangen. Emma is niet in staat om te rijden.

'Is er nog iemand nuchter?' vraagt Tabitha. Zelf is ze niet nuchter, bij lange na niet. Op de Belle heeft ze vier glazen champagne gedronken en daarna de Nauti Dog en ook nog eens kapitein Peters bier. Ze kan niet aanbieden deze jongelui naar huis te brengen. Wat houdt dat in? Dat ze hier blijven slapen? Geen denken aan. Ze zal de ouders moeten bellen.

'Ik ben nuchter,' zegt een stem. Tabitha draait zich om: het is Candace Beasley. Tabitha begint bijna te lachen. Ainsley en Candace waren jaren en jaren geleden vriendinnen – dikke, dikke vriendinnen. Tot ze op een dag – in de eerste klas van de middelbare school, als Tabitha het zich goed herinnert – geen vriendinnen meer waren. Ainsley was volwassener geworden en had zich aangesloten bij pittiger, populairder meisjes zoals Emma. Candace' moeder, Stephanie, was een goede vriendin van Tabitha geweest, maar toen de meisjes uit elkaar groeiden was bij hen hetzelfde gebeurd. Dit was deels te wijten aan de samenloop van omstandigheden en deels aan opzet. Tabitha voelde zich buitengewoon ongemakkelijk wanneer ze Steph toevallig tegen het lijf liep bij de kruidenier of de stomerij en Steph zei: *Candace mist Ainsley echt heel erg.* Wat moest Tabitha dan zeggen? Ze probeerde het wel: *Het zijn kinderen. Ze zijn zo veranderlijk als het weer. Je zult zien: voordat je het weet is het weer aan.*

En kijk nu eens! Candace is hier op het feestje! En ze is nuchter! Natuurlijk is ze nuchter; ze is opgevoed met liefde, aandacht en, het belangrijkste van alles, grenzen. Ze is van nature een gehoorzaam meisje. Zij en haar moeder hebben zo'n soort relatie waarin ze hartsvriendinnen zijn, maar Candace nog steeds weet wie de baas is.

'Candace,' zegt Tabitha. 'Hallo.' Wanneer ze Candace zo ziet, met haar haarband van ribbeltjeslint en haar lange, slungelige benen, voelt Tabitha alsof er tienduizend spelden in haar hart prikken, hoe ze heeft gefaald als moeder. 'Wil jij er alsjeblieft voor zorgen dat er niemand weggaat? Ik ga Ainsley zoeken.'

Candace knikt; Tabitha ziet aan haar gezicht dat ze eraan gewend is de verantwoordelijke te zijn tussen haar leeftijdgenoten. Is het verkeerd om Candace als tweede volwassene te behandelen? Waarschijnlijk wel, maar Tabitha kan zich er nu even niet druk om maken. Ze rent de trap af.

De deur van Ainsleys kamer staat open, zodat haar onopgemaakte bed goed te zien is, samen met de bergen kleren – waaronder heel veel Eleanor Roxie-Frosts originelen – die overal verspreid op de grond liggen. Even denkt Tabitha dat Ainsley is weggelopen en raakt ze in paniek. Dan ziet Tabitha de gesloten deur van haar eigen slaapkamer. Ze voelt aan de klink: op slot.

Néé, denkt Tabitha. Dit is niet wáár.

Ze beukt met haar vlakke hand op de deur. 'Ainsley!' gilt ze. 'Ainsley!' Ze houdt haar oor tegen de deur. Ze weet niet of ze geritsel hoort of dat het haar hersenen zijn die zich ergens aan vast proberen te klampen. Zou het al niet erg genoeg zijn als Ainsley en Teddy lagen te vrijen in Ainsleys kamer? Moeten ze nu werkelijk liggen te wippen in Tabitha's kamer? In Tabitha's bed, dat al niet meer voor dergelijke doeleinden is gebruikt sinds Valentijnsdag, toen Tabitha voor het laatst met Ramsay heeft geslapen?

Ze klopt nog eens. Dan gaat de deur open en slaat Tabitha bijna met haar hand in Teddy's gezicht.

'Mevrouw Frost,' zegt hij met zijn country-and-westernster accent. Hij kijkt geschrokken. 'Ik dacht dat u Emma was.'

Teddy heeft een ontbloot bovenlijf, maar hij heeft een spijkerbroek aan en Tabitha ziet de bovenkant van zijn boxershort boven zijn jeans uitsteken. Zijn rode haar zit in de war en hij heeft een kleur. Het is wel duidelijk dat hij zich zojuist heeft vergrepen aan

Tabitha's dochter, maar toch kan Tabitha geen hekel aan hem hebben. Teddy is lief; Teddy is beleefd – het valt haar op dat hij haar wel mevrouw Frost noemde – en Teddy heeft het niet gemakkelijk gehad. Hij woonde met zijn ouders in Oklahoma City toen Teddy's vader, commandant bij de brandweer aldaar, was omgekomen bij een brand in de Nestlé Purina-fabriek.

Daarom mag Tabitha Teddy zo graag: Teddy heeft iemand verloren.

Na het ongeluk stortte Teddy's moeder in en probeerde zich van het leven te beroven. Ze zit nu in een psychiatrische kliniek in Tulsa en Teddy is ondergebracht bij zijn enig overgebleven bloedverwant – zijn vaders broer, Graham Elquot, een visser die hier op Nantucket op sint-jakobsschelpen vist. 's Zomers, wanneer er niet op sint-jakobsschelpen wordt gevist, werkt Graham als oesterman op alle chique cocktailparty's. Tabitha heeft hem in het Memorial Day-weekend eens in actie gezien bij de Figawi-tent, maar had toen niet het lef gehad zich voor te stellen als Ainsleys moeder.

Achter Teddy is de kamer donker.

'Kleed je aan, Teddy,' zegt Tabitha. 'Ben je nuchter?'

'Ja, mevrouw,' zegt Teddy en Tabitha gelooft hem.

'Ik wil dat je een paar jongens en meisjes naar huis brengt. Jij neemt de helft voor je rekening en Candace de andere helft.'

Teddy knikt.

'En stuur Ainsley naar buiten, alsjeblieft,' zegt Tabitha.

Dertig seconden later komt haar dochter de kamer uit in een vintage Janet Russo-zonnejurkje van Tabitha. Ze heeft seks gehad in Tabitha's bed, Tabitha's kast geplunderd en de woonkamer in een soort speelhal veranderd. Tabitha is bang dat Ainsley fel zal reageren, maar ze kijkt beschaamd. Hoewel dat misschien een beetje overdreven is. Ze kijkt lichtelijk berouwvol.

'Je zei dat je op z'n vroegst om twaalf uur thuis zou zijn,' zegt Ainsley. 'Het was de bedoeling dat iedereen dan weg zou zijn en dat ik dan alles had opgeruimd.'

'Alsof dat het minder erg maakt,' zegt Tabitha.
'Toe nou,' zegt Ainsley. 'Wees nou geen spelbreker.'

Candace brengt de helft van de jongelui – Emma incluis – naar huis in Emma's Range Rover en Teddy brengt de rest thuis in de pick-up van zijn oom. Tabitha zegt tegen Ainsley dat ze niet naar bed gaat voordat het boven brandschoon is. Er zitten kringen op de Stephen Swift-tafel die er nooit meer uit zullen gaan.

'Heb je enig idee hoeveel deze tafel me heeft gekost?' vraagt Tabitha. Dan, voordat Ainsley kan antwoorden, zegt ze: 'Twintigduizend dollar.'

'Luister je wel eens naar jezelf, Tabitha?' zegt Ainsley. 'Je bent zo materialistisch.'

Luister je wel eens naar jezelf? denkt Tabitha. Je klinkt als een verwende, in de watten gelegde snotneus.

'Ik wil niet,' zegt Tabitha, 'dat je me zo noemt.'

'Waarom niet?' zegt Ainsley. 'Emma noemt haar vader ook bij zijn voornaam.'

'Het zou niet je ambitie moeten zijn om op Emma te lijken,' zegt Tabitha. 'Dat meisje is slecht nieuws. Altijd al geweest en dat zal ze altijd blijven.'

'Altijd al geweest en dat zal ze altijd blijven,' zegt Ainsley, op een hoog, spottend toontje. 'Jij ook altijd met je kritiek.'

Tabitha staat op het punt om te zeggen dat ze als moeder juist kritisch moet zijn wat Ainsley betreft, want hoe moet Ainsley anders leren wat acceptabel gedrag is en wat niet? Maar dat zal ongetwijfeld boze reacties uitlokken, de een na de ander, als een eindeloze reeks afgestoken rotjes.

Dus laat Tabitha het maar gaan.

Ze zetten de tafel terug op zijn normale plek, met vereende krachten, wat ergens wel goed voelt – zo'n halve minuut met een gemeenschappelijk doel. Tabitha leegt de asbakken en gooit de peuken van de joints weg. Samen met Ainsley gooit ze de bierblikjes in de recyclebak.

'Nou,' zegt Ainsley. 'Je bent vroeg thuis. Hoe was het vanavond?'

O, wat zou Tabitha nu graag de teneur van de avond veranderen door op de bank te ploffen en haar dochter alles te vertellen – het feestje op de Belle, de ontmoeting met de kapitein, hoe ze samen naar Nautilus waren gegaan en dat ze daar Ramsay was tegengekomen. Maar Tabitha snapt wel waarom Ainsley dit vraagt. Het is een strategie. Ainsley heeft Tabitha nog nooit gevraagd hoe haar avond was. Ainsley is pijnlijk egocentrisch. Dat Ainsley dit nu vraagt betekent dat Ainsley Tabitha gunstig wil stemmen zodat Tabitha zal vergeten dat ze Ainsley eigenlijk behoort te straffen.

Maar het doet er niet toe hoe Tabitha de vraag wil aanpakken, want op dat moment vindt Ainsley in de keuken de beker met daarin haar ondergedompelde mobieltje. Ze slaakt een oorverdovende kreet.

Tabitha voelt zich kinderlijk triomfantelijk. Lekker voor je, denkt ze.

Later, wanneer Tabitha in Ainsleys bed ligt – na wat er is gebeurd gaat ze echt niet in haar eigen bed slapen – en Tabitha zich afvraagt wiens slechte genen haar dochter heeft geërfd, herinnert ze zich Harpers sms'je. Het is nu kwart over twaalf, het tijdstip waarop ze eigenlijk thuis zou komen.

Ze klikt *Vineyard Haven, MA* aan.

Het berichtje luidt: *Billy is overleden.*

Ainsley

Ze gaan naar Martha's Vineyard.

Billy is dood. Billy is de enige grootvader die Ainsley ooit heeft gekend, want haar vaders vader, Wyatt senior, leefde al niet meer toen Ainsley werd geboren.

Ainsley, Tabitha en Ainsleys grootmoeder, Eleanor, nemen de snelle ferry van Nantucket naar Oak Bluffs. Terwijl ze in de rij staan noemt Ainsley het per ongeluk Oaks Bluff en wordt daarvoor op haar vingers getikt door een vrouw achter haar, die nog ouder is dan oma. Die vrouw legt een hand op Ainsleys schouder en zegt: 'Het is Oak, enkelvoud en Bluffs, meervoud.'

'Ook goed,' zegt Ainsley.

Eleanor doet ook een duit in het zakje. 'Dat hoor je te weten.'

Ainsley staat op het punt haar moeder met rollende ogen aan te kijken wanneer ze zich opeens herinnert dat ze haar moeder haat. Tabitha heeft met opzet Ainsleys mobieltje kapotgemaakt en daarom kan Ainsley nu niemand meer bereiken – Emma niet en Teddy niet. Haar moeder heeft haar het hele weekend binnengehouden, terwijl het prachtig weer was. Haar moeder is niet naar yogales gegaan en, zo mogelijk nog schokkender, niet naar de winkel om te kijken hoe het daar ging.

Ainsley had gezegd: 'Je kunt best een paar uur naar de zaak gaan, Tabitha. Ik ga heus niet weg.' (Dit was een grove leugen. Zodra Tabitha de oprit af was, was Ainsley van plan naar Teddy te fietsen.)

Tabitha zei: 'Oma gaat voor me.'

'Oma?' zei Ainsley. Eleanor is ontwerpster. Ze is een kunstenaar en een genie, maar voor zover Ainsley weet is ze nog nooit naar de boetiek gegaan om zaken te controleren of toezicht te houden. Dat is altijd Tabitha's werk geweest.

'Ja,' zei Tabitha. Ze had Ainsley met haar nepste glimlach aangekeken. 'Ik blijf hier bij jou.'

Twee dagen binnen moeten blijven zonder telefoon was een hel geweest. Omdat Billy was overleden, had Tabitha voornamelijk lopen somberen. Ze haalde oude fotoalbums tevoorschijn – alle fotoalbums waren oud, wist Ainsley, maar deze waren écht heel oud – met babyfoto's van haar moeder en tante Harper. Tabitha had gewild dat Ainsley bij haar op de bank kwam zitten, die naar marihuana rook en dat waarschijnlijk altijd zou blijven doen, iets wat

Ainsley stiekem wel grappig vond. Tabitha had gezegd: 'Deze moet je echt even zien. Dit zijn foto's van toen we nog een compleet gezin waren. Je grootouders zijn hier nog getrouwd en Harper en ik dragen dezelfde kleertjes.'

Ainsley had zich niet verwaardigd te reageren. Haar moeder kon haar huisarrest opleggen en haar moeder kon haar telefoon verzuipen, maar haar moeder kon haar niet dwingen iets te zeggen.

Het grootste deel van haar huisarrest had Ainsley zitten piekeren. Ainsley en Teddy waren van plan geweest bij de Jetties te gaan eten, waar volgens de geruchten G. Love een verrassingsoptreden zou geven. Dat hadden ze gehoord van Teddy's oom Graham, die in de oesterbar zou staan. Nu Ainsley niet weg kon, vroeg Teddy misschien Emma wel mee naar de Jetties. Terwijl Ainsley in bed herhalingen van het kookprogramma *Chopped* lag te kijken, stonden Teddy en Emma misschien wel dronken mee te deinen in de massa, genietend van G. Love's magische verschijning. Misschien gingen ze wel zoenen. Emma is een sensatiezoekster zonder enige moraal; zij zou er geen enkele moeite mee hebben om Ainsleys vriendje in te pikken. Ainsley wil Emma wel haten, maar ze kan het niet, dus haat Ainsley Tabitha.

Om vijf uur was Tabitha aan de wijn gegaan – de dure Nicolas-Jay pinot noir, uit de Willamette-vallei in Oregon, die ze altijd dronk voordat Ramsay haar op rosé had gezet. Vervolgens had Tabitha Ainsley gevraagd of zij ook een glas wilde.

Ainsley had haar moeder een minachtende blik toegeworpen. Wat wilde ze nu eigenlijk! De hele reden waarom Ainsley huisarrest had was omdat ze had gedronken (en stickies had gerookt en de woonkamer in een studentenkamer had veranderd), en wat doet Tabitha? Die biedt Ainsley een glas wijn aan. Ainsley was zo opgefokt door het hele Emma-Teddy-scenario dat zich in haar hoofd vormde dat ze wel een glas had kunnen gebruiken. Maar drie jaar eerder, toen Ainsley voor het eerst met alcohol was gaan experimenteren, had ze anderhalve fles van de Nicolas-Jay pinot noir gedronken. Hij was verrukkelijk, vond ze aanvankelijk – met een volle, pruimachtige smaak. Maar even later was ze donkerrood gaan kotsen. Ze nam zich voor nooit meer rode wijn te drinken.

Om negen uur was Tabitha onder zeil en op dat moment had Ainsley naar buiten kunnen sluipen, ware het niet dat Eleanor op de hoogte was gebracht van haar kleindochters escapades en er een alarm was geïnstalleerd dat zou afgaan als iemand de drempel van de oprit zou oversteken, of het nu naar binnen was of naar buiten. Er zou die avond niemand komen of gaan.

Uiteindelijk was Ainsley in haar eentje in de fotoalbums gaan zitten bladeren en moest ze toegeven dat ze toch wel interessant waren. Er zaten krantenknipsels in van de societypagina's van *The Boston Globe*, met foto's van Billy en Eleanor. Op elke foto boog Billy zich om Eleanors wang te kussen terwijl zij stralend naar de camera lachte. Ainsley vond dat ze er behoorlijk verliefd uitzagen. Ook zat er een foto in het album van Eleanor toen ze hoogzwanger was – ze leek wel een nijlpaard – gehuld in een gele japon ter grootte van een tent. Billy droeg een bril met een vierkant draadstalen montuur, een witte broek met wijd uitlopende pijpen en een witte lakleren riem en stak twee vingers op achter Eleanors schouder. Dus... dit was de dag dat ze hoorden dat ze een tweeling kregen. Op elke foto stond een datumstempel en op deze stond: 10 oktober, 1977. Ainsley had wel eens gehoord dat oma er pas heel laat in haar zwangerschap achter was gekomen dat ze een tweeling verwachtte en nu ziet ze dat dit hooguit zes weken voor de bevalling was geweest.

Dit is waar Ainsley vooral van versteld staat als het gaat om vroeger, vóór het tijdperk van de technologie: de mensen wísten niks. Er waren nog geen echo's om oma te verklappen dat ze twee baby's zou krijgen, in plaats van één. Er was geen internet. Hoe konden mensen dingen weten zonder internet? Ainsley kan er met haar hoofd niet bij. En er waren geen mobiele telefoons. Hoe kon iemand leven zonder mobieltje? Ainsley deed dat nu zelf en het was heel erg frustrerend. Ze had kunnen inloggen op haar laptop om op Facebook of Instagram te kijken of Emma iets had gepost over een uitje naar de Jetties met Teddy, maar Tabitha had, precies zoals ze had gezegd, het wachtwoord voor de wifi veranderd.

De rest van de foto's waren vooral van haar moeder en tante Harper. Ze waren elkaars evenbeeld: je kon ze met geen mogelijkheid uit elkaar houden en Ainsley vroeg zich af of in hun babytijd hun identiteit wel eens was verwisseld, en daarna nog een keer – misschien wel ontelbare keren – tot de dag dat ze oud genoeg waren om te praten en hardop hun eigen naam te zeggen. Sindsdien waren ze dan degene gebleven die ze op die dag waren. Eleanor kleedde de meisjes altijd hetzelfde, in kleertjes die ze zelf maakte op haar turquoise Singer-naaimachine (die ze nog steeds had en die ze naar eigen zeggen ooit aan het Smithsonian zou schenken). Er waren groene katoenen truitjes met geappliqueerde giraffen op de voorkant; roze feestjurkjes met randen van paarse lovertjes langs de zomen; er waren zwartfluwelen jurkjes met Kerstmis. Wie kleedde meisjes van twee nou in het zwart? vroeg Ainsley zich af.

Alleen Eleanor. Er was veel over geschreven dat Eleanor Roxie-Frost haar grote doorbraak in de mode had beleefd toen Diana Vreeland in 1980 toevallig de tweeling in een paar geel linnen jurkjes had zien spelen in de speeltuin in het grote park in Boston. Die jurkjes waren miniatuurversies van wat later de Roxie zou worden. Het was het tijdperk geweest van de vrouwenemancipatie en Eleanor Roxie-Frost werd een klassiek voorbeeld van een geëmancipeerde vrouw. Van een huisvrouw met tweelingdochters die kleren voor zichzelf en haar meisjes ontwierp tot een modesensatie die bijna elke maand in de *Vogue* stond. Toen de tweeling op de middelbare school zat, vond Eleanor een winkelruimte in Newbury Street en opende daar haar flagshipstore. De winkel was een goede, maar ook een slechte zet geweest, want Eleanor kreeg het zo druk als beroemde modeontwerpster dat iets anders in haar leven het veld moest ruimen. En dat was Billy. Ainsleys grootouders waren gescheiden, iets wat Ainsley altijd gênant vond. Zo'n beetje de helft van haar vrienden en vriendinnen hadden gescheiden ouders, maar grootouders hoorden bij elkaar te blijven tot ze letterlijk omvielen van ouderdom.

Nog vreemder en bedenkelijker was het dat na de scheiding tante Harper met Billy was meegegaan en dat Tabitha bij Eleanor was gebleven, een voogdijafspraak die rechtstreeks uit *The Parent Trap* leek te komen. Het gezin Frost was in tweeën gesplitst, net als zo'n foto die doormidden is gescheurd – Billy met de ene helft van de tweeling en Eleanor met de andere.

Toen Ainsley het fotoalbum wilde terugzetten vond ze tussen twee andere boeken op de plank een oude, gehavende envelop. De envelop zag eruit alsof hij belangrijk en geheim was, dus trok Ainsley hem tussen de boeken vandaan. Er zat een plastic ziekenhuispolsbandje in met daarop de tekst: JULIAN WYATT CRUISE 28-5-03. Het was het armbandje van haar babybroertje. Er zaten ook nog drie fotootjes in de envelop: eentje van een piepkleine Julian in het ziekenhuis, liggend in iets wat eruitzag als een plastic bakje, met allemaal slangetjes en draadjes aan zijn mond, neus, borst en voetjes. Het tweede was een kiekje van Tabitha die Julian in haar beide handen hield. Hij was niet veel groter dan een flink belegd broodje. Hij had bij zijn geboorte nog geen één pond en drie ons gewogen, wist ze. De derde foto was van Tabitha, Wyatt, Ainsley en Julian, met z'n allen in een huis dat Ainsley niet herkende, ook al zaten ze op de donkerbruine leren bank die de voorganger was geweest van de turquoise Gervin-bank. Julian zat niet meer aan draadjes vast en hij was ietsje gegroeid, misschien zo groot als een zak meel. Ainsley was een dreumes met een bolle toet en amper genoeg haar om vlechtjes mee te maken. Maar het meest onthutsende was hoe jong Ainsleys ouders eruitzagen. Op Nantucket High School zaten laatstejaars die ouder leken dan Tabitha en Wyatt op die foto. Ze zaten te glimlachen – te lachen zelfs – alsof de fotograaf net iets grappigs had gezegd. Wie had de foto genomen? vroeg Ainsley zich af. Eleanor in elk geval niet; die maakte geen grapjes.

Ainsley bleef nog even naar de foto zitten kijken. Het was de enige foto van het hele gezin die ze ooit had gezien. Ze wist waarom hij was verstopt: Tabitha vond het verlies van Julian, en misschien ook wel van Wyatt, te pijnlijk. Ainsley was blij dat Tabitha Julians overlijdensakte of andere morbide aandenkens niet had bewaard. Het ziekenhuisbandje was al erg genoeg. Ainsley stopte alles weer terug in de envelop en schoof de envelop vervolgens weer tussen de twee boeken op de plank. Ze draaide zich om naar haar moeder, die nog steeds zachtjes lag te snurken op de bank. Ze weerstond de neiging om haar moeders voorhoofd te kussen, maar schudde Tabitha wel zachtjes wakker.

'Hé,' zei Ainsley. 'Tijd om naar bed te gaan, mama.' Waarop Tabitha als een gehoorzaam kind was opgestaan en Ainsley naar beneden was gevolgd.

Het is nu maandag en eigenlijk hoort Ainsley op school te zitten, waar ze misschien te weten kan komen wat alle anderen met de rest van hun weekend hebben gedaan. Misschien is zij niet de enige die straf heeft gekregen; misschien is het ondenkbare gebeurd en heeft Emma ook huisarrest gekregen – hoewel Ainsley zich dat niet kan voorstellen, aangezien het Emma's vader, Dutch, was geweest die voor de wiet en het bier voor het feestje had gezorgd. Hij had Emma nota bene gevraagd of ze ook coke wilde (en dan niet de frisdrank, zei hij, met een vette knipoog), maar Emma had haar verstand gebruikt en 'nee, bedankt' gezegd. Ainsley had Dutch erg aardig gevonden tot ze dat hoorde; nu twijfelt ze aan zijn normen en waarden. Door je zestienjarige dochter van bier en wiet te voorzien voor een feestje word je niet alleen een 'coole' vader, maar toch ook wel een beetje crimineel. Wanneer je haar vervolgens ook nog coke aanbiedt, ben je alleen nog maar crimineel.

Ainsley vraagt zich af of Teddy problemen heeft gekregen en komt tot de slotsom dat dit niet het geval zal zijn. Graham is een oom. Het hele ouderschapsgebeuren is hem opgedrongen omdat zijn broer is omgekomen bij het bestrijden van een brand en zijn schoonzus, Teddy's moeder, een suïcidale, depressieve anorexiapatiënte is in Oklahoma. Graham begint nog maar net de grondbeginselen onder de knie te krijgen: drie keer per dag een maaltijd op tafel, ervoor zorgen dat Teddy op tijd op school en zijn sporttrainingen is – hij blinkt uit in honkbal, wat in Oklahoma heel belangrijk is, terwijl in Nantucket lacrosse veel populairder is – erop toezien dat hij zijn huiswerk maakt, hem zijn rijbewijs laten halen en hem taken geven om hem verantwoordelijkheid bij te brengen. Deze zomer gaat Teddy als piccolo werken in het boetiekhotel 21 Broad. Teddy is zo dankbaar voor Grahams stabiele aanwezigheid in zijn leven dat hij liever geen dingen doet die hem in moeilijkheden kunnen brengen. Hij had wel Grahams pick-up geleend en gezegd dat hij een afspraakje had met Ainsley, en Graham had hem veertig dollar gegeven, die Teddy vervolgens aan BC had gegeven om bekers en wodka te kopen. Maar Teddy had zelf niets gerookt of gedronken. Hij was alleen naar het feestje gekomen om Ainsley te zien.

Candace Beasley was waarschijnlijk wel in de problemen gekomen. Vorig jaar rond deze tijd zou Ainsley Candace nooit hebben uitgenodigd voor een feest. Als kleine meisjes waren Candace en Ainsley hartsvriendinnen geweest. Ze hadden dezelfde juffen en meesters, namen deel aan dezelfde activiteiten en toen Tabitha Ainsley, toen ze in groep zes zaten, in de voorjaarsvakantie meenam naar Los Angeles, ging Candace mee. Op de pier van Santa Monica zaten ze samen in het reuzenrad en in hun suite in Shutters on the Beach belden ze roomservice terwijl Tabitha naar de bar ging voor zakelijke afspraken. Ze gingen samen naar de schoonheidssalon en lieten hun nagels in dezelfde kleur lakken.

Ze deden vaak alsof ze zusjes waren. Op aandringen van Ainsley deden ze zelfs niet alleen alsof ze zusjes waren, maar zelfs tweelingzusjes.

Maar er was wel een essentieel verschil tussen Candace en Ainsley geweest en dat had te maken met hun opvoeding. Omdat Ainsley zoveel tijd doorbracht met haar moeder en grootmoeder, werd zij altijd gestimuleerd om zich ouder te gedragen dan ze was. Ze ging met Tabitha en Eleanor naar de Galley om te lunchen en wanneer ze in Boston waren theedrinken bij het Four Seasons. Ainsley mocht al vanaf haar achtste overdag alleen thuisblijven. Ze kon de magnetron gebruiken om popcorn te maken en extra boter te smelten; ze mocht naar *Gossip Girl* kijken. Ze had een roze aluminium beautycase met drie verdiepingen, vol make-upspullen die Tabitha voor haar had gekocht. Toen Candace een keer een middagje bij Ainsley was geweest – op wat Candaces moeder, Stephanie, nog steeds een speelafspraakje noemde – was Candace helemaal opgemaakt de trap afgekomen, compleet met foundation, poeder, blusher, eyeliner, oogschaduw, mascara en lippenstift en had Stephanie een kreet geslaakt alsof Candace een arm of een been miste. Ze had Candace meegesleurd naar het toilet en haar gezicht ter plekke schoongeboend met een van die blauwe zeepjes in de vorm van een schelp die niemand ooit gebruikte.

Tabitha had lachend gezegd: 'Vind je niet dat je een beetje overdreven reageert? Het zijn kleine meisjes die het leuk vinden zich op te tutten.'

Stephanie had gezegd: 'Als jij je dochter erbij wilt laten lopen als een prostituee moet je dat zelf weten, maar ik wil het niet hebben.'

Tabitha had haar schouders opgehaald voor het commentaar, maar bij Ainsley was het blijven hangen. Ze wist dat Stephanie vond dat er iets ongepasts was aan de manier waarop Ainsley werd opgevoed. Candace, die ook enig kind was, werd opgevoed als een baby. Ze had tienduizend regels waaraan ze zich diende te houden: vier hapjes van alles op haar bord (ook van broccoli en tuinbonen), op tv uitsluitend de zenders PBS Kids en Disney Channel (geen Nickelodeon), om acht uur naar bed, zelfs in het weekend, tandenpoetsen én flossen, en een hele lijst huishoudelijke taken die Candace een dollar per week opleverden, die in haar studiepotje ging.

Er was bij Candace thuis veel wat Ainsley bewonderde: de maaltijden waren zelfgemaakt en verrukkelijk; Stephanie en haar man, Stu, zeiden altijd een fijn kort gebed voor het eten en gaven elkaar dan een kus; de badhanddoeken waren lekker zacht; de lakens op Candaces bed waren altijd schoon, fris en strak opgemaakt; en Stephanie las bij het naar bed gaan altijd voor.

Tabitha daarentegen hield toezicht op elke kruimel die Ainsley in haar mond stak en ze mocht geen donuts, pannenkoeken en gebakken aardappelen eten. Ainsley wist in groep vier al wat 'lege calorieën' waren. Tabitha kleedde Ainsley in kleinere uitvoeringen van haar grootmoeders ontwerpen, jurkjes die op eBay vijfhonderd dollar of meer zouden hebben opgebracht. Ze leerde Ainsley op hoge hakken lopen en haar gesprekken te larderen met Franse zinnetjes. *À tout à l'heure!* Ainsleys fijnste jeugdherinnering is waarschijnlijk thuiskomen uit school en dan met een cola light samen met Tabitha op de bank in de nieuwe *Vogue* bladeren, waarbij Tabitha haar hand op de onderschriften legde en Ainsley de ontwerpers moest noemen.

Toen Ainsley in de brugklas zat, kon ze de ongebruikelijke manier waarop ze was opgevoed in haar voordeel aanwenden. Ze was er het coolste meisje: het mooist, meest ontwikkeld en verreweg het best gekleed. Op de eerste schooldag had Candace gehuild omdat ze steeds verdwaalde bij het wisselen van lokaal en omdat ze haar meester uit groep acht, meneer Bonaventura, zo miste. Net als ontelbare brugklasmeisjes vóór haar, verwierf Ainsley haar positie als populairste meisje van de klas door hard uit te halen naar de mensen onder haar, en dan bij voorkeur naar Candace.

In de loop van dat jaar had Stephanie het over een andere boeg gegooid. Ze belde Tabitha aan de lopende band, in de hoop 'de meisjes weer bij elkaar te brengen'.

'Ik weet echt niet wat er is gebeurd,' zei Stephanie. 'Ik denk dat ze ruzie hebben gehad of zo. Maar het komt vast weer goed, denk je niet?'

Gedurende hun hele middelbareschooltijd was Candace uit geweest op Ainsleys aandacht en goedkeuring, maar zonder succes. Ainsley groette haar niet en negeerde Candace in de gang, in de kantine en in de klas. Ainsley raakte bevriend met Emma Marlowe en zij hadden hun eigen hofhouding – BC, Maggie, Anna en... Teddy.

Maar afgelopen voorjaar was er iets met Candace gebeurd. Haar vaders online hotelboekingsbedrijf was overgenomen door Orbitz en opeens was het gezin in zeer goeden doen. In februari namen Stephanie en Stu Candace mee naar Aspen om te skiën en in april gingen ze naar Saint Barts – en tijdens die vakanties had Candace een aantal mondaine gewoontes aangeleerd. In Aspen was ze, naar eigen zeggen, naar bed geweest met de zoon van een sjeik, op Saint Barts had ze Dom Pérignon gedronken toen ze met haar ouders was gaan lunchen bij Nikki Beach en ze was begonnen met het roken van kruidnagelsigaretten. In een paar maanden tijd was Candace cool geworden en daarom had Ainsley – voornamelijk uit angst van haar troon te worden gestoten – Candace uitgenodigd voor het feest bij haar thuis.

Misschien had Candace haar vakantiebelevenissen wat overdreven, want op het feest was zij naast Teddy de enige die nog kon rijden toen Tabitha thuiskwam. Tabitha had Candace de sleutels van Emma's Range Rover gegeven. Het was goed mogelijk dat Emma daarom nu kwaad was op Ainsley, en Ainsley kent niemand die bedreigender kan overkomen als ze boos is dan Emma. Zonder haar telefoon heeft Ainsley geen idee wat er gaande is in haar wereld.

De ferry nadert land en Tabitha gaat voor het raam staan. Ainsley weigert naast haar te gaan staan, maar rekt zich wel uit om iets te kunnen zien. Links ziet ze een groot groen park met een wit tuinhuis in het midden.

Ainsley raakt even haar grootmoeders arm aan. 'Ben jij wel eens op de Vineyard geweest?'

'Niet meer sinds mijn huwelijksreis,' zegt Eleanor. 'Je grootvader en ik hebben toen met een motorjacht dat mijn vader voor ons had gecharterd Nantucket en Martha's Vineyard bezocht. Je kunt vast wel raden dat ik de voorkeur gaf aan het ene eiland en Billy aan het andere. Dit was Billy's plek.'

Ainsley laat dit even tot zich doordringen. Eleanor en Billy hebben dus niet alleen hun bezittingen, hun geld en hun tweeling verdeeld, maar ook de eilanden – Nantucket voor Eleanor, de Vineyard voor Billy.

'Is mijn moeder hier wel eens geweest?' vraagt Ainsley.

'O, jazeker,' zegt Eleanor. 'In de tijd voor...'

'Voor wat?' vraagt Ainsley.

'Voordat alles gebeurde,' zegt Eleanor. 'Ik geloof dat ze Billy hier voor het laatst heeft bezocht toen ze zwanger was.'

'Van mij?' zegt Ainsley. 'Of van Julian?'

'Dat weet ik niet meer, hoor,' zegt Eleanor. Ze wuift met een met ringen overladen hand. Eleanor is eenenzeventig jaar oud en de elegantste vrouw die Ainsley kent. Ze is in Parijs en Milaan geweest en in Shanghai en Mumbai en Marrakech en Sydney en Rome en Tokio. Ze heeft boetieks in Nantucket en in Palm Beach. De winkel in Nantucket sluit in de winter en die in Palm Beach in de zomer. Eleanors flagstorewinkel, in Newbury Street, is vorig jaar voorgoed gesloten vanwege teruglopende verkoopcijfers. Ainsley vermoedt dat haar grootmoeders ontwerpen gedateerd raken.

Ainsley is stomverbaasd dat haar moeder en grootmoeder naar Billy's herdenkingsplechtigheid gaan. (Het is geen begrafenis. Billy is gecremeerd en zijn as zit in een urn.) In het album heeft Ainsley de foto's van Eleanor en Billy samen gezien, maar zolang Ainsley zich kan herinneren is er al een soort vete gaande tussen de twee helften van de familie. Tabitha haat Harper om redenen die Ainsley nooit zijn verteld en ze neemt aan dat Eleanor Billy ook haatte. Ze zou het Eleanor wel willen vragen, maar durft dat nu niet.

Tabitha draait zich om naar Ainsley. 'In Oak Bluffs heb je de Methodist Campground,' zegt ze. 'Dat zijn allemaal verschillend gekleurde zomerhuisjes, met in het midden de Tabernacle, een soort groot kerkachtig iets in de buitenlucht.'

'Klinkt als een sekte,' zegt Eleanor.

'O, lieve god,' zegt Tabitha, wanneer ze naar de mensen kijkt die zich in afwachting van de ferry op de kade hebben verzameld. 'Daar heb je haar.'

Ainsley ziet haar moeders dubbelgangster in de menigte staan. Het is zo'n onwerkelijk gezicht dat Ainsley zich omdraait naar haar moeder om te kijken of ze daar echt staat en vervolgens weer terugkijkt naar tante Harper. Tante Harper draagt haar haar precies hetzelfde als haar moeder – lang, zwaar en donker – maar haar kleren zijn natuurlijk anders. Tabitha draagt de Roxie – het linnen jurkje met de wikkelriem – in het zwart, met een paar zwarte laklederen Manolo Blahnik-pumps die ze anders alleen in de stad draagt. Tante Harper heeft een zwarte broek aan, zo'n broek die een serveerster in een Red Lobster-restaurant zou kunnen dragen, en een soort zwart kanten bloesje waarvan Ainsley – die een goed oog heeft voor slechte kledingkeuzes van anderen – vermoedt dat het van het koopjesrek van Banana Republic komt. Het topje en de broek passen niet bij elkaar – de broek makkelijk en alledaags, het hemdje gekleed. Bovendien doet zwarte kant, volgens Eleanor, altijd denken aan lingerie, wat het dus ongeschikt maakt voor een begrafenis of herdenkingsbijeenkomst. Ondanks tante Harpers erbarmelijke kleding – of misschien juist wel daarom – voelt Ainsley zich met haar verbonden. Tante Harper is hier de underdog, de eerste in zestien en een half jaar waar Ainsleys hart naar uitgaat.

Harper kijkt heel gespannen wanneer Eleanor, Tabitha en Ainsley – in die volgorde – van de boot stappen.

'Hallo, mammie,' zegt Harper.

Eleanor neemt haar dochter van top tot teen op. 'Hallo, schat,' zegt Eleanor. Ze leunt naar voren om een luchtkus naast Harpers wang te plaatsen en voelt dan met haar vingers aan de kanten stof van Harpers blouse. 'Waar heb je deze vandaan?'

'Geen idee,' zegt Harper. 'Uit een winkel? Ik stik er bijna in.' Wanneer ze de stof van haar lichaam plukt, ziet Ainsley dat haar tante het gouden horloge van haar opa draagt.

Blijkbaar ziet Eleanor het ook, want ze zegt: 'Ongelooflijk dat het je vader is gelukt dat nooit naar de lommerd te brengen. Heeft hij het jou nagelaten?'

'Inderdaad,' zegt Harper.

'Volg dan zijn voorbeeld en zorg dat je het nooit verpandt, hoe slecht je omstandigheden ook zijn,' zegt Eleanor. 'Dat horloge is kostbaar. Het is nog van zijn vader geweest, dokter Richard Frost. Het was Billy's kostbaarste bezit.'

'Dat weet ik, mammie,' zegt Harper. 'Ik bewaar het voor wanneer Ainsley ooit een zoon krijgt.' Ze kijkt langs Tabitha naar Ainsley. 'Hallo, Ainsley.'

Ainsley heeft haar tante al drie jaar niet gezien. Op de een of andere manier had Ainsley toen een keer met Billy mee gemogen naar Fenway en daar was tante Harper ook. Vier jaar daarvoor, toen Ainsley negen was, was ze samen met Billy naar de Cape geweest en hadden ze met Harper geluncht in Woods Hole. Dit is voor zover Ainsley weet dus pas de derde keer dat ze haar tante ziet en toch voelt het helemaal niet vreemd voor haar om zich in haar tantes armen te werpen en, volkomen onverklaarbaar, te gaan huilen. 'Ik hield heel veel van opa,' zegt ze.

'Hij hield ook veel van jou,' zegt Harper. Ze knuffelt Ainsley op een manier die moederlijker aanvoelt dan welke knuffel dan ook die ze ooit van Tabitha heeft gekregen.

Wanneer Ainsley zich van haar losmaakt, kijkt ze hoe haar moeder en haar tante tegenover elkaar staan. Het is zo'n opgelaten, zo'n afschuwelijk moment, dat Ainsley haar maag voelt omdraaien. Geef elkaar toch een knuffel, denkt ze. Haar moeder heeft een hekel aan Harper, maar is het omgekeerde ook waar?

'Tabitha,' zegt Harper.

'Harper,' zegt Tabitha.

Ze lopen niet naar elkaar toe en het is alsof de lucht tussen hen in vibreert van de slechte energie. Ze zijn als twee magneten met dezelfde polen, die elkaar afstoten.

'Goed,' zegt Eleanor, die zo te zien alweer genoeg heeft van het weerzien. 'Zullen we dan maar?'

Tot haar grote vreugde ziet Ainsley dat tante Harper in een onberispelijk gerestaureerde, vintage marineblauwe Ford Bronco rijdt. Sinds Ainsley verkering heeft met Teddy, heeft ze online veel naar oude auto's zitten kijken.

'Is dat er een uit '68?' vraagt Ainsley.

'Inderdaad!' zegt Harper. 'Goed gezien!'

'Ik dacht dat je een auto zou huren,' zegt Eleanor.

'Alle luxe huurauto's waren verhuurd,' zegt Harper. 'Ik heb ze echt gebeld. Het spijt me, mammie, maar je zult het hiermee moeten doen.'

'Ga maar voorin zitten, moeder,' zegt Tabitha. 'Ainsley en ik kruipen samen wel achterin.'

Ainsley heeft helemaal geen zin om samen met Tabitha ergens in te kruipen, maar ze doet het omdat haar grootmoeder bejaard is en voorin hoort.

De achterbank van de auto is een soort vuilnisbak voor koffiebekertjes, oude nummers van de *Vineyard Gazette*, vettige papieren zakjes die eruitzien en ruiken alsof er nog een half broodje tonijn van vorige week in zit, kauwspeeltjes en lege miniflesjes Jägermeister. Tabitha probeert alle rommel in een uitgevouwen krant te rollen, zodat ze een plekje kan zoeken om haar schoenen van achthonderd dollar neer te zetten. Er ligt een laken over de achterbank, maar de vloer is bedekt met hondenhaar.

'Heb je een hond?' zegt Ainsley. Ze vraagt Tabitha al sinds ze kan praten om een hond.

'Fish,' zegt Harper.

'Heb je een vis?' zegt Ainsley.

'Mijn hond heet Fish,' zegt Harper. 'Het is een Siberische husky.'

'Wat een ontzettend vreemde naam,' zegt Eleanor. 'Klinkt als iets wat je vader had kunnen verzinnen. Jij leek altijd al het meest op Billy.'

'Ik zou jullie graag een rondleiding geven over het eiland...' zegt Harper.

'Dat wil ik!' zegt Ainsley. Ze heeft nogal tegen deze dag opgezien, maar vindt het nu allemaal al geweldig. Haar moeder en grootmoeder hebben het duidelijk zo slecht naar hun zin dat Ainsley er vrolijk van wordt.

'... maar we hebben er eigenlijk geen tijd voor,' zegt Harper. 'De ontvangst begint om twaalf uur vanmiddag en jullie boot terug vertrekt...'

'Niet snel genoeg,' mompelt Tabitha.

'Om vier uur,' zegt Eleanor. 'Maar ik vind dat we uiterlijk om kwart over drie terug moeten naar de haven, vind je ook niet, Pony?'

'Het liefst nog eerder,' zegt Tabitha.

Harper snuift. 'Noemt ze je nog steeds Pony?'

'Ze?' zegt Eleanor. 'Je hebt het over je moeder, hoor.'

Harper kijkt Ainsley aan via de binnenspiegel. 'Je kent het verhaal achter die bijnaam toch zeker wel?'

'O, doe me een lol,' zegt Tabitha.

'Mama wilde een pony,' zegt Ainsley.

'Je moeder wílde niet alleen een pony, je moeder wérd een pony,' zegt Harper. 'Bijna het hele schooljaar, in groep vijf. Paardenstaart, bruine wollen trui, bruine corduroy broek. Ze hinnikte en brieste. Ze stapte, draafde en galoppeerde. Het ontbrak er nog aan dat ze hooi at. Dat jaar konden mensen ons uit elkaar houden omdat je moeder zich gedroeg als een paard en ik niet.'

'Ik herinner me dat heel anders,' zegt Tabitha.

'We gaan om klokslag drie uur weg,' zegt Eleanor. 'Je hoeft ons niet te brengen. Ik betaal met alle liefde een taxi.'

Ainsley kijkt uit het raam en probeert alles in zich op te nemen. Een meertje, een brug, een veld. Het ziet eruit als Nantucket, maar het is Nantucket niet.

'Zes plaatsen,' zegt Harper. 'Zeventienduizend vaste bewoners. Het lekkerste ijs van de wereld bij Mad Martha's.'

'Dan heb je het ijs van de Juice Bar nooit geproefd,' zegt Ainsley. 'Of wel? Ben je eigenlijk wel eens op Nantucket geweest, tante Harper?'

'Jawel,' zegt Harper. 'Maar dat is heel, heel lang geleden.'

'Wie komen er allemaal op de herdenkingsbijeenkomst?' zegt Tabitha.

'Dat weet ik niet precies,' zegt Harper. 'Papa wilde dit, ik niet. Maar er hebben aankondigingen gestaan op Islanders Talk en op mijn eigen Facebookpagina, dus...'

'Dus voornamelijk Billy's vrienden, of de jouwe?' vraagt Tabitha.

'Papa's vrienden.'

'Heb jij eigenlijk vrienden?' vraagt Tabitha.

'Mama!' zegt Ainsley, die even vergeet dat ze niet meer met Tabitha praat.

'Ik heb vrienden,' zegt Harper.

'Ik heb het niet over de mannen die je neukt,' zegt Tabitha.

'Tabitha!' zegt Ainsley, eerder om haar moeders aandacht te trekken dan om oneerbiedig te zijn.

'Het verbaast me dat er nog mensen met je praten na die... die... arrestatie,' zegt Eleanor. 'Ik kan er nog steeds niet over uit dat een dochter van mij... is gearresteerd! Je grootouders draaien zich om in hun graf, dat kan ik je wel vertellen.'

'Wat weet jij ervan, mammie?' zegt Harper. 'Serieus, wat weet jij er nou helemaal van?'

'Ann-Lane heeft me alles verteld,' zegt Eleanor. 'Je weet toch dat zij de buurvrouw is van dat gezin van wie jij het kind op het slechte pad hebt gebracht? Ze zei dat de staatspolitie er was en de FBI.'

De FBI? denkt Ainsley. Haar tante is veel interessanter dan Ainsley had gedacht.

'Ik heb geen kind op het slechte pad gebracht,' zegt Harper. 'Het "kind" in kwestie was al behoorlijk op het slechte pad toen ik hem tegenkwam. Ann-Lane kan wat mij betreft de boom in. En ik kan je verzekeren dat zij niet op de herdenking zal zijn. Tenzij jij haar hebt uitgenodigd. Heb je haar uitgenodigd?'

'Nee,' zegt Eleanor.

'Wie is Ann-Lane?' vraagt Ainsley.

'Een bemoeial,' zegt Harper.

'Mijn kamergenootje,' zegt Eleanor. 'Op Pine Manor.'

Er valt een geladen stilte, waarin Harpers rijgedrag merkbaar agressiever wordt. Ze gebruikt haar claxon en steekt haar middelvinger op naar mensen. Bij wijze van verklaring zegt ze: 'Het is zo vroeg in het seizoen dat de taxichauffeurs de weg nog niet weten. Het is vragen om ongelukken.'

'En,' zegt Tabitha, naar voren leunend. 'Is er een man in je leven?'

'Je hebt veertien jaar lang geen boe of bah tegen me gezegd,' zegt Harper. 'En nu moet ik opeens persoonlijke vragen gaan beantwoorden?' Ze zet haar richtingaanwijzer uit, slaat links af en rijdt een lange oprit op die aan weerszijden is afgezet met witte hekjes. Op een bord staat: FARM NECK GOLF CLUB, PRIVÉ.

'We zijn er,' zegt Harper. Ze zoekt in haar binnenspiegel weer Ainsleys blik. 'Dit was je grootvaders lievelingsplek op het eiland. Farm Neck.'

'En dit is een besloten club?' vraagt Eleanor.

'Ja, mammie.'

'Hoe is het je vader dan gelukt hier binnen te komen?'

'Hij kende mensen. Helaas is het lidmaatschap niet overdraagbaar. Het is nu dus afgelopen, maar wij mogen er nog één keer gebruik van maken.'

'Ik wist helemaal niet dat opa golfde,' zegt Ainsley.

'Hij was een golfer van niks,' zegt Eleanor. 'Hij stond gewoon voor gek op de countryclub met mijn vader, in 1968, in de zomer dat wij trouwden.'

'Hij was een betere drinker dan golfer,' zegt Harper. 'Dat ben ik wel met je eens. Daarom was hij een populaire speler in groepjes van vier. Iedereen kon van hem winnen en later in de club vertelde hij fantastische verhalen.'

'Wil je alsjeblieft zijn alcoholgebruik niet verheerlijken waar mijn dochter bij is?' zegt Tabitha.

Ainsley rolt met haar ogen.

Harper parkeert de Bronco en loopt snel om de wagen heen om Eleanor te helpen uitstappen. Wanneer ze allemaal op de parkeerplaats staan zet Harper haar handen in haar zij. Ze oogt wat wankel, alsof ze zo kan omvallen. 'Welkom op Farm Neck,' zegt Harper.

Het is een mooi terrein. Er staat een hele rij golfkarretjes, sommige met volle golftassen achterin, en aan de voorkant ligt een putting green. Het ruikt er naar vers gemaaid gras en patat. Ainsley verwondert zich erover dat het Billy was gelukt lid te worden van een besloten club als deze, terwijl ze weet dat Eleanor en Tabitha al bijna tien jaar op de wachtlijst staan voor de Nantucket Yacht Club.

'Obama heeft hier wel eens gespeeld,' zegt Harper. 'En Clinton.'

'Dat lijkt me geen reclame,' zegt Eleanor.

De ontvangst wordt gehouden in een tent aan de zijkant van het clubgebouw en hoewel het een veel bescheidener entourage is dan Ainsley had verwacht, ziet het er toch heel mooi uit. De tent is versierd met witte lantaarns en potten met planten; hoge partytafels staan her en der verspreid en bij de ingang worden de gasten ontvangen door een serveerster met een dienblad met tot aan de rand gevulde champagneglazen. Er staat een ezel met een foto van Ainsleys grootvader in zijn latere jaren, na de bril met het stalen montuur en de riem van wit lakleer. Op deze foto staat hij op een boot. Hij draagt een zonneklep, zijn verweerde gezicht is bruinverbrand en hij houdt een zeebaars omhoog. Boven de foto staat: TER HERINNERING AAN WILLIAM O'SHAUGHNESSY FROST, 13 APRIL 1944-16 JUNI 2017. Onder de ezel staat een tafel waarop blanco naamkaartjes en een viltstift liggen.

'Moeten wij ook naamkaartjes dragen?' vraagt Ainsley aan haar moeder.

'Goeie god, nee,' zegt Tabitha. Ze pakt een glas champagne van het dienblad. 'Hallo, lekker ding.'

De serveerster lijkt te denken dat Tabitha het tegen haar heeft in plaats van tegen het glas. 'Harper?' zegt ze. 'Ik geloof niet dat ik jou wel eens op hoge hakken heb gezien.'

'Ik ben Harper niet,' zegt Tabitha. 'Ik ben haar tweelingzus, Tabitha.'

'Echt waar?' zegt de serveerster.

Ainsley pakt een naamkaartje en schrijft: BILLY'S KLEINDOCHTER, maar ze laat niet genoeg ruimte over voor *kleindochter*, dus moet ze het verfrommelen en opnieuw beginnen. Ze speldt het kaartje op de voorkant van haar zwarte Milly-jurk met vlindermouwen. Het is snikheet in de tent; ze smelt zowat. Ze wilde dat ze iets luchtigers had aangetrokken, maar Tabitha en Eleanor hadden erop gestaan dat ze zwart zou dragen. Zij zijn de enigen die zich speciaal voor de gelegenheid hebben gekleed. Alle anderen dragen hun gewone kleren. Er is een groepje mannen in golfshirts, een paar vrouwen van middelbare leeftijd in lange broek en gemakkelijke schoenen en een zwaar geblondeerde, 'niet meer zo heel erg jonge' vrouw in een zonnejurkje van Lilly Pulitzer met sandaaltjes eronder.

Harper staat in een hoekje aan de andere kant van de tent met een politieman te praten en even vraagt Ainsley zich af of haar tante in de problemen zit. Maar dan ziet Ainsley liefdevolle gebaren. Eerst streelt de agent Harpers wang en vervolgens beginnen ze te zoenen. Eleanor krijgt een rolberoerte als ze dat ziet; ze keurt het tonen van affectie in het openbaar ten zeerste af en hoewel ze niet openlijk racistisch is, is ze wel van de oude stempel. Donkere mensen noemt ze negers, hoe vaak Ainsley en Tabitha haar ook hebben verteld dat die term onacceptabel is. Zal Eleanor het erg vinden dat Harper in het bijzijn van alle gasten een zwarte politieagent kust? Was dát de reden waarom Harper niet was ingegaan op Tabitha's vraag of er een man in haar leven was?

Eleanor en Tabitha zijn bezig met het invullen van het gastenboek, elk met een glas champagne in de hand, en hebben geen erg in Harper en de politieman die hun best staan te doen in de hoek.

Ainsley mist Teddy. Ze voelt een doffe pijn – een soort kramp in haar hart – wanneer ze aan Teddy samen met Emma denkt.

Uiteindelijk maakt Harper zich los. Wanneer de politieagent de tent uit wandelt, loopt hij vlak langs Ainsley, zo dichtbij dat ze de ruis van zijn walkietalkie kan horen en zijn aftershave kan ruiken. Hij is leuk. Hij is jong, waarschijnlijk dichter bij Ainsleys leeftijd dan bij die van haar tante. Goed gedaan, tante Harper! denkt Ainsley. Tabitha heeft het uitgemaakt met Ramsay, wat ook een reden is voor Ainsley om haar moeder te haten. Ze heeft Ramsay in Ainsleys leven gebracht, haar aangemoedigd van hem te houden – en Ainsley hield heel erg veel van Ramsay – en hem vervolgens de deur uit geschopt. Nu maakt Tabitha er grapjes over dat ze een jongere minnaar gaat nemen. Ze maakt grapjes over de surfleraar op Cisco Beach en over meneer Bly, Ainsleys scheikundeleraar. Elke keer wanneer Tabitha erover begint denkt Ainsley: getver. Maar de gedachte aan haar tante met die politieagent brengt niet datzelfde gevoel van afkeer teweeg.

Het zou Tabitha toch nooit lukken zo'n jonge, knappe vent te veroveren en te houden, denkt Ainsley, ondanks het feit dat zij en Harper een eeneiige tweeling zijn. Tabitha is veel te verwaand en je kunt absoluut niet met haar lachen.

Harper praat met de mannen in golfshirts. Ze zegt iets dat hen aan het lachen maakt en komt dan naar Ainsley toe.

'Wil je ook een glas champagne?' vraagt ze. 'Ik heb heel lekkere champagne besteld. Taittinger. Als het goed is zijn er ook kleine sandwiches en broodjes. Ik heb het een beetje traditioneel gehouden, voor je grootmoeder. Geen loempiaatjes, geen quesadilla's.'

'Niks met smaak dus,' zegt Ainsley. Ze glimlacht samenzweerderig naar Harper. Het is zo bizar – het gezicht van haar moeder op een veel leuker, cooler iemand. 'Was die man, die politieagent, je vriendje?'

Harpers gezicht verandert van uitdrukking. Ze kijkt verschrikt, alsof ze betrapt is. 'Vriendje?' zegt ze. 'Bedoel je Drew?'

'Sorry,' zegt Ainsley. 'Het gaat me niets aan.'

Harper kijkt Ainsley doordringend aan, alsof ze op de een of andere manier bij haar naar binnen probeert te kijken. 'Kon ik maar terug naar jouw leeftijd,' zegt ze. 'Opnieuw beginnen. Dan zou ik het anders doen.'

Ainsley knikt. 'Ik wil wel een glas champagne,' zegt ze. 'En ik wil zelfs wel wat van die bleke driehoekige sandwiches. Ik verga van de honger. We hebben niet ontbeten.'

Harper zegt: 'Pak gewoon zo'n glas champagne en als iemand er moeilijk over doet, zeg je maar dat je grootvader bij testament heeft laten vastleggen dat jij niet alleen champagne mág drinken op zijn herdenkingsbijeenkomst, maar dat het móét.'

Ainsley knikt, ook al weet ze dat die verklaring bij haar moeder of grootmoeder zeker niet gaat werken.

'Ik ga even kijken hoe het in de keuken gaat,' zegt Harper. 'Zo nodig snij ik persoonlijk de korstjes van de boterhammen.'

Harper verlaat de tent en Ainsley voelt zich verlaten. Ze ziet haar moeder en grootmoeder aan de kant staan, met hun champagneglazen vóór zich alsof ze kruisen vasthouden in de aanwezigheid van vampiers. Ze praten met niemand, ook niet met elkaar. Stel je voor dat ze per ongeluk iets tegen Billy's vrienden zouden zeggen. Waarom zijn ze eigenlijk gekomen?

Ainsley grist een glas champagne van het dienblad van de serveerster en loopt naar de mannen in golfshirts. 'Hallo,' zegt ze. 'Ik ben Ainsley, Billy's kleindochter.'

Ainsley drinkt haar glas champagne leeg, waarna Smitty, de man met de grootste mond tussen Billy's golfmaatjes, er nog een voor haar haalt. Door haar lege maag stijgt de champagne regelrecht naar haar hoofd, maar dat kan haar niet schelen; ze vindt het wel prettig. Ze is hier een beroemdheid, of in elk geval bij deze mannen en alle anderen aan wie Smitty haar voorstelt, zoals de vrouw in de Lilly Pulitzer-jurk die – met een por en een knipoog om Ainsley duidelijk te maken dat ze even speciaal moet opletten – aan haar wordt voorgesteld als mevrouw Tobias.

'Ik was dol op je opa,' zegt mevrouw Tobias. 'Hij was een droom van een man.'

Mevrouw Tobias is heel erg bruin. Ze is halverwege de vijftig, veel te oud voor het soort zonnejurkje dat ze aanheeft – dat is meer geschikt voor iemand van Ainsleys leeftijd – en haar geblondeerde haar is geknipt in de stijl van Rachel uit *Friends*. Maar ze is wel mooi. Ze is stukken jonger en sexyer en aantrekkelijker dan Eleanor, ook al mist ze Eleanors elegantie en stijl.

Een droom van een man, denkt Ainsley. Was dit haar grootvaders vriendin? Of misschien gewoon zijn minnares? Wat te denken van de naam mevrouw Tobias? Is er ook een meneer Tobias en waar is die dan?

Maar voordat Ainsley het soort indringende vragen kan formuleren die wellicht meer bijzonderheden kunnen opleveren, wordt haar aandacht getrokken door iets wat bij de ingang gebeurt. De tent staat nu helemaal vol mensen en er worden schalen met hapjes doorgegeven – garnalencocktails, kleine sandwiches met radijs, worstenbroodjes – dus ze kan het niet zo goed zien en bovendien is Ainsleys zicht dankzij de champagne een beetje wazig. Maar ze hoort een vrouw gillen.

'Waar is ze? Waar ís ze?'

De stem stijgt boven het beschaafde cocktailpartygebabbel uit en al snel beginnen er mensen om te kijken en worden stemmen gedempt. Ainsley ziet een man en een vrouw de tent binnenkomen. De vrouw is klein en slank, met heel kort haar en bolle ogen, terwijl de man, in kostuum met stropdas, haar volgt, haar arm probeert vast te pakken en haar probeert te kalmeren.

Wie is dat? vraagt Ainsley zich af en op hetzelfde moment fluistert mevrouw Tobias: 'O, shit. Nu gaan we het krijgen.'

Nu gaan we wát krijgen? Ainsleys ogen worden groot van verbazing, en daarna schrik, wanneer de vrouw op Tabitha en Eleanor afstevent.

'Jij!' zegt ze. Zo te zien heeft ze het tegen Tabitha.

Wa...? denkt Ainsley. Ze ziet tante Harper de tent binnenkomen, juist op het moment dat de vrouw met de bolle ogen een vol glas champagne over Tabitha's zwarte Roxie-jurk leegkiept en vervolgens, met een bliksemsnelle beweging, Tabitha een klap in haar gezicht geeft.

Het geluid van de klap weerklinkt door de hele tent. De menigte houdt de adem in en dan wordt het stil.

Harper

Ze snapt dat de timing ongelukkig is: de herdenkingsbijeenkomst voor haar vader is slechts drie dagen nadat Sadie haar en Reed heeft betrapt op het parkeerterrein bij Lucy Vincent. Drie dagen is lang genoeg voor het gerucht om zich te kunnen verspreiden, maar niet lang genoeg voor mensen om het weer te vergeten en achter zich te laten.

Ze heeft nog even overwogen de herdenking af te zeggen, maar Billy had slechts één wens gehad en dat was een afscheidsfeestje in Farm Neck. Bovendien heeft Reed, in een sms'je dat hij haar zondagavond laat stuurde – toen Harper op haar buik op bed lag, vastbesloten om nooit meer op te staan – gezegd dat hij erin is geslaagd Sadie te kalmeren. Hij beweerde haar ervan te hebben overtuigd dat Reed en Harper niet stonden te vrijen, maar dat Reed Harper alleen maar omhelsde in een poging haar te troosten na de dood van haar vader. Ja, hij snapte wel dat het vreemd, en misschien zelfs onprofessioneel, overkwam dat hij als arts om twaalf uur 's nachts op het parkeerterrein van Lucy Vincent Beach had afgesproken met familie van een patiënt, maar daarom hielden ze immers zo van de Vineyard, of niet soms? Omdat het een hechte gemeenschap was, waar de mensen nog echt met elkaar begaan waren en Reed had nu eenmaal de reputatie dat hij zich altijd tot het uiterste inzette voor zijn patiënten, en zelfs meer dan dat. Bovendien moest Sadie niet vergeten dat ze veel gedronken had tijdens de barbecue bij Lambert's Cove – heel veel – en er daarom niet op kon vertrouwen dat ze werkelijk had gezien wat ze meende te hebben gezien.

Ze mocht blij zijn dat ze niet was aangehouden.

Met deze geruststelling van Reed dat Sadie geen bedreiging meer vormde, had Harper haar plan doorgezet. Dat Sadie vervolgens blijkbaar de detective was gaan uithangen – door in Reeds telefoon te gaan kijken en Dee, Billy's verpleegster in het ziekenhuis, te ondervragen, die had gezegd dat ze inderdaad al langere tijd een affaire vermoedde – kwam als een verrassing voor Reed, maar niet voor Harper.

Sadies uitbarsting op de receptie had aanvankelijk in Harpers voordeel gewerkt. Het was uitermate ongepast om binnen te vallen op de begrafenis van een alom geliefde eilandbewoner, zijn dochter te overgieten met drank en haar vervolgens te slaan.

In de ogenblikken nadat Sadie Tabitha had geslagen – Tabitha, niet Harper, een vergissing die Harper diep betreurde – was Drew uit het niets verschenen om mevrouw Zimmer te kalmeren. Hij bewrikte het lege champagneglas uit haar hand – niemand had behoefte aan brekend glas – en hield haar voorzichtig in bedwang door haar beide polsen vast te houden.

Sadie spuugde in Tabitha's richting. 'Die vrouw is een gemeen kreng.'

'Die vrouw,' zei Drew, 'is mijn vriendin.'

'Nee,' zei Tabitha. 'Dat ben ik niet. Dat is mijn tweelingzus.' Ze stak haar hand uit naar Drew. 'Ik ben Tabitha.'

Harper was stomverbaasd geweest dat Pony zich na de klap zo snel wist te herstellen. Haar wang was vuurrood. Dat was waarschijnlijk een voordeel van al die jaren met Eleanor, dacht Harper. Tabitha had leren incasseren.

Ondanks Harpers grote schrik had ze het benul de stemming onder de gasten te peilen. De vrienden en buren die waren gekomen om Billy Frost te gedenken leken ontdaan, hoewel hun ontzetting zich niet op Harper richtte of op Tabitha, die voor Harper was aangezien, maar eerder op Sadie Zimmer. Het eilandmeisje dat zo'n succes had gemaakt van haar moeders taartenhandeltje, bleek een krankzinnige psychopaat te zijn! Ze had een van Billy Frosts dochters geslagen – de verkeerde dochter, bleek achteraf, de dochter die op Nantucket woonde. Terwijl de kwestie een halve minuut eerder nog verontrustend was geweest, reageerden de mensen nu eerder geprikkeld dan geschokt.

Billy's vriend Smitty wendde zich tot Roger Door, die naast hem stond, en zei: 'Dit moet wel het geweldigste verhaal van een herdenkingsbijeenkomst ooit zijn.'

Roger Door hief zijn glas. 'Echt iets voor Billy,' zei hij.

Maar het was Eleanor die het laatste woord had. O, wat had Harper soms een hekel aan haar moeder, maar ze kon toch niet ontkennen dat Eleanor een koninklijke uitstraling had en een onbetwistbare autoriteit. Ze had in New England een bevoorrechte opvoeding genoten, bijna alsof ze van koninklijken bloede was en zo was ze zich altijd blijven gedragen. Eleanor stapte op Sadie af en zei: 'Ik weet niet wie u bent, maar om bij een gelegenheid als deze zomaar binnen te komen vallen om persoonlijke grieven te ventileren vind ik ronduit schandalig. Er is iemand overleden die het verdient om met warme, liefdevolle gevoelens te worden herdacht, dus ga dat pietluttige drama alstublieft ergens anders opvoeren.'

Sadie kneep haar uitpuilende ogen tot spleetjes. 'Uw dochter is een slet,' zei ze.

'Dat doet niet ter zake,' zei Eleanor. 'Ik verzoek u om weg te gaan.'

Sadie liet zich door Reed en Drew de tent uit leiden. Een ober bracht Tabitha een ijszak voor haar gezicht. De een of andere slimmerik in het clubgebouw vond een manier om muziek aan te zetten en even later herstelde Mozart de sfeer van beschaving. Harper, die heel even het gevoel had het allerergste scenario zonder kleerscheuren te hebben overleefd, nam nog een glas champagne.

Waarschijnlijk had de klap Tabitha tijdelijk in een soort shocktoestand gebracht, maar ze had de ijszak nog niet op een van de partytafels gelegd of ze was weer helemaal de oude. Ze keek Harper woedend aan. 'Wat was dat verdomme?'

Harper keek haar zus aan. 'Ik vond je leuker toen je nog een pony was,' zei ze. 'Weet je nog dat ik op je rug zat?'

'Wie was dat, Harper?'

Harper twijfelde: liegen of de waarheid vertellen? Eleanor en Ainsley stonden ook op een antwoord te wachten. Kon Harper het maken om te zeggen dat ze geen flauw idee had?

Opeens kwam Ken Doll, de algemeen manager van Farm Neck, naar hen toe. 'Mijn excuses voor dat incident met mevrouw Zimmer,' zei hij. 'Wij hadden er geen idee van dat ze zo emotioneel was. Dokter Zimmer is een zeer gerespecteerd lid van deze club. Wij hadden geen enkele reden om problemen te verwachten.'

'Natuurlijk niet,' zei Harper. 'Daar kunt u niets aan doen.'

'Is dit uw zus?' vroeg Ken Doll. Hij stak zijn hand uit naar Tabitha. 'Aangenaam. Gecondoleerd met uw vader. De gehele staf hier op Farm Neck was fan van Billy Frost.'

Tabitha schonk Ken Doll een geduldig glimlachje. 'Mijn vader was me er een.'

'Hij was een hufter,' mompelde Eleanor. 'Een onverbeterlijke schurk.'

'Mammie,' zei Harper en herinnerde zich toen dat Eleanor altijd al een ramp was geweest wanneer ze champagne dronk.

'Goed, nu ja, het is mij een genoegen je te ontmoeten...'

'Tabitha,' zei Tabitha.

Ken Doll maakte een geisha-achtig buiginkje voor haar en Harper dacht dat hij misschien wel met Tabitha stond te flirten. Zou dat zo'n slechte partij zijn? Ken Doll – die eigenlijk Kenneth Dawe heette – was onlangs gescheiden van Penny Dawe, die in het gerechtsgebouw van Dukes County werkte, in Edgartown. Ken Doll was net zo knap als het vriendje van Barbie waar zijn bijnaam naar verwees, maar zo keurig dat veel Vineyarders dachten dat Ken Doll en Penny waren gescheiden omdat Ken Doll homoseksueel was. Maar hij was geen homo – hij was alleen heel erg precies in hoe hij eruitzag en zich presenteerde, wat heel passend was voor een manager van een exclusieve golfclub. Tevens maakte het hem een geschikte potentiële partner voor Tabitha.

Maar er werd verder geen woord meer gewisseld. Ken Doll ging een praatje staan maken met Smitty en Tabitha trok haar verbale machete en zette die op Harpers nek.

'Mevrouw Zimmer? Dokter Zimmer? Heb jij met Billy's dókter geslapen? Zijn getrouwde dokter?'

Harper zei: 'Ik denk dat jullie nu beter kunnen gaan.'

'Ja,' zei Eleanor. 'Voor deze ene keer, Pony, ben ik het met je zuster eens.'

Wanneer Harper om zes uur die avond haar Bronco voor haar huis parkeert en de gebaksdozen met overgebleven sandwiches uitlaadt, begrijpt ze dat deze middag nog een staartje zal hebben.

Op de stoep voor haar voordeur zit Drew, in zijn burgerkleding – jeans, een blauw katoenen overhemd en blauwe espadrilles, die hij blijft dragen, ondanks de plagende opmerkingen van zijn collega's en van Harper. Hij zit er verslagen bij.

'Ben jij met dokter Zimmer naar bed geweest?' vraagt hij.

'Nee,' zegt Harper automatisch.

'Dokter Zimmer is zo'n geweldige kerel. Ik ben gek op die man. Ik kijk tegen hem op. Hij is een van mijn helden. Hij wilde samen met mij aan een voorlichtingsprogramma over drugs voor de onderbouw van de middelbare school werken, omdat hij het net als ik belangrijk vindt dat we jongeren bereiken op een leeftijd waarop ze nog het meest te beïnvloeden zijn.'

'Drew,' zegt Harper. Ze loopt om hem heen, opent haar voordeur en draagt de gebaksdozen naar de keuken. Fish volgt haar op de hielen. Er is geen gebaksdoos waar Fish niet enthousiast van wordt. Billy kocht altijd twaalf donuts en gaf er dan vier van aan de hond. Die met poedersuiker vindt hij het lekkerst.

'Dit zijn sandwiches,' zegt Harper. Ze gooit Fish er een toe met eiersalade en waterkers, die hij verslindt, en vervolgens een met boter en radijs, waar hij even aan snuffelt en die hij op de grond laat liggen. 'Ja, dat kan ik me voorstellen.'

Drew blijft buiten op de stoep zitten.

Nee, denkt Harper. Wat hier ook gaat gebeuren, we doen het niet voor het oog van de hele straat.

'Wil je alsjeblieft binnenkomen?' zegt ze.

'Ik heb geprobeerd je te bellen,' zegt hij. 'Ik heb zeventien keer gebeld en elf berichten ingesproken, omdat ik wil weten of datgene waar mevrouw Zimmer dokter Zimmer van beschuldigt waar is.'

Harpers gedachten dwalen een beetje af, zoals wel vaker gebeurt wanneer ze iets onaangenaams te horen krijgt.

Drew zegt: 'Ze zei dat jij een verhouding hebt met dokter Zimmer. Ze zei dat ze het kan bewijzen.'

Harper voelt zich koud worden van angst. Bewijzen?

Harper trekt Drew aan zijn arm mee naar de voordeur. Ze ziet nergens een auto staan.

'Hoe ben je hier gekomen?' vraagt ze.

'Ik heb me af laten zetten door de commissaris.'

'De commissaris?' zegt Harper. 'Chief Oberg?'

Drew knikt. 'Toen ik voor het eerst met jou uitging, probeerde hij me voor je te waarschuwen. Hij zei dat je cocaïne hebt gedeald.'

Harper schudt haar hoofd. 'Welnee.'

'Maar je hebt wel íéts op je geweten.'

'Als dat zo was, Drew, zou jij wel de laatste zijn aan wie ik het zou vertellen.'

'Ik wil dat je toegeeft dat je een relatie hebt gehad met dokter Zimmer.'

'Nee,' zegt Harper. 'Het was een misverstand.'

'Dat is gelul.'

'Vertel alsjeblieft niet verder wat er op de herdenkingsbijeenkomst voor mijn vader is gebeurd,' zegt Harper. 'De mensen roddelen zo graag op dit eiland, Drew. Zelfs fatsoenlijke, goedwillende mensen als Chief Oberg.'

'Waarom zou Sadie Zimmer zich zo misdragen als ze geen bewijs heeft?' zegt Drew. 'Jij hebt een verhouding gehad met dokter Zimmer. Je hebt tegen me gelogen, Harper. Ik dacht dat wij een relatie hadden. Mijn tantes hebben stoofpot met kreeft voor je gemaakt!'

'Alsjeblieft,' zegt Harper. 'Alsjeblieft, Drew, vertel dit niet tegen je familie.' Ze doet haar ogen dicht wanneer ze zich voorstelt hoe Drews vier tantes en zijn moeder, Yvonne – Oak Bluffs' geliefdste raadslid – met hun koffie en kaneelbroodjes rond de keukentafel zitten en het ene ogenblik nog denken: wat fijn toch dat onze knappe Drew een vrouw heeft gevonden waar hij gek op is, ook al woont ze in Vineyard Haven, om het volgende moment te horen te krijgen dat die vrouw hem bedriegt en naar bed gaat met die aardige, vriendelijke dokter Zimmer, die hun hun bloeddrukmedicijnen voorschrijft, en niet alleen dat, maar dat ze ook een voormalig crimineel is die alleen aan hun aandacht is ontsnapt omdat Joey Bowen uitsluitend drugs verkocht aan blanken. Zodra de tantes en Yvonne het verhaal te horen krijgen zal het zich als een lopend vuurtje verspreiden over de hele Methodist Campground, door hun kerk, door het gemeentehuis, de openbare bibliotheek, de kapsalon, de veerhaven en ten slotte de Lookout, waar iedereen die Harper kent 's zomers graag een drankje drinkt. De invloed van de gezusters Snyder kent geen grenzen.

'Mensen komen er toch wel achter, ongeacht aan wie ik het al dan niet vertel,' zegt Drew. 'Ik ben een wetsdienaar. Ik kan niet met een vrouw omgaan met een reputatie zoals de jouwe. We moeten er een punt achter zetten.'

Deze uitspraak bezorgt haar een onverwacht gevoel van opluchting.

'Oké,' zegt Harper.

'Oké?' zegt Drew. 'Dus je laat me gewoon gaan?'

'Je vertrouwt me niet,' zegt Harper. 'Jij gelooft wat anderen zeggen. Er zit geen toekomst in een relatie waarin het vertrouwen ontbreekt, Drew.'

'Maar...' zegt Drew.

'Ik ben trouwens ook te oud voor je,' zegt Harper. 'Zoek iemand die jonger is. Trouw met haar. Krijg een baby.'

'Ik wil geen baby,' zegt Drew. 'Ik wil jou.'

'Spreek jezelf niet tegen,' zegt Harper. 'Dit is de juiste beslissing.'

'Maar ik geloof dat ik van je hou,' zegt Drew.

'Ik zal een taxi voor je bellen,' zegt Harper.

Bij wijze van avondeten eten zij en Fish de rest van de sandwiches op en slaat Harper een sixpack Amity Island-bier achterover. Het bier maakt haar, op z'n minst tijdelijk, moedig. Ze zet haar mobiele telefoon aan.

Ze ziet de elf voicemails van Drew. Er is ook een voicemail van haar baas, Rooster, en eentje van een lokaal Vineyard-nummer waarvan Harper vermoedt dat het dat van Sadie Zimmer is. Ze heeft zeven sms'jes van Drew en eentje van Reed. Dat laatste is het enige wat haar interesseert.

Ze leest: *Sadie op oorlogspad. Vertelt iedereen dat ze ons heeft betrapt bij Lucy Vincent. Werd net gebeld door Greenie. Neem maar even geen contact met me op. Het spijt me.*

Harper knijpt haar ogen dicht. Het is voorbij met Drew en nu is het ook voorbij met Reed. Greenie, Adam Greenfield, is de voorzitter van de raad van bestuur van het ziekenhuis. Ongekende gruwelen en vernederingen liggen in het verschiet. Hoe is het mogelijk dat Harper dit drie dagen geleden nog niet besefte?

Haar telefoon gaat over en zij denkt: Reed. Hij houdt van haar; dat weet ze zeker. Ze heeft dat heel sterk gevoeld op het parkeerterrein. Het was meer dan seks. Het was liefde. Zou het naïef zijn voor Harper om te denken dat Reed Sadie voor haar zal verlaten? Reed en Sadie hebben geen kinderen – ze hebben niet eens een hond – dus waarom zou Reed bij haar blijven?

Maar wanneer Harper op haar schermpje kijkt, ziet ze dat het Tabitha is die haar belt. Harper kreunt. Veertien jaar lang hoort ze niks van het mens, en nu belt ze Harper plat. Hoeveel kans is er dat Pony Harper belt om te vragen hoe het met haar is en of ze misschien iets voor haar kan doen? Hoeveel kans dat Tabitha Harper voor een andere reden belt dan om haar te bedanken voor het feit dat Harper zo'n zooitje van haar leven maakt dat Tabitha er het slachtoffer van is geworden?

Nul komma nul, denkt Harper. Ze laat het gesprek doorschakelen naar voicemail.

Tabitha

Ze hoopt dat alles beter zal gaan zodra ze uit de golfclub weg zijn en op weg gaan naar huis, maar in plaats daarvan wordt alles alleen maar erger. Wanneer de taxichauffeur – die de weg niet weet en tot drie keer toe bijna een ongeluk veroorzaakt – hen bij de veerboot heeft afgezet, gaan Tabitha en Ainsley hun kaartjes ruilen zodat ze een boot eerder kunnen nemen en wandelt Eleanor weg als iemand met alzheimer.

Ze vinden Eleanor terug aan de bar van Coop DeVille, waar ze een glas champagne heeft besteld (Tabitha neemt aan dat het in een zaak als deze prosecco is) en tegen de mollige jonge vrouw achter de bar, Carmen, staat te vertellen dat ze de weduwe van Billy Frost is.

'Ik heb Billy goed gekend,' zegt Carmen. 'Hij kwam hier heel vaak. Hij zat altijd op die kruk daar.' Ze wijst naar een lege kruk aan de andere kant van de bar, het verst van de kade en het dichtst bij de tv.

'Nou,' zegt Eleanor. 'Dan ga ik daar zitten.'

Ainsley stoot Tabitha aan. 'Oma is dronken.'

Zo te zien wel, denkt Tabitha. Tabitha kent niemand die zo goed tegen drank kan als haar moeder, maar champagne is altijd haar zwakke plek geweest. Ze is er dol op, maar ze wordt er straalbezopen van. Tabitha heeft haar op de receptie maar één, hooguit twee glazen zien drinken, maar Eleanor is gewiekst en heeft er misschien wel vier of vijf op, zodat dit haar zesde glas zou zijn.

'Moeder, we moeten weg,' zegt Tabitha. 'De ferry vertrekt zo.'

'U hebt nog twaalf minuten,' zegt Carmen. Maar ze maakt toch de rekening op. Vijf dollar.

Goedkope prosecco, denkt Tabitha.

Eenmaal aan boord blijft Eleanor drinken. De Hy-Line heeft de afgelopen paar jaar de kwaliteit van het eten en drinken aan boord flink opgeschaald. Alle soepen en sandwiches worden vers gemaakt en je kunt zelfs een fatsoenlijk ogend schaaltje kaas en fruit krijgen, en een goede wijn per glas of per fles.

'Ze hebben Veuve Clicquot!' roept Eleanor vanaf haar plek in de rij.

'Moeder, alsjeblieft!' zegt Tabitha. Ze geeft Ainsley een por. 'Kun jij je oma niet overhalen om water te drinken?'

'Ik ben er niet om jouw rotkarweitjes op te knappen, Tabitha,' zegt Ainsley. 'Ik haat jou.'

'Háát je mij? Echt waar?'

'Omdat oma jouw leven heeft verziekt denk je zeker dat het nu jouw taak is om het mijne te verpesten,' zegt Ainsley. 'Tante Harper is verstandig geweest. Die is met opa meegegaan. Ik denk erover om deze zomer bij papa te gaan wonen.'

Tabitha zegt bijna: die wil jou niet. Maar dat is wreed, voornamelijk omdat het waar is. Wyatt is hertrouwd, heeft drie zoons gekregen, die nu tien, zeven en vier jaar oud zijn, en woont met zijn vrouw, Becky, in een mooi huis met uitzicht op Craigville Beach, op de Cape. Becky heeft moeite met Ainsley. Ze heeft een hekel aan haar, maar dat is pure jaloezie. Ze wil Ainsley niet in de buurt van de jongens hebben en Wyatt doet weinig om het voor zijn dochter op te nemen. Wanneer hij schilderklussen heeft op Nantucket, gaat hij wel eens met Ainsley lunchen of eten. Maar hij nodigt Ainsley nooit uit naar de Cape, zelfs niet voor een weekend.

'Oké,' zegt Tabitha neutraal.

Eleanor gaat naast Tabitha zitten, neemt een slokje van haar champagne en begint vervolgens te huilen. 'Je vader is er niet meer,' zegt ze. 'Hij is dood.'

Ainsley leunt naar voren. 'Hield je van hem, oma?' Ze lijkt oprecht geïnteresseerd.

'Met heel mijn hart,' zegt Eleanor. 'Ik heb je grootvader leren kennen op 22 december, 1967. Hij was de jongen met wie mijn nicht Rhonda naar de jaarlijkse kerstviering van mijn ouders op de countryclub kwam. Rhonda was stoned toen ze binnenkwam en mijn ouders stuurden haar weg.' Eleanor doet haar ogen dicht en Ainsley voelt dat ze in gedachten teruggaat naar een andere tijd, toen mensen nog met paardenkoetsen naar een feest reden. 'Je grootvader bleef en we hebben de hele avond gedanst.'

'Wat klinkt dat romantisch,' zegt Ainsley.

'En weet je van wie ik nog meer houd?' zegt Eleanor. 'Van je tante Harper. Ik heb haar zo verschrikkelijk gemist.'

'Echt waar?' zegt Ainsley verrukt.

'Welnee,' zegt Tabitha. 'Dat is de champagne.'

Eleanor reikt voor Tabitha langs om een hand op Ainsleys knie te leggen. 'Het geheim van alle menselijke relaties,' zegt ze, 'is dat wij mensen datgene willen wat we niet hebben. Harper is met Billy meegegaan en sindsdien heb ik altijd naar haar verlangd.'

'Moeder!' zegt Tabitha. 'Dat is gewoon niet waar.'

'Jij weet niets van mijn diepste zielenroerselen,' zegt Eleanor.

'Tante Harper is zo cool,' zegt Ainsley. 'Maar dan heb ik het natuurlijk niet over haar manier van kleden.'

Eleanor knikt. 'Wat ze vandaag aanhad was een ramp. Ik zal haar morgen wat kleding uit de zaak sturen.' Ze draait zich om naar Tabitha. 'Welke maat heb jij, lieverd?'

'Ik draag een s, moeder,' zegt Tabitha. 'Je weet dat ik een s draag.'

'Dan stuur ik Harper XS,' zegt Eleanor. 'Ze leek me iets slanker dan jij.'

'Ze gedraagt zich gewoon zo cool,' zegt Ainsley. 'Ik vind haar echt chill. En daarmee bedoel ik het tegenovergestelde van stijf.'

Tabitha kan haar oren niet geloven. Heeft Eleanor vanaf de dag dat Harper met Billy is vertrokken naar Harper gehunkerd? Hier wordt de geschiedenis op een bijzondere manier herschreven. Tabitha weet dat Harper Eleanor regelmatig opzocht in Boston, hoewel ze sinds die afschuwelijke drugstoestand waarschijnlijk niet meer is geweest. Maar ze zijn toch bepaald niet tegen hun zin bij elkaar weggehouden. De champagne verandert Eleanor in iets uit *Lady Sings the Blues*. En Ainsley vindt Harper chill? Ze vindt Harper cool? Heeft Ainsley dat deel van de receptie gemist toen de vrouw van Harpers minnaar – die toevallig ook Billy's arts bleek te zijn – Tabitha een klap in haar gezicht had gegeven, in de veronderstelling dat zij Harper was? Is het cool om slet te worden genoemd? Het kan zijn dat Ainsley niet beseft in wat voor moeras van ellende Harper zich drie jaar geleden heeft begeven door *drie pond cocaïne* af te leveren bij een van haar klanten bij wie ze de tuin kwam doen. Eigenlijk had Harper het gevang in gemoeten. Ze zouden haar in Framingham moeten gaan opzoeken, in plaats van op Martha's Vineyard. Zou dat ook zo chill zijn? Misschien weet Ainsley niet dat haar tante voor haar werk pakjes rondbrengt. Bij gebrek aan fatsoenlijke referenties was ze niet aangenomen bij UPS of FedEx, dus werkt ze nu voor Rooster Express, een lokaal bedrijfje. Billy had Tabitha een foto van Harper laten zien op zijn telefoon: Harper droeg een shirt met een rood boordje en een honkbalpetje met een ergerlijk grijnzende vogel. Dat baantje is niet chill. Het is niet cool. Harpers leven is een puinhoop. Als Tabitha hier de enige is die dat inziet, dan is dat maar zo.

Tabitha gaat bij het raam naar het water staan kijken, wat waarschijnlijk een vergissing is omdat de gevoelens van intense zelfbespiegeling nu terugkeren. Billy is dood. Iedereen gaat ervan uit dat Harper de enige is die dat verlies voelt, maar Tabitha heeft ook verdriet. Hij was ook haar vader. Ze was er niet tijdens zijn ziekte; ze heeft niet zoals Harper aan zijn ziekbed gezeten, maar Tabitha voelt wel degelijk het gemis. Nu is er weer iemand dood die familie was van Julian. Op zijn jaarlijkse bezoekjes aan Nantucket ging Billy op 15 augustus, Julians sterfdag, altijd met Tabitha naar het kerkhof om bloemen op Julians graf te leggen. Dan bogen zij hun hoofden en sprak Billy een eenvoudig gebed uit, waarbij hij zo hard in Tabitha's hand kneep dat ze bang was dat hij zou breken. 'Hij is bij mijn moeder in de hemel,' zei Billy altijd. 'Zij zorgt voor hem. Daar kun je op rekenen.' Tabitha was nooit erg religieus geweest, maar het ritueel van samen met Billy naar het kerkhof gaan was een enorme troost voor haar geweest.

Heb jij wel eens iemand verloren? Nu had Tabitha haar vader verloren.

En Harper, moet Tabitha zichzelf bekennen. De ontmoeting met haar zus vandaag was een beproeving geweest. Jaren van woede en haat hadden de waarheid bedekt, die er als een soort bezinksel onder verscholen lag, bijna onzichtbaar maar net niet helemaal. Tabitha was haar beste vriendin, haar tweelingzus kwijt.

Of Tabitha zich nog herinnerde hoe Harper op haar rug had gezeten toen ze een pony was? Natuurlijk. Tabitha herinnert zich nog veel meer. Ze herinnert zich hoe ze elkaars schoolvakken volgden op Winsor – Tabitha ging dan twee keer naar de tekenles en Harper naar Engels. Ze herinnert zich hoe ze allebei vrijwilligerswerk deden in het Brigham-ziekenhuis en daar expres de seniele mevrouw Lawton in de war brachten – terwijl Tabitha de ene deur uit liep, kwam Harper op hetzelfde moment door de andere deur binnen – en steken in hun zij kregen van het lachen. Ze herinnert zich het Wyonegonic-zomerkamp en dat de andere meisjes dachten dat Tabitha en Harper een hekel aan elkaar hadden, net als de tweeling in *The Parent Trap*, maar ze waren elkaars beste vriendin geweest en onafscheidelijk. Met hun badmuts op wachtten ze samen aan de rand van de steiger alvorens precies tegelijk in het ijskoude Moose Pond te duiken. Ze peddelden samen in de kano, Tabitha achter en

Harper voorin. Tabitha stuurde; Harper zorgde voor de kracht. Ze stonden zij aan zij bij het boogschieten, hun bogen op exact dezelfde manier gespannen.

Ze herinnert zich steen-papier-schaar en Harper die wegrijdt met Billy, Tabitha achterlatend voor een toekomst waarin ze voortdurend moest voldoen aan Eleanors onmogelijk hoge normen. Tabitha had hen nagewuifd vanaf de stoep voor het huis in Pinckney Street, maar Harper had niet de moeite genomen om terug te zwaaien; ze had het te druk gehad met rommelen aan de autoradio.

Tabitha herinnert zich hoe Harper naar Nantucket was gekomen om Tabitha te helpen met de zorg voor Julian.

Daar stopt Tabitha haar herinneringen.

Bij thuiskomst staat er een bruine doos voor de deur van het koetshuis. Het is Ainsleys nieuwe mobiele telefoon, die Tabitha zevenhonderd dollar kost, zodat de straf voor Tabitha erger is dan voor Ainsley.

'Mijn telefoon!' gilt Ainsley en ze springt al uit de FJ40 – die nog steeds naar sigaretten stinkt – voordat hij helemaal stilstaat.

Tabitha trapt op de rem. Ze probeert Ainsley eraan te herinneren dat ze nog tot vrijdag niet aan haar telefoon mag komen. Maar ze kan hem nu niet meer van haar afpakken. Dat wil zeggen, Tabitha kan hem nog wel afpakken, maar daarvoor zou ze ongetwijfeld het gevecht met Ainsley moeten aangaan en misschien nog wel een klap moeten incasseren. Dat kan ze nu niet aan.

Je hebt gelijk, Ramsay, denkt ze. Ik ben een waardeloze moeder. Ik ben gewoon veel te slap.

Ze kijkt hoe Ainsley met de doos naar binnen gaat. Tabitha rijdt verder, het lange witte schelpenpad af, naar het huis van haar moeder, Seamless – een gebouw van meer dan vierhonderd vierkante meter met drie verdiepingen, zes slaapkamers, zes badkamers en een glazen serre aan de rand van een klif, met vrij uitzicht over de Nantucket Sound. Tabitha is er altijd van uitgegaan dat dit huis ooit van haar zal zijn – net als het huis in Pinckney Street – hoewel

Eleanor de laatste tijd een beetje geheimzinnig doet over geld. Vorig jaar is de ERF-boetiek in Newbury Street gesloten en daar moeten zowel Eleanors financiën als haar ego een knauw van hebben opgelopen, ook al heeft ze daar natuurlijk niets van laten merken. Tabitha heeft altijd aangenomen dat Eleanor er financieel gezien warmpjes bij zat, maar kennelijk toch niet warmpjes genoeg om de flagshipstore van de ondergang te kunnen redden. Als er geen wonder gebeurt zal de zaak op Nantucket de volgende zijn die moet sluiten – ondanks Tabitha's inspanningen om het winkelaanbod uit te breiden en diverser te maken. De zaak in Palm Beach loopt nog goed omdat... nu ja, omdat de clientèle oud is. Ouder.

'Heb je hulp nodig om naar binnen te gaan, moeder?' vraagt Tabitha.

Eleanor slaakt een dramatische zucht. 'Je hebt geen idee hoe vermoeiend vandaag voor me is geweest.'

'Voor ons allemaal,' zegt Tabitha. Ik heb een klap gekregen! denkt ze. En een glas wijn over me heen! Ondanks alles ziet haar jurk er nog goed uit – een prima verkoopargument voor de Roxie. De jurk kan een vol glas champagne hebben zonder dat er vlekken of kreukels in komen. 'Hij was mijn vader.'

'Hij was mijn man,' zegt Eleanor.

'Ex-man,' zegt Tabitha. 'Je bent langer van Billy gescheiden geweest dan dat je ooit met hem getrouwd bent geweest.'

'Ik verwacht niet van je dat je het begrijpt,' zegt Eleanor.

'Ik begrijp het inderdaad niet,' zegt Tabitha. 'Ik vind al dit plotselinge verdriet en droefenis een beetje gemaakt en behoorlijk egocentrisch. Billy woonde nog geen twintig kilometer hiervandaan. Ben je ooit bij hem langs geweest? En ben je wanneer hij hier was, op Nantucket, ooit met hem gaan lunchen? Heb je hem ooit uitgenodigd in dit huis? Nee! Wanneer zijn naam ter sprake kwam, beledigde je hem. Je bent al zo lang over Billy heen. Je bent van hem gescheiden en vervolgens ben je hem vergeten, moeder. En nu vertel je mijn dochter opeens dat je zielsveel van hem hield. Niet te geloven!'

'Jij bent nooit getrouwd geweest, Pony,' zegt Eleanor. Ze maakt haar tasje open en haalt er een krantenknipsel uit. Ze geeft het aan Tabitha.

'Wat is dit?' vraagt Tabitha. Ze vouwt het knipsel open; het papier ziet er wat versleten, zacht geworden en smoezelig uit. Het is een foto van Billy en Eleanor, waarop Eleanor staat te lachen alsof ze zojuist vijftig miljoen heeft gewonnen in de lotto en Billy haar wang kust. De begeleidende tekst luidt: *Bostonse adel – Modeontwerpster Eleanor Roxie-Frost en echtgenoot, Billy Frost, genieten van een avond uit bij Locke-Ober om fondsen te werven voor de openbare bibliotheek van Boston. Mevrouw Roxie-Frost draagt een japon van eigen ontwerp.*

Tabitha heeft tientallen soortgelijke foto's van Billy en Eleanor samen gezien en moet altijd aan hetzelfde liedje denken: *Those were the days, my friend, we thought they'd never end...* maar aan die mooie tijden was wel degelijk een eind gekomen. Toch doet deze foto Tabitha inzien dat haar moeder werkelijk verdriet heeft. Eleanor heeft de moeite genomen dit knipsel mee te nemen naar Billy's herdenkingsbijeenkomst; het betekent dus iets voor haar. Zelfs na al die jaren op hem te hebben neergekeken en hem te hebben genegeerd, heeft ze misschien toch van hem gehouden.

Tabitha kan er nu even niets mee; daar is ze te moe voor. In plaats daarvan zegt ze: 'Die jurk heb ik volgens mij nog nooit gezien.' Het is een lange strapless kokerjurk van donkere zijde met een geplooid bovenstukje dat aan een Japanse waaier doet denken.

'Ik heb hem nog,' zegt Eleanor. 'Ooit gaat hij naar het Smithsonian.'

'Ongetwijfeld,' zegt Tabitha. 'Hij is heel...' Ze zegt bijna mooi, maar mooi is een woord dat Eleanor nooit iets heeft gezegd. 'Sterk. Daar zet je wel een statement mee neer. Misschien zou je hem weer in de collectie moeten opnemen.' Ze geeft het knipsel aan Eleanor terug.

'Misschien wel,' zegt Eleanor. Ze bergt het knipsel weer in haar tasje alvorens moeizaam uit de auto te stappen. Ze staat de laatste tijd wat minder stevig op haar benen, vooral wanneer ze hakken draagt – en dan nog open schoentjes ook – en bovendien heeft ze minstens zes glazen champagne op. Eigenlijk zou Tabitha met haar naar de deur moeten lopen, haar binnen in een makkelijke stoel moeten zetten, een kopje thee en iets te eten voor haar klaar moeten maken en een ochtendjas voor haar moeten pakken.

Maar nee. Dat gaat Tabitha niet doen. Vanavond niet. Ze is te boos en de dingen die Eleanor vandaag heeft gezegd hebben haar te zeer gekwetst. Eleanor verlangt naar Harper. Prima. Wanneer Eleanor van nu af aan iets wil, kan ze het aan Harper vragen. Laat Harper de winkel op Nantucket maar runnen, misschien kan ze behalve het merk Eleanor Roxie-Frost ook meth of heroïne aan de man brengen. Dan zijn ze tenminste meteen van hun cashflowproblemen af.

'Welterusten, moeder,' zegt Tabitha.

Eleanor wankelt het flagstone pad op naar de treden die naar de voordeur leiden. Tabitha bestudeert de grootsheid van het pand en besluit dat ze er over een paar weken een feest gaat geven. Eleanor gaat dan naar New York om de kleermakers en de fabrikanten van ERF te spreken. Ha! Tabitha is geen haar beter dan Ainsley! Maar Eleanors huis is nu eenmaal ideaal om gasten in te ontvangen – cocktails op de veranda, diner in buffetvorm in de eetkamer, dansen in de woonkamer. Misschien nodigt Tabitha kapitein Peter wel uit. En misschien ook de jonge Zack, de barman van de Nautilus. Nu Ainsley en Candace weer vriendinnen zijn, wil ze in elk geval Stephanie Beasley vragen. En als ze toch bezig is, misschien ook Teddy's oom Graham.

Ze heeft meer vrienden nodig, denkt ze. Ainsley heeft gelijk. Eleanor heeft haar leven verpest.

Eleanor loopt naar boven terwijl ze zich vasthoudt aan de trapleuning. Kan het nog langzamer, denkt Tabitha.

Ze gaat die mensen uit Tallahassee uitnodigen!

Harper heeft een verhouding gehad met Billy's getrouwde arts. Is Tabitha nu echt de enige die dat walgelijk vindt?

Eleanor heeft de veranda bereikt en draait zich om om te zwaaien, of misschien niet om te zwaaien, maar om iets duidelijk te maken, want ze staat nu te huilen. Ze zet een stap naar voren – misschien wil ze zich bij Tabitha verontschuldigen, of misschien heeft ze haar leesbril in Tabitha's auto laten liggen – maar ze verstapt zich, valt van de veranda en komt in een slordig hoopje onder aan de trap terecht.

Ainsley

Ze heeft het zo druk met het gebruiksklaar maken van haar mobieltje dat ze pas in de gaten heeft dat er iets aan de hand is als ze de sirene van de ambulance hoort. Eerst is het geluid nog ver weg en hoort ze het amper, maar dan komt het steeds dichterbij, tot het bijna bij haar in de kamer is, en wanneer ze uit het raam kijkt ziet ze de blauwe en rode flitslichten hun oprit opkomen. In de verte ziet ze haar moeder de ambulance in de richting van oma's huis wenken.

Ainsley rent nog net op tijd naar buiten om te zien hoe de ambulancebroeders oma op een brancard achter in de ambulance schuiven. Tabitha stapt in haar auto, keert op de oprit en rijdt achter de ambulance aan. Wanneer ze Ainsley ziet staan, rolt ze haar raampje omlaag.

'Oma is gevallen. Ik ga met haar naar het ziekenhuis. Wil je mee of blijf je hier?'

'Ik blijf hier,' zegt Ainsley. Ze voelt zich een beetje schuldig om die keuze, maar haar moeder lijkt opgelucht.

'Doet je telefoon het?'

'Ja.'

'Dan bel ik je,' zegt Tabitha. En weg is ze.

Ainsley gaat alleen weer naar binnen. Dit is waar ze sinds vrijdagavond op heeft gewacht – de kans om alleen te zijn, met een manier om te communiceren – maar ze heeft nu toch spijt van het antwoord dat ze haar moeder heeft gegeven. Ze had mee moeten gaan naar het ziekenhuis. Wat als haar grootmoeder dóódgaat? Wat als ze binnen één week haar beide grootouders verliest?

Ze wacht tot haar telefoon is opgeladen. Ze verwacht een stroom van sms'jes en gemiste oproepen, maar er komt maar één berichtje binnen, van Emma, verzonden op zondagmiddag. Er staat: *Koppijn. Bel me.*

Meer niet? denkt Ainsley. Niks van Teddy? Hij weet niet dat haar telefoon is verzopen, maar misschien heeft hij het geraden. Hij weet niet dat haar opa is overleden en dat ze naar de herdenking op de Vineyard is geweest.

Ze is helemaal niet bereikbaar geweest. Ze is ervan uitgegaan dat hij heeft geprobeerd haar te bellen, maar op haar telefoon is daar niets van te zien. Is hij echt met Emma naar de Jetties gegaan om G. Love te zien? Emma klaagde zondagmiddag over hoofdpijn, maar dat wil nog niet zeggen dat ze niet van plan was 's avonds helemaal uit haar dak te gaan.

Misschien heeft oom Graham Teddy ook wel zijn mobieltje afgenomen. Misschien is hij eindelijk eens naar de bibliotheek gegaan om een handboek voor ouders te lenen. Maar op de een of andere manier gelooft Ainsley dat toch niet. Het enige wat Teddy heeft misdaan is dat hij zijn geld aan wodka heeft uitgegeven. Misschien is Teddy's moeder onverwacht langsgekomen, net ontslagen uit Brookhaven Hospital in Tulsa, en heeft ze Teddy meegenomen naar hun eigen huis, in Oklahoma. Zoiets zou er gebeurd zijn in een boek van Charles Dickens; Ainsley heeft bij Engels goed genoeg opgelet om dat in elk geval te weten.

Ainsley belt Teddy. Wanneer hij opneemt klinkt hij vermoeid. 'Hoi, Ainsley.'

'Teddy?' zegt ze. 'Mijn moeder heeft zaterdagavond mijn telefoon verzopen, daarom heb ik je niet gebeld. En toen hoorden we zondagochtend dat mijn opa was overleden, maar kon ik je nog steeds niet bellen. Vandaag was ik niet op school omdat we naar de herdenkingsbijeenkomst op de Vineyard zijn gegaan. Ik ben net terug en heb nu een nieuwe telefoon, dus dat is het goede nieuws, maar het slechte nieuws is dat mijn oma dronken is geworden op de receptie en is gevallen. Er kwam een ambulance en nu is ze met mijn moeder naar het ziekenhuis. Ik ben alleen thuis.' Ze slikt. 'Kun je komen?' Ze vraagt het niet omdat ze seks wil, maar omdat ze werkelijk behoefte heeft aan gezelschap, aan een vriend. Haar moeder wil haar er niet eens bij hebben in het ziekenhuis en kan Ainsley haar dat kwalijk nemen? Op de veerboot heeft Ainsley Tabitha nog verteld dat ze haar haatte. 'Alsjeblieft? Teddy?'

'Ainsley,' zegt Teddy. 'Ik moet je iets vertellen.'

Ainsley begrijpt hoe haar moeder zich eerder die middag moest hebben gevoeld: een klap in haar gezicht, als een donderslag bij heldere hemel.

'Ik wil het uitmaken,' zegt Teddy.

'Wat?' zegt Ainsley. 'Waarom?'

'Waarom?' zegt Teddy.

'Waarom?' zegt Ainsley. 'Komt het door Emma? Heb je Emma meegenomen naar de Jetties om G. Love te zien?'

'Ik ben niet naar de Jetties gegaan en G. Love is daar trouwens niet eens komen opdagen,' zegt Teddy. 'En dit heeft niets met Emma te maken. Ik vind iemand anders leuk.'

Ainsley houdt haar adem in. 'Iemand anders?' zegt ze. 'Wie dan?'

'Candace,' zegt Teddy. 'Ik vind Candace leuk.'

Candace? denkt Ainsley. Candace Beasley? Measley Beasley? Ainsley denkt dat Teddy een grapje maakt, maar dan stort hij zich in een monoloog over dat hij positieve invloeden nodig heeft in zijn leven. Hij kan zich niet inlaten met al dat drinken en roken. Als hij in de problemen komt en Graham schopt hem eruit, dan komt hij in een pleeggezin terecht of in een begeleidwonenproject.

Candace haalt hoge cijfers en is misdienares in Saint Mary's Church. Zij en Teddy waren op Ainsleys feestje de enigen die nuchter zijn gebleven. Teddy heeft haar zondag gebeld en ze hebben een strandwandeling gemaakt. Ze hebben gepraat. Hij heeft geprobeerd haar te kussen, maar dat wilde zij niet voordat hij het echt heeft uitgemaakt met Ainsley.

'Ze wil je geen pijn doen,' zegt Teddy. 'Ze wil niet dat jij kunt zeggen dat zij mij van jou heeft afgepakt, want zo is ze niet.'

Ainsley is sprakeloos. Ze is in gedachten nog steeds bij *positieve invloeden*. Is Ainsley dan geen positieve invloed? Is zij niet degene die vriendschap heeft gesloten met Teddy toen hij net op Nantucket was? Hij had een vreemde eend in de bijt kunnen blijven, een eigenaardige eenling uit Oklahoma, maar Ainsley heeft hem voorgesteld aan al haar vrienden. Zij heeft hem overal bij betrokken. En niet lang daarna, nadat ze een paar keer samen uit zijn geweest, heeft ze hem haar maagdelijkheid geschonken. Ze snapt dat hij niet in de problemen wil komen. Hij hoeft niet te drinken en te roken; ze heeft hem nooit onder druk gezet om daaraan mee te doen.

Ainsley is dan misschien geen voorbeeldige leerling. Ainsley is misschien geen *misdienares in Saint Mary's* – haar moeder heeft haar niet eens laten dopen, laat staan dat ze communie heeft gedaan – maar ze heeft wel een hart en haar hart houdt van Teddy.

Candace Beasley! Achterbakse verraadster, denkt Ainsley. Ze gaat Candace Beasley kapotmaken. Ze gaat Candace en Teddy samen kapotmaken. Ze kunnen zo braaf zijn als ze willen, maar dan wel alléén.

Ainsley snapt dat die laatste paar gedachten die van een boosaardig, wraakzuchtig iemand zijn – en dat is precies waarmee ze Teddy is kwijtgeraakt. Ainsley haalt diep adem. 'Ik geloof best dat ze mij geen pijn wil doen. Candace en ik waren vroeger beste vriendinnen, maar we zijn uit elkaar gegroeid. Toen ik haar uitnodigde voor afgelopen zaterdag, deed ik dat juist omdat ik wilde proberen onze vriendschap te herstellen.'

'Dat heeft ze mij verteld,' zegt Teddy. 'Ze vertelde me ook dat jij en Emma behoorlijk gemeen tegen haar zijn geweest.'

'Dat is waar,' geeft Ainsley toe. En nu neemt ze wraak. 'Jullie worden vast heel gelukkig samen. Gelukkiger dan jij en ik samen waren. Ik wens je het allerbeste.'

'Ainsley...' zegt Teddy.

'Dag, Ted,' zegt Ainsley en hangt op.

Ainsley blijft een paar tellen naar haar mobieltje zitten staren. Ze is er trots op dat ze niet uit haar plaat is gegaan; ze heeft het precies zo aangepakt als haar grootmoeder zou hebben gedaan.

Maar wauw, wat doet het pijn. Er prikken tranen in haar ogen. Ze is boos over Teddy en Candace, ze maakt zich zorgen om haar oma en ze is zo, zo verdrietig om Billy. Het enige fijne dat er is gebeurd is dat ze tante Harper heeft kunnen zien, maar zelfs dat bezoekje is voortijdig afgebroken.

Ainsley pakt haar telefoon weer om Emma te bellen. Maar Emma is niet zo goed in meeleven; ze heeft geen idee hoe je iemand kunt troosten of steunen. Hetzelfde geldt voor BC en Maggie en Anna. Ainsley heeft vriendinnen gekozen die te cool zijn voor enige vorm van oprechte menselijke emotie.

Zal ze haar vader bellen? Om hem te vragen of ze misschien de zomer op de Cape kan doorbrengen? Ze zou als kindermeisje voor haar halfbroertjes kunnen werken. Nu wordt ze geacht veertig uur per week in de ERF-boetiek te werken, maar Ainsley zou haar moeder dolgraag willen vertellen dat ze een beter baantje heeft gevonden. Waarschijnlijk wil Tabitha liever toch niet dat Ainsley in de winkel werkt. Als Ainsley naar de Cape gaat, kan Tabitha iemand aannemen die betrouwbaar en competent is, iemand op wie ze kan vertrouwen en aan wie ze niet hoeft te twijfelen.

Wat wil het zeggen wanneer je eigen moeder niet in je gelooft?

Ainsley draait het nummer van haar vader, maar na zes keer overgaan wordt ze doorgeschakeld naar zijn voicemail. Ainsley hangt op. Ze weet niet of Tabitha Wyatt heeft verteld dat Ainsley de auto heeft gepikt en dat feest heeft gegeven, maar als dat het geval is kan ze een zomer op de Cape wel op haar buik schrijven. Becky, Ainsleys stiefmoeder – of liever gezegd, Wyatts vrouw – haat Ainsley. Ainsley mag van haar amper bij de jongens in de buurt komen.

Ainsleys telefoon gaat over. Het is haar moeder.

'Oma heeft haar heup gebroken,' zegt Tabitha.

Ainsley ademt uit. 'Maar verder is alles in orde? Ze leeft nog?'

'Ze leeft nog, maar het is een gecompliceerde breuk en ze vliegen haar met de MedFlight-helikopter naar Boston. Ik vlieg ook naar Boston. Ik wil je wel meenemen, maar ik wil niet dat je nog meer school mist. Dus... wat vind je zelf? Kun je vannacht alleen thuisblijven? Er zit geld in het theeblik, voor als je pizza wilt bestellen en anders ligt er nog een stuk magere kaas in de koelkastla. Maar er zijn geen rijstwafels meer. Die hebben we gisteravond opgegeten.'

'Ben je morgen weer thuis?' vraagt Ainsley.

'Dat weet ik nog niet, lieverd, maar ik moet echt met je grootmoeder mee. Ze heeft niemand anders. Maar alsjeblieft, gedráág je tot ik terug ben. Niet roken, niet drinken, geen feestjes – oké?'

'Oké,' zegt Ainsley. 'Ik beloof het.'

Ze hangt op. Een gebroken heup: het had erger kunnen zijn, maar het is toch ernstig, dat snapt Ainsley ook wel. Waarom breken oude mensen altijd hun heup? Je hoort niet anders.

Nu heeft Ainsley het huis dus voor zichzelf – vannacht en misschien nog wel langer. Drie uur geleden was dit nog exact waar Ainsley van droomde, maar nu... nu voelt ze zich ellendiger dan ze zich ooit eerder heeft gevoeld.

Harper

Wanneer ze de ochtend na Billy's herdenkingsbijeenkomst wakker wordt, is het haar helemaal duidelijk: ze moet weg van de Vineyard.

De avond ervoor had Harpers telefoon aan één stuk door gerinkeld. Het werd zo erg dat ze bijna hoopte dat het ding het zou begeven. Ze kreeg sms'jes van Drew en van een onbekend nummer, wat uiteindelijk van Drews neef Jethro bleek te zijn, de zoon van Wanda, de tante van de stoofpot. Harper wist de sms'jes zonder ze te lezen. Ze voelt weer dezelfde schaamte van drie jaar geleden. Wat heeft ze daar toen van geleerd? De Vineyard is een geweldige plek om te wonen... tot je iets stoms doet. Deel uitmaken van een gemeenschap betekent dat je de verantwoordelijkheid hebt je te gedragen, je aan de wet te houden, een fatsoenlijk mens te zijn. Doe je dat niet, dan stel je iedereen in de gemeenschap teleur.

Ze kreeg een sms'je van de andere chauffeur van Rooster Express, een ex-verslaafde die Adele heette en die vroeg: *Is het echt waar????* Er kwam, heel beangstigend, een sms'je van Jude, Harpers voormalige werkgever. Harper wist eigenlijk niet waarom ze Judes contactgegevens in haar telefoon had laten staan. Ze hadden immers afgesproken elkaar nooit meer te spreken. Harper was zo naïef om nog even te denken dat Jude misschien had gehoord dat Billy was overleden en haar daarom belde. Maar de tekst van het berichtje luidde: *Tuig.*

Hierna was Harper vast van plan haar mobieltje door het toilet te spoelen, maar toen kwam er een berichtje van Rooster, haar baas, en dacht Harper dat het misschien een wijziging in haar werkrooster was. Ze las: *Luister alsjeblieft je voicemail af, Harper. Of bel me gewoon terug.*

Harper zuchtte en ging naar haar voicemail. 'Hoi Harper, met Rooster. Het spijt me dat ik Billy's herdenking heb gemist. Ik kwam om in het werk omdat jij een vrije dag nam. Ik hoorde dat er behoorlijk gekke dingen zijn gebeurd op de golfclub en het lijkt erop dat je een aantal persoonlijke problemen hebt waarmee je aan de slag moet. Hoe dan ook, hierbij onthef ik je voor de nabije toekomst van je werkzaamheden als bezorger. Sorry, Harper.'

Harper luisterde het bericht nogmaals af omdat ze niet snapte wat hij haar nu eigenlijk wilde vertellen. Hij onthief haar voor de nabije toekomst van haar werkzaamheden? Ontsloeg hij haar? Ja, daar leek het wel op.

Er was ook een voicemail van Tabitha. Het bericht was om half drie 's ochtends verzonden. Harper had het niet afgeluisterd, want hoeveel ellende werd ze geacht te slikken?

Reed weg.

Drew weg.

Haar baan weg.

Ze moet hier zelf weg. Waar ze naartoe moet is van minder belang dan de stappen die ze moet ondernemen om hier alles af te ronden.

Ze moet naar Chappaquiddick om Brendan op te zoeken, maar dat moet nog even wachten.

Ze moet Ken Doll van de golfclub betalen, want de herdenking was bepaald niet gratis geweest, maar dat kan ze wel per e-mail afhandelen, want Ken Doll heeft inmiddels waarschijnlijk al vernomen wat de reden was voor Sadie Zimmers schandalige gedrag. Wat zij heeft gedaan was gerechtvaardigd: Harper had met haar man geslapen, die fantastische man die alom goed bekendstond, de lievelingsarts van het hele eiland, een man met net zo'n smetteloze reputatie als dokter Marcus Welby zelf – dokter Reed Zimmer.

Nee, denkt Harper. Sadies gedrag was niet gerechtvaardigd. Binnenvallen op Billy's herdenkingsbijeenkomst om Harper voor het oog van alle gasten een klap in haar gezicht te geven – het was onacceptabel. En waarom is Harper eigenlijk de enige die de ontrouw wordt verweten? Zíj is niet getrouwd. Zij heeft thuis niemand die ze bedriegt. Goed, ze heeft Drew bedrogen. Hij denkt dat ze hebben afgesproken elkaar trouw te zijn, maar ze gaan nog maar net *drie weken* met elkaar. Ze zijn nog niet eens met elkaar naar bed geweest en Harper weet zeker dat ze het woord 'trouw' nooit in de mond heeft gehad. Maar waarom spreekt er dan niemand kwaad over Reed? Waarom wordt Harper als de boosaardige verleidster gezien? Is dat helemaal terug te voeren tot Nathaniel Hawthorne? Ja, ze neemt aan van wel.

Het huis. Ze moet Billy's huis verkopen – en snel ook. Ze heeft een makelaar nodig. Is er op de Vineyard nog iemand te vinden die met haar wil praten?

Ze knipt met haar vingers. Polly.

Polly Childs heeft dit ook meegemaakt. Toen ze nog verkoopassistente was bij Shipshape Makelaardij, is ze met haar baas, Brock, naar bed gegaan terwijl Brock en Polly allebei met iemand anders getrouwd waren. Beide huwelijken liepen stuk en Polly maakte een reis naar Ethiopië, waar ze op zoek ging naar haar voorouders en erachter kwam dat ze afstamde van de koninklijke familie – dat was althans het verhaal – en wat ontwikkelingswerk deed. Toen ze terugkwam op de Vineyard had ze zichzelf voldoende teruggevonden om een baan te krijgen bij Makelaardij Up-Island, waar ze in haar hoedanigheid van Afrikaanse prinses een grote slag sloeg. Ze verkocht meteen een huis aan de haven in Edgartown aan de beroemde talkshowgastheer Sundae Stewart. Dat was groot nieuws voor de Vineyard! Het nieuws werd zelfs nog groter toen Polly en Sundae door Sundaes vriendin, de actrice Cassandra K. werden betrapt terwijl ze in de grote slaapkamer met elkaar lagen te rommelen. Er was een ware publicrelationshysterie ontstaan, op nationaal niveau – alle roddelbladen en TMZ, de website waarop het doen en laten van alle beroemdheden wordt gevolgd, sprongen erbovenop. Een volledige roddelcyclus – negen dagen – lang zag je overal waar je keek de naam van Polly Childs.

Harper zou in een auto zijn gaan zitten en van een brug zijn gereden, maar Polly onderging het met opgeheven hoofd. Harper had haar die week nog gezien op de versafdeling van Cronig's en in een poging heel gewoon te doen had Harper Polly gevraagd hoe je het beste kon zien of een ananas rijp was. Polly had Harper op normale, opgewekte toon verteld dat een ananas eetrijp is als hij een zoete geur afscheidt.

Harper belt Polly en zegt: 'Ha, Polly, je spreekt met Harper Frost. Ik wil het huis van mijn vader verkopen. Ik moet weg van dit eiland.'

Het blijft even stil en even denkt Harper dat zelfs Polly Childs geen zaken meer met haar wil doen, want ze weet zeker dat Polly de geruchten al heeft gehoord. Makelaarskantoren zijn broeinesten van roddels. Als Polly haar niet kan helpen, is Harper officieel toegetreden tot de kaste der onaanraakbaren.

Ten slotte zegt Polly: 'Ik ken het huis. Daggett Avenue? Ik ben er over een kwartier.'

Polly is er als eerste, omdat Harper eerst Fish nog moet voeren en uitlaten, zich moet verkleden – ze was in slaap gevallen in de zwarte kleding die ze op de herdenkingsbijeenkomst had gedragen – en haar tanden moet poetsen en haar gezicht moet wassen in een poging er een beetje netjes uit te zien. Harper draagt een korte witte spijkerbroek, een lichtblauw golfshirt dat van Billy was geweest voordat Harper het zich had toegeëigend om mee in de tuin te werken, een petje van de Red Sox en haar vaders horloge. Ze is 's werelds meest teleurstellend uitziende minnares.

Polly daarentegen draagt... goed, dit doet Harper even met haar ogen knipperen. Ze draagt een van haar moeders ontwerpen – de Roxie – in het paars, een kleur die haar huid doet glanzen als brons. Harper weet niets van mode, maar haar moeders jurk, die jurk, herkent ze uit duizenden – het is een linnen jurk met een brede wikkelceintuur. Deze zogenaamde obi's waren populair gemaakt door geishameisjes in Japan. Eleanors gehele mode-imperium is gebaseerd op een symbool van vrouwelijke onderdanigheid dat door haar was omgevormd tot iets wat kracht uitstraalde.

'Mooie jurk,' zegt Harper.

'Mooi horloge,' zegt Polly. 'Elegant. Daar maak je echt een statement mee. Ik moet ook eens een herenhorloge kopen.'

'Het is van mijn vader geweest,' zegt Harper.

'Nog gecondoleerd,' zegt Polly. 'Ik hoorde dat ik je moeder gisteren nét ben misgelopen. Ik ging naar Farm Neck voor een late lunch.'

'Dat is niet het enige wat je hebt gemist,' zegt Harper.

Polly laat een ondoorgrondelijk glimlachje zien. Dit is het moment waarop Polly iets bemoedigends zou moeten zeggen of met het aloude verhaal zou moeten komen over de man die ziet dat zijn vriend in een gat is gevallen en ook in het gat springt, omdat hij er al eens in heeft gezeten en weet hoe hij eruit kan klimmen. Zelf is Polly er in elk geval uit geklommen – ze ziet er fantastisch uit! Harper vraagt zich af of ze nog steeds iets met Sundae Stewart heeft. Sundae en Cassandra K. zijn uit elkaar, dat is uitgebreid in het nieuws geweest – en precies op dat punt is Polly uit het verhaal verdwenen. Misschien hoeft Harper toch niet weg; misschien kan ze hier blijven tot de storm is overgewaaid. Maar dan denkt ze aan Judes sms'je: *Tuig.* Nee, Harper moet hier weg.

'Nou, dit is het dus,' zegt Harper, op het huis wijzend. Opeens beseft ze dat ze zich helemaal niet heeft afgevraagd hoe het er binnen uitziet. Harper is hier af en toe wel geweest om spullen te halen voor Billy, maar er is niemand komen schoonmaken en het is inmiddels veel warmer geworden, terwijl Harper er niet aan heeft gedacht wat ramen open te zetten. Wanneer ze dus de deur openmaakt en zij en Polly naar binnen gaan, komt hun een golf muffe, warme, stinkende lucht tegemoet.

Polly houdt zich groot. Dit is vast niet het ergste huis op het eiland waar ze binnen is geweest. Toch?

'Rookte je vader?' vraagt Polly.

'Pakje per dag,' zegt ze. 'Vandaar dat hartfalen op z'n drieënzeventigste.'

'Had hij een hond?' vraagt Polly.

'Nee,' zegt Harper. 'Geen hond.' In principe is dat waar, maar Fish was hier wel altijd en Billy had geen regels, dus Fish lag hier altijd als een dikke pasja op de bank. Waarschijnlijk ruikt Polly hem en ook al staan husky's er niet om bekend dat ze erg verharen, toch laat Fish overal waar hij komt haren achter.

Harper weet dat Polly niet blij zal zijn met de vaste vloerbedekking, maar Billy was er altijd heel stellig in geweest dat hij dat een lekker gevoel vond onder zijn voeten. *Veel aangenamer dan houten vloeren,* zei hij. Harper weet zeker dat Polly ook de luie stoel niet zal kunnen waarderen, of de logge oude salontafel van de kringloop, of de filmposter van *Jaws* die op het toilet aan de muur hangt. Billy was er buitengewoon trots op dat die film op de Vineyard was geschoten. Als Harper haar ogen dichtdoet hoort ze Billy's stem, zo duidelijk alsof hij hier naast haar staat, weer zeggen: *You're gonna need a bigger boat.*

Harper zegt: 'Ik zal je een rondleiding geven.' Ze leidt Polly door de zitkamer en de eetkamer, waar de tafel vol ligt met oude scheepslampen, kapotte armaturen, snoeren, kabels, contactdozen, glazen peertjes in alle vormen en maten en een stapel onbetaalde facturen.

Harper zal de schulden moeten afhandelen, Billy's huidige klanten naar iemand anders moeten verwijzen en de zaak ontmantelen. Misschien is het maar goed dat ze ontslagen is.

De eetkamer heeft vier hoge, smalle ramen die uitkijken op de achtertuin, die best een aardig formaat heeft, maar volledig verwaarloosd is – een en al struiken en ongemaaid gras, met in het midden een overwoekerde moestuin, die Billy door Harper heeft laten aanleggen toen ze nog voor Jude werkte. In het eerste seizoen hebben ze courgettes, komkommers en kerstomaten geoogst, en één reusachtige, misvormde pompoen die een eervolle vermelding heeft gekregen op de Ag Fair.

'Ramen,' zegt Polly, als een peuter die nieuwe woordjes leert. 'Tuin.'

Ze lopen de keuken binnen en Harper weet dat dit de zwakste schakel is. Een schilferende linoleumvloer, een formica aanrechtblad vol vlekken en spaanplaat keukenkastjes met deurtjes die los aan hun scharnieren hangen. Met een vreemde naast zich ziet Harper wel hoe verschrikkelijk het huis eruitziet, maar daar heeft ze nooit zo bij stilgestaan omdat het nu eenmaal was wat het was: Billy's huis. De koelkast is honderd jaar oud, maar Billy's bier bleef er koud in. Billy at liever elke avond een afhaalmaaltijd dan geld uit te geven aan het opknappen van de keuken. Maar de keuken ziet er zo slecht uit dat Harper het gevoel heeft zich te moeten verontschuldigen.

'Er moet wel wat aan gebeuren,' zegt Polly, terwijl ze haar perfect geëpileerde wenkbrauwen optrekt. 'En de rest van het huis?'

Ze lopen door de slaapkamers boven, waaronder de lila slaapkamer die van Harper is geweest voordat zij eindelijk, een week na haar zevenendertigste verjaardag, het huis uit is gegaan. Ze werpen een blik in de twee teleurstellende badkamers – de tegelvloeren zien er nog wel goed uit, maar de wastafels, baden en toiletten zijn zwaar verouderd. In een van de badkamers, die van Billy, staat nog een bus scheercrème op de wastafel, met daarnaast zijn groene kam. Die groene kam was al zo lang ze zich kon herinneren Billy's kam. Hij heeft er waarschijnlijk in 1978 vijf cent voor betaald bij de drogist in Charles Street, maar voor Harper is dit zó erg *Billy's kam* dat het net is alsof zijn kloppende hart daar op de wastafel ligt. Harper doet haar uiterste best niet in te storten waar Polly Childs bij is.

Ze kijken in de ondiepe linnenkast en daarna in de diepere kast waarin de wasmachine en de droger staan.

'Washok,' zegt Polly. 'Mooi.'

'Eh, ja,' zegt Harper. Het huis ziet er niet uit, dat begrijpt ze nu wel, maar ze hoeven tenminste niet elke zaterdag naar de wasserette.

Polly wendt zich tot Harper en zegt: 'Luister, ik zal er geen doekjes om winden.'

Harper knikt. 'Mooi.' Hoewel ze eigenlijk wel behoefte heeft aan wat vriendelijke woorden, om de boel een beetje te verbloemen.

'Je kunt twee dingen doen,' zegt Polly. 'We verkopen het als rijp voor de sloop, dus alleen de grond. De prijzen in Vineyard Haven zijn de laatste tijd enorm gekelderd. Deze stad weet gewoon niet wat het wil zijn. En Daggett Avenue is... mwah. Ik denk dat we uitkomen op een vraagprijs van zes ton en dat het uiteindelijk voor maximaal een half miljoen zal worden verkocht.'

'O,' zegt Harper. Dat is veel minder dan ze verwachtte. 'En anders?'

'Anders sloop je alles eruit. Nieuwe keuken, dat spreekt vanzelf, nieuwe badkamers. Het hele huis moet geschilderd. Je haalt de vloerbedekking weg, restaureert de houten vloeren, schaft nieuw meubilair aan, echt álles, en je huurt een tuinarchitect in. Als je er honderdvijfentwintig-, honderdvijftigduizend tegenaan gooit, zet ik het in de markt voor één punt één en hou je er gegarandeerd een miljoen aan over.'

Harper staart naar Polly's voeten. Ze draagt Jack Rogers-sandalen, in dezelfde kleur paars als haar Roxie, en haar teennagels zijn in dezelfde kleur gelakt. Hoe krijgt ze het voor elkaar? vraagt Harper zich af. Hoe krijgt ze het, na alles wat ze heeft moeten doorstaan, voor elkaar om door te gaan?

'Kan ik er een nachtje over slapen?' vraagt ze.

'Absoluut,' zegt Polly. 'Bel me morgen maar.'

Harper rijdt langzaam naar huis en al die tijd blijft haar telefoon overgaan. Het is Drew die haar belt. Wat heeft hij niet begrepen van hun laatste gesprek? Ze zijn zes keer met elkaar uit geweest en nu is het voorbij. De telefoon gaat weer en Harper denkt: nu heb ik er genoeg van! Ze heeft zin om het toestel uit het raam te gooien en er een keer overheen te rijden. Ze kijkt op het schermpje: *Nantucket MA*. Het is niet Tabitha's mobieltje, maar misschien belt ze met haar vaste toestel. Of dat van haar moeder. Ondanks Harpers tegenstrijdige emoties heeft ze er behoefte aan om over Billy's huis te praten met iemand met smaak en zakelijk inzicht. Ze neemt op.

'Hallo?'

'Tante Harper?'

Het is Ainsley.

'Oma is gevallen en heeft haar heup gebroken. Mama is met haar in het ziekenhuis in Boston en ik ben hier helemaal alleen op Nantucket. Ik vroeg me af... nou ja... zou je misschien kunnen komen?'

'Komen?' zegt Harper. Ze begrijpt niet helemaal wat Ainsley bedoelt. 'Naar Nantucket, bedoel je?'

'Ja,' zegt Ainsley. 'Kom je, alsjeblieft?'

Harper wordt overvallen door het nieuwe van deze situatie: iemand stelt prijs op haar gezelschap. Maar dan dringt de realiteit zich op. 'Wat vindt je moeder ervan?' vraagt ze.

'Zij vindt het prima,' zegt Ainsley. 'Ze zou je hulp erg op prijs stellen.'

Dat kan nooit waar zijn. Al zou Tabitha dood liggen bloeden te midden van een school witte haaien, dan nog zou ze Harpers hulp niet op prijs stellen. Maar dan herinnert Harper zich de voicemail die diezelfde ochtend om half drie was verzonden. Ze heeft niet de moeite genomen hem af te luisteren, maar misschien is dat Tabitha wel, die haar om hulp vraagt.

'Echt waar?' zegt Harper.

'Echt waar,' zegt Ainsley.

Tabitha

Het is een akelige breuk en nadat Eleanor is onderzocht door dokter Karabinis, de orthopeed in het Mass General-ziekenhuis die is gespecialiseerd in heupfracturen, wordt besloten dat Eleanor geopereerd zal moeten worden. Er is vanavond niemand die kan opereren, dus hebben ze het been gestabiliseerd, Eleanor pijnstilling toegediend en zal de operatie morgenochtend plaatsvinden. Het herstel, door middel van bedrust en fysiotherapie, zal zes tot acht weken in beslag nemen. Gelukkig is Eleanor buiten westen en kan ze niet tegen het behandelplan protesteren, maar dat zal ze zeker nog gaan doen.

Tabitha hoort het nieuws onbewogen aan, maar inwendig woedt een storm van emoties, wanhoop, angst en wrevel. Eleanor is in wezen volledig uitgeschakeld en niet alleen dat, ze zal hulp nodig hebben. Ze denkt aan een inwonende verpleegster, ook al moet Eleanor niet veel van vreemden hebben en zal ze ongetwijfeld willen dat Tabitha haar verpleegt. Een inwonende verpleegster is ook erg duur, waarschijnlijk meer dan duizend dollar per dag, zevenduizend dollar per week, dertigduizend dollar per maand, wat uiteindelijk dus zal neerkomen op een totaalbedrag van tussen de vijfenveertig- en zestigduizend dollar, afhankelijk van hoe snel Eleanor geneest. Mogelijk heeft Eleanor zo'n bedrag wel ergens achter de hand, maar als dat zo is, zal ze het niet willen uitgeven – uiteindelijk is niemand zo zuinig als zo'n gefortuneerde Amerikaanse dame zoals zij – en als ze het niet heeft, is dat zelfs nog erger.

Tabitha zal deze zomer bij haar moeder in Boston moeten doorbrengen. Maar wie runt dan de winkel in Nantucket in het hoogseizoen? Ze kunnen de zaak niet sluiten; ze lopen tachtigduizend dollar achter met de huur. De winkelmanager, Meghan, is heel goed in haar werk, maar ze is acht maanden zwanger. Eerste baby's komen vaak later en Tabitha had gehoopt dat ze nog tot na het weekend van de Fourth of July kon doorwerken. In die tijd zou Meghan Ainsley alles kunnen leren wat ze weet en zou Ainsley, met Tabitha in de buurt om een oogje in het zeil te houden, Meghan kunnen vervangen.

Ainsley. Als Tabitha zes of acht weken in Boston gaat wonen, hoe moet het dan met Ainsley? Ze is te jong om alleen te blijven; ze zou het koetshuis laten affikken en Eleanors huis in een opiumkit veranderen. Tabitha rilt bij de gedachte aan de foto's op Snapchat: Ainsley en Emma die in minuscule bikini's blikjes Coors Light achteroverslaan, aan een waterpijp lurken en Tabitha's hele garderobe passen. En misschien nog wel erger – naaktfoto's, cocaïne, oudere mannen. Nee: Ainsley kan niet alleen blijven.

Maar Ainsley zal niet naar Boston willen komen – dat weet Tabitha zeker. Zou ze een tijdje bij Wyatt kunnen wonen, op de Cape? Misschien, alleen heeft Tabitha Ainsley echt nodig in de winkel.

Als Tabitha nog met Ramsay was geweest, zou er geen probleem zijn. Dan zou Ramsay bij Ainsley zijn gebleven en haar in het gareel hebben gehouden. Hij zou haar Ayn Rand hebben laten lezen: hij zou haar hebben geleerd haar bed op te maken zoals ze dat in het ziekenhuis deden. Hij zou haar naar haar werk hebben gebracht en weer hebben opgehaald en wanneer het warmer werd zou hij haar hebben laten fietsen. Hij zou op vrijdagavond met haar uit eten zijn gegaan bij de zeilclub en ervoor hebben gezorgd dat ze alcoholvrije drankjes bestelde.

Maar Ramsay is weg. Ramsay is nu met Caylee en zelfs iemand die zo jong en ruimdenkend is als Caylee zal het er waarschijnlijk niet mee eens zijn dat haar nieuwe vriendje voor de tienerdochter van zijn ex gaat zorgen.

Tabitha kan zich nu geen zorgen maken over de zomer. Eerst moet Eleanor nog goed door de operatie komen. Vannacht blijft Tabitha in Boston en morgennacht ook en misschien woensdagnacht ook nog wel. Ze heeft iemand nodig om bij Ainsley te zijn. Aan wie kan ze dat vragen? Ramsay valt af, dan blijft dus over...

Het kind heeft per slot van rekening een vader. Tabitha belt Wyatt.

'Tabitha?' zegt hij. Hij klinkt verbaasd, op zijn hoede; ze belt hem bijna nooit. Als het om Ainsley gaat communiceren ze hoofdzakelijk via e-mail. 'Alles goed?'

'Niet echt, nee,' zegt Tabitha en ze bijt op haar onderlip. Net als haar moeder ziet Tabitha er ook geen heil in om stil te staan bij het verleden of te mijmeren over hoe het had kunnen zijn, maar om de een of andere reden voert het horen van Wyatts stem haar terug naar het verleden. Zij is tweeëntwintig en hij is een jaar ouder. Hij staat op een ladder het houtwerk van het huis van de buren te schilderen. Tabitha is naar de tuin van de Colemans gegaan om Blaise Pascal te zoeken, Eleanors teckel, die ervandoor is gegaan. Wyatt draagt een *wraparound*-zonnebril van Oakley en een zonneklep van Cornell University. Er zitten witte verfspetters in zijn donkere haar.

'Studeer je aan Cornell?' vraagt Tabitha.

'Nee, hoor,' zegt hij. 'Deze is van mijn kamergenoot.'

Op dat moment wist Tabitha wat ze eigenlijk moest doen: deze jongen vragen Tabitha's nummer aan zijn kamergenoot te geven. Maar Wyatt is een leuke knul en Tabitha wil hem niet voor het hoofd stoten.

Wyatt glimlacht. 'Jij woont toch hiernaast? Ik heb je zien wandelen met je hond. Als je vanavond niks te doen hebt: de Radiators spelen in de Muse. Ik heb een kaartje over.'

'Dat lijkt me heel leuk,' zegt Tabitha.

Zo gaat dat met relaties, denkt Tabitha. Ze beginnen onschuldig, gebaseerd op gemeenschappelijke interesses, hormonen en het vooruitzicht van een leuke avond. Zij en Wyatt gaan samen naar de Radiators in de Muse. Ze dansen en drinken goedkoop bier van de tap; ze zoenen voor de Steamboat Pizza op de voorbank van Wyatts jeep. Drie dagen later hebben ze – boven op een omgekeerde kajak – voor het eerst seks op het kleine strandje voor Sayle's Seafood. Wyatt heeft niet aan een topuniversiteit gestudeerd en heeft zelfs helemaal geen universitaire opleiding. Hij brengt zijn tijd door met huizen schilderen, wiet roken en naar optredens van bandjes gaan. Hij heeft geen ambities, maar Tabitha overtuigt zichzelf ervan dat dat er niet toe doet. Hoe deze relatie verder ook verloopt, na Labor Day komt er toch een eind aan.

Ze krijgen verkering en rijden naar het strand om de zon te zien ondergaan boven Madaket, ze zitten rond grote kampvuren met de jongens met wie Wyatt huizen schildert en gaan, op de enige dag dat het die zomer regent, naar de Dreamland-bioscoop om *Armageddon* te zien. Wanneer Tabitha naar Boston vertrekt om voor haar moeder te gaan werken, staat ze aan de reling van de veerboot vol genegenheid naar Wyatt te zwaaien en geniet van de herinnering aan hun zomerromance, die zó uit een romannetje had kunnen komen.

Een week later zal ze ontdekken dat ze zwanger is. Wanneer Tabitha het aan Eleanor vertelt, verwacht ze dat haar moeder erop zal staan dat zij en Wyatt zullen trouwen, maar Eleanor doet precies het tegenovergestelde. Ze vindt Wyatt niet goed genoeg om met Tabitha te kunnen trouwen. Ze zegt: 'Maak vooral niet...' Maar verder gaat ze niet en Tabitha moet de zin zelf afmaken. *Maak vooral niet dezelfde fout die ik heb gemaakt.* Tabitha is woedend; ze heeft er schoon genoeg van dat Eleanor zich altijd beter voelt dan een ander, alleen omdat Eleanors vader bankdirecteur was en haar moeder een ongelukkige huisvrouw in Beacon Hill. Tabitha trouwt bijna uit wrok met Wyatt. Maar diep in haar hart weet Tabitha dat ze niet genoeg van hem houdt om altijd met hem getrouwd te blijven en ze wil absoluut níét scheiden, zoals Eleanor en Billy hadden gedaan. Dat nooit.

'Gaat het over Ainsley?' vraagt Wyatt. 'Opgepakt? Weggelopen? Overdosis?'

Tabitha begint te lachen, ook al zijn deze mogelijkheden triest genoeg geen van alle uitgesloten. 'Met Ainsley is alles in orde. Min of meer. Maar eh... misschien had ik je dit eerder moeten vertellen: mijn vader is overleden.'

'En ik had jou eerder moeten bellen,' zegt Wyatt. 'Want ik heb het berichtje van je zus op Facebook gelezen.'

'Zijn jij en mijn zus vrienden op Facebook?' zegt Tabitha. 'Dat ga je toch niet menen?'

'Tabitha, hou op.'

Er zit nog veel oud zeer bij Tabitha en deze man kent de gevoelige plekken.

'Je hebt gelijk,' zegt ze. 'Je had moeten bellen. Hij was de opa van je dochter.'

'Maar jij had het me zelf moeten vertellen,' zegt Wyatt. 'Ik had het niet via social media te weten hoeven komen.' Hij snuift. 'Luister: ik vind het heel erg van Billy. Hij was een geweldige vent. Wanneer ik klussen had op de Vineyard, ging ik altijd met hem lunchen.'

'Ging jij lunchen met mijn vader?' zegt ze. 'Dan sprak je zeker ook meteen met Harper af?'

'Hou op, Tabitha.'

Hou op, denkt ze. Deze manier van praten kon nooit tot iets goeds leiden. Tabitha haalt een keer diep adem. 'Het gaat te ver om uit te leggen wat er is voorgevallen tijdens de herdenkingsbijeenkomst, want dat begrijp ik zelf niet eens, maar wat ik je kan vertellen is dat mijn moeder te veel heeft gedronken en eenmaal weer thuis op Nantucket van het trapje voor haar huis is gevallen en haar heup heeft gebroken.'

'Tjeezus,' zegt Wyatt.

'En nu ben ik in Boston en wordt ze morgen geopereerd en kan ik pas op z'n vroegst woensdagavond weer naar huis en vraag ik me af of jij naar het eiland zou willen gaan om Ainsley in de gaten te houden.'

'Poeh,' zegt Wyatt en Tabitha weet al meteen wat er gaat komen.

Dat zou ik graag doen, zegt ze geluidloos.

'Dat zou ik graag doen,' zegt hij. 'Maar ik heb een project lopen in Orleans en daar zit een deadline aan vast en Carpenter heeft een ontsteking aan zijn oog, dus er mag hier niemand in huis komen.'

'Ik wil ook niet voorstellen dat Ainsley naar jou komt,' zegt Tabitha. 'Ik weet dat Becky haar niet mag.'

'Becky mag haar heus wel,' zegt Wyatt op strijdvaardige toon. 'Maar ik heb drie kinderen, Tabitha.'

'Je hebt víér kinderen,' zegt Tabitha. En je had er vijf, denkt ze. Ze vraagt zich af hoe vaak Wyatt aan Julian denkt. 'En een van die kinderen heeft je nu nodig.'

'Alsjeblieft, Tabitha, doe nu niet zo.'

'Je bent haar vader,' zegt Tabitha. 'Gedraag je daar voor de verandering eens een keer naar.'

'Dag Tabitha,' zegt Wyatt en hangt op. Tabitha ziet zijn naam van het schermpje van haar mobieltje verdwijnen. Ze veronderstelt dat het nu ook geen zin meer heeft om Wyatt te vragen of Ainsley deze zomer bij hem kan logeren.

Wie kan Tabitha verder nog bellen? De eerstvolgende naam die bij haar opkomt is die van Stephanie Beasley. Candace was op het feestje geweest, wat tegelijkertijd goed en slecht nieuws is. Goed nieuws omdat Ainsley en Candace dus kennelijk weer vriendinnen zijn, en slecht nieuws omdat Stephanie het, als ze heeft gehoord wat er op het feest is voorgevallen, nooit goed zal vinden dat Ainsley daar gaat logeren. Maar Tabitha moet het vragen. Ze wil absoluut niet dat Ainsley naar Emma Marlowe en haar vader gaat. Tabitha ziet nog meer Snapchatfoto's voor zich: Ainsley en Emma en Dutch die met z'n drieën shotjes Jack Daniel's achteroverslaan en lijntjes cocaïne van de granieten aanrechtbladen in de keuken snuiven, Ainsley in lingerie, bij Dutch op schoot. Nee!

Tabitha is emotioneel te uitgeput voor een herenigingstelefoontje met Stephanie, dus stuurt ze een sms'je: *Hé, lang geleden! Mijn moeder heeft haar heup gebroken. Ik ben nu in het ziekenhuis in Boston en Ainsley is thuis op Nantucket. Zou ik héél misschien een beroep kunnen doen op jou en Stu om Ainsley 2-3 nachtjes op te vangen? Ik weet dat het een enorme gunst is om zomaar opeens van jullie te vragen, maar ik ben de wanhoop nabij. Ik maak het goed met jullie. Dank je wel xx.*

Ze is een lafaard, om een sms'je te sturen. Het gaat hier om het welzijn van Tabitha's enig kind. Tabitha kan zich wel voor haar kop slaan. Ze had moeten bellen. Ja, dat zou ongemakkelijk zijn geweest – het is zeker vier jaar geleden dat Tabitha en Steph een normaal gesprek hebben gevoerd – maar sms'en was veel te vrijblijvend. Alsof Tabitha onmiddellijk wordt gestraft voor haar onverschillig overkomende berichtje, pingt haar telefoon met een antwoord: *Ik heb even met Candace overlegd. Het lijkt haar geen goed idee om Ainsley hier te laten logeren. Sorry dat ik je niet kan helpen! xx.*

Ja, hoor, denkt Tabitha. Geef je zestienjarige dochter maar de schuld.

Diep in haar hart weet ze dat dit het antwoord is dat ze verdient.

Nu zal Tabitha Meghan moeten bellen om haar te vragen naar het koetshuis te gaan. Er is gewoon niemand anders. Meghan is zo zwaar als een nijlpaard en haar zwangerschap is één grote beproeving – ze heeft carpaletunnelsyndroom én zwangerschapsdiabetes. Haar enkels zijn zo dik dat ze geen schoenen meer kan dragen, alleen nog maar teenslippers; ze moet om de tien minuten plassen en zodra zij de andere verkoopmedewerkster, Mary Jo, even alleen laat om naar het toilet te gaan, wandelt er altijd wel iets onbetaald de winkel uit. Mary Jo is achtenzeventig en bijziend. Tabitha moet haar eigenlijk ontslaan, maar is bang een proces aan haar broek te krijgen wegens leeftijdsdiscriminatie.

Meghan moet op Ainsley passen. Ze staat bij Tabitha in het krijt, omdat Tabitha haar tijdens haar zwangerschapsverlof doorbetaalt terwijl ze geen vast dienstverband heeft en alleen in het hoogseizoen werkt. Maar Meghan zal er niets voor voelen om op Ainsley te passen. Het enige wat Meghan wil wanneer ze thuiskomt is alle suikerarme tussendoortjes eten die ze mag hebben en voor de tv hangen en *Ellen* kijken. Aan de ene kant denkt Tabitha dat het goed voor Meghan zal zijn om wat ervaring met kinderen op te doen, ook al gaat het in dit geval om een tiener. Als je erg veel pech hebt is jouw kind ook zo wanneer het straks zestien is! Aan de andere kant weet Tabitha dat ze Meghan eigenlijk moet laten genieten van de laatste twee, drie weken die ze nog voor zichzelf heeft en waarin ze nog wat rust kan hebben met haar man, Jonathan.

Maar als Meghan het niet doet, wie dán?

De volgende ochtend zit Tabitha weer in een andere wachtkamer afwisselend oude nummers van het tijdschrift *Town & Country* door te bladeren en af en toe wat weg te doezelen, met haar hoofd tegen de betonnen muur. De verwachting is dat Eleanors operatie nog wel een paar uur gaat duren, maar Tabitha durft het ziekenhuis niet te verlaten, uit angst dat er dan iets verschrikkelijks zal gebeuren. Zolang ze hier blijft en lijdt, zal Eleanor niets overkomen.

Om half een gaat Tabitha's telefoon over. Ze kijkt op de display: het is Ainsley. Half een betekent dat Ainsley aan de lunch zit. Ze zal zich wel afvragen hoeveel langer ze nog alleen moet blijven.

'Ha, lieverd,' zegt Tabitha. 'Ik doe mijn best om iemand te vinden die bij je kan zijn.'

'Ik heb tante Harper gebeld,' zegt Ainsley. 'Ze kan morgenavond hier zijn en net zo lang blijven als nodig is, maar ze wil wel zeker weten dat jij het goedvindt.'

'Nee,' zegt Tabitha. 'Niet Harper.'

'Laat haar gewoon komen, Tabitha. Mama, bedoel ik – sorry. Alsjeblieft? Alsjeblieft, alsjeblieft, alsjeblieft? Dan kan jij voor oma zorgen zonder dat je je zorgen hoeft te maken om mij. Tante Harper kan zolang blijven als je wilt. Ze heeft ontslag genomen.'

Ontslag genomen? denkt Tabitha. Ik denk eerder dat ze ontslagen is. Tabitha wil niet dat Harper degene is die alles in orde maakt, want Harper maakt nooit iets in orde. Ze maakt alles altijd alleen maar erger. Kijk maar naar haar leven. Tabitha heeft de champagne van de vrouw van de dokter in haar gezicht gekregen!

En toch zou het wel een oplossing zijn als Harper op Ainsley gaat passen. Op die manier zou Tabitha zodra Eleanors operatie achter de rug is naar het huis aan Pinckney Street kunnen gaan om wat broodnodige slaap in te halen.

Maar dan wordt Tabitha overspoeld door herinneringen: Harper die het huurhuisje in Prospect Street binnenkomt met een boeket veldbloemen. Harper die een liedje in Julians kleine oortje zingt terwijl ze hem wiegt. Het liedje was 'If I had $1,000,000' van de Barenaked Ladies; Julian werd er onmiddellijk rustig van. Het was het enige waarvan hij rustig werd. Harper die *cioppino* maakt met sint-jakobsschelpen en mosselen. De bouillon met tomaten was het eerste echte voedsel dat Tabitha sinds Julians geboorte had gegeten.

Harper die Tabitha's haar vlecht en Tabitha's jurk strijkt.

Een fles champagne terwijl ze hun blote benen van Old South Wharf laten bungelen, eten bij 21 Federal, waar alle ogen op hen gericht zijn. Dansen, helemaal vooraan bij de Chicken Box, op muziek van een band die oude nummers van U2 speelt. Harpers arm om Tabitha's nek terwijl ze meebrullen met 'With or Without You'.

Tabitha kan niet meer denken. Het is gewoon te vreselijk.

'Nee,' zegt Tabitha tegen Ainsley. 'Het spijt me, maar nee. Niet je tante Harper.'

'Maar, mama...' zegt Ainsley.

'Nee,' zegt Tabitha en hangt op.

Harper

Tabitha moet wel heel erg wanhopig zijn als ze het, zoals Ainsley beweerde, goedvindt dat Harper deze zomer bij Ainsley blijft. Harper pakt alles in wat ze nodig heeft voor de zomer – kleren, schoenen, toiletspullen, boeken, computer, een goed keukenmes, haar keukenmachine, haar gietijzeren koekenpan, hondenriemen, kauwspeeltjes, kluiven. Wat nog meer? Ze is bijna veertig maar in de zin van materiële zaken heeft ze weinig verzameld. Zal ze haar werphengel nodig hebben, of haar mountainbike? Niet erg waarschijnlijk.

Fish loopt achter Harper aan terwijl ze van alles in dozen stopt.

'Ga liggen,' zegt Harper, naar zijn hondenmand wijzend. Maar hij doet het niet.

'Ik laat je heus niet achter,' zegt Harper en ze kust zijn snuit en aait hem over zijn rug. Zijn grotendeels zwarte vacht begint grijs te worden.

Ze gooit alles weg wat in de koelkast en het meeste wat in de kastjes ligt. Ze vraagt zich af wat ze met Billy's as zal doen. Ze wil het niet hier laten, in de bijna lege woning, maar het voelt ook niet goed om de as mee te nemen naar de Vineyard.

Ze besluit de as naar Billy's huis te brengen, waar ze de urn op zijn schoorsteenmantel zet. Billy's kleren wil ze weggeven, maar dat kan later wel. Wanneer? Wanneer ze terugkomt?

Ja, besluit ze. Over een paar weken, een maand of twee, tegen het eind van de zomer, komt ze terug. Nu neemt ze alvast Billy's facturen en crediteurendossier mee; dan kan ze aan zijn administratie werken terwijl Ainsley deze week op school zit.

Voordat ze het huis verlaat neemt ze nog een heleboel foto's – van elke kamer en van de tuin, voor het nageslacht. Ze heeft besloten het huis te verkopen als sloopobject, wat haar veel pijn doet. Hoe slecht het ook is, het was Billy's huis. Maar om het helemaal op te knappen – bekwame, beschikbare, redelijk betaalbare mensen te moeten zoeken en die vervolgens aan te moeten sturen – is gewoon geen optie. Harper is ontslagen; ze heeft geen inkomsten. Ze heeft het geld niet voor zo'n renovatie. Billy heeft ongeveer negentigduizend dollar op zijn spaarrekening staan, maar volgens Polly Childs gaat het bijna het dubbele kosten om alles te laten doen wat nodig is. Harper is van plan het huis in de huidige staat te verkopen, Billy's hypotheek af te lossen en het restant met Tabitha te delen. Daar komt ze niet onderuit. Harper was met Billy naar zijn advocaat in Edgartown geweest en daar hadden ze de voorwaarden van zijn testament doorgenomen: alles diende eerlijk te worden verdeeld tussen haar en Tabitha. Mevrouw Tobias was als getuige opgetreden. Als ze het huis verkopen zoals het er nu bij staat, levert hun dat ieder honderdduizend dollar op, misschien iets meer. Zou het fijn zijn om het voor een miljoen te verkopen en er het drievoudige aan over te houden? Absoluut. Maar Harper voelt zich niet in staat de uitdaging aan te gaan.

Harper wil Reed spreken, maar ze kan hem niet opbellen en ze kan hem geen berichtje sturen. Ze kan onmogelijk zomaar het ziekenhuis binnenlopen om hem in levenden lijve te spreken, maar dat is wel wat ze sinds hij van de herdenkingsbijeenkomst is vertrokken het liefst wil doen.

Maar Harper rijdt wel over het parkeerterrein van het ziekenhuis; Reeds Lexus staat er. De wagen ziet er nog precies hetzelfde uit; niets wijst erop dat er een enorme opschudding heeft plaatsgevonden in Reeds leven.

Hoe is het nu voor hem om thuis te zijn? Harper stelt zich voor dat de atmosfeer er zindert van onuitgesproken dingen. Hoe heeft hij de verhouding aan Sadie uitgelegd? Heeft hij gezegd dat het een vergissing was, een beoordelingsfout? Heeft hij de schuld bij Harper gelegd en haar een feeks genoemd, een verleidster? Heeft hij Sadie verteld dat hij van Harper houdt? Heeft hij toegegeven zich verscheurd te voelen en in de war? En wat heeft hij tegen Greenie gezegd? Reed is geen man die zich gemakkelijk uit. Hij is serieus en discreet; hij is een arts. Dat hij op deze manier is betrapt, dat er over hem wordt gepraat en dat hij het onderwerp is van roddels en geruchten, moet een helse kwelling voor hem zijn.

Harper wijt de hele kwestie aan de Morning Glory Farm Market.

In de weken voorafgaand aan het bezoekje aan de boerderij, had Harper heel wat uren in het ziekenhuis doorgebracht bij Billy, wiens klachten toen nog behandelbaar waren. Dokter Zimmer was Billy's behandelend arts geweest. Hij legde uit wat er aan de hand was met Billy's nieren, zijn lever en zijn hart. Hij besprak de medicatie tot in de kleinste details met Harper. Ook vertelde hij haar alles over Billy's dieet en lichaamsbeweging, wat hij wel mocht doen en wat niet. Het was allemaal heel erg professioneel. Slechts één keer had hij een hand op Harpers arm gelegd en gezegd: 'Hij boft maar met zo'n dochter.'

Harper had geantwoord: 'Hij is mijn hele leven een geweldige vader voor me geweest. Ik ben de bofkont.'

Toen Harper dokter Zimmer tegen het lijf liep op de versmarkt van de Morning Glory Farm, herkende ze hem wel, maar kon ze hem niet meteen plaatsen. Hij droeg strakke, kleurige wielerkleding, een fietshelm en een wraparound-zonnebril. Harper stond bij de toonbank, waar ze net een versgebakken Morning Glory-muffin wilde bestellen. De hele markt geurde naar kaneel, rozijnen, sinaasappelschil en geroosterde pecannoten.

'Harper!' had dokter Zimmer gezegd. Hij keek haar lachend aan en Harper dacht: Wacht eens even. Wie is die man? Twee tellen later drong het tot haar door.

'Dokter Zimmer!' Ze keek naar zijn spandex wielerkleding; het leek wel of hij gehuld was in de Oegandese vlag. 'Ik wist niet dat u aan wielrennen deed.'

Dokter Zimmer knikte naar zijn Fuji-fiets, die tegen een boom stond. 'Goed tegen de stress,' zei hij. 'Heb je tijd voor een kopje koffie? Ik trakteer.'

'Ja, hoor,' zei Harper. 'Graag.' Ze kwam niet vaak in de Morning Glory, omdat de kans te groot was dat ze Jude zou tegenkomen, of Judes partner, Stella, of iemand die voor Jude werkte. En helaas had Harper geen vrienden of vriendinnen met wie ze op de farm kon afspreken voor koffie en een muffin. Af en toe nam ze Fish mee om haar gezelschap te houden, maar Fish trok altijd veel aandacht omdat hij zo'n verdomd knappe hond was, en Harper wilde nu juist voorkomen dat ze aandacht trok. Om hier koffie te drinken met dokter Zimmer was wel gunstig, dacht ze. Dokter Zimmer was een gerespecteerd burger en zijn aanzien zou op haar afstralen.

Ze hadden bijna een uur lang aan de picknicktafels onder de eiken gezeten. Eerst hadden ze het over Billy – Harper bekende dat Billy, ondanks het strenge rookverbod, nog steeds één sigaret per dag rookte – en begonnen toen, voorzichtig, over andere dingen te praten.

Dokter Zimmer had gezegd: 'Heb je broers en zussen? Andere familie?'

Harper nam een slokje van haar koffie met pompoensmaak; dit was de eerste keer sinds vorig najaar dat ze die weer hadden. Het was misschien een heel normale vraag, maar het gesprek dreigde wel opeens minder aangenaam te worden.

'Ik heb een eeneiige tweelingzus. Zij en mijn moeder wonen op Nantucket.'

Dokter Zimmer had met zijn vlakke hand een klap op het groen geschilderde hout van de picknicktafel gegeven. Net als de meeste artsen had hij mooie handen; hij droeg geen ring, maar Harper wist dat hij getrouwd was met dc eigenaresse van de taartenwinkel in Vineyard Haven. Ze had wel een béétje navraag naar hem gedaan. 'Een eeneiige tweelingzus op Nantucket?'

Harper trok een stukje van haar muffin en opende een van haar drie in folie verpakte stukjes boter. Normaal gesproken haalde Harper altijd de hele muffin door de boter, zodat de boter vies werd en haar vingers ook, maar die dag, in het beschaafde gezelschap van dokter Zimmer, had Harper een plastic mesje gebruikt. De muffin was van zichzelf al zacht en vochtig, en er ook nog eens boter op smeren was zoiets als suikerbonen in suikerglazuur dopen. 'U zou ons niet uit elkaar kunnen houden.'

'Kom nou.'

'Serieus. We zijn elkaars evenbeeld. De leraren op school lukte het ook niet. Net zomin als kampleiders of onze vrienden en vriendinnen. Onze eigen ouders zelfs. En heel veel andere mensen.'

'En zij woont dus samen met je moeder op Nantucket. Dat is toch raar? Jij en je vader wonen hier, en je tweelingzus en je moeder op het andere eiland?'

'Heel raar,' moest Harper beamen.

'Zijn jullie heel close?'

'Nee,' zei Harper. 'De scheiding van onze ouders heeft een wig tussen ons gedreven en veertien jaar geleden hebben mijn zus en ik een behoorlijke ruzie gekregen.'

'Wat jammer,' zei dokter Zimmer.

Harper haalde haar schouders op. 'Af en toe spreek ik mijn moeder nog, hoewel ze geen makkelijke is. Mijn moeder is Eleanor Roxie-Frost. Hebt u wel eens van haar gehoord?'

'Nee,' zei Reed. 'Zou ik haar naam moeten kennen?'

'Misschien niet,' zei Harper. 'Ze ontwerpt jurken. Ze is een behoorlijk grote naam in de modewereld, of dat wás ze althans.'

'Jij bent toch single?' vroeg dokter Zimmer. 'Is er op dit moment iemand in je leven?'

Opnieuw haalde Harper haar schouders op. 'Een enkele keer heb ik een date. Ik ben nooit getrouwd geweest. Geen kinderen. Hebt u kinderen?'

'Nee, geen kinderen,' zei dokter Zimmer. 'Ik wil ze graag; mijn vrouw niet. En om je de waarheid te zeggen wilde ik ze toen we trouwden ook nog niet. Blijkbaar is het niet toegestaan wat betreft het krijgen van kinderen van gedachten te veranderen...' Hij laat zijn stem wegsterven. 'Wat doe je voor werk?' Hij veranderde van onderwerp. Geen kinderen met mevrouw Zimmer was een pijnlijk onderwerp.

Harper glimlachte. Hij wist kennelijk niet van de toestand met Joey Bowen. 'Ik bezorg pakjes voor de Rooster Express.'

De volgende keer dat Harper dokter Zimmer zag, waren ze weer in het ziekenhuis. Het was 's avonds laat en Billy had bloed geplast. Dokter Zimmer liet hem opnemen en zei tegen Harper dat ze naar huis kon gaan om te slapen. Hij ging ook net naar huis en was met haar meegelopen naar haar auto. Het was zo'n typische najaarsavond, koel maar nog niet koud en de geuren van houtrook en bladeren in de lucht.

'Heb je zin om wat te gaan drinken?' vroeg dokter Zimmer.

Ze gingen naar de Brick Cellar in restaurant Atria, een bar die Harper erg leuk vond, maar waar ze nooit alleen naartoe zou gaan. Reed bestelde een glas wijn en Harper volgde zijn voorbeeld, ook al dronk ze liever bier met een borrel ernaast. Reed – op het moment dat ze uit hun auto's waren gestapt om naar binnen te gaan, had hij erop aangedrongen dat Harper hem Reed zou noemen in plaats van dokter Zimmer – zei dat hij honger had en aangezien Harper altijd wel kon eten, bestelden ze een warme caesarsalade, de taco's met kreeft en de perzik-bosbessencrumble en aten alles samen op. Toen Harper een hapje van de crumble nam en daarbij kreunde van genot – wat eerlijk gezegd nogal erotisch klonk, omdat de crumble zó ontzettend lekker was – keek Reed haar aan en zei: 'Je begrijpt toch wel dat dat opwindend is, hè?'

En zo was het allemaal begonnen, dacht Harper. Haar onbedoelde eetkreun had aanleiding gegeven tot Reeds gebruik van het woord 'opwindend', wat hun prille vriendschap automatisch een seksuele lading had gegeven.

Het was Reed die de eerste stap had gezet, niet Harper.

Ze dronken allebei nog een glas wijn en daarna een glas met een soort pruimenlikeur die de barman hun had opgedrongen – ze had zo'n fles al eens gratis bij een bestelling van haar slijter gekregen en dronk het maar snel op – en voor Harper het wist, zaten zij en dokter Zimmer als een paar tieners te zoenen op de achterbank van zijn Lexus. Ze kon zich er weinig van herinneren, maar Harper weet zeker dat ze niet uit eigen beweging bij hem is ingestapt en dat hij haar dus moet hebben verleid.

Zo ging het door – stiekeme ontmoetingen wanneer Reed tot laat moest werken. Dan spraken ze af bij de East Chop Beach Club of op het parkeerterrein achter de schaatsbaan. En toen, in het voorjaar, had Reed uiteindelijk toegegeven dat het veiliger zou zijn om bij haar thuis af te spreken. Drie weken geleden, toen Harper Reed vertelde dat ze een afspraakje had met 'sergeant Andrew Truman van de politie in Edgartown – die ken je toch wel?' was Reed op klaarlichte dag van het ziekenhuis naar haar woning gekomen.

Hij was jaloers, zei hij. Hij begreep dat het niet eerlijk was, maar hij wilde niet dat Harper uit zou gaan met Drew.

Zij had gelachen. *Dat kun je niet van me verlangen,* zei ze. *Je kunt helemaal niets van mij verlangen. Je bent getrouwd.*

Harper blijft nog een paar tellen langer naar de Lexus staan kijken. Het is een zwarte wagen en hij staat te bakken in de zon.

Dag Reed, denkt ze. Ze heeft een hol en zurig gevoel in haar maag. Ze wil een briefje of een teken voor hem achterlaten – een hartje in het laagje geel stuifmeel op zijn achterruit – maar ze kan het niet.

Ze verlaat het parkeerterrein en overweegt langs de Upper Crust te rijden om te kijken of die open is, en of Sadie er is. Of Sadie is gewoon weer aan het werk, of ze heeft een briefje op de deur geplakt met de tekst: GESLOTEN WEGENS OVERSPELIGE ECHTGENOOT. Harper durft niet langs de winkel te rijden; ze is bang dat Sadie haar zal zien. Ze durft ook niet rond te rijden over het eiland. Ze zou zomaar Dee kunnen tegenkomen, Billy's verpleegster, die Harper en Reed heeft verraden, of Franklin Phelps, Sadies broer, die ze altijd een aardige man heeft gevonden. Ze vond het altijd heerlijk om naar de Ritz te gaan om Franklin te horen zingen – nu kan ze zich daar niet meer vertonen. Ze kan Drew tegenkomen of Chief Oberg of een van de gezusters Snyder, die inmiddels ongetwijfeld allemaal weten dat Harper een trouweloos mens is.

Maar Harper moet door Edgartown rijden – door Main Street nog wel – om bij de Chappy ferry te komen. Er is gewoon geen andere manier om er te komen.

Vóór deze week was Harper altijd dol geweest op Edgartown. De rest van Martha's Vineyard heeft wel meer dingen om van te houden – de lage stenen muurtjes, de boerderijen, de kliffen van Aquinnah, de woeste schoonheid van Great Rock Bight, de zanderige vissigheid van Menemsha, de Methodist Campground en de Tabernacle in Oak Bluffs – maar wat Harper betreft is Edgartown nog steeds het kroonjuweel van de Vineyard. Of misschien is dat alleen maar een snobistische esthetische voorkeur die ze van Eleanor heeft overgenomen. Edgartown lijkt op Nantucket: het kent een architectonische integriteit en een charme die Harper heel erg aanspreken. De oude walvisvaarderskerk en het Daniel Fisher-huis zijn een soort grootouders van het stadje – oud, wit en statig. Harper houdt van de houten *clapboard*-huizen met de grote erkers in North Water Street. Main Street heeft de beste winkels en de restaurants met het verrukkelijkste eten. Edgartown heeft het mooiste haventje en de meest pittoreske vuurtoren.

Edgartown zou een mooie plek zijn voor Eleanor om een boetiek te openen. Harper denkt dit al heel lang en heeft het zelfs een keer voorgesteld, maar haar moeder had alleen maar gelachen.

Niet op Billy's eiland, had ze gezegd. *Dat is wel de laatste plek die ik zou kiezen.*

Harper gaat in de rij staan voor de Chappy ferry. Ze moet afscheid nemen van Brendan, niet alleen voor haar eigen gemoedsrust, maar ook omdat ze niet wil dat hij zich moet afvragen waarom ze is verdwenen.

Hoe kan Harper uitleggen wat er tussen haar en Brendan Donegal is?

Harper had Brendan gekend toen ze jonger was, in de twintig, en elk vrij ogenblik doorbracht op South Beach. Dit was voordat ze voor Jude ging werken. In Harpers begindagen op de Vineyard had ze bolletjes ijs geschept bij Mad Martha's en kaartjes verkocht voor de Flying Horses-carrousel. Op haar vrije dagen ging ze om met een groepje vrienden op South Beach – surfers en de meisjes die gek op ze waren. Binnen dit groepje gold Brendan Donegal als een legende, de beste surfer die de Vineyard de afgelopen vijftig jaar had gekend. Omdat hij nog op de middelbare school zat werd hij gesponsord door Rip Curl en hoewel hij de halve wereld al was rondgereisd – Oahu, Maui, Tahiti, Sydney, Perth, Zuid-Afrika – bracht hij de maand augustus altijd thuis door, op South Beach.

Hij dronk en blowde bij de kampvuren. Dat deed iedereen.

Harper verloor Brendan een aantal jaren uit het oog. Ze waren nooit heel close geweest en hadden nooit iets met elkaar gehad. Harper wist daarom niet hoe ze het had toen Brendan op een dag Mad Martha's binnenwandelde, twee bolletjes haaienbeetijs bestelde (blauw gekleurd vanille-ijs met stukjes witte chocola en frambozensaus, een heerlijk morbide ijsje en heel, heel erg populair) en Harper bij haar naam had genoemd.

Hij was voorgoed teruggekeerd naar de Vineyard, zeiden de mensen, om een surfschool te beginnen. Maar niet lang daarna kreeg hij een ongeluk.

Hij was high geweest van iets sterkers dan wiet en was vlak voor het losbarsten van een orkaan gaan surfen. De golven waren gigantisch, maar Brendan Donegal had daar eigenlijk tegen opgewassen moeten zijn. De combinatie van de drugs en de golven werd hem echter fataal. Mensen die stonden te kijken dachten dat hij het niet had overleefd. Hij bleef een eeuwigheid onder, zei zijn vriend Spyder later. Maar toen zagen ze zijn surfplank boven water komen en even later dreef ook Brendan op de golven. Spyder sleepte hem uit het water en begon met reanimeren; een paar tellen later verscheen de brandweer van Edgartown ter plekke en haalde hem terug uit de dood.

Het was een fantastisch verhaal – tot duidelijk werd dat Brendan nooit meer de oude zou worden. Hij kon de eenvoudigste handelingen niet meer uitvoeren. Hij kon televisiekijken, maar niet lezen. Hij kon fietsen, maar niet zelf zijn schoenveters strikken. Hij kon niet surfen en geen leidinggeven aan een surfschool. Die droom was voorbij.

Gelukkig was Brendans moeder, een vrouw die nooit anders werd genoemd dan mevrouw Donegal, rijk en bezat ze een huis aan Chappaquiddicks East Beach, met een gastenverblijf waar Brendan kon wonen; hij ging één keer per week naar bezigheidstherapie in Falmouth om te proberen in elk geval een deel van wat hij ooit had gekund terug te krijgen.

Nadat Harper door Jude was ontslagen, was er voor haar niets meer om overdag naartoe te gaan. Het was herfst en Harper had er wel op uit willen gaan op haar mountainbike, maar was veel te bang dat een van Judes pick-ups haar van de weg zou rijden. Ze kon niet met Fish naar Great Rock Bight of naar yogales – te veel mensen – en ze kon ook niet hele dagen op de Wharf of in het Ritz gaan zitten drinken, omdat Joey Bowen daar nog steeds vrienden had rondlopen.

En daarom ging Harper in die verwarrende en pijnlijke periode in haar leven naar een plek waar veel Vineyarders naartoe gaan wanneer ze er even tussenuit willen: Chappaquiddick. In het begin nam ze spullen voor de hele dag mee en ging ze met Fish en haar werphengel naar Cape Poge, maar al snel werd het daar te koud voor en zocht Harper haar toevlucht in Mytoi. Mytoi, dat eigendom is en beheerd wordt door de Trustees of the Reservation, is een volwaardige, prachtig onderhouden Japanse tuin, compleet met een koivijver met een houten boogbrug, een beeldentuin en bankjes die zo zijn geplaatst dat je er heerlijk kunt zitten nadenken, zelfs later in het najaar en zelfs wanneer het in december sneeuwt.

Het had gesneeuwd toen Harper Brendan daar voor het eerst zag, luchtige, droge vlokjes, beeldschoon tegen de loodgrijze hemel. Harper liep naar het bankje dat zij inmiddels als 'haar' bankje beschouwde, een lang, rood, houten bankje met een gewelfde rugleuning dat uitkeek over de koivijver en de brug – maar er zat al iemand. Het was de eerste keer dat Harper een andere levende ziel tegenkwam in de tuin. Ook al was het een wonderschone plek en een plek die je, vond zij zelf, een ander mens maakte, lag de tuin er buiten het seizoen verlaten bij. Wie was dit dan? Harpers eerste ingeving was weggaan – de hele bedoeling van Mytoi was voor haar immers het alleen-zijn – maar ze liep toch verder. En toen zag ze dat het Brendan Donegal was.

'Hé,' zei ze. Hij was sinds zijn ongeluk veel minder intimiderend. Niet iemand om medelijden mee te hebben – althans dat vond Harper. Hij was eerder een soort toegankelijke godheid. Hij droeg een gebreide muts en een werkjas van Carhartt over een flanellen overhemd; zijn voeten waren in stevige werkschoenen gestoken. Ze vroeg zich af of hij de veters zelf had gestrikt, of dat zijn moeder dat voor hem had moeten doen.

‘Brendan?’ zei Harper. ‘Hoi – ken je me nog? Harper? Harper Frost.’

Langzaam verscheen er een glimlach op Brendans gezicht. Hij zag er nog steeds goed uit – heel erg knap zelfs – met zijn lichtblauwe ogen en zijn rossig blonde haar, dat hij lang droeg en een beetje ruig.

‘Harper,’ zei hij. ‘Hoi.’ Hij klopte op het plekje naast hem op de bank.

Op de een of andere manier begreep ze wel dat ze hem niet te veel moest vragen en ze zaten een tijdje zwijgend naast elkaar terwijl de sneeuw bleef vallen en de wind het water van de vijver deed rimpelen.

Ten slotte wendde Brendan zich tot haar. ‘Waarom ben jij hier?’

‘Om er even tussenuit te zijn,’ zei ze. ‘Ik heb een verkeerde keuze gemaakt en daardoor ben ik mijn baan en bijna al mijn vrienden kwijtgeraakt.’

‘Echt waar?’ zei Brendan. ‘Ik ook.’

Toen Harper de volgende dag weer naar Mytoi ging, was Brendan daar ook en ging Harper weer naast hem zitten. De derde dag was het ijskoud en sloeg Harper haar uitstapje naar Chappaquiddick bijna over, maar het was een soort ritueel geworden, dus trok ze een dikke jas aan en ging toch. Brendan was er ook weer, maar na een paar minuten bibberend naast elkaar te hebben gezeten, stond Brendan op en stak Harper zijn hand toe.

‘We gaan,’ zei hij.

‘Oké,’ zei Harper. ‘Waarnaartoe?’

‘Naar mijn huis,’ zei hij. ‘Dan maak ik een Irish coffee voor je.’

Harper had even geaarzeld vanwege mevrouw Donegal. Mevrouw Donegal was rijk en kende heel veel mensen; Harper was bang dat ze al had gehoord dat Harper in ongenade was gevallen. Misschien was ze wel bevriend met Jude of een van Judes klanten; je stond versteld van de duizenden ingewikkelde omwegen waarmee roddels zich over dit eiland verspreidden.

Maar het was heel goed gegaan. De Irish coffee die Brendan maakte was sterk en heet en Harper had er twee bekers van op. Toen ze de tweede leeg had, pakte Brendan de beker en zette hem in de gootsteen.

'Ik ben niet meer dezelfde,' zei hij. 'Ik ben niet meer hoe ik vroeger was.'

'Ik vind het prima,' zei Harper. Ze had geen idee of het prima was of wat voor vervormde boodschappen zijn hersenen misschien wel uitzonden. 'Ik vind je aardig zoals je nu bent.'

'Echt waar?' vroeg hij.

'Ja,' zei Harper.

En hij had haar een kus op haar wang gegeven.

Ze zagen elkaar op woensdagavond en zondagochtend, altijd in Mytoi, waarna ze naar Brendans huis gingen voor een Irish coffee. Na een paar maanden stelde Harper Brendan voor aan Fish – het park was verboden voor honden, dus sliep Fish altijd op de achterbank van de Bronco, op de parkeerplaats – en het was liefde op het eerste gezicht. Fish was onmiddellijk tegen Brendan aan gekropen, kwispelend alsof hij een oude vriend had teruggevonden.

Harper gaat al bijna drie jaar lang twee keer per week naar Brendan. Hun relatie heeft geen naam; wel diepte, maar geen breedte. Harper is niet van plan voor te stellen om een keer samen uit eten te gaan of ergens koffie te gaan drinken of op een zomerse dag naar Lobsterville Beach te gaan. Er is alleen Mytoi en een kus op haar wang wanneer ze weggaat.

De Chappy ferry is een platte schuit met ruimte voor drie auto's die de ruim 160 meter die Chappaquiddick van de rest van de Vineyard scheidt in negentig seconden aflegt. Harper gaat liever met de On Time II dan met de On Time III, omdat haar favoriete veerbootkapitein, Indira Mayhew, een vrouw van in de zeventig, op de II werkt. Indira is een stoere tante, maar na drie jaar van

Harpers regelmatige bezoekjes aan Chappaquiddick – zomer en winter, lente en herfst – kent ze Harper en schenkt ze haar zelfs wel eens een glimlachje.

'Ik heb je gemist, vorige week,' zegt Indira.

Harper voelt een golf van genegenheid. Misschien heeft Indira de geruchten over haar en dokter Zimmer niet gehoord, of misschien heeft ze niet de link gelegd tussen de naam Harper Frost en de brunette in de blauwe Bronco uit '68.

'Ik heb jou ook gemist,' zegt Harper. Ze voelt zich meteen schuldig. Ze heeft voor het allereerst een bezoekje overgeslagen. Dat zal ze Brendan moeten uitleggen. Ze zal het in elk geval moeten proberen.

Een paar minuten later rijdt Harper de boot af en de Chappy op. Haar hart gaat tekeer. Als Brendan niet in Mytoi is, zal ze onaangekondigd naar zijn huis moeten. Het is dan goed mogelijk dat ze mevrouw Donegal tegen het lijf loopt – iets wat Harper tot nu toe, op een paar keer zwaaien vanuit de verte, altijd heeft weten te vermijden. Harper rijdt de parkeerplaats op; er staan geen andere wagens, maar dat zegt niets. Brendan komt altijd te voet.

Oké, denkt ze. Daar gaan we dan.

De tuinen zien er nu, aan het begin van de zomer, heel anders uit. De kersenbomen staan in roze bloei; hun verrukkelijke bloesem en geuren zijn bijna immoreel. De varens hebben zich uitgerold en de camelia's in de vallei staan in volle bloei. De vijver is tot de rand toe gevuld en barst bijna uit zijn voegen van de dikke koikarpers. De vissen zwemmen met nieuwe energie en het zilver en oranje van hun schubben glinstert. Overal fladderen vlinders en de vogels zingen dat het een lieve lust is.

Harper wandelt over het slingerende, nieuw aangelegde zandpad naar haar plekje, hun plekje, en ziet Brendan op hun bankje zitten... met een andere vrouw.

Wat? denkt Harper. Ze is een week niet geweest, dat is waar, maar ze had niet op een vervangster gerekend.

Wanneer ze dichterbij komt, ziet ze dat de vrouw ouder is. Het is Brendans moeder. Harper overweegt rechtsomkeert te maken en terug te gaan naar haar auto, maar dan ziet Brendan haar en wenkt haar.

Er is geen ontkomen aan.

Het is oké, denkt Harper. Ze kan dit. Misschien weet mevrouw Donegal wie ze is en wat ze heeft gedaan – maar misschien ook niet. *Lach, en de wereld lacht met je mee.* Dat was een van Billy's favoriete uitspraken geweest.

Harper lacht.

'Hallo,' zegt ze.

Brendan en mevrouw Donegal staan allebei op.

'Mijn moeder,' zegt Brendan.

Harper steekt haar hand uit. 'Mevrouw Donegal, wat leuk nu eens kennis met u te maken.'

'Het genoegen is geheel aan mijn kant,' zegt mevrouw Donegal. 'En noem me alsjeblieft Edie. Brendan heeft me zoveel over je verteld. Je bent in een moeilijke periode zo'n goede vriendin voor hem geweest.'

'O,' zegt Harper. Dit is het tegenovergestelde van wat Harper verwachtte. Ze verwachtte dat mevrouw Donegal, Edie, beschermend zou zijn en territoriaal. Denkt Edie dat Harper en Brendan met elkaar naar bed zijn geweest? Ze hoopt van niet. Ze wil niet dat Edie haar ziet als een vrouw die misbruik maakt van Brendan, maar dat zij Harper ziet als wie ze is – iemand die zich aangetrokken voelt tot de rust van Brendans geest en de zachtmoedigheid van zijn ziel. 'Ik ken Brendan al bijna twintig jaar. We kwamen vroeger altijd samen op South Beach.' Ze aarzelt even. Zij en Brendan hebben het nooit over de tijd toen hij nog surfte. Ze kan er nu misschien ook beter niet over beginnen. 'Ik vond het fijn hem hier weer tegen te komen.'

Edie knikt en schenkt haar een warme glimlach. 'Je hebt behoorlijk wat indruk op hem gemaakt.'

Nu springt Brendan opeens op. Hij pakt Harpers hand. 'Ik

dacht dat je kwijt was,' zegt hij. 'Dat ik je kwijt was.'

Harpers hart breekt. 'Dat je mij kwijt was?' zegt ze. Ze kijkt hem in de ogen, een caleidoscoop van blauw en grijs. 'Nooit. Oké? Nooit.'

'Oké,' zegt hij. Hij houdt haar blik even vast en kijkt dan naar zijn voeten. Hij draagt teenslippers. Zijn voeten zijn bleek; zijn teennagels moeten nodig worden geknipt.

'Zal ik ook gaan zitten?' vraagt Harper. 'Vinden jullie dat goed?'

Brendan en Edie schuiven wat naar achteren en Harper gaat naast Brendan zitten, dichterbij dan ze zou hebben gedaan als ze alleen waren geweest. Ze hebben nog steeds elkaars hand vast, ook iets wat nooit eerder is gebeurd.

'Mijn vader is vorige week overleden,' zegt Harper. Ze kijkt Edie aan. 'Hij was elektricien hier op het eiland. Billy Frost.'

'Ik kende hem niet persoonlijk,' zegt Edie. 'Maar ik heb wel over hem gehoord. Uitsluitend lovende woorden.'

'Dank je,' zegt Harper. Is dat waar? Billy stond vooral bekend om zijn luidruchtige aanwezigheid aan de bar, hoewel je hem in geval van een elektrische storing ook zondagavond om negen uur kon bellen, wat hem populair en erg geliefd maakte bij zijn klanten. Harper zucht. 'Buiten het feit dat mijn vader is overleden, heeft nu mijn moeder haar heup gebroken en daarom vertrek ik morgen naar Nantucket.' Ze probeert Brendans blik te vangen. 'Het kan zijn dat ik een tijdje weg ben.'

'Een week?' zegt hij.

'Waarschijnlijk langer,' zegt Harper. Ze stelt zich voor dat ze misschien een week of wat op Nantucket zal blijven en dan, zodra Tabitha alles heeft geregeld, verder zal reizen, naar Vermont misschien, of naar Maine. Op een gegeven moment zal ze wel terug moeten komen om de verkoop van haar vaders huis af te handelen.

'Ik ben dol op Nantucket,' zegt Edie. 'Toen Brendan klein was hebben we er drie of vier zomers achter elkaar een huis gehuurd, in Cisco. Weet je dat nog, Brendan? Daar hebben jij en Sophie leren surfen. Op Nantucket, bij Cisco Beach.'

Traag knikje van Brendan.

Edie zegt: 'We hebben toen een witte surfplank voor je gekocht met een groene streep in het midden.'

'Bij Indian Summer,' zegt Brendan. 'De man van de winkel had een hond. Een Deense dog.'

Edie glimlacht naar Harper. 'Ja.'

'En we hebben cocktails gedronken bij het Atlantic Café, mudslides,' zegt Brendan.

'Heel goed,' zegt Edie. 'Je herinnert je Nantucket dus.'

Brendan wendt zich tot Harper en kijkt haar indringend aan. Harper ziet een bepaalde helderheid. 'Kom terug,' zegt hij. 'Alsjeblieft.'

Ainsley

Ze is een zestienjarige die aan haar lot is overgelaten.

Vergis je niet: Tabitha is bepaald geen huishoudelijk type. Zij en Ainsley eten bijna elke avond afhaalmaaltijden of gaan naar een restaurant, en wanneer ze een keer thuisblijven, bestaat de maaltijd uit muesli of crackers met kaas. Tabitha kookt nooit en Eleanor is nog erger – zij heeft nog nooit in haar leven een maaltijd klaargemaakt.

Schoonmaken doet Tabitha evenmin; daar heeft ze Felipa voor. Vier dagen per week is Felipa de 'huishoudster' van Eleanor, maar op woensdag maakt ze het koetshuis van onder tot boven schoon. Ze verschoont de bedden, doet de was, sopt de keuken – inclusief, één keer per maand, de binnenkant van de zo goed als lege koelkast – en ze stoft, stofzuigt, trekt kussens recht en schudt ze op en voorziet de vazen van verse bloemen.

Wanneer Ainsley dus woensdag uit school komt, is het schoon en stil in huis, is Ainsleys bed verschoond en opgemaakt en zijn al de kleren die door haar hele kamer verspreid hadden gelegen keurig opgevouwen en in haar kasten gelegd.

In Ainsleys bovenste la liggen een zakje wiet en vloeitjes. Ainsley moet morgen een verslag van tien pagina's over Zora Neale Hurston af hebben, maar er kan moeilijk van haar worden verwacht dat ze zich nu druk maakt om haar schoolwerk, met al die familieproblemen plus een verbroken relatie aan haar hoofd.

Ze rolt een joint, rookt hem half op, pakt de sleutels van Eleanors huis van het haakje in de keuken en loopt het witte schelpenpad naar Seamless af. Het is half vier, wat betekent dat Felipa in haar kamer naar *Gran Hotel* zit te kijken, de Latijns-Amerikaanse televisieserie waaraan ze verslaafd is. Ainsley maakt zachtjes de voordeur open en loopt op haar tenen de woonkamer in. Het huis ruikt naar lelietjes-van-dalen en Pledge met citroengeur; het enige geluid is het tikken van Eleanors klokken: een grote en een iets kleinere staande klok, twee banjoklokken, een mantelklok en een geelkoperen reispendule op de schoorsteenmantel. Om de vijftien minuten verzorgen die klokken een miniconcert door te rinkelen en te galmen. Vroeger vond Ainsley het geluid fascinerend, maar nu ze alleen nog maar heimelijke bezoekjes aan het huis van haar grootmoeder brengt om alcohol te stelen, of sigaretten (haar grootmoeder heeft altijd een Delfts blauwe beker vol sigaretten op de salontafel staan, alsof het nog 1955 is), of geld (gloednieuwe briefjes van honderd in een envelop in de secretaire), krijgt Ainsley bijna altijd hartkloppingen van het klokgelui en bezorgt het getik haar het gevoel dat ze door het inwendige van een tijdbom loopt. Op een dag, veronderstelt ze, zal iemand haar betrappen.

De wiet is niet goed voor haar paranoia. Ze kan beter weggaan. Maar in plaats daarvan loopt ze naar de messing serveertrolley in de hoek. Ze klemt een fles Grey Goose-wodka onder haar ene arm en een fles Bombay Sapphire onder de andere en verlaat het huis, maar blaast haar ingehouden adem pas uit wanneer ze weer terugloopt over het schelpenpad.

Ze maakt een drankje klaar: wodka, tonic, ijs en een dikke schijf citroen.

Tegen vijven is Ainsley dronken en heel, heel erg stoned – ze heeft de tweede helft van de joint opgerookt zonder de moeite te nemen een raam open te zetten. Haar moeder heeft haar nu daadwerkelijk in de steek gelaten, dus welk gedrag Ainsley ook vertoont, het is allemaal Tabitha's schuld.

Nu is Ainsley klaar om in actie te komen. Op school had Emma haar die dag geen moment met rust gelaten en aan één stuk door gevraagd of het wel goed met haar ging. Blijkbaar heeft op de Nantucket High School een gerucht de ronde gedaan dat Ainsley thuis twee dagen in een kast opgesloten heeft gezeten, als straf voor het feestje dat ze heeft gegeven.

Waar halen mensen die onzin toch vandaan? vroeg Ainsley zich af.

'Nee,' zei ze. 'Ik heb huisarrest gekregen voor zaterdag en zondag. Toen overleed mijn opa en moesten we maandag naar zijn begrafenis op de Vineyard.'

'O,' zei Emma. Ze klonk teleurgesteld. 'Ik dacht dat Tabitha eindelijk echt gek was geworden. Ik dacht dat ze met ducttape en touwen in de weer was geweest.'

'Nee,' zei Ainsley. 'Mijn moeder is irritant, maar ze is geen psychopaat. Mijn grootvader is overleden.'

Emma had haar schouders opgehaald. 'Dat doen grootouders nu eenmaal,' zei ze. 'Die gaan dood.'

Ainsley had nog overwogen Emma te vertellen over de vrouw die naar de herdenking was gekomen en haar moeder had geslagen, maar zo'n verhaal kon je beter niet aan Emma vertellen. Of het zou haar niet kunnen schelen, of het zou haar juist te veel kunnen schelen.

'Wat is er met jou en Teddy?' had Emma tijdens de lunchpauze gevraagd. 'Hebben jullie ruzie?' Teddy was, voor het eerst in de geschiedenis, bij het honkbalteam aan tafel gaan zitten, in plaats van bij Ainsley en Emma.

'Dat vertel ik je later wel,' zei Ainsley. 'Ik heb nu geen zin om het erover te hebben.' Ze keek naar de andere kant van de kantine, waar Candace zat. Candace droeg vandaag een roze zijden bloesje, een witte AG Stilt-spijkerbroek en vleeskleurige Tory Burch-ballerina's. Haar moeder, Steph, was vroeger een kei in het vlechten van Candace' haar, of het maken van hoge paardenstaarten, maar nu droeg Candace haar haar steil en glad. Ainsley gaf het niet graag toe, maar Candace was mooi. Haar kleding was stijlvol en toch nonchalant. Ze had een gave huid. Uit haar ogen straalde de zuiverheid van haar hart.

Maar ze had wel Ainsleys vriendje ingepikt.

Nu, dronken en stoned en alleen, belt Ainsley Emma. 'Ben je er klaar voor om te horen wat er is gebeurd?' vraagt ze. Emma is niet goed in het bieden van troost of steun – maar wraak? Emma blinkt uit in wraak.

Het derde uur heeft Ainsley Engels. Haar verslag over Zora Neale Hurstons *En ze keken naar God* is zes en een halve pagina lang in plaats van tien. Het is slecht geschreven, er zitten veel herhalingen in en het houdt nauwelijks verband met het boek omdat Ainsley er geen bladzijde in gelezen heeft. Ze heeft gisteravond een poging gedaan, maar de dialogen zijn geschreven in zuidelijk dialect, en dat is wat Ainsley betreft hetzelfde als een vreemde taal.

Candace en Teddy zitten met Engels allebei in Ainsleys klas. Ainsley weet zeker dat ze verslagen van tien pagina's hebben ingeleverd, compleet met toepasselijke passages uit het boek en voetnoten ter ondersteuning van hun stellingen en dat ze hun argumenten hebben onderbouwd met citaten van Alice Walker, Toni Morrison en Angela Davis, zoals mevrouw Duncombe had geopperd. Candace en Teddy praten niet met elkaar, ze kijken elkaar niet eens aan, maar Ainsley ziet de paarlemoeren golven van ware liefde tussen hen schitteren. Gelukkig hoeft ze deze hel nog maar enkele ogenblikken te verdragen. Voordat mevrouw Duncombe kan beginnen over hoe belangrijk de literaire stemmen van de gemarginaliseerde bevolkingsgroepen zijn, gaat de intercom. Ainsley houdt haar adem in. Mevrouw Kerr vraagt of Candace Beasley naar haar kantoor kan komen.

Tussen de middag weet de hele school het: in Candace Beasleys kluisje zijn een bijna volle fles Bombay Sapphire en een zakje met een naar het zich laat aanzien restje cocaïne aangetroffen.

'Wauw,' zegt Maggie terwijl zij en Ainsley langs de salades lopen. 'Ik herinner me de tijd dat Candace nog een heilig boontje was. Jij toch ook?'

Ainsley haalt haar schouders op. 'Jazeker. Maar mensen veranderen.'

'Meestal zijn het juist de heilige boontjes waar je voor moet oppassen,' zegt Emma. 'Die zijn zó braaf dat er op een dag opeens iets knapt in hun hoofd en dan worden ze echt heel, heel erg slecht.'

'Er hangt haar mogelijk een schorsing van drie dagen boven het hoofd,' zegt Maggie. 'Haar ouders zijn al op school en alles.'

Een schorsing van drie dagen, denkt Ainsley. Ze heeft drie dagen om Teddy terug te krijgen.

'Het verbaast me dat de politie er niet bij wordt gehaald,' zegt Emma. 'Ik bedoel, alcohol is tot daaraan toe – maar cocaïne?'

'Ze beweert dat het niet van haar is,' zegt Maggie. 'Ze heeft meneer Bentz verteld dat iemand het in haar kluisje moet hebben gestopt.'

'Dat zou ik ook zeggen als ik haar was,' zegt Emma. '"Ik heb niks gedaan; iemand anders heeft het erin gelegd." Ze heeft mijn advies niet gevraagd, maar als ze dat wel had gedaan, zou ik haar dat hebben aangeraden.'

'Maar hoe zou iemand anders het in haar kluisje hebben moeten stoppen?' zegt Ainsley. 'Tenzij ze iemand de cijfercode heeft verteld. De vorige eigenaar van dat kluisje is al zo'n twee jaar van school. En die dingen zijn met geen mogelijkheid open te breken.'

'Met geen mogelijkheid,' zegt Maggie instemmend.

De rest van de schooldag is Ainsley vrolijk en tegelijkertijd doodsbang. Iedereen heeft het over Candace: de hele school gonst ervan. Candace Beasley, een leerlinge die louter negens en tienen haalt en misdienares is in Saint Mary's, heeft een fles gin en misschien ook cocaïne mee naar school genomen. Het is zo vreemd dat Ainsley verwacht elk moment uit de klas te kunnen worden geplukt. Maar Emma heeft Ainsley bezworen dat het plan waterdicht is. Afgelopen november was Emma vijf keer te laat op school gekomen, zodat ze bij de directeur, meneer Bentz, moest komen. Daar moest ze in het kantoortje buiten zijn kamer in haar eentje blijven wachten tot meneer Bentz terugkwam van een ontbijt met de Rotaryclub. Opeens was er een brandoefening; de school liep leeg, maar Emma bleef zitten. Ze begon wat rond te snuffelen. Ze vond docentenbeoordelingen (saai), toetsuitslagen van de derdejaars (saai) en de cijfercodes voor alle kluisjes in de school. Dat lijstje nam ze mee.

Het was dus heel makkelijk om in Candace' kluisje te komen. Ainsley was degene die een anoniem briefje bij de schoolzuster had achtergelaten met de mededeling dat op school 'het gerucht' ging dat Candace Beasley 'harddrugs' mee naar school nam en tegen iedereen vertelde dat het voor 'medicinaal gebruik' was. De schoolzuster, mevrouw Pineda, was heel fanatiek wat betreft het voorkomen van alcohol- en drugsgebruik door leerlingen. Het kluisje van Candace Beasley was ogenblikkelijk doorzocht. Bingo.

Wanneer Ainsley de school uit loopt, grijpt iemand haar bij haar arm. Het is Teddy.

'Ainsley,' zegt hij. 'Ik heb je nodig.'

Ainsley valt praktisch in zijn armen. Ze moet wel verliefd op hem zijn. Hoe kan ze anders de verzengende pijn in haar hart verklaren, de hunkering, het intense verlangen naar simpele genegenheid – een kus op de wang, een kneepje in de hand? Ainsley houdt van zijn blauwe ogen, zijn sproeten, de manier waarop zijn rode haar onder zijn petje vandaan krult, de holte aan de onderkant van zijn hals.

Ik heb je nodig. Dit is toch wat Ainsley wil horen? En toch voelt ze zich ergens schuldig over wat zij en Emma Candace hebben aangedaan. Ainsley had moeten proberen Teddy terug te krijgen door haar leven te beteren en hem te laten zien dat ze geen slecht mens is. Maar ze had, zoals gewoonlijk, ingestemd met Emma's slechte plannen. Ze hadden Candace een slechte naam bezorgd. Het voelde alsof ze bij een hardloopwedstrijd Candace beentje had gelicht, in plaats van gewoon harder te lopen.

'Wat is er?' vraagt Ainsley. Tijdens de geschiedenisles heeft ze besloten dat ze zich tegenover Teddy het beste van den domme kan houden. Misschien niet helemáál van den domme – hij zou nooit geloven dat Ainsley het nieuws over Candace nog niet had gehoord – maar op z'n minst kalm en zonder emotie. Wat had Ainsley er immers mee te maken als Candace Beasley was betrapt met sterkedrank en drugs?

'Kun je naar het hoekje komen?' vraagt Teddy. 'Heb je tijd?'

Het hoekje is een afgezonderde plek aan de achterkant van het schoolgebouw. Het wordt van de sportvelden afgeschermd door de geparkeerde schoolbussen en de afvalcontainer die wordt gebruikt door het handarbeidlokaal. Het is geen romantische plek, maar wel privé en stelletjes die geen auto hebben maken er voor schooltijd, na schooltijd en onder schooltijd gebruik van. Het schijnt dat Allegra Pancik en Brick Llewellyn een paar jaar eerder een keer seks hebben gehad in het hoekje, tijdens de ochtendmededelingen – een middelbareschoollegende.

Ainsley volgt Teddy door de gangen en ze gaan via de achterdeur van de kantine naar buiten. Jasmine Miyagi, het populairste meisje van de brugklas, probeert Ainsley tegen te houden. Ze wil waarschijnlijk over Candace roddelen, maar Ainsley wuift haar weg. Niemand vindt het vreemd om Ainsley en Teddy samen te zien, want behalve Ainsley, Teddy, Candace en Emma weet niemand dat ze uit elkaar zijn.

Teddy loopt drie passen voor Ainsley uit. Ze had verwacht dat hij misschien naast haar zou komen lopen en haar een hand zou geven.

Wanneer ze bij het hoekje aankomen is er niemand. Teddy kijkt om zich heen om te zien of de kust vrij is, wat de standaardprocedure is wanneer je het hoekje voor intieme doeleinden wilt gebruiken. Ainsley kan niet wachten om hem te kussen.

Maar opeens duwt hij haar keihard tegen de muur. Haar hoofd klapt er pijnlijk tegenaan. Teddy's handen liggen om haar keel. Zijn blauwe ogen spuwen vuur en zijn stem zakt tot een beangstigende fluistering.

'Jij hebt het gedaan,' zegt hij.

'Nee,' brengt ze uit.

'Jij hebt het gedaan. Ik weet het zeker. Met Emma, die trut. Zij heeft dat zakje cocaïne uit haar vaders achterzak gehaald toen hij thuiskwam van zijn werk en jij hebt die gin van je oma's serveertrolley gejat.'

Ainsley knippert met haar ogen. Hij slaat de spijker op z'n kop.

'Ik ken jou, Ainsley,' zegt Teddy. 'Ik ken jouw streken en ook die van Emma. Ik ben het hele jaar met je samen geweest. Ik heb buiten staan wachten terwijl jij sterkedrank jatte uit het huis van je oma. Ik ben bij je oma binnen geweest. Ik heb die Bombay Sapphire zien staan. De coke zal wel een idee van Emma zijn geweest. Je hebt je er aanvankelijk vermoedelijk tegen verzet, maar vervolgens heb je je door haar laten overhalen, zoals je je altijd door haar laat overhalen.'

Elke zin die hij zegt is nog meer waar dan de vorige, maar dat kan Ainsley niet laten merken. Ze klemt haar vingers, als armbanden, om zijn polsen.

'Haal je handen van mijn nek,' zegt ze. 'Je maakt me bang.' Teddy's moeder zit in een psychiatrische inrichting. Het schijnt dat haar geestestoestand is beïnvloed door de dood van zijn vader in de kattenvoerfabriek, maar wat als geestesziekten in de familie zitten en Teddy in werkelijkheid niet de geweldigste jongen is die Ainsley kent, maar een of andere maniak die haar achter de school gaat wurgen?

'Ben je nu bang?' zegt Teddy. 'Wacht maar.' Hij laat haar hals los, maar nu is ze nog banger. 'Morgenochtend ga ik naar meneer Bentz. Dan heb je dus vanmiddag nog de tijd om je zelf bij hem te melden en alles op te biechten.'

Ergens wil Ainsley dat juist. Ze wil bij meneer Bentz gaan zitten huilen, opbiechten wat ze heeft gedaan, hem vertellen dat de gin haar idee was, maar de coke niet. Ze wil hem vertellen over haar gebroken hart, het overlijden van haar opa, haar oma die haar heup heeft gebroken, haar moeder die haar dagen achtereen in haar eentje laat zitten. Zo nodig grijpt ze helemaal terug naar het verliezen van haar babybroertje. Ze was toen nog maar twee en kan hem zich niet herinneren, maar dat wil nog niet zeggen dat zijn dood geen invloed op haar heeft gehad. Haar moeder was voorgoed veranderd: wanneer Tabitha nu naar Ainsley kijkt, ziet ze nog steeds de geest van Julian. (Dit klinkt wat vergezocht, maar het zou toch best kunnen? Ze weet zeker dat haar leven beter zou zijn als Julian niet dood was gegaan.) Meneer Bentz staat er bij de hele school om bekend dat hij zich heel goed kan inleven in de onstuimige gevoelens van tieners. Hij heeft de reputatie heel schappelijk te zijn met leerlingen die hun wangedrag bekennen, maar waar hij een gruwelijke hekel aan heeft... is een leugenaar.

Maar de waarheid opbiechten betekent wel dat ze Emma erbij zal moeten lappen. Kan Ainsley haar beste vriendin verraden? Nee, dat kan ze niet. Emma heeft alleen het lege zakje cocaïne van haar vader gepikt om Ainsley te helpen wraak te nemen op Candace. Het was Emma die het risico had genomen het belastende materiaal in Candace' kluisje te leggen; voor hetzelfde geld had iemand haar gezien.

Ainsley realiseert zich dat wat ze het allerliefste wil – een kans om Teddy's liefde terug te winnen – sowieso niet meer gaat gebeuren. Door te proberen Candace kapot te maken, heeft ze juist een heldin van haar gemaakt.

Ainsley heeft nu nog maar twee mogelijkheden om uit te kiezen, erg en nog erger. Ze kiest voor erg; ze daagt Teddy uit.

'Je klinkt als een jochie uit de provincie dat hier is komen wonen en te veel *Gossip Girl* heeft gekeken,' zegt Ainsley. 'Dit is Nantucket. Mensen stoppen hier niet stiekem alcohol en drugs in andermans kluisjes in de hoop dat het zal worden ontdekt en ze zullen worden geschorst, Teddy. Van mij mag je je complottheorie aan meneer Bentz gaan vertellen, maar het zal overkomen als iets wat je op Netflix hebt gezien. Zoals ik je al heb verteld: ik mag Candace graag. Jullie zijn een leuk stel samen. Ik wens jullie alleen maar het allerbeste.' Ainsley doet haar best die laatste zinnen oprecht te laten klinken, maar ze voelen nogal slapjes.

Maar Teddy aarzelt. Hij mag haar dan kennen, maar zij kent hem ook. Nu is hij onzeker.

'Oké,' zegt hij.

Ainsley heeft geen idee wat 'oké' betekent: gaat hij nu naar meneer Bentz of niet? Het lijkt haar echter niet handig hem ernaar te vragen.

'Oké,' zegt Ainsley en ze loopt weg met de houding van een meisje dat niets te vrezen heeft.

Emma is al vertrokken, en hoewel Ainsley weet dat ze waarschijnlijk een eindje verderop in de straat met BC en Maggie bij Cumberland Farms wiet zit te roken en drie kartonnen pizzapunten met salami naar binnen zit te werken, besluit Ainsley naar huis te wandelen. Ze moet nadenken.

Het is nooit haar bedoeling geweest een slechte tiener te zijn; ze wilde alleen maar een coole tiener zijn. Bij nader inzien kan ze niet geloven wat zij en Emma hebben gedaan. Het is beschamend en het is gevaarlijk. Ze worden vast gesnapt. Natuurlijk worden ze gesnapt. Straks zijn zij degenen die worden geschorst... of erger. En Dutch zal vermoedelijk ook problemen krijgen, want het was zijn cocaïne.

Naar de universiteit gaan zal misschien een probleem worden. Wat zal haar moeder zeggen? Wat zal haar vader zeggen? Haar stiefmoeder, Becky, zal gelijk krijgen: Ainsley is een rotte appel, een heel erg slecht rolmodel. Eigenlijk zou ze niet in de buurt mogen komen van haar halfbroertjes.

Bij elke auto die haar passeert kijkt Ainsley opzij, in de hoop dat het Emma zal zijn in haar Range Rover. Of Teddy in de pick-up van zijn vader. Maar het zijn allemaal onbekende auto's. De zomermensen zijn er; niemand herkent haar.

Bij het koetshuis aangekomen, ziet Ainsley een marineblauwe Bronco op de oprit staan. Ze knippert met haar ogen. De auto van tante Harper.

Ze is echt gekomen! Ainsley voelt een golf van blijdschap en opluchting. Tante Harper is er! Maar haar vreugde maakt onmiddellijk plaats voor een paniekerig soort angst. Ze heeft tante Harper verteld dat Tabitha het goedvond dat ze kwam, maar dat was een dikke, vette leugen.

Tabitha is nog steeds in Boston, bij Eleanor. Toen Ainsley haar moeder die middag aan de telefoon had, had Tabitha haar niet verteld wanneer – en óf – ze naar huis kwam. Tabitha zei dat ze Meghan zou sturen om te kijken of alles goed ging. Ainsley zal tante Harper de waarheid moeten vertellen: Tabitha wil haar hier niet hebben. Misschien zal tante Harper haar schouders ophalen. Misschien blijft tante Harper toch wel.

Ainsley doet de deur open en wordt onmiddellijk begroet door een Siberische husky met een paar ogen met de kleur van gletsjerijs. Er is een hond – tante Harpers hond – *in huis*! Opnieuw is Ainsley tegelijkertijd dolblij en uitermate slecht op haar gemak. Ainsley wil al zolang ze zich kan herinneren een hond, maar Tabitha heeft altijd nee gezegd. Eleanor had ooit een teckel, maar die at schoenen en daarom moesten ze hem wegdoen.

'Hallo? Ainsley, ben jij dat?'

Tante Harper kijkt over de trapleuning naar beneden. Het ruikt verrukkelijk in huis – naar gebakken uien en spek. Ainsley kan zich niet herinneren dat het hier in huis ooit zo lekker heeft geroken.

'Hallo,' zegt ze verlegen. Het is onwerkelijk om haar moeder op haar neer te zien kijken, alleen kijkt haar moeder nu lachend, vriendelijk, blij haar te zien. Alleen is haar moeder nu niet haar moeder. 'Heb jij die hond meegebracht? Ben je aan het koken?'

'Dat is Fish,' zegt Harper. 'Hij is altijd en overal bij me. Het is een heel lieve hond. En voor het avondeten maak ik mijn beroemde pasta carbonara. Je grootvader was er dol op. Met een salade en knoflookbrood. We eten om een uur of zeven. Is dat oké? Dan heb jij nog de tijd om je huiswerk te maken, dacht ik zo. En ik heb ijsthee gemaakt. Ik heb de indruk dat jij en je moeder heel veel cola light drinken, maar je weet dat je daar dood aan gaat, hè?'

'Oké,' zegt Ainsley. Haar maag knort. Wanneer heeft ze voor het laatst gegeten? Tussen de middag een paar radijsjes en boontjes van de saladebar op school, maar daarvoor? De vorige avond had haar maaltijd bestaan uit een half zakje SunChips met cheddarsmaak. Wanneer ze boven komt staat haar tante een glas te vullen met ijs en thee en een schijfje citroen; het drankje zou zó op de cover van een tijdschrift kunnen. Ainsley drinkt het hele glas leeg en Harper lacht. 'Dorst?'

'Ik ben naar huis komen lopen,' zegt Ainsley. 'Mijn lift ging niet door.'

Harper schenkt nog een glas thee in en zet dan een bakje gemengde noten en een schaaltje gemarineerde mozzarellabolletjes neer. 'Iets lekkers erbij?'

De tranen springen Ainsley in de ogen. Er is iemand die voor haar zorgt. Iemand die van haar houdt. Ainsley steekt haar hand uit naar een pecannoot. Ze knippert met haar ogen en veegt snel de traan weg die eruit rolt. Maar Harper moet het hebben gezien, want ze spreidt haar armen. 'Geef me een knuffel,' zegt ze. 'Ik ben zo blij je te zien.'

Ainsley gaat naar beneden, naar haar kamer. Ze heeft geen huiswerk, maar over een paar dagen beginnen de eindtoetsen. Het zou wel handig zijn even haar best te doen en er voor het einde van het schooljaar nog een paar goede cijfers uit te persen, maar het enige waar Ainsley aan kan denken is Candace. Kan Candace, nu ze geschorst is, nog wel aan de toetsen deelnemen? Ainsley kijkt op haar mobieltje, bang voor wat ze er zal aantreffen, maar er is niets. Ze komt in de verleiding Emma te bellen en haar te vertellen wat Teddy heeft gezegd. Misschien kan ze Emma ervan overtuigen dat ze maar beter alles kunnen opbiechten.

Emma zal er nooit mee instemmen. Ze zullen ruzie krijgen. Het gesprek zal slecht eindigen en Ainsley is te moe om nóg een confrontatie aan te kunnen. Ze gaat op haar bed liggen. Zomaar uit het niets glijdt er een glimlach over haar gezicht. Tante Harper is er.

Harper

Wanneer ze haar Bronco van de ferry Nantucket oprijdt kan ze het gevoel van blijdschap en opwinding niet van zich afzetten. Ze is hier veertien jaar niet geweest, maar alles ziet er nog ongeveer hetzelfde uit: de fietsenwinkel, de Juice Bar, Steamboat Pizza.

Maar het allerfijnste aan Nantucket is *dat niemand hier haar kent*! Ze hoeft niemand te ontlopen en ze hoeft voor niemand bang te zijn.

Ze weet nog hoe ze naar het huis moet rijden en neemt maar één verkeerde afslag alvorens het witte schelpenpad van Cliff Road 776 op te rijden. Het is nog net zo schitterend als vroeger. Ze ziet de honderd jaar oude bomen en het groene gazon, hortensia's die op het punt staan explosief tot bloei te komen, keurig gesnoeide buxushagen en plantenbakken aan beide huizen. De bakken staan vol mandevilla's die langs een houten traliescherm omhoog worden geleid. Ertussenin bloeien vlindervormige witte prachtkaarsen, volle zilvergroene Provençaalse lavendel en bodem bedekkende rozen. Watervallen van dichondra Silver Falls en felroze petunia's hangen over de randen en in de hoekjes staan ook nog blauwe winde en wolfsmelk. Het is een extravagante combinatie die doet denken aan het landhuis dat Jude stiekem de bloemige hoerenkast noemde en waar ze zevenhonderdvijftig dollar per bak rekende om te beplanten en te onderhouden.

Harper parkeert bij het koetshuis en aangezien de deur niet op slot is laat ze zichzelf binnen.

Het huis ruikt naar Soir de Paris, het parfum dat Eleanor altijd droeg toen zij klein waren. Harper neemt aan dat Tabitha het nu gebruikt, want zij begint langzaam maar zeker te veranderen in Eleanor. De indeling van het koetshuis is een beetje de omgekeerde wereld – op de begane grond drie slaapkamers en twee badkamers en vervolgens een trap die naar boven leidt, naar het woongedeelte. Fish wordt helemaal gek van de overvloed aan nieuwe geuren; hij rent alle slaapkamers in en uit en zijn staart zwiept tegen de deuren.

Harper vindt Tabitha's slaapkamer – en spierwit bed, vijftig miljoen kussens in alle soorten en maten en een peluw ter grootte van een omgevallen boom. Ze slaapt waarschijnlijk nog steeds boven op het beddengoed, want als je eronder kruipt kreuken de lakens en ergens in de logica van Tabitha's brein is het beter om frisse, schone lakens te hébben dan om er heerlijk tussen te slapen.

Ze doet maar.

Ainsleys kamer is de kamer die naar wiet ruikt en waar een whiskyglas met – Harper neemt een piepklein slokje – wodka op de kaptafel staat. Oké! Harper gooit het glas leeg in de wastafel in de badkamer en gooit haar weekendtas in de derde slaapkamer, die zo te zien als een soort rommelkamer wordt gebruikt. Er staat een tweepersoonsbed met een sprei die Harper zich herinnert van... van... wauw... het huisje in Prospect Street. Het is een gewatteerde witte sprei, die inmiddels wat is vergeeld.

Er staat een bureau dat vol ligt met interieurtijdschriften – *Domino*, *House Beautiful*, *Traditional Home*, *Architectural Digest*. (Iemand hier in huis wil graag binnenhuisarchitect worden. Ainsley? Tabitha?) Bij het bureau staat een Windsor-stoel, maar verder is de kamer leeg. Ruimte zat voor de hondenmand.

Boven is de inrichting formeler – een schitterende kersenhouten eettafel met zes stoelen met lage armleuningen eromheen en een groot boeket verse delphiniums in het midden; er staat een met turquoise tweedstof beklede jarenzestigbank met nuffige rondingen. Aan de muur boven de bank hangt een rechthoekige spiegel. Op een tv-tafeltje van glas en kunststof staat een televisie en in de hoek staat een paspop die is gehuld in de Roxie in het limoengroen, waar Harper in eerste instantie van schrikt. Even denkt ze dat het Tabitha is.

De keuken ziet er schitterend uit en is van alle gemakken voorzien, maar hij is te schoon – nog-nooit-gebruikt-schoon.

Zonde, denkt ze. Wat zij de afgelopen veertien jaar allemaal niet had kunnen doen met een keuken als deze.

Fish komt naar haar toe om zijn snuit in haar kruis te duwen, een teken dat het huis zijn goedkeuring kan wegdragen.

'Mooi zo,' zegt Harper, hem achter zijn oren kriebelend. 'Wen er maar niet aan. Zes dagen. Hooguit zeven.'

Harper gaat op zoek naar en vindt de supermarkt. Het is een Stop & Shop, en Harper voelt een steek van heimwee naar Cronig's en de Reliable Market, die alleen wel heel erg duur is.

Wanneer Harper uit haar Bronco stapt, voelt ze een hand op haar arm.

'Tabitha?'

Harper kijkt op en ziet een bijzonder knappe, keurig uitziende man met overhemd en stropdas en een bril met hoornen montuur. Hij lijkt op Superman voordat hij Superman wordt. Hij lijkt op Clark Kent.

'Nee, ik ben...'

'Heb je een nieuwe auto?' vraagt Clark Kent. Hij snakt naar adem wanneer hij Fish op de achterbank ziet slapen. 'En een hond?'

De blik van pure schok op het gezicht van Clark Kent doet Harper in de lach schieten. Ze speelt bijna mee. Hoe vaak heeft in hun jeugd de ene helft van de tweeling zich uitgegeven voor de ander? Een twuster, noemden ze dat, een afkorting voor 'tweelingzuster'. Niemand kon hen uit elkaar houden.

Niemand.

Harper zegt bijna: *Ja, ik heb die andere wagen ingeruild voor deze oude rammelbak. Wat vind je ervan?* In wat voor auto rijdt Tabitha? vraagt Harper zich af. Een rode Mercedes cabriolet, zo gestroomlijnd als een damesschoen? *En ik heb een hond genomen. Ik vond dat ik er nog wel een zware verantwoordelijkheid bij kon gebruiken.*

Maar dat wil Harper deze man niet aandoen. Ze grijnst. 'Ik ben Tabitha niet.'

'Tabitha,' zegt Clark Kent. 'Ik weet dat die situatie laatst wat gênant was en dat spijt me...'

Harper wil natuurlijk dolgraag alles horen over Tabitha's gênante situatie, maar het lijkt haar wreed om hem alleen maar verder te laten gaan om haar liederlijke nieuwsgierigheid te bevredigen en daarom onderbreekt ze hem toch. Ze is op Nantucket, dit is een nieuw begin en ze wil aardig zijn. 'Ik ben Harper Frost, Tabitha's tweelingzus.'

'Haar...' Clark Kent zoekt naar adem happend naar woorden.

'Haar tweelingzus. Ik woon op Martha's Vineyard.'

Clark Kent knikt. 'Ze heeft me over je verteld.'

'Nou, dat is tenminste iets,' zegt Harper. 'We hebben het afgelopen anderhalve decennium geen contact gehad, maar vorige week is onze vader overleden...'

Clark Kent zet grote ogen op.

'... en maandagavond is onze moeder gevallen en heeft ze haar heup gebroken.'

Clark Kent houdt zijn adem in. 'Eleanor?'

Harper houdt haar hoofd een beetje scheef. 'Waar ken je mijn zus van?'

Clark Kent recht zijn rug en geeft Harper een hand. 'Ik ben ongelooflijk onbeleefd. Neem me niet kwalijk. Ik ben Ramsay Striker. Ik ben... of ik was... nou ja, ik heb samengewoond met je zus... Tabitha... ik heb vier jaar lang een relatie gehad met Tabitha, waarvan we er drie hebben samengewoond. Afgelopen februari zijn we uit elkaar gegaan.'

'Aha,' zegt Harper. Ze neemt de man van top tot teen op: lang, succesvol ogend, goedgekleed. Tabitha's type, of wat Harper zich altijd heeft voorgesteld als Tabitha's type, hoewel het enige vriendje van Tabitha dat Harper ooit heeft ontmoet Wyatt is, die bepaald níét Tabitha's type was. Hetgeen een van de redenen was – een van de vele, neemt ze aan – waarom het tussen hen niet goed was gegaan.

Harper zou Ramsay Striker wel als een vlinder met spelden op een plankje willen prikken om hem tienduizend vragen te stellen.

Alsof hij haar gedachten leest, kijkt Ramsay Striker op zijn horloge. 'Heb je zin om wat te gaan drinken?' vraagt hij.

Het is lunchtijd en het zal overal wel druk zijn, zegt Ramsay, dus stelt hij voor om naar 'de brouwerij' te gaan, ook omdat Harper dan haar hond mee kan nemen.

Geweldig, denkt Harper. Ramsay is attent. En de brouwerij – CISCO BREWERS, staat er op de gevel – blijkt de perfecte ontspannen plek te zijn om op zo'n zachte, zonnige middag naartoe te gaan.

Harper is nu al dol op Nantucket!

De brouwerij bestaat uit een grote bakstenen binnenplaats, omringd door rustieke boerderijgebouwen. In het ene gebouw wordt bier verkocht, in het andere wijn en in weer een ander sterkedrank. Op een kruk, met een golden retriever aan zijn voeten, zit een langharige knaap gitaar te spelen. Enkele tientallen mensen zitten aan picknicktafels te drinken en guacamole en chips en oesters te eten die te krijgen zijn bij de foodtrucks.

Ramsay en Harper kiezen een lege picknicktafel en Ramsay zegt: 'Wat dacht je van een biertje en een broodje kreeft?'

Harper ziet graag dat een man instinctief aanvoelt wat je op een bepaald moment het beste kunt bestellen. 'Dat klinkt mij als muziek in de oren,' zegt ze.

Harper beperkt zich tot twee biertjes en neemt van het derde slechts een klein slokje, omdat ze nog boodschappen moet doen en weer terug moet zijn in het koetshuis voordat Ainsley thuiskomt van school. Ze heeft Ramsay verteld hoe zij en Tabitha zijn opgegroeid, tot aan de scheiding die het gezin over twee eilanden heeft verdeeld.

Ramsay zegt: 'Waarom dan die breuk tussen jou en Tabitha?'

Waarom? Daar waren zoveel redenen voor, te beginnen met dat noodlottige potje steen-papier-schaar. Harper probeert zich voor de tienduizendste keer voor te stellen wat er zou zijn gebeurd als Tabitha schaar had gekozen, in plaats van steen. Het zou verschrikkelijk zijn geweest om Tabitha te zien wegrijden met Billy, terwijl Harper samen met Eleanor gevangen was blijven zitten in dat mausoleum aan Pinckney Street. De meubels in dat huis waren minstens tweehonderd jaar oud – alles was zwaar en donker, met brokaten stoffering en velours gordijnen; de bibliotheek stond vol stoffige boeken en aan de wanden hingen olieverfschilderijen van alle griezelige voorouders van de familie Roxie. Zou ze Tabitha hebben gehaat? Ja, waarschijnlijk wel. Maar ze zou niet Eleanors discipel zijn geworden. Dat was Tabitha's eigen keus geweest.

Er waren Tabitha ook dingen overkomen die ze niet zelf in de hand had gehad.

Julian.

Daar wil Harper nu niet aan denken.

Opeens realiseert ze zich dat alle informatie tijdens deze lunch eenrichtingsverkeer is geweest. Ramsay heeft niets losgelaten over zijn relatie met Tabitha en ze moet bijna weg. Het is al twee uur.

'Hoe kun jij je dit veroorloven?' vraagt Harper.

'Dit?'

'Een lunchpauze van twee uur nemen.'

'O.' Ramsay lacht en schuift zijn bril wat hoger op zijn neus. 'Mijn naam staat op de deur. Familiebedrijf in Main Street. Verzekeringen.'

'Waarom heeft mijn zuster jou laten gaan?' vraagt ze.

'Wauw,' zegt Ramsay. 'Handige wending.'

'Dank je.' Harper kijkt hem glimlachend aan. 'Ik weet niet waarom ik ervan uitga dat zij degene is die met jou heeft gebroken. Misschien heb jij...'

'Nee, het was Tabitha,' zegt Ramsay. Maar hij lijkt niet van plan er verder over uit te weiden en Harper begrijpt de hint.

Ze zegt: 'Ik vond het erg gezellig. Bedankt voor de lunch, maar ik moet nu echt weg. Ik weet bijna zeker dat Ainsley tussen drie en half vier thuiskomt uit school.'

'Dat klopt,' zegt Ramsay. 'Als ze tenminste niet voor straf moet nablijven.'

'Nablijven?' zegt Harper. 'Is Ainsley een lastige meid?'

'Ze is een geweldige meid,' zegt Ramsay. 'Maar er zijn haar nooit grenzen gesteld, dus ze doet zo'n beetje waar ze zelf zin in heeft.'

'Geen grenzen?' zegt Harper.

'Totaal niet,' zegt Ramsay. Hij houdt zijn handen op, met de palmen naar boven, in een gebaar van overgave. 'Het zal goed voor haar zijn als iemand anders het thuis eens voor het zeggen heeft.'

'Ik blijf maar zes dagen,' zegt Harper. 'Hooguit zeven.'

'Geef haar zo veel mogelijk liefde,' zegt Ramsay. 'En ook wat namens mij. Zeg maar tegen haar dat ik haar mis.'

Om zeven uur roept Harper Ainsley aan tafel en Ainsley komt met grote ogen aangelopen.

'Wauw,' zegt ze. 'Dit is de allereerste keer dat we de tafel zo gebruiken.'

'Hoe bedoel je?' vraagt Harper.

'Nou, om aan te eten,' zegt Ainsley.

Harper probeert haar verbazing niet te laten blijken. 'Echt waar?'

'Wij eten buiten de deur,' zegt Ainsley. 'Of we halen Thais en eten dat staand, aan het aanrecht. Of een kom muesli voor de tv.'

'O,' zegt Harper.

‘Mijn moeder heeft het heel druk,’ zegt Ainsley.

Harper heeft de kaarsen aangestoken en de kristallen wijnglazen gevuld met ijswater. ‘Proost,’ zegt ze.

Ainsley heft haar glas. Haar hand beeft.

‘Voel je je wel goed?’ vraagt Harper.

Ainsley knikt, maar ze kijkt Harper niet aan. Is ze stoned? vraagt Harper zich af. Heeft ze in haar kamer wodka zitten drinken?

‘Ainsley?’

‘Dit is mooi,’ zegt Ainsley, met een gebaar naar de kaarsen, het tafelkleed en het porselein, het zilveren bestek, de grote ondiepe schalen met pasta en salade, het mandje met brood. ‘Dank je.’

Het lijkt alsof ze op het punt staat in tranen uit te barsten en Harper krijgt een brok in haar keel. Maar Harper heeft dit immers aangevoeld, op Billy’s rouwplechtigheid? Uiteindelijk is dat de reden waarom Harper erin heeft toegestemd hiernaartoe te komen. Tabitha behandelt Ainsley als een volwassene, precies zoals Eleanor Tabitha en Harper vroeger behandelde. Ze mochten nooit huilen of zeuren, ze werden nooit geknuffeld of vertroeteld: ze mochten nooit kind zijn. Ze waren nooit bemoederd. Tabitha was daartegen in opstand gekomen in het jaar dat zij een pony werd en Harper... Harper was pas later in opstand gekomen.

En nu doet Tabitha precies hetzelfde met Ainsley. Ze kookt niet voor het meisje en Harper durft er een eed op te doen dat ze haar nooit een nachtzoen geeft. Ze koestert haar niet, terwijl zelfs het stoerste, meest onhandelbare kind een beetje gekoesterd moet worden.

Harper schept eerst op voor Ainsley en dan voor zichzelf.

‘Eet,’ zegt ze. ‘Eet.’

Nadat Ainsley haar bord heeft leeggegeten en er met een stukje brood het laatste beetje saus van af heeft geveegd, laat ze zich naar achteren zakken op haar stoel. ‘Dat was echt heerlijk.’

‘Ik ben blij dat je het lekker vond,’ zegt Harper. Ze zet een elleboog op tafel en laat haar kin in haar hand rusten. ‘We hadden het zo druk met eten dat ik helemaal niet heb gevraagd hoe het met je gaat. Hoe gaat het op school? Heb je een vriendje?'

En zomaar opeens beginnen de tranen te vloeien en komt het verhaal eruit: *Had een vriendje, Teddy, nieuwe klasgenoot, uit Oklahoma, helemaal leuk, tot ik hier afgelopen weekend een feestje gaf. Hij wil mij niet meer, hij wil Candace Beasley. Candace was eerst mijn vriendin, toen niet meer, toen weer bijna wel, tot ze Teddy van me afpikte.*

'O, meisje toch,' zegt Harper. Ze steekt haar hand uit en Ainsley pakt hem vast en knijpt erin. Het is een verhaal van alle tijden, denkt Harper. Ik hou van jou; jij houdt van iemand anders. Voor het eerst sinds ze op Nantucket is, denkt ze aan Sadie Zimmer en Drew, de mensen die zij heeft gekwetst. Dan denkt ze aan Reed. Hij hangt als een onzichtbaar waas om haar heen. Harpers liefde voor hem is haar atmosfeer; ze denkt altijd aan hem, zelfs wanneer ze haar best doet niet aan hem te denken.

'Maar dat is niet het allerergste,' zegt Ainsley. Haar neus zit verstopt van het huilen en Harper staat op om tissues te pakken. Haar arme nichtje heeft liefdesverdriet en het gevoel dat de hele wereld tegen haar is. O, wat had Harper daar als tiener een hekel aan! Ook al heeft ze de laatste tijd nog zoveel narigheid meegemaakt, het wordt allemaal verzacht door het volwassen besef dat ze het, ook al wordt het nog zo erg, zal overleven.

'Wat is dan het allerergste?' vraagt Harper. Ze geeft Ainsley een doos tissues, gaat zitten en schuift haar stoel wat dichterbij. Fish, die de stemming kan aanvoelen, ploft aan Harpers voeten neer.

'Mijn beste vriendin?' zegt Ainsley. 'Emma, heet ze...'

Er klinkt lawaai. Een deur wordt dichtgeslagen. Een stem, hard van kwaadheid. 'Ainsley?'

Ainsleys ogen worden groot en ze springt overeind, waarbij ze haar kristallen Waterford-glas omgooit. Het breekt op de plek waar de steel overgaat in de kelk, een keurige onthoofding. Harper vloekt inwendig – daar gaat Tabitha háár ongetwijfeld de schuld van geven – maar Ainsley lijkt het niet eens te merken.

'Mama?' zegt ze. In haar stem klinkt iets wat op angst lijkt.

Tabitha komt de trap op; Harper hoort haar naaldhakken op het hardhout tikken. Ze vraagt zich af of het onvoorstelbare is gebeurd en Eleanor is overleden. Maar door de stand van Tabitha's mond en de stoom die uit haar oren komt is het haar al snel duidelijk dat Eleanor niet het probleem is. Het probleem is Harper.

'Wat doe jíj hier in vredesnaam?' vraagt Tabitha.

Tabitha

Wat haar het meest dwarszit is hoe gezellig ze erbij zitten. De Stephen Swift-tafel is gedekt met porseleinen servies, tafelzilver en de kristallen Waterford-glazen die Eleanor en Billy bij hun huwelijk cadeau hebben gekregen. De kaarsen branden en er druipt kaarsvet langs de Georg Jensen-kandelaars.

Harper heeft gekookt. Het huis ruikt nog naar geroosterd brood, knoflook, uien, spek. Tabitha voelt haar maag knorren. In het ziekenhuis was het koffie met crackers uit de automaat en in het hotel wijn en popcorn uit de magnetron.

Twee van de stoelen staan dicht bij elkaar geschoven. Tabitha stelt zich voor hoe haar dochter en haar zus vertrouwelijkheden hebben zitten uitwisselen. Tabitha had het vorige week nog minder erg gevonden om te zien hoe haar tafel voor bierpong werd gebruikt.

'Ik heb je nog zó gezegd dat ze hier niet welkom was, Ainsley,' zegt Tabitha.

'Ze?' zegt Harper. 'Wie is ze – de kat van de buren?'

'Jij,' zegt Tabitha.

'Ainsley heeft me gevraagd te komen,' zegt Harper. 'Ze heeft me verzekerd dat jij het goedvond.'

'Dan heeft ze gelogen,' zegt Tabitha. Ze verplaatst haar blik naar haar dochter. Ainsley ziet er jonger uit dan ze in jaren heeft gedaan.

Ze heeft zich niet opgemaakt en draagt haar blonde haar in een paardenstaart. 'Alweer.'

'Ho, ho,' zegt Harper. 'Rustig aan.'

'Rustig aan?' zegt Tabitha. 'Dit is míjn huis, dus waag het hier niet mij te vertellen het rustig aan te doen.'

'Sorry dat ik gelogen heb,' zegt Ainsley. 'Ik wilde zo graag dat tante Harper zou komen. Ik had iemand nodig om op me te passen. Ik had familie nodig.'

'Famílie?' zegt Tabitha.

'Jij hebt me gewoon in de steek gelaten!' zegt Ainsley. 'Ik ben zestien jaar, geen achttien, geen vijfentwintig. Je kunt me niet zomaar dagen achtereen in mijn eentje laten zitten.'

'Maar kijk eens,' zegt Tabitha. 'Je hebt het overleefd.'

'Tante Harper heeft voor me gekookt. Ze heeft boodschappen gedaan. Ze heeft ijsthee gemaakt omdat cola light puur vergif is.'

'Dat is geen vergif,' zegt Tabitha.

'Echt wel,' zegt Harper.

Wanneer Tabitha weer naar Harper kijkt, ziet ze aan haar voeten opeens iets wat op een vacht lijkt. Ze weet een kreet nauwelijks te onderdrukken. 'Is dat jouw hond? Is je hond hier in *mijn huis*?'

De hond lijkt haar vraag te beantwoorden door zijn kop op te tillen. Tabitha ziet de intelligente snuit en de heldere hemelsblauwe ogen van een husky.

'Dit is Fish,' zegt Harper. 'Fish, dit is mijn zus, Pony.'

Fish bekijkt Tabitha op een manier die haar nerveus maakt, bijna alsof de hond menselijk is. De hond draait zijn kop om naar Harper en kijkt dan weer naar Tabitha.

Hij ziet de gelijkenis, denkt Tabitha. Bijna glimlacht ze, maar ze weet zich te bedwingen. Ze wil geen hond in haar huis. Zelfs niet zo'n prachtexemplaar als deze.

'Ik wil dat je hier morgenochtend weg bent,' zegt Tabitha tegen Harper. 'Ik heb je verteld dat ik je hier nooit meer wil zien.'

'Ik dacht dat we dat stadium waren gepasseerd,' zegt Harper.

'Op de Vineyard heb ik beleefd tegen je gedaan,' zegt Tabitha. 'Ondanks het feit dat ik er ben doorweekt en vernederd. Dat hebben we te danken aan jouw verkeerde keuzes. Ik kan best een middagje beleefd tegen je zijn, Harper, maar dat wil nog niet zeggen dat ik het goedvind dat je in mijn huis logeert en voor mijn kind zorgt.'

'Blijf jij dan nu weer thuis?' vraagt Ainsley.

'Ja,' zegt Tabitha, maar de leugen bezorgt haar een kleur. Ze is alleen teruggekomen om haar spullen te halen en even te kijken hoe het met haar dochter gaat; ze heeft voor morgenochtend al een plekje op de ferry naar het vasteland gereserveerd. Eleanor heeft haar nodig; ze heeft niemand anders. Tabitha heeft Eleanors jongere zus, Flossie, gebeld, die in Palm Beach woont, maar kreeg te horen dat Flossie bezig is aan een cruise langs de Griekse eilanden. Tabitha moet nog minstens tot na het weekend in Boston blijven, misschien zelfs langer. Ze heeft Meghan gebeld om te vragen of zij naar Ainsley kon gaan, maar Meghan had, met een ongebruikelijke vastberadenheid, gezegd dat ze dat liever niet deed. Tabitha heeft Wyatt nog een keer gebeld – die nam niet op – en vervolgens had ze een smeekbede achtergelaten op de voicemail van Stephanie Beasley.

Ergens begint Tabitha te overwegen om Harper maar gewoon te laten blijven.

'Ik ben vandaag nog een kennis van jou tegengekomen,' zegt Harper. 'We hebben samen geluncht. Ramsay Striker?'

Tabitha's mond valt open. 'Heb jij met Ramsay geluncht?'

'Bij de brouwerij,' zegt Harper. 'Hij vindt het een goed idee dat ik bij Ainsley blijf.'

Ramsay vindt het een goed idee. *Je bent een waardeloze moeder, Tabitha.*

Onwillekeurig denkt Tabitha terug aan het boeket veldbloemen; ze herinnert zich hoe ze haar tenen in het koele water van de haven liet bungelen. Ze herinnert zich Harpers hete, naar drank ruikende adem terwijl ze zong: *I can't live with or without you.*

'Vergeet wat ik over morgenochtend heb gezegd,' zegt Tabitha. 'Ik wil dat je nu vertrekt. Ga je spullen pakken.'

'Mam!' zegt Ainsley.

'Het geeft niet,' zegt Harper. Ze pakt de slakom van tafel.

'Blijf af,' zegt Tabitha. 'Blijf van mijn spullen af.'

'Ik wil dat jij weggaat,' zegt Ainsley. 'Ik wou dat tante Harper mijn moeder was, in plaats van jij.'

'Ainsley,' zegt Harper.

Tabitha weet dat ze zich vreselijk misdraagt. Ze wilde dat ze het in zich had om haar zus te vergeven en blij te zijn met deze nieuwe band tussen haar dochter en haar zus. Maar Tabitha kan tweeëntwintig jaar wrange geschiedenis niet zomaar vergeten – Harper heeft het zó gemakkelijk gehad met Billy – zoals ze ook niet kan vergeten wat er is gebeurd op de avond dat Julian overleed.

Tabitha's mobieltje gaat over. Het is Stephanie Beasley.

Tabitha is in één klap weer terug in het heden; ze voelt een koele golf van opluchting. Stephanie kan op Ainsley passen. Dit is de oplossing waarop Tabitha heeft gehoopt.

'Hallo?' zegt Tabitha, terwijl ze de woonkamer in loopt. Ongelooflijk genoeg staat de hond op en drentelt achter haar aan. 'Stephanie?'

'Tabitha,' zegt Stephanie. 'Je dochter...'

'Wat?' zegt Tabitha. Ze gaat op de bank zitten en steekt onwillekeurig een hand uit om de sneeuwwitte vacht van Fish' hals te aaien.

'Je dochter is een monster,' zegt Stephanie.

Tabitha blijft Fish aaien terwijl de verschrikkelijkste beschuldigingen van Stephanies lippen rollen. *In Candace' schoolkluisje was een fles Bombay Sapphire aangetroffen en een zakje waar cocaïne in had gezeten. Daar neergelegd door Ainsley Cruise en Emma Marlowe. Als wraak van de meisjes voor wat er is voorgevallen tussen Teddy en Candace.*

'Pardon?' zegt Tabitha. 'Het klinkt mij in de oren alsof jouw dochter iemand anders de schuld in de schoenen probeert te schuiven. Alsof ze zich te diep in de nesten heeft gewerkt, Stephanie. Je kunt niet automatisch Ainsley als zondebok bestempelen. Je snapt toch zelf ook wel hoe onredelijk dat is?'

'Onredelijk?' zegt Stephanie. 'Jij was weg en je dochter zat helemaal alleen, *zonder een volwassene om haar in de gaten te houden.* Ze is waarschijnlijk regelrecht naar het huis van je moeder gerend en met die gin weer naar buiten gewandeld. En toen hebben zij en dat duivelse vriendinnetje van haar de fles in Candace' kluisje gelegd.'

Tabitha sluit haar ogen. Als ze nu naar Eleanors huis gaat, zal de Bombay Sapphire dan op de serveertrolley ontbreken?

Natuurlijk.

Ze denkt nog even aan wat Stephanie een paar tellen geleden heeft gezegd. *Als wraak van de meisjes voor wat er is voorgevallen tussen Candace en Teddy.* Gaan Teddy en Candace nu met elkaar, zo snel nadat Tabitha Ainsley en Teddy samen in haar slaapkamer heeft betrapt? Au.

Stephanie zegt: 'Je kunt morgen een telefoontje verwachten van meneer Bentz.'

Tabitha antwoordt niet. Ze beëindigt het gesprek.

Wanneer ze de keuken weer binnenkomt, ziet ze dat Ainsley en Harper de tafel afruimen. Tabitha kijkt hoe ze samen heen en weer lopen. Het is alsof ze naar zichzelf kijkt – de moeder die ze altijd heeft willen zijn, de moeder die ze zou zijn geweest als Julian nog had geleefd – met haar geliefde tienerdochter.

'Blijf,' zegt Tabitha. Ze klinkt streng en Fish, die Tabitha op de hielen is gevolgd, gaat gehoorzaam zitten en kijkt naar haar op. Tegen Harper zegt Tabitha: 'Ik moet morgenochtend terug naar Boston. Eleanor heeft me nodig.'

'Zal ík anders voor Eleanor gaan zorgen?' vraagt Harper. 'Dan blijf jij hier bij Ainsley.'

Tabitha denkt even na. Ze herinnert zich hoe Eleanor na Billy's herdenkingsbijeenkomst om Harper heeft gehuild; Eleanor heeft, net als Ainsley, genoeg van Tabitha. Maar Tabitha is niet al die jaren bij Eleanor en de zaak gebleven om uiteindelijk door Harper te worden vervangen. Er wacht haar een beloning: Tabitha zal het mode-imperium erven. En ook al is dat imperium aardig geslonken, toch bezit Eleanor nog steeds een enorm vermogen in onroerend goed: het huis hier, het huis aan Pinckney Street. Tabitha is niet van plan haar aanspraak daarop zomaar op te geven.

'Eleanor is mijn verantwoordelijkheid,' zegt Tabitha. 'Dat weet jij net zo goed als ik.'

'Dan hoef je nog niet zo gekweld te klinken,' zegt Harper. 'Ik heb de afgelopen tien maanden voor Billy gezorgd.'

Tabitha lacht schamper. 'Door met zijn dokter naar bed te gaan.'

'Ik heb voor Billy gezorgd,' zegt Harper. 'Ik heb voor hem gekookt, ik heb hem gewassen, overal naartoe gebracht, ik ben met hem naar al zijn doktersafspraken gegaan en ik heb ervoor gezorgd dat hij niet te veel sigaretten rookte of stiekem te veel whisky dronk. En nu moet ik Billy's huis nog verkopen en wanneer ik dat heb gedaan, gaan jij en ik de opbrengst delen, zoals Billy dat bij testament heeft bepaald.'

Dit is nieuw voor Tabitha. Ze denkt snel na. Opbrengst klinkt als onverwachte inkomsten, het meevallertje dat ze zo hard nodig heeft. 'Wacht eens even,' zegt ze. 'Hoe zit het precies met dat huis? Over hoeveel hebben we het?'

'Ik heb er een makelaar naar laten kijken. Zij zei dat we twee dingen kunnen doen: renoveren of verkopen als sloopobject. En ik ga niét renoveren. Het zou veel te veel geld en tijd kosten en de aannemers op de Vineyard gaan er allemaal prat op dat ze niet beschikbaar zijn. Als sloopobject kunnen we er zeshonderd voor vragen en uiteindelijk uitkomen op een half miljoen.'

'Sloopobject?' zegt Tabitha. 'Is het echt zo slecht?'

'Het is echt zo slecht,' zegt Harper. 'Wat je had kunnen weten als je eens op bezoek was gekomen.'

Tabitha hoort het verwijt in stilte aan. Ze schraapt haar keel. 'Is er een hypotheek?'

'Een hypotheek van twee negenenzestig,' zegt Harper. 'Zes procent van de verkoopprijs gaat naar de makelaar en zo zullen er nog meer kosten zijn. Als we helemaal niets aan het huis doen, houden we er ieder *een ton* aan over.'

Een ton: Harper laat het klinken als een enorm kapitaal. En misschien is het dat voor haar ook wel; met dat bezorgbaantje kan ze nooit meer verdienen dan twintig dollar per uur. Maar voor Tabitha is een ton een druppel op een gloeiende plaat. Nadat ze Ramsay de veertigduizend heeft terugbetaald die hij nog van haar krijgt, blijft er zestigduizend over, wat op zal gaan aan Ainsleys eerste jaar aan de universiteit. Harper wil het huis voor de sloop verkopen omdat dat de snelste en gemakkelijkste manier is.

'En als we het renoveren?' vraagt Tabitha.

'Irrelevant,' zegt Harper. 'We gaan niet renoveren.'

'Vertel me nu maar gewoon wat ze heeft gezegd.'

Harper zucht. 'Ze zei dat ze het dan voor één komma één miljoen zou aanbieden, maar dan zou het echt van onder tot boven goed moeten worden aangepakt. En het spijt me, maar dat gaat dus níét gebeuren. Ik heb geen spaargeld. Billy heeft negentigduizend dollar op de bank staan, maar waarschijnlijk minder, want ik moet de golfclub nog betalen voor die vervloekte receptie. Polly zei dat een renovatie honderdvijftigduizend zou gaan kosten. Dat betekent dat ik naar de bank zou moeten voor een lening of geld zou moeten lenen van mama en dat ga ik absoluut niet doen...'

'Moeder heeft het ook niet,' zegt Tabitha. 'En ook al had ze het wel, dan zou ze het je niet lenen voor Billy's huis.'

'Het doet niet ter zake,' zegt Harper. 'We verkopen het voor de sloop, Pony.'

Tabitha zegt niets van het gebruik van die afschuwelijke bijnaam, omdat ze druk aan het rekenen is. Als ze anderhalve ton in Billy's huis stoppen en het voor een miljoen van de hand doen, houden ze er allebei meer dan drie ton aan over.

Ainsley zegt: 'Tante Harper kan beter hier blijven, zodat jij naar de Vineyard kan, mam. Je hebt er immers altijd van gedroomd een keer een huis te renoveren?'

'Oma's huis,' zegt Tabitha. Ze droomt er al eeuwen van toestemming en een onbeperkt budget te krijgen om Eleanors huis aan Pinckney Street helemaal op te knappen – maar vanzelfsprekend heeft ze geen van beide ooit gekregen. 'Daarmee bedoelde ik het huis op Beacon Hill.'

'Dan doe je in plaats daarvan toch opa's huis?' zegt Ainsley. 'Ik denk dat je dat heel goed zou kunnen.'

Harper wendt zich tot Ainsley. 'Nee. We gaan niet renoveren. Aan wiens kant sta jij eigenlijk?'

Ainsley fronst haar wenkbrauwen. 'Ik wil dat jij hier blijft,' zegt ze.

Ainsleys voorstel slaat helemaal nergens op, en toch heeft het wel iets. Als Tabitha Flossie kan bereiken of Eleanor zover kan krijgen een privéverpleegster in dienst te nemen, zou ze haar handen vrij hebben om aan Billy's huis te werken, iets waarvan ze intens zou genieten. Met Tabitha's goede oog voor detail en hard werken kunnen ze drie keer zoveel verdienen. Hoe kan Harper het daar nu niet mee eens zijn?

Terwijl Tabitha zich bezighoudt met de renovatie, kan Harper hier blijven en zich bezighouden met de gevolgen van Ainsleys gedrag en bovendien kan Harper in de boetiek werken. De boetiek gaat aan het eind van de zomer over de kop – Tabitha heeft alles gedaan wat in haar macht ligt om haar te redden, maar het is niet gelukt – dus dan kan ze de schuld mooi op Harper afschuiven.

Is het te erg om Harper aan het roer te zetten van het zinkende schip dat Tabitha's leven in wezen was?

Ze herinnert zich het prikkelende gevoel van de koude champagne in haar gezicht, gevolgd door de klap.

De veldbloemen. De Chicken Box. U2's 'With or Without You'. Julian, dood.

'Zodra ik alles heb geregeld voor moeder... áls me dat lukt, ga ik naar de Vineyard om een kijkje te nemen,' zegt Tabitha. 'Ik regel alles met de makelaar en de verkoop en jij kunt hier bij Ainsley blijven. Maar ik heb wel enkele voorwaarden.'

'Zoals?' zegt Harper.

'Je eerste verantwoordelijkheid is mijn dochter,' zegt Tabitha. 'Morgenochtend bel ik de school om door te geven dat jij de rest van het schooljaar voor haar zorgt. Het schooljaar duurt nog maar een paar dagen, maar mochten er problemen zijn, dan word jij gebeld.'

Harper knikt.

'Kunnen we problemen verwachten?' vraagt Tabitha aan Ainsley.

Ainsley kijkt naar de grond. 'Nee.'

'Ainsley?'

'Nee,' zegt Ainsley.

Tabitha doet heel even haar ogen dicht. Ze is zo moe, zo doodop, dat ze staande in slaap zou kunnen vallen. *Je bent een waardeloze moeder, Tabitha.* Ze vraagt zich af of haar werkelijke motivatie voor het instemmen met dit plan niet gewoon het feit is dat ze geen zin heeft zich bezig te houden met Ainsleys bullshit.

Misschien wel. En blijkbaar is het gevoel wederzijds. Ainsleys ogen stralen van hoop. Ze wil haar tante.

Kijk maar uit met wat je wenst, denkt Tabitha.

'Je tweede verantwoordelijkheid is de ERF-boetiek in Candle Street,' zegt Tabitha. 'Meghan krijgt binnenkort haar baby. Zij zal je morgen vertellen hoe alles werkt en jullie zullen allebei flink moeten aanpoten. Ik kan op afstand de inkoop wel doen, maar jij moet de bestellingen controleren, zorgen dat alles in de winkel terechtkomt, de inventaris bijhouden, de kassa opmaken en elke ochtend naar de bank gaan om af te storten. En je staat natuurlijk ook in de winkel. Daarbij word je geholpen door Mary Jo.'

'Die is blind,' zegt Ainsley.

'Bijziend,' zegt Tabitha.

'Dat gaat wel lukken,' zegt Harper.

'Ja,' zegt Tabitha en stelt daarmee dat deel van haar tevreden dat er al zo lang naar verlangt wraak te nemen op haar zus. Het bestaat gewoon niet dat dit haar zus gaat lukken. 'Vast wel.'

Harper

De volgende morgen gaat om half zeven haar wekker en stapt Harper met een groot gevoel van vastberadenheid uit bed. Fish staat al kwispelend voor de deur van haar slaapkamer.

In de verte hoort Harper het loeien van de misthoorn van de ferry. Tabitha staat nu met haar auto op die boot. Ze is weg. Harper heeft de leiding.

'Eerst voor de dochter zorgen,' zegt Harper tegen Fish. 'En dan voor de winkel.'

Nadat Harper Fish heeft uitgelaten, loopt ze naar boven, waar de koffie al is gezet en een handgeschreven lijst met instructies op haar ligt te wachten, naast een envelop met vijftien briefjes van honderd.

Harper leest de instructies door en vraagt zich af hoe het kan dat Tabitha bijna veertig is, maar nog precies hetzelfde schrijft als toen ze een meisje van tien was en in groep zes de prijs voor het mooiste handschrift won.

Harper, leest ze, *houd je alsjeblieft aan deze basisinstructies.*

Harper is allang blij met richtlijnen. Ze is aan de ene kant dolblij met de wending die de situatie gisteren heeft genomen, maar tegelijkertijd ook doodsbang. Ze zal de komende paar weken – of langer? – in Nantucket doorbrengen om voor haar nichtje van zestien te zorgen en dat is iets waar ze hoegenaamd niets vanaf weet.

1. Ainsley: Geen drank. Geen drugs. Overtreding = één week telefoon kwijt. GEEN UITZONDERINGEN.

2. Op woensdagen komt Felipa schoonmaken. Felipa woont in het souterrain van Eleanors huis en zal het merken als je daar gaat lopen SNUFFELEN.

Sommige woorden staan in hoofdletters en het laatste is zelfs onderstreept, alsof al vaststaat dat Harper gaat snuffelen. Tabitha vindt Harper dus een bedriegster, een leugenaarster én een dief.

Nummers drie tot en met zes gaan over de winkel: het adres, de beveiligingscode, de telefoonnummers van de klusjesman, de huisbaas, Meghan, Mary Jo, het politiebureau en de brandweer.

7. Kleed jezelf uit het huidige winkelaanbod. Kies zes combinaties (waaronder verplicht één Roxie) en wissel die af. Noteer nauwkeurig wat je meeneemt. Niet meer dan één paar schoenen. Deze winkel is een directe afspiegeling van het merk Eleanor Roxie-Frost. Maak er geen rommeltje van.

Harper voelt ogenblikkelijk hoe het zweet haar uitbreekt. Ze weet dat de boetiek op Nantucket nog andere merken voert dan Eleanor Roxie-Frost, maar die zijn allemaal nog steeds te tuttig en te vrouwelijk voor Harper, dus zal ze op z'n minst één dag per week die ellendige Roxie moeten aantrekken.

Ze heeft een opeenvolging van misselijkmakende herinneringen: haar heilige communie in de Church of the Advent, de dansavond in de derde klas van de middelbare school, haar schoolbal. Haar puberteit zat vol gebeurtenissen waarvoor ze een mooie jurk moest dragen. Tabitha had dat heerlijk gevonden. Tabitha had vrijwíllig jurken en rokjes gedragen.

Over de winkel maakt Harper zich later wel druk. Ze gaat zich nu eerst op de dochter concentreren.

Ze klopt zachtjes op Ainsleys deur. Er komt geen reactie. Ze klopt nog een keer, iets harder nu en hoort wat gekreun. Harper opent de deur op een kier.

'Tijd om op te staan,' zegt Harper.

'Ik ben ziek,' zegt Ainsley. 'Ik heb migraine.'

Harper schiet bijna in de lach. Het is verbluffend hoe allerlei kwaaltjes, echte of ingebeelde, van de ene generatie overgaan op de volgende. Voor Eleanor was elk hoofdpijntje een 'migraine', waarvoor een verblijf van drie uur in een koele donkere slaapkamer nodig was, gevolgd door een dubbele espresso en een dubbele gin-martini.

'Opstaan,' zegt Harper.

'Serieus, daar heb ik wel vaker last van,' zegt Ainsley. 'Dan kan ik me niet bewegen. Ik zie vlekken voor mijn ogen en ik word misselijk. Ik blijf vandaag thuis.'

'Jij gaat vandaag naar school,' zegt Harper. Ze knipt twee keer met haar vingers en Fish springt op het bed en begint te blaffen. Ainsley kreunt opnieuw en steekt één voet uit naar de vloer.

Terwijl Ainsley gaat douchen, bakt Harper haar beroemde – voor haar en Billy althans – roereieren. Harper gebruikt eieren met een dubbele dooier, halfvolle melk en een handje geraspte Cheddar. Ze bakt de eieren langzaam en op een laag pitje tot ze goudbruin en romig zijn.

Harper maakt voor Ainsley een bordje klaar met roerei en een licht beboterde geroosterde bruine boterham, maar Ainsley schuift het weg. 'Ik ontbijt nooit.'

'Vandaag wel,' zegt Harper.

'Ik dacht dat jij zo cool was,' zegt Ainsley. Haar stem klinkt een beetje schor en snotterig en Harper heeft zin om net zo te grommen als Fish altijd doet wanneer Harper de borstel tevoorschijn haalt.

'Dat bén ik ook,' zegt Harper. 'Maar als je denkt dat ik van plan ben jou de hele zomer precies te laten doen waar je zin in hebt, dan vergis je je toch heel erg.'

'Mama laat me bijna altijd mijn gang gaan,' zegt Ainsley.

'Niet om het een of ander, hoor, maar volgens mij werkt die strategie niet al te best,' zegt Harper. 'Gisteren heb ik wodka gevonden in je kamer en ik weet zeker dat ik als ik goed mijn best doe ook wel wiet kan vinden.'

Ainsley lacht schamper. 'Ik zal je de moeite besparen. Die ligt in mijn bovenste la.'

Harper kijkt haar strak aan. 'Eet je eieren op.'

Ainsley neemt met tegenzin een hap. Ze knikt. 'Lekker. Tienduizend calorieën per hap, schat ik zo in?'

'Ongeveer,' zegt Harper en de tiener schenkt haar een glimlach.

Alle begin is moeilijk, denkt Harper, maar volgens Billy's horloge stappen zij en Ainsley en Fish op tijd in de Bronco. Harper levert Ainsley nog vóór de eerste bel af voor de deur van de school.

'Veel plezier vandaag,' zegt Harper.

'Weinig kans,' zegt Ainsley.

'Zal ik je vanmiddag weer oppikken?' vraagt Harper. 'Je bent toch om half drie uit?'

'Meestal krijg ik een lift naar huis van mijn vriendin Emma,' zegt Ainsley. Ze stapt uit de auto, schudt haar haar naar achteren en wandelt naar de ingang. Ze is zo mooi en zelfverzekerd. Hoe is dat mogelijk op je zestiende? Ze draagt skinny jeans, ballerina's en een wit katoenen tuniek, waar viooltjes op geborduurd zijn. Haar haar is aan één kant van haar hoofd in een nonchalante staart gevlochten en geeft iets losjes aan haar verder nogal stijve houding. Haar schouders staan zo gespannen alsof ze een aanval verwacht.

Pas wanneer Harper wegrijdt denkt ze weer aan hun gesprek tijdens het avondeten. Ainsleys vriendje, Teddy, is van haar afgepikt door een vriendin van haar – maar niet door Emma. Iemand anders. Ainsley heeft het wel over Emma gehad, maar Harper kan zich niet herinneren in welke context.

Fish klimt op de voorbank, zijn gebruikelijke plek als copiloot.

'Nou ja, de eerste dagen zijn het zwaarst, maak je maar niet druk,' zegt Harper hardop. Ze steekt haar hand uit om door de vacht op Fish' nek te woelen. Ze vraagt zich af hoe lang het zal duren voordat ze alle details van Ainsleys persoonlijke drama's zal kennen. Ze wist in elk geval nog dat het vriendje Teddy heette. En ze weet nu ook dat Emma Ainsley een lift naar huis geeft.

Harpers telefoon gaat over. Ze neemt niet op, want ze vermoedt dat het Tabitha is die zeker wil weten dat Harper Ainsley op tijd op school heeft afgeleverd. Maar wanneer Harper terug is bij het koetshuis en op haar telefoon kijkt, ziet ze dat ze een oproep van Rooster heeft gemist.

Harper zucht. Heel even had ze gedacht dat ze aan haar leven op de Vineyard was ontsnapt. Ze laat Fish uit de auto.

'Ga je gang maar,' zegt ze. 'Maar doe geen gekke dingen.'

Fish drentelt weg om het gazon van Eleanors voortuin te gaan verkennen.

Harper blijft in de auto zitten en kijkt peinzend naar de telefoon op haar schoot. In gedachten ziet ze Rooster voor zich met zijn vuurrode hanenkam, half over zijn bureau hangend, met zijn Ray-Ban Wayfarer-zonnebril op, tegen het daglicht, omdat hij een kater heeft.

Waarom belt Rooster haar? Misschien wil hij dat ze weer komt werken. Misschien heeft hij geen opvolger voor haar kunnen vinden. Het duurt een hele tijd om alle onverharde weggetjes in alle dorpen uit je hoofd te leren. Het heeft geen zin een scholier aan te nemen, want tegen de tijd dat hij of zij het werk eindelijk een beetje doorheeft, is de zomervakantie weer afgelopen. Bovendien dient een chauffeur een vlekkeloos rijverleden te hebben – mensen vinden die nooit een snelheidsboete hebben gekregen, nooit een aanrijding hebben gehad en nooit aangeschoten achter het stuur hebben gezeten is moeilijker dan je zou denken. Ja, denkt Harper, Rooster belt vast om haar haar baan terug te geven. Hij denkt waarschijnlijk dat ze erom zit te springen, maar dan vergist hij zich. Hem afwijzen zal een fijn begin van de dag zijn. Ze belt Rooster terug.

'Harper,' zegt hij. Hij spreekt beide lettergrepen uit alsof ze spijkerhard zijn. Harper is altijd blij geweest met haar naam, omdat hij zo lekker tweeslachtig is, maar niet zacht of vrouwelijk. Die naam heeft haar zus gekregen.

'Wally,' zegt Harper, om de sfeer wat luchtiger te maken. Roosters echte naam is Wallace. 'Hoe is het?'

'Er komt maar geen eind aan de geruchten,' zegt Rooster. 'Gisteren hoorde ik echt een juweeltje. Sta je of zit je?'

Ze zit nog in de Bronco, met haar gordel om, wat haar nu wel passend lijkt. Ze kunnen me niets maken, denkt ze – al die Vineyarders die hun eigen leven zo stomvervelend vinden dat ze het nodig vinden zichzelf te prikkelen door Harper Frosts dubieuze keuzes te ontleden.

'Ik wil het niet weten,' zegt Harper. Ze meent het: wat heeft ze eraan om te weten wat andere mensen zeggen? Toen het nieuws bekend werd over Harpers connectie met Joey Bowen, had ze onvermoeibaar geprobeerd uit te zoeken wie wat had gezegd en tegen wie. Ze had het allemaal op een vel papier geschreven en net zo lang lijnen getrokken om mensen met elkaar te verbinden tot het wel een spinnenweb leek. Vervolgens had Harper getracht de schade te beperken door de verspreiders van de eerste geruchten op te bellen om haar kant van het verhaal toe te lichten, hetgeen had geleid tot een tweede en een derde stroom geruchten die het vuur van de belangstelling opporden en het geroddel in stand hielden. Het was een wonder dat Harper niet bij Joey Bowen in de gevangenis was beland.

Nu, drie jaar later, ziet Harper wel wat ze eigenlijk had moeten doen toen het nieuws bekend werd... niets. Ze had de mensen gewoon moeten laten praten, tot ze vanzelf hun interesse verloren. Het was een eenmalig incident geweest. Wat ze had gedaan was fout geweest – heel, heel erg fout, vanuit Judes perspectief – maar Harper was een piepklein radertje in een omvangrijke, goed geoliede drugsverkoopmachine. Zij had alleen maar een pakketje afgegeven. Uiteindelijk bleek daar drie pond cocaïne in te zitten, maar dat had wat Harper betreft net zo goed drie pond aardappelsalade kunnen zijn.

'Luister nou maar,' zegt Rooster. 'Je vindt het vast leuk om te horen.'

'Ik vind het niet leuk om te horen,' zegt Harper. 'Het is mijn leven, Rooster.'

'Iedereen weet dat je een verhouding had met dokter Zimmer,' zegt Rooster. 'Dat is oud nieuws. Het laatste nieuws is dat je ook naar bed ging met die gestoorde surfer op Chappy.'

Harper kreunt. 'Brendan Donegal? Dat is een vríénd van me, Rooster. Ik mag toch zeker nog wel vrienden hebben?'

'Ik ben je vriend,' zegt Rooster. 'Daarom vertel ik je dit.'

'Jij bent mijn vriend niet, Rooster. Je bent mijn baas. En je bent niet eens mijn baas, maar mijn ex-baas.'

'Raad eens wat ik nog meer heb gehoord? Ik heb gehoord dat Sadie Zimmer bij dokter Zimmer weg is.'

Harper bijt op haar tong. Sadie weg? Dit is iets waar Harper geen rekening mee heeft gehouden: dat Reed niet bij Sadie wegging, maar dat het ook mogelijk was dat Sadie Reed zou verlaten.

'Maar daarna hoorde ik weer dat zij niet is vertrokken, maar híj. Dokter Zimmer heeft verlof opgenomen van zijn werk in het ziekenhuis.'

Verlof opgenomen? denkt Harper. Ze sluit haar ogen.

'Vervolgens hoorde ik dat jij weg was. Niemand wist waar jij was en niemand wist waar dokter Zimmer was, dus nu denkt iedereen dat jullie samen op de vlucht zijn, net als in *Natural Born Killers*, maar dan zonder mensen te vermoorden. Of misschien laten jullie wel een spoor van lijken achter. Ik sta inmiddels nergens meer van te kijken, Harper, want de verhalen blijven zich opstapelen als auto's in een kettingbotsing. Maar hoe dan ook, ik ben blij dat ik je te pakken heb. Ik heb hier je laatste loonstrookje. Waar zal ik dat naartoe sturen?'

Ze zegt niets. Ze twijfelt er geen moment aan dat Reeds 'verlof' hem door Adam Greenfield is opgedrongen; Reed zou zijn patiënten nooit uit vrije wil in de steek laten. Maar is hij vertrokken van de Vineyard? Waar is hij dan? Is hij naar haar op zoek op het vasteland?

'Harper?' zegt Rooster.

'Hier ben ik,' zegt Harper.

'Waar is hier?' zegt Rooster. 'Waar kan ik je cheque naartoe sturen?'

Ze vindt het verschrikkelijk dat de mensen nu over haar en Brendan praten. Ze huivert bij de gedachte dat mevrouw Donegal het gerucht op de een of andere manier te horen zal krijgen.

'Harper?' zegt Rooster.

Ze wil Rooster niet vertellen waar ze is. De cheque is voor een bedrag van zeshonderd en tweeëndertig dollar of daaromtrent, te veel om te laten zitten, maar ze wil niet dat iemand weet dat ze op Nantucket is. Ze wil niet dat Sadie erachter komt, of Drew, of Drews tantes, of wie dan ook. Nantucket is in allerlei opzichten de perfecte plek om je verborgen te houden.

'Stuur maar naar mijn postbus,' zegt Harper. 'Vineyard Haven, nummer 1888.'

'Je bent dus hier?' zegt Rooster. 'Hier op het eiland?'

Voordat ze dit kan bevestigen of ontkennen, klinkt er een piepje. Er staat een gesprek in de wacht. Het is een onbekend nummer, maar eronder staat *Nantucket, MA*. Harper breekt haar gesprek met Rooster af, zonder iets te zeggen, zonder gedag te zeggen. Laat hem maar denken dat ze ergens is waar ze slecht bereik heeft – de Andes, of in Yukon. Dat lijkt haar het beste.

'Hallo?' zegt Harper.

'Mevrouw Frost?' zegt een mannenstem. 'U spreekt met meneer Bentz. Ik ben de directeur van de Nantucket High School. Ik wil graag dat u meteen hiernaartoe komt.'

Ainsley

Mevrouw Kerr gebruikt niet de intercom om haar uit de klas te halen. In plaats daarvan verschijnen zij en meneer Bentz persoonlijk in de deuropening van het lokaal waar Ainsley op dat moment Amerikaanse geschiedenis heeft.

'Ainsley,' zegt mevrouw Kerr. 'Wil je alsjeblieft met ons meekomen?'

Er gaat een zacht geroezemoes op in de klas en meneer Bentz zet zijn spelshowpresentatorglimlach op. 'Laten we jullie verder niet storen in jullie les over de drooglegging,' zegt hij. 'Ze hebben me niet voor niets de baan van directeur gegeven.'

Ainsley pakt haar tas en glipt langs meneer Bentz de gang op.

In de kamer van meneer Bentz zitten Emma en haar vader, Dutch; Candace, Stephanie en Stu Beasley; en Tabitha. Nee, niet Tabitha – tante Harper. Ainsley voelt een oprisping omhoogkomen en proeft de eieren die tante Harper vanochtend voor haar heeft gebakken.

Ze probeert Emma's blik te vangen. Ze kennen elkaar als vriendinnen goed genoeg om zonder iets te zeggen een strategie overeen te komen. Maar Emma kijkt strak omlaag, naar de tafel. Dutch kijkt kwaad. Zijn kaalgeschoren hoofd is rood van ergernis en hij heeft zijn getatoeëerde armen voor zijn borst over elkaar geslagen. Candace kijkt gekwetst en haar ouders ernstig. Alleen tante Harper kijkt opgewekt. Wanneer ze Ainsley ziet haalt ze even haar schouders op – ze heeft geen idee waarom ze hier bij elkaar zijn – en glimlacht geruststellend.

De glimlach bezorgt Ainsley tranen in haar ogen.

Meneer Bentz neemt plaats op de laatste stoel aan tafel. Hij maakt een energieke en betrokken indruk, maar lijkt verder angstvallig onverstoorbaar. Hij lost graag conflicten op, weet Ainsley. Er hangt een poster van Jimmy Carter in zijn werkkamer.

'Emma, Ainsley,' zegt meneer Bentz. 'We hebben jullie vandaag gevraagd hier samen met jullie ouders en/of voogd bij elkaar te komen om te horen wat jullie ons kunnen vertellen over een fles Bombay Sapphire-gin en een plastic zakje met restjes cocaïne die in het kluisje van Candace Beasley zijn achtergelaten.'

Ainsley zegt: 'Daar weet ik niets van. Ik bedoel: ik heb gehóórd dat er alcohol en drugs in Candace' kluisje zijn gevonden, maar dat is alles.'

Meneer Bentz bestudeert Ainsley alsof hij van plan is later uit zijn hoofd haar portret te schilderen. 'Weet je dat heel erg zeker, Ainsley?'

Ainsley kijkt meneer Bentz al even onderzoekend aan. Hij heeft een veel te groot hoofd, een walrussnor en brillenglazen die zijn ogen groot en geleiachtig laten lijken. Meneer Bentz is zo van top tot teen een schooldirecteur dat Ainsley zich niet kan voorstellen dat hij een leven buiten de school heeft. Ze weet dat hij in 'Sconset woont, in een huis van zijn schoonouders en dat hij 's zomers, wanneer zijn schoonouders er ook wonen, op zalm gaat vissen in de rivier de Copper in Alaska. Ainsley vindt het zielig voor meneer Bentz dat hij nooit van de zomers op Nantucket kan genieten; hij moet zijn werk wel heel graag doen, want waarom zou hij anders hebben ingestemd met zo'n slechte regeling?

Voordat Ainsley kan antwoorden met een kalm, afgemeten *Ja, dat weet ik heel erg zeker* – Ainsley heeft het afgelopen jaar veel ervaring opgedaan met geloofwaardig liegen – verheft Emma haar stem.

'Het was allemaal Ainsleys idee,' zegt Emma. 'Candace heeft Teddy van haar afgepikt en Ainsley wilde wraak nemen.' Emma haalt haar schouders op. '"Niets is verschrikkelijker dan een bedrogen vrouw..." Dat is een citaat van William Shakespeare.'

Meneer Bentz schraapt zijn keel. 'Eerlijk gezegd is dat een citaat van die andere William. William Congreve. En het citaat, juffrouw Marlowe, luidt: "*Heav'n has no rage, like love to hatred turn'd, nor hell a fury, like a woman scorn'd.*"'

Emma schenkt meneer Bentz een beminnelijk glimlachje, maar Ainsley weet dat ze het liefst tegen hem zou zeggen dat hij dood kan vallen. 'Wat maakt het uit?' zegt ze en zwijgt dan even om ieders aandacht weer te krijgen. 'Terug naar mijn verhaal. Ainsley heeft die gin uit het huis van haar oma gestolen en dat cocaïnezakje heeft ze van de vriend van Felipa. Felipa is de huishoudster, uit México. Vervolgens smeekte Ainsley mij om de spullen in het kluisje van Candace te stoppen.'

Ainsley voelt een stekende pijn, alsof er van heel dichtbij een elastiekje tegen haar gezicht wordt geschoten. 'Wat?'

Meneer Bentz legt Ainsley met een opgestoken hand het zwijgen op. 'En hoe, Emma, kon jij in het kluisje van Candace komen?'

'Ze heeft mij de code een paar weken geleden zelf verteld,' zegt Emma. 'Ik had mijn scheikundeboek thuis laten liggen en toen heeft Candace me het hare geleend zodat ik mijn huiswerk van die dag alvast kon maken. Ik heb de code toen opgeschreven.'

Meneer Bentz wendt zich tot Candace. 'Is dat waar? Heb jij juffrouw Marlowe de cijfercode gegeven?'

Candace knikt en Ainsley is zo buiten zichzelf van woede – Emma en Candace spelen onder één hoedje – dat ze eruit flapt: 'Nee, Emma. Je hebt afgelopen najaar tijdens een brandoefening de codes van álle kluisjes uit het kantoor gestolen.'

'Ik heb Emma mijn code gegeven,' antwoordt Candace bevestigend.

Ainsley is met stomheid geslagen. Ze voelt de hand van haar tante op haar rug. Harper buigt zich naar haar toe. 'Vertel gewoon de waarheid,' fluistert Harper. 'Toe maar, wat het ook is.'

'Ik heb de fles gin uit het huis van mijn oma gestolen,' zegt Ainsley. 'Maar het was Emma's idee, niet het mijne, om hem in Candace' kluisje te leggen. Emma heeft afgelopen november de kluiscodes van alle leerlingen van deze school uit dit kantoor gestolen. Zij is degene die het cocaïnezakje heeft meegebracht. Mijn huishoudster heeft geen vriend. Emma heeft de cocaïne uit de broekzak van haar vader gehaald.'

Na die woorden staat Dutch Marlowe op en brult: 'Kijk uit wie je beschuldigt, jongedame!'

Iedereen aan tafel, ook meneer Bentz en Stu Beasley, deinst terug. In deze vredesonderhandelingen is Dutch de rebellerende natie.

'Kijk zelf liever uit hoe je tegen Ainsley praat,' zegt tante Harper. Zij is nu ook opgestaan. 'Die defensieve houding verraadt dat je waarschijnlijk schuldig bent en je gedrag komt overeen met dat van iemand die cocaïne gebruikt.'

'Hou je bek, Tabitha, arrogante trut,' zegt Dutch. 'Waarom laat je je mammie haar advocaat niet even bellen?'

'Kom, kom, meneer Marlowe,' zegt meneer Bentz. 'Er wordt hier niet gescholden.'

'Het was Ainsleys idee, punt uit,' zegt Emma. 'Het was verkeerd van mij om in te stemmen met zo'n gemeen plan, maar Ainsley en ik zijn al zo lang vriendinnen...' Hier begint Emma te huilen en Ainsley kijkt met grote ogen toe. In de vijf jaar dat ze met elkaar optrekken, is Emma nooit huilerig geweest, laat staan dat ze ooit een traan heeft gelaten – zelfs niet toen ze het een keer over haar moeder hadden, die naar Florida is verhuisd toen Emma nog op de kleuterschool zat en nooit is teruggekomen. 'Daarom ben ik erin meegegaan, ook al wist ik dat het verkeerd was.'

'Het was jóúw idee,' zegt Ainsley. 'Jij haalde gisterochtend voor schooltijd opeens dat cocaïnezakje uit je broekzak.'

'Ik heb genoeg gehoord!' zegt Dutch. Hij werpt Harper een woedende blik toe. 'Zeg tegen je dochter dat ze ophoudt mensen te beschuldigen van dingen die ze niet hebben gedaan!'

Meneer Bentz voelt aan de knoop van zijn stropdas. 'Wat we tot dusverre hebben kunnen vaststellen is dat noch de alcohol, noch het zakje met de cocaïne eigendom was van juffrouw Beasley.'

'Dat klopt,' zegt Stephanie Beasley. Haar haar zit in een losse knot en ze draagt een dun zomerjurkje. Ze ziet er mooi uit, heel natuurlijk, en op-en-top de helft van het aardigste, stabielste ouderpaar ter wereld. Stephanie kijkt met een gepijnigde blik naar Ainsley. 'Ik weet niet wat Candace jou ooit heeft misdaan, maar je maakt haar nu al jarenlang het leven zuur, met als klap op de vuurpijl deze betreurenswaardige stunt. Waar ik echt niet over uit kan is dat je kennelijk hebt gedacht er ongestraft mee weg te kunnen komen. Dat zal wel komen omdat je nooit ter verantwoording bent geroepen voor alle verschrikkelijke dingen die je tegen mensen hebt gezegd of ze hebt aangedaan. En dat...' – hier kijkt ze Harper aan – 'is jóúw schuld, Tabitha.'

'Nee, ik ben...' zegt Harper, maar ze bedenkt zich dan en doet haar mond weer dicht.

'Dit is mijn tante,' zegt Ainsley. 'Dit is mijn moeder niet.'

Iedereen aan tafel zit Ainsley aan te kijken alsof ze twee hoofden heeft.

'Deze brief, die in het kantoortje van de schoolzuster lag,' zegt meneer Bentz, terwijl hij de brief pakt en voor Ainsley neerlegt. 'Heb jij die geschreven? Heb jij geschreven dat je hebt gehoord dat Candace Beasley alcohol en drugs in haar kluisje heeft?'

Ainsley kijkt naar het getypte velletje papier. Ze heeft expres alcohol (*alcohal*) fout gespeld om de indruk te wekken dat een minder intelligent iemand het heeft geschreven. Haar cijfers zijn niet geweldig, maar ze kan in elk geval spellen. Ze weet niet of ze moet toegeven dat zij het briefje heeft geschreven. Kunnen ze het onderzoeken op vingerafdrukken, of het type inkt vergelijken met dat van haar printer thuis?

'Ja,' zegt ze.

Dutch kijkt op zijn horloge. 'Kunnen we nu weg?' zegt hij. 'Ik heb een restaurant te runnen.'

'Jawel,' zegt meneer Bentz. 'Iedereen mag weg, behalve Ainsley en haar voogd. Ik zal deze kwestie verder afhandelen. Allemaal bedankt voor uw komst.'

Dit is nog erger dan de heksenprocessen van Salem, denkt Ainsley. Erger dan Galilei of Jeanne d'Arc. Zij, Ainsley Cruise, is erin geluisd. Ze is zo in de war van het feit dat meneer Bentz in Emma's bullshit is getrapt en van Dutch' intimidatietactieken dat het haar niet lukt de woorden te vinden om zichzelf te verdedigen.

'Ik leg je een schorsing op van drie dagen,' zegt meneer Bentz tegen Ainsley. 'Maar die zit je wel op school uit en je legt wel je examens af. Dat doe ik uit welwillendheid. Ik heb wel degelijk het recht je van school te sturen en je nullen te laten halen. Begrijp je dat?'

Ainsley doet haar mond open om iets te zeggen. *Het was Emma's idee, niet het mijne. Dat cocaïnezakje was Emma's aandeel. Zij heeft mij ertoe aangezet die gin te stelen. Ze zei dat het de enige manier was om Candace een lesje te leren – niet alleen omdat ze Teddy van mij had afgepikt, maar ook omdat ze zo haar best doet om net zo populair te zijn als wij. Emma heeft de codes van de kluisjes uit mevrouw Kerrs dossierkast gestolen tijdens een brandoefening.*

Maar het zou haar niet helpen, want Ainsley is begonnen met een leugen. Nu gelooft niemand haar meer en daar valt niets meer aan te veranderen.

Ze knikt. De hand van tante Harper ligt nog steeds op haar rug, om haar te steunen.

'Dit spijt me ontzettend,' zegt Harper.

'Het zou Ainsley moeten spijten,' zegt meneer Bentz. 'Terwijl je je schorsing uitzit verwacht ik dat je een excuusbrief schrijft aan Candace en haar ouders en ook een aan Emma, voor het feit dat je haar op het verkeerde pad hebt gebracht.'

Ainsley slikt. 'Oké,' zegt ze.

Haar schorsing gaat met onmiddellijke ingang in. Ze wordt naar een kamer in de school gebracht waarvan ze niet eens wist dat hij bestond. Ze wordt begeleid door mevrouw Brudie, een lerares wiens geslacht het hele jaar al een mysterie is voor alle leerlingen. 'Mevrouw' duidde erop dat ze een vrouw was, maar haar hele verschijning (stekeltjeshaar, herenpolo's, kakibroeken) zei iets heel anders. Ook wat op school precies haar taak was, was nogal onduidelijk. Nu begrijpt Ainsley dat mevrouw Brudie zich bezighoudt met probleemgevallen – ernstige probleemgevallen – een op een.

Mevrouw Brudie neemt Ainsleys mobieltje in beslag en geeft haar een stapeltje papier. 'Excuusbrieven,' zegt ze. Haar stem klinkt verrassend zacht en vrouwelijk. 'Daarna kun je gaan leren.'

'En hoe gaat het met lunchen?' vraagt Ainsley. 'En als ik naar het toilet moet?'

'Je mag straks naar de kantine om je lunch te halen, maar je eet het hier op,' zegt mevrouw Brudie. 'Je krijgt één keer vijf minuten pauze om naar het toilet te gaan.'

De kamer heeft geen ramen, op één raampje in de deur na, ter grootte van een pocketboekje. Er staan een tafel en een stoel; de muren zijn van betonblokken, die institutioneel beige zijn geschilderd.

Het is een gevangenis en mevrouw Brudie heeft de deur nog niet achter zich dichtgetrokken – zij blijft op de gang voor de deur zitten – of Ainsley begint te huilen. Haar tranen, groezelig van de mascara, vallen als even zovele roetachtige regendruppels op de losse vellen papier die voor haar op de tafel liggen.

Wanneer ze toestemming krijgt om naar de kantine te gaan – net lang genoeg om in de rij te gaan staan voor haar lunch, met mevrouw Brudie als chaperonne – weigert Ainsley dat. Ze moet er niet aan denken wat anderen tegen haar of over haar zullen zeggen. Het feit dat alles en iedereen zich tegen haar heeft gekeerd zal inmiddels wel overal bekend zijn. Het is mogelijk – waarschijnlijk zelfs – dat haar vrienden voor haar zijn opgekomen en misschien zelfs hebben geprotesteerd bij docenten en de schoolleiding. Niet dat het veel zal helpen, maar de gedachte alleen bezorgt Ainsley al een iets prettiger gevoel.

Aan toiletbezoek valt echter niet te ontkomen. Ainsley stelt het zo lang mogelijk uit, maar op een gegeven moment moet ze toch echt. Ze staat op en klopt op de deur. Er is geen klok in de kamer, dus Ainsley heeft geen idee hoe laat het is; het enige wat ze weet is dat het na lunchtijd is.

Mevrouw Brudie legt haar boek neer – ze zit Dostojevski te lezen, wat of een grap is, of een rekwisiet en schrijft een pasje voor Ainsley waarmee ze naar de wc kan. 'Je krijgt vijf minuten voordat ik je kom zoeken,' zegt mevrouw Brudie. 'Gebruik het toilet bij lokaal 107 maar. Dat is het dichtstbij.'

Ze wil niet liegen: wanneer ze in haar eentje over de gang loopt, wil Ainsley het liefst hard weglopen. De schooldeur uit, helemaal naar huis, om nooit meer terug te komen. Dan wordt ze maar een zestienjarige schoolverlater. Ze zoekt haar weg door de schemerige gangen naar het centrale gedeelte van de school en vindt een klok. Het is nog maar tien voor één; ze heeft nog anderhalf uur te gaan. Ainsley haast zich naar het meisjestoilet tegenover lokaal 107 en beseft dan opeens dat lokaal 107 het lokaal is waar op dat moment haar klas scheikundeles heeft. Ze kijkt door de open deur naar binnen en ziet Emma. Ze kijken elkaar in de ogen. Ainsley weet eigenlijk niet wat ze verwacht. Een excuus, een teken van berouw of wanhoop. Misschien heeft Dutch Emma wel gedwongen om te zeggen wat ze heeft gezegd; misschien heeft hij gedreigd haar naar een klooster te sturen of haar pijn te doen. Maar wat Emma doet had ze niet verwacht.

Ze steekt haar middelvinger naar Ainsley op.

Tabitha

Eleanor is een veeleisende en lastige patiënte. Wanneer ze uit het ziekenhuis wordt ontslagen, gaan zij en Tabitha naar het huis aan Pinckney Street, een huis waar Tabitha in haar jeugd dol op was, maar wat nu oud en somber aandoet. Alles in huis ligt onder een laag stof; in een nis in het portiek staat een enorm boeket bloemen – voor zo lang Tabitha zich kan herinneren een wekelijkse levering van Winston's – dood, bruin en helemaal verdord.

'Moeder,' zegt Tabitha, 'we moeten Felipa maar hiernaartoe laten komen. Ik kan niet je verpleegster én je werkster zijn.'

Eleanor snuift.

'Of we kunnen een nieuwe werkster in dienst nemen,' zegt Tabitha.

'Goeie hemel, nee,' zegt Eleanor. 'Ik wil niet dat een wildvreemde me zo ziet.'

Hetzelfde excuus gebruikt Eleanor ook om geen verpleegster aan te nemen.

'Ik bel Felipa wel,' zegt Tabitha. 'Dan is ze hier morgen.'

Eleanor heeft een echte bel – een antieke die ze heeft geërfd van haar overgrootmoeder, die tot de Bostonse society had behoord en een vriendin was geweest van Isabella Stewart Gardner – waar ze mee belt wanneer ze wil dat Tabitha haar kussens komt opschudden of *Law & Order* voor haar komt opzoeken op de tv (Eleanor is een fan van *Law & Order*, wat goed uitkomt, aangezien die serie zo'n beetje vierentwintig uur per dag te zien is). Tabitha brengt Eleanor nieuw ijswater, geeft haar haar pijnstillers en gaat drie keer per dag voor haar naar The Paramount, een restaurant in Charles Street – om ontbijt, lunch en diner voor haar te halen. Tabitha kan hier wel over klagen, maar het geeft haar de kans om even naar buiten te kunnen. Het is juni en de stad beleeft de mooiste dagen van het jaar. Het park is uitbundig groen. Jonge moeders wandelen er met hun kinderwagens en er zijn skateboarders en fietsers en joggers met hun gespierde lijven; er lopen schoolmeisjes met Ray-Ban-zonnebrillen en paardenstaarten, druk in de weer met hun mobieltjes: *leuk, leuk, leuk*. Zorgeloos. Wanneer Tabitha een lunch gaat halen voor Eleanor slentert ze door de Boston Public Garden; ze kan de vertraging altijd nog op de eeuwige rij bij The Paramount gooien. De tuinen staan in volle bloei – irissen, pioenen, rozen. Het water in de vijver is helder en schoon en de zwanenboten varen rond zonder veel rimpelingen te veroorzaken.

Tabitha's jeugd hier is in veel opzichten een sprookje geweest. Eleanor had Tabitha en Harper meegenomen naar het Boston Ballet om *De notenkraker* te zien, naar het Museum of Fine Arts voor de Renoir-tentoonstelling, en Billy had seizoenskaarten voor Fenway. Als gezin hadden ze op vrijdagavond een vaste tafel bij Marliave, omdat Eleanor de *Welsh Rabbit* daar zo lekker vond en op zondag brunchten ze bij Harvest in Greenwich. Tabitha was als tweedejaarsstudente voor het eerst dronken geworden op een feest in Grays Hall, na de Head of the Charles-regatta, en had later die avond staan overgeven aan de voet van het standbeeld van John Harvard.

Wat haar achtergrond betreft is ze dus een echte 'Bostonian', maar na zoveel jaar op Nantucket voelt ze zich nu meer een bezoeker – en, onder de huidige omstandigheden, een gevangene.

Maar ze heeft geen keus. Ze moet voor Eleanor zorgen. Wanneer Harper haar echter belt met het bericht over Ainsleys schorsing, kondigt Tabitha aan dat ze naar huis komt.

'Doe dat nu niet,' zegt Harper. 'Het verandert niets. Ainsley heeft het op dit moment nogal zwaar te verduren van vriendinnen op school en helaas is dat iets waarmee ik de nodige ervaring heb. Verstoten worden.'

Tabitha schaamt zich voor de opluchting die ze voelt nu ze de dans kan ontspringen. Ze is woest op Ainsley – ze vindt het een afschuwelijke gedachte dat haar dochter in staat is zoiets stoms en gemeens te doen – maar de gedachte dat Ainsley door anderen wordt gepest kan ze evenmin verdragen. Ze stuurt Ainsley een sms'je.

Tabitha: *Alles oké?*

Ainsley: *Alsof jou dat wat kan schelen.*

Tabitha: *Ik ben nog steeds je moeder.*

Ainsley: *Wat wil je daarmee zeggen?*

Tabitha*: Dat ik van je houd.*

Ainsley*: Het zal me een zorg zijn, Tabitha.*

Tabitha blijft de regels lezen tot de tranen haar in de ogen springen. Ze wil terug naar Nantucket en haar dochter eens goed door elkaar schudden – of in haar armen nemen. Maar ze houdt zichzelf voor dat ze er op dit moment het beste aan doet om weg te blijven. Als Tabitha nu naar huis zou gaan om de teugels weer in handen te nemen, zou Ainsley iets nog ergers doen dan ze al heeft gedaan. Daarvan is Tabitha overtuigd.

Niet veel later arriveert de verlossing in de persoon van Tabitha's tante Flossie, Eleanors zus, uit Palm Beach.

Flossie is een pittig type. Ze is acht jaar jonger dan Eleanor, maar ze ziet eruit en gedraagt zich alsof ze van Tabitha's leeftijd is. Ze noemt zichzelf het pronkjuweel van haar man, een vijfentachtigjarige nazaat van Henry Flagler. Ze tennist, winkelt, luncht en 's winters werkt ze drie dagen per week in de Eleanor Roxie-Frost boetiek aan Worth Avenue.

Wanneer ze arriveert in het huis aan Pinckney Street, verontschuldigt ze zich voor het feit dat ze niet eerder is gekomen. 'Ik was op een cruise toen je belde en toen ik weer thuis was, had ik geen zin om hiernaartoe te gaan. Boston is zo deprimerend en mijn zus is onder de gunstigste omstandigheden al een kreng. Maar toen dacht ik aan jou. Niemand zou op deze manier aan Eleanor mogen worden blootgesteld. Je hebt genoeg gedaan, Pony.' Ze wuift Tabitha met een handgebaar weg. 'Hierbij schenk ik je je vrijheid.'

Tabitha gaat naar haar kamer om haar spullen te pakken – maar dan herinnert ze zich dat zij en Harper een afspraak hebben.

De gedachte is niet onaantrekkelijk: ze gaat naar de Vineyard.

Harper

Meghan is de miserabelste zwangere die Harper ooit heeft gezien. Het feit dat het eiland de laatste dagen recordtemperaturen beleeft en dat Meghan vier dagen geleden uitgerekend is, helpt ook niet echt. En toch is het arme mens naar de boetiek gekomen om te werken – omdat de boetiek airco heeft en dat heeft ze thuis niet. Ook wil ze zeker weten dat Harper en Ainsley alles over de zaak weten voordat zij gaat bevallen. Harper heeft sterk het gevoel dat Meghan voorgoed afscheid komt nemen; ze heeft iets uitgelatens, alsof ze op het punt staat om te ontsnappen. Maar voor hetzelfde geld zijn dat de hormonen.

De boetiek op Nantucket verschilt in die zin van die in Palm Beach dat er niet alleen het merk Eleanor Roxie-Frost wordt verkocht, maar ook Milly, Tibi, DVF, Nanette Lepore, Parker, Alice + Olivia en Rebecca Taylor.

'Dat was Tabitha's idee en ze heeft echt bij je moeder moeten aandringen om het te doen,' vertrouwt Meghan Harper toe. 'Ik denk dat Tabitha er genoeg van kreeg om altijd alleen maar ERF te verkopen.'

'Vertel mij wat,' zegt Harper. In de boetiek werken maakt deel uit van de afspraak, dat weet ze, maar zij is waarschijnlijk de minst geschikte vrouw in Amerika om dit werk te doen. In de twintig jaar dat ze op de Vineyard heeft gewoond, heeft ze alles bij elkaar twee, drie minuten nagedacht over wat ze moest aantrekken. Nu ze hier rond loopt te snuffelen in de rekken en planken vol jurken en rokken, broeken, blouses, zomertruitjes, haltertopjes, korte broeken, jasjes, sandalen, ceintuurs, sjaaltjes en de uitstalling van impulsaankopen in de vorm van kanten slipjes en plakbeha's, ziet ze dat ze misschien toch wel iets heeft gemist. De dessins, de lovertjes, de veren, het is allemaal verleidelijk, sexy, chic.

'Ik zal eerlijk zijn,' zegt Meghan. Meghan draagt haar vaalblonde haar in een zweterig knotje en haar bleke gezicht is zo pafferig als een marshmallow. Ze heeft opgezette vingers en enkels. Ze draagt een strakke grasgroene positiejurk, waarin ze eruitziet als een soort groente – een erwt of een spruit. 'Deze winkel heeft een slechte naam.'

'Hoe komt dat?' vraagt Harper.

'De mensen vinden ons bekakt,' zegt Meghan. 'Omdat we bekakt zíjn. Je moeder en je zus trainen ons om te kunnen ruiken wie veel gaat kopen en wie niet en de klanten dienovereenkomstig te helpen. Tabitha houdt niet van "kijkers" en heeft een hekel aan "passers".'

Ainsley knikt bevestigend. 'Daar loopt ze altijd over te klagen. Mensen die acht of negen verschillende dingen passen, maar niets kopen.'

'Ze heeft een paar mensen zelfs de toegang tot de winkel ontzegd,' zegt Meghan.

Harper begint te lachen. 'Mag dat zomaar?'

'Nee,' zeggen Ainsley en Meghan allebei tegelijk.

Meghan zegt: 'Mannen mogen van haar de pashokjes niet in omdat ze een keer een stel op orale seks heeft betrapt.'

'Dat meisje was heel luidruchtig. Iedereen kon meegenieten,' zegt Ainsley.

'Goeie god,' zegt Harper.

'Mannen moeten in dit gedeelte van de winkel blijven,' zegt Meghan. Ze wijst naar twee leren leunstoelen die bij de drieluikspasspiegel staan. 'Dat zijn de kijkstoelen.'

'Ze mogen ook blijven staan,' zegt Ainsley. 'Maar wel zo ver bij de paskamers vandaan dat ze niet naar binnen kunnen gluren.'

'Uitsluitend klassieke muziek,' zegt Meghan. 'Ik heb een keer Billie Holiday geprobeerd...'

'Mam kreeg een rolberoerte,' zegt Ainsley.

'Maar ik heb ook nog een positief nieuwtje,' zegt Meghan. Opeens legt ze haar handen onder haar enorme buik en kreunt. 'Harde buik.'

'O jee,' zegt Harper. Harper begint een ongemakkelijk gevoel te krijgen bij Meghan. Ze is net een champagnekurk die op het punt staat van de fles te schieten.

'Het goede nieuws is dat Mary Jo's zoon en schoondochter eindelijk hebben ingegrepen. Ze halen haar naar een bejaardenoord in Maryland, dichter bij waar ze zelf wonen.'

'Godzijdank,' zegt Ainsley.

'Dus je kunt een nieuwe verkoopster in dienst nemen!' zegt Meghan.

'Of we kunnen het gewoon zelf doen,' zegt Harper.

Meghan kreunt opnieuw. 'Jullie kunnen het echt niet alleen,' zegt ze. 'Dan word je gegarandeerd stapelgek. Zet een advertentie en zoek iemand met verkoopervaring. Dat hoeft niet per se in de modebranche te zijn. Iemand met gevoel voor verantwoordelijkheid, maar wel ontspannen – zelfverzekerd maar vriendelijk. Dat moet deze winkel worden – ontspannen en vriendelijk. Een plek waar je je welkom voelt, waar ze je herkennen, waar ze een gezellig praatje met je maken, ook al kom je binnen in een broekrok en op gezondheidssandalen. Aan jullie de taak om de reputatie van de Eleanor Roxie-Frost boetiek op Nantucket te veranderen. Voordat ze failliet gaat.'

'Failliet?' zegt Harper.

'De verkoopcijfers zijn bedroevend,' zegt Meghan. 'Ook weer zoiets waarvoor Tabitha haar kop in het zand steekt. Deze winkel draait al jaren met verlies.'

Misschien wel voor de allereerste keer ooit voelt Harper iets van medelijden met haar moeder en haar zus. Ze zijn in zoveel opzichten elkaars ergste vijand. Het ziet ernaar uit dat het aan haar en Ainsley is om de zaak te redden. Ze ziet helemaal voor zich hoe Tabitha en Eleanor bij de gedachte alleen al zitten te rillen.

'Ik ga mijn uiterste best doen,' zegt ze.

Het schooljaar is bijna ten einde. Ainsley hoeft nog maar een halve dag naar school en probeert Harper zover te krijgen dat ze die dag thuis mag blijven.

'Vind je zo'n laatste dag niet juist leuk?' vraagt Harper. 'Dan schrijven jullie toch allemaal in elkaars jaarboek?'

Ainsley kijkt naar haar voeten. Ze draagt een paar modieuze teenslippers met namaakedelstenen – rood, turquoise, geel. Het lijken wel kauwgomballen. Harper heeft tot haar aangename verrassing gezien dat Tabitha meer van dit soort slippers – Mystique-sandaaltjes – verkoopt. Harper is van plan een paar met schildpaddecoratie aan te schaffen en er de hele zomer op te blijven lopen.

'Ainsley?'

'Wat?' zegt Ainsley. Elke dag wanneer ze thuiskomt uit school is ze somberder en meer in zichzelf gekeerd dan de dag ervoor. Ze wordt niet langer thuisgebracht door Emma of andere vrienden of vriendinnen. Ze is sinds het gesprek in de kamer van de directeur niet meer zo levendig geweest als zo-even in de winkel. 'Die halve dag slaat toch nergens meer op. Het heeft iets te maken met het aantal verplichte lesuren, maar niemand gaat nog echt lesgeven. Ik ben liever in de boetiek.'

'Ik zal erover nadenken,' zegt Harper. Ze knijpt haar ogen tot spleetjes wanneer ze de koele, geurige winkel verlaat en de zonnige, drukke straat op loopt. Ze mist Edgartown, de Vineyard in het algemeen, Reed.

Reed is dus weg? Sinds Rooster haar dit heeft verteld, is Harper elke dag wel even bij zichzelf te rade gegaan. Gelooft ze werkelijk dat Reed de Vineyard heeft verlaten en zo ja, waar is hij dan naartoe gegaan? Zoekt hij Harper? En áls hij op zoek is naar Harper, waar zou hij dan gaan zoeken? Waar zou hij denken dat zíj naartoe is gegaan?

De cirkelredenering maakt haar duizelig.

Hij zal nooit raden dat ze naar Nantucket is gegaan. Hij weet dat Tabitha hier woont en hij weet dat Tabitha en Harper niet met elkaar praten. Daar komt bij dat Vineyarders niet naar Nantucket gaan en vice versa. Het is een soort vreemde wetmatigheid: je kiest voor het ene eiland of voor het andere.

Harper vindt het fijn om voor Ainsley te zorgen omdat ze zo minder tijd overhoudt om over zulke dingen te piekeren. 'Laten we een ijsje gaan halen.'

'Bij de Pharmacy,' zegt Ainsley. 'Niet bij de Juice Bar. Daar zitten allemaal lui van school.'

'Dan gaan we naar de Pharmacy,' zegt Harper.

Wanneer ze de Nantucket Pharmacy binnenwandelen klinkt er een winkelbel. Het is een gezellige, ouderwetse zaak. Er staat een formica eetbar met chromen krukken met een zitting van zwart vinyl. Ainsley en Harper gaan zitten. Aan het eind van de eetbar zit een man met een overhemd en stropdas een dikke sandwich te eten van tonijnsalade op roggebrood.

'Hé, hallo!' zegt Ainsley.

'Hé, Lastpost!' De man staat op en Harper ziet dat het Ramsay is, met wie ze een week eerder nog heeft geluncht. Hij omhelst

Ainsley en trekt haar dicht tegen zich aan. Ainsley legt haar hoofd tegen Ramsays borst en slaat haar armen om hem heen. Zo blijven ze even staan en wanneer ze elkaar eindelijk loslaten ziet Harper dat Ainsleys ogen vochtig zijn.

Ainsley flapt het er maar meteen uit. 'Ik ben geschorst.' Dan begint ze te huilen.

Ramsay omhelst haar opnieuw, troost haar en geeft haar een kus op haar kruin. 'Ik bespeur vooruitgang,' zegt hij. 'Want een half jaar geleden had je daar nog je schouders voor opgehaald en was je er misschien zelfs trots op geweest. Nu weet je tenminste beter.'

'Hallo, Ramsay,' zegt Harper.

Ramsay laat Ainsley los en steekt een hand uit naar Harper. 'Ik vind het nog steeds griezelig,' zegt hij. 'Jullie zijn echt elkaars evenbeeld.'

Ainsley droogt met een papieren servetje haar tranen en bestelt een chocoladefrappé. 'Waar heb jij trek in?' vraagt Ainsley aan Harper.

Harper kijkt naar Ramsays bord. 'Een zakje chips,' zegt ze. 'Ik houd meer van hartig dan van zoet.'

'Daarmee zou je jezelf hebben verraden,' zegt Ramsay. 'Tabitha is dol op zoetigheid.'

'Als ze iets eet,' zegt Ainsley.

'Als ze iets eet,' geeft Ramsay toe.

Even later heeft Harper een geel zakje Lay's in haar handen. 'Laat je door ons niet van je lunch houden,' zegt ze. Ze kijkt op de klok. Het is half vijf. 'Of je avondeten.'

'Lunch,' zegt Ramsay. 'Ik werk de laatste tijd te hard.'

'Tante Harper en ik gaan samen in de boetiek werken,' zegt Ainsley. 'Mary Jo gaat naar Maryland verhuizen, dus nu kunnen we een nieuwe verkoopster in dienst nemen.'

'Wauw,' zegt Ramsay. 'Ik was ervan overtuigd dat Mary Jo vredig aan haar eind zou komen tijdens het opnieuw opvouwen van een stapel opgevouwen truien.'

'Ken jij niet iemand die een baan zoekt?' vraagt Harper.

'Toevallig wel, ja,' zegt Ramsay. Hij schuift zijn bril wat hoger op zijn neus. 'Geef me je mobiele nummer maar even.'

'Oké,' zegt Harper. Ze geeft hem haar nummer, dat hij in zijn telefoon zet, en vraagt zich vervolgens af of het wel oké is om haar nummer aan Tabitha's ex te geven. 'Wie kan ik verwachten aan de lijn te krijgen?'

Ramsay schraapt zijn keel. 'Ze heet Caylee,' zegt hij. 'Caylee Keohane. Ze stond achter de bar van de Straight Wharf, maar ze is vorige week ontslagen. Ik weet dat ze zit te springen om iets anders.'

'Ontslagen? Waarom?' vraagt Harper.

'De een of andere klootzak zat aan haar billen en toen heeft ze een glas in zijn kruis leeggegoten,' zegt Ramsay. 'De baas gaf haar de schuld.'

'Wacht eens even,' zegt Ainsley. 'Is dat niet je nieuwe vriendin?'

'Was,' zegt Ramsay. 'Het is uit.' Hij kijkt Harper aan. 'Uiteindelijk was ze toch te jong.'

'Laat haar mij maar bellen,' zegt Harper. Ze vraagt zich af of ze het kan maken om Ramsays ex-vriendinnetje aan te nemen om in Tabitha's boetiek te werken. Hoe langer ze hier blijft, des te meer problemen ze zich op haar hals haalt. Ze maakt een wuivend handgebaar naar Ramsay. 'Ik beloof niks, maar als je me haar gegevens stuurt, zal ik een afspraak met haar maken.'

Het lijkt haar wel interessant om de vrouw te ontmoeten die Ramsay had uitgekozen om Tabitha's plaats in te nemen.

'Misschien kunnen we in een weekend een keer iets leuks gaan doen. Jij, ik en Ainsley. We zouden kunnen gaan picknicken bij Ram Pasture. Iemand moet je toch wegwijs maken op het eiland?'

'Dat is lief aangeboden,' zegt Harper. 'Maar wij moeten werken.'

'Wat dacht je van volgende week zondag?' zegt Ramsay. 'Dan is de boetiek gesloten. Zondag, rustdag, je weet wel.'

'Ik weet het niet,' zegt Harper.

'Alsjeblieft?' zegt Ainsley. 'Laten we dat doen.'

‘Wil je niet liever iets met je vriendinnen gaan doen?’ vraagt Harper.

Ainsleys gezicht betrekt. ‘Eigenlijk niet, nee.’

‘Goed dan,’ zegt Harper tegen Ramsay. ‘Dat lijkt me leuk. Bedankt.’

Onderweg naar huis nipt Ainsley stilletjes van haar chocoladefrappé.

‘Ik weet niet of ik er wel goed aan doe Ramsays ex uit te nodigen voor een sollicitatiegesprek,’ zegt Harper. ‘Laat staan dat ik haar zou aannemen.’

‘Gewoon doen,’ zegt Ainsley. ‘Mama slaat vast helemaal op tilt. Ze was echt zó jaloers toen bleek dat Ramsay met haar ging. Ze is jong. Hooguit een paar jaar ouder dan ik.’

‘Wat vind jij ervan om volgende week zondag met Ramsay naar het strand te gaan?’ vraagt Harper. ‘Vind je dat wel leuk? We kunnen het nog afzeggen en gewoon met z’n tweeën gaan. Met Fish. Het is heel leuk om met Fish op het strand te zijn.’

‘Ik wil Ramsay er ook bij,’ zegt Ainsley. ‘Mama en ik gingen vroeger altijd op zondag met Ramsay naar het strand. Ik kan wel wat vastigheid in mijn leven gebruiken.’

Harper schiet in de lach, ook al voelt ze zich nog niet helemaal op haar gemak met de strandplannen. Toen Harper en Tabitha jong waren, vonden veel mensen hen onderling uitwisselbaar. Ze zagen er precies hetzelfde uit, dus wáren ze ook precies hetzelfde. Maar zo dom is Ramsay toch niet? Hij beseft toch wel dat Harper Tabitha niet is, helemaal niet zelfs. Zij heeft heel andere voorkeuren en antipathieën, andere passies, een andere kijk op het leven. Als hij zich dat nu nog niet realiseert, zal hij er snel genoeg achter komen.

Wanneer ze de oprit oprijden en uit de auto stappen is Harper nog steeds zo in gedachten verzonken dat ze de voorkant van het koetshuis pas ziet wanneer Ainsley begint te gillen. Binnen begint Fish te blaffen.

De voordeur, de veranda en het pad van flagstones zijn bekogeld met rauwe eieren, misschien wel vier of vijf dozijn. In de gloeiend hete zon stinken ze als een gore scheet.

Harper gaat bijna over haar nek, maar weet zich in te houden voor Ainsley.

Sadie, denkt ze. Sadie heeft haar hier gevonden. Op de flagstones staat in blauw stoepkrijt geschreven: ROT EI, ROT OP!

Als Ainsley het ziet slaakt ze een kreet.

'Emma,' zegt ze. 'Dit heeft Emma gedaan. Misschien wel samen met Candace.'

Harper sluit haar ogen. Natuurlijk was het Sadie Zimmer niet. Voor het eerst in haar leven begrijpt Harper hoe het voelt om moeder te zijn: ze wil elke kogel voor Ainsley opvangen; ze wil haar behoeden voor elke pesterij en belediging. Harper kan het wel aan om met eieren te worden bekogeld. Maar Ainsley rent snikkend naar binnen. Haar glinsterende teenslippers verpulveren de gebroken eierschalen en glibberen door het slijmerige eiwit.

Harper sluit haar ogen en smeekt het universum in een kort gebed om kracht. Dan wordt ze overmand door de stank en geeft over in de struiken.

Begin van de week voert Harper een sollicitatiegesprek met Caylee in de Lemon Press in Centre Street, een zaakje dat Caylee heeft voorgesteld. De Lemon Press heeft koffie van Mocha Joe en alles wat je er kunt eten is biologisch. Harper houdt niet zo van voedsel dat al te opdringerig gezond is, maar ze moet toegeven dat het aanbod er heerlijk uitziet. Caylee heeft jasmijnijsthee besteld en geroosterd brood met avocado en verschillende toppings – een paar met radijs, een paar met 'vergeten' tomatensoorten en een paar met hardgekookt ei. Helaas begint Harper zich bij het zien van het ei meteen misselijk, warm en licht in haar hoofd te voelen. Ze bestelt warm water met citroen.

Caylee is jong – te jong voor Ramsay – en op een gezonde manier mooi: lang donker haar, grote blauwe ogen en een scheve neus die ervoor zorgt dat ze niet beeldschoon is. Ze heeft een tatoeage van een roze lintje aan de binnenkant van haar pols en in eerste instantie denkt Harper: oh-oh, tattoo, maar wanneer Caylee Harper ziet kijken, zegt ze: 'Ik heb drie jaar geleden mijn moeder verloren aan borstkanker.'

Harper schiet vol. 'Ik heb pas mijn vader verloren,' zegt ze. 'Het valt niet mee.'

Caylee reikt over de tafel heen en geeft een kneepje in Harpers onderarm.

'Je bent aangenomen,' zegt Harper. Het kan haar niet schelen of Tabitha er bezwaar tegen zal hebben. Caylee gaat in de boetiek werken. Caylee is fris en energiek en alle kleren staan haar fantastisch. Ze is levendig en grappig, ze heeft een baan nodig en ze kan alle uren werken waarop Harper haar wil inroosteren – hoe meer hoe beter. Ze heeft geen echte verkoopervaring, maar heeft wel de hele vorige zomer en het eerste deel van deze zomer achter de bar gestaan van de Straight Wharf, dus wat mensenkennis en klantvriendelijkheid betreft zit het wel goed. Bovendien, en dat is misschien wel het belangrijkste, heeft ze vriendinnen – massa's vriendinnen, onder wie veel meiden van goede familie met een vrij besteedbaar inkomen. Anderen werken in de horeca op Nantucket, verdienen elke avond honderden dollars fooi en kunnen voor de dagen dat ze vrij hebben misschien wel wat nieuwe kleren gebruiken.

Terwijl Caylee een rondje door de winkel maakt en haar zes outfits uitkiest, de ene nog beeldiger dan de andere, zegt ze: 'Geloof me – mijn vriendinnen hebben er geen idee van dat je ook merken als Milly en Rebecca Taylor verkoopt. Zij denken dat het alleen maar ERF is, en dat dragen onze moeders. We moeten er ruchtbaarheid aan geven. Laten we een feestje organiseren.'

Ze besluiten het feestje vrijdag te laten plaatsvinden, ondanks Meghans opmerking: 'Ik kan jullie verzekeren dat Tabitha het niet goed zou vinden om hier een feest te geven. Om over Eleanor maar niet te spreken.'

'We moeten een wat vrolijker uitstraling krijgen,' zegt Harper. 'We hebben een nieuw imago nodig.'

'We hebben klánten nodig,' zegt Ainsley. Zij is, nog meer dan Harper, geheel in Caylees ban geraakt. Caylee is lief en zorgzaam, een soort oudere zus. Harper begrijpt wel waar de aantrekkingskracht vandaan komt. Ainsley heeft behoefte aan een vriendin, zeker nu, na het incident met de eieren. Maar Harper is alleen bang dat Caylee iets te oud is. Ze is tweeëntwintig en haar vriendinnen gaan 's avonds naar de kroeg – naar Cru, Nautilus, de Boarding House, de Chicken Box.

Harper heeft haar uiterste best gedaan Ainsley in de gaten te houden zonder autoritair over te komen. Er staat altijd een glas naast Ainsleys bed en Harper controleert bij elke gelegenheid die zich voordoet of er wel water in zit en geen wodka. Ze snuffelt ook aan Ainsleys flesjes Vitaminwater. Tot dusver gaat alles nog goed.

Caylee plaatst de aankondiging van het feestje op haar Facebookpagina – wanneer ze vertelt dat ze 1100 'vrienden' heeft valt Harpers mond open van verbazing – en stuurt die niet alleen naar Mahon About Town, een website met nieuwtjes over Nantucket, maar ook naar een superpopulaire blog, de Nantucket blACKbook genaamd.

Wanneer Harper haar twijfels uitspreekt – zij vindt dat ze eigenlijk echte uitnodigingen moeten versturen of een advertentie in de krant moeten zetten – moet Caylee lachen.

'Alles gaat tegenwoordig via social media,' zegt ze. 'Geloof mij nu maar gewoon.'

Ze doen hun best de winkel een ander aanzien te geven. Ze dimmen de lampen van de reusachtige kristallen kroonluchter. Harper snapt niet waarom Tabitha per se felle verlichting wil terwijl buiten de zon volop schijnt, misschien is het een concessie aan Eleanors slechter wordende ogen. Ze halen de truien van de tafel in het midden van de winkel – daar komen de hapjes te staan – en plaatsen een bar bij de kijkstoelen.

'Gemors,' zegt Meghan. 'Dat je in geen enkele zichzelf respecterende winkel in Amerika naar binnen mag met etenswaren of drinken heeft een reden. Mensen morsen. Dat doen ze niet expres, maar het gebeurt wel. Tabitha heeft dit tapijt afgelopen voorjaar nieuw laten leggen. Ik weet toevallig dat het achttienduizend dollar heeft gekost.'

Harper kijkt naar het tapijt. Het heeft een saaie kleur zilvergrijs. Die kleur past in al zijn ingetogen stemmigheid goed bij de oesterkleurige wanden, maar het kleurenpalet van zilver-, tin- en grijstinten schrééuwt *oud en bejaard*.

'Dat kan me niet schelen,' zegt Harper.

Het feestje wordt een happy hour van 16.00 tot 17.30 uur. Caylee, de barvrouw, stelt een Foxy Roxie-punch samen – wodka, champagne, mangonectar en cranberrysap. (Cranberry, denkt Harper. Dat zal zeker vlekken maken.)

Harper heeft grote schalen truffelpopcorn gemaakt, een royale hoeveelheid rauwkost met drie soorten dipsaus, en avocadotoastjes, net als die van de Lemon Press, maar dan kleiner. Ze vraagt zich af of er niet meer te eten moet zijn, aangezien ze alcohol schenken, maar Caylee wijst haar erop dat niemand veel wil eten voordat er kleding gepast moet worden en dat mensen doorgaans makkelijker geld uitgeven als ze een beetje aangeschoten zijn.

Caylee en Ainsley maken een playlist met daarop onder anderen: Rihanna, Beyoncé, Adele, Norah Jones, Alison Krauss, Miranda Lambert, Diana Krall, Gwen Stefani – en, om er ook nog een man bij te hebben, Prince.

Harper is van plan Fish aangelijnd bij de voordeur te zetten, in de hoop dat hij de beste ambassadeur voor de winkel zal zijn. Geen mens die niet van husky's houdt.

Om kwart voor vier is Harper zo nerveus dat ze licht in haar hoofd wordt en moet ze even met haar hoofd tussen haar knieën in de koele duisternis van het magazijn gaan zitten. Ze heeft al heel lang niet meer zoiets georganiseerd, op Billy's herdenkingsbijeenkomst na en dat was natuurlijk een regelrechte ramp geweest. Harper is ervan overtuigd dat er niemand zal komen opdagen. Mensen zullen langs de winkel lopen, op weg naar plekken die veel mooier en leuker zijn en zullen hooguit even naar binnen gluren. Dan zullen ze Harper zien (die de Roxie heeft aangetrokken omdat ze zich daartoe verplicht voelt, ook al heeft ze wel de kersenrode uitvoering gekozen, die veel sexyer is dan de andere), Ainsley (die er jong en onschuldig uitziet in een wit zomerjurkje van gaatjesstof van Nanette Lepore), en Meghan (in een strakke paarse hemdjurk, die ze zelf niet eens verkopen, maar ze past nergens anders meer in). De voorbijgangers zullen een vleugje wanhoop opvangen, van té hard proberen, van een mislukte poging het imago van ERF te veranderen, een imago dat zo onuitwisbaar is dat het wel in steen gehouwen lijkt.

Maar... ze zullen ook Caylee zien in een witte jeans van AG Stilt, een vrolijk gekleurde bloteschoudersblouse van Rebecca Taylor en een paar fantastische sandaaltjes met sleehak, haar haar los over haar schouders, met voor de grap één klein vlechtje opzij... en zo zullen ze er allemaal willen uitzien: mooi, lachend, zorgeloos.

Misschien kan Caylee hen redden.

Wanneer Caylee Harper een bekertje punch geeft neemt ze er wel een klein slokje van, maar haar maag begint meteen te protesteren: het is waarschijnlijk ook maar beter dat ze nuchter blijft. Ze neemt dus net als Ainsley en Meghan een bekertje bronwater. Om vijf minuten voor vier knoopt Harper een donkerblauw sjaaltje om Fish' nek en brengt de ballonnen naar buiten. Caylee zet de muziek aan.

Meghan slaat kreunend haar handen voor haar gezicht en Harper weet dat ze eraan denkt wat Tabitha zou zeggen als ze hier nu was.

Maar, denkt Harper terwijl ze een slokje water neemt, Tabitha is hier niet.

Om kwart over vier zijn er vijfentwintig mensen in de zaak, van wie de helft kleding aan het passen is of staat te wachten tot er een paskamer vrij komt. En er blijven nog steeds mensen binnenkomen. Caylee staat links en rechts punch uit te delen, terwijl Ainsley klanten adviseert.

'U wilt de elegantie van een *little black dress*, maar u hebt rood haar, dus ik raad u echt aan eens donkergroen te proberen,' zegt Ainsley. Ze toont de klant een zijden onderjurkje uit een ERF-collectie die Eleanor vlak na haar scheiding heeft ontworpen. Meghan heeft Harper verteld dat zij en Tabitha het jurkje altijd de Midlifecrisis noemden. Het is erg populair bij vrouwen die net weer single zijn en bij vrouwen die er net achter zijn gekomen dat hun man hun ontrouw is. ('Tabitha haalt zulke vrouwen er altijd meteen uit,' zei Meghan. 'Dat geloof ik onmiddellijk,' zei Harper.)

Meghan staat achter de kassa bedragen aan te slaan en bij elke verkoop oogt ze wat minder somber. 'Dit werkt echt,' zegt ze. 'Ongelooflijk.'

De mensen blijven komen. Sommigen zijn vriendinnen van Caylee – ze gillen wanneer ze haar zien, omhelzen haar en roepen hoe erg ze haar missen bij de Straight Wharf. ('Die nieuwe knaap is zo'n trage sukkel. Die heeft gewoon een schop onder z'n kont nodig!') Ze vertellen haar hoe geweldig ze haar blouse, haar broek en haar schoenen vinden.

'Het is hier allemaal te koop,' zegt Caylee.

Mensen trekken mensen aan; iedereen wil daar zijn waar het gebeurt. Fish is zo sportief zich door iedereen over zijn kop en rug te laten aaien. Zijn pluimstaart, netjes opgekruld langs zijn achterlijf, kwispelt voor elke nieuwe klant. Hij vindt het heerlijk om in het middelpunt van de belangstelling te staan. Iemand voert hem een handje popcorn; iemand anders stopt hem een stukje avocadotoast toe. Hij is straks vast misselijk, dat weet Harper wel zeker, maar zijn aantrekkingskracht is onmiskenbaar. Joan Osborne zingt 'Midnight Train to Georgia' en enkele vrouwen zingen mee.

'Geweldig feestje!' zegt een mannenstem. Harper draait zich snel om; het is Ramsay. Hij is, zoals altijd, gekleed als een van de Kennedy-neven: blauwgestreept overhemd, met keurig omgeslagen manchetten; donkerblauwe stropdas met een dessin van strandballen; kaki pantalon; Gucci-instappers, geen sokken. Hij grinnikt. 'Ik heb de winkel nog nooit zo druk gezien. Echt nog nooit. Bij lange na niet.' Hij kijkt over Harpers schouder naar Meghan. 'Wat denk jij, Meg? Maximaal hoeveel klanten zijn er vóór vandaag ooit tegelijkertijd in de winkel geweest: vijf?'

'Vier,' zegt Meghan. 'En de keren dat dat is gebeurd kan ik op één hand tellen.'

'Allemaal dankzij Caylee,' zegt Harper. 'Bedankt dat je haar hebt voorgesteld. Dit feestje was haar idee en zoals je kunt zien is ze de koningin van het bal.' Harper en Ramsay kijken allebei naar de mooie jongedames die zich in aanbidding rond Caylee hebben verzameld. Harper voelt een steekje van jaloezie – niet voor zichzelf, maar voor Tabitha. Ook al heeft Tabitha het zelf uitgemaakt met Ramsay, toch kan het niet gemakkelijk voor haar zijn geweest om te moeten zien dat hij een relatie begon met iemand die zo jong en aantrekkelijk was als Caylee.

'Caylee is een fijne meid,' zegt Ramsay. Zowel zijn stem als zijn blik is vaderlijk. 'Het leek me een playboyfantasie om een vriendinnetje van tweeëntwintig te hebben. Bovendien wilde ik je zus boos maken...'

'Dat zal best,' zegt Harper.

'Maar het leek meer op babysitten. Ze huilt wanneer ze dronken is.'

'Dat doet toch iedereen?' zegt Harper.

'En ik moest haar van alles uitleggen,' zegt Ramsay. 'Ze wist niet wie Van Morrison was. Ze wist niet wie Bob Dole was. En waarom zou ze ook? Ze was nog een baby toen hij kandidaat was voor het presidentschap.'

'Tja,' zegt Harper, terwijl ze aan Drew denkt – die arme Drew, die haar zijn liefde had verklaard en zijn Facebookstatus had veranderd in 'heeft een relatie'. 'Nou ja, deze boetiek kan haar jeugdige energie, haar frisse ideeën heel goed gebruiken.'

'Ik ben blij dat het goed gaat,' zegt Ramsay. 'Ik kom alleen langs om even mijn gezicht te laten zien en je te herinneren aan het strand op zondag. Ik kom om een uur of twaalf langs om jou en Ainsley op te pikken.'

'O,' zegt Harper. De afspraak om naar het strand te gaan zit haar nog steeds niet lekker, maar ze kan geen excuus bedenken om eronderuit te komen. 'Oké.'

Terwijl hij naar de deur loopt werpt Ramsay Ainsley een kushand toe. 'Tot zondag.'

Ramsay is niet de enige man op het feestje. Na vijven wandelen er allerlei mannen binnen. Sommige van hen zijn obers in restaurants en hebben hun witte overhemden en zwarte schorten al aan, maar er zijn ook mannen bij die net van vissersboten of van de golfbaan komen. Er loopt ook een keurig nette jongen tussen in een overhemd met stropdas. Hij ziet eruit alsof hij zó van Ramsays kantoor komt. Al die mannen nemen schuchter punch aan van Caylee en beginnen dan een beetje verlegen rond te kijken, op zoek naar iets wat ze voor hun vriendin kunnen kopen. De meesten hebben geen flauw idee. Welke maat moet ik nemen? Ze pakken een rok in maat 42 en schoenen in maatje 37. Ainsley probeert te helpen, evenals Caylee – zij kent sommige van deze mannen en hun wederhelft – en Meghan verkoopt kleine accessoires die op de toonbank staan. Ze hebben er een enorme glazen pot vol kanten strings van Hanky Panky neergezet; Meghan verkoopt minimaal één slipje aan elke man die de winkel verlaat.

Prince zingt 'Kiss'. Er stijgt een eensgezind gejuich op en een paar vrouwen beginnen te dansen. Ainsley rent naar de iPod en begint voor dj te spelen. Al snel lijkt de winkel op South Beach om drie uur 's ochtends.

Meghans ogen worden groot. 'Dit wordt met de minuut onwerkelijker.'

Ainsley lijkt het naar haar zin te hebben en Harper heeft het gevoel dat ze met elkaar een prestatie hebben geleverd. Tabitha en Eleanor zouden hoogstwaarschijnlijk aanstoot nemen aan dit feestje, ze zouden wellicht aanvoeren dat Harper het merk ERF degradeert met zoveel lichtzinnigheid en plezier, maar ze zouden geen van beiden iets kunnen inbrengen tegen de uitdrukking op Ainsleys gezicht.

Net als Harper zichzelf geluk meent te kunnen wensen, ziet ze in één keer de lach van Ainsleys gezicht verdwijnen. Harper volgt haar blik naar de deur. Er zijn net twee meisjes binnengekomen, innig gearmd. De een heeft donker haar, de ander is rossig blond en allebei zien ze er, net als Ainsley, stukken ouder uit dan ze waarschijnlijk zijn. De donkerharige steekt al gretig haar hand uit naar een bekertje punch, maar Caylee houdt het buiten haar bereik. ‘Sorry, maar ik moet even je legitimatie zien.’

‘Op een gratis feestje?’ zegt het donkerharige meisje. ‘Een gratis feestje in een suffe oudedamesboetiek?’

Harper staat op het punt ernaartoe te lopen en het kleine krengetje de waarheid te zeggen, maar dan stapt Ainsley naar voren.

‘Emma,’ zegt ze. ‘Candace.’

‘Hé, Ainsley!’ zegt Emma, met geveinsde verbazing. ‘We zijn op zoek naar een jurk voor Candace. Teddy neemt haar vanavond mee uit eten.’

Ainsley knikt en Harper ziet de moedige blik op haar gezicht. Hou je taai, denkt Harper. Je kunt dit.

‘Waar gaan jullie eten?’ vraagt Ainsley.

Candace haalt haar schouders op. ‘Bij Ventuno.’

‘Leuk,’ zegt Ainsley.

‘Hij heeft haar vandaag bloemen gestuurd,’ zegt Emma. ‘Hij heeft gevraagd of ze er vanavond een in haar haar wil dragen. Heb je ooit zoiets romantisch gehoord?’

Ainsleys blik wordt harder en – whoa! – Harper voelt een rilling over haar rug lopen. Precies op dat moment lijkt Ainsley als twee druppels water op Tabitha. Harper weet al wat er nu gaat komen: *Fuck you, Emma.*

Toe dan, denkt Harper. Zeg het dan.

Maar voordat Ainsley iets kan zeggen, klinkt er een kreet, hard genoeg om boven 'Hollaback Girl' uit te komen. Het geluid maakt onmiddellijk een eind aan het dansen. Het is afkomstig van Meghan. Ze staat met haar benen een eindje uit elkaar en er stroomt water uit haar op het luxueuze zilvergrijze tapijt van de ERF-boetiek.

'Mijn vliezen zijn gebroken!' roept ze. 'De baby komt!'

Tabitha

Ze kan niet geloven hoe vrij ze zich voelt wanneer ze in Oak Bluffs van de veerboot rijdt. Voor het eerst in lange, lange tijd hoeft Tabitha voor niemand te zorgen – niet voor haar moeder, niet voor haar dochter. Ze kan doen wat ze zelf wil. Ze kan helemaal zichzelf zijn. Het is een volkomen nieuw gevoel.

Harper leeft natuurlijk al jaren en jaren op deze manier. Zij had Billy – maar Billy was heel anders dan Eleanor. Hij stelde geen eisen, vroeg nergens om en nam niets als vanzelfsprekend aan; hij koesterde geen huizenhoge verwachtingen. Harper heeft het zo gemakkelijk gehad.

In Oak Bluffs rijdt Tabitha Circuit Avenue af, langs de Ritz, een bar waar op een aanplakbiljet met grote letters VANAVOND LIVEMUZIEK staat aangekondigd en waaruit geuren van op houtskool gegrilde hamburgers naar buiten komen die haar het water in de mond doen lopen.

Hamburgers. Livemuziek. Tabitha gaat haar bagage in het huis van Billy neerzetten en daarna meteen terug naar de Ritz om te eten. De gedachte alleen maakt al dat ze zich een heel ander mens voelt.

Billy's huis verkeert werkelijk in heel slechte staat. Het stinkt er naar sigaretten en hond – Tabitha huivert wanneer ze zich voorstelt hoe Fish het hele koetshuis onderplast en overal haren achterlaat – en alles is versleten, oud, gedateerd en lelijk. Billy heeft altijd goed verdiend, maar hij heeft nooit een cent in zijn woning gestoken. De meubels zouden het goed doen rond een kampvuur met zwervers. Die leunstoel – bah! De keuken – gétver!

Als Tabitha íéts is dan is het wel georganiseerd. Ze bekijkt de hele begane grond en maakt aantekeningen over wat zij zou willen doen als Harper akkoord gaat: tapijt eruit, vloeren lakken, keuken wegslopen (ook al kookt ze niet, toch is het altijd een droom van Tabitha geweest een keuken te renoveren), alles schilderen, een nieuwe wc-pot en wastafel voor het toilet, nieuwe verlichting (het lijkt alsof Billy twintig jaar lang de allerlelijkste lampen van het eiland heeft verzameld en ze allemaal in zijn huis heeft opgehangen) en gloednieuwe meubels bestellen. (Houzz! Wayfair! One Kings Lane! Tabitha heeft jarenlang avond na avond al hun websites afgestruind, dromend van de denkbeeldige kamers die ze op een dag zou gaan inrichten.)

Boven bekijkt ze de slaapkamers – die van haar vader en de lila kamer die van Harper is geweest; de poster van Hootie & the Blowfish hangt nog aan de muur. In de derde slaapkamer, Tabitha's oude kamer, ligt nog steeds die spuuglelijke beige vloerbedekking, maar de muren zijn zachtblauw geverfd. Welke kleur hadden ze toen Tabitha hier lang geleden logeerde? Ze weet het niet meer. Het raam achter het keurig opgemaakte tweepersoonsbed kijkt uit op de achtertuin. Op dit tijdstip van de dag baadt de hele kamer in een heerlijk gouden zonlicht. Billy had deze kamer best als kantoor kunnen gebruiken, in plaats van de eettafel beneden. Of hij had er, zoals je dat in andere huizen ook wel zag, een of ander zo goed als nooit gebruikt fitnessapparaat neer kunnen zetten, of afgedankte meubels. Maar de kamer is schoon en het enige wat erin staat is het bed, alsof dat hier al die tijd op haar heeft staan wachten.

Ze doet haar ogen dicht en er rollen tranen uit. Ik ben er, papa, denkt ze. Ik ben er nu.

Tabitha heeft wat research gedaan: op Billy's bankrekening staat tweeënnegentigduizend dollar. Om alles uit te kunnen voeren wat ze heeft bedacht zal ze dat hele bedrag nodig hebben en ook haar eigen reserves moeten aanspreken. Dat is een beetje griezelig, gezien het feit dat Ainsley over twee jaar gaat studeren, maar Tabitha kan zichzelf terugbetalen uit de opbrengst van de verkoop en omdat zij al het werk doet zal ze zichzelf ook een salaris uitkeren. Nu moet Harper er nog mee instemmen. Harper is tegen renovatie omdat Harper bang is en geen fantasie heeft. Ze snapt niet waar Tabitha allemaal toe in staat is.

Voordat ze gaat eten, realiseert Tabitha zich dat ze Ainsley en Harper moet bellen om te vertellen dat ze hier is.

Ainsley neemt haar telefoon niet op en Harper evenmin. Maar dat kan natuurlijk. De winkel blijft vrijdagavond langer open en als het goed is zijn ze dus aan het werk. Ze belt de boetiek, maar er neemt niemand op. Tabitha begrijpt er niets van en heeft er geen goed gevoel bij. Eén tel later belt Meghan haar terug met haar mobiele telefoon. Ze staat in het magazijn – dat hoort Tabitha aan de manier waarop haar stem van de betonnen vloer weerkaatst.

'Tabitha?' zegt Meghan.

'Ik wil graag mijn dochter even spreken,' zegt Tabitha. 'Of mijn zus.'

'Eh...' zegt Meghan. 'Die zijn allebei bezig.'

'Bezig?' zegt Tabitha. Ze neemt aan dat dit een eufemisme is voor: *ze zijn vroeg weggegaan zodat ze nog cocktails konden drinken bij de Gazebo.* Ze begint te beven van woede en ergernis. Ze had Ainsley nooit onder Harpers hoede moeten achterlaten.

'Ze zijn klanten aan het helpen,' zegt Meghan.

'Allebei?' zegt Tabitha.

'Allebei,' zegt Meghan. 'Het is stervensdruk in de zaak.'

'Stervensdruk?' zegt Tabitha. Ze gelooft er niets van. In al de jaren dat ze de boetiek runt, heeft ze hem nooit kunnen beschrijven als 'stervensdruk'. Zo'n soort winkel is het nu eenmaal niet, ondanks al Tabitha's inspanningen om het aanbod te verruimen. De ERF-boetiek lijkt wat dat betreft op kunstgalerieën in de stad; uitsluitend voor geïnteresseerde en serieuze kopers. En Eleanor weigert ook maar iets in de sale te doen. *Sale* betekent 'vies' in het Frans en dat is exact wat Eleanor van het woord vindt. Vies. Elk artikel van het merk ERF ademt een klassieke tijdloosheid, een kwaliteit die niet dient te worden onderschat. Heel af en toe komt er een gezelschap welgestelde dames binnen, van iemands reusachtige jacht, om zich over te geven aan een middagje shoppen, waarbij ze elkaar proberen af te troeven met hun aankopen, maar sinds het instorten van de economie in 2008 komt dat amper meer voor. 'Dus je wilt zeggen dat ze er allebei wel zijn, maar dat ze het te druk hebben om aan de telefoon te komen?'

'Dat is inderdaad wat ik wil zeggen,' zegt Meghan. 'En ik stond ook net een klant te helpen toen jij de winkel belde.' Ze zwijgt en even meent Tabitha muziek te horen, stemmen, een hond die blaft. Een hond? Ze moet zich vergissen. 'Dus ik kan nu beter ophangen...'

'Oké,' zegt Tabitha. Ze vertrouwt het nog steeds niet, maar haar maag knort en ze denkt aan de hamburgers en de livemuziek die op haar wachten. Eigenlijk moet ze Meghan nog naar haar zwangerschap vragen, maar ze wil haar avond niet laten verpesten door het antwoord. Zolang Meghan de leiding heeft, hoeft Tabitha niet bang te zijn dat er een hond in de winkel komt of dat er artikelen in de uitverkoop gaan of dat er andere regels worden overtreden. Zodra Meghan gaat bevallen, wordt dat een heel ander verhaal. 'Laat een van de twee me bellen zodra ze tijd heeft. Maakt niet uit wie van de twee. Allebei is ook goed.'

'Ik geef het door,' zegt Meghan. Ze lijkt niet te kunnen wachten om het gesprek te beëindigen.

Tabitha staart naar haar telefoon. Moet ze zich zorgen maken om de winkel? vraagt ze zich af. Waarschijnlijk wel, maar ze heeft er nu geen zin in. Ze gaat naar de Ritz.

In haar eentje uitgaan in een vreemde stad is een onbekende ervaring, maar in plaats van een gevoel van onzekerheid krijgt Tabitha er juist nieuwe energie van. In een poging uit te stralen dat het niets bijzonders is, heeft ze haar best gedaan zich een beetje nonchalant te kleden – een witte jeans van AG Stilt en een roze-oranje mouwloos hemdje van Trina Turk – haar haar in een paardenstaart gedaan en zich niet al te zwaar opgemaakt.

Aan de buitenkant lijkt het Ritz Café niet veel voor te stellen. Trekt Tabitha zich daar iets van aan? Is ze van plan er haar neus voor op te trekken? Nee. Ze gaat naar binnen met op haar gezicht een brede glimlach, haar beste accessoire.

De bar is donker en rokerig en zit stampvol. Tabitha maakt bijna rechtsomkeert – terug naar de veiligheid van haar FJ40, terug naar Vineyard Haven, terug naar Billy's huis. En dan morgen terug naar Nantucket. Maar dan hoort ze het getokkel van een gitaar en wanneer ze zich omdraait ziet ze een knaap in een spijkerbroek en een Mocha Mott's-T-shirt op een kruk achter een microfoon zitten. Op het krijtbord achter hem staat: DE VINEYARDS EIGEN FRANKLIN PHELPS. De Vineyards eigen Franklin Phelps is van Tabitha's leeftijd en een ongelooflijk stuk om te zien. Hij heeft donker, warrig haar en grote bruine ogen en laat zijn gitaar nonchalant op zijn knie balanceren. Wanneer de Vineyards eigen Franklin Phelps Tabitha ziet, zwaait hij naar haar en zij denkt: hij kent me!

Maar dan snapt ze het.

Franklin zet 'Carolina in my Mind' van James Taylor in en er gaat een goedkeurend gejuich op.

Ondanks de drukte is er nog een plekje aan de bar. Tabitha gaat zitten en glimlacht naar de barkeeper, een jonge vrouw met een heldere oogopslag en een vriendelijke glimlach.

'Hé, Harper,' zegt ze. 'Lang niet gezien! Bier en een borrel?'

Tabitha opent haar mond om de jongedame te corrigeren. *Ik ben Harper niet.* Maar het is lawaaiig aan de bar en dit meisje lijkt Harper graag te mogen, dus ziet Tabitha er geen kwaad in om te knikken. Bier en een borrel? Welja! Tabitha heeft dat in haar hele leven nog nooit gedronken, maar misschien heeft ze al die tijd wel iets gemist.

De drankjes worden voor haar neergezet – een hoog, tot aan de rand gevuld pilsglas met een keurige schuimkraag van een centimeter en een shotglaasje met een of ander paarsbruin drankje. Tabitha pakt het glaasje om er onopvallend aan te ruiken.

Allemachtig: Jägermeister.

Ze slaat het in één keer achterover, probeert te voorkomen dat de tranen haar in de ogen springen en neemt er snel een paar grote slokken bier achteraan. Ze krijgt meteen een warm gevoel in haar borst. De Vineyards eigen Franklin Phelps begint aan 'Wild World' van Cat Stevens, wat een van Tabitha's lievelingsnummers is en ze slaakt een zacht fan-gilletje. Ze vindt het geluid dat uit haar mond komt zo gênant dat ze nog meer bier drinkt.

Zo, denkt ze, is het dus om Harper te zijn.

Er komt een man naast haar aan de bar zitten. Hij is lang en knap, op een rijkeklojo-achtige manier. Hij draagt een keurig gestreken rood-wit geruit overhemd met omgeslagen manchetten en een golfklep met de naam van een of andere bank erop, ook al is het al donker buiten.

Hij zegt: 'Hoe is het, mooie dame?'

Tabitha rolt met haar ogen.

'Je ziet eruit als een toeriste,' zegt meneer Golfklep. Hij geeft de barvrouw een seintje en even later staat er een gin-tonic voor hem. Hij drinkt het glas bijna in één keer leeg. 'Ben je dat ook? Wacht, niks zeggen: laat me raden. Je komt uit New Canaan, ja? Of nee, wacht, uit Greenwich!'

Tabitha voelt zich beledigd. Als iemand eruitziet als een toerist, of in elk geval niet als iemand die hier woont, is het deze vent wel. Hij draagt een Audemars Piguet-horloge met een bandje van zwart hagedissenleer waarvan Tabitha weet dat het een bedrag van vijf cijfers heeft gekost. Je ziet aan hem dat hij altijd een bevoorrecht leven heeft geleid van particuliere scholen en geld, geld en nog eens geld.

'Allebei fout,' zegt Tabitha. 'Ik woon op Nantucket.'

Golfklep begint te lachen. 'Wat een toeval!' zegt hij.

Ze trekt een wenkbrauw naar hem op. Toeval? Kent ze deze knaap?

'Ik ben gek op Nantucket!' zegt hij. Tabitha doet haar ogen dicht in de hoop dat ze, wanneer ze ze weer opendoet, zal zien dat deze eikel verdwenen is. Maar... hij zit er nog. Wat ze ook ziet is een nieuw shotglaasje Jägermeister, dat zomaar uit het niets is verschenen. Ze slaat het zonder aarzeling achterover.

'Ik ben op Nantucket geweest,' zegt Golfklep. 'Ik heb de Chicken Box bezocht. Ben je daar wel eens geweest? Leuke bar, livemuziek, maar kippen hó maar! Geen kip te bekennen.'

Wanneer de muziek ophoudt wordt het publiek luidruchtiger. Tabitha wil van deze man af; hij is dronken. Maar hij is in elk geval iemand om tegen te praten, dus is ze bereid hem nog een halve minuut het voordeel van de twijfel te gunnen. 'Ik ben al heel lang niet meer in de Box geweest,' zegt ze. Ze kijkt over de bar heen de keuken in. Zijn daar mensen aan het werk? 'Weet jij misschien of ik op dit tijdstip nog een hamburger kan bestellen? Ik verga van de honger.'

Golfklep luistert totaal niet naar wat ze zegt. 'Waar is je man?'

'Ik ben niet getrouwd,' zegt Tabitha.

'Gescheiden?' vraagt Golfklep. 'Ben je met je dikke, vette alimentatiecheque naar de Vineyard gekomen om te zien wat hier te beleven valt?'

Nu ben ik het zat, denkt Tabitha. Ze heeft er schoon genoeg van. Deze vent is zo'n eikel dat bij hem vergeleken kapitein Peter de ideale man is. Waar zitten alle leuke, normale mannen toch? vraagt ze zich af. De mannen met interessante banen, een intelligent gevoel voor humor en een begripvol, lief karakter? Die zitten thuis, denkt ze. Bij hun vrouwen en hun goed opgevoede kinderen. Die komen niet in bars als deze, om iemand zoals zij op te pikken. Ze kan beter overdag iemand tegenkomen. Misschien moet ze gaan zeilen – of golfen.

Ze moet zo snel mogelijk van Golfklep zien af te komen, maar het is druk in de bar en ze kan geen kant op. Dan voelt Tabitha een hand op haar schouder. Wanneer ze zich omdraait staat Franklin Phelps voor haar. Hij houdt zijn gitaar bij de hals vast, als een gewurgde gans.

'Harper,' zegt hij. 'Ik was al bang dat je voorgoed weg was.'

Golfklep drinkt in één keer zijn glas verder leeg en staat op. Hij staat op zijn benen te zwaaien als een boom in een storm. 'Hé, ik zat met deze toeriste te praten.'

'Wegwezen, vriend,' zegt Franklin Phelps. Hij duwt Golfklep uit de weg en gaat op zijn kruk zitten. Dan wenkt hij het vriendelijke meisje achter de bar en zegt: 'Caroline, mag ik alsjeblieft een Guinness van je, met een shotje Jameson ernaast?'

Bier en een borrel, zegt Tabitha bij zichzelf. Heel even heeft ze het gevoel dat ze bepaalde dingen begint door te krijgen.

Golfklep recht zijn schouders. 'Ik zat hier.'

'Ga naar huis, gozer,' zegt Franklin. 'Je bent dronken.'

'Ben jij de echtgenoot?' zegt Golfklep. Hij kijkt Tabitha aan met de blik van een woeste moordenaar. 'Of neuk je haar alleen maar?'

In een oogwenk is Franklin opgesprongen. Hij smijt Golfklep door het café en de man klettert op de grond, samen met de microfoonstandaard en Franklins kruk. Golfklep probeert niet eens meer op te staan.

'Dat is Tripp Malcolm,' zegt Caroline, de barvrouw. 'De eigenaar van dat grote, vette huis aan het eind van Tea Lane.'

'Het zal me' – hier neemt Franklin een slok van zijn Guinness, knipoogt naar Tabitha en slaat zijn whisky achterover – 'worst wezen. Ik laat me niks vertellen door het zomergeld.'

Tripp Malcolm krabbelt overeind en stormt als een dolle stier op Franklin af. Franklin pakt zijn bier en stapt behendig opzij, zodat Tripp tegen de bar aan botst, waar hij een glas breekt.

'Dat doet de deur dicht! Eruit, Tripp!' zegt Caroline. Ze schudt haar hoofd naar Franklin en Tabitha. 'Ik laat me ook niks vertellen door het zomergeld.'

Franklin wijst naar Tabitha. 'Zet Harpers drankjes maar op mijn rekening, Caroline. We gaan weg.'

Om drie uur 's ochtends wordt Tabitha wakker in een onbekende slaapkamer... naast Franklin Phelps.

Dit gebeurt echt, denkt Tabitha. Ze knijpt in Franklins bovenarm en hij komt in beweging en slaat een arm om haar heen om zijn hand op haar billen te leggen. Zij gooit een been over hem heen. Dit gebeurt echt!

Hij tilt haar kin op en kust haar. 'Ik heb nog nooit zo'n zin in iemand gehad.'

Ze zou zo graag willen geloven dat hij het meende. Zij meent het in elk geval wel. Seks met Wyatt was precies acht weken leuk geweest – toen werd Tabitha zwanger. Na de breuk met Wyatt had Tabitha iets gehad met Monroe, de zoon van een van Eleanors vriendinnen. Hij was charmant en beschaafd en een ongelooflijk stijve hark; hij wilde alleen met haar vrijen als ze allebei net hadden gedoucht. Dat zei al genoeg.

Seks met Ramsay was een tijdlang prima geweest, maar op een gegeven moment werd het zowel fysiek als emotioneel heel vermoeiend. Ramsay wilde het haar zo verschrikkelijk graag naar de zin maken. Het ontbrak er nog maar aan dat hij haar na afloop een enquêteformulier overhandigde. Lag ze liever boven of onder? Op haar buik? Licht aan of licht uit? Wat vond ze van massageolie? Waren haar orgasmes meer of juist minder intens dan die ze donderdag had gehad? Want zelf had hij het idee dat ze er donderdag meer van had genoten. Daar kwam bij dat Ramsay liever niet wilde vrijen wanneer ze allebei hadden gedronken. Hij had gelezen dat alcohol bij vrouwen de zenuwuiteinden verdoofde en hij wilde haar geen ondermaatse ervaring bezorgen – laat staan een ervaring die ze zich, God verhoede, niet meer kon herinneren. Ben je beduveld? dacht Tabitha. Waarom zou je je bedrinken als je na afloop samen geen helemaal-te-gekke seks kon hebben? Het drinken van alcohol nam je remmingen weg; dát was dus het moment waarop je dingen kon proberen waarvoor je je misschien zou schamen wanneer je nuchter was. Maar Ramsay had daar anders over gedacht.

Tabitha kust Franklin, hoewel het meer lijkt alsof ze hem proeft en vervolgens, even later, verslindt ze hem. Hij leeft – hij is bezweet, zoutig, sterk. Zijn vingers drukken in haar armen en laten er waarschijnlijk blauwe plekken op achter; hij bijt in haar hals op een plek die bijna pijnlijke golven van hartstocht door haar lichaam laat stromen. Wanneer zijn vingertoppen haar tepels vinden, kreunt ze. Nooit eerder heeft iets zo verrukkelijk gevoeld – het zalige verlangen, de inspanning om het niet uit te gillen, niet te vloeken, niet uit te halen. Ze klemt haar benen om hem heen. Voor het eerst in haar leven geeft Tabitha zich over aan haar dierlijke instincten. Zij is een vrouw, Franklin is een man, ze paren, dat is de natuur. Hoe kan het dat seks haar nooit op deze manier heeft geraakt? Het is altijd iets geweest om van te genieten of te ondergaan, maar het is nooit een openbaring geweest.

Tot dit moment. Franklin.

Dit gebeurt echt.

Ze kent hem amper, maar dat doet er niet toe. Ze passen bij elkaar. Als twee stukjes van een legpuzzel. Tabitha berijdt hem tot zij het uitschreeuwt en hij hetzelfde doet, zijn handen om haar middel geklemd. Uitgeput laat ze zich boven op hem vallen.

Hij zegt: 'Jij bent de adembenemendste vrouw die ik ooit heb gezien.'

Ze lacht. 'En mijn zus dan? Wij lijken als twee druppels water op elkaar.'

'Jij bent zo anders dan Harper,' zegt hij. 'Eleganter, zelfbewuster, vrouwelijker. Het is grappig, want nu zie ik hoe verschillend jullie zijn.'

'Oké,' zegt Tabitha. Pas toen ze buiten liepen, op Circuit Avenue, heeft Tabitha hem verteld dat ze niet Harper was, maar Harpers tweelingzus.

Aha, had Franklin gezegd. *Ik had inderdaad al begrepen dat er een tweelingzus was.*

Ik ben Tabitha Frost, zei ze. *Het spijt me je teleur te moeten stellen.*

Toen had Franklin haar hand gepakt. *Ben je gek?* zei hij. *Dat is het beste nieuws dat ik de hele avond heb gehoord.*

Nu pakt Franklin haar kin. 'Ik zou nooit met Harper mee naar huis zijn gegaan. Dat moet je echt van me geloven. Ik was met haar bevriend...'

'Was?' zegt Tabitha.

'Was? Ben, kan ik misschien beter zeggen. Ik weet het niet. Ze heeft een paar dubieuze keuzes gemaakt...'

'Ze had een relatie met de arts van onze vader,' zegt Tabitha.

'Reed Zimmer,' zegt Franklin zacht.

'Dat weet je dus?' zegt Tabitha. 'Is iedereen op de Vineyard daarvan op de hoogte?'

'Zo'n beetje wel, ja,' zegt Franklin.

'Ik ben Harper niet,' fluistert Tabitha.

'Dat weet ik,' zegt Franklin. 'Ik kan het zien.' Hij begint 'Here Comes the Sun' van The Beatles te zingen. Zijn stem is zo helder en zuiver dat Tabitha bijna in de verleiding komt om mee te zingen. Vervolgens doet ze het ook echt en dat is zo'n ongelooflijk romantisch moment dat Tabitha zichzelf ervan weet te overtuigen dat ze best goed klinkt. Wanneer ze klaar zijn – *doo do doo do* – legt ze haar hoofd op zijn borst en masseert hij haar schouder.

'Zal ik je eens wat vertellen?' zegt ze.

'Wat?' zegt hij.

'Ik sterf van de honger.'

'Blijf waar je bent,' zegt hij.

Het is het lekkerste wat ze ooit om vier uur 's ochtends heeft gegeten, misschien wel het lekkerste ooit, punt uit: een sandwich van pastrami en gatenkaas, schijfjes pittige augurk en mierikswortelmosterd, op boterhammen die Franklin heeft geroosterd tot het brood goudbruin was en de kaas gesmolten en het hele ding een verrukkelijk, kleverig rommeltje was geworden. Ze eten hun sandwiches in bed en Franklin trekt twee blikjes ijskoude cola open, waarvan de eerste slok zo koud en pittig is dat Tabitha's ogen beginnen te tranen.

De sandwich is belachelijk lekker. 'Jij kunt dus lekker koken,' zegt ze met volle mond. Ze is, om meerdere redenen, blij dat haar moeder haar nu niet kan zien. Ze steekt een plakje augurk dat op het laken is gevallen in haar mond. 'Wie bén jij nou eigenlijk?'

Franklin George Phelps: hij heeft één zus, Sadie, die achttien maanden jonger is. Zijn ouders, Al en Lydia Phelps, zijn nog bij elkaar. Ze wonen in een huis in Katama, een huis dat zijn vader heeft geërfd van zijn eigen ouders, die het als vakantiewoning gebruikten. Al en Lydia hebben het huis geschikt gemaakt voor bewoning in de winter en hebben Franklin en Sadie er grootgebracht. Al is vijfendertig jaar lang directeur geweest van de Regional High School van Martha's Vineyard en Lydia heeft altijd taarten gebakken. Tegenwoordig brengen ze de winters door in Vero Beach.

'Het mag een wonder heten dat niet iedereen op de Vineyard bipolair is,' zegt Franklin. 'Het eiland is 's zomers een heel andere plek dan 's winters.'

'Hetzelfde geldt voor Nantucket,' zegt Tabitha. Ze vraagt zich vaak af of dat niet de oorzaak kan zijn van Ainsleys problemen. De winter is stil en saai. Het is te koud om naar buiten te gaan, maar binnen is niets te doen. Alles sluit; iedereen vertrekt. In de zomer is er juist veel te veel te doen en is er niet genoeg tijd om alles in te proppen. Tabitha is altijd aan het werk en heeft bijna elke avond sociale verplichtingen. De mensen die naar Nantucket komen zijn rijk en bevoorrecht, ook de kinderen. Vooral de kinderen! Ze kunnen hun ouders' boot gebruiken; ze kunnen hun ouders' pillen gebruiken. Meisjes zoals Ainsley en Emma moeten hun best doen om erbij te blijven horen, weet Tabitha.

Franklin is dat beter gelukt dan de meeste kinderen, zegt hij. Hij speelde *tight end* in het American football-team en zong in een bandje met drie jongens uit zijn klas.

'Je was vast heel populair bij de meisjes,' zegt Tabitha. Ze is jaloers op alle meisjes met wie hij ongetwijfeld het bed heeft gedeeld. Waarschijnlijk alle aantrekkelijke meisjes op de Vineyard. Tabitha is zo hevig in zijn ban dat ze geen andere man kan bedenken die zo aantrekkelijk is als Franklin Phelps – Clooney niet, Pitt niet, Downey junior niet.

'Ik had een vriendinnetje,' zegt Franklin. 'Hetzelfde meisje, van de brugklas tot het eerste jaar aan de universiteit. Patti Prescott.' Hij slaakt een zucht en Tabitha herkent het geluid van oud verdriet.

Tabitha zet de lege bordjes op het nachtkastje en kruipt onder de sprei. 'Hoe is het verder gegaan met Patti?'

'Ze was briljant,' zegt Franklin. 'Ze ging naar Williams College. Maar halverwege haar eerste jaar kwam ze naar huis. Ik studeerde toen een paar maanden in Londen. Ik wist dat ze last had van depressies. Er waren dagen dat het haar bijna niet lukte uit bed te komen. Ik belde haar wel eens vanuit een telefooncel, maar dan kon ik hooguit een paar minuten met haar praten. Haar ouders stuurden haar naar een psychiater, de psychiater schreef haar medicijnen voor en toen dachten ze dat ze weer beter zou worden.'

Tabitha trekt de dekens op tot haar kin. *Heb je wel eens iemand verloren?*

'Ze heeft zelfmoord gepleegd in de garage van haar ouders,' zegt Franklin. 'Koolmonoxidevergiftiging.'

'O, nee,' zegt Tabitha. 'Wat vreselijk voor je.'

'Het was zwaar,' zegt Franklin. 'Ik ben me heel lang schuldig blijven voelen.'

'Schuldig?' zegt Tabitha. 'Waarom?'

'Ik had naar huis moeten komen,' zegt hij. 'Ik had naar huis moeten komen om haar te redden. Maar dat heb ik niet gedaan. Ik had het te druk met bier drinken in de Flask in Hampstead, met rugby spelen en met zingen voor geld in Regent's Park. Ik denk dat haar ouders mij verantwoordelijk houden voor haar dood. Het is een klein eiland; iedereen hier kent me. Ik denk dat er wel meer mensen zijn die mij verantwoordelijk houden.'

'Welnee,' zegt Tabitha. 'Natuurlijk niet.'

'Het geeft niet,' zegt Franklin. 'De geruchtenmolen hoort nu eenmaal bij dit eiland en het eiland is mijn thuis. Ik vind het hier heerlijk.' Hij kust haar tot het haar begint te duizelen. Dit gebeurt echt.

Wanneer ze wakker wordt is het helemaal licht en is Franklin weg.

'Hallo?' probeert Tabitha. De deur van de badkamer staat open. Tabitha ziet Franklins tandenborstel in een glas op de wastafel staan. Toen ze gisteravond binnenkwamen heeft ze niet de kans gehad om een beetje rond te kijken, maar ze is blij maar één tandenborstel te zien. Hij is dus vrijgezel, zoals hij heeft gezegd. Heeft hij dat echt gezegd? Of is ze daar zelf van uitgegaan? Ze kijkt naar het nachtkastje; de sandwichbordjes zijn verdwenen.

Tabitha stapt uit bed en zoekt haar kleren bij elkaar – haar witte spijkerbroek hangt over een stoel, het zijden Trina Turk-hemdje ligt in een verkreukeld hoopje op de grond. Tabitha kan met haar hand op haar hart zeggen dat ze nog nooit zoiets heeft gedaan: met een bijna wildvreemde – oké, een wildvreemde – naar bed gaan en vervolgens in het huis van die wildvreemde wakker worden en haar kleren van de vorige avond moeten aantrekken om naar huis te gaan.

Waar is ze?

Ze kijkt uit het raam en ziet haar FJ40 in de straat staan. Yes! denkt ze. Ze herinnert zich dat Franklin heeft aangeboden hiernaartoe te rijden.

Zodra ze is aangekleed sluipt ze de trap af. 'Hallo?' zegt ze weer. Het is stil in huis. Ze loopt op haar tenen door de woonkamer, langs een mosgroene velours bank met daarop kussens in dezelfde tint, maar van verschillende materialen en met verschillende dessins. De hand van een vrouw? vraagt ze zich af. In de keuken vindt ze een pot vers gezette koffie, haar avondtasje (godzijdank!) en een briefje. Op het briefje staat: *Moest naar mijn werk. Bedankt voor een geweldige nacht! xx*

Tabitha legt het briefje neer en controleert of haar portemonnee en haar mobieltje nog in haar tasje zitten. Gelukkig, die zitten er allebei nog in.

Ze leest het briefje nog een keer. *Moest naar mijn werk.* Waar werkt Franklin eigenlijk? Heeft hij haar dat verteld? Heeft hij behalve gitaar spelen nog ander werk? Hij heeft een paar maanden in Londen gestudeerd, maar heeft hij ook gezegd wát hij daar studeerde? Ze heeft niet gezien in wat voor auto hij rijdt. Stond er een auto of een pick-up op de oprit toen ze hier aankwamen? Ze heeft geen idee. Dat moet haast wel, hoe is hij anders naar zijn werk gegaan?

Bedankt voor een geweldige nacht! Goed, het wás een geweldige nacht, maar het feit dat hij haar ervoor bedankt voelt op de een of andere manier een beetje viezig. Hij heeft het er niet over haar nog een keer te willen zien en heeft geen telefoonnummer achtergelaten.

Ze moet bekennen dat ze er kapot van is.

Het was een eenmalig avontuurtje, houdt ze zichzelf voor. Dat het voor haar een van de mooiste nachten van haar leven was wil nog niet zeggen dat hij het ook zo heeft ervaren. Mannen nemen dit soort gescharrel nu eenmaal niet serieus.

Maar hoe zit het dan met wat hij tegen haar heeft gezegd? *Ik heb nog nooit zo'n zin in iemand gehad.* Dat zegt hij waarschijnlijk tegen alle vrouwen die hij mee naar huis neemt. Waarom ook niet? Het is een heel doeltreffende zin. En dat hij haar adembenemend heeft genoemd? En die sandwich? Maakt hij die hemelse pastramisandwiches voor al zijn veroveringen? Zijn er andere veroveringen? Hij zingt in een bar – natuurlijk zijn er andere veroveringen!

En dat hij Tabitha het verhaal over Patti Prescott heeft verteld? Hij heeft haar een blik gegund in zijn liefdevolle, warme hart. Dat was een oprecht, volwassen gesprek; het was intiem.

Tabitha kan amper geloven dat hij zijn nummer niet voor haar heeft achtergelaten of haar om haar nummer heeft gevraagd. Wat ze ook amper kan geloven is hoeveel haar dat doet. Waarschijnlijk denkt Franklin dat zij zo'n vrouw is die dit aan de lopende band doet. Voor hem is het niets bijzonders. Waarom zou het voor haar dus wel iets bijzonders zijn? Ze moet het maar van zich afzetten.

Ze schenkt een kop koffie voor zichzelf in. Er staat een gespikkeld aardewerken kannetje room klaar en de suikerpot is gevuld. Ze heeft zin om in zijn ijskast en keukenkastjes te snuffelen. Ze wil de foto's op de kasten in de woonkamer bekijken; foto's van zijn familie, misschien zelfs van Patti Prescott. Maar waarom zou ze dat doen, als ze hem toch nooit meer gaat zien?

Ze neemt een slok van haar koffie en laat het kopje dan op het aanrecht staan. Wanneer hij het ziet, zal hij aan haar moeten denken. Ze komt in de verleiding haar nummer achter te laten, maar dat voelt te opdringerig en ze wil zich de komende paar dagen niet voortdurend lopen afvragen of hij haar zal bellen.

Het is een klein eiland, redeneert ze. Als hij haar echt wil zien, vindt hij daar wel een manier voor.

Wanneer ze weer in Billy's huis is, realiseert ze zich opeens dat ze niet meer is teruggebeld door Ainsley of Harper. Het is tien voor half tien en de winkel gaat pas om tien uur open, dus er zal nu nog wel niemand zijn. Tabitha is er niet van overtuigd dat Harper of Ainsley haar de waarheid zal vertellen over wat er precies aan de hand is, dus belt ze Meghan op naar mobiele nummer.

De telefoon gaat vijf keer over voordat Meghan opneemt. Ze klinkt heel, heel erg suffig. 'Hallo?'

'Meghan?' zegt Tabitha. 'Met mij. Alles goed?' Het klinkt alsof ze Meghan wakker heeft gebeld – maar het is vandaag zaterdag 1 juli. De winkel is open en Meghan hoort er te zijn.

'Met mij is alles goed,' zegt Meghan. Ze wacht even. 'Ik ben mama.'

'Wat zeg je?' zegt Tabitha. Dan dringt het tot haar door. 'O, lieve hemel! Is de baby geboren?'

'Gisteravond om acht uur,' zegt Meghan. 'Een jongetje. We noemen hem David Wayne Mitzak. Hij weegt acht pond en drie ons.'

Geheel onverwacht springen er tranen in Tabitha's ogen. Ze is zo, zo blij voor Meghan, maar ze denkt ook aan Julian. 'Ik ben dolblij voor je, Meghan. Hartelijk gefeliciteerd.'

'Dank je,' zegt Meghan. Het blijft weer even stil. 'Ik neem aan dat je over het feestje hebt gehoord?'

'Feestje?' zegt Tabitha. Zowel haar vreugdevolle als haar bitterzoete gevoelens spatten als zeepbellen uiteen. 'Welk feestje?'

'O, sorry. Ik dacht... Ik bedoel, aangezien je nog niet wist dat de baby was geboren, nam ik aan dat je belde omdat je boos was vanwege het feest in de winkel.'

Tabitha ademt luidruchtig uit door haar neus. Haar hoofd doet pijn en ze moet nodig douchen, ook al wil ze Franklins geur eigenlijk nog niet van zich afspoelen. Heeft ze ooit zulke gevoelens gehad voor een man? Nee, nooit. Maar zelfs het nagenieten verdwijnt naar de achtergrond bij het horen van de woorden 'feest in de winkel'.

'Welk feest in de winkel?' zegt ze kalm.

'Even voor de goede orde: ik wist dat je het niet goed zou vinden,' zegt Meghan. 'Ik heb gezegd dat het een heel slecht idee was, maar zij waren in de meerderheid.'

'Wie zijn zij?' zegt Tabitha. 'Harper, Ainsley en Mary Jo?'

'Mary Jo is van het eiland vertrokken,' zegt Meghan. 'Heeft Harper je dat niet verteld? Marissa en Scott hebben haar eindelijk naar Maryland gehaald.'

Eindelijk, denkt Tabitha. Dit kleine stukje goed nieuws neemt echter niet het gevoel van angst weg dat zich langzaam van haar meester maakt. 'Vertel op, Meghan, hoe zit het met dat feest?'

'Het goede nieuws is dat het veel klanten naar de winkel heeft gelokt,' zegt Meghan. 'En dan bedoel ik ook echt héél veel klanten. Er is voor meer dan zesduizend dollar verkocht voordat mijn vliezen braken.'

'Zijn op dat feest je vliezen gebroken?' zegt Tabitha. 'In de wínkel?'

'Op het tapijt,' zegt Meghan. 'Het spijt me heel erg, Tabitha. Harper zei dat ze vandaag iemand zou bellen om het te komen reinigen. Niet alleen omdat mijn vliezen braken, maar ook vanwege alles wat er is gemorst.'

'Gemorst?' zegt Tabitha. Het is een van de woorden waar ze de grootste hekel aan heeft.

'Er was punch,' zegt Meghan. 'Ze noemden het de Foxy Roxiepunch, en er zat cranberrysap in.'

'Cranberrysap!' zegt Tabitha. Ze herinnert zich dat Meghan in het ziekenhuis ligt met een baby van enkele uren oud en ze laat haar stemgeluid wat dalen. Ze wil Meghan niet van streek maken en de schuld krijgen voor het verzuren van haar melk. Tabitha wankelt naar Billy's leunstoel. Die mag dan zo lelijk zijn als een kale rat, hij zit heerlijk. Tabitha zou het liefst willen dat ze in de stoel kon wegzakken.

'En er was popcorn,' zegt Meghan. Haar stem wordt wat vrolijker en Tabitha kan horen dat ze van haar rol als klikspaan begint te genieten – dát, of de hormonen beginnen zich te roeren. Of misschien heeft Meghan al zeven jaar zitten wachten om een verpletterend nieuwtje als dit aan Tabitha te kunnen vertellen, bij wijze van wraak voor alle manieren waarop Tabitha en Eleanor haar wellicht niet goed hebben behandeld. 'En Harper had van die avocadotoastjes gemaakt, met verschillende toppings. Die waren verrukkelijk. En we hadden muziek. Heel harde muziek. Er waren mensen aan het dansen. Op Beyoncé en Prince.'

Tabitha doet haar ogen dicht en ziet de foto's op Ainsleys Snapchat al voor zich: Harper en Ainsley, die een toost uitbrengen met cranberrypunch, alvorens alles over het peperdure tapijt te morsen; Meghan die haar mond vol staat te proppen met stukjes avocadotoast, tot boven het eerdergenoemde tapijt haar vliezen breken; stelletjes die god mag weten wát aan het doen zijn in de paskamers. Vrouwen die dansen op 'Little Red Corvette' en met hun naaldhakken popcorn in het inmiddels geruïneerde tapijt trappen. Tabitha begrijpt niet waarom het zo'n schok voor haar is dat Harper het nodig heeft geacht een houseparty te organiseren in de beroemdste, stijlvolste winkelruimte op Nantucket, te midden van japonnen die tussen de zevenhonderd en veertienhonderd dollar per stuk kosten, maar dat is het wel degelijk. Het duidt op een verbijsterend gebrekkig beoordelingsvermogen, zelfs voor Harper.

Tabitha hijst zich overeind uit Billy's stoel. Ze is zo razend dat ze heel kalm blijft. Zo kalm dat ze er zelf bang van wordt. Haar volgende stap ligt voor de hand: onmiddellijk met de ferry terug naar Nantucket. Maar dat gaat ze niet tegen Meghan zeggen, want dan zegt Meghan het misschien tegen Harper en Tabitha wil Harper verrassen.

Ze doet een beroep op haar innerlijke Doris Day en veinst een houding van: *que será será*, het is niet anders. Ze zegt: 'Nu ja, het is in elk geval goed nieuws dat we iemand aan kunnen nemen om de plaats van Mary Jo in te nemen.'

'We hebben al iemand aangenomen,' zegt Meghan en haar stem hapert.

'O?' zegt Tabitha. 'Wie dan?'

'Ik denk dat je beter Harper kunt bellen,' zegt Meghan.

'Meghan, wie is het?' vraagt Tabitha.

Meghan zegt: 'O, daar zijn ze met de baby. Ik moet hem voeden. Ik stuur foto's. Bedankt voor je belletje, Tabitha. Dag!' Ze hangt op.

Terwijl Meghans naam van het schermpje verdwijnt, staart Tabitha naar haar telefoon. Harper heeft een nieuwe verkoopster aangenomen en zo te horen zal Tabitha niet blij zijn met wie het is. Natuurlijk zal Tabitha daar niet blij mee zijn! Tabitha moet ogenblikkelijk naar huis om het roer weer over te nemen.

Het eigenaardige – nee, het ronduit bizarre en nieuwe van het geval is... dat Tabitha dat helemaal niet wil. Laat Harper de winkel maar te gronde richten! Laat haar Eleanors onontkoombare toorn maar het hoofd bieden! Laat haar het hele merk maar kapotmaken – het merk ERF, dat door hun moeder in tientallen jaren is opgebouwd, waarvoor ze haar huwelijk met Billy heeft opgeofferd!

Het kan Tabitha niet schelen. Tabitha gaat zich nu eens niet opwerpen om de boel weer te redden. Tabitha gaat niet opnieuw een klap opvangen die eigenlijk voor Harper bestemd is. Tabitha blijft waar ze is. Zij en Harper hebben per slot van rekening een afspraak. Harper heeft nu de leiding op Nantucket en Tabitha hier op de Vineyard. Harper heeft haar eigen zin gedaan zonder met Tabitha te overleggen en nu... nu gaat Tabitha precies hetzelfde doen. Ze gaat dit huis renoveren, Harper kan de pot op!

Tabitha kijkt met hernieuwde energie de woonkamer rond. Ze gaat deze kikker in een prins veranderen.

Ainsley

Ze voelt zich een verrader en een schurk, maar op zondagochtend, wanneer tante Harper naar het ziekenhuis gaat om Meghan haar kraamcadeautje te geven – na een bevalling van nog geen twee uur is David Wayne Mitzak geboren – veinst Ainsley een migraineaanval.

'Ik moet slapen,' zegt Ainsley.

Harper kijkt haar sceptisch aan.

'Alsjeblieft,' zegt Ainsley. 'Het is zondag en het is pas acht uur.'

'Jij kent Meghan veel langer dan ik,' zegt Harper.

'Het is een kreng,' zegt Ainsley. 'Geintje. Doe haar de groeten van me. Maar wie noemt een baby nou Wayne? Dat is echt een naam uit zo'n western uit de oude doos.'

Harper schudt haar hoofd. 'Maar je komt er niet onderuit om

mee te gaan naar het strand,' zegt ze. 'Ramsay komt ons om twaalf uur halen.'

'Mij best,' zegt Ainsley. 'Ik zal zorgen dat ik klaarsta. Maar nu moet ik echt slapen.'

'Ik laat Fish hier om een oogje in het zeil te houden,' zegt Harper.

Ainsley trekt de sprei over haar hoofd.

Ainsley wacht tot Harper van de oprit rijdt en wacht dan nog zeven minuten extra voor het geval Harper iets is vergeten. Dan stapt Ainsley uit bed, trekt een korte broek aan en laat haar voeten in haar teenslippers glijden. Fish staat pal voor Ainsleys deur, maar Fish is een hond en geen mens; hij kan haar niet verraden.

Ainsley glipt de deur uit. Fish blaft.

Ze haast zich naar het huis van haar grootmoeder. Felipa is naar oma in Boston, dus er is niemand om voor uit te kijken. Ainsley kijkt eerst wat er op de serveertrolley staat. De Grey Goose die ze heeft meegenomen is niet vervangen. Ze overweegt de Mount Gay of de Johnnie Walker Black mee te nemen, maar ze kan niet riskeren dat tante Harper het zal ruiken.

En dus gaat Ainsley naar de kelder. De klokken slaan kwart over; Ainsley snuift de geur op van haar oma's Soir de Paris, het parfum dat haar moeder ook gebruikt. Het is de geur van haar onderdrukkers.

De kelder van Seamless is net de kelder van een mortuarium, alleen ligt het hier in plaats van met lijken vol met paspoppen zonder hoofd, waar Ainsley als klein meisje al doodsbang voor was en nu nog steeds. Omdat het altijd een dankbaar onderwerp van gesprek is heeft Tabitha er, ondanks Ainsleys protesten, eentje *in hun woonkamer* gezet. Ainsley moet als kind een keer een nachtmerrie hebben gehad over de poppen, dat ze opeens tot leven kwamen of om hun ontbrekende hoofden en ledematen schreeuwden, want ze kan haar angst niet wegredeneren. Ze weet dat ze van paardenhaar en schuimplastic zijn, maar ze doen haar aan misvormde lichamen denken.

Ainsley houdt haar adem in, precies zoals haar vriendinnen dat altijd deden wanneer ze langs een van Nantuckets vele kerkhoven reden, en ze rent snel langs de poppen naar de achterwand van de kelder, waar de drankvoorraad van haar oma in dozen staat opgestapeld.

Een fles Grey Goose. Eén fles maar, ook al overweegt ze even om er twee te pakken. Terwijl de poppen in zwijgende afkeuring toekijken, rent ze terug naar de trap.

Door de dunne witte gordijnen voor Eleanors raam aan de voorkant van het huis ziet Ainsley Caylees oranje jeep al aankomen. Dan ziet ze ook Caylee zelf, gekleed in de smaragdgroene Roxie. De Roxie is een japon voor oudere dames, maar op de een of andere manier staat hij Caylee fantastisch. Ze draagt er huidkleurige lakleren hakken bij, die haar benen eindeloos lang doen lijken. Haar haar is steil en glanzend en ze draagt een zonnebril met glazen die aan kattenogen doen denken.

'Hoi!' zegt Ainsley tegen Caylee terwijl ze naar buiten loopt.

Caylee zwaait en loopt op haar hoge hakken over het grind naar Ainsley toe. 'Wat heb je daar, Ainsley?'

Ainsley houdt de fles omhoog. 'Shotjes,' zegt ze. 'Geintje. Ik wilde een cocktail gaan maken, een screwdriver. Wil je er ook een? Ben je op weg naar een brunch?' Ainsley weet dat Caylee honderden vriendinnen heeft, allemaal even leuk, en dat haar leven, als ze niet aan het werk is, bestaat uit een wervelwind van drankjes, etentjes, concerten, strandfeesten en brunches. Ainsley kan niet wachten tot ze zelf wat ouder is.

'Ik kom net uit de kerk,' zegt Caylee. Ze haalt een bos hortensia's achter haar rug vandaan. 'In Main Street stond een vrouw deze te verkopen en toen moest ik aan jou denken.' Ze laat het boeket zakken in een gebaar van verslagenheid. 'Ik snap dat je ervan baalde toen je vroegere vriendinnen zo de winkel binnenkwamen... maar, Ainsley, je moet niet drinken. Je bent pas zestien.'

Ainsleys mond valt open. Ze kan bijna niet geloven dat Caylee dit niet oké vindt.

'Ik meen het, Ainsley,' zegt Caylee. 'Zet die fles terug waar je hem hebt gevonden.'

'Hij is van mij,' zegt Ainsley.

'Hij is niet van jou,' zegt Caylee. 'Je komt net uit het huis van je oma. Blijkbaar heb je hem gestolen...'

'Ik heb helemaal niks gestolen!' zegt Ainsley. 'Ik wóón hier.' Ze slikt; het voelt alsof er een walnoot in haar keel zit. 'Je kunt nu beter weggaan. Ga weg. Ga van mijn land.'

'Met alle plezier,' zegt Caylee. 'Maar ik ga wel Harper bellen om haar dit te vertellen.'

'Om haar wát te vertellen?' zegt Ainsley. Ze tilt de fles uitdagend op. Ze is zo kwaad, zo verontwaardigd, dat ze hem het liefst stuk zou smijten. 'Deze fles is van míj!'

'Ainsley.'

'Ik dacht dat je mijn vriendin was!' zegt Ainsley. De tranen springen haar in de ogen, maar huilen waar Caylee bij is, is wel het laatste wat ze wil.

Plotseling zijn Caylees armen om haar heen. 'Hé,' zegt ze. 'Ik bén je vriendin. En juist daarom sta ik erop dat je nu die wodka terug gaat zetten. Ik ga wel met je mee.'

Ainsley haalt een keer diep adem. Ze wil tegen Caylee zeggen dat ze er niet op kan staan dat Ainsley iets doet. Caylee is niet haar baas; Caylee is niet haar moeder, haar tante of haar zus. Caylee zou eigenlijk niet eens in de winkel mogen werken. Ainsley hoeft alleen haar moeder maar te bellen en Caylee wordt ontslagen. Maar wanneer Ainsley haar mond opendoet, begint ze te snikken. Ze is zo in de war en zo, zo ontzettend verdrietig. Dat Teddy het heeft uitgemaakt is al erg genoeg, maar daarna ook nog die schorsing op school – hoe zal dat staan in haar schooldossier? – en vervolgens was ze verraden door haar vriendinnen. Emma en Candace hebben haar huis met eieren bekogeld! Maar op het moment dat ze samen de boetiek binnen kwamen wandelen, was Ainsley dom en ellendig genoeg om weer wat hoop te krijgen. Het leed geen twijfel dat het feestje dat ze in de boetiek hadden georganiseerd heel erg cool was.

Dat het cool genoeg was om haar vrienden binnen te lokken was iets waar Ainsley geen rekening mee had gehouden tot zij ze zag binnenkomen. Maar ze waren alleen gekomen om Ainsley met een giftige pijl over Teddy en Candace tussen de ogen te schieten. Teddy nam Candace mee uit eten bij Ventuno, terwijl hij ooit had beloofd Ainsley daar een keer mee naartoe te nemen omdat de vriendin van zijn oom Graham, Marcella, daar in de bediening werkte en hen wijn zou laten bestellen. Misschien was het grootspraak geweest van Teddy – waarschijnlijk wel, maar ook zonder die wijn zou er nog steeds kaarslicht zijn en heerlijk Italiaans eten en Teddy, die Candace' hand vasthield en de bloem in haar haar bewonderde.

En daar kwam dan nog bij dat Ainsleys moeder was vertrokken, dat haar grootmoeder was vertrokken en dat haar vader haar nooit terugbelt. Wie blijven er dan nog over? Tante Harper en Ramsay, die allebei medelijden met haar hebben, dat weet ze zeker.

Ze laat zich door Caylee meevoeren, terug naar het huis van haar oma. Caylee wacht in de deuropening terwijl Ainsley de Grey Goose op de serveertrolley zet. Caylee haalt een papieren zakdoekje uit haar tasje en geeft het aan Ainsley, die er haar ogen mee droogt.

'Ga je straks met ons mee naar Ram Pasture?' vraagt Ainsley.

'Ik ga vandaag naar Nobadeer met andere vriendinnen,' zegt Caylee. 'Ik denk trouwens niet dat Ramsay mij er graag bij wil hebben.'

'Waarom niet?' zegt Ainsley. 'Ik dacht dat jullie nog vrienden waren.'

'Dat zijn we ook,' zegt Caylee. 'Maar ik denk dat hij belangstelling heeft voor je tante.'

'Mijn tante?' zegt Ainsley.

'Dat gevoel heb ik,' zegt Caylee.

'O,' zegt Ainsley. Ze weet niet goed wat ze daarvan moet denken. Ze mist Ramsay verschrikkelijk en zou hem graag terug willen in haar leven, maar het zou niet eerlijk zijn als Ramsay het met Harper aanlegt. Arme Tabitha! 'Nou, bedankt voor de bloemen.'

Ze ruikt eraan. 'En bedankt dat je even langs bent gekomen.'

'Zullen we volgende week een keer samen gaan ontbijten?' zegt Caylee. 'Ik weet een leuk tentje. Bijna niemand kent het nog.'

'Oké,' zegt Ainsley. Het is gewoon gênant hoe blij ze is met de uitnodiging – maar opeens is ze bang dat Caylee haar als een soort liefdadigheidsgeval beschouwt, een tiener zonder vrienden en vriendinnen. Ze kan Caylees aanbod afslaan – ze ontbijt nooit – maar haar eenzaamheid wint het toch. 'Woensdag misschien?'

Harper

Ze besluiten Harpers Bronco te nemen om naar Ram Pasture te rijden.

'Die auto is voor het strand gemáákt,' zegt Ramsay. 'Ben ik ook eindelijk eens cool.'

'Zo ver zou ik nu ook weer niet willen gaan,' zegt Ainsley.

Terwijl ze alles in de Bronco laden, heeft Harper het gevoel deel uit te maken van een gezin. Ramsay is de vaderfiguur, Harper de moeder, Ainsley het kind en Fish de hond. Het is een heel apart gevoel. Harper is niemands moeder, Ramsay is niemands vader en Ainsley is eigenlijk geen kind meer. Fish is in elk geval een hond. Misschien juist omdat het een kunstmatige constructie is, is het leuk – alsof ze een rol spelen. Ramsay laadt drie stoelen in, een stuk of zes handdoeken, *The New York Times* van zondag, een gloednieuwe pocket van Carl Hiaasen en een frisbee. Wanneer hij de frisbee ziet begint Fish meteen al te blaffen.

Harper gaat over het eten en drinken. Ze heeft broodjes met gegrilde kip gemaakt, een klassieke picknick-macaronisalade, gesuikerde perziken en limoensuikerkoekjes. Ze vult een koeltas met een ruime voorraad koude flessen water.

'En dit,' zegt Ramsay, terwijl hij haar een fles in een papieren zak aanreikt.

Het is een fles Rock Angel-rosé. Harper rolt met haar ogen. 'Jij ook al?'

'Ik dacht dat alle chique vrouwen graag rosé drinken op het strand. Je zus is er dol op.'

'Ik ben mijn zus niet,' zegt Harper. 'Normaal gesproken drink ik bier, maar mijn maag doet de laatste tijd een beetje raar.' Ze had vanmorgen na haar ontbijt bijna moeten overgeven, ze voelt zich constant duizelig en een beetje wankel op haar benen, alsof ze net uit een kermisattractie is gestapt.

'Laten we de fles nou maar gewoon meenemen,' zegt Ramsay. 'Alsjeblieft?'

Harper haalt de fles uit de zak en zet hem in het ijskoude bad van de koeltas. Ze gaat er niet te veel aandacht aan besteden. Het wordt vandaag een gezellige dag. Vandaag zijn ze een gezin uit een sprookjesboek, zonder ruzies, zonder ondeugden, zonder geschiedenis.

Ze rijden met de Bronco Madaket Road uit en Ramsay wijst Harper waar ze linksaf moet. Ze draaien de onverharde Barrett Farm Road op; daar begint een slingerende, behoorlijk hobbelige reis over een open vlakte die Harper doet denken aan foto's die ze heeft gezien van de Afrikaanse savanne. Het is hier zo anders dan op de Vineyard. De Vineyard heeft heuvels en bomen – zowel naald- als loofbossen. Nantucket daarentegen is vlak, met lage vegetatie die het makkelijk maakt om in de verte het blauwe lint van de oceaan te zien. Aan haar linkerhand ziet ze een meer en rimpelroosstruiken met hun mooie roze bloemen. Boven haar hoofd cirkelt een roodstaartbuizerd. Heeft die buizerd de kleine achttien kilometer naar de Vineyard wel eens afgelegd? vraagt ze zich af.

Ze mist Reed. Het gemis is er constant, als een pijn in haar hart, een pijn in haar buik. Hij is bij zijn vrouw weg en werkt niet meer in het ziekenhuis. Niemand weet waar hij is. Denkt hij aan Harper? Denkt hij aan niets anders dan Harper? Weet Sadie waar hij is? Bellen ze met elkaar? Is dat verlof van zijn werk permanent? Is hij ontslagen? Als hij ontslagen is, gaat hij dan ergens anders werken en zo ja, wáár?

Eet hij? Drinkt hij? Rookt hij? Leest hij? Fietst hij?

Heeft Harper zijn leven verwoest? Neemt hij haar dat kwalijk? Dat is wat ze het liefst wil weten. Hun relatie – de verhouding – was een gemeenschappelijk besluit, net zo goed het zijne als het hare, maar misschien heeft Reed het gevoel een hogere prijs voor hun misstap te hebben moeten betalen dan zij.

Harper zou hem graag willen vertellen dat het haar ook veel heeft gekost. Ze is ontslagen. Het laatste restje van haar goede naam is ze nu ook kwijt. Maar wat ze het allerergste vindt is dat ze hém kwijt is.

Ze vraagt zich af of de relatie met het overlijden van Billy ook uit zichzelf een zachte dood zou zijn gestorven. De omstandigheden die hen hadden samengebracht waren veranderd. Wat zouden ze nog met elkaar gemeen hebben gehad?

'Je bent zo stil,' zegt Ramsay, haar wekkend uit haar overpeinzingen.

Ze schenkt hem een glimlach. 'Sorry,' zegt ze. 'Ik zat een beetje te denken.'

'Waaraan?' vraagt hij.

Harper kijkt in de binnenspiegel. Ainsley heeft haar gezicht in Fish' hals begraven en neuriet mee met de radio.

'Het gebruikelijke,' zegt ze.

Het strand is fantastisch – een brede strook zand die zich zowel links als rechts uitstrekt, met zo te zien maar een paar andere mensen, helemaal in de verte. De golven beuken op het zand en Fish rent naar de waterkant en geeft blaffend uiting aan zijn blijdschap, zijn gevoel van verademing. Hij heeft de zee gemist.

Ramsay zet een gestreepte parasol op en klapt de stoelen uit. Die van Harper zet hij uit de zon, met twee keurig opgevouwen handdoeken erop en een flesje koud water in de bekerhouder op de armleuning. Ainsley legt haar handdoek op het zand en stormt dan gillend van plezier het water in.

Harper volgt haar voorbeeld en duikt in een binnenrollende golf. Dit is voor haar de eerste keer deze zomer en het water is zalig. Ze heeft haar voorliefde voor koud water overgehouden aan al die zomers die zij en Tabitha in hun jeugd in het Wyonegonic Camp doorbrachten, waar ze altijd in Moose Pond zwommen. Al watertrappend tuurt Harper naar de horizon. De dag is zo kristalhelder dat ze in de verte de Vineyard kan zien liggen.

Chappy. Wat ze ziet is de kustlijn van Chappaquiddick.

Brendan, Drew, Reed – die zijn allemaal daarginds.

Ze draait zich om naar het strand. Ainsley loopt net het water uit en spettert Ramsay nat. Ramsay heeft zijn bril afgezet; hij lijkt opeens jonger en het kost Harper geen enkele moeite hem voor zich te zien in een padvindersuniform, voorzien van de uitdagendste vaardigheidsinsignes: EHBO, maatschappij en samenleving, reanimatie. Hij knijpt zijn ogen tot spleetjes en zwaait min of meer in haar richting.

In de loop van de dag begint Harper zich beter te voelen – rustiger, minder verloren. Zij en Ramsay gaan op de deken onder de parasol zitten om te lunchen. Ainsley is op haar buik op haar handdoek liggend in slaap gevallen en Harper, in haar moederrol, bedekt haar rug en schouders met haar sarong opdat ze niet verbrandt.

De picknick is verrukkelijk, al zegt Harper het zelf.

Ramsay zegt: 'Ik kan er gewoon niet over uit hoe goed jij kunt koken.'

Harper lacht: 'Het is maar een sandwich.'

'Nou, je zus had al moeite met een kommetje muesli,' zegt hij.

'Net als mijn moeder,' zegt Harper.

'Toen je zo-even zei dat je aan het gebruikelijke dacht, besefte ik opeens dat ik bijna niets van je weet,' zegt Ramsay. 'Ben je ooit getrouwd geweest?'

'Nooit getrouwd, geen kinderen,' zegt Harper.

'Dat is best bijzonder, toch?' zegt Ramsay. 'Jij en Tabitha zijn bijna veertig en geen van beiden ooit getrouwd geweest?'

'Laten we zeggen dat dat de schuld van onze ouders is,' zegt Harper.

'Heb je op de Vineyard iemand die veel voor je betekent?' vraagt Ramsay.

Harper haalt haar schouders op. Het is te ingewikkeld om uit te leggen. 'Het was het goede moment om weg te gaan. Ik kan nog steeds bijna niet geloven dat ik van Tabitha mocht blijven. Ze zal er zelf wel hard aan toe zijn geweest om er even tussenuit te gaan.'

'Dat klopt,' zegt Ramsay. 'Leg me eens uit hoe het kan dat zij zo gestrest is en jij zo ontspannen. Is dat altijd zo geweest?'

Is dat altijd zo geweest? Tabitha was altijd op zoek geweest naar bevestiging, terwijl Harper altijd vond dat anderen, als ze haar niet aardig vonden, op konden vliegen. Harper was van nature lui en snel afgeleid. Het was haar ternauwernood gelukt om haar opleiding aan Tulane af te maken, Bourbon Street was gewoon te verleidelijk. Toen ze eenmaal volwassen waren, leken de verschillen tussen de tweeling alleen maar sterker en duidelijker te worden – hoewel: wat wist Harper eigenlijk echt van Tabitha's leven van de afgelopen veertien jaar? Na de week die voorafging aan Julians dood heeft Harper haar zus niet meer gezien.

Harper had zich nooit zó verbonden gevoeld met haar zus als tijdens die beladen, verschrikkelijke dagen. De breuklijnen die waren ontstaan door de scheiding van Eleanor en Billy waren langzaam aan het genezen en bijna geheeld. Tot die laatste avond. Die laatste avond was de band definitief verbroken.

'Ze heeft een kind verloren,' zegt Harper. 'Daardoor verandert iemand.'

'Ze laat dat verlies al het goede in haar leven overschaduwen. Dat doet ze nog steeds. Ze stelt zich niet open voor de kans op toekomstig geluk, echt geluk.'

'Met jou, bedoel je?'

'Ik wilde een kind met haar,' zegt Ramsay. 'Ik had de woorden nog niet uitgesproken of Tabitha zei al dat ik kon vertrekken.'

Harper knikt. Ze heeft opeens het gevoel dat ze haar zus in bescherming moet nemen. Ze begrijpt waarom Ramsay een kind wilde, maar ze realiseert zich ook dat Tabitha daar nooit in zou hebben toegestemd. In geen geval. Het onderwerp is te complex en te gevoelig om het er verder nog over te hebben en Harper is niet van plan haar dag erdoor te laten verpesten. 'Jij kent mijn zus veel beter dan ik. Ik ken haar al heel lang niet meer.'

'Je hebt me niet verteld wat er tussen jullie is voorgevallen,' zegt Ramsay. 'Toen ik je ernaar vroeg in de brouwerij, begon je meteen over iets anders.'

'En niet zonder reden,' zegt Harper. Ze staat op. 'Wat dacht je van een glas van die rosé?'

De middagzon schijnt genadeloos terwijl Harper van haar wijn nipt en Ramsay in zijn stoel de kruiswoordpuzzel in de *Times* zit te maken. Harper ligt op de deken *Valley of the Dolls* te lezen, een boek dat ze in Tabitha's boekenkast heeft gevonden en waarin binnenin in potlood Eleanors naam geschreven staat. Harper heeft het nooit gelezen, maar ze weet dat het destijds pikant en aanstootgevend was en vindt het grappig zich Eleanors shock – en misschien wel plezier – voor te stellen om zoveel seks en pillen. Héél veel pillen!

Ramsay kijkt op van zijn puzzel. 'Myanmar, naar JFK. Vijf letters.'

'Birma,' zegt Harper zonder op te kijken.

'Nou ja!' zegt Ramsay.

'Je zou het niet zeggen, maar ik heb een bijzonder exclusieve opleiding gehad,' zegt Harper. 'Eerst Winsor en daarna Tulane.'

'Tulane?' zegt Ramsay. 'Indrukwekkend.'

'Dat valt wel mee,' zegt Harper. 'Ik heb het met mijn hakken over de sloot gehaald. Ik ben zo ongeveer afgestudeerd in borrelen bij Pat O'Brien's.'

'Je hebt me nooit verteld wat voor werk je doet,' zegt Ramsay.

'Tot voor kort bezorgde ik pakketjes voor een of ander piepklein bedrijfje, de Rooster Express,' zegt ze. 'Daarvoor heb ik van alles en nog wat gedaan: ijsbolletjesschepper, serveerster, hovenier, drugskoerier.'

Ramsay schiet in de lach en Harper buigt zich weer over haar boek.

Wanneer Ramsay de laatste rosé in zijn glas heeft geschonken, komt hij naast Harper liggen. Harper kijkt meteen naar Ainsley; die ligt nog te snurken op haar handdoek. Harper is vergeten hoe lang en diep tieners kunnen slapen. Fish ligt in de schaduw achter Ramsays stoel te dommelen.

'Ik heb genoeg zon gehad,' zegt Ramsay.

Hij ligt te dicht bij Harper. Ze gaat zitten. 'Ik denk dat ik wel wat zon kan gebruiken.'

'Je hoeft niet op te staan,' zegt Ramsay. Hij steekt blindelings – hij heeft zijn bril niet op – een hand naar haar uit, die op haar dij belandt. Ze schrikt ervan en reageert door hem een tik op zijn hand te geven. Het is bedoeld als een blijf-met-je-handen-van-me-af-tikje, maar uiteindelijk lijkt het meer speels dan streng. Het kleine beetje wijn dat ze heeft gedronken stijgt naar haar hoofd en voor ze het weet rollen ze stoeiend over de deken. Ze probeert zich aan hem te ontworstelen, maar op een gegeven moment ligt ze met haar handen boven haar hoofd, terwijl hij haar polsen omklemt, en Ramsays gezicht vlak boven het hare.

'Ramsay,' zegt ze. 'Doe dat nou niet.' Ze krabbelt resoluut overeind. Fish blaft.

Ramsay steekt zijn handen in de lucht. 'Whoa,' zegt hij. 'Over gemengde signalen gesproken.'

Heeft ze hem gemengde signalen gezonden? Als ze dat heeft gedaan, heeft ze het niet zo bedoeld. Ze had nooit met Ramsay naar het strand moeten gaan.

Harper staart hem aan. Ze weet even niet wat ze moet zeggen. Ramsay is een lieve, betrouwbare man. Ze houdt van zijn gestructureerde orde en netheid, die bekakte kleding, die bril met hoornen montuur, zijn kalmte en zijn oprechte verlangen om te helpen.

Hij is Clark Kent en Superman ineen. Tot nu toe althans. Nu is hij gewoon een man op de versiertoer. Harper denkt er niet aan weer iemand zo dichtbij te laten komen en Tabitha's ex al helemáál niet.

'Je zei vanmiddag dat je helemaal niets van mij weet. En dat klopt ook wel. Ik realiseer me heel goed dat ik sprekend op Tabitha lijk en het moet verwarrend voor je zijn om erachter te komen dat we zo anders zijn – elkaars tegenpolen zelfs.' Ze blijft Ramsay de hele tijd aankijken, ook al vindt ze dat lastig; zijn gezicht verschrompelt bijna van teleurstelling. Ze kijkt naar Ainsleys borst die op- en neergaat op haar in- en uitademing van de zeelucht en vervolgens kijkt ze naar de golven die op het strand rollen en zich weer terugtrekken. Dit is niet haar eiland. Dit is een plek waar ze op bezoek is. Een plek die ze leent. 'Je moet me echt geloven als ik zeg dat een nieuwe vriend wel het laatste is waar ik op dit moment behoefte aan heb.'

Ramsay weet precies de goede vraag te stellen: 'Waar heb je dan wel behoefte aan?'

Harper schenkt hem een klein, verdrietig glimlachje. 'Een vriend-vriend,' zegt ze. Fish blaft. 'Een menselijke vriend.'

'Op mij kun je rekenen,' zegt Ramsay.

Ainsley

Woensdagochtend om half negen treft ze Caylee op de hoek van Broad en Water Street om te gaan ontbijten. Caylee begroet haar met een enthousiaste omhelzing en een zoen op haar wang, alsof ze een studiegenootje is of een hartsvriendin, en Ainsley voelt zich groeien.

Maandag heeft ze met Caylee in de winkel gestaan en hoewel Caylee beleefd en zelfs aardig tegen Ainsley was geweest, was er toch een soort gereserveerdheid – dat dacht Ainsley althans: geen gebabbel, geen vertrouwelijkheden. Ainsley was bang dat Caylee haar niet meer de moeite waard vond om vriendinnen mee te worden of onder haar vleugels te nemen. Ainsley had haar teleurgesteld. Hoe had ze Caylee zo ontzettend verkeerd kunnen begrijpen? Caylee was een goed mens in een cool lichaam, terwijl Emma een slecht mens was in een cool lichaam. Caylee kwam net uit de kerk en was even langsgekomen met bloemen voor Ainsley, als teken van solidariteit; ze had de Roxie aangehad omdat het een geschikte jurk voor de kerk was én omdat ze er reclame mee maakte voor het merk waarvoor ze werkte. Ainsley huivert bij de gedachte aan de teleurstelling die Caylee moest hebben gevoeld toen ze Ainsley met die fles wodka in haar handen zag – die ze wel degelijk uit Eleanors huis had gestolen. En toen had ze Caylee verteld om op te hoepelen, iets wat je zegt wanneer je vijf jaar bent of zo.

Ainsley snapt dat ze haar leven zal moeten beteren, omdat ze anders iedereen zal kwijtraken om wie ze geeft. Dinsdag was Caylees vrije dag, dan werkte Ainsley samen met tante Harper, maar dinsdagavond stuurde Ainsley Caylee een sms'je met de tekst*: Gaan we morgen nog ontbijten?*

Caylee had meteen gereageerd: *Reken maar*.

Vroeger vond ze het leuk om 'naar de stad' te gaan – en ja, Ainsley weet best dat je die paar vierkante kilometer Nantucket amper 'stad' kunt noemen, maar daar is ze nu eenmaal mee opgegroeid. Nu is het een plek vol valkuilen. Ainsley kan hier elk moment iemand van school tegen het lijf lopen en daarom houdt ze haar dagelijkse route de laatste tijd simpel: thuis, werk, thuis. Ze is niet meer naar Force Five geweest om bikini's te passen; ze heeft geen leuke oorbellen meer gekocht bij Jessica Hicks; ze heeft geen ijs meer gehaald bij de Juice Bar. Maar wanneer Caylee Ainsley een arm geeft, voelt ze zich beschermd. Ainsley laat zich door Caylee meevoeren naar de overkant van Broad Street en de trap van een victoriaans huis.

'Ainsley?'

Ainsley kijkt opzij. Bij de deur staat Teddy, gekleed in een uniform van een kakibroek en een wit poloshirt met daarop de naam van het etablissement: 21 Broad.

'Wat doe jij hier?'

Wacht even. Ainsley is in verwarring. Caylee zei dat ze gingen ontbijten in een zaakje dat nog bijna niemand kende en nu staan ze bij de ingang van het hotel waar Teddy werkt. Straks denkt hij nog dat ze hem stalkt. Ainsley doet een stap naar achteren, maar Caylee houdt haar arm stevig vast.

'Wij komen ontbijten,' zegt Caylee. 'Ik ben uitgenodigd door de eigenaar.'

Teddy kijkt van Ainsley naar Caylee en weer terug. Zo te zien is hij ook in de war, maar misschien ook wel onder de indruk. 'Die kant op,' zegt Teddy.

Achter het hotel bevindt zich een charmante veranda, waar op lange houten tafels het zogenaamde ontbijtbuffet staat uitgestald. Ainsley had zich niet echt verheugd op het eten, maar ze heeft nog nooit een ontbijt gezien dat er zo verleidelijk uitzag als dit. Er staan lokaal gebrande koffie en biologische thee, glazen kannen vruchtensap in de schitterendste kleuren en een schaal vers fruit – grote bessen en vijgen en stukjes perzik en pruim, parten watermeloen en sappige ananasringen. Er staan twee soorten smoothie – boerenkool en aardbeien – en er liggen versgebakken scones met dikke room en guavejam. Er staat *overnight oatmeal*, koude havermoutpap die al een nachtje heeft staan weken, met rozijnen, noten en gedroogde kersen en een schaal met een uitgebreid assortiment aan kazen, vleessoorten en gerookte vis.

Caylee kiest een tafeltje in de hoek. Dan neemt ze Ainsley mee naar het buffet en beginnen ze hun bordjes te vullen.

'Dit is echt het mooiste ontbijt dat ik ooit heb gezien,' zegt Ainsley. 'Hoe heb je deze zaak ontdekt?'

'De eigenaar kwam vaak in de Straight Wharf,' zegt Caylee. 'Hij vertelde me erover en nodigde me uit het een keer te komen proberen.'

'Bofferd,' zegt Ainsley.

'Die baan had wel meer voordelen,' zegt Caylee. 'Ik mis het wel.'

Ainsley voelt een steek van angst. 'Maar je werkt toch ook graag in de boetiek?'

'Natuurlijk,' zegt Caylee.

Ainsley haalt opgelucht adem. Het ergste wat er nu zou kunnen gebeuren is dat Caylee ontslag zou nemen bij de winkel en weer achter de bar gaat staan.

'Ik ben zo kwaad over de manier waarop ik mijn baan ben kwijtgeraakt,' zegt Caylee. 'Ik heb wraakdromen over de man die me vastpakte. In die dromen steek ik een kurkentrekker in zijn oog.'

'Gezellig,' zegt Ainsley.

'Wil je koffie?' vraagt Caylee.

'Beter van niet,' zegt Ainsley. Haar hart voelt als een platte steen die over een glad wateroppervlak stuitert. Teddy Teddy Teddy. Ainsley denkt de hele dag aan hem, maar hem nu opeens te zien heeft haar in verwarring gebracht. Ze had gehoopt dat ze hem in gedachten knapper had gemaakt dan hij in werkelijkheid is. Het slechte nieuws is dat hij in levenden lijve nog aantrekkelijker is en dat ze nu nog heviger naar hem verlangt, wat ze niet voor mogelijk had gehouden.

'Was dat een vriend van jou, die daar buiten stond?' vraagt Caylee, terwijl ze een halve aardbei aan haar vork prikt.

'Mijn ex. Hij is nu met Candace, dat meisje met het rode haar dat tijdens het feest in de winkel was.'

'Hoe lang hebben jullie verkering gehad?' vraagt Caylee.

'Het hele afgelopen schooljaar,' zegt Ainsley. 'Hij was nieuw. We zijn op de eerste schooldag vrienden geworden en tegen het eind van de week hadden we verkering.' Het lijkt een mensenleven geleden, maar Ainsley herinnert zich nog precies hoe opgewonden ze allemaal waren omdat er *een nieuwe jongen* in hun klas kwam. Ainsley, Emma, Maggie en Candace waarschijnlijk ook – ze vonden het allemaal spannend en wie kon hun dat kwalijk nemen? Ze hadden allemaal al sinds de kleuterschool rondjes gezwommen in de troebele visvijver van de openbare scholen op Nantucket. In de loop der jaren hadden ze kinderen zien komen en gaan, maar voornamelijk gaan. Danny Dalrymple en Charlotte Budd gingen naar kostschool en Saber Podwats' ouders verhuisden naar Swampscott omdat ze het zich niet meer konden veroorloven om op Nantucket te wonen.

Emma was de eerste die Teddy had gezien, omdat ze allebei met de auto naar school waren gekomen en vlak bij elkaar hadden geparkeerd.

Bereid je voor op een teleurstelling, had Emma ge-sms't. *Hij ziet eruit alsof hij net van zo'n stomme rodeo komt #alleendesporenontbrekennog.*

Het toeval wilde dat Teddy met Engels bij Ainsley in de klas kwam en voordat meneer Duncombe iedereen een vaste plek had toegewezen, al naast Ainsley was komen zitten. Hij droeg een Wrangler-spijkerbroek, een flanellen overhemd over een wit T-shirt, cowboylaarzen en een kruisje aan een leren koordje om zijn nek.

Alleen de sporen ontbreken nog, dacht Ainsley. Stomme rodeo. Maar lelijk was Teddy niet – verre van dat. Hij had kastanjebruin haar, sproeten op zijn neus, krachtige schouders, lange benen. Op zijn kleding knapte ze af, maar Ainsley wist beter dan wie ook dat nieuwe kleren zo gekocht waren. In een T-shirt van Force Five, een korte broek van ruitjesstof en een paar Reef-sandalen zou hij echt een lekker ding zijn.

Hij keek heel serieus voor zich uit en zijn groene ogen concentreerden zich op het schoolbord dat, op meneert Duncombes naam en e-mailadres na, nog helemaal leeg was. Ainsley herinnerde zich de verhalen die ze al had gehoord – vader dood, moeder suïcidaal en opgenomen in een inrichting, zoon twee derde van het land door gestuurd en vervolgens vijftig kilometer over zee. Waarschijnlijk voelde hij zich als een longhorn stier die midden in een bassin met orka's wordt gedumpt.

Ainsley tikte op de rand van zijn tafeltje om zijn aandacht te trekken. 'Hoi,' zei ze. 'Ik ben Ainsley Cruise. Welkom op de Nantucket High School.'

Hij keek haar aan met een lome cowboyglimlach, een en al opluchting en dankbaarheid. 'Dank je,' zei hij.

Die eerste week had Ainsley zich tot taak gesteld Teddy Elquot het gevoel te geven dat hij hier welkom was. Ze wees hem waar het handvaardigheidslokaal was, ze nodigde hem uit bij haar aan tafel te komen zitten in de kantine, ze stelde hem voor aan BC en Maxx Cunningham en Kalik en D-Ray en de andere populaire jongens en drong er bij hen op aan aardig voor hem te zijn.

Emma was net zo sceptisch en grof als anders en grapte dat Ainsley haar verplichte uren dienstverlening invulde met aardig zijn voor Woody uit *Toy Story*. Dat, óf ze hoopte eindelijk haar maagdelijkheid eens te verliezen en was het niet algemeen bekend dat cowboys fors geschapen waren?

Ainsley negeerde Emma's opmerkingen – als ze hem ging lopen verdedigen zou dat Emma's vuurtje alleen maar aanwakkeren – en merkte dat ze Teddy werkelijk graag mocht. De eerste dagen op school was het nog erg warm en Teddy had de beschikking over de pick-up van zijn oom, dus liet Ainsley hem elke dag een ander strand zien. Vrijdag waren ze op Smith Point, waar de kustlijn van Tuckernuck zo dichtbij was dat Teddy er een honkbal naar kon gooien. Hier haalde Ainsley hem over zijn laarzen en jeans uit te trekken en een duik in zee te nemen. Hij had gegild van angst en kou – ook al was het water begin september op z'n warmst – en moest bekennen dat dit zijn eerste keer in zee was.

Toen ze na afloop samen op de badhanddoek zaten en Teddy zich koesterde in de late middagzon, begon hij Ainsley van alles te vertellen: zijn vader was een held, een van de eerste brandweerlieden ter plaatse bij een enorme industriële brand. Hij was om het leven gekomen in een chemische explosie. Zijn moeder was vóór het ongeluk geestelijk al niet al te sterk, maar erna was ze helemaal geflipt.

Ze sloot zich dagenlang op in haar slaapkamer, vertelde Teddy. *Ze maakte geen eten klaar, deed geen boodschappen, douchte niet. Ten slotte heb ik zelf 911 gebeld. Toen mijn moeder eenmaal in een inrichting was opgenomen, greep mijn vaders jongere broer in. Oom Graham. Hij heeft me behoed voor de pleegzorg.*

Oom Graham was cool, maar wat hij van Nantucket vond wist Teddy nog niet precies.

Alles is hier zo kil, zei Teddy. *Echte Yankees.*

Thuis in Oklahoma, zei hij, was een overvloed aan zon, voetbal, open ruimte – lange wegen, boerderijen van vierhonderd en ranches van vierduizend hectare – barbecue, en goede muziek.

Wat versta jij onder goede muziek? vroeg Ainsley.

Hij had haar een nummer laten horen van Jon Pardi, 'Head Over Boots', en toen dat was afgelopen en de zon onderging, had hij haar gekust.

Ze kregen verkering. Ainsley kocht een paar truien van J. Crew, een paar T-shirts met lange mouwen en een nieuwe spijkerbroek voor hem. Hij verving zijn laarzen door Nikes. Emma vond het goed dat hij tussen de middag aan hun tafeltje kwam zitten, maar bewaarde toch nog wat afstand. Ze noemde hem Woody waar hij bij was en deed zijn accent na. Ainsley wist dat Emma jaloers was, maar ze had geen idee of Emma Teddy voor zichzelf wilde, of dat ze het niet leuk vond dat Ainsley minder tijd en aandacht voor haar had.

Ainsley vertelde Teddy dingen die ze eigenlijk nog nooit iemand had toevertrouwd – over haar ouders en dat ze uit elkaar waren gegaan, haar vader die van het eiland was vertrokken en een nieuw gezin had gesticht, Ainsley in feite achterlatend in een tweevrouwsdictatuur. Ainsley vertelde Teddy zelfs over haar broertje, Julian, dat te vroeg was geboren en op een nacht gewoon was gestopt met ademen, waardoor Tabitha een emotioneel wrak was geworden.

Ainsley en Teddy gingen pas met Thanksgiving voor het eerst met elkaar naar bed. Ainsley had samen met haar moeder en oma bij Ramsay thuis gegeten, met Ramsays familie. Tabitha, die voor de verandering eens een goede dronk had, nam Ainsleys gezicht tussen haar handen en noemde haar lieverdje en honnepon. Ze kwam niet goed meer uit haar woorden en Ainsley kon niet wachten om naar buiten te gaan, waar Teddy op haar stond te wachten in oom Grahams pick-up. Teddy en oom Graham waren naar Faregrounds geweest voor hun thanksgivingdiner – een groot bord kalkoen met alles erop en eraan voor $19,95, inclusief een tweede en derde portie – maar nu zat Graham aan de bar te drinken met zijn maten en had Teddy de pick-up en geen tijdstip dat hij thuis moest zijn.

Ze waren naar het koetshuis gereden en hadden het in Ainsleys bed gedaan. Het had wel een beetje pijn gedaan, maar die pijn verbleekte bij hoe heerlijk het voelde om zo dicht bij Teddy te kunnen zijn.

Al die herinneringen schieten door Ainsleys hoofd terwijl ze naar haar fruitsalade kijkt. Ze kijkt op naar Caylee, die, met de intensiteit van een scheikundige die de Nobelprijs hoopt te winnen, gedroogde kersen door haar havermoutpap zit te roeren. Caylee, heeft ze gemerkt, is niet bang om te eten. Ze geníét van eten en toch blijft ze slank. Zo kan het dus ook, net als cool zijn en toch naar de kerk gaan.

'Ik moet naar het toilet,' zegt Ainsley.

'Het verbaast me dat je je scone zomaar durft te laten liggen,' zegt Caylee. Ze grinnikt. 'Geintje. Ga maar gauw.'

Ainsley loopt naar de lobby van het hotel, op zoek naar Teddy. Achter de balie zit een beeldschone jonge vrouw met dik donker haar, een olijfkleurige huid en een schoonheidsvlekje en Ainsley voelt een steek van jaloezie. Misschien heeft Teddy het wel uitgemaakt met Candace. Misschien gaat hij nu met deze jonge vrouw, of misschien heeft hij iets met een van de oudere, aantrekkelijke gescheiden dames die in hun eentje in het hotel verblijven. Voor iemand als Teddy, veronderstelt Ainsley, zijn de mogelijkheden onuitputtelijk.

Schoonheidsvlekje kijkt op van haar computerterminal. 'Kan ik iets voor je doen?' vraagt ze.

Op datzelfde moment hoort Ainsley haar naam. Teddy komt de trap afrennen. Hij komt naar haar toe. Onder het witte poloshirt van zijn uniform ziet Ainsley het leren koordje, met daaraan het kruisje. Ze weet dat Teddy is opgevoed in de leer van de pinkstergemeente. Ze is ooit van plan geweest een keer te googelen wat dat precies inhield, maar dat is er nooit van gekomen. Candace zal het wel weten. Misschien is het net zoiets als katholiek.

'Hoi,' zegt Ainsley.

'Hoi,' zegt Teddy. Onder zijn sproeten is hij bruin en zijn haar is een tint lichter, met gouden plukjes tussen het rood. Hij is in de zon geweest, op het strand, waarschijnlijk met Candace en Emma en BC en Anna en al Ainsleys vroegere vrienden. Door het kleurtje ziet hij er gezond en sterk uit; dat heeft hij aan de zomer te danken. Ainsley is zondag in elk geval een keer naar het strand geweest met Harper en Ramsay. Misschien ziet zij er ook wel zo stralend uit, hoewel ze dat betwijfelt. Tot nu toe heeft ze het grootste deel van haar zomer doorgebracht onder de tl-verlichting van de boetiek of in haar slaapkamer, om haar vakantieleeslijst af te werken. Zij gaat in het najaar terug naar school als een van die trieste gevallen die daadwerkelijk tijd hebben gehad om alle boeken van hun lijst voor het weekend van Labor Day te hebben gelezen.

'Ik was op zoek naar het damestoilet,' zegt ze.

'Wie is die vrouw met wie je hier bent?' vraagt Teddy.

'Mijn vriendin,' zegt Ainsley. 'Caylee.'

'Ik heb haar nog nooit gezien,' zegt Teddy. 'Studeert ze?'

'Nee, ze is al klaar,' zegt Ainsley. 'Ze heeft een tijdje achter de bar gestaan van de Straight Wharf. Je oom zal haar wel kennen.'

'Dat zal best,' zegt Teddy. 'Is ze nu dan je kindermeisje, of je babysitter of zo?'

'Nee,' zegt Ainsley met een geduldige glimlach. 'Ze is gewoon een vriendin. Heb je een fijne zomer?'

Hij haalt zijn schouders op. 'Ja, hoor.'

'Hoe is het met Candace?' vraagt Ainsley. Het is niet haar bedoeling dit te vragen; ze wil het niet weten. Of toch wel, maar ze wil niet dat hij weet dat ze het wil weten. 'Ik heb gehoord dat je met haar bij Ventuno bent gaan eten.'

Teddy fronst, op dezelfde manier als hij dat altijd deed wanneer hij zijn wiskunde niet snapte. 'Ik heb niet met Candace bij Ventuno gegeten,' zegt hij. 'Ze is daar met Emma geweest.'

'Wat?' zegt Ainsley.

'Ik heb er het geld niet voor om Candace mee te nemen naar Ventuno.'

'Maar je werkt toch?'

'Ik maak mijn salaris over naar Graham. Hij spaart voor mijn studie. Maar Dutch geeft Emma net zoveel geld als ze wil. Ze is met Candace bij Ventuno gaan eten en daar zijn ze allebei heel erg dronken geworden. Candace heeft buiten staan overgeven, voor de Juice Bar, en ik neem aan dat meneer Duncombe daar in de rij stond met zijn kinderen, want hij heeft Candace' ouders gebeld om haar te komen halen.'

'O,' zegt Ainsley. Ze beeft van onderdrukte pret. Emma, niet Teddy, had Candace mee uit eten genomen. Dat verhaal in de boetiek was pure bluf geweest. Het detail over de bloem in Candace' haar was verzonnen. En Candace – een misdienares in Saint Mary's – was bij de Juice Bar voor de deur over haar nek gegaan en meneer Duncombe had haar gezien! Het enige jammere van het verhaal is dat Ainsley het niet van iemand anders heeft gehoord. Als niemand eraan heeft gedacht dit nieuwtje met haar te delen is ze nu toch wis en waarachtig een sociale verschoppeling. Ainsley houdt zichzelf voor dat ze niet te hard mag oordelen. Als ze haar eerdere destructieve koers was blijven varen, had zij makkelijk zelf het meisje kunnen zijn dat op straat had staan kotsen. Maar deze keer was zij het niet geweest.

'Maar jij en Candace zijn dus nog steeds een stel?' zegt Ainsley.

Teddy schuift de voorkant van zijn plasticachtige sneaker over de houten vloer. 'Dat weet ik eerlijk gezegd niet. Ze is nu steeds met Emma op pad. Ze gaan elke dag samen naar het strand. Zij hoeven geen van beiden te werken. Ze lopen alle feesten van de zomergasten af.'

'Vorige zomer deed ik dat met Emma,' zegt Ainsley.

'Ja,' zegt Teddy. 'Het is nu net of Candace in jou is veranderd. De nieuwe jij.'

'Als Candace de nieuwe mij is, wie ben ik dan?'

Teddy lacht zijn trage cowboylachje. Ainsley koestert zich in de warmte van zijn blik – hij kijkt net zo naar haar als vroeger – en voelt zich er bijna voor vallen. Maar nee. Zo gemakkelijk laat ze zich niet inpakken.

'Het damestoilet?' vraagt ze.

Teddy komt met een schok bij zijn positieven. 'Achter je,' zegt hij.

'Bedankt,' zegt Ainsley. 'Ik zie je nog wel een keer.'

Wanneer Ainsley terug is bij hun tafeltje, zegt Caylee: 'Ik stond op het punt om hulptroepen te sturen.'

Ainsley prikt een stuk ananas aan haar vork. Al met al vindt ze dat ze de kwestie met Teddy goed heeft afgehandeld. Ze is niet gaan huilen en heeft hem niet gesmeekt haar terug te nemen. Ze heeft niet arrogant of denigrerend of sarcastisch gedaan, zelfs niet toen hij haar die beledigende vraag stelde of Caylee misschien haar babysitter was. Ze was vriendelijk, kalm en rustig gebleven. Als Candace de nieuwe Ainsley is, is Ainsley nu misschien de oude Ainsley, degene die ze was voordat ze Emma leerde kennen.

Ainsleys telefoon pingt.

'Hmmm... vraag me af wie dat kan zijn,' zegt Caylee, maar ze klinkt alsof ze het al weet.

Ainsley kijkt op het schermpje. Het is Teddy.

Ik mis je, staat er. *Mag ik je een keer bellen?*

Tabitha

Een aannemer vinden om aan Billy's huis te werken gaat lastiger worden dan Tabitha zich had voorgesteld. Het is niet zo dat je er zomaar een kunt kiezen, zoals je dat doet met een stomerij of een pizzabezorgdienst. Billy's huis heeft geen wifi – het huis is ergens in 1993 blijven steken – dus neemt Tabitha haar toevlucht tot Martha's Vineyard goede oude telefoonboek, dat ze aantreft op de schoorsteenmantel, naast de urn met Billy's as. Ze slaat het open bij de zakelijke nummers en kijkt onder 'bouwbedrijven'. Er staan er tientallen en nog eens tientallen in en even krijgt ze hoop. Ze kent hier niemand en de namen zeggen haar hoegenaamd niets en daarom besluit ze te beginnen met AA Vineyard Aannemers en daarna in alfabetische volgorde verder te gaan.

1. '... wachtlijst van drie jaar...'

2. 'Sorry, wij zijn de komende tijd helemaal volgeboekt...'

3. 'Is het project binnen? Misschien kan ik het in januari uitbesteden aan mijn New Bedford-team...'

4. 'Hoe zei u dat uw achternaam was?' 'Frost,' zegt Tabitha. Klik.

5. Wordt niet opgenomen.

6. Voicemail. Tabitha spreekt een boodschap in.

7. 'Het spijt me. Wij kunnen op dit moment geen nieuwe projecten aannemen.'

8. 'Frost, familie van Harper Frost, die griet die Joey Bowen erbij heeft gelapt?' Klik.

9. 'Mijn man of zijn collega bellen u uiterlijk eind deze maand terug.'

10. 'Sorry.'

11. 'Sorry.'

12. 'Ik zou graag ja zeggen, echt waar, maar ik ben alleen maar de schoonmoeder. Mijn dochter en schoonzoon zitten tot Labor Day in Vermont. Veel aannemers nemen de zomer vrij. Misschien kunt u beter in september terugbellen.'

13. 'Dit nummer is niet in gebruik...'

14. 'Ik heb wel tijd, maar staat het huis in het centrum? Ik werk niet aan huizen in het centrum. Ik heb gewoon geen zin in dat drukke verkeer elke dag.'

15. 'Zelf zit ik eerlijk gezegd helemaal vol, maar ik weet toevallig dat Franklin Phelps een klus in Katama aan het afronden is en nu op zoek is naar iets kleins. Misschien dat hij u kan helpen. Hebt u zijn nummer?'

Tabitha verstijft. 'Franklin... Phelps, zegt u?'

'Hebt u zijn nummer?'

'Nee. Ik... ik gebruik een telefoonboek.' Ze laat haar vinger langs de namen naar de P glijden. Ze ziet hem niet...

'Het telefoonboek? Dame, ik garandeer u dat u met behulp van het telefoonboek nooit een aannemer gaat vinden. Bel Franklin Phelps. Zeg maar dat TF u heeft gestuurd. Dit is zijn nummer.'

Tabitha noteert het nummer, hangt op en staart naar haar blocnote. Franklin is naast muzikant dus ook aannemer. Oké. Franklin had het antwoord op haar gebeden kunnen zijn – als ze niet met hem naar bed was geweest. Maar omdat ze met hem naar bed is geweest en omdat ze echt voortdurend aan hem loopt te denken, kan ze hem onmogelijk opbellen.

Ze besluit het op goed geluk bellen voorlopig maar even op te geven en iets nuttigs te gaan doen. Ze gaat naar de vuilstort.

Ze laadt alle smerige kleedjes, de oude badmatten en de beschimmelde douchegordijnen in. Hetzelfde doet ze met de spuuglelijke lampen, stapels tijdschriften, serviesgoed met stukjes eraf, Tupperware waarvan het dekseltje ontbreekt, de poster van *Jaws* die in het toilet hangt, de kapotte magnetron, de goedkope schilderijtjes, de plastic placemats en gammele dienbladen, de gebarsten voorraadpotten voor suiker en bloem, allebei leeg. Ze verzamelt lege batterijen en halflege blikken verf, dozen vol kapotte gloeilampen, gerafelde verlengsnoeren, een gedeukt vergiet en koekenpannen met daarin nog de restanten van honderd avonden aangebrande nacho's. Het gaat allemaal weg.

Het is zondag en het is druk op de vuilstort. Waarschijnlijk zijn het allemaal eilandbewoners, want Tabitha voelt onmiddellijk een soort saamhorigheid. De mensen lijken gehaast en opgewekt. Het is zomer. Ze hebben het druk, er valt geld te verdienen en als ze toevallig toch een weekend vrij hebben, willen ze naar het strand – maar niemand heeft het te druk om een handje te helpen. Een oudere heer met spierwit haar en een lange witte baard – hij lijkt een beetje op een magere kerstman – ziet Tabitha de *Jaws*-poster weggooien en biedt haar er tien dollar voor.

'O, doe niet zo gek,' zegt Tabitha. 'Neem maar gewoon mee.'

Het voelt goed om al die rotzooi uit de achterbak van haar auto te laden, net zoals het flossen van haar gebit haar altijd een goed gevoel bezorgt. Tabitha wil net weggaan als ze een vrouw met mannelijk stekeltjeshaar en een paar ontzettend lelijke laarzen uit een pick-uptruck ziet stappen met GARDEN GODDESSES op de zijkant. Plaatselijk hoveniersbedrijf, denkt Tabitha. Ze denkt aan wat TF aan de telefoon tegen haar zei: *Je moet iemand kennen.*

Oké, denkt Tabitha. Daar gaan we dan.

'Neem me niet kwalijk,' zegt ze. 'Ik ben op zoek naar een aannemer voor een volledige renovatie van mijn vaders huis op het benedeneiland.' Ze tuurt naar de hemel. Ze weet het niet meer: is Billy's huis op het benedeneiland? Volgens haar wordt daar Oak Bluffs en Vineyard Haven onder verstaan, maar eigenlijk slaat dat nergens op, want Chilmark en Aquinnah liggen in het zuiden, dus misschien is dát wel het benedeneiland? 'Het staat in Tisbury. Het huis.'

De vrouw kijkt Tabitha aan met een blik vol onverholen minachting en dat begrijpt Tabitha wel. Zij heeft op Nantucket ook een geweldige hekel aan vragen van toeristen of, zo mogelijk nog erger, nieuwe bewoners. Tabitha heeft altijd gedacht dat zij de enige was die zich hieraan ergerde, maar ze ziet nu dat ze het gemeen heeft met mensen op de Vineyard. Alles wordt hier op een bepaalde manier gedaan en als je niet weet hoe het werkt, dan hoor je hier niet thuis.

'Een aannemer?' zegt de vrouw. 'Laat me niet lachen. Jij gaat op dit eiland nooit iemand vinden om voor je te werken.'

'Vertel mij wat,' zegt Tabitha. 'Ik heb vanmorgen vijftien mensen gebeld en niemand heeft er tijd voor. Ik had geen idee dat het zo lastig zou zijn. Ik hoopte dat jij misschien een suggestie voor me had...' Maar de vrouw stapt in haar pick-up, slaat het portier dicht en steekt door het open raampje haar middelvinger naar Tabitha op.

Tabitha denkt: wauw, oké. Vineyarders zijn niet alleen ongeduldig, maar ook onbeschoft! En ordinair! Pas wanneer de wagen in een wolk van stof wegrijdt, begint het Tabitha te dagen dat de vrouw haar voor Harper moet hebben aangezien. Ze moet een van de velen zijn die met Harper in de clinch ligt. *Jij gaat op dit eiland nooit iemand vinden om voor je te werken.*

Ik ben Harper niet! wil Tabitha schreeuwen.

Ze voelt tranen achter haar ogen prikken en denkt dat Harper waarschijnlijk toch gelijk had – ze kunnen het huis maar beter afbreken, want ze gaan nooit iemand vinden die tijd heeft en bereid is het voor hen op te knappen. Maar het heeft zoveel mogelijkheden; dat had ze al gezien tijdens het leegruimen. Onder de versleten vloerbedekking ligt een grenen parket van brede vloerdelen – het was zo'n mooie vondst dat Tabitha een kreet van blijdschap had geslaakt – maar haar handigheid als bescheiden doe-het-zelver is niet toereikend om zelf de vloerbedekking en het isolatiemateriaal eronder eruit te trekken en die parketvloer nieuw leven in te blazen.

Dan voelt ze een hand op haar schouder en wanneer ze omkijkt ziet ze de magere kerstman die de *Jaws*-poster heeft meegenomen.

'Ik heb per ongeluk mee staan luisteren,' zegt hij. 'Mijn vrouw en ik hebben voor een gastenverblijf dat we voor onze kinderen en kleinkinderen hebben laten bouwen een bedrijfje gebruikt dat Hammer and Claw heet. De naam van de directeur is Phelps. Franklin Phelps.'

Tabitha knikt. Ze snapt dat dit haar zou moeten verbazen, maar zo voelt het helemaal niet. Franklins bedrijf heet dus Hammer and Claw en dit is vanochtend nu al de tweede keer dat hij haar wordt aanbevolen.

Tabitha voelt zich nog steeds gekwetst door de charmante dame van Garden Goddesses – waarbij Tabitha graag wil aantekenen dat deze vrouw er niet bepaald uitzag als een godin – maar ze schenkt de magere kerstman een glimlach voor zijn vriendelijke suggestie, hoe verwarrend die ook is. 'Dank u,' zegt ze.

Thuis aangekomen slaat Tabitha het telefoonboek open. Ze heeft het alfabet afgewerkt tot aan Haggerty Construction en de eerstvolgende op de lijst is Hammer and Claw. Is dat een teken? Drie keer is scheepsrecht? Of kan ze, nu ze weet dat dit Franklins bedrijf is, beter meteen verdergaan met Inkwell Beach Builders? Ze wil Franklin dolgraag spreken, hetgeen juist een argument is om níét te bellen. Als ze het toch doet zou het wel eens ongunstig voor haar kunnen uitpakken.

Haar moeder zou Tabitha ongetwijfeld aanraden niet te bellen. Zij is van mening dat een vrouw nooit achter een man aan moet gaan, ook al weet iedereen dat Eleanor Billy Frost genadeloos van haar nichtje Rhonda heeft afgepakt.

En wat zou Billy zeggen? vraagt Tabitha zich af. Ze kijkt naar de urn met zijn as. Het lijkt haar een veilige veronderstelling dat Billy haar het tegenovergestelde zou aanraden. *Als je wilt dat iets gebeurt, zul je daar zelf voor moeten zorgen.*

Ze is in Billy's huis; misschien is dat de reden waarom zijn argument haar het meest aanspreekt.

Franklin neemt meteen op. 'Yo.'

Yo? denkt Tabitha. Zo nemen Ainsleys vrienden hun telefoon op. Het is dus waarschijnlijk niet vreemd dat ze zich opeens een meisje van zestien voelt dat haar best doet om door te gaan voor een volwassene.

'O, hallo,' zegt ze, zich afvragend of haar acteertalent toereikend is, of dat ze meteen door de mand zal vallen. 'Ik ben op zoek naar een aannemer voor mijn vaders huis, aan Daggett Avenue. Mijn vader is onlangs overleden en ik wil het huis grondig laten opknappen, zodat ik het te koop kan zetten.'

'Uh-huh,' zegt Franklin. 'Over hoeveel vierkante meter hebben we het? En wanneer had u willen beginnen?'

'Ongeveer honderdzestig vierkante meter,' zegt Tabitha. 'En ik zou graag zo snel mogelijk willen beginnen. Het liefst morgen al.'

'Morgen!' zegt Franklin. 'Ik hoor al dat u een dame bent die weet wat ze wil. Toevallig ben ik net een project aan het afronden in Katama en heb ik tot het najaar nog niets anders op de rol staan. Dus ik zou het er misschien tussen kunnen proppen als – want ik kan niets beloven – als het niet al te veel werk is. Ik zal eerst een kijkje moeten komen nemen voordat ik een definitief antwoord kan geven.'

'O,' zegt Tabitha. 'Oké. Het adres is Daggett Avenue 5594. Wanneer denkt u langs te kunnen komen?'

'Ik zou nu kunnen,' zegt Franklin.

'Oké,' zegt Tabitha.

'Sorry, maar u hebt me nog niet verteld hoe u heet,' zegt Franklin.

Ze sluit haar ogen. 'Tabitha,' zegt ze. 'Tabitha Frost.'

Stilte. Nu gaat hij ophangen, denkt ze.

Dan zegt hij: 'Tabitha?'

'Ja,' zegt ze.

'Je spreekt met Franklin. Franklin Phelps, van laatst?'

'Wat?' zegt Tabitha. 'Dat meen je niet! Ik wist niet... Het spijt me... in het telefoonboek stond alleen Hammer and Claw...'

'Je hoeft je niet te verontschuldigen,' zegt Franklin. 'Luister, ik kom er nu aan, oké? Nu meteen. Blijf waar je bent.'

'Dat is goed,' zegt ze. 'Ik blijf...'

Maar Franklin heeft al opgehangen. Tabitha gaat snel op zoek naar een borstel en lippenstift.

Ze weet niet wat ze moet verwachten. Ze is nuchter; het is overdag; dit is een zakelijke afspraak. Zal het ongemakkelijk zijn? Zal de magie verdwenen zijn? Daar hoopt ze natuurlijk op – dat de magie verdwenen is, dat Franklin Phelps een doodgewone kerel is, minder knap en onder deze nieuwe omstandigheden helemaal niet aantrekkelijk.

Door het raam ziet ze hem al aankomen in een grote zwarte Dodge-pick-up en met grote stappen het tuinpad op komen lopen. Hij draagt een Carhartt-werkbroek en een Black Dog T-shirt met een scheur in de hals. Hij is de verrukkelijkste man die ze ooit heeft gezien.

Dit is niet goed. Dit is helemaal niet goed. Het liefst wil ze onder een van de bedden kruipen, tussen de stofnesten.

Wanneer ze de deur voor hem opendoet kijkt hij haar aan en schudt dan zijn hoofd. 'Ik ga mijn trots aan de kant schuiven. Ik heb vanochtend de dienstregeling van de ferry naar Nantucket zitten bekijken.'

'Je hebt... wat?'

'Ik wilde naar Nantucket om jou te zoeken,' zegt Franklin. 'Ik heb sinds vrijdagnacht zo ongeveer... je kunt wel zeggen aan één stuk door aan je gedacht.'

Tabitha grijpt hem bij de hond op de voorkant van zijn shirt en trekt hem naar binnen.

Ze vrijen in de keuken en trekken daarbij bijna het aanrechtblad van de muur.

Franklin staat achter Tabitha en kust de achterkant van haar nek. 'Ja,' zegt hij. 'Er moet heel wat aan dit huis gebeuren.'

Ze laat hem het grenen parket onder de vloerbedekking zien, het toilet, de drie aftandse slaapkamers boven.

'Ik zal open kaart met je spelen,' zegt Franklin. 'Dit project is precies groot genoeg voor mij om aan te kunnen nemen. Ik kan hier in zes weken klaar zijn.'

'Zes wéken?' zegt Tabitha. Ze kan het bijna niet geloven – vanochtend had ze geen Franklin en geen aannemer – en nu heeft ze allebei!

'Maar,' zegt Franklin.

Of toch niet allebei, denkt ze.

Hij woelt met zijn handen door zijn donkere haar. 'Er zijn wel wat dingen waar ik rekening mee moet houden,' zegt hij.

'Zoals?' zegt Tabitha. Vriendin, denkt ze. Of hij wil niet met Tabitha in zee gaan, want wat als hij haar toch niet zo leuk vindt als hij nu denkt?

'Daar wil ik het nu niet over hebben,' zegt hij. 'Laat me er even over denken, oké?'

'Oké,' zegt ze.

'Wat zijn je plannen voor de rest van de dag?' vraagt hij.

'Behalve het vinden van een aannemer, bedoel je?'

'Trek je badpak aan,' zegt hij. 'En een paar sneakers. We gaan naar het strand.'

Franklin rijdt naar Cedar Tree Neck, een natuurgebied op een landtong die de Fishhook wordt genoemd, in Vineyard Haven. Ze lopen door een dichtbebost gebied dat heerlijk veel schaduw biedt op zo'n warme dag. Tussen het gebladerte van de bomen zijn stukjes stralend blauwe lucht te zien en Tabitha hoort vogels zingen. Wanneer heeft Tabitha voor het laatst van de natuur genoten? Waarschijnlijk toen ze vijftien was, in Camp Wyonegonic. Ze wandelen een hele tijd zwijgend verder, hand in hand, maar dan bereiken ze de top van een heuvel en blijft Franklin staan. Hij neemt haar gezicht tussen zijn handen en kust haar. Ze voelt de stoppels van een hele dag op zijn gezicht, wat zo sexy is dat ze haar knieën slap voelt worden.

Het zoenen wordt steeds heftiger. Franklin duwt haar met haar rug tegen een boom.

'Zijn we?' fluistert ze in zijn mond. 'Er?'

Hij knikt en schuift een hand in haar bikinibroekje.

Het pad komt uit op een met rotsblokken bezaaid zandstrand rond een kleine baai. Franklin legt twee handdoeken neer, trekt dan zijn korte broek uit en rent spiernaakt het water in.

Tabitha slaakt een gil. Ze kijkt links en rechts het strand af – er is niemand te zien. Even aarzelt ze en vraagt ze zich af of ze dit wel kan. Naaktzwemmen op een voor iedereen toegankelijke plek is niks voor Tabitha Frost. Tabitha Frost is beschaafd, welopgevoed en van onbesproken gedrag.

Tabitha Frost is een tut, denkt ze.

Ze trekt haar bikini uit en rent het water in.

Het is een nieuw en heerlijk gevoel. Het zachte water omhult haar, helemaal; ze voelt zich gekoesterd, als een baby in de baarmoeder. En ze geniet van het gedurfde ervan. In het water is ze vrij.

Franklin tilt haar op. Wanneer hij haar kust, smaakt hij naar zout water. Ze ligt gewichtloos in zijn armen.

Terug op haar handdoek op het warme strand tilt ze moedig haar gezicht naar de zon. Haar schouderbladen versmelten met het zand en ze valt in slaap.

Wanneer ze wakker wordt staat de zon lager aan de hemel en schittert in het wateroppervlak. Tabitha draait haar hoofd om en ziet dat Franklin, op zijn zij en met zijn hand onder zijn hoofd, naar haar ligt te kijken.

'Wat ben je mooi,' zegt hij.

Haar hart springt op.

Dit gebeurt echt.

Om 's avonds te gaan eten heeft Franklin een restaurant gekozen dat de Outermost Inn heet.

'Het is in Aquinnah,' zegt hij. 'Dan kun je onderweg het hele boveneiland zien.'

Tabitha trekt een oranje zonnejurkje van Alexander Wang aan, met dunne schouderbandjes die kruislings over haar nu gebruinde rug lopen. Het is het meest sexy kledingstuk dat ze bezit en ze is blij dat ze het heeft meegenomen.

Franklin fluit. 'We kunnen ook hier blijven, dan eet ik jou wel op.'

Wanneer ze over South Road door Chilmark rijden, speelt Franklin als vanzelf voor gids en laat Tabitha Beetlebung Corner zien. Een *beetle*, legt hij uit, is een houten hamer die wordt gebruikt om houtproppen – of stoppen – in vaten te slaan.

Tabitha moet erom lachen. 'Fijn, altijd handig om te weten.'

Ze bewondert de lage stenen muurtjes en de boerderijen. 'En de grappige straatnaamborden. Kijk, daar bijvoorbeeld!' Ze wijst naar een klein houten bord met de tekst: *SHEEP XING*.

'Overstekende schapen,' zegt Franklin. Opeens klinkt zijn stem heel anders. 'In het eerste huis na de afslag houdt mijn zwager zich verborgen.'

'Je zwager?' zegt Tabitha. Ze probeert zich te herinneren wat Franklin haar over zijn familie heeft verteld. Ze is hier niet zo goed in. De ouders – hun namen is ze even kwijt – de vader was schooldirecteur, de moeder... dat weet ze niet meer. Heeft Franklin het over een zwager gehad? De man van zijn zus? En zijn zus heet... Charlotte? Nee, dat is Ramsays zus.

Ze wacht tot hij verdergaat, maar hij schudt slechts zijn hoofd. 'Laat maar,' zegt hij.

Het ongemakkelijke gevoel verdwijnt wanneer ze de Outermost Inn naderen. Hij staat hoog boven de kliffen van Aquinnah; meteen al vanaf de parkeerplaats zijn de uitzichten over het water adembenemend. Franklin gedraagt zich als een echte heer en leidt Tabitha met één hand lichtjes op haar onderrug naar binnen. Tabitha denkt even aan Ramsay – zijn manieren waren onberispelijk, grenzend aan saai – maar hij had Tabitha met zijn aanrakingen nooit in vuur en vlam gezet, zoals Franklin.

De gastvrouw in het intieme restaurant is ongeveer van Tabitha's leeftijd. Ze heeft blonde krullen en draagt een enkellange rok van kreukzijde.

'Franklin!' zegt ze. 'Schat!'

'Annalisa,' zegt Franklin. Tabitha ziet dat hij haar op de mond kust. Oké, ze is jaloers. Ze voelt haar schouders verstrakken en probeert zich ertegen te verzetten. Ze kijkt om zich heen en geniet van het kaarslicht, de geuren van knoflook, kruiden, gebraden vlees, boter, goede wijn. Zij kent Franklin pas een paar dagen. Hij woont hier al veertig jaar.

Tabitha glimlacht naar Annalisa en hoopt dat ze niet voor haar zus zal worden aangezien. 'Hallo,' zegt ze. 'Ik ben Tabitha Frost. Ik woon op Nantucket.'

'O, ja, dat weet ik,' zegt Annalisa. 'De mensen van de veerdienst slaan altijd meteen alarm als iemand van "het andere eiland" onze kust aandoet.'

Franklin geeft een kneepje in Tabitha's schouder en Tabitha weet een glimlach te forceren.

Annalisa zet Franklin en Tabitha aan het beste tafeltje van het restaurant – buiten, op de brede, stijlvolle veranda, in de hoek die het dichtst bij het water is. Franklin kiest een fles sancerre en een fles malbec van de kaart en schenkt Tabitha van beide wijnen een glas in.

Ze klinken en Franklin schudt zijn hoofd. 'Ik kan je niet vertellen hoe blij ik ben dat je me hebt gebeld,' zegt hij. 'Ook al weet ik dat het per ongeluk was.'

'Als je liever had gehad dat het niet per ongeluk was gegaan, had je je telefoonnummer op dat briefje moeten zetten,' zegt Tabitha. 'Ik dacht dat je me niet meer wilde zien.'

'Ik...' Franklin neemt een slok wijn en kijkt naar de horizon, waar de zon ondergaat in het water. Een streep schitterend oranje licht valt op zijn gezicht. 'Ik wist niet goed hoe ik het moest aanpakken.'

'Je gaat me toch niet vertellen dat je niet aan de lopende band vrouwen mee naar huis neemt?' zegt Tabitha.

'Toch doe ik dat niet,' zegt Franklin. Hij kijkt haar heel ernstig aan – zou dat dan echt de waarheid zijn? – en verandert van onderwerp. 'Vertel eens wat over jezelf. Ik kan me gewoon niet voorstellen dat jíj vrijgezel bent. Een prachtige vrouw als jij op een eiland vol miljonairs met privéjachten.'

Tabitha lacht. 'Toch is dat echt zo. Ik heb vier jaar een relatie gehad, maar in februari zijn we uit elkaar gegaan.'

'Ben je ooit getrouwd geweest?' vraagt Franklin.

'Nee,' zegt Tabitha. 'Maar met mijn eerste echte vriendje heb ik wel een kind gekregen. Een dochter, Ainsley. Ze is zestien.'

'Zestien!' zegt Franklin. 'Dat kan toch niet?'

'Dat kan best,' zegt Tabitha. 'Ik kreeg haar op mijn drieëntwintigste. Destijds was ze een verrassing... nu is ze vooral lastig. Een paar weken geleden heeft ze toen ik niet thuis was een feestje gegeven en toen ik thuiskwam stonden er jongens bierpong te spelen op mijn eettafel.'

Franklin schiet hartelijk in de lach. 'Ach, joh. Je moet toch toegeven dat dat best grappig is,' zegt hij.

Is het grappig? Tabitha staat zichzelf een glimlachje toe. Het is achteraf in elk geval grappiger dan op het moment zelf, dat staat vast. 'We hebben nu even wat afstand van elkaar genomen. Daar waren we wel aan toe. Harper is daar nu om op haar te passen.'

'Aha, ik begrijp het,' zegt Franklin. 'Jullie hebben de grote wisseltruc maar weer eens toegepast.'

Tabitha vraagt zich af hoe het met Harper en Ainsley gaat. Misschien hebben ze de hele ERF-inventaris wel buiten gezet voor een grote uitverkoop. Misschien houden ze een hondenshow of plaatsen ze hun politieke standpunten op een Twitteraccount op naam van Eleanor. Tabitha voelt zich zo stikgelukkig dat het haar niet kan schelen.

Dan begint het eten uit de keuken te komen, allemaal schotels die bedoeld zijn om te delen: een fluweelzachte kreeftenbisque, een lichte salade van microgroenten en felgekleurde stukjes die plakjes knapperige zoete radijs blijken te zijn, in de pan gegaarde kreeft met een grapefruit *beurre blanc* op een bedje van hartige, zachte polenta, *steak au poivre* met aardappelgratin en kroketjes ter grootte van een walnoot, met een hemelse, boterzachte vulling. Franklin stopt telkens even met eten om Tabitha zacht op de lippen te kussen, wat haar nog meer naar hem doet verlangen dan een hartstochtelijke zoen. Ze maken geen foto's; ze kijken niet of ze berichtjes of mailtjes hebben. Dit etentje is als iets uit een ander tijdperk. Tabitha probeert elk detail in haar geheugen te prenten om alles later in gedachten nog een keer opnieuw te kunnen beleven.

Het dessert is een heel assortiment van heerlijkheden, geserveerd op een houten draaiplateau: een panna cotta van passievrucht, piepkleine *cannoli* gevuld met pistachecrème, citroen-bosbessentaartjes met een amandel-gemberkorstje, karamelblondies met een laagje kokoscrème.

Tabitha neemt van alles een hapje en kreunt dan omdat ze zo vol zit. Ze excuseert zich om even naar het toilet te gaan.

Wanneer ze terugkomt staat Annalisa in de gang. Het lijkt alsof ze op haar staat te wachten.

'Ik hoop dat je geen aanstoot neemt aan mijn opmerking over Nantucket,' zegt ze. 'Het was maar een grapje.'

Tabitha, een beetje aangeschoten van de wijn, begint te lachen. 'Nee, hoor.'

'Ik vind het zo leuk dat Franklin hier met je is komen eten. Hij klonk zo opgewonden toen hij belde om te reserveren. Hij zei er heel nadrukkelijk bij dat hij met *Tabitha* Frost zou komen en niet met *Harper* Frost. Want we zullen het er allemaal over eens zijn dat het wel heel bizar zou zijn als hij je zus hier mee naartoe zou nemen.'

'Bizar,' herhaalt Tabitha. 'Bizar omdat...?'

Annalisa geeft een tikje op Tabitha's arm. 'Vanwege alles wat er is gebeurd natuurlijk. Maar ik ben blij dat jullie je daar niet door laten weerhouden. Jullie zijn echt een stel tortelduifjes.'

Op de terugweg realiseert Tabitha zich dat ze Franklin niet over Julian heeft verteld. Ze heeft hem gewoon overgeslagen, alsof hij nooit heeft bestaan – maar als ze wil dat Franklin haar echt leert kennen moet ze daar verandering in brengen. Ze weet alleen niet goed hoe ze erover moet beginnen.

Toen Ainsley anderhalf was, werd ik weer zwanger. Maar de zwangerschap verliep niet volgens het boekje. Met achtentwintig weken kreeg ik weeën...

Tabitha legt haar hoofd tegen de rugleuning van de autostoel en sluit haar ogen. Ze besluit Franklin een andere keer over Julian te vertellen. Ze wil nu de magie van hun samenzijn niet bederven.

'Er is iets waarover ik met je wil praten,' zegt Franklin. Hij reikt over de middenconsole heen en raakt even haar bovenbeen aan. 'Tabitha.'

Tabitha doet haar ogen open. Hij klinkt ernstig. Een paar tellen geleden heeft ze zelf besloten niet over iets zwaars, iets dieps, iets serieus te willen praten. Ze denkt weer aan dat vreemde gesprekje met Annalisa. *Bizar... vanwege alles wat er is gebeurd natuurlijk.* Waarschijnlijk had Annalisa het over Harpers verhouding met dokter Zimmer; het zou inderdaad bizar zijn geweest als Harper nu een romantisch afspraakje met iemand anders had gehad.

'Misschien kunnen we daar beter mee wachten tot morgen,' zegt Tabitha. 'Ik heb best veel wijn gedronken.'

'Dit heeft te maken met morgen,' zegt Franklin. 'Ik heb zojuist besloten dat ik je ga helpen met Billy's huis.'

'O ja?' zegt Tabitha.

'Ja,' zegt Franklin. 'Morgen maken we wel een plan de campagne.'

'Weet je het zeker?' zegt Tabitha. 'Je leek aanvankelijk nogal te twijfelen. Je zei dat er bijzondere omstandigheden waren.'

'Die waren er ook. Die zíjn er ook. Maar ik heb er nog eens goed over nagedacht en ik wil niet' – hier geeft hij een kneepje in haar been – 'ik wil dus écht niet dat iemand anders op dit eiland zo nauw met jou gaat samenwerken. Ik ben de enige die dat mag doen. Dus ik ben je man.'

Ze knikt en denkt: ik hou zo verschrikkelijk veel van deze man.

Haar verstand zegt haar dat dit niet mogelijk is. Je houdt niet opeens verschrikkelijk veel van iemand die je in wezen nog maar een paar uur kent. Dan noem je het anders – verliefdheid, en die kan verdampen als sneeuw voor de zon.

Maar het voelt echt als liefde.

Harper

Billy Frost was bijzonder gesteld geweest op de uitdrukking: dagen van Alcyone, waarmee hij hun zomers op de Vineyard graag beschreef. *Dit zijn de dagen van Alcyone*, zei hij bijvoorbeeld wanneer hij zijn Boston Whaler de haven uit manoeuvreerde. *Heil aan de zomerse dagen van Alcyone!* riep hij soms vanaf het muurtje in Menemsha, waar hij en Harper vaak de zon in de zee zagen zakken terwijl ze wachtten tot hun gefrituurde mosselen van Larsen's Fish Market klaar waren. Billy had de woorden zo vaak gebruikt dat Harper op een gegeven moment had opgezocht wat ze precies betekenden. De oorsprong lag in de Griekse mythologie. Alcyone, de dochter van Aeolus, verloor haar echtgenoot Ceyx bij een schipbreuk. Ze verdronk zich in zee en ze werden beiden getransformeerd in halcyons, ofwel ijsvogels. Toen Alcyone een nest bouwde op het strand, dreigden de golven het weg te spoelen, waarop haar vader Aeolus ervoor zorgde dat de wind zeven dagen lang bleef liggen. Die dagen stonden bekend als de vredige dagen, de dagen van Alcyone – dagen waarop het niet stormt.

Dagen waarop het niet stormt.

Harper beleeft haar eigen vredige dagen op Nantucket. Aanvankelijk merkt ze eigenlijk niets bijzonders, maar dan dringt het opeens tot haar door: ze is gelukkig.

De winkel loopt als een trein. Harper, Ainsley en Caylee hebben de uren onderling verdeeld, zodat ze altijd met z'n tweeën in de zaak zijn en ze hebben vaste gewoontes gemaakt van de strategieën die het op het feest erg goed hadden gedaan. Fish staat elke ochtend en elke middag een uur voor de winkel; de rest van de dag ligt hij in het kantoortje te dommelen of wacht hij tot Harper een eind met hem gaat lopen. Deze dagelijkse wandeling eindigt altijd in Ramsays kantoor met een hondenkoekje.

Er speelt nu altijd goede muziek in de winkel, een met zorg samengestelde playlist – 90 procent vrouwelijke artiesten en 10 procent Prince. En elke ochtend plaatst Caylee een foto van zichzelf op social media in de 'outfit van de dag' – jurk, rok of pantalon, een topje en sandalen. Het werkt altijd: tegen het eind van de dag is de outfit in kwestie in alle maten uitverkocht.

Meghan komt elke dag naar de winkel, met baby David in zijn kinderwagen. Harper houdt de baby nooit vast – sinds de dood van Julian vindt ze baby's eng – maar Ainsley en Caylee dansen met hem door de winkel, terwijl Meghan zich verbaast over de kassabonnen van de vorige dag.

'Het is gewoon niet te geloven hoe goed de winkel loopt!' zegt ze. 'Er is nu al *vijfhonderd procent* meer verkocht dan vorige zomer.'

Ainsley wordt met de dag vrolijker. Ze heeft het nog niet bijgelegd met haar vrienden en vriendinnen, maar ze lijkt het fijn te vinden om haar vrije tijd door te brengen met Harper en Caylee. Ze vraagt hun om raad over hoe ze de situatie met Teddy moet aanpakken. Nadat zij en Caylee hem tijdens hun ontbijt zijn tegengekomen, heeft Teddy Ainsley ge-sms't met de tekst: *Ik mis je. Mag ik je een keer bellen?*

Ainsley heeft daar nooit op gereageerd, hetgeen leidde tot nog meer sms'jes van Teddy waarin hij haar vertelde dat hij haar miste.

'Het lijkt erop dat ik hem alleen maar terug kan krijgen door hem te negeren,' zegt Ainsley.

'Het raadsel van menselijke relaties,' zegt Caylee.

Op dagen dat Harper niet werkt, verkent ze het eiland. Ze laadt Fish in de auto en rijdt ergens naartoe om de toeristische route van Squam Swamp te wandelen. Ze rijdt door het moeraslandschap en zwemt in het heldergroene water van Jewel Pond. Ze pakt een picknick in voor een dagje Great Point en klimt naar de top van Great Point Light, iets waarvan zelfs Ainsley en Ramsay, die toch allebei op Nantucket wonen, moeten bekennen het nog nooit te hebben gedaan. 's Avonds kookt Harper voor Ainsley en één keer per week nodigen ze Ramsay uit om te komen eten. Harper maakt enorme maaltijdsalades met verse groenten van Bartlett's Farm en gebakken garnalen of sint-jakobsschelpen van 167; ze serveert de salades met haar beroemde – bij haar en Billy althans – 'bevroren knoflookbrood'. Ze maakt een koude Thaise komkommer-kokossoep; ze maakt perzik- en bosbessentaartjes waar de vruchten en de suiker aan alle kanten uit lopen, maar die toch verrukkelijk zijn.

Aan het eind van elke dag betrapt Harper zich erop dat ze vermoeider is dan ze ooit eerder in haar leven is geweest. Ze slaapt als een blok.

Ondanks de vermoeidheid en het feit dat haar maag geen alcohol meer verdraagt, laat ze zich door Ramsay overhalen voor een avondje voor volwassenen bij de Pearl. Ze maakt Ainsley, Caylee en vooral Ramsay heel erg duidelijk dat dit géén afspraakje is, maar een etentje met een vriend.

'In een heel erg sexy tent,' zegt Caylee. 'Kijk maar uit. De tonijn-"martini" heeft soms een heel eigenaardig effect op mensen.'

'Je moet me helpen uitkiezen wat ik aan moet,' zegt Harper.

'Wat maakt het uit?' vraagt Ainsley. 'Als het toch geen afspraakje is.'

Dat is een goede vraag. Harper weet wat Ramsay aan zal hebben: een kaki pantalon, een stropdas van Vineyard Vines, een donkerblauw colbert. Hij zal een scheiding opzij hebben en je zult de sporen van zijn kam door zijn haar zien lopen. Hij zal gladgeschoren zijn en de glazen van zijn bril hebben gepoetst. Harper kan wel een Lilly Pulitzer aantrekken, of zelfs de minst suggestieve japon die ooit is ontworpen – de Roxie – in zachtroze of Barbara Bushblauw, maar nu ze een paar weken mensen heeft gekleed, beseft ze wel dat ze bijna veertig jaar heeft verspild met het dragen van...

wat? Haar vaders afgedankte golfshirts, afgeknipte spijkerbroeken, T-shirtjurkjes van J. Crew en 'voor speciale gelegenheden' dingen uit het aanbiedingenrek van Banana Republic en Ann Taylor LOFT – en bovendien is alles wat ze heeft drie maten te groot. Het is een openbaring om eindelijk eens wat mooie kleren te hebben, vrouwelijke kleren, kleren die passen. Ze wil iets leuks en opvallends aan voor dit etentje. Het is voor het eerst dat ze uitgaat op Nantucket. Ze is hier heel iemand anders en daar wil ze zich ook naar kleden.

Ze is dol op het merk Parker, maar ze is geen type voor lovertjes en veren en hun gebreide jurkjes zijn te gewoontjes. Ze past jurken van Nanette Lepore en Rebecca Taylor – maar de winnaar is, volgens zowel Caylee als Ainsley, een witzijden hemdjurkje van Alice + Olivia, met drie zwart kanten, ruitvormige inzetten langs de zijkanten.

Door haar donkere haar en haar zongebruinde huid staat de zwart-witcombinatie haar fantastisch. Ainsley kiest er een zwartfluwelen halskoordje bij en Caylee een paar zwarte lakleren slippertjes met een laag punthakje, want op iets hogers kan Harper niet lopen.

Eenmaal aangekleed blijft ze even voor Tabitha's passpiegel staan. Ze ziet er goed uit, denkt ze, en dat heeft niet zoveel met de jurk of de schoenen te maken. Ze is ontspannen. Ze lacht.

De Pearl is inderdaad een sexy tent – chic en elegant. Ramsay heeft twee hoekplaatsen gereserveerd aan de bar van witte onyx. De bar wordt van onderaf verlicht, wat voor een soort bovenaardse gloed zorgt.

'Twee passievruchtmartini's,' zegt Ramsay. Harper wil bijna protesteren, maar een passievruchtmartini klinkt zalig en ze hoopt dat haar maagklachten nu eindelijk eens verdwenen zijn.

Harper klinkt met Ramsay. De avond is begonnen.

Ramsay bestelt voor hen allebei: noedels met gekonfijte eend, de tonijnmartini met crème fraîche en wasabi tobiko, de kort gegrilde steak met gebakken kwartelei, de roergebakken zout-en-peperkreeft.

'En nog een paar martini's!' zegt Ramsay.

De barvrouw, een vrolijke blondine met een bekakt Engels accent, lacht naar Harper en Ramsay. 'Leuk dat jullie er weer eens zijn,' zegt ze. 'Ik heb jullie gemist.'

'O,' zegt Harper. 'Maar ik ben...'

'Dank je, Jo,' zegt Ramsay. 'Wij hebben jou ook gemist.'

Bij de derde martini – en daar blijft het bij, besluit Harper, en daarna gaat ze over op water – kan ze eindelijk met Ramsay praten over de dingen waar ze overdag niet over durft te beginnen.

'Mis je mijn zus?' vraagt Harper.

'Ja en nee,' zegt Ramsay. 'Ik ben van nature een regelaar. Ik heb zo mijn best gedaan om Tabitha te helpen, maar het is me niet gelukt. Ze gaf me de kans niet.'

Harper knikt. 'Ze is anderhalve minuut vóór mij geboren. Ze is altijd onafhankelijk en zelfredzaam geweest. Terwijl ik altijd hulp nodig had.'

'Wie is dan jouw steun en toeverlaat?' vraagt Ramsay.

Hoe gaat Harper die vraag beantwoorden?

'De afgelopen paar jaar is mijn liefdesleven nogal ingewikkeld geweest,' zegt Harper en ze schudt haar hoofd omdat dat eigenlijk te zacht uitgedrukt is. 'Ik had een minnaar, een getrouwde minnaar.'

'Ahhh,' zegt Ramsay.

'Zijn naam is Reed Zimmer,' zegt Harper. Het voelt zo goed zijn naam hardop te kunnen zeggen dat de tranen in haar ogen springen. 'Hij is ook een regelaar. Een arts. Hij was mijn vaders arts, dus hij zorgde voor mijn vader en daardoor indirect ook voor mij. Hij heeft een rustig soort overwicht dat me een veilig gevoel gaf wanneer ik met hem samen was. Wat natuurlijk stom is, want ik was verre van veilig. Hij was van iemand anders. Van zijn vrouw, Sadie. En ik trapte in de val waar alle minnaressen in trappen: ik geloofde dat Sadie er niet toe deed. Ik geloofde dat hij haar uiteindelijk voor mij zou verlaten.'

'Maar dat deed hij niet?' zegt Ramsay.

'Sadie kwam achter onze verhouding,' zegt Harper. 'Ze betrapte ons de avond dat mijn vader overleed en een paar dagen later schopte ze een scène op Billy's begrafenis. Reed stuurde me een sms'je met het verzoek voorlopig even geen contact meer met hem op te nemen.' Harper staart naar de bodem van haar martiniglas. Waarheidsserum. Ze praat nóóit zo veel – maar aan de andere kant: tegen wie zou ze dat moeten doen? Behalve dan Ramsay, hier en nu. 'Ik heb via via gehoord dat hij bij haar weg is en vrij heeft genomen van zijn werk in het ziekenhuis. Ik weet niet waar hij is of wat hij doet. Ik weet niet of hij nog op de Vineyard is of dat hij rondloopt in de echte wereld. Ik weet niet of hij op zoek is naar mij of naar zichzelf. Ik voel me schuldig over wat ik Sadie heb aangedaan, maar nog meer over wat ik Reed heb aangedaan. Ik geloof namelijk dat hij een goed, oprecht mens is en op de een of andere manier heb ik hem op het verkeerde pad gebracht. Ik heb zijn karakter besmeurd en zijn integriteit kapotgemaakt. Op de avond dat Sadie ons met elkaar betrapte, vroeg ik hem naar mij toe te komen. Hij wilde het niet, maar ik heb hem gesmeekt te komen.'

'Nou ja, je vader was net overleden,' zegt Ramsay. 'Ja, toch?'

Harper draait rondjes met haar martiniglas. 'Ik maak een zooitje van alles wat ik doe,' zegt ze. 'Het is een vloek. Toen onze ouders uit elkaar gingen en ik met Billy meeging, dacht ik een soort wedstrijd te hebben gewonnen. Maar uiteindelijk blijk ik de grote verliezer te zijn.'

'Dat geloof je zelf niet,' zegt Ramsay.

'Jawel. Tabitha gelooft het ook en ik denk dat zelfs mijn moeder het gelooft. En vlak voor hij stierf, keek mijn vader me aan en zei: "Sorry, kindje." Eerst snapte ik niet helemaal wat hij bedoelde, maar inmiddels ben ik erachter. Het speet hem dat ik was geworden wie ik ben. Het speet hem dat hij me niet kon helpen.'

'Kom op nou, Harper,' zegt Ramsay. 'Je bent een mooie, intelligente vrouw. Net zo intrigerend als je zus, maar, als ik dat zo mag zeggen, veel leuker.'

'Zo leuk dat ik met moeite mijn studie heb kunnen afmaken,' zegt Harper. 'Zo leuk dat ik er, toen ik in Edgartown als serveerster werkte bij een tent die Dahlia's heette, in toestemde een pakketje af te leveren voor een vent die bekendstond als drugsdealer. Ik werd gearresteerd, verlinkte hem en zorgde er zo voor dat de hele operatie werd opgerold.'

Ramsays ogen werden groot achter zijn brillenglazen. 'Dat meen je niet.'

'Maar dat is nog niet het ergste wat ik ooit heb gedaan,' zegt Harper. 'En met dokter Zimmer naar bed gaan is ook niet het ergste.'

'Mag ik vragen wat dan wel?' zegt Ramsay.

Harper kijkt hem aan. 'Heeft Tabitha je nooit verteld waarom we niet met elkaar praten? Heeft ze er nooit iets over losgelaten?'

'Nooit,' zegt Ramsay. Hij kijkt alsof hij het meent, maar Harper kan zich niet voorstellen dat Tabitha zo lang met iemand heeft samengewoond en hem nooit heeft verteld over de nacht dat Julian is overleden.

'Goed,' zegt Harper. Ze weet niet goed wat ze moet zeggen. Ze zou bijna willen dat Tabitha hem haar versie van het verhaal al had verteld, zodat Harper die alleen nog maar had hoeven bevestigen of ontkennen. Ze drinkt haar laatste slokje martini. Waar ze echt trek in heeft is een glaasje Jägermeister. 'Tabitha geeft mij de schuld van Julians dood.'

Ramsay schudt zijn hoofd alsof hij water uit zijn oren probeert te krijgen. 'Wat?' zegt hij. 'Waarom? Waarom zou ze dat doen?'

Maar die vraag kan Harper niet beantwoorden. Ze laat zich van haar kruk glijden en staart hem aan. Ze wil zó graag dat hij begrijpt dat ze Julian níét heeft gesmoord met een dekentje, hem heeft verdronken in de badkuip of hem door elkaar heeft geschud omdat hij niet ophield met huilen. Harper zou hem nu eigenlijk moeten uitleggen wat er die dag, die avond is gebeurd – maar zelfs nu, veertien jaar later, is het nog te pijnlijk om aan terug te denken.

'Bedankt voor het etentje,' zegt ze en ze loopt het restaurant uit. Ze kijkt nog één keer naar Ramsay om. Hij zit er nog, verbijsterd, en maakt geen aanstalten achter haar aan te komen.

Ze loopt de hele weg naar huis op haar blote voeten – die rothakjes kunnen haar gestolen worden – en denkt bij zichzelf: de dagen van Alcyone – de dagen dat het niet stormt – zijn voorbij. Ze houdt het geen seconde langer uit. Ze pakt haar telefoon, staart naar het schermpje – een foto van lang geleden, van haar en Billy op de boot, met Billy die een zeebaars omhooghoudt – en doet haar best om naar haar verstand te luisteren. Maar nee, sorry. Ze belt Reed en wordt doorgeschakeld naar zijn voicemail. Ze moet hem iets vertellen. Het is maar een vermoeden, maar ze kan het niet inspreken. Ze hangt op.

Maar dan, bijna onmiddellijk, gaat haar telefoon over. Reed? Of is het Ramsay, die zojuist is bekomen van de schrik? Harper wacht tot de beltoon stopt en het piepje aantoont dat het gesprek naar voicemail gaat. Dan kijkt ze op het schermpje.

Het is een onbekend Vineyard-nummer, netnummer 693. Ze loopt op dat moment langs Cliff Road en blijft stokstijf staan. Misschien is het Reed, die van een vast nummer belt.

Het duurt even voordat Harper zichzelf ertoe kan zetten het berichtje af te luisteren.

'Hallo Harper. Je spreekt met Edie Donegal, Brendans moeder. Ik begrijp dat je waarschijnlijk nog weg bent, maar ik vond toch dat ik je moest bellen. Het gaat niet zo goed met Brendan. Ik weet dat je om hem geeft en hoewel ik je absoluut niet tot last wil zijn, wilde ik je toch vragen om een dezer dagen bij hem langs te komen. Het is het enige wat ik kan bedenken dat hem misschien kan helpen. Dank je, Harper, en nog een prettige avond.'

Harpers hoofd voelt opeens te zwaar om overeind te houden.

Brendan. Arme Brendan. En toch denkt Harper dat ze Brendan in haar huidige gemoedstoestand niet zal kunnen helpen. Ze zou het alleen maar erger maken.

Ze wist het bericht.

Ze kan geen stap meer zetten. Haar maag draait om en ze wordt overvallen door groene golven van misselijkheid. Ze geeft over in het gras langs de kant van de weg.

Meer dan een vermoeden, denkt ze. Ze weet het zeker.

Ze is zwanger.

Nantucket

Er breekt nu een periode aan waarin het weer zo beestachtig heet is dat de mensen het over niets anders meer willen hebben. Om twaalf uur 's middags is het al over de dertig graden – wat sinds de hittegolf van 1936 nooit meer is voorgekomen. De klinkertrottoirs van de stad liggen te bakken in de zon; op strand is het niet te harden. Er staat geen wind, er zijn geen wolken en er valt niet te ontkomen aan de verzengende hitte.

Het is te heet om te roddelen. Niemand kan lang genoeg stil blijven zitten om te luisteren.

Maar op het verzekeringskantoor van Striker & McClain staat de airco hoog, zo hoog dat elke cliënt die binnenkomt een zucht van verrukking slaakt.

Percil Ott laat zich in de leunstoel naast het bureau van de receptioniste, Bonnie Atkinson, zakken. Percil zegt tegen Bonnie dat hij Ramsay Striker wil spreken over een te vervangen voorruit.

'Maar het heeft geen haast,' zegt Percil tegen Bonnie. 'Ik zou hier de hele dag kunnen blijven zitten.'

Bonnie rolt met haar ogen. Percil is een gepensioneerde man die zichzelf heel graag hoort praten. Ze voelt er niets voor te worden meegezogen in zijn draaikolk.

‘Ik zal Ramsay laten weten dat u er bent,’ zegt Bonnie.

Ramsay werkt in een hoek achter in het kantoor en Bonnie ziet dat hij zijn scheidingswanden heeft neergezet, wat ongebruikelijk is. Bonnie werkt al eenentwintig jaar bij Striker & McClain en ze kan zich niet herinneren dat dit ooit eerder is gebeurd. Verstandelijk begrijpt ze wel dat scheidingswanden betekenen dat Ramsay behoefte heeft aan privacy, maar Bonnie voelt een acute aanval van natuurlijke nieuwsgierigheid opkomen. Ze gluurt door een kier en ziet dat Ramsay geconcentreerd zijn computerscherm zit te bestuderen. Bonnies hand schiet naar haar borst. Pornografie? Ze heeft in Ramsay nooit een type gezien dat naar porno kijkt; hij is knap genoeg om elke vrouw te kunnen krijgen die hij wil – kijk maar eens naar die tweeëntwintigjarige barkeepster met wie hij bijna drie maanden iets had gehad! Maar dan spiegelt Bonnie haar verwachtingen aan de realiteit: iedereen kijkt porno. Iedereen behalve Bonnie en haar man, Norm Atkinson. Norm kijkt liever herhalingen van *The Andy Griffith Show.*

‘Neem me niet kwalijk, Ramsay,’ zegt Bonnie. ‘Percil Ott is er en wil je graag spreken.’

Ramsay schrikt op alsof hij daadwerkelijk op iets illegaals is betrapt. Over zijn schouder heen ziet Bonnie echter nog net een stukje van het scherm. Het is een oud artikel uit *The Inquirer and Mirror.*

Ramsay staat op en schuift een van de scheidingspanelen opzij. ‘Bedankt, Bonnie,’ zegt Ramsay. ‘Ik weet dat meneer Ott niet tot je favorieten behoort. Ik ga wel naar hem toe.’ Hij loopt de hal in en laat Bonnie in de opening van zijn kantoor staan.

De meesten onder ons zullen misschien beweren dat ze nooit zouden hebben gedaan wat Bonnie Atkinson vervolgens doet, maar dan zouden de meesten onder ons wel liegen. Bonnie loopt naar Ramsays computer en leest snel de tekst die op het scherm staat. Ze ziet dat het een overlijdensbericht is. Een overlijdensbericht voor een pasgeboren jongetje, Julian Wyatt Cruise, geboren op 28 mei 2003, overleden op 15 augustus 2003. Bonnie houdt haar adem in. Nog geen drie maanden oud. Als doodsoorzaak wordt 'ademhalingsstilstand' genoemd.

Waarom is Ramsay hierin geïnteresseerd? vraagt Bonnie zich af. Dan ziet ze de namen van de naaste familie. *Vader: Wyatt Cruise. Moeder: Tabitha Frost.*

Een andere plek die verrukkelijk airconditioned is tijdens de verschrikkelijke hittegolf is de ERF-boetiek. Wij begrijpen de achterliggende gedachte: niemand heeft zin om kleren te passen wanneer ze transpireert en met dit weer is het op alle plekken met airconditioning opeens veel drukker.

Om elf uur 's ochtends, op de vijfde dag van ondraaglijke hitte, heeft Caylee Keohane een rustig momentje op haar werk. Er zijn net lang genoeg geen klanten in de winkel om te kunnen denken: is deze hittegolf het gevolg van de opwarming van de aarde? En is de nieuwe president nog van plan er iets aan te dóén?

Caylee verveelt zich. Het is Ainsleys vrije dag – ze heeft gezegd dat ze thuis zou blijven, schaafijs ging eten en de hele dag afleveringen van *Girls* ging kijken. Harper is in zo'n slechte bui op haar werk verschenen dat Caylee haar heeft voorgesteld een lange lunchpauze te nemen en daarna misschien nog even met de Bronco naar 40th Pole te rijden om een verkoelende duik te nemen. Eerst dacht Caylee dat Harpers stemming aan de hitte te wijten was, maar achteraf realiseert ze zich dat Harper al sinds haar afspraakje met Ramsay dat dus geen afspraakje was heel erg prikkelbaar is. Is er iets gebeurd? Heeft Ramsay geprobeerd Harper tegen haar zin te versieren, of heeft hij dat juist níét gedaan terwijl zij dat wel wilde? Caylee kan het Harper niet vragen, want zij en Harper hebben niet zo'n vertrouwelijke band gekregen als Caylee en Ainsley. Harper is altijd aardig, altijd vriendelijk, maar over persoonlijke dingen is ze heel gereserveerd.

Terwijl Caylee zit te peinzen wat er met Harper aan de hand kan zijn, gaat de deur open en komt er een donkerharig meisje binnen met een bekertje ijskoffie in haar hand. Het meisje komt haar bekend voor, maar voordat Caylee kan uitvogelen wie ze is, moet ze eerst iets anders afhandelen.

'Het spijt me,' zegt Caylee en ze doet haar best oprecht spijtig te klinken en niet alleen maar geërgerd, hoewel er echt een mededeling op de deur hangt met: GEEN ETENSWAREN, GEEN DRANKJES, GEEN UITZONDERINGEN. 'Je zult je koffie buiten moeten laten.'

Het meisje houdt haar hoofd een beetje schuin en hijst haar tas – waarin Caylee een bruin leren 'Hobotas' van Chloe meent te herkennen – wat hoger op haar schouder. 'Toen ik hier de vorige keer was, waren er hapjes én drankjes. Hoe zit dat dan?'

Dan weet Caylee het opeens: dit meisje met haar tas van twee en een half duizend dollar is Ainsleys vriendin – of voormalige vriendin – Emma. Anders dan Harper heeft Ainsley Caylee wel alles over haar leven toevertrouwd. Ze heeft Caylee verteld dat ze gin uit het huis van haar oma heeft gestolen en dat Emma de fles in Candace' kluisje heeft gezet, maar dat vervolgens alles in de soep is gelopen en Emma en Candace zijn gaan samenspannen tegen Ainsley, zodat Ainsley een schorsing van drie dagen aan haar broek kreeg. Daarna hadden de meisjes haar huis met eieren bekogeld. Het is genoeg om Caylee te doen terugdenken aan haar eigen middelbareschooltijd. Kinderen zijn wreed omdat ze jaloers zijn, in de war of gewoon slecht worden opgevoed. Ainsley heeft Caylee verteld dat Emma bij haar vader, Dutch, woont, die een restaurant heeft op de luchthaven van Nantucket. De moeder woont ergens in Florida; Emma schijnt haar nooit te zien. Caylee heeft medelijden met ieder kind dat een ouder heeft verloren, of die ouder zijn of haar kind nu in de steek heeft gelaten of is overleden – Caylees eigen moeder is drie jaar geleden overleden aan borstkanker en Caylee mist haar nog elke seconde van elke dag – maar ze vermoedt ook dat in Emma's geval de afwezigheid van een moeder haar hele ziel heeft verzuurd.

'Dat was een speciale gelegenheid,' zegt Caylee. 'Tijdens gewone kantooruren is het niet toegestaan etenswaren of drinken mee naar binnen te nemen. Het spijt me zeer, maar je zult je koffie buiten moeten opdrinken.'

Emma zet het bekertje vlak voor de deur op de stoep. Caylee durft er vijftig piek om te verwedden dat ze het straks zal vergeten zodat Caylee het voor haar kan weggooien.

'Bedankt,' zegt Caylee. 'En kan ik je nu misschien ergens mee helpen?'

'Eigenlijk wel, ja,' zegt Emma. 'Ik ben op zoek naar Ainsley. Is ze er?'

'Nee, ze is er niet,' zegt Caylee, ook al lijkt haar dat wel duidelijk. Er is verder niemand in de winkel. 'Ze is vandaag vrij.'

'O,' zegt Emma. 'Boft zij even.' Ze pakt een ERF-jurk uit het rek – een jurk met lange mouwen en een grote strik bij de hals, die doet denken aan wat Dustin Hoffman droeg in *Tootsie* – en houdt hem voor haar lichaam. 'Deze is afgrijselijk.'

Toevallig is Caylee het met haar eens, maar ze is niet van plan met Emma mee te praten en haar het huismerk te laten afkraken. 'Ik zal tegen Ainsley zeggen dat je langs bent geweest,' zegt ze.

Emma snuift verongelijkt en loopt naar het deel van de winkel waar de andere, jongere merken hangen. Ze voelt aan een zwart, met kralen versierd topje van Parker.

'Ik heb deze in het wit,' zegt Emma.

Caylee glimlacht vriendelijk. Emma loopt naar de tafel met 'klein spul' – ceintuurtjes, sjaaltjes, zonnebrillen en de glazen pot met kanten strings. Ze voelt aan de sjaaltjes, bekijkt de ceintuurs en past de zonnebrillen. Caylee onderdrukt een geeuw. Norah Jones zingt: 'Come Away With Me'.

Opeens krijgt Caylee een idee.

'Ik ga even naar het toilet,' zegt ze. 'Ik ben zo terug.'

'Zie maar,' zegt Emma.

Caylee gaat het kantoortje binnen en trekt de deur met een hoorbare klik achter zich dicht. Terwijl ze met harde stappen van haar sleehakken de gang in loopt kijkt ze op haar telefoon naar de beelden van de beveiligingscamera. En ja hoor: Emma Marlowe staat om zich heen te kijken, zoekend naar camera's, maar de camera die Eleanor heeft laten installeren is zo ontworpen dat hij eruitziet als de sproeikop van een sprinklersysteem. Emma steekt haar hand in de glazen pot en graait er twee kanten strings uit. Ze laat de buit ter waarde van zesendertig dollar in haar tas van vijfentwintighonderd dollar verdwijnen. Bij ieder ander zou Caylee de winkeldiefstal zelf hebben afgehandeld, maar voor Emma belt Caylee de politie.

Hebbes, denkt ze.

Niemand kijkt ervan op dat Emma Marlowe is betrapt op winkeldiefstal. Zelfs de agent die naar de winkel komt, sergeant Royal DiLeo, is niet verbaasd. Hij heeft deze zomer ingegrepen bij alle tienerbierfeesten waar dat noodzakelijk was en Emma, met haar sarcastische, over het paard getilde manier van doen, was op al die feestjes aanwezig geweest. Wat mensen wel verrast is dat Dutch Marlowe zijn restaurant op de luchthaven verlaat om naar de winkel te komen en een goed woordje te doen voor zijn dochter. Weet hij veel dat dit ongekende stukje vaderlijke ondersteuning zich tegen hem zal keren. Want op het moment dat hij de ERF-boetiek binnenloopt en ziet dat het Caylee Keohane is die zijn dochter heeft betrapt, heeft hij er meteen spijt van.

Caylees ogen spuwen vuur wanneer ze Dutch ziet. 'Wat doe jij hier?' vraagt ze.

'Dat is mijn vader,' zegt Emma.

'Je... je...' zegt Caylee.

Dutch strijkt met een hand over zijn kaalgeschoren hoofd en smeekt de jonge vrouw zwijgend niet te vertellen waarvan ze hem kent. Het was Dutch Marlowe die Caylee bij haar perfect ronde billen had gegrepen waarna zij een whisky-cola in zijn kruis had gegoten. Shorty, de bedrijfsleider van de Straight Wharf, had haar vervolgens ontslagen. Shorty had Caylee liever niet ontslagen. Ze was een onvermoeibaar harde werker met een fijne persoonlijkheid – een topcombinatie in de horeca, waar het zo vaak maar één van de twee is – en hij was er honderd procent van overtuigd dat Dutch Caylee wel degelijk bij haar billen had gegrepen. Maar helaas had Shorty geen keus. Hij ging op woensdagavond altijd pokeren bij Dutch thuis en stond voor vijfenveertighonderd dollar bij Dutch in het krijt.

Dutch is, zoals we allemaal weten, een volstrekt gewetenloos iemand, maar hij voelde zich toch wat schuldig over Caylees ontslag. Het was niet zijn bedoeling geweest om in haar kont te knijpen. Hij had het in elk geval niet met voorbedachten rade gedaan, maar ze was die avond heel vaak achter de bar vandaan gekomen en dat kontje in die witte jeans had op Dutch dezelfde uitwerking gehad als de rode lap van een matador op een stier. Wat moest hij ervan zeggen? Dutch was nu eenmaal een man, doorlopend geil en eenzaam bovendien.

Maar hij vindt het toch geen fijn idee dat Emma hier te horen zal krijgen dat haar vader een wellustige klootzak is.

Caylee snauwt: 'Je vader?' Ze haalt diep adem en bereidt zich voor om Emma eens goed de waarheid te vertellen over haar vader, maar uiteindelijk schudt ze alleen haar hoofd. 'Waarom verbaast mij dat nou niet?'

Martha's Vineyard

In juli is het zo druk op het eiland dat we bang zijn dat het omkiepert – dat het benedeneiland een snoekduik neemt en Chilmark en Aquinnah op hun kop komen te staan. Op een gegeven moment telt het eiland negentigduizend zielen en niet veel later zelfs eenennegentigduizend. Het schip ligt zo diep in het water – verzwaard met jeeps, landrovers en hummers – dat het ons doet denken aan een zwangere vrouw nadat de baby is ingedaald. Om negen uur 's ochtends is er bij State Beach al geen parkeerplek meer te vinden; bij de Port Hunter geldt een wachttijd van twee uur voor een tafeltje. Om half zes staan er 111 wachtenden in de rij voor de Bite en om half zeven is dat aantal opgelopen tot 147. Er vinden gemiddeld vijftien aanrijdingen per dag plaats; bij zes daarvan zijn taxi's betrokken.

Maar wie op dit eiland heeft niet naar deze zomerse dagen uitgekeken? Zeilboten laveren in de haven van Edgartown, tennisballen raken de baseline op de Field Club en ontlokken ons onze beste John McEnroe-imitaties: *Die bal was in! De kalk vloog alle kanten op!* Dochters van de rijken der aarde laten hun borsten bruinen op de stranden van Lucy Vincent. Elke avond lezen in de boekwinkel, Bunch of Grapes, schrijvers zoals Charles Bock, Jane Green, Richard Russo, voor uit eigen werk. Skip Gates rijdt op zijn driewieler naar Katama; Keith Richards loopt met zijn kleinkinderen bosbessen te plukken langs Middle Road; Noah Mayhew, die reserveringen opnam voor The Covington, wordt zo overspoeld door telefoontjes van veeleisende en verwende mensen die er willen komen eten dat hij ontslag neemt, naar Oregon verhuist en in een ashram gaat wonen.

Na het horen van dit nieuws over haar achterneef Noah, overweegt Indira Mayhew, die bijna veertig jaar als veerbootkapitein op de On Time II heeft gewerkt, serieus om zijn voorbeeld te volgen, hoewel ze nooit aan yoga heeft gedaan.

Hoe heeft, met alles wat er gaande is, iemand nog de tijd om zich af te vragen wat er met het huis van Billy Frost gebeurt? Daggett Avenue is een doodgewone straat in het gedeelte van Tisbury dat het hele jaar door bewoond wordt – en vanaf de stoep gezien ziet het huis er al net zo alledaags uit. Iemand met wat meer aandacht voor de straat – bijvoorbeeld iemand die limonade wil verkopen op de hoek of de buurt verkent met criminele bedoelingen – zou Franklin Phelps' pick-up door de buurt kunnen zien rijden en verder onderzoek zou uitwijzen dat die pick-up vaak in Billy's achtertuin geparkeerd staat. Maar niemand besteedt extra aandacht aan de straat.

Franklin heeft heel bewust onderaannemers van over het hele eiland ingehuurd: de elektricien komt uit Falmouth en de loodgieter uit Mashpee. Deze mensen hebben geen flauw benul van de roddels op de Vineyard; ze komen gewoon naar het huis en doen hun werk. De enige man die Franklin vertrouwt – en voor dit project ook echt nódig heeft – is Tad Morrissey. Tad is Franklins rechterhand. Hij kan alles – tegelen, stuken, timmeren – en hij doet het zonder morren. Bovendien is hij, ook al is hij een Ier, een man van weinig woorden. Een menselijke kluis. Tegenover Tad hoeft Franklin nooit in detail te treden; hij begrijpt het toch wel. *Mijn zus mag niet weten dat we aan het huis van Billy Frost werken. Begrijp je wel?*

Tad knikt met een mond vol spijkers.

Franklin is bang dat iemand hem die eerste avond in de Ritz in gezelschap van Tabitha heeft gezien en dit aan Sadie heeft verteld in de veronderstelling dat Tabitha Harper was, maar toen hij er de volgende dag nog niets over gehoord had, nam hij aan dat het wel goed zat. Hij was er in de Outermost Inn heel duidelijk over geweest tegen Annalisa: *Ik kom eten met Tabitha Frost, Harpers tweelingzus, en dat mag niemand weten.* Franklin kent Annalisa al vanaf de lagere school. Hij heeft haar verteld dat hij haar blindelings vertrouwt, in de hoop dat dat voldoende is om haar stilzwijgen te garanderen.

Een paar dagen nadat Franklin fulltime aan de slag is gegaan in Tabitha's huis, wordt hij uitgenodigd om bij zijn ouders thuis, in Katama, te komen eten. Zijn moeder maakt geen gebruik van een mobiele telefoon of een computer, dus plakt ze een kaartje op de voordeur van zijn huis aan Grovedale Road, in Oak Bluffs, waar ze op geschreven heeft: ETEN, MAANDAG 18.00 UUR. Franklin is al blij dat hij de minimalistische uitnodiging bijtijds ziet hangen; hij heeft elke nacht bij Tabitha doorgebracht, in Billy's huis. Hij komt alleen thuis om schone kleren te halen en op een gegeven moment ook zijn scheerapparaat.

Hij zucht. Hij kan Tabitha natuurlijk niet meenemen naar zijn ouders. Dan zou de hel losbreken.

Hij realiseert zich dat de hel toch wel gaat losbreken. Maar hij kan het moment waarop dat gaat gebeuren nog heel even afwenden.

En in feite begint de avond bij de familie Phelps best goed. Tabitha neemt het nieuws dat Franklin bij zijn ouders gaat eten heel kalm op. Ze zegt dat ze van plan is thuis te blijven en het toilet te gaan schilderen, in een tint zilvergrijs die Paul Revere's Ride heet. Franklin vindt het prima: Tabitha heeft een uitstekende smaak – dat wil zeggen: ze vindt hetzelfde mooi als hij.

De oudere Phelpsen zijn zoals altijd in een opgewekte stemming. Bijna iedereen hier mag Al Phelps graag omdat hij altijd zo'n toegewijde en welwillende schooldirecteur is geweest. Nu hij met pensioen is doet hij vaak boodschappen en drinkt dan voor de gezelligheid een kopje koffie bij Mocha Mott's. Hij staat erom bekend dat hij regelmatig oud-leerlingen op een kop koffie trakteert. Lydia is een actief lid van leesclub Het Goede Punt, en werkt wekelijks een dag als vrijwilligster voor de plaatselijke voedselbank.

Beide oudere Phelpsen omhelzen hun zoon. Lydia laat haar hand over Franklins gladgeschoren gezicht glijden.

'Ik ben blij dat je je hebt geschoren,' zegt ze. 'Christine Velman zei laatst dat ze je op Barnes Road voor het kruispunt had zien staan en dat je toen een baard had.'

'Néé,' zegt Franklin. Hij schudt zijn hoofd. Als Christine Velman zijn moeder al verslag uitbrengt over zijn baardgroei, hoe lang duurt het dan nog voordat iemand Lydia vertelt dat Franklin iets heeft met de tweelingzus van de vrouw die Sadie heeft bedrogen – en, zo mogelijk nog erger, aan het huis van haar vader werkt?

Al Phelps slaat zijn zoon op zijn rug. 'Biertje?'

'Lekker,' zegt Franklin.

Sadie arriveert vlak na hem, wat gunstig is, denkt Franklin, omdat Lydia nu niet de kans krijgt om over haar te beginnen. Eén blik op zijn zus vertelt Franklin echter al wat zijn moeder hem zou hebben verteld als ze daar de kans toe had gekregen. Sadie is minstens vijf kilo afgevallen en ze was van zichzelf al niet zo zwaar. Haar wangen zijn ingevallen en haar gezicht oogt, bij gebrek aan een beter woord, uitgemergeld. Ze draagt haar haar altijd kort, maar nu ziet het eruit alsof ze er in een aanval van verdriet de keukenschaar in heeft gezet. Ze heeft paarsrode kringen onder haar ogen en ze beeft.

Franklins moed zakt hem in de schoenen. Hij weet dat Sadie de taartenwinkel 'tot nader order' heeft gesloten, maar hij had gehoopt dat ze die tijd zou gebruiken om uit te rusten en te herstellen. Hij had gehoopt dat ze boven haar ellende uit zou stijgen en misschien zelfs zou kunnen genieten van haar nieuwe zelfstandigheid. Reed is haar ontrouw geweest – dat is waar. Hij heeft haar bedrogen met de dochter van een van zijn patiënten, een vrouw wier normen en waarden eerder door de meeste eilanders al in twijfel waren getrokken vanwege haar betrokkenheid bij Joey Bowen.

Franklin heeft zijn zus nog niet verteld hoe hij erover denkt, namelijk dat hij Harper geen slecht mens vindt. Hij heeft haar altijd graag gemogen. Zij luisterde graag naar zijn muziek; ze kwam altijd kijken als hij speelde en was de eerste geweest om zijn geflopte cd met eigen nummers te kopen. Harper is nooit anders dan lief en aardig voor hem geweest en hij heeft met eigen ogen kunnen zien wat ze allemaal heeft moeten verdragen toen ze nog als serveerster bij Dahlia's werkte. Die meisjes werden geplaagd en betast en lastiggevallen. Een kans om niet meer met drankjes te hoeven sjouwen en iets veel makkelijkers te doen – ook al was het illegaal en gevaarlijk – voor Joey Bowen moet een uitkomst hebben geleken.

Verder is Franklin van mening dat geen enkele buitenechtelijke affaire ooit de schuld is van slechts één van de partners; het toont alleen aan dat de verbintenis op instorten staat. Afgelopen winter is Franklin een keer bij Reed en Sadie langs geweest om een recept voor een antibioticakuur te halen; Franklin had last van een akelige bronchitis die zowel zijn werk als zijn optredens in de war stuurde. Het was zondagmiddag: Sadie was in de taartenwinkel en Reed was alleen thuis en zat met een glas achttien jaar oude Aberlour naar een play-offwedstrijd van de Patriots te kijken. Hij nodigde Franklin uit om mee te kijken.

Hij hield zijn glas omhoog. 'Aberlour heeft bijzondere medicinale eigenschappen, weet je.'

Toen ze allebei twee glazen ophadden – Franklin met water, Reed puur – zette Reed het geluid van de televisie zachter; de Patriots wonnen met overmacht. Reed zei: 'Zegt je zus wel eens dat ze gelukkig is met mij?'

De vraag was zo welkom als een bowlingbal in zijn buikstreek. Franklin haalde diep adem en deed zijn mond al open om zijn zwager te verzekeren dat, ja, zijn zus heel gelukkig was. Natuurlijk was ze gelukkig! Waarom zou ze niet gelukkig zijn? Het hele eiland was van mening dat dokter Reed Zimmer een *geweldige vent* was. Betrouwbaar, integer, toegewijd. Een van Martha's Vineyards schatten – een held, zelfs. Maar in werkelijkheid had Franklin Sadie toevallig een keer met hun moeder, Lydia, horen praten tijdens een van de familie-etentjes waar Reed niet bij had kunnen zijn omdat hij was weggeroepen naar het ziekenhuis. Sadie had bij Lydia haar hart gelucht omdat Reed opeens had besloten dat hij kinderen wilde.

Maar ik vertik het, had Sadie gezegd. *En ik zal hem blijven straffen tot hij die woorden terugneemt.*

Franklin had niet verder willen luisteren en was naar zijn vader gevlucht, die over niets controversiëlers wenste te praten dan de lokale politiek.

'Ik weet het niet,' zei Franklin tegen zijn zwager. Hij en Reed hadden nog nooit een openhartig gesprek gehad. Hij wist niet eens dat Reed ertoe in staat was. Maar Reed had natuurlijk iemand nodig om in vertrouwen te nemen; zo iemand had iedereen nodig.

'We slapen al meer dan een jaar niet meer met elkaar,' zei Reed. Hij had zijn whisky achterovergeslagen en nog een keer ingeschonken. 'En dan heb ik het over seks, maar we hebben inmiddels ook gescheiden slaapkamers. Ze wil me niet meer aanraken, Franklin.'

Franklin wist niet wat hij moest zeggen. Hij voelde zich er uiterst ongemakkelijk bij. Het een-na-laatste waarover hij iets wilde horen was het seksleven van zijn zus; het allerlaatste waarover hij iets wilde horen was het seksleven van zijn ouders. Maar alles bij elkaar maakte hij eruit op dat Reed uit haar bed verbannen Sadies manier was om hem te straffen. En nu wil Franklin beslist niet zeggen dat het Reeds goed recht was om een verhouding te beginnen, maar aan de andere kant snapt hij ook niet goed hoe Sadie kon denken dat haar strategie in haar voordeel zou werken, behalve dan dat het voorkwam dat ze zwanger zou raken. Alleen heeft ze nu ook geen man meer.

Op de kop af om zes uur gaan ze aan tafel. Franklins moeder gelooft niet in een drankje vooraf; zij vindt dat hors d'oeuvres de eetlust bederven. Rekening houden met de seizoenen vindt ze ook onzin. Het is half juli en ze heeft een stoofschotel gemaakt van aardappelen met wortelen en uien, warme broodjes en een schaal ijsbergsla met schimmelkaasdressing uit een flesje. Franklin heeft zijn moeder gewaarschuwd dat de boeren van Martha's Vineyard haar nog eens voor de rechter zullen slepen voor het serveren van ijsbergsla. Maar Lydia kent geen schaamte.

Franklin worstelt zich in meerdere opzichten zwetend door de maaltijd heen. Hij kan alleen maar hopen dat zijn moeder als toetje een taart heeft gebakken – met perzik of drie soorten bessen. Hij denkt eraan hoe Tabitha nu de wanden van het toilet zilvergrijs staat te verven, met een paar spatjes verf op haar neus. Voordat hij wegging heeft ze hem verteld dat Wyatt, de vader van haar kinderen, huisschilder van beroep was en haar lang geleden heeft geleerd hoe ze een ruimte moet afplakken. De bliksemflits van jaloezie die Franklin op dat moment voelde, zorgde er bijna voor dat hij van zijn stokje ging.

Pas in de auto, op weg naar het huis van zijn ouders, dacht hij: kinderen? Hij heeft haar alleen maar over een dochter, Ainsley, horen praten.

'Nou,' zegt Sadie, en het woord is haar eerste bijdrage aan de gesprekken aan tafel. 'Waar ben jij momenteel aan het werk, Frankie?' Het verkleinnaampje uit hun jeugd is een speelse toevoeging. Misschien is ze er toch minder erg aan toe dan ze eruitziet. Toch kan Franklin haar niet de waarheid vertellen. Hij koestert de naïeve overtuiging dat Sadie er na verloop van tijd wel anders over zal gaan denken en het dan niet erg meer zal vinden wanneer hij haar vertelt dat hij omgaat met Tabitha Frost.

Het woord 'omgaan' drukt absoluut niet uit wat hij voelt. Hij weet gewoon niet hoe hij het heeft. Hij is tot over zijn oren verliefd op die vrouw.

'Cuttyhunk,' zegt hij nonchalant.

'Echt waar?' zegt ze. Haar toon is ondoorgrondelijk. Daagt ze hem uit of is ze alleen maar onder de indruk?

'Echt waar,' zegt hij.

'Dus je gebruikt de boot?' zegt ze. 'Dan mag je me een keer meenemen.'

'Laten we met z'n allen gaan!' zegt Lydia.

'Rustig aan, schat,' zegt Al. 'Franklin moet daar werken.'

'Dat klopt,' zegt Franklin. 'Geloof me, niets lijkt me leuker dan met jullie drie gezellig een dagje naar Cuttyhunk te gaan, maar dat is gewoon niet haalbaar met het project waar ik momenteel aan werk.'

'Natuurlijk niet,' zegt Al.

Sadie kijkt hem strak aan.

Wanneer Franklin het huis van zijn ouders die avond verlaat is zijn geheim nog intact. Maar hoe veel langer kan hij het nog zo hopen te houden?

Niet veel langer, vermoeden wij allemaal. Want wie is er op dit eiland ooit in geslaagd een geheim te bewaren?

Het is drie dagen later wanneer Tad Morrissey op het parkeerterrein van Cottle's bouwmarkt in Edgartown achteruitrijdt en van rechts in de flank wordt aangereden door Roger Door, die daar ook zijn auto heeft neergezet, maar bijna een uur bij Coop's hengelsportwinkel heeft staan kletsen over waar je het beste op gestreepte zeebaars kan vissen – terwijl hij intussen af en toe blijkbaar een slok nam uit de heupflacon Bushmills die hij altijd bij zich heeft.

Tad herkent Roger Door wel, maar kent hem niet echt en de aanrijding haalt in Tad zijn slechts zelden optredende Ierse temperament naar boven.

'Wat gaan we verdomme nou krijgen?' roept hij. 'Je knalt zó tegen me aan!'

Roger Door stopt snel de heupflacon onder de stoel naast hem en stapt uit zijn pick-up om de schade op te nemen die hij heeft veroorzaakt aan het voertuig van de boze jongeman. Hij krijgt vast een pak rammel van Cecily, zijn vrouw. Roger is een gepensioneerde aannemer en neemt nu alleen nog losse klusjes aan, maar hij is heel selectief in voor wie hij wil werken en brengt daarom het grootste deel van zijn tijd door met vissen vanaf zijn vier meter lange Whaler of samen met Smitty golfen op Farm Neck. En drinken, natuurlijk – maar alleen overdag. Roger Door ligt elke avond om half negen in bed.

Tad stapt ook uit om de schade te bekijken en vindt een gigantische deuk in de zijkant van zijn F-250. De stoom komt uit zijn oren en zijn handen beginnen te jeuken. Het liefst zou hij de oude man recht op zijn bek slaan – zijn neus breken, hem een bloedlip bezorgen. Tad houdt op dezelfde manier van zijn pick-up als de meeste mensen van hun kinderen.

'Sorry,' zegt Roger. Hij gaat wat dichter bij Tad staan en zegt zachtjes: 'Denk je dat we iets kunnen regelen en de verzekering erbuiten kunnen houden?'

'Om de dooie dood niet!' zegt Tad. Hij woont nu zeven jaar op het eiland en heeft te vaak te maken gehad met types als Roger Door – oude zeebonken die denken dat ze alles maar kunnen zeggen en doen waar ze zin in hebben, alleen omdat een van hun voorouders toevallig een keer een wip heeft gemaakt met de oorspronkelijke Martha, van de Vineyard. 'Ik bel de politie.'

Roger Door laat zijn schouders hangen. Cecily vermóórdt hem.

Niet veel later is sergeant Drew Truman ter plekke en maakt hij een rapport op van het ongeval. Hij kent Roger Door van de Rotary Club, wat in Rogers voordeel kan zijn, ook al lijkt het erop dat Roger hier de schuldige is.

'Laat hem blazen!' zegt Tad. 'Hij heeft gedronken.'

'Pardon, jongeman,' zegt Roger.

'Ik moet weer aan het werk!' zegt Tad, wijzend naar de laadbak van zijn pick-up, die vol ligt met balken en multiplexplaten. 'Ik werk met een deadline.'

Kan het zo zijn dat Roger Door heeft gedronken? vraagt Drew zich af. Het is pas elf uur in de ochtend. De jongere man wil dat hij hem een blaastest afneemt, maar dat klinkt alsof hij Drew probeert te vertellen hoe hij zijn werk moet doen en daar neemt Drew aanstoot aan. Hij besluit Roger Door alleen een bekeuring te geven voor een verkeersovertreding en hem aan te wijzen als de veroorzaker van de aanrijding. Dan mogen hun verzekeringsmaatschappijen het verder uitvechten.

In een poging het Ierse heethoofd – Drew herinnert zich dat hij hem wel eens eerder heeft gezien, aan de bar bij Sharky's, waar hij voetbal zat te kijken en tegen de tv zat te schelden – een beetje te kalmeren, zegt hij: 'Waar ben je aan het werk?'

'Daggett Avenue,' zegt Tad. Hij haalt zijn telefoon uit zijn kontzak en kijkt hoe laat het is. 'Deze klootzak hier heeft me nu al drie kwartier gekost die ik niet heb en nu moet ik ook nog dwars door de middagdrukte terug zien te komen in Tisbury.'

Drew knikt begrijpend. Het verkeer is waar elke Vineyarder het allerliefst over klaagt, onmiddellijk gevolgd door brommers en taxichauffeurs, die eigenlijk beide ook onder de categorie verkeer vallen.

'Daggett Avenue?' zegt Roger Door. Ondanks een halve (minstens) zakflacon Bushmills, heeft hij toch even een helder moment.

'Ben jij degene die het huis van Billy Frost onder handen neemt?'

Tad kijkt de oude man aan.

'Het huis van Billy Frost?' Alleen al het horen van de naam Frost bezorgt sergeant Drew Truman een pijnscheut in de borst. Hij was voor Harper Frost gevallen, maar wat een stommeling was hij geweest! Vorige week had Drew een wagen van Rooster Express aangehouden voor illegaal keren op Meetinghouse Road. Drew had een vage hoop gekoesterd dat Harper achter het stuur zou zitten, maar het was Rooster zelf geweest. Hij vertelde Drew dat hij Harper had ontslagen en dat zij van het eiland was vertrokken.

Drew kijkt Tad aan. 'Werk je echt aan het huis van Billy Frost?'

Tad haalt zijn schouders op. 'En wat dan nog? Kan ik nu gaan?'

'Geef alsjeblieft antwoord op mijn vraag,' zegt Drew, ook al weet hij dat hij nu te ver gaat. 'Werk je aan het huis van Billy Frost?'

Tad heeft Franklin beloofd zijn mond te houden over de klus, maar hij gaat niet tegen een politieagent staan liegen en deze man, weet hij, is een plaatselijke held en behoort tot een van de meest vooraanstaande families van Oak Bluffs. Hij heeft waarschijnlijk de macht om Tad op alle mogelijke manieren het leven zuur te maken. Bovendien moet hij hier weg. Zijn arme auto!

'Ja,' zegt Tad.

'En voor wie werk je dan?' vraagt Drew, ook al weet hij het antwoord opeens zelf al, omdat ze het erover hebben gehad aan de bar bij Sharky's. Hij werkt voor... voor...

Tad weet dat dit het einde betekent van Franklins fantasie dat hij aan Billy Frosts huis kon werken en een hartstochtelijke romance kon hebben met Harpers tweelingzus, Tabitha, zonder dat iemand erachter zou komen. Ach ja, denkt Tad.

'Franklin Phelps,' zegt Tad.

Sinds Drew en Harper uit elkaar zijn, heeft Drew slechts één persoon in vertrouwen genomen: Chief Oberg. De commissaris is heel geduldig geweest met zijn sergeant omdat Drew Truman een goeie, integere vent is met een onberispelijk karakter, en met de huidige verontrustende sfeer rond het politieapparaat, heeft Chief Oberg zich tot taak gesteld ruim aandacht te besteden aan de agenten die hij als zijn topmensen beschouwt. Wanneer Drew terugkomt op het politiebureau, zit Chief Oberg in de kantine een boerenkoolsalade te eten uit een tupperwarebakje. Hij vertelt de commissaris over de aanrijding en ook dat Franklin Phelps bezig is met de renovatie van het huis van Billy Frost.

'Dat is toch bizar? Want Harper had een verhouding met dokter Zimmer en dokter Zimmer is getrouwd met Sadie, die weer de zus is van Franklin Phelps. Hebben we het dan over belangenverstrengeling of niet?'

Chief Oberg prikt een stukje boerenkool aan zijn vork. Zijn vrouw, JoAnn, is op dieet, en wanneer JoAnn op dieet is, is het hele huis op dieet. Als zijn dienst is afgelopen, gaat hij nog even langs Shiretown Meats voor een Italiaanse sandwich met extra pepers. 'Dit is de Vineyard, Drew,' zegt de commissaris. 'Hier is alles belangenverstrengeling.'

Hij zegt dit om zijn jonge collega gerust te stellen en Drew bedankt hem en loopt weg. Maar wie het wel met Drew eens is dat dit belangenverstrengeling is, is Shirley Sparks, Chief Obergs secretaresse en haar bureau staat vlak naast de kantine. Shirley zit in dezelfde leesclub, Het Goede Punt, als de moeder van Franklin en Sadie, Lydia Phelps en ze vindt het interessant – verbijsterend, eigenlijk – dat Franklin aan het huis werkt van de vader van de vrouw die zijn zus ongelukkig heeft gemaakt. Ze vraagt zich af of Lydia dit weet. Als ze het weet, heeft ze vast behoefte aan iemand om mee te praten. En als ze het niet weet, moet iemand het haar vertellen.

Shirley belt Lydia.

Ainsley

Wat is begonnen als de Ergste Zomer van Haar Leven is inmiddels al een stuk minder erg. Eerst is Ainsley erin geslaagd Teddy's belangstelling weer te wekken. Sinds ze hem bij 21 Broad tegen het lijf is gelopen, heeft hij haar dagelijks ge-sms't om te vragen wanneer ze kunnen afspreken. Zowel Caylee als Harper raadt Ainsley aan niet te snel en te enthousiast op zijn berichtjes te reageren. Ainsley houdt van Teddy, maar hij heeft haar pijn gedaan – in elk geval emotioneel, maar die middag in 'het hoekje' ook fysiek – en Ainsley weet nog niet zeker of ze hem wel echt terug wil. Maar ze vindt het wel leuk dat hij nu achter haar aan zit. Veel leuker dan langzaam wegkwijnen van liefdesverdriet.

Caylee betrapt Emma op het stelen van twee lage strings van Hanky Panky uit de winkel en belt de politie. Dutch komt meteen om een goed woordje voor Emma te doen, maar maakt alles alleen maar erger omdat Dutch Marlowe de man blijkt te zijn aan wie Caylee haar ontslag bij de Straight Wharf te danken heeft. Ainsleys hoofd tolt ervan. Aan de ene kant denkt ze: natuurlijk was het die vieze, walgelijke Dutch Marlowe die Caylee in haar kont heeft geknepen. En vervolgens is Dutch er dus ook nog in geslaagd de zaken zo om te draaien dat Caylee degene was die werd ontslagen. Aan de andere kant is Ainsley Dutch daar dankbaar voor, want als Caylee niet was ontslagen, zou ze nu niet in de ERF-boetiek werken en zouden zij nu geen vriendinnen zijn. Caylee heeft Ainsley zoveel geleerd – over stijl en vriendelijkheid en de kracht van oprechte bedoelingen. Zij geeft haar het goede voorbeeld. Na haar breuk met Ramsay heeft ze ervoor gekozen een poosje niet met andere mannen uit te gaan; ze wil eerst wat tijd met zichzelf, zegt ze. Ainsley vindt dat een prachtige gedachte. Ze besluit dat ze uiteindelijk misschien wel weer met Teddy verder wil, maar de rest van de zomer en het begin van haar eerste jaar als student, gaat ze tijd besteden aan zichzelf. Ze heeft haar hele zomerleeslijst afgewerkt en is daarna door blijven lezen. Ze verslindt nu achter elkaar alle boeken van Edith Wharton. Ze staat tegenwoordig eerder op om voordat ze naar haar werk gaat eerst een eind hard te lopen over het fietspad langs Cliff Road – naar het water en terug, ruim drie kilometer. Ze heeft zich opgegeven voor een cursus basiskoken in de Corner Table, omdat haar kookkunst een van de dingen is die ze zo bewondert in tante Harper. Ainsley probeert zich voor te stellen hoe het zal zijn als haar moeder terugkomt en ziet dat haar dochter opeens belezen, fit en een keukenprinses is.

Een paar dagen nadat Ainsley Teddy over de winkeldiefstal heeft verteld, stuurt hij haar een sms met de tekst: *Heb je het al gehoord van Emma?*

Ainsley voelt zich helemaal koud worden. Is Emma gewond? Heeft Emma een ongeluk gehad? Is Emma dóód? Die gedachte is, eerlijk gezegd, te erg voor woorden – wat wel iets zegt over hoe Ainsley is gegroeid. Een paar weken eerder leek een vroegtijdig overlijden van Emma nog de enige manier om een eind te maken aan Ainsleys ellende.

Wat? stuurt ze terug.

Dutch stuurt haar naar kostschool, zegt Teddy. *In Pennsylvania. De George School.*

Ainsley slaakt een gil. Emma gaat naar kostschool! In Pennsylvania! Ainsley kan amper geloven hoe uitzinnig van blijdschap dit nieuws haar maakt. Het vooruitzicht eindexamen te kunnen doen zonder zich druk te hoeven maken om Emma-de-vijand of zelfs Emma-de-vriendin is als een prachtige zonsopgang. Ainsley kan een nieuwe start maken; ze kan zichzelf opnieuw uitvinden. Ze kan een goed mens worden.

Ik wens haar het allerbeste, sms't ze.

Het is dinsdag en Ainsley staat samen met Caylee in de winkel wanneer Candace Beasley de boetiek binnenkomt. Ainsley weet niet wat ze ziet. Candace heeft haar haar afgeknipt; haar lange rossig blonde lokken zijn in een korte bob geknipt die maar net de achterkant van haar nek bedekt. Ze draagt nog wel een haarband van rimpelkatoen. Vandaag is het een zwarte met witte stippen die past bij haar simpele outfit van een ruimvallende witte korte broek van Current/Elliott en een zwart T-shirt met een ronde hals. Zodra Ainsley van haar verbazing over Candace' kapsel is bekomen, vraagt ze zich af wat Candace hier komt doen. Misschien komt ze afmaken wat Emma is begonnen. Misschien zit er wel een kleine revolver in haar rieten tasje.

Caylee legt haar hand op Ainsleys schouder. Waarschijnlijk herkent ze Candace. 'Kan ik misschien iets voor je doen?' zegt Caylee.

'O,' zegt Candace. 'Ik kom eigenlijk voor Ainsley.'

Er lopen nog drie andere vrouwen te neuzen. Een van hen is Lisa Hochwarter, die deze zomer al meer dan vijfduizend dollar in de boetiek heeft uitgegeven. Ze volgt Caylee trouw op Facebook en komt bijna altijd langs om de 'outfit van de dag' te passen en vervolgens te kopen. Ze heeft ook al een vintage herenhorloge aangeschaft omdat ze de manier waarop Harper Billy's horloge draagt zo mooi vindt. Ainsley, Caylee en Harper zijn alle drie dol op Lisa – niet alleen omdat zij hun beste klant is, maar ook omdat ze zo lekker eigengereid en grappig is. Ze werkt als lerares, gespecialiseerd in leesonderwijs, in Pawtucket, Rhode Island, en ze heeft een hond, een kruising van een rottweiler met een zwarte labrador, die Potter heet en goede maatjes is geworden met Fish.

Ainsley zegt: 'Help jij Lisa maar. Ik red me wel.'

'Zeker weten?' zegt Caylee.

Ainsley komt achter de toonbank vandaan om Candace te helpen. 'Je haar.'

'Mijn moeder heeft me gedwongen vijfendertig centimeter te doneren aan Locks of Love,' zegt Candace, 'die maken er pruiken en haarstukjes van voor kinderen die door een ziekte al hun haar hebben verloren.'

'Gedwongen?'

'Ik had iets goed te maken,' zegt Candace. 'Ik ben deze zomer flink ontspoord, volgens mijn ouders.'

Ainsley haalt haar schouders op. 'Je gaat met Emma om. Die heeft het ontsporen uitgevonden.'

'Heb je gehoord dat ze naar kostschool gaat?'

'Ja,' zegt Ainsley. 'Ik hoorde het van Teddy.' Dit laatste zegt ze als een steek onder water, maar Candace vertrekt geen spier.

'Teddy en ik zijn uit elkaar,' zegt Candace. 'Het is nooit echt serieus geweest.'

'Nou,' zegt Ainsley. 'Jullie hebben mij anders wel serieus gekwetst.'

'Dat weet ik,' zegt Candace. Ze loopt naar een rek met een aantal Roxie-jurken in alle kleuren van de regenboog en voelt aan de obi van het zachtoranje exemplaar. 'Ik ben hier om mijn excuses aan te bieden. Ik had me nooit met Teddy of met Emma moeten inlaten. Ik denk...' Haar stem sterft weg en Ainsley ziet haar ogen glanzen van de tranen. 'Ik voelde me zo gekwetst toen jij... toen wij opeens geen vriendinnen meer waren. Ik begreep het niet. Je liet me vallen omdat ik niet cool genoeg was. En nu begrijp ik dat ik dat inderdaad niet was. Ik ben langzamer gerijpt dan jij. Ik kon jou en Emma niet bijhouden.'

Ainsley knippert met haar ogen. 'Ik ben gemeen tegen je geweest. Ik zou jou mijn excuses moeten aanbieden.'

'Nee,' zegt Candace. Ze schudt haar hoofd en haar korte lokken zwiepen heen en weer. 'Laat me even uitpraten. Ik wilde vriendin worden met Emma en ik wilde verkering met Teddy... niet omdat ze bij me pasten, maar omdat ze van jou waren.'

'Het is al goed, Candace.'

'Ik heb samen met Emma jouw huis met eieren bekogeld.'

'Dat weet ik.'

'Ik word nog misselijk als ik eraan denk,' zegt Candace.

Ainsley kijkt haar met een triest glimlachje aan. 'Ik ook.'

'Ergens geloof ik dat wij, wanneer Emma weg is, weer vriendinnen kunnen worden.'

Ainsley denkt even na. 'Misschien,' zegt ze. 'Maar ik hoef voorlopig geen vriendje meer en ook geen allerbeste vriendin.'

'Dat begrijp ik,' zegt Candace. Ze stopt haar handen in de voorzakken van haar korte broek en houdt haar hoofd een beetje schuin. 'Is het waar dat je moeder een tijdje weg is en dat haar tweelingzus haar plaats nu heeft ingenomen?'

'Ja,' zegt Ainsley. 'Maar dat is niet zo gek als het klinkt.'

Of misschien is het wél zo gek als het klinkt, denkt Ainsley later. Wanneer ze klaar is met werken, kijkt ze op haar telefoon. Ze is zo opgegaan in haar eigen drama, dat ze helemaal niet meer aan haar moeder heeft gedacht. De laatste keer dat Tabitha heeft gebeld was... vijf dagen geleden. Hoe kan dat?

Ainsley gaat in Main Street op een bankje zitten, vlak bij de plek waar ze haar fiets heeft neergezet, en doet het ondenkbare: ze belt uit eigen beweging haar moeder.

'Lieverd!' zegt Tabitha. Ze klinkt vrolijk – onbezonnen zelfs – en Ainsley raakt er even van in de war. Valium, misschien?

'Hoi, mama,' zegt ze.

'Ik moest net aan je denken,' zegt Tabitha. 'Je zou eens moeten zien wat wij allemaal met opa's huis doen. Het was één grote puinhoop, maar we pakken alles aan en het wordt fantastisch, net als zo'n huis in de *Domino*.'

Wie is wíj? vraagt Ainsley zich af. Ze zegt: 'Ik dacht dat jij en tante Harper hadden afgesproken het te slopen.'

'Harper wilde het slopen. Ze zag de mogelijkheden niet. Weet je wat we onder de vaste vloerbedekking hebben gevonden?'

Ainsley probeert te raden wat iemand als haar moeder opwindend zou vinden. 'Spaarbrieven?' zegt ze.

'Zo zou je het kunnen noemen,' zegt Tabitha. 'Onder de vloerbedekking ligt grenen parket.'

'Vet,' zegt Ainsley en denkt er dan opeens aan dat haar moeder een hekel heeft aan dat woord.

'Maar vertel eens,' zegt Tabitha. 'Hoe gaat het met de zaak?'

'Prima,' zegt Ainsley. Ze weet niet wat Harper Tabitha precies heeft verteld over de veranderingen die ze in de boetiek hebben ingevoerd. 'Het is altijd druk. Volgens Meghan wordt er veel beter verkocht dan eerst.'

'Mmm-hmm,' zegt Tabitha. 'Ik heb gehoord dat jullie een feestje hebben gegeven.'

Ainsley weet niet hoe ze hierop moet reageren. 'Een feestje?'

'Dat vertelde Meghan,' zegt Tabitha. 'Ik heb alles gehoord over de punch en de popcorn...'

'Ik heb geen slok van die punch gedronken,' zegt Ainsley.

'... en de avocadotoastjes... en de muziek...'

'Weet je wat het is, mama? Sinds dat feestje? Sinds dat feestje is het imago van de winkel totaal veranderd.'

'O, dat zal best,' zegt Tabitha.

'Nee, in positieve zin. Het is nu een plek waar mensen graag komen winkelen. Het is hip, het is cool.'

'Je grootmoeder wil geen hippe zaak of een coole zaak,' zegt Tabitha. 'Je grootmoeder wil een stijlvolle zaak, een klassieke, tijdloze zaak. Dat is altijd de bedoeling geweest. Dat is altijd het uitgangspunt geweest.'

'Maar haar ontwerpen zijn niet tijdloos,' zegt Ainsley. 'Daarom is de zaak in Newbury Street toch ook dichtgegaan, of niet soms? De enigen die nog ERF-kleding willen kopen zijn mensen van honderd.'

'Je tante doet afbreuk aan het merk,' zegt Tabitha. 'Ze heeft altijd alles wat ze aanraakte bezoedeld en hiermee gaat het al niet anders.'

'Mama...' zegt Ainsley.

'Maar ik heb het voor deze zomer uit handen gegeven,' zegt Tabitha. 'En ik heb niets tegen je grootmoeder gezegd, want die werkt hard aan haar herstel, maar ik kan je verzekeren dat ze niet blij zal zijn en het is allemaal Harpers schuld.'

'Waarom heb je toch zo'n hekel aan tante Harper?' vraagt Ainsley.

Tabitha gaat er niet op in. 'Er is één ding dat ik wel heel graag wil weten,' zegt ze. 'Meghan zegt dat jullie een nieuwe verkoopster hebben aangenomen.'

'Eh... ja,' zegt Ainsley. Ze vraagt zich af hoe erg het zou zijn als ze nu ophangt en later gewoon zegt dat de verbinding opeens was verbroken.

'Wie is het? Ik was van plan de boetiek te bellen om het te vragen, maar ik heb het zo druk gehad met de renovatie.'

'Eh...'

'Ainsley.'

Ainsley overweegt te liegen en een naam te verzinnen – Carrie Bradshaw, of nee, dat gaat niet werken, iets anders dan... maar ze komt er toch wel achter. En wat heeft ze zich voorgenomen? Om een goed mens te zijn. Om de waarheid te vertellen.

'Caylee Keohane,' zegt ze.

Het blijft even stil. Ainsley krimpt ineen.

Dan zegt Tabitha: 'Caylee, dat kleine meisje met wie Ramsay omgaat?'

'Omging,' piept Ainsley. 'Het is uit. Het was al uit toen we haar aannamen.' Ainsley wil het voor Caylee opnemen en vertellen over de Facebookberichten en de 'outfit van de dag' en hoeveel succes het allemaal heeft en waarom Caylee zo'n fijn mens is en een echte teamplayer en hoe lief ze voor Ainsley is geweest en hoe goed ze haar heeft gesteund. En ze is geen klein meisje: ze is tweeëntwintig jaar oud, volwassen. Maar Ainsley is bang dat haar moeder alleen maar kwader zal worden als zij Caylee verdedigt, dus zegt ze maar niets.

'Tsss,' zegt Tabitha en ze hangt op.

Ainsley fietst zo snel mogelijk naar huis.

Wanneer ze bij het koetshuis is, rent ze de trap op. Voor het eerst deze zomer staat de centrale airco aan, en tante Harper ligt onder de mohairen deken van Nantucket Looms, die evenveel kost als een nieuwe auto en die Ainsley daarom van Tabitha nooit mag gebruiken. Ze heeft de jaloezieën dichtgetrokken en het is boven aardedonker. Ainsley kijkt naar haar tante. Is ze ziek?

'Hoi,' zegt Ainsley. Ze stoot haar tante zachtjes aan. 'Voel je je wel goed, tante Harper?' Het is niets voor haar tante om midden op de dag te slapen. Op andere vrije dagen is ze een echte Vasco da Gama en gaat ze op ontdekkingsreis, naar delen van het eiland waarvan Ainsley niet eens wist dat ze bestonden.

Harpers ogen knipperen. 'Ja,' zegt ze. 'Ik ben alleen heel, heel erg moe. Sorry.'

'Daar hoef je geen sorry voor te zeggen,' zegt Ainsley. 'Maar ik moet je iets vertellen.'

Harper komt overeind – heel voorzichtig, lijkt het wel – met haar arm tegen haar middenrif gedrukt, alsof ze maagpijn heeft, en zet haar voeten op de grond. 'Wat is er?'

'Ik heb Tabitha gesproken,' zegt Ainsley. 'Mijn moeder, bedoel ik.'

'Oké...'

'Ze weet van het feestje. Ze zegt dat wij het merk ERF bezoedelen. Dat we het minder stijlvol of klassiek maken of zoiets.'

Harper lacht spottend. 'Natuurlijk zegt ze dat. Ze wil zeker geen geld verdienen.'

'Maar dat is niet wat me zorgen baart,' zegt Ainsley.

'Wat dan wel?'

'Ze vroeg wie we hebben aangenomen om in de boetiek te werken en ik heb haar verteld dat het Caylee was en toen hing ze op.'

'Ze went er wel aan,' zegt Harper. 'Caylee is een topverkoopster. Tabitha is gewoon verbitterd.'

'Maar wat als ze terugkomt en Caylee ontslaat?' zegt Ainsley. 'Wat als ze terugkomt en alle veranderingen ongedaan maakt?'

Harper staat op om Ainsley een knuffel te geven. 'Daar hoef jij je geen zorgen om te maken. Er komen nu allemaal dingen van heel vroeger tussen je moeder en mij bovendrijven. Wij zijn het over... nou ja, over bijna alles oneens. Ik wil niet dat jij daardoor straks tussen twee vuren komt te zitten.'

'Ik wil gewoon zo graag dat alles blijft zoals het nu is,' zegt Ainsley. 'Als Tabitha... als mijn moeder thuiskomt, wordt alles weer zoals het eerst was. Maar ik denk dat ze het misschien wel te druk heeft met de renovatie van opa's huis om terug te komen.'

'Opa's huis wordt gesloopt,' zegt Harper.

'Nee,' zegt Ainsley. 'Mama zei dat ze druk bezig is het op te knappen. Ik geloof dat ze een bijzonder soort hout onder de vloerbedekking heeft gevonden.'

'Wat?' zegt Harper. Haar stem klinkt plotseling hard en scherp en Ainsley deinst naar achteren. Ze feliciteert zichzelf met de manier waarop ze er op de een of andere manier in is geslaagd alles nog veel erger te maken. 'Snapt ze dan niet dat ik geld nodig heb? Ik kan geen zes maanden of een jaar wachten tot het is verkocht! Ik kan geen honderdvijftigduizend dollar spenderen aan een lambrisering en berbers en een badkuip op pootjes en weet ik veel wat zij denkt dat een huis allemaal moet hebben. Wat ik nodig heb is geld! Zekerheid! Een appeltje voor de dorst!' Harper grijpt haar telefoon. 'Ik ga hier meteen een stokje voor steken.'

Nee! denkt Ainsley.

Harper gaat naar beneden, naar haar slaapkamer. Ainsley hoort haar schreeuwen: 'Tabitha, wat heb je gedaan! We hebben afgesproken het huis te laten slopen! De grond te koop te zetten! En te verkopen!'

Ainsley laat zich op de bank vallen en slaat haar handen voor haar gezicht. Ze had gedacht dat het experiment van de grote wisseltruc van haar moeder en haar tante goed was gelukt.

'Jij hebt geen idee hoe het gesteld is met de woningmarkt van Vineyard Haven!' gilt Harper. 'Het kan wel een jaar – of nog langer – duren voordat we geld zien.' Ze zwijgt even en Ainsley neemt aan dat haar moeder nu aan het woord is. 'Het is géén kwestie van met gelijke munt terugbetalen! Ik heb dat feestje gegeven omdat ik de winkel een zetje wilde geven! Ik probeerde de verkoop te stimuleren en wat geld te verdienen om de huur te kunnen betalen – en dat is gelukt! Jij bent Billy's huis aan het opknappen omdat... omdat je je eigen ijdelheid ermee wilt strelen! Ik zou een verzoek moeten indienen om de werkzaamheden onmiddellijk te laten stopzetten! En misschien doe ik dat wel. We zullen eens zien hoe weinig het je allemaal kan schelen wanneer de sheriff bij je op de stoep staat!'

Ainsley kreunt. Het experiment lukt helemaal niet.

Wanneer Ainsley de volgende middag het koetshuis binnenkomt, hoort ze Fish blaffen en weet meteen dat er iets aan de hand is.

Haar moeder is er, denkt ze, en de moed zinkt haar in de schoenen. Ze heeft de FJ40 niet op de oprit zien staan, maar dat zegt niets. Het is hoogzomer, dus misschien was er geen plek voor op de veerboot. Misschien staat hij voor Seamless geparkeerd. Daar heeft Ainsley niet op gelet.

Ainsley rent met twee treden tegelijk de trap op en treft tante Harper in de woonkamer aan, op haar knieën, met haar telefoon in haar hand, haar ogen stijf dichtgeknepen en haar mond wijd open, zonder dat er echter geluid uit komt.

'Tante Harper!' zegt Ainsley. 'Wat is er? Wat is er gebeurd?' Ze denkt onmiddellijk dat het de schuld van haar moeder is. Of van haar grootmoeder. Misschien hebben zij nu de sheriff wel gebeld of gerechtelijke stappen ondernomen.

Haar tante wiegt heen en weer en slaakt een verstikte kreet.

Ainsley voelt instinctief dat er iets heel ergs is gebeurd, iets ergers dan onenigheid over te voeren verkoopbeleid of een huis op de Vineyard.

Er is iemand dood. Maar wie? Wie?

Het kost Ainsley een paar minuten om Harper zodanig te kalmeren dat het verhaal er bij stukjes en beetjes uit komt. Het is niet haar moeder en Eleanor is het ook niet. Het is een vriend van tante Harper, een goede vriend, misschien wel iemand op wie ze verliefd was geweest. Ene Brendan. Hij heeft zelf een einde aan zijn leven gemaakt door middel van een overdosis pillen.

Ainsley voelt maagzuur opkomen. Zelfmoord combineert de verschrikkelijke schok van een onverwacht overlijden met iets wat zo mogelijk nog huiveringwekkender is. Een einde aan je leven maken betekent dat je kennelijk de ultieme duisternis ervaart; dat je je in een ruimte bevindt zonder lucht, zonder licht, zonder hoop. Het maakt Ainsley doodsbang.

'Zijn moeder had me al verteld dat het niet goed met hem ging,' zegt Harper. 'Maar ik ben niet teruggegaan. Ik dacht dat ik het dan alleen maar erger zou maken. En kijk eens – ik heb het erger gemaakt. Hij is er niet meer en dat is mijn schuld.'

'Nee,' zegt Ainsley. Ze weet niets over die Brendan of zijn relatie met haar tante, maar dat zij de schuld op zich neemt van zijn zelfmoord voelt verkeerd. Haar tante is een liefdevolle vrouw, in en in lief. Ze heeft Ainsley verteld dat ze in haar leven een heel stel foute keuzes heeft gemaakt. Ze heeft niet volop gebruikgemaakt van haar talenten; ze heeft zich ingelaten met een paar slechte mensen en bewust enkele goede mensen pijn gedaan. Ze is er verder niet over in detail getreden en heeft ook nooit uitgelegd waarom Tabitha zo'n hekel aan haar heeft. Ze heeft het veel te druk gehad met de zorg voor Ainsley en de winkel en Ramsay en Caylee en Meghan en Fish. Maar nu is Harper degene die zorg nodig heeft. 'Nee, het is niet jouw schuld. Dat mag je niet meer zeggen.' Ainsley probeert te bedenken wat Harper op dit moment het hardst nodig heeft: ijswater, een paar armen om haar heen en dan actie, een plan. Ze gaan naar de Vineyard: Harper, Ainsley en Fish. Ainsley gaat plekken op de ferry reserveren. Ze zal Meghan vragen morgen in te vallen in de winkel. Zij gaat Harper helpen om naar huis te gaan.

Tabitha

Wanneer Franklin thuiskomt van het etentje bij zijn ouders is het al laat en is hij dronken.

'Hoe was het?' vraagt Tabitha voorzichtig. Ze had hem uren geleden al terugverwacht: om half zeven was ze klaar geweest met de eerste laag verf in het toilet en daarna had ze besloten om eens te gaan kijken of alle enthousiaste verhalen terecht waren en was ze naar Menemsha gereden, waar ze veertig minuten in de rij had gestaan voor een broodje kreeft van Larsen's Fish Market. Ze verbaasde zich over de enorme massa mensen die in Menemsha op de zonsondergang stonden te wachten. Het leek wel zo'n dag uit de jaren zeventig – allemaal vrolijke mensen die met zand tussen hun tenen naast elkaar op een muurtje naar de zee zaten te kijken en wijn dronken uit wasachtige kartonnen bekertjes. Een knaap met een gitaar speelde 'Hotel California', gevolgd door 'I'd Like to Teach the World to Sing' en 'Beth' van Kiss, terwijl heel veel mensen meezongen. Op Nantucket had je 's avonds dit soort samenkomsten niet. Op Nantucket was de beste plek om de zon te zien ondergaan een restaurant, de Galley Beach. Wanneer de zon onderging applaudisseerden de gasten en zetten zich vervolgens weer aan hun Veuve Clicquot en hun zeetong à la meunière van drieënveertig dollar. En dat, veronderstelde Tabitha, was het verschil tussen de twee eilanden.

Nou ja, een van de verschillen.

Het broodje kreeft was heerlijk, ook al was Tabitha tegen de tijd dat ze het kreeg zo uitgehongerd dat ze het ongegeneerd naar binnen propte en vervolgens spijt had dat ze er geen twee had genomen.

Ze verwachtte dat Franklin inmiddels wel thuis was, maar dat bleek niet zo te zijn. Ze verbeet de boosheid en wrevel die ze voelde opkomen. Ze waren nog maar zo kort samen; hij was haar bezit niet.

En nu staat hij hier voor haar, stinkend alsof hij een duik heeft genomen in een zwembad vol Jameson.

'Het was...' zegt Franklin. 'Het was...'

Tabitha wacht.

'Ik ben op de terugweg nog even langs de Wharf gegaan,' zegt hij. 'De Wharf Pub.'

'Oké,' zegt Tabitha. Ze doet haar best neutraal te klinken. Er zit hem iets dwars. Of misschien moest hij gewoon even stoom afblazen. Misschien had hij met vrienden afgesproken. Misschien gaat hij na een etentje bij zijn ouders altijd naar de Wharf Pub.

'Je zei laatst iets wat ik niet goed begreep,' zegt hij. 'Je zei dat Wyatt de vader van je kinderen is. Maar je hebt het alleen maar over Ainsley gehad. Heb je... heb je een kind waar ik niet vanaf weet?'

Tabitha verstijft. Dit is het. Dit is haar kans. Maar ze vindt het niet prettig dat het haar wordt opgedrongen. Haar eerste gedachte is de vraag te ontwijken, of zelfs te liegen. Dan kan ze er later nog wel eens op terugkomen. Ze wil niet tegen Franklin liegen; ze haalt diep adem. Het is donker en laat en Franklin is dronken; ergens maakt dat het makkelijker.

'Had,' zegt ze. 'Ik heb een zoon gehad, Julian.'

'Tabitha.'

'Hij is overleden,' zegt Tabitha. Ongelooflijk genoeg houdt ze haar ogen droog. Ze zegt het alsof ze de woorden van een velletje papier leest. 'Hij is met achtentwintig weken geboren. Dat is heel prematuur. Zijn longen... nu ja, bij prematuurtjes zijn het altijd de longen. Hij heeft tien weken in de couveuse gelegen, in Boston, en ik ben bij hem gebleven. En toen mocht hij dan eindelijk naar huis. Hij was nog niet helemaal gezond, dat wisten we, dus huurden we een huisje aan de overkant van het ziekenhuis hier.' Tabitha slikt moeizaam. 'Het was de hel. Ik kon niet slapen. Je kunt wel zeggen dat ik zijn hele leven geen oog dicht heb gedaan.'

'Dat moet werkelijk...' Maar zijn stem sterft weg alsof hij niet weet welk woord hij zal kiezen, alsof hij niet weet hoe dat moet zijn geweest, en dat klopt. Dat weet hij niet.

'Ik werd helemaal gek,' zegt Tabitha. 'Dat is een uitdrukking, maar in mijn geval was het echt waar. Ik was echt krankzinnig. Ik dacht alleen maar aan mijn baby. Ik wilde hem weer in het ziekenhuis laten opnemen, maar onze verzekering liep af en Wyatt weigerde geld aan te nemen van Eleanor. Bovendien, ik bedoel, de baby deed het goed – niet dat het een wolk van een baby was, mollig en levendig, maar het ging goed met hem.' De tranen komen wanneer Tabitha zich herinnert hoe Julian zijn blik ergens op richtte en zijn hoofdje optilde. Hij had haar vinger vastgepakt. Hij huilde nooit, of in elk geval niet met de krachtige uithalen van een pasgeborene, en dat had Tabitha moeilijk gevonden. Wanneer hij honger had of een natte luier maakte hij een zwak, mekkerend geluidje; dat was het enige waartoe zijn longetjes – zo groot als eieren – in staat waren.

Maar de artsen hadden gezegd dat het ergste achter de rug was. Hoe vaak hadden ze dat wel niet gezegd? De artsen hadden ook heel duidelijk gemaakt dat ze niets konden garanderen; elke te vroeg geboren baby loopt risico. En Julian kwam maar heel langzaam aan. Soms was hij hangerig en moeilijk te voeden. Tabitha had dag en nacht moedermelk gekolfd, in de overtuiging dat dat hem in leven zou houden, ook al wees Wyatt haar erop dat hij meer dronk wanneer ze hem poedermelk gaven.

Wyatt had zijn best gedaan; dat moest Tabitha toegeven. Hij had Julian en Tabitha willen helpen. Daarom had hij in de tweede week van augustus, toen het met Julian wat beter leek te gaan en Tabitha duidelijk een instorting nabij was – aan één stuk door huilen, borden uit haar handen laten vallen, hele plukken haar uit haar hoofd trekken – Harper opgebeld om eindelijk haar aanbod om te komen helpen aan te nemen.

Veldbloemen, champagne op de rand van de steiger, met hun tenen in het water, dansen in de Chicken Box. *I can't live... with or without you.*

Tabitha kan niet verder.

'Hij stierf,' zegt ze. '15 augustus 2003. Hij was twee maanden, twee weken en vijf dagen oud.'

Franklin gaat naast Tabitha liggen, maar valt, boven op de dekens, onmiddellijk in slaap. Voor het eerst hoort ze hem snurken. Ze doet geen oog dicht.

Ze hebben het er niet meer over. Tabitha vraagt zich af of Franklin zich nog iets van het gesprek herinnert, maar ze wil er niet meer over beginnen, vooral niet in de stralende zon, terwijl ze bezig zijn Billy's huis op te knappen.

Ondanks zijn kater hangt Franklin de volgende dag de nieuwe keukenkastjes op en plaatst hij de porseleinen gootsteen. Twee Portugese mannen uit Fall River – die allebei Paulo heten – schuren de vloeren in de woon- en de eetkamer en een ploegje loodgieters uit Mashpee werkt boven aan de badkamers. Tad gaat de grote badkamer betegelen, maar op dit moment is hij nog bezig om boven de vloerbedekking eruit te trekken. Zodra dat is gebeurd, gaat Tabitha schilderen. Ook haalt ze voor iedereen broodjes bij Lucky Hank's, wat haar honderdtien dollar en anderhalf uur kost, vanwege de verkeersdrukte. Maar verder gaat alles goed, houdt ze zichzelf voor. Alles gaat prima.

Die middag belt Ainsley en dat doet Tabitha goed. Het is het eerste spontane telefoontje van haar dochter sinds ze is vertrokken. Tabitha is niet van plan het feestje in de winkel ter sprake te brengen, maar op de een of andere manier floept het er opeens uit en wanneer Tabitha er eenmaal over is begonnen, is er geen houden meer aan. Het lijkt wel alsof ze haar eigen geluk probeert te saboteren – want ze dwingt Ainsley haar te vertellen wie Harper heeft aangenomen als opvolgster van Mary Jo.

Caylee. Harper heeft Caylee aangenomen.

Het feit is nog niet tot Tabitha doorgedrongen – en ja, ergens is ze woedend, maar ergens denkt ze ook dat Caylee inderdaad een aanwinst zou kunnen zijn voor de winkel; zelfs Eleanor zou het daar mogelijk mee eens zijn – of Harper belt haar, krijsend alsof haar haar in brand staat. Ze is erachter gekomen dat Tabitha het huis toch is gaan renoveren, in plaats van het af te breken. Ze vindt het verschrikkelijk dat Tabitha Billy's huis in een fatsoenlijke woning verandert, waar een gezin een aangenaam, gelukkig leven kan leiden.

'Wie heb je ervoor ingehuurd?' vraagt Harper wanneer ze is uitgetierd. 'Wie is je aannemer?'

Tabitha wil het haar niet vertellen. Harper mag zich op geen enkele manier bemoeien met wat hier gebeurt. Ze hangt op.

Morgen komt er een hoveniersbedrijf uit Billerica. Ze gaan het gras maaien en alle wildgroei eruit halen, de lelijke struiken, de scheefgegroeide dennen, de wingerd, het onkruid en het zielige moestuintje. Ze gaan graszoden leggen, mulchen, bloembedden aanleggen en hortensia's en andere overblijvers planten. Vervolgens zal het Tabitha's taak zijn ze water, water en nog eens water te geven. De tuinman is opgegroeid op de Vineyard en een goede vriend van Franklin. Zijn naam is Richie Grennan en hij logeert de twee dagen die de klus hem zal kosten bij Franklin.

'Richie en ik hebben samen gevoetbald. Ik beschouw hem als een broer. Ik zou hem mijn leven toevertrouwen,' zegt Franklin.

Tabitha verwacht niet anders dan dat ze Richie aardig zal vinden en hij haar. Ze houden per slot van rekening allebei van Franklin. En mocht Richie niet geloven dat Tabitha van Franklin houdt – ze kennen elkaar tenslotte nog maar zo kort – verwacht ze toch op z'n minst dat hij haar aardig zal vinden omdat ze hem vijftienduizend dollar betaalt voor zijn werk aan de tuin.

Richie is klein en blond en zijn gezicht en armen zijn verbrand door de zon op alle plekken die niet worden bedekt door zijn T-shirt, dat onder de grasvlekken zit. Hij heeft felblauwe ogen en geen lippen. Hij knikt Tabitha toe en zegt: 'Hoegaattie?' Zijn handen blijven op zijn heupen. Hij draagt een korte kaki werkbroek, met een leren riem en werkschoenen.

Tabitha glimlacht. 'Hoe gaat het met jóú?' zegt ze met een zweem van flirterigheid in haar stem. 'Ik stel het heel erg op prijs dat je hiernaartoe bent gekomen om deze...' Ze wordt onderbroken door Franklin, die langs haar heen banjert en Richie zó van de grond tilt. Eindelijk komt er een glimlach van Richie en vervolgens vraagt Franklin of hij de tuin wil zien en lopen ze met z'n drieën, Tabitha achteraan, naar achteren.

Misschien heeft Richie niet zoveel met vrouwen, denkt Tabitha. Prima: ze zal er geen aanstoot aan nemen. Ze luistert hoe Franklin Richie precies uitlegt wat ze willen. Ze bemoeit zich er niet mee, want Franklin somt in een logische volgorde alles op wat ze samen hebben besproken. Hij is haar hoofdaannemer, dus dat is zijn werk. Hij is ook haar minnaar, maar daar heeft Richie niets mee te maken.

Richie en zijn mensen gaan aan het werk. Tabitha haalt dit keer de broodjes bij Skinny's, omdat Franklin haar heeft verteld dat Richie daar vroeger altijd zo graag kwam. Hij houdt het meest van de broodjes kipfilet, dus daar neemt Tabitha er twee van mee.

Na de lunch schildert Tabitha de kleine derde slaapkamer in een rustige kleur, Saint Giles Green genaamd. Tad betegelt de grootste badkamer met honingkleurig marmer. Franklin is met de man die het aanrecht levert in de keuken bezig. De werkbladen zijn van geolied speksteen, behalve één deel, waar een slagersblok wordt ingebouwd. De loodgieters uit Mashpee hebben de koel-vriescombinatie en de aparte ijsmachine en ook de kranen boven de gootsteen geïnstalleerd. De man van het gas komt vanmiddag het Wolf-fornuis – zes pitten en een grillplaat – aansluiten.

Achter het huis rijdt Richie rond op een tractor met voorlader en stuurt zijn uit vijf man bestaande ploeg aan. De helft van de tuin is al leeg; Tabitha kan er niet over uit hoeveel beter dit er al uitziet.

Ze is dolblij met de transformatie van het huis, maar toch zit haar iets dwars. Misschien is het Richie, denkt ze. Franklin en Richie hebben hun broodjes samen buiten opgegeten, naast elkaar op de bumper van Franklins pick-up. Tabitha vond dat ze de mannen de tijd moest gunnen om bij te kletsen, maar of Franklin heeft dat wel gemerkt maar er niets over gezegd, of hij heeft het helemaal niet gemerkt. Zijn houding naar haar toe is ietsje koeler dan anders, denkt ze. Ze vraagt zich af of het verhaal over Julian daar iets mee te maken heeft. Franklin ziet haar nu anders – en niet in positieve zin. Hij ziet haar nu waarschijnlijk als iemand die heeft gefaald in de wezenlijkste taak die wij, als mensen, toebedeeld krijgen: onze kinderen in leven houden.

Tabitha sluit zich op op het toilet beneden – wat op dit moment ook het enige is wat kan worden gebruikt – en plenst wat water in haar gezicht. Ze moet zich echt zien te vermannen! Iemand met zoveel levenservaring als Franklin zal heus niet slechter over haar gaan denken omdat ze een kind heeft verloren. Hij heeft met zijn vriendin Patti zoveel meegemaakt. Van alle mannen die Tabitha kent, is Franklin degene die het best is toegerust om het verhaal van Julian aan te kunnen.

Dus wat is er dan mis?

Waarschijnlijk is ze gewoon moe. En Tabitha maakt zich druk om Harper. En het is snikheet. Ze moet eens ophouden zich van alles in haar hoofd te halen.

Die avond kondigt Franklin aan dat hij en Richie een hapje gaan eten bij Offshore Ale en daarna waarschijnlijk gaan nachtvissen.

'O,' zegt Tabitha. 'Oké.' Ze voelt zich gekwetst, maar probeert dat niet te laten merken.

Wanneer hij weggaat geeft Franklin haar een kus op haar neus. Op haar neus, alsof ze een kind van vijf is! Richie stapt buiten al in Franklins pick-up, dus grijpt Tabitha Franklin bij de voorkant van zijn overhemd en zegt: 'Hé.'

'Wat hé?'

'Is er soms iets?'

'Nee,' zegt Franklin.

'Kus me dan alsjeblieft alsof je het meent.'

Franklin kijkt haar een ogenblik aan. Dan legt hij zijn handen aan weerszijden van haar gezicht en geeft haar de opwindendste kus die ze ooit heeft gekregen. Het is niet te veel; hooguit net niet genoeg. Wat ze wil – waar ze behoefte aan heeft – is dieper, langer, harder. Haar benen zijn veranderd in zaagsel, paardenbloemenpluis, iets wat kan worden weggeblazen.

'Was dat wat je wilde?' vraagt hij.

Ze kan geen woord uitbrengen.

'Oké dan,' zegt hij. Hij draait zich om en loopt de deur uit.

Tabitha brengt een tweede laag Paul Revere's Ride aan op de wanden van het toilet – en begint dan, nu ze toch bezig is, maar meteen de lila kamer in de grondverf te zetten met Kilz, een product op oliebasis. Ze neemt afscheid van het lila. Schilderen is rustgevend, merkt ze, maar ze blijft toch steeds denken aan de kleine veranderingen in Franklins gedrag. Ze zijn van één groot seks-en-liefdefeest teruggevallen naar... nu ja, ze hadden vanochtend vroeg, voordat Tad en Richie kwamen, nog gevreeën, maar seks is niet waar Tabitha zo naar hunkert. Ze mist tederheid: elkaars hand vasthouden, Franklins vinger die haar wang streelt, zijn lippen op haar hals.

Tabitha stelt zich voor hoe Franklin en Richie samen in Offshore Ale zitten, flirtend met de jonge serveerstertjes in hun strakke T-shirts en korte rokjes. Franklin kent ze waarschijnlijk allemaal bij naam. Terwijl de muren van de lila kamer wit worden, schrijft Tabitha er in gedachten een verhaal overheen. Franklin volgt een van de jonge serveersters naar de keuken; ze zoeken een donker hoekje – een bijkeuken misschien, of de ruimte waar de biervaten staan – en Franklin kust de serveerster zoals hij Tabitha bij het weggaan heeft gekust. De serveerster laat haar hand over de voorkant van Franklins broek glijden.

Tabitha vraagt zich af wat hij met 'nachtvissen' bedoelde. Gaan ze echt 's nachts vissen, of is het een eufemisme voor iets anders?

Hou op! zegt ze tegen zichzelf. De deur van de slaapkamer is dicht; waarschijnlijk stijgen de verfdampen naar haar hoofd. Ze heeft geen enkele reden om aan Franklin te twijfelen. Maar hij is een vrijgezelle man die is gaan stappen met een van zijn vrijgezelle vrienden; ze drinken. En wie zegt dat deze relatie exclusief is? Ze hebben het nooit benoemd; ze hebben geen grenzen of beperkingen gesteld. Ze hebben in wezen twee weken samengewoond, maar

Franklin heeft haar nog nooit zijn vriendin genoemd. Hij heeft haar niet meegenomen om haar voor te stellen aan zijn ouders. Ze is sinds die eerste nacht niet meer bij hem thuis geweest; ze weet het adres niet en ze weet niet zeker of ze het nog terug zou kunnen vinden, ook al weet ze vrij zeker dat het ergens in Oak Bluffs is.

Wat weet Tabitha nu eigenlijk over hem? Hij heeft haar opgepikt in een bar. Misschien pikt hij vanavond wel weer iemand anders op. Eigenlijk moet ze zelf ook iets gaan doen – uit eten of naar de film. Vanmiddag bij Skinny's heeft ze iemand horen zeggen dat hij zo lekker had gegeten bij Alchemy. Tabitha zou nu makkelijk een douche kunnen nemen, een jurk kunnen aantrekken en zelf ergens de bloemetjes buiten kunnen gaan zetten.

In plaats daarvan pakt ze een biertje uit de koeler die Franklin op de veranda heeft staan en vist een van de slaappillen die ze uit Eleanors geheime voorraadje heeft gepikt uit haar tas. Ze is zo gespannen dat ze er nóg een neemt en loopt dan naar de grote slaapkamer omdat dat nu de enige plek is waar je kunt slapen. Ze laat zich voorover op het bed van haar vader ploffen en heeft veel zin om een potje te huilen. Alleen is ze opeens te moe om het op te kunnen brengen.

Ze hoort voetstappen op de trap en wanneer ze haar ogen opendoet ziet ze Tad in zijn Carhartt-werkbroek, met zijn troffel in zijn hand. Hij loopt langs haar heen de aangrenzende badkamer in. Tabitha's mond is kurkdroog. Ze wil overeind komen, maar dat lukt niet. Ze zakt weer weg.

Ze doet haar ogen open. Waar is ze? Het duurt even: Nantucket, denkt ze. Nee – de Vineyard. Billy's huis. Billy's kamer. Ze kijkt opzij; haar nek voelt stijf.

Op het nachtkastje staat een ouderwetse klokradio. De oplichtende blauwe cijfers vertellen haar dat het één uur dertien is. Billy's klok heeft het bij het verkeerde eind, wat niet zo vreemd is. Alles in dit huis is verkeerd! Tabitha spreidt haar armen zodat haar lichaam in de vorm van een crucifix ligt. Geen Franklin. Ze kijkt naar de deur van de badkamer. Die is dicht en zo te horen is er niemand binnen. Maar heeft ze Tad daar zo-even niet naar binnen zien gaan? Of heeft ze dat gedroomd?

Wanneer ze op haar telefoon kijkt ziet ze dat het écht kwart over een is. In de middag! De slaappillen hebben ervoor gezorgd dat ze vijftien uur lang onder zeil is geweest en ze voelt zich nog steeds duf. Ze heeft geen berichtjes of gemiste oproepen van Franklin, gelukkig maar. Hij zal beneden wel aan het werk zijn. Ze weet nog niet hoe ze moet gaan uitleggen dat ze de hele ochtend heeft liggen slapen.

Ze sluipt naar beneden, waar de sterke geur van polyurethaan haar al tegemoetkomt. De Portugese Paulo's zijn de vloeren aan het vernissen. Ze zien er prachtig uit, honingkleurig en glanzend als zijde. En dan te bedenken dat ze al die tijd verborgen hebben gelegen onder die spuuglelijke vloerbedekking.

'Franklin?' roept ze.

'Is er niet,' zegt een van de Paulo's.

'Nee?' zegt Tabitha. Ze probeert zich te herinneren wat er vandaag op het programma stond. De keuken, denkt ze. Ze kan alleen in de keuken komen door vlak langs de muur van de woonkamer, langs het toilet en door de eetkamer te lopen. Door de smalle eetkamerramen ziet Tabitha Richie met een spa een kuil graven voor de volgroeide hortensiastruik, waarvan de wortelkluit in jute is gewikkeld. Hij en Franklin zijn dus niet in rook opgegaan.

Tabitha treft Tad aan in de keuken, waar hij de wand achter het fornuis staat te betegelen.

'Hé,' zegt ze. 'Sorry dat ik zo lang heb geslapen.'

Tad kijkt amper op. 'Ik hoef jou niet te betalen.'

'Nee, dat weet ik,' zegt ze. 'Het is alleen... nou ja, ik begin nu eenmaal graag bijtijds.' Ze kijkt hoe Tad de rookglazen tegeltjes rij voor rij aanbrengt. De keuken wordt spectaculair. Het is een ongelooflijk verschil met hoe het was. Ze schraapt haar keel. Ze zou wel een glas ijswater kunnen gebruiken, een pijnstiller, een bak sterke koffie. 'Weet jij waar Franklin is?'

'Nee,' zegt Tad. Meer zegt hij niet en Tabitha luistert naar het schurende geluid van de troffel tegen de muur.

Tabitha pakt haar tas en loopt naar haar auto, die in de middagzon heeft staan bakken en nu een oven is. De stoelen zijn te heet om op te gaan zitten. Ze draait de raampjes open en wacht een paar tellen voordat ze instapt. Ze zet de airco op de hoogste stand en rijdt achteruit de oprit af.

Is Franklin wel thuisgekomen? Waren haar paranoïde scenario's bij nader inzien toch niet zo paranoïde? Heeft hij een of ander grietje meegenomen naar Cedar Tree Neck om naakt een duik te nemen in de baai? Zou hij dat doen? Tabitha's gevoel zegt van niet. Is ze naïef? Ze denkt het niet. Ze vraagt zich af of Harper er misschien achter is gekomen dat Franklin degene is die aan het huis werkt. Heeft ze hier nog connecties, iemand die af en toe even langs het huis loopt om te kijken wat er gebeurt? Heeft Harper Franklin gebeld? Heeft ze hem bedreigd, of heeft een van haar drugsvriendjes hem bedreigd? Is dat de reden van zijn afwezigheid? Ze kan maar niet besluiten of de theorie klopt als een bus of volstrekt belachelijk is.

Tabitha probeert naar Mocha Mott's te gaan, maar daar is geen parkeerplek te vinden, en komt vervolgens vast te zitten in het verkeer bij Five Corners. Ze belt Franklins mobiele nummer. Zijn telefoon gaat zes keer over, waarna ze zijn voicemail krijgt.

'Hé,' zegt ze. Ze weet het even niet meer. Waar ís hij? En hoezo heeft zij het recht om dat te weten? Het voelt alsof de hele wereld is veranderd en zij de laatste is die daarachter komt. 'Met mij.'

Ze hangt op.

Wanneer ze eindelijk terug is – ze moest helemaal naar Tony's Market, in Oak Bluffs, rijden om koffie, water en pijnstillers te halen – is Franklin nog steeds niet thuis en begint ze toch een beetje in paniek te raken. Er klopt iets niet. Ze rent naar de keuken, waar Tad nog aan het werk is.

'Heb je al iets van Franklin gehoord?' vraagt ze.

'Nee,' zegt hij.

'Hoe kan dat nou?' zegt ze. Ze is nu boos, boos en ongerust. Ze wil het op de eerste de beste afreageren, maar Tad trekt zich er niets van aan. Hij negeert haar.

'Jij kent hem veel beter dan ik,' zegt Tabitha. 'Flikt hij wel vaker dit soort verdwijntrucjes?'

'Nee,' zegt Tad. 'Nooit.' Hij legt de troffel neer en kijkt haar aan. 'Heb je hem al gebeld?'

'Ja,' zegt ze. 'Voicemail.'

Tad knikt. 'Hij komt wel weer boven water.'

Die opmerking bevalt Tabitha helemaal niet en ze stormt naar buiten. Ze loopt naar Richie, die met zijn rug naar haar toe staat en geeft hem een harde tik tegen zijn schouder. Op de een of andere manier zit hij achter deze verandering in Franklin; ze weet het gewoon zeker.

'Waar is Franklin?' vraagt ze.

'Whoa!' zegt Richie. Hij draait zich naar haar om met een blik vol venijn waarvan Tabitha niets begrijpt. Wat heeft ze hém ooit misdaan? Waarom kan hij niet wat aardiger zijn? Waarom kan hij niet blij zijn dat Franklin iemand heeft gevonden? 'Ik stel het niet op prijs om zo te worden aangeraakt.'

'Sorry,' zegt Tabitha. Maar het spijt haar helemaal niet! Ze is zo ongerust en zo *in de war* dat ze Richie het liefst met zijn eigen spa op zijn kop zou slaan. 'Weet jij waar Franklin is?'

'Ik heb hem sinds gisteravond niet meer gezien,' zegt Richie. 'Hij kreeg een telefoontje en is tijdens het eten vertrokken.'

'Wat?' zegt Tabitha. Dit had ze niet verwacht te horen. Een telefoontje van wie? Van Harper? Of van iemand anders? 'Is alles wel in orde?'

'Je stelt de verkeerde vragen aan de verkeerde persoon,' zegt Richie. Hij kijkt op zijn horloge. 'Wij zijn hier bijna klaar en gaan dan met de boot van vijf uur terug naar het vasteland. Ik wil nu wel graag die cheque hebben.'

Tabitha kijkt hem een ogenblik woedend aan. Hij wil zijn cheque en Tabitha wil antwoord op haar vragen. Wie heeft Franklin opgebeld? Wat is er gebeurd? Waar is hij? *Je stelt de verkeerde vragen aan de verkeerde persoon.* Ze heeft veel zin om Richies spa te gebruiken om hem levend te begraven.

Maar ze zou er beter aan doen haar zegeningen te tellen. Richie gaat weg.

'Ik zal ervoor zorgen dat de cheque op het aanrecht ligt,' zegt ze.

Richie vertrekt. De Paulo's vertrekken – en ten slotte pakt ook Tad zijn spullen om weg te gaan. Tabitha zet zich er met moeite toe een laag *Made in the Suede* aan te brengen op de muren van de voormalige lila kamer, maar daarna is ze volkomen uitgeput dus gaat ze op het trapje van de veranda zitten kijken hoe de sproei-installatie Billy's nieuw ingerichte achtertuin bevloeit. Geen woord van Franklin. Hij is verdwenen. Tabitha overweegt een boze sms of een woedend voicemailbericht; hij is per slot van rekening haar hoofdaannemer en hij is vandaag gewoon zonder bericht niet komen werken. Maar Tabitha geeft niet om hem in zijn rol als aannemer, ze geeft om Franklin, haar geliefde. Ze wil Richie graag de schuld geven van deze hele puinhoop, maar ze weet dat het op een of andere manier haar eigen schuld is. Ze had Franklin nooit over Julian moeten vertellen. Hun kersverse relatie was te fragiel om het enorme gewicht van dat verhaal te torsen.

'Ik ga,' zegt Tad. Hij loopt het trapje af en blijft dan staan. 'Red je het wel in je eentje?'

Tabitha lacht, ook al is er niets leuks aan. 'Of ik het wel red?'

'Het viel me op dat je vandaag niet hebt gegeten,' zegt Tad. 'Ik ga naar de Wolf's Den voor een pizza. Waarom ga je niet mee?'

Het is aardig van hem om het aan te bieden, maar Tabitha voelt zich niet in staat om gezellig te doen of zich in het openbaar te vertonen. Haar maag zit in de knoop en ze kan zich niet voorstellen ooit nog een hap door haar keel te krijgen.

'Waar is hij?' vraagt ze aan Tad. 'Richie zei dat hij gisteravond werd gebeld en meteen is opgestaan en weggegaan. En sindsdien heeft niemand hem meer gezien.'

Tad knikt. 'Als ik een gokje zou moeten doen...' Hij blaast een hap lucht uit.

'Wat?' zegt Tabitha. Zelf kent ze Franklin niet goed genoeg om een gok te doen. Wat zou ze gokken? Dat Franklin getrouwd is, dat zijn vrouw weg was en vroeger dan verwacht is thuisgekomen, mogelijk met hun vier kinderen in haar kielzog?'

'... dan zou ik denken dat het een familiekwestie is,' zegt Tad.

Tabitha houdt haar adem in nu haar eerdere vermoedens worden bevestigd. 'Gaat het om mijn zus?'

'Nee,' zegt Tad. 'Ik heb het over Franklins familie. Zijn ouders, zíjn zus.'

'Zijn ouders?' vraagt Tabitha. 'Zijn zus?'

Tad steekt een hand op. 'Ik heb al meer gezegd dan ik had moeten doen,' zegt hij. 'Nog een fijne avond.'

Tabitha blijft op het trapje zitten tot het donker is en gaat dan naar binnen. Zal Franklin nog een nacht wegblijven? Blijkbaar wel. Ze neemt nog een slaappil. Eén maar.

Om vijf over half twee in de nacht wordt ze opeens wakker met een idee. Het telefoonboek ligt weer op de schoorsteenmantel, naast de urn met Billy's as. De Vineyard en Nantucket zijn waarschijnlijk de enige gemeentes in Amerika waar telefoonboeken nog onmisbaar zijn – dienstregelingen van boten, menu's van restaurants, adressen.

Adressen.

Een kijkje onder de naam *Phelps* levert het volgende op:

Phelps, Albert en Lydia, Edgartown Bay Road 35, ET

Phelps, Franklin, Grovedale Road 10, OB

Phelps, Sadie, The Upper Crust, Edgartown-West Tisbury Road 9111, VH

Tabitha maakt eruit op dat Sadie de zus is. Sadie, niet Charlotte. Maar wat is de Upper Crust? Het gevoel bekruipt haar dat ze dat zou moeten weten, maar ze heeft geen idee. Bovendien kan alleen Franklin haar maar iets schelen. Ze voert Grovedale Road 10 in op haar telefoon. Er verschijnt een blauw stipje op 'Kaarten' en ze stapt in haar auto.

Midden in de nacht is er geen verkeer, dus staat Tabitha tien minuten later al voor Franklins huis. De ramen zijn donker, maar Franklins pick-up staat op de oprit en de aanblik ervan maakt Tabitha bloednerveus. Hier is hij dus. Is het niet genoeg om nu eindelijk te weten waar hij is?

Nee. Tabitha stapt uit en loopt de oprit op. Ze belt aan.

Ze hoort hem binnen stommelen en ze staat stijf van de zenuwen. Ze wil hard weglopen. De deur gaat open.

Franklin ziet haar. Bijna op hetzelfde moment is zijn mond op de hare, trekt hij haar naar binnen en smijt de deur dicht. Hij tilt haar op en draagt haar naar de mosgroene velours bank waarop hij heeft liggen slapen. Hij legt Tabitha op de bank, rukt vervolgens haar shirtje van negentig dollar in tweeën, omvat haar borst en neemt die in zijn mond alsof het voedsel is en hij uitgehongerd is.

Na afloop moet Tabitha huilen. Ze snikt en jammert – zonder een poging te doen zich in te houden. Elke slechte gedachte, alle zorgen, alle jaloezie, alle onzekerheid komen eruit. Franklin veegt haar tranen eerst weg met zijn hand, maar daarna met de servetjes die bij de onaangeraakte afhaalmaaltijd van Sharky's op de salontafel liggen.

'Waarom?' zegt ze. 'Heeft mijn zus je soms gebeld om te zeggen dat je niet meer aan het huis mag werken? Heeft Harper je gebeld?'

'Nee,' zegt hij. 'Het probleem is mijn zus, Sadie.'

Franklins zus, Sadie, is de vrouw van dokter Reed Zimmer. Franklins zus, Sadie, is de vrouw die Tabitha een klap heeft gegeven en champagne in haar gezicht heeft gegooid. Dat zijn dus de bijzondere omstandigheden.

Franklin zit op het puntje van de bank, met zijn hoofd in zijn handen. 'Ik kan niet meer voor je werken,' zegt hij. 'En we kunnen elkaar ook niet meer zien.'

'Wat?' zegt Tabitha.

'Zij is mijn zus,' zegt Franklin. 'En Harper is jouw zus. Je tweelingzus.'

'Precies,' zegt Tabitha. 'Harper is mijn zús. Ze is mij niet. Wij zijn niet dezelfde persoon, Franklin. Dat weet je toch? Ik ben Harper niet.'

'Dat weet ik,' zegt Franklin. 'En ik mag Harper graag, ongeacht wat ze heeft gedaan. Maar mijn zus is er kapot van. Ze kan deze ontwikkeling niet aan. Zij... en mijn ouders... mijn ouders...'

'Je bent een volwassen man,' zegt Tabitha. 'Je laat toch zeker je oren niet meer hangen naar wat je óúders vinden?' Op het moment dat de woorden haar mond hebben verlaten, ziet Tabitha Eleanor voor zich. Eleanor heeft de afgelopen negenendertig jaar alles beheerst wat Tabitha heeft gedacht en gedaan, op de laatste paar weken na.

'Het spijt me, Tabitha,' zegt Franklin. 'Het is gewoon pech. En ik ben niet eerlijk geweest. Ik had die avond toen ik je tegenkwam in de Ritz meteen moeten zeggen wie ik was. Maar toen dacht ik dat het niet zou uitmaken.'

'Je dacht dat ik een eenmalig avontuurtje zou zijn,' zegt Tabitha. 'Een wegwerpvriendinnetje.'

'Dat dacht jij toch ook?' zegt Franklin. 'Zeg nou eens eerlijk. Ik kende je amper. Het was een lolletje.'

'Een dronken avontuurtje,' zegt Tabitha. Is dat inderdaad niet wat ze zelf ook heeft gedacht? Het is in elk geval nooit haar bedoeling geweest er zo emotioneel bij betrokken te raken.

'Ik wist niet dat ik verliefd op je zou worden,' zegt Franklin.

'Ben je dat dan?' vraagt Tabitha. 'Verliefd op mij?'

Franklin knikt in zijn handen. 'Ik denk het wel,' fluistert hij. Dan tilt hij zijn hoofd op en kijkt haar aan voor de genadeslag. 'Maar dat doet niet ter zake. Sadie is familie.'

Harper

Ze nemen de intereilandferry: Harper, Ainsley en Fish. Caylee en Meghan passen op de winkel. Dit wordt een kort uitstapje, één nacht maar, die ze zullen doorbrengen in Harpers huis.

Harper zegt tegen Ainsley: 'Jij wilt vast heel graag naar je moeder, maar ik denk niet dat ik me in haar bijzijn zal kunnen beheersen.'

Ainsley zegt: 'Dat geeft niet. Ik zie Tabitha – mijn moeder, bedoel ik – wel weer wanneer ze terugkomt naar Nantucket, wanneer dat ook mag zijn.'

'Dank je,' zegt Harper. Ze legt een beschermende hand op haar buik. Ze kan aan niets anders meer denken dan het feit dat Tabitha het huis aan het verbouwen is. Ze begrijpt precies wat er is gebeurd: Tabitha hoorde van Meghan over het feestje in de winkel en vond toen dat dit haar het recht gaf alles te doen wat ze wilde. Die kans om wraak te nemen kon Tabitha natuurlijk niet aan zich voorbij laten gaan; Tabitha heeft nog nooit een belediging onbeantwoord gelaten. Nog nooit! In veel opzichten lijken Harper en Tabitha op de personages in *The Parent Trap* – de een knipt de jurk van de ander kapot tijdens een dansavond; de ander zet een ingewikkelde valstrik met behulp van honing en touw. Maar wat Tabitha heeft gedaan is meer dan een geintje. Het gaat hier om Harpers levensonderhoud, of ze gaat overleven of niet. Harper heeft het geld uit de verkoop van het huis nodig. Tabitha weet niet half hoe hard Harper het nodig heeft.

Het is vreemd om de Vineyard te bezoeken op de manier van de onaanzienlijkste onder de toeristen: de dagjesmens. Als de ferry Oak Bluffs binnenvaart ziet Harper een tafereel dat haar net zo vertrouwd is als haar eigen knieën, alleen ziet ze het nu met andere ogen: de groene uitgestrektheid van Ocean Park, de bonte kleurenpracht van de gemberkoekhuizen op de Methodist Campground. Harper zou Ainsley nu kunnen meenemen in de carrousel; ze zouden kunnen gaan eten in de Red Cat. Maar dat zijn niet de dingen die ervoor zorgen dat de Vineyard als thuis voelt.

Wat Harper het gevoel geeft thuis te zijn op de Vineyard zijn de mensen. In de eerste plaats natuurlijk Billy. Maar Billy is dood.

Hierna wordt het lastiger: Drew, Reed, Brendan.

Vijf van de gemberkoekhuizen die ze voor zich zien, zijn bezit van de familie Truman-Snyder – Drews moeder en zijn tantes, die kreeftenstoofpot voor Harper hadden gemaakt. Op dit moment zal Drew wel in zijn patrouillewagen zitten – misschien in Main Street in Edgartown, misschien schrijft hij een parkeerboete uit in Katama, misschien zit hij met zijn snelheidsmeter op het parkeerterrein van de basisschool. Hij is zo knap, zo goed gebouwd en hij bedoelt het allemaal zo goed. Hij moet nu wel een bloedhekel aan Harper hebben, en terecht. Ze heeft hem gebruikt als afleiding van Reed.

Reed is... nu ja, als hij op de Vineyard is, dan weet hij zich goed verborgen te houden. Harper kan misschien een paar mensen die ze kent – Rooster? Franklin Phelps? Greenie? – vragen of ze hem hebben gezien of iets van hem hebben gehoord, of ze weten waar hij is. *Ik moet hem dringend spreken*, zou Harper kunnen zeggen. *Het is belangrijk*. Maar daar zal ze het bij laten.

Brendan Donegal. Brendan hoort bij de koivijver in Mytoi te zitten, of steentjes te keilen op East Beach, maar nu is ook Brendan dood. Harper haalt diep adem en slaat Fish' riem een paar keer om haar pols terwijl ze van de ferry loopt. Fish trekt haar mee; hij weet dat ze thuis zijn. Ainsley loopt vlak achter haar. Ainsley is de afgelopen vierentwintig uur vijftien jaar ouder geworden, denkt Harper. Dat doet een tragedie met een mens.

Ze huren een auto bij A-A Island Autoverhuur, op de werf. Het is een korte rit, maar Harper wil niet afhankelijk zijn van taxichauffeurs die wellicht de weg op het eiland niet goed kennen. Ze stappen in een onopvallende staalgrijze jeep. Niemand zal haar herkennen.

'Heb je honger?' vraagt Harper aan Ainsley.

'Nee,' zegt Ainsley.

'Ik ook niet,' zegt ze. Ze heeft sinds Edies telefoontje geen hap meer door haar keel gekregen. 'Laten we dan maar gaan.'

Ainsley knikt. Ze kijkt uit het raampje. 'Wat is het hier mooi,' zegt ze.

'Dat is het zeker,' zegt Harper.

Het is een van die helderblauwe dagen die voor de Vineyard gemáákt lijken. De hitte en de vochtigheid zijn verdwenen: alles voelt fris. Hoeveel dagen als deze heeft Harper vanzelfsprekend gevonden? Op een dag zal ook zij sterven. Fish zal sterven. Ainsley zal sterven, de baby in Harpers buik zal sterven. Het is een deprimerende gedachte, maar nog niet half zo beangstigend als wat ze nu gaat doen. Harper moet Edie onder ogen komen en op haar eigen manier afscheid nemen van Brendan.

In Edgartown neemt Harper alle verkeersregels in acht en houdt ze zich aan de maximumsnelheid; bij de driehoek geeft ze voorrang aan een chauffeur van Tisbury Taxi. Eén keer moet de eerste zijn. Ze kan niet het risico nemen dat Drew of iemand anders van de politie van Edgartown haar aanhoudt. Ze rijdt Main Street uit, waar Ainsley zich luidruchtig vergaapt aan de Old Whaling Church en het Daniel Fisher-huis. Dan sluit Harper aan achter de rij voor de On Time III, ook al is die rij twee auto's langer dan die voor de On Time II. Maar Harper ontloopt iedereen die ze kent, ook Indira Mayhew, de veerbootkapitein op de On Time II.

Ze draait haar raampje omlaag om een kaartje te kopen.

'Dat is lang geleden, vriendin.'

Harper kijkt om. Het is Indira, aan het werk op de 111.

'Hoi,' zegt Harper. 'Ja, ik ben een tijdje weg geweest.'

'Op een fijne bestemming?' vraagt Indira.

'Nantucket,' zegt Harper.

'Arm kind,' zegt Indira. Dan glimlacht ze. 'Geintje. Mijn vader ging altijd graag met onze boot naar Tuckernuck. En heel af en toe gingen we naar het grote eiland. Ik herinner me cola met oestercrackers bij de Anglers' Club.'

'Leuk je te zien,' zegt Harper. Wanneer het licht op groen springt, rijdt ze de veerboot op.

'Alles oké?' vraagt Ainsley.

'Nee,' zegt Harper.

Chappaquiddick is veranderd. Vroeger kreeg Harper er een gevoel van rust en warmte – nu voelt ze verdriet en spijt. *Brendan!* schreeuwt ze in gedachten.

Het voelt echt als haar schuld.

Wanneer ze de ingang naar Mytoi passeert, huilt haar hart. Ze volgt Chappaquiddick Road tot ze de woning van de Donegals bereikt.

Edie verwacht haar. Ze zit op de ouderwetse schommelbank op haar veranda en wanneer Harper de auto tot stilstand brengt staat ze op.

Harper stapt uit. Ainsley volgt haar voorbeeld, met Fish aan de lijn.

'Edie,' zegt Harper. 'Ik vind het zo erg.' Ze omhelst de kleine vrouw op de veranda en draait zich dan om, om Ainsley aan haar voor te stellen.

'Mijn nichtje, Ainsley,' zegt ze. 'En dit is Fish.'

'Fish,' zegt Edie en ze bukt zich om Fish onder zijn kin te aaien. 'Brendan had het altijd over Fish. Ik moet eerlijk bekennen dat het een tijd heeft geduurd voordat ik doorkreeg dat Fish een hond was.' Edie glimlacht verdrietig naar Ainsley. 'Mijn zoon haalde de dingen soms een beetje door elkaar.'

'Gecondoleerd met het overlijden van uw zoon,' zegt Ainsley.

Edie knikt, de lippen zo stijf op elkaar geknepen dat ze bloedeloos lijken. 'Wil je samen met Fish misschien een eindje gaan wandelen op ons strand?' vraagt ze. 'Ik wil je tante graag een paar minuutjes onder vier ogen spreken.'

'Natuurlijk,' zegt Ainsley.

'Je kunt gewoon het pad om het huis volgen,' zegt Edie.

Ainsley leidt Fish de veranda af en om een grote roze hortensiastruik heen – een zogenaamde Strawberry Sundae, ziet Harper, omdat ze zulke dingen nog steeds met het oog van een hovenier ziet.

'Zullen we naar Mytoi wandelen?' stelt Edie voor.

Harper knikt en terwijl ze naar beneden lopen geeft ze Edie een arm.

'Het is niemands schuld,' zegt Edie. 'Niet de mijne en zeker niet de jouwe, dus mocht je enig schuldgevoel hebben, dan wil ik dat je dat meteen laat varen.'

'Ik had er moeten zijn,' zegt Harper. 'Ik had moeten komen toen je me belde.'

'Dat zou geen verschil hebben gemaakt,' zegt Edie. 'Brendans ongeluk heeft hem beschadigd, maar dat was het probleem niet. Het probleem was dat hij nog goed genoeg was om zich ervan bewust te zijn hoe beschadigd hij was. Hij wist dat hij beperkingen had en dat vond hij verschrikkelijk. Hij zei dat het voelde alsof zijn geest in een dwangbuis zat. Hij keek naar zijn voeten en wist welke bewegingen hij moest maken om zijn veters te strikken, maar zijn handen werkten niet mee. We hebben nog geluk gehad dat hij het zo lang heeft volgehouden.'

'Hoe kwam hij aan de pillen?' vraagt Harper.

'Een van zijn vrienden,' zegt Edie. 'Of vroegere vrienden. Ze gebruikten allemaal drugs, die surfers.'

Harper knikt. Dat is waar. 'Ik wist niet dat Brendan die jongens nog sprak.'

'Heel af en toe kwam er wel eens een langs,' zegt Edie. 'Meestal Spyder en Doobie. En meestal nadat ik ze tegen het lijf was gelopen bij de supermarkt. Als ze mij zagen voelden ze zich schuldig.'

'Ze waren dol op Brendan,' zegt Harper. 'We waren allemaal dol op Brendan. Iedereen was idolaat van hem. Hij was zoveel beter dan alle anderen. Hij was een halfgod. Ik weet nog hoe gevleid ik was toen hij mijn naam bleek te kennen, jaren en jaren geleden, toen ik nog bij Mad Martha's werkte. En toen...' Hier moet Harper even opletten wat ze zegt. Ze wil eerlijk zijn tegen Edie, maar niet zo eerlijk dat ze het moment verpest. 'En toen, na zijn ongeluk... ik bedoel, ik wist dat hij niet meer dezelfde was, maar toch was ik... ik weet niet... aanvankelijk was ik gewoon zwaar onder de indruk. Brendan Donegal, die al die titels had gewonnen en zoveel landen had bezocht, die met Kelly Slater en John John Florence had gesurft en die nu opeens bereikbaar voor mij was.' Harper slikt. Klinkt dit heel erg verschrikkelijk? Klinkt het alsof ze op de een of andere manier blij was geweest met Brendans ongeluk omdat het haar de kans gaf om bij hem te kunnen zijn? 'Ik begon al snel te houden van de persoon die Brendan was geworden. Na een tijdje vergat ik helemaal dat Brendan de surfer had bestaan. Zijn verleden deed er niet toe. Mijn verleden deed er niet toe. Dat was het mooie van samen zijn met Brendan. Hij hield je in het moment.' Harper doet haar ogen dicht. Het is warm; de vijver is rimpelloos; de koffie is sterk; je ogen staan verdrietig. Elke woensdagmiddag en elke zondagochtend waren van hen samen geweest.

Kom terug. Alsjeblieft.

Ze staan nu voor de ingang van Mytoi en ze aarzelen allebei.

'Ik heb namens hem geld aan het park gedoneerd,' zegt Edie. 'Er komt een bankje of een beeld – ik heb nog niet besloten wat het precies wordt. Maar ik wilde iets hier op Chappy om hem te eren; iets wat ik kan bezoeken, wat jij kunt bezoeken.'

'Wat een mooie gedachte,' zegt Harper. 'Ben je al van gedachten veranderd wat betreft de dienst?'

'Nee,' zegt Edie. 'Ik heb zijn lichaam laten cremeren. De as begraaf ik in het familiegraf, bij zijn vader. Er zal wel een priester bij aanwezig zijn, maar er komt geen dienst.'

Harper knikt. Ze zijn nu in de tuinen en ze doen er automatisch het zwijgen toe. Het is de zegen van Mytoi – de mogelijkheid van stilte, van rust, van bezinning. Ze steken de loopbrug over. Harper kijkt omlaag naar de zwemmende koikarpers en dan gaan Edie en zij naast elkaar op het rode bankje zitten. Harpers verdriet zal nooit groter zijn dan op dit moment. Ze had nooit gedacht ooit zonder Brendan in Mytoi te zijn. De plek en de man en hun relatie waren zó met elkaar vervlochten. Ze weet dat ze dankbaar zou moeten zijn. Want wat als ze hem nooit had gevonden? Zijn vriendschap was een geschenk geweest. Hij was er opeens toen iedereen op het eiland haar in de steek had gelaten; toen ze zich slecht en goedkoop voelde, was hij er om haar het gevoel te geven dat ze de moeite waard was.

Plotseling komen de tranen. Ze huilt en er is geen houden aan; kon ze zich maar zo flink houden als de generatie van Edie en Eleanor, maar ach. Misschien is Edie niet te beheerst om te huilen, maar is ze eenvoudig te bedroefd en zit haar verdriet zo diep en vast dat het niet tot uitbarsting komt.

Edie haalt een zakdoek uit haar broekzak en geeft die aan Harper, die hem dankbaar aanpakt en haar neus erin snuit.

'Ik ben zwanger,' zegt Harper.

Edie, die toch al met kaarsrechte rug zit, lijkt nog een paar centimeter te groeien. 'Is het kind... van Brendan?'

'Nee,' zegt Harper. 'Dat niet. Brendan en ik hebben nooit...'

'O,' zegt Edie. 'Dat wist ik niet zeker.'

'Was het maar zo,' zegt Harper en realiseert zich dan opeens dat dit absoluut waar is. Maar de baby is natuurlijk van Reed, verwekt in die noodlottige nacht bij Lucy Vincent, toen Reed roekeloos de liefde met haar had bedreven, zonder voorbehoedsmiddel. 'Er is niets wat ik liever zou willen.'

Wanneer Harper achteruit de oprit afrijdt, staat Edie hen op de veranda uit te zwaaien.

'Was het zo erg als je dacht?' vraagt Ainsley als ze weer op Chappy Road rijden, op weg naar de ferry.

'Nee,' zegt Harper.

Op de terugweg van Mytoi had Edie gezegd: 'Als je een plek nodig hebt om te wonen, voor of nadat de baby is geboren... ik wil me nergens mee bemoeien... maar als je een plek nodig hebt, dan staat het je vrij om gebruik te maken van het huisje, van Brendans huisje, kosteloos en zolang je wilt.'

'O, Edie, bedankt,' zei Harper. Er dreigden alweer tranen – tranen van angst en verwarring, omdat Harper er niet zeker van was hoe haar toekomst eruit ging zien. Zou ze met Reed samen zijn, of ging ze het alleen doen? Zou ze werk kunnen vinden? Of zou ze afhankelijk zijn van de uiteindelijke opbrengst van de verkoop van Billy's huis? Ze probeert zich voor te stellen hoe het zou zijn om de herfst en de winter op Chappy door te brengen. Zou dat zo heel erg zijn? 'Ik weet niet hoe het allemaal gaat lopen, maar dit aanbod betekent heel veel voor me. En wie weet? Misschien maak ik er wel gebruik van.'

'Dat hoop ik dan maar,' zei Edie. Ze had Harper even in haar arm geknepen. 'Stel je voor. Een baby.'

Harper rijdt naar Tisbury, naar haar appartement, waar het benauwd is en warm. Harper rent rond om ramen open te zetten en verontschuldigt zich bij Ainsley. Vergeleken met het koetshuis is haar appartement zo teleurstellend en nietszeggend als een suite in de Residence Inn.

'Het is prima,' zegt Ainsley. 'Ik wil eigenlijk alleen wat rondkijken, een beetje winkelen, Vineyard Haven zien. Kan ik hiervandaan naar de stad lopen?'

'Dat kan wel,' zegt Harper. 'Maar het is wel een heel eind. Ik zet je wel af, dan kun je me bellen wanneer je naar huis wilt. Hoe klinkt dat?'

'Geweldig,' zegt Ainsley. 'Dank je.'

Harper zet Ainsley af bij Five Corners. Eén ding wat ze niet heeft gemist is het verkeer. Het is krankzinnig druk, veel erger dan Harper zich herinnert – en het is nog niet eens augustus! Terwijl ze in een eindeloze rij auto's staat te wachten tot ze een afslag kan nemen, met Fish slapend op de achterbank, kijkt Harper naar de weg die haar langs Billy's huis zou voeren. Zal ze er even langs rijden? Kijken hoe het eruitziet en proberen erachter te komen wie Tabitha bereid heeft gevonden de klus voor haar te klaren? Harper verbaast zich er opnieuw over dat Tabitha zo'n grote beslissing helemaal alleen heeft genomen. Harper heeft geld nodig en snel ook! Er is een baby op komst!

Maar dat weet Tabitha natuurlijk niet.

Harper verzet zich tegen de drang om langs Billy's huis te rijden. In haar kwetsbare emotionele toestand wil ze een persoonlijke confrontatie vermijden – want dat is zonder enige twijfel waar het op zal uitdraaien. Dit tripje had maar één doel en dat was nu achter de rug. Harper is van plan om Ainsley om half acht op te halen, een hapje met haar te gaan eten in de Red Cat en daarna naar huis te gaan en naar bed. Morgenochtend zal Harper dan misschien – misschien – even langs de Morning Glory Market gaan voor een paar muffins, zodat Ainsley die ook een keer kan proeven. En daarna met de middagboot naar Nantucket.

Harper stopt voor haar huisje. Binnen heeft ze niets te doen. Teruggaan naar de Vineyard was een vergissing: de verleiding ligt overal op de loer. Harper overweegt Drew te gaan zoeken, zodat ze zich bij hem kan verontschuldigingen. Zou hij dat kunnen waarderen, of zou hij het als neerbuigend ervaren?

En dan is er Reed. Reed. Reed. Reed. Reed. In gedachten ziet Harper zichzelf langs het ziekenhuis rijden, langs zijn huis, langs Sadies taartenwinkel. Ze kan via State Road naar Aquinnah rijden en over South Road weer terug, in de hoop dat hij daar aan het fietsen is. Heeft hij een lievelingsstrand? Lobsterville? Great Rock Bight? Harper heeft het hem nooit gevraagd. Hij is arts –

misschien gaat hij nooit naar het strand.

Ze besluit tóch langs Billy's huis te rijden. Dat is de veiligste keus.

Ze rijdt achter het huis langs, in de hoop dat Tabitha buiten is, zodat zij stiekem naar binnen kan kijken. Wanneer ze dichterbij komt ziet ze een groene pick-up uit de achtertuin komen. Het is Tad, de Ierse timmerman. Harper kent hem van gezicht. Hij was vroeger het vriendje van een van de andere hoveniers die voor Jude werkten, een meisje dat Cory heette, maar Harper weet vrij zeker dat ze het hebben uitgemaakt. Ze heeft Tad wel eens in de Ritz gezien en in de Trampost, maar altijd alleen. Werkt híj aan het huis? Hoe is Tabitha aan hem gekomen? Tad is bevriend met Franklin Phelps, maar misschien is die connectie niet ter sprake gekomen of maakte het niet uit. Misschien zijn, in de weken dat Harper nu al weg is, Harper en Reed Zimmer wel door iedereen vergeten; misschien heeft het al met al nooit zoveel voorgesteld. Nu Harper weg is geweest lijkt dat opeens best mogelijk. De zomer is inmiddels immers in volle gang. Er zitten negentigduizend mensen op dit eiland – negentigduizend! – dus zijn er vast spannender dingen om over te praten.

Harper wacht aan de overkant van de straat tot Tads pick-up de hoek om is en rijdt dan langzaam verder tot ze goed zicht heeft op de achtertuin.

Allemachtig! denkt ze. De achtertuin heeft een complete metamorfose ondergaan. Het gazon ligt nu onder een deken van groen gras. Er zijn plantenbedden met hortensia's en vaste planten. Al het struikgewas is eruit gehaald en de moestuin is verdwenen. Hóé heeft Tabitha iemand kunnen vinden om dit voor haar te doen? Harper had niet verwacht dat er nog een hovenier op het eiland was die voor een Frost wilde werken.

Het huis lijkt verlaten. Harper wordt overweldigd door nieuwsgierigheid. Dit is Billy's huis en haar eerste tien jaar op de Vineyard was het ook haar huis. Nu is het weer haar huis, omdat zij de helft ervan heeft geërfd. Ze hoeft zich hier geen insluiper of indringer te voelen. Ze heeft het volste recht – meer dan dat zelfs! – om naar binnen te gaan.

Ze loopt met ferme tred de veranda op. De keukendeur is niet op slot.

Het woord 'verbijsterd' is nog te zwak om uit te drukken wat Harper voelt wanneer ze naar binnen loopt. Ze kan de metamorfose niet geloven. Echt niet. Haar mond valt open wanneer ze haar hand over de stenen werkbladen laat glijden en de keukenkastjes opent, die de kleur van gebrande honing hebben. De scharnieren lopen soepel. Het hout voelt solide en degelijk. Op de vloer ligt nu nog triplex, maar de apparatuur is al geïnstalleerd – een koel-vriescombinatie, een Wolf-fornuis, een Bosch-vaatwasser. Er is een aparte ijsmachine! En een wijnkoelkast! Ze knippert met haar ogen en draait een rondje. Is dit écht Billy's keuken? Is dit zijn huis?

Harper loopt de woonkamer met het eetgedeelte binnen. De muren zijn zachtgeel geschilderd en op de vloeren ligt grenen parket. Is dít wat al die jaren onder de vloerbedekking verborgen heeft gelegen? De vloeren zijn luxueus en het algehele effect van de kamer is licht, fris en elegant. Harper neemt een kijkje in het toilet op de begane grond. Weg zijn de poster van *Jaws* en de gruwelijk stinkende toiletpot. De wanden zijn staalgrijs en er staat een fonteintje in de vorm van een gladde pilaar van wit glas. Harper wist niet eens dat er zulke fonteintjes bestonden, behalve dan op de pagina's van woontijdschriften.

Ze heeft het geflikt, denkt Harper. In plaats van Billy's huis te slopen en in een berg puin te veranderen, heeft Tabitha het gered. Harper voelt zich tegelijkertijd trots op haar zus en beschaamd om haar eigen kortzichtigheid. Harper probeert niet te schatten hoeveel geld Tabitha heeft uitgegeven om dit te realiseren. Ze heeft het geld immers niet in Las Vegas over de balk gesmeten aan de dobbeltafel. Dit huis gaan ze zeker verkopen: dat ziet Harper nu wel in. Het gaat een flink bedrag opleveren. Harper weet eigenlijk niet waarom het haar verbaast dat Tabitha gelijk heeft gekregen. Tabitha heeft altijd gelijk.

Harper loopt naar de trap. De versleten mosterdgele vloerbedekking met Azteken-motief is weggehaald. De houten treden zijn nu zichtbaar en er ligt een donkerblauwe wollen traploper op, met een wit ruitpatroon. Klassiek. Harper kijkt omhoog. 's Werelds lelijkste kroonluchter is vervangen door een eenvoudige mondgeblazen glazen bol met een gloeilamp erin. Schitterend. Een trap die vroeger niet meer was dan een middel om boven te komen is nu een kunstwerk op zich.

Wanneer Harper naar boven loopt, hoort ze een geluid.

'Tabitha?' zegt ze.

Harper werpt een blik in de lila kamer, die vroeger haar kamer was. Hij is in een zachtbeige tint geschilderd; het kleine slaapkamertje is nu grijsgroen. De badkamer ertussen heeft een nieuwe wastafel op een zuil en een glazen douchecabine; hij moet nog verder worden betegeld.

Het geluid komt uit Billy's kamer. Het klinkt als huilen, maar dat kan niet kloppen. Harper is bang voor wat ze zal aantreffen.

'Tabitha?' zegt ze iets harder.

Het geluid wordt duidelijker. Huilen. Het is haar zus die huilt.

Harper kijkt om een hoekje. De vloer heeft nu een warme cerisekleur. In tegenstelling tot alle andere kamers, waaruit de meubels zijn weggehaald, staat Billy's kingsize bed nog op zijn plek, evenals de gestapelde melkkratjes die hij als nachtkastje meende te moeten gebruiken. Misschien huilt Tabitha omdat ze het zo lelijk vindt, denkt Harper en die gedachte doet haar glimlachen, ook al is er kennelijk iets ernstigs aan de hand. Harper bereidt zich mentaal voor op het nieuws dat Eleanors toestand is verslechterd.

'Tabitha?' zegt Harper, nu te hard om niet te worden gehoord. 'Ik ben het, Harper. Ik ben hier. Wat is er aan de hand?'

Tabitha tilt haar hoofd op uit een nest van kussens. Haar gezicht is vertrokken van verdriet, haar ogen zijn dik, haar gezicht vlekkerig en haar haar zit in de war. Ze draagt een herenshirt van Hot Tin

Roof en een korte denim spijkerbroek. De korte broek is van Current/Elliott en gaat in de ERF-boetiek voor honderdvijftig dollar over de toonbank. Harper is er trots op dat ze het merk herkent en het bevestigt tevens dat het echt haar zus is die ze hier voor zich ziet.

Maar Tabitha in een T-shirt van Hot Tin Roof – wauw. Nou ja, eens moet de eerste keer zijn.

'Wat er aan de hánd is?' zegt Tabitha. Ze plukt een tissue uit een doos op de melkkratjes en veegt er haar gezicht mee af. 'Wat er aan de hand is, is dat jij mijn leven hebt verpest. Alweer.'

'Wát zeg je?' zegt Harper. 'Hoe heb ik je leven deze keer dan verpest?'

Ze slaakt een diepe zucht en probeert te bedenken wat ze in vredesnaam kan hebben gedaan. 'Ik doe alles precies zoals je het me hebt opgedragen. Ik zorg voor Ainsley. Ze heeft de hele zomer nog geen druppel alcohol gedronken. Ze is naar geen enkel feestje geweest. Heeft zich niet meer in de nesten gewerkt. En de winkel – oké, misschien gaat het in de winkel niet precies zoals jij en mam het graag zien. Maar de verkoop is met vijfhonderd procent gestegen!'

'De winkel kan me niet schelen!' zegt Tabitha. 'De winkel en mam kunnen me gestolen worden. Ik denk nu aan mezelf. Zo ongeveer voor het allereerst in mijn hele leven denk ik nu eens een keer aan mezelf.'

'Wat?' zegt Harper. 'Ik kan je even niet meer volgen.'

'Ik ben verliefd,' zegt Tabitha.

'Whoa,' zegt Harper. 'Op wie?' Ze kan zich met de beste wil van de wereld niet voorstellen dat Tabitha verliefd is geworden op iemand op de Vineyard. Of het moet Ken Doll zijn. Is Tabitha verliefd geworden op Ken Doll?

'Franklin Phelps,' zegt Tabitha.

Op Franklin Phelps? denkt Harper. Het duurt even voordat het kwartje valt. Dan houdt ze haar adem in. Tabitha is verliefd geworden op Franklin Phelps. Sadies broer.

'Ik heb hem ontmoet in de Ritz,' zegt Tabitha. 'Daar stond hij te zingen. En terwijl hij zong begon een of andere eikel aan de bar me lastig te vallen.'

'Eikel?' zegt Harper. Ze kent veel, heel veel mensen op wie die benaming van toepassing is.

'Franklin heeft me gered. Hij heeft me thuisgebracht.'

'Wanneer was dat?' vraagt Harper.

'Op mijn eerste avond hier,' zegt Tabitha. 'En toen heeft Franklin deze klus aangenomen. Hij is de hoofdaannemer.'

'Meen je dat nou?' zegt Harper. 'Ik zag Tad weggaan, maar ik had niet verwacht... ik bedoel, sorry dat ik het vraag, hoor, maar je wist toch wel dat hij Sadies broer is?'

'Hoe kon ik dat weten?' zegt Tabitha. 'Ik had geen idee en hij heeft het me niet verteld. Maar toen ik hoorde dat hij aannemer is en hem vroeg of hij aan dit huis wilde werken, zei hij dat hij dat niet kon doen. Hij zei dat er bijzondere omstandigheden waren, maar wilde niet vertellen welke. Toen veranderde hij van gedachten en zei dat hij het toch wilde doen. Ik bedoel, heb je het huis gezien? Het is onvoorstelbaar.'

'Onvoorstelbaar,' zegt Harper. Haar hart krimpt ineen. Het huis is onvoorstelbaar en het idee dat Tabitha en Franklin samenwerken om het zo mooi te maken is idioot en prachtig tegelijk – twee mensen die Harper nooit als stel had kunnen bedenken, maar ze ziet het nu wel voor zich.

'Toen ging hij bij zijn ouders eten en daar was Sadie ook en ik geloof dat het niet zo goed met haar gaat, maar het viel nog wel mee, tot Sadie erachter kwam dat Franklin hier werkt en met mij samen is. Ze kan het niet verkroppen. Ze heeft hem gevraagd met mij te breken.'

'En luistert hij naar haar?' zegt Harper. 'Ten eerste is hij een volwassen vent en ten tweede ben jij mij niet.'

'Je snapt het niet,' zegt Tabitha. Het lukt haar om overeind te komen van het bed, maar ze lijkt opeens kleiner, een klein meisje bijna. Haar liefdesverdriet heeft haar doen krimpen. 'Sadie is zijn zus. En jij bent mijn zus.'

'En ik verpest alles,' zegt Harper.

'Jij verpest alles,' zegt Tabitha. 'Sinds ik hier ben, ben ik voortdurend bang dat mensen me bespugen. Willekeurige vreemden zijn al erg genoeg, Harper. Maar dit. Dit!'

'Je had me moeten vertellen dat je met Franklin omgaat,' zegt Harper. 'Dan had ik je kunnen waarschuwen.'

'Waarschuwen dat je de man van zijn zus naaide?'

'Ja,' zegt Harper.

'Jij bent zo ongelooflijk egoïstisch,' zegt Tabitha. 'En dat ben je altijd geweest. Jij bent met Billy meegegaan. Je hebt mij achtergelaten en vervolgens nooit meer omgekeken.'

Harper staart haar aan. Ze herinnert zichzelf eraan dat Tabitha verdriet heeft. Ze zegt zulke valse dingen omdat ze verdriet heeft. Maar nu Tabitha er toch zelf over begint, krijgt Harper iets in de schoot geworpen wat ze nooit eerder heeft gehad: een kans om zich te verdedigen. 'Dat is niet waar. Het is eerlijk gebeurd. We hebben er steen-papier-schaar om gespeeld. Drie potjes zelfs, Pony, en jij hebt ze gewoon verloren. En dat verbaasde niemand meer dan mij. Dat ik met Billy mee mocht was de enige keer dat ik je ooit met iets heb verslagen. En jij hebt ervoor gezorgd dat ik me er mijn hele volwassen leven ellendig over heb gevoeld.'

'Na het overlijden van Julian heb ik mezelf voorgenomen...'

'Wat er met Julian is gebeurd was niet mijn schuld,' zegt Harper. 'En jouw schuld was het ook niet. Het was niemands schuld, Tabitha.' Het voelt heerlijk om na al die jaren zwijgen eindelijk eens haar hart te luchten. 'Julian was ziek. Hij is gestorven. Dat was tragisch, Tabitha, en ik wil niet beweren dat ik weet hoe het is om een kind te verliezen, maar ik veronderstel dat het zoiets is als het ergste verdriet wat ik ooit heb gevoeld, maar dan duizend, of honderdduizend keer zo erg. Ik heb nooit begrepen waarom je mij de schuld gaf, waarom je me wegstuurde, waarom je me verbood om naar de begrafenis te komen en me uit je leven hebt verbannen, maar jij hebt nu eenmaal *altijd gelijk* en ik heb *altijd ongelijk*, dus trok ik het niet eens in twijfel. Ik nam de schuld op me! Veertien jaar lang, Tabitha, heb ik gedacht dat ik een slecht mens was. Dat zal ook wel de reden zijn waarom ik met Joey Bowen in zee ben gegaan. Ik had zo'n lage dunk van mezelf: wat maakte het uit als ik een pakje voor hem afgaf? Wat maakte het uit als ik in de cel zou belanden? Wat maakte het uit als ze me op mijn buik drijvend in de haven van Edgartown zouden aantreffen? Jij had me toch al het gevoel gegeven dat ik een verachtelijk mens ben. En nu ik er zo eens over nadenk, is het misschien ook wel de reden waarom ik altijd problemen heb gehad met mannen. Omdat ik wachtte tot ik er een zou tegenkomen die me zou leren dat ik de moeite waard was. Uiteindelijk was het Reed Zimmer die dat is gelukt. Hij hield van me en dat gaf me het gevoel dat ik beter was dan ik me sinds de dood van Julian ooit heb gevoeld. Ik wist dat hij getrouwd was en ik wist dat wat ik deed verkeerd was. Maar ik kon er niets aan doen – ik hield zoveel van hem en had zijn liefde zo nodig. Misschien kun je dat begrijpen nu je zelf verliefd bent op Franklin.'

'Neem me niet kwalijk als ik het kapotmaken van iemands huwelijk niet wens te vergelijken met liefde,' zegt Tabitha. 'Jij bent egoïstisch en onnadenkend en...'

'En alles wat ik doe is verkeerd,' zegt Harper.

'Wel toen je de echtgenoot van een andere vrouw afpakte,' zegt Tabitha. 'En ook in de nacht dat Julian overleed. Geef het nu maar toe.'

'Als het jou helpt om mij dat te horen zeggen, zal ik het zeggen, zal ik het schreeuwen. Het *was verkeerd*. In de nacht dat Julian stierf heb ik het verkeerd aangepakt. Ik heb een beslissing voor ons beiden genomen. Ik heb aangedrongen. Maar ook als ik niet had aangedrongen, zelfs als ik *nooit naar Nantucket was gekomen*, was Julian doodgegaan. Dat weet je best. Ik geloof dat je dat diep in je hart heel goed weet.'

'Eruit,' zegt Tabitha.

'Tabitha.'

'Erúít!' zegt Tabitha.

Weer terug in haar eigen huis, gooit Harper haar tas en die van Ainsley in de gehuurde jeep. Ze beeft nog steeds wanneer ze Ainsley oppikt bij Five Corners.

'De plannen zijn veranderd,' zegt ze met geveinsde vrolijkheid. 'We nemen vanavond de ferry naar huis.'

'Wat jammer,' zegt Ainsley. 'Waarom blijven we niet?'

'Gewoon,' zegt Harper. 'Dáárom.'

Tabitha

Ze ziet Harper met gierende banden de oprit afrijden. Na een kort moment van wraakgierige triomfantelijkheid laat ze zich weer op het bed vallen en huilt opnieuw dikke tranen. Ze gaat helemaal terug naar het oorspronkelijke verdriet: het is niet eerlijk dat Tabitha bij Eleanor moest blijven en haar hele volwassen leven aan onmogelijke normen heeft moeten voldoen, terwijl Harper met Billy mee mocht en verdomme alles kon doen waar ze maar zin in had. Drugs dealen! Naar bed gaan met Billy's dokter!

Wat er in de nacht van Julians overlijden is gebeurd was wél Harpers schuld! Wiens schuld kan het anders zijn geweest?

En toch, nu Harper weg is, voelt Tabitha heel, heel diep vanbinnen een leegte. Harper is, hoe je het ook wendt of keert, haar tweelingzus. Ze zijn niet dezelfde persoon, absoluut niet, maar Tabitha kent Harper, ze kent haar tot op het bot, tot in haar kleinste lichaamscellen. Houdt ze van haar zus? Ja, moet ze eerlijk bekennen. Maar de woede is allesoverheersend. Tabitha moet wraak nemen. Ze moet wraak nemen zodat Harper en zij weer op gelijke voet komen te staan. Vanavond is haar kans. Nu.

Ze stapt in haar FJ40 en rijdt naar Our Market, in Oak Bluffs, waar ze een fles ijskoude rosé van Domaines Ott en een eenvoudige kurkentrekker koopt – en, nu ze toch bezig is, een paar miniflesjesjes Jägermeister. De caissière kijkt haar verwonderd aan en zegt: 'Harper? Ik dacht dat jij van het eiland was vertrokken.'

Tabitha lacht opgewekt. 'Ik ben weer terug!' zegt ze.

Ze rijdt via South Road in noordelijke richting. Dan slaat ze een onverharde weg in omdat ze een rustig plekje nodig heeft om te drinken en te denken. De weg loopt dood bij een paar bomen, maar achter die bomen ziet Tabitha water. Ze neemt haar aankopen mee naar een klein strandje, waar ze onmiddellijk wordt aangevallen door muggen en minuscule zandvliegjes. Het kan haar niet schelen. Deze plek heeft alles wat ze nodig heeft: eenzaamheid.

Ze is vergeten een bekertje mee te nemen; ze zal de koude rosé zo uit de fles moeten drinken, als een Provençaalse zwerver. Nou ja. Nu ze toch net doet alsof ze Harper is, kan ze zich ook wel meteen als Harper gaan gedragen.

Ze neemt grote slokken van de wijn en slaat dan de twee miniflesjes achterover. Haar hoofd tolt. Ze heeft al dagen niet gegeten. Niet meer sinds de lunch op de dag dat Franklin verdween. De wijn maakt Tabitha losser; ze kan eindelijk eens een keer helemaal in- en helemaal uitademen, haar hoofd draaien, haar armen strekken. Nog een paar slokken en ze kan weer verder.

Weer terug in de auto treft ze de laatste voorbereidingen. Ze bindt haar haar in een paardenstaart en lacht in haar binnenspiegel. In haar eigen ogen zijn Harper en zij totaal verschillend, maar de rest van de wereld ziet hen als volkomen identiek. Zelfs Eleanor en Billy hadden vroeger moeite hen uit elkaar te houden. Eleanor heeft zelfs een keer per ongeluk de verkeerde namen gezet onder een foto van de tweeling die voor de jaarlijkse kerstkaarten werd gebruikt. Tabitha en Harper hadden overwogen haar erop te wijzen, maar besloten uiteindelijk dat dit te veel nodeloze ophef zou veroorzaken. Of Eleanor zou de hele serie kaarten weggooien, zodat ze nog een keer voor de fotograaf zouden moeten poseren – of, nog erger, ze zou zeggen dat het niemand zou opvallen, *dus wat maakte het uit?*

In Tabitha's herinnering was Harper heviger ontdaan geweest over de vergissing dan Tabitha. Zij had ervoor gepleit het Eleanor te vertellen, maar Tabitha had haar het zwijgen opgelegd. Tabitha weet nog hoe verontwaardigd ze was over Harpers ongenoegen. Waarom kon Harper niet blij zijn dat ze voor Tabitha was aangezien? Waarom hield ze zo fel vast aan haar eigen identiteit?

In hun jeugd had Tabitha meer van Harper gehouden dan Harper van haar. Is dat mogelijk? In het jaar dat Tabitha een pony was geworden was Harper de enige die op haar rug mocht rijden, ook al hadden vriendinnetjes en jongere kinderen uit de buurt er wel om gevraagd. En gedurende hun gehele kindertijd, was Harper de enige die Tabitha's haar mocht borstelen, op haar rug mocht krabben of haar mocht insmeren met zonnebrandcrème. Harper was geboren met een dikkere huid. Het kon haar niet schelen hoe ze eruitzag of wat voor cijfers ze haalde op school. Ze deed precies genoeg moeite om aan Eleanors onmogelijk hoge maatstaven te voldoen, ook al hechtte ze niet veel belang aan Eleanors of Billy's goedkeuring.

Die onverschilligheid zou haar later opbreken.

Tabitha volgt South Road verder in de richting van Aquinnah en kijkt intussen uit naar het simpele houten bord. Ze weet niet meer precies waar het staat, maar ze weet zeker dat ze het zal herkennen wanneer ze het ziet.

Misschien is ze even afgeleid en heeft ze het over het hoofd gezien, of misschien is het toch dichter bij Chilmark dan ze dacht. Wanneer ze over de brug rijdt, weet ze dat ze te ver is gereden, dus keert ze en rijdt weer terug. Ze zal het vinden. Dat moet. Maar ze hoopt wel dat het snel gebeurt, want het begint te schemeren.

Dat goeie ouwe Sheep Crossing... in het eerste huis na de afslag houdt mijn zwager zich verborgen. Hij zei toch het eerste huisje na de afslag? Links of rechts? Die avond in de Outermost Inn lijkt nu zo lang geleden.

Dan, net als Tabitha zich begint af te vragen of zij en Franklin misschien de South Road hebben genomen – of zelfs de State Road? – ziet ze het bord: SHEEP XING. Yes! Hier is het. Ze trapt op de rem. Ze wordt overspoeld door twijfels, die zich aan haar opdringen als nieuwsgierige kijkers op de plek waar een ramp gaat plaatsvinden. Waar is ze mee bezig? Wat hoopt ze te bereiken? Tabitha rijdt langzaam langs de eerste oprit aan haar linkerhand, zodat ze het huis goed kan bekijken. Het is een simpel *saltbox*-huis met grijze luiken en witte daklijsten; zo staan er wel honderd huizen op Nantucket. Er staat een zwarte Lexus op de oprit en een racefiets tegen het hek van de veranda. Zwarte Lexus = auto van een arts? Rijdt Reed Zimmer op een racefiets? Tabitha weet niets van de man. Ze herinnert zich niet eens hoe hij eruitziet; ze heeft hem amper gezien nadat ze door zijn vrouw is geslagen en natgegooid. Het enige wat Tabitha op dat moment registreerde was een manspersoon aan de andere kant van Sadie die probeerde haar in bedwang te houden.

Tabitha rijdt langs het huis. De weg loopt dood, maar er is voldoende privacy voor Tabitha om haar de kans te geven de auto langs de kant te zetten en even uit te rusten.

Ze neemt nog een slok van de wijn. En dat, zo blijkt, is de slok die de afgesloten kluis in haar hoofd opent.

Het is half augustus 2003. Julian is nog geen drie maanden oud. Tabitha ziet eruit als een vrouw die verdwaald is geraakt in de wildernis en voor dood is achtergelaten. Ze heeft sinds Julians geboorte geen volledige maaltijd meer gegeten of langer dan een paar uur achtereen geslapen. Zij en Julian zijn nu thuis bij Wyatt en Ainsley; ze hebben toestemming gekregen het ziekenhuis te verlaten, wat alles beter maakt, maar ook slechter. Beter, want wie wil er in een ziekenhuis wonen? Slechter, omdat Julian daar de hele dag in de gaten werd gehouden.

Nu ze thuis zijn is Wyatt weer aan het werk gegaan en blijft Tabitha achter met Ainsley en Julian. Tabitha is afgepeigerd, maar dat woord zegt niets over hoe gespannen ze is. Aan het eind van hun eerste volle week thuis valt ze uit naar Ainsley. Wanneer Ainsley gaat huilen, rammelt Tabitha haar door elkaar, heel hard. Niet hard genoeg om haar pijn te doen, maar hard genoeg om er zelf van te schrikken. Snikkend belt Tabitha Wyatt op zijn werk. Ze kan het niet, zegt ze. Ze kan het niet alleen. Hij moet naar huis komen om haar te helpen.

En waar gaan we dan van leven? vraagt hij. Hij weigert ronduit financiële hulp van Eleanor te accepteren. Het is bijna alsof hij Tabitha uitdaagt voor te stellen dat toch te doen, zodat hij haar kan verlaten.

Laat maar, zegt Tabitha.

De volgende dag komt Harper binnenwandelen.

'Hier ben ik,' zegt ze triomfantelijk, alsof zij de oplossing is voor al Tabitha's problemen. 'Ik heb vier dagen vrij genomen. Ik hoef pas zondag weer terug.' Uit haar tas haalt ze een fles Billecart-Salmon brut rosé champagne, die volgens haar goddelijk is; ze heeft de fles meegepikt uit het restaurant, Dahlia's, waar ze als serveerster werkt.

'Je hebt er toch wel voor betaald, hè?' zegt Tabitha.

'Tuurlijk,' zegt Harper met een knipoog. 'Met mijn noeste arbeid en voorbeeldige gedrag.'

Tabitha kan zich niet druk maken om het feit dat Harper een fles champagne van haar werkgever heeft gestolen. Wat maakt het uit?

'We kunnen hem toch niet drinken,' zegt Tabitha. 'Ik geef borstvoeding.'

'Dan kolf je wat af en gooi je het weg,' zegt Harper. 'Ik weet zeker dat je genoeg afgekolfde melk in de vriezer hebt liggen om een zesling te kunnen voeden. Deze fles gaan wij samen leegdrinken.'

'Ja, hoor, Harper,' zegt Tabitha. Dan begint ze opeens weer zonder reden te huilen; misschien omdat ze zo ontzettend veel zin heeft om champagne te drinken terwijl dat nu niet kan. Julian begint te huilen en Harper zegt: 'Ik hoor mijn baby.' Ze wijst naar Tabitha. 'Zitten jij. Of nog beter, ga lekker een dutje doen. Ik zorg voor de kinderen en ik ga meteen aan het eten beginnen. Je bent zo mager als een lat.'

Tabitha wil protesteren. Ze wil Harper eraan herinneren dat ze geen idee heeft hoe ze voor een peuter of een zieke baby moet zorgen; het is niet iets waar ze zich met haar grote mond doorheen kan bluffen. Maar Tabitha is te moe om haar bezwaren te verwoorden. De gedachte een dutje, een dutje zonder onderbrekingen, gevolgd door een vers bereide maaltijd is te verleidelijk om af te slaan.

Harper blijkt echter een bekwaam kindermeisje te zijn en een uitstekende kok. Ze maakt een bouillabaisse vol sint-jakobsschelpen, mosselen en stukken kreeft. Tabitha eet er drie kommen van, met sla en knapperig brood om het laatste beetje soep uit de kom te vegen en daarna voelt ze zich tot haar eigen verbazing weer wat meer mens.

Harpers komst naar Nantucket is in feite toch een soort oplossing. Ainsley is twee jaar en begint behoorlijk te kletsen; ze stelt aan de lopende band vragen en de vraag die ze het meeste stelt is: waarom? Waarop Harper steeds een keuze maakt uit drie standaardreacties:

Waarom zijn de bananen krom?

Waarom is een clown zo oliedom?

Waarom zit mijn haar zo stom?

Ainsley accepteert ze alle drie met een ernstig knikje, alsof haar zojuist een waardevolle wijsheid ten deel is gevallen.

Harper is ook geweldig met Julian. Ze heeft het niet over hoe bleek hij ziet; ze vergelijkt zijn zwakke huiltje niet met het geluid van een opwindspeeltje dat bijna opnieuw moet worden opgewonden. Ze behandelt hem als een normale baby. Ze noemt hem kanjer en lekker stuk. En wanneer hij ontroostbaar is en niet rustig wil drinken, danst Harper met hem door de kamer en zingt 'If I Had

$1,000,000' van de Barenaked Ladies, waarvan hij onmiddellijk in slaap valt.

Wyatt is onder de indruk. 'Ze is heel goed met hem.'

Tabitha knikt. Aan de ene kant kan ze het niet hebben dat Harper zo goed blijkt te zijn met de kinderen, maar aan de andere kant is het een opluchting. Sinds Harper er is heeft ze al meer geslapen dan de drie maanden ervoor.

Op de laatste hele dag dat ze er is, staat Harper vroeg op en rijdt op Tabitha's fiets naar de stad. Ze komt terug met een bos veldbloemen die ze van een van de boerderijwagens langs Main Street heeft gekocht.

'Zodat je nog eens aan me denkt,' zegt ze, terwijl ze de bloemen in het water zet en de vaas op het aanrecht. 'En trouwens, wij gaan vanavond uit.'

'Helemaal niet,' zegt Tabitha.

'Jawel,' zegt Harper. 'Wyatt vindt het goed. Hij blijft thuis met de kinderen. Hij vindt het een goed idee.'

'Hij vindt het géén goed idee,' zegt Tabitha. Wyatt vindt het doodeng om alleen te zijn met de kinderen, wat een van de redenen is voor Tabitha's oververmoeidheid.

'Nou, ik heb hem omgepraat,' zegt Harper. 'Wij gaan die champagne opdrinken die ik heb meegebracht, we gaan uit eten en we gaan dansen in de Chicken Box.'

Nu moet Tabitha toch lachen. Natuurlijk gaan ze niet dansen in de Chicken Box. Tabitha is sinds haar eerste zomer op Nantucket nooit meer in de Chicken Box geweest. 'Volgens mij begrijp je het nog niet helemaal,' zegt ze. 'Jij leidt een leven zonder verantwoordelijkheden. Maar ik heb twee kinderen, Harper. Ik ben móéder. Ik kan niet zomaar een avond wild gaan lopen feesten.'

'Wie heeft het over wild feesten?' zegt Harper. 'We leggen de kinderen op bed en dan gaan we weg. Ik heb voor half negen een tafeltje gereserveerd bij 21 Federal. Daarna gaan we naar de Box voor de eerste set. Om twaalf uur zijn we weer thuis. Het is allemaal geregeld. Je kunt er niet meer onderuit. Je hebt dit nodig, Tabitha. Als je niet af en toe wat stoom afblaast, vrees ik dat ik hier volgende maand weer ben, maar dan om jou te laten opnemen in Sapphire Farms.'

Pas nu er zoveel tijd overheen is gegaan is Tabitha in staat te analyseren waarom ze zich door Harper heeft laten overhalen om mee te gaan. Was het omdat Harper over Sapphire Farms was begonnen – de psychiatrische inrichting voor deftige dames uit Boston met een zenuwinzinking? Eleanor had verschillende vriendinnen die in Sapphire Farms hadden gezeten, ogenschijnlijk omdat ze even weg moesten uit de stad, hoewel de tweeling best wist dat een verblijf in Sapphire Farms betekende dat de dames in kwestie hetzij stapelkrankjorum waren, of gewoon niet konden omgaan met de realiteit van het dagelijks leven. Was het omdat Tabitha bang was van Harper, en niet in staat om voor zichzelf op te komen en nee te zeggen? Was het omdat het vooruitzicht om even uit haar leven los te breken – ook al was het maar vier of vijf uurtjes – te verleidelijk was om te weerstaan?

Ja. Harper hield haar een onweerstaanbare kans voor. Zij was de slang die haar een appel van de verboden boom had aangeboden. En Tabitha, als de kwetsbare en zwakke sterveling die ze was, had er een grote, sappige hap van genomen.

Tabitha kan zich niet herinneren dat ze zenuwachtig of bezorgd was. Ze herinnert zich niet of ze Wyatt heeft gevraagd of hij het écht geen probleem vond dat ze uitging; ze herinnert zich niet of ze even is teruggegaan om Ainsley en Julian nog een kus te geven. Wat ze zich wel herinnert is dat ze een dun, gaasachtig zomerjurkje aantrok. Ze herinnert zich dat ze Harper haar haar liet vlechten. Ze herinnert zich hoe ze een witte margriet uit het boeket veldbloemen plukte en de bloem achter haar oor stak.

Ze besluiten de fles Billecart-Salmon mee te nemen naar het eind van Old South Wharf, waar Harper de kurk in het water schiet en waar ze op de rand van de steiger gaan zitten, met hun tenen in het water, terwijl ze om beurten een paar slokken uit de fles nemen, zuipend en lurkend en genietend van de bandeloosheid ervan.

Dat wil zeggen, Tabitha geniet ervan. Ze voelt zich een heel nieuw mens – of liever gezegd, een oud mens, degene die ze was voordat ze op haar tweeëntwintigste moeder werd.

Ze trekken hun sandalen weer aan en wandelen naar 21 Federal, Tabitha's favoriete restaurant. Tabitha overweegt Wyatt te bellen om te vragen hoe het gaat, maar ze doet het niet. Als ze de baby hoort huilen, is haar hele avond naar de knoppen.

Ze krijgen een tafeltje voor twee in het voorste gedeelte van het restaurant. Ze delen een voorgerecht van portobello met Parmezaanse kaas en daarna delen ze de gebakken heilbot en een fles heel oude sancerre. Ze delen ook een crème brûlée. Iedereen in het restaurant kijkt naar hen, niet één maar twee keer. Een tweeling. Eeneiig. Er zitten mannen aan de bar die hen na het eten een drankje willen aanbieden. De mannen zijn goedgekleed, ouder. Ze zien er rijk uit. Getrouwd.

'Gewoon negeren,' zegt Harper. 'Ze vinden het opwindend dat we een tweeling zijn.'

Maar Tabitha wil ze helemaal niet negeren. Ze had niet verwacht zich ooit weer begerenswaardig te zullen voelen en deze mannen lijken zo zelfverzekerd, zo werelds. Met zo'n man had Eleanor haar graag zien trouwen, dat weet ze zeker. Het was niet Eleanors bedoeling geweest dat ze haar hele leven bij een huisschilder zou blijven die niet eens een fatsoenlijke ziektekostenverzekering had. Tabitha knipoogt naar de mannen en wuift even met haar vingers naar hen.

'Nee,' zegt Harper, terwijl ze Tabitha aan haar arm omhoogtrekt. 'Dat gaan we vanavond niet doen, Pony.'

Buiten houdt Harper een taxi aan en gaan ze op weg naar de Chicken Box. Harper bestelt voor allebei twee biertjes en dan banen ze zich tussen de andere mensen door een weg naar voren, waar ze de band kunnen zien.

Ze dansen vol overgave, met hun handen in de lucht. De band speelt 'With or Without You' van U2, en Harper slaat haar arm om Tabitha's nek en samen brullen ze de waarste woorden mee die ooit in een song zijn geschreven. Voor hen althans.

Ik kan niet met en niet zonder jou leven – *I can't live... with or without you.*

Die nacht stommelen ze ergens na enen het huis weer binnen. De zoom van Tabitha's jurk hangt los; de vlecht in haar haar valt uit elkaar. Maar ze is gelukkig. Voor het eerst in maanden is ze gelukkig.

Het is stil in huis en Tabitha fluistert dat Harper stil moet zijn. Harper rommelt giechelend in de koelkast, op zoek naar iets eetbaars.

'Mag ik popcorn maken?' vraagt Harper.

'Maakt te veel lawaai,' zegt Tabitha.

Ze loopt op haar tenen de kamer van de baby binnen en voelt meteen haar melk toeschieten. Ze kreunt bij het vooruitzicht te moeten kolven, de melk weg te moeten gooien en een flesje te moeten maken. Ze buigt zich over haar zoon heen om hem te kussen. Omdat ze zo dronken is van de wijn, de muziek en de vrijheid, duurt het even voordat ze zich realiseert dat er iets niet klopt.

Tabitha wil niet verder in haar herinnering graven, maar de kluisdeur is zwaar en nu hij eenmaal open is, krijgt ze hem niet meer dicht.

Tabitha pakt Julian op en drukt zijn borstje tegen haar oor. Dan begint ze te gillen, te gillen, *te gillen*! Harper is de eerste die, met een lepel pindakaas in haar hand, komt kijken. Tabitha geeft de baby aan Harper, die de lepel laat vallen.

Doe iets! gilt Tabitha. Alsof Harper weet wat ze moet doen.

Ze rennen naar het ziekenhuis, aan de overkant van de straat, en stormen de afdeling Spoedeisende Hulp binnen. Harper huilt nu ook, wat Tabitha nog banger maakt. Harper duwt Julian in de armen van een verpleegster.

Doe iets! krijst ze.

De dienstdoend arts past hartmassage en mond-op-mondbeademing toe, maar Julian reageert niet. Er is geen tijdstip van overlijden bekend, omdat de baby bij binnenkomst al was overleden. Ergens in de loop van de avond is hij gewoon opgehouden met ademen.

Waar was Wyatt al die tijd? vraagt Tabitha zich nu af. Hij was wel in het ziekenhuis: dat kan niet anders. Of is hij thuisgebleven bij Ainsley? Ja, dat was het natuurlijk – Wyatt lag thuis te slapen in Ainsleys tweepersoonsbed, met *Curious George gaat naar de dierentuin* opengeslagen op zijn borst en Ainsley in diepe slaap verzonken naast zich. Het had voor de hand gelegen dat Tabitha Wyatt de schuld zou geven. De enige avond dat hij thuis was om in zijn eentje voor de kinderen te zorgen was geëindigd in een tragedie. Maar Tabitha heeft Wyatt nooit iets verweten. Hij was er destijds net zo kapot en lamgeslagen van als Tabitha, misschien nog wel meer.

Nee, degene bij wie Tabitha de schuld legde was Harper. Harper had een boeket veldbloemen meegebracht; misschien was het stuifmeel van het vingerhoedskruid en de bloemetjes van de bospeen wel te veel geweest voor Julians tere longetjes. Harper was degene die erop had gestaan dat Tabitha vanavond uit zou gaan. Zij had Tabitha meegesleurd. Als Tabitha thuis was gebleven, was dit nooit gebeurd.

Harpers schuld.
Harpers schuld.
Harpers schuld.

Tabitha keert de wagen en rijdt terug naar het huis waar de Lexus en de fiets staan. Hier woont dokter Zimmer; Tabitha weet het nu zeker. Ze draait de oprit op en zet de motor af. Dan loopt ze naar de voordeur, klopt aan en wacht af. Haar ogen branden; haar tong voelt dik. Wat dóét ze hier? Wat gaat ze zeggen? Ze weet het niet, maar het lukt haar niet om zich te bedenken.

De deur gaat open. Het is de dokter. Ze herkent hem meteen, van die ene glimp die ze op de herdenkingsbijeenkomst van hem heeft opgevangen. Maar het is meer dan dat. Want dokter Zimmer herkent haar ook. Zijn ogen vullen zich met... het enige woord dat haar te binnen schiet is verwondering. En liefde.

'Harper?' fluistert hij. Zijn stem slaat een beetje over. Hij kan bijna niet praten.

Dit, denkt Tabitha, is hoe ze wil dat Franklin naar haar kijkt. Dit, beseft ze, ís hoe Franklin naar haar kijkt. Maar dat doet er allemaal niet meer toe.

'Hoi,' zegt Tabitha en stapt naar binnen.

Nantucket

De Hy-Line-ferry is goed toegankelijk voor rolstoelen en dus reist Eleanor Roxie-Frost daarmee terug naar Nantucket, vergezeld door haar zus, Flossie, en haar trouwe huishoudster, Felipa Ramirez. Eleanor vindt het niet prettig dat iedereen op de boot haar als een invalide behandelt, maar – ook al kan ze inmiddels zelfstandig enkele stappen zetten – ze kan nog niet zonder hulp de boot op, dus is een rolstoel een noodzakelijk kwaad. Haar ergernis over haar onbeholpenheid valt in het niet bij haar opluchting om weer naar Nantucket en naar huis te kunnen.

Boston is haar hele leven haar thuis geweest, maar 's zomers kun je nergens beter zijn dan op dit eiland.

Wie van ons herinnert zich de zomer van 1968, toen Eleanor voor het allereerst voet aan wal zette op Nantucket? Zij was op huwelijksreis met Billy Frost. Samen voeren ze over de Nantucket Sound in een vijftien meter lange Hatteras, met aan het roer een gepensioneerde Kaapverdiaanse visser, Barker genaamd. Barker had hen naar de Vineyard gebracht, waar ze drie dagen bleven en waar Eleanor en Billy in de Katama Shores Motor Inn hadden gelogeerd. Billy had een CJ-7 gehuurd, waarmee ze naar het naaktstrand waren gereden. Hij was zonder zijn zwembroek het water in gegaan, maar Eleanor hield haar badpak aan, ook al keken de andere strandgangers haar aan alsof zíj de vreemde eend in de bijt was. Ze hadden tot in de vroege uurtjes gedanst in de Dunes a Go Go en veel plezier gehad, maar Eleanor had zich uiteindelijk beter thuis gevoeld toen ze eenmaal op Nantucket waren, waar alles wat bezadigder was. Ze hadden een suite in Roberts House, tussen de kinderkopjes; ze wandelden elke avond twee blokken om in het Opera House te kunnen dineren. Ze huurden fietsen en reden naar 'Sconset, waar ze lunchten met oesters en vichyssoise in de Chanticleer. Toen ze na die lunch weggingen, zagen ze bij het Casino, aan de overkant van de straat, Paul Newman tennissen.

'Zullen we even kennis gaan maken?' had Eleanor gevraagd.

'Absoluut niet, liefste,' had Billy gezegd.

Eleanor wilde het liefst een huis kopen op Nantucket, maar Billy gaf de voorkeur aan de Vineyard waar, toegegeven, de prijzen een stuk redelijker waren. Ze bleven er twintig jaar over bakkeleien, tot hun scheiding – en toen kregen ze allebei wat ze wilden, dacht Eleanor, ook al waren er beslist momenten geweest waarop zij wenste dat ze wat flexibeler was geweest.

Eleanor heeft pakweg vijf keer iets van Tabitha gehoord – en twee keer van Harper – hoewel de gesprekken met beide zussen behoorlijk eenzijdig waren geweest. Eleanor praat over hoe het met haar gaat, hoe ze zich voelt, haar vorderingen met fysiotherapie en haar worsteling om van de pijnstillers af te komen. Op een ochtend realiseert ze zich opeens dat de zussen geen van beiden ook maar een woord over zichzelf hebben verteld, maar dan beseft Eleanor dat als zij hun vraagt hoe het ermee gaat, zij de waarheid toch zullen verbloemen. Om erachter te komen wat er werkelijk gaande is, zal Eleanor naar huis moeten om het met eigen ogen te zien.

Bij de ferry wordt ze opgewacht door haar vaste taxichauffeur, Chet Holland. Chets zus is een vrouwelijke transgender die in Toronto woont. Ze heet Desirée en Desirée Holland is dol op het kledingmerk ERF, iets wat Eleanor stiekem geweldig vindt. Eleanor kijkt Chet stralend aan en stelt hem voor aan Flossie. 'Mijn kleine zusje, Flossie.'

'O ja?' zegt Chet. De zus is een jongere, frissere uitvoering van Eleanor, met platinablond in plaats van zilvergrijs haar. En nepborsten, als Chet er zo eens naar kijkt. 'Blij om hier weer terug te zijn?'

Flossie rolt met haar ogen. 'Wat mij betreft mogen jullie je gebakken bonen en mistige grauwe eilanden houden. Geef mij Florida maar!'

Mijn idee! denkt Chet. In zijn vrije tijd zit hij vaak over Florida te dagdromen. Hij werpt een snelle blik op de linkerhand van Eleanors kleine zusje, Flossie, met de gedachte dat hij best eens een avondje met haar wil gaan stappen om haar te laten zien wat Nantucket te bieden heeft. Maar aan Flossies ringvinger schittert een steen ter grootte van de ijsberg waar de Titanic zich op te pletter heeft gevaren. Laat ook maar.

Chet draait Eleanors oprit, aan Cliff Road, op.

'Wacht even,' zegt Eleanor. 'Is dit wel het goede huis?'

'Nou en of,' zegt Chet. Goed, hij heeft Eleanor deze hele zomer nog nergens naartoe gereden, maar dit is haar huis, dat weet hij zeker. Hij remt af en wacht tot Eleanor zich weer wat beter kan oriënteren. Ze wordt een dagje ouder en bovendien is ze een creatief genie (dat zegt zijn broer/zus Dave/Desirée tenminste), dus misschien zit haar hoofd wel zo afgeladen met nieuwe ontwerpen dat ze niet meer weet hoe haar huis eruitziet. Een soortgelijk probleem had Einstein ook – die wist zijn eigen telefoonnummer niet!

'Ik ben hier niet meer geweest sinds de tijd dat Clinton president was,' zegt Flossie. 'Maar het ziet er nog precies hetzelfde uit, Ellie. Nog mooier, zelfs.'

De huishoudster zegt iets in het Spaans dat dringend klinkt. Ze wijst naar het huis.

'Wacht even,' zegt Eleanor. Ze is in verwarring. Het is inderdaad haar huis, maar er klopt iets niet. Ze kan zichzelf wel voor haar hoofd slaan dat ze vanochtend toch die extra pijnstiller heeft genomen. Ze dacht er een nodig te hebben om de beproevingen van de reis te kunnen doorstaan, maar het heeft haar alleen maar een verward gevoel bezorgd. Ze knipt met haar vingers. 'Ik weet al waarvan ik in de war raakte,' zegt ze. 'Ik herken die auto niet.' Ze wijst naar de donkerblauwe Bronco op de oprit van het koetshuis. Van wie is die wagen? Hij ziet eruit als iets waar een verwende tiener in zou kunnen rijden, of een man met een bepaald soort midlifecrisis. Misschien is hij van een vriendje van Ainsley. Of een vriendje van Tabitha. Een nieuw vriendje? Eleanor begrijpt helemaal niet waarom Tabitha het heeft uitgemaakt met Ramsay Striker. Eleanor heeft Tabitha niet laten merken hoeveel verdriet die breuk haar heeft gedaan. Ze heeft er precies hetzelfde op gereageerd als op alle andere onaangename onderwerpen: door er geen aandacht aan te besteden.

Eleanor bekijkt de auto nog wat beter. Ze heeft die auto eerder gezien, beseft ze. Ze heeft erín gezeten – maar wanneer? Dan weet ze het weer: op weg naar Billy's herdenkingsbijeenkomst. Het is Harpers auto! Maar wat doet Harpers auto hier op Nantucket? Eleanor denkt diep na, maar ze kan geen enkele reden bedenken.

'Natuurlijk is dit mijn huis,' zegt Eleanor. 'Ik snap niet wat mij mankeert.' Tegen Chet zegt ze: 'Rij maar verder.'

Felipa en Flossie brengen de slaapkamer op de eerste verdieping in gereedheid, terwijl Eleanor in een makkelijke stoel in de glazen serre zit, vanwaaruit ze uitzicht heeft over de Nantucket Sound. Ze gebruikt de vaste telefoon om Tabitha te bellen, maar er wordt niet opgenomen, en Eleanor gelooft niet in het inspreken van voicemails. Eleanor is te moe om de winkel te bellen. Eerlijk gezegd is die zaak een nagel aan haar doodskist. Tabitha heeft er de afgelopen paar jaar een zooitje van gemaakt en het is een financiële molensteen om haar nek geworden. Eleanor heeft serieus overwogen de winkel te sluiten, maar als ze dat doet heeft Tabitha geen werk meer. En deze zomer werkt Ainsley ook in de zaak, hoewel Eleanor nog geen woord heeft gehoord over hoe het haar bevalt. Ze zal er wel de hele dag met die verdraaide telefoon van haar zitten spelen.

Als je het Eleanor vraagt, zijn telefoons de gesel van de moderne samenleving geworden. Het beste aan Boston was misschien wel geweest dat ze er zo lastig te bereiken was.

Maar wat ze wel heeft gemist is haar uitzicht op het water, haar Simon Pearce-kandelaars op tafel, de geur van het huis en het slaan van deze klokken. Ook zijn er bepaalde culinaire specialiteiten van Nantucket die Eleanor heeft gemist – de kreeftenbisque van de Sea Grille, de cheeseburger van Le Languedoc, de truffel-*asiago*-frites van Fifty-Six Union. Zou het heel hardvochtig van Eleanor zijn om Flossie op een gastronomische speurtocht te sturen zodat ze vanavond alle drie die heerlijkheden op tafel kunnen zetten? Eleanor kan Chet bellen om Flossie rond te rijden; ze heeft het idee dat hij nogal onder de indruk was van haar. Ja, dat gaat Eleanor doen. Flossie gaat overmorgen terug naar Palm Beach. Eleanor wil nog zo veel mogelijk van Flossies gezelschap genieten. En ze moet Tabitha zien te vinden.

Wanneer Flossie de serre binnenkomt met twee reusachtige glazen Mount Gay en tonic – dan moet het dus vijf uur zijn, denkt Eleanor; Flossie is altijd heel punctueel met het borreluurtje en haar drankjes zijn altijd ijskoud en heel erg sterk – geeft Eleanor haar instructies voor het avondeten.

Flossie rolt met haar ogen. ‘Kunnen we niet gewoon alles bij hetzelfde restaurant halen?’

‘Nee,’ zegt Eleanor. ‘Dat kan niet. Chet rijdt je wel. Dat vind je vast gezellig.’

‘Dat vindt *híj* gezellig,’ zegt Flossie en ze lacht haar muzikale lachje.

‘En zou je ook,’ zegt Eleanor, ‘zo lief willen zijn om naar het koetshuis te gaan om Tabitha te halen?’

'Natuurlijk,' zegt Flossie. Ze heft haar glas voor een toost. 'Ik zal er niet om liegen. Ik kan niet wachten om naar huis te gaan. Maar ik ga je echt heel erg missen, Ellie.'

Eleanor voelt dat ze een kleur krijgt. Het is waar – het enige positieve aan haar gebroken heup is dat ze de afgelopen paar weken met Flossie heeft kunnen doorbrengen.

Zussen, denkt ze. Wat kan een mens daar blij mee zijn.

Nog geen tien minuten later is Flossie alweer terug. 'Er is niemand thuis in het koetshuis,' zegt ze.

'Niemand?'

'Niemand,' zegt Flossie. 'Ik heb een briefje op het aanrecht gelegd, om te zeggen dat wij thuis zijn.'

'Goed zo,' zegt Eleanor. 'Tabitha en Ainsley zullen wel in de zaak zijn.'

Maar om acht uur die avond – wanneer de bisque, de burger en de truffelfrites zijn opgegeten en de tafel is afgeruimd – is er nog steeds geen bericht van Tabitha. Eleanor probeert Tabitha's mobiele telefoon – voicemail. Ze stuurt Flossie nog een keer naar het koetshuis.

'Niemand thuis,' zegt Flossie.

Eleanor tuit haar lippen. Wat is hier precies allemaal gaande? denkt ze.

De volgende ochtend wordt Eleanor wakker van de deurbel. Eerst weet ze even niet waar ze is en door de slaappil die ze iedere avond slikt is haar mond kurkdroog. Ze hoort Flossies lichte, snelle tred op de trap en daarna hoort ze stemmen. Er wordt op Eleanors deur geklopt.

'Binnen,' roept Eleanor schor.

De deur gaat open en Tabitha komt binnen. Eleanor knippert met haar ogen. 'Waar heb jij in godsnaam gezeten?'

'Mam?' zegt Tabitha. 'Ik ben Harper.'

'Wat?' zegt Eleanor. Is dit Harper? Nu ja, het is nog vroeg. Vroeger kon Eleanor de tweeling uit elkaar houden omdat Tabitha's ogen meer amandelvormig waren en die van Harper ronder, alsof ze constant verbaasd keek – maar dat onderscheid is alleen bruikbaar als de tweeling naast elkaar staat en hoe lang is het niet geleden dat dát is voorgekomen?

'Ik ben Harper,' zegt Tabitha opnieuw.

'Jij bent Harper,' zegt Eleanor. Ze komt tot de conclusie dat ze blij is met deze ontwikkeling. Ze heeft Harper gemist! Harper is bij Billy gaan wonen. Maar nu is Billy dood.

Billy is dood en Eleanor is gebroken. Het is een bedroevende toestand. Ze waren ooit zo'n mooi stel.

Eleanor ziet iets in Harpers gezicht, iets wat ze in jaren niet meer heeft gezien, maar wat ze meteen herkent. Haar dochter is van streek. Haar dochter heeft haar nodig. Op de een of andere manier weet Eleanor precies wat ze moet doen.

Ze steekt haar armen uit. 'Kom,' zegt ze. 'Kom maar bij mam.'

Het hele verhaal komt eruit: Harper en Tabitha hebben van plaats gewisseld, net als de kleine donderstenen in die film waar ze vroeger zo gek op waren. Harper heeft hier op Nantucket voor Ainsley en de winkel gezorgd en Tabitha is op de Vineyard geweest om Billy's huis te renoveren, zodat de meisjes het kunnen verkopen en winst kunnen maken. Over winst gesproken. Harper heeft – geholpen door ene Caylee (dat zal toch niet de échte naam van het arme kind zijn? vraagt Eleanor zich af) – enkele hoogst onorthodoxe veranderingen ingevoerd in de winkel (iets met social media, denkt Eleanor huiverend), maar de verkoopcijfers zijn vergeleken met die van vorig jaar met vijfhonderd procent gestegen.

Eleanor hoort het nieuws over deze 'veranderingen' onverstoorbaar aan en staat daar zelf van te kijken. Ze zal nog wel niet helemaal wakker zijn.

Maar dan begint Harper te huilen. Eleanor hoort over Tabitha's verhouding met de aannemer en dat de zus van die aannemer de vrouw is die Harper heeft bedrogen met Billy's dokter. De aannemer kan nu niet met Tabitha verder en Tabitha's hart is gebroken. Tabitha geeft Harper de schuld.

'Ze haat me, mam,' zegt Harper. Eleanor vindt het heerlijk dat Harper haar nog steeds mam noemt, terwijl Tabitha al op haar tiende is overgestapt op 'moeder'. 'Ze haat me al zo lang en na de dood van Billy ging het beter, of konden we in elk geval weer met elkaar praten. Maar nu komt het echt nooit meer goed.'

'Onzin,' zegt Eleanor. Ze laat Felipa de vaste telefoon brengen en vervolgens belt Eleanor Tabitha niet alleen, maar spreekt ook een bericht in. 'Tabitha, hier spreekt je moeder. Ik wil dat je onmiddellijk terugkomt naar Nantucket. Geen uitvluchten. Ik verwacht je binnen een paar uur hier. Uiterlijk!' Ze verbreekt de verbinding en strijkt het haar van Harpers schouders. 'Je gezicht heeft zon gehad,' zegt ze. Ze begint bijna een preek over rimpels en vroegtijdige veroudering, maar aangezien alles aan deze ochtend zo ongewoon lijkt, doet ze het deze keer niet. 'Een beetje kleur staat je goed.'

Martha's Vineyard

Het is algemeen bekend dat dokter Zimmer 'om redenen van persoonlijke aard' vrij heeft genomen van zijn werk in het ziekenhuis. De meesten van ons weten dat dokter Zimmer heeft toegegeven een verhouding te hebben met de dochter van een patiënt. Dit was voor de voorzitter van de raad van bestuur van het ziekenhuis, Adam Greenfield, alias Greenie, geen reden om dokter Zimmer te ontslaan, maar wel om hem voor te stellen vakantie te nemen tot het rumoer was verstomd.

'We moeten aan de reputatie van het ziekenhuis denken,' zei Greenie.

Het schijnt dat dokter Zimmer deze berisping zonder te proberen er iets tegen in te brengen accepteerde. Vervolgens vertrok hij uit het huis waar hij samen met zijn vrouw, Sadie, woonde.

Sadie hing een mededeling op de deur van haar taartenwinkel met de tekst: GESLOTEN T.N.O. Dit was een enorme teleurstelling voor de honderden zomergasten die Sadies taarten als een essentieel onderdeel van hun vakantie-ervaring beschouwden.

Sommigen van ons vroegen zich af of Reed en Sadie in een poging hun huwelijk te redden het eiland gezamenlijk hadden verlaten. Misschien zijn ze naar een plek gegaan waar niemand hen kent. Hun huis, pal naast de Field Gallery, zouden ze voor een aardig sommetje kunnen verhuren – dat was althans wat makelaar Polly Childs dacht toen ze er in haar LR3 langsreed. Ze was nieuwsgierig genoeg om voor het huis te stoppen en brutaal genoeg om aan te kloppen. Polly was wel wat eilandschandaaltjes en roddels gewend, aangezien ze zelf ook wel eens gevangen had gezeten in die akelige tentakels.

Sadie Zimmer had de deur opengedaan. Ze wist natuurlijk wie Polly Childs was, ook al waren ze nooit officieel aan elkaar voorgesteld. 'Ja?'

'Ik vroeg me af,' zei Polly, 'of u van plan bent uw huis deze zomer te verhuren. Ik heb cliënten die bereid zijn er in de maand augustus tienduizend dollar per week voor te betalen.'

Sadie had Polly aangekeken met een vermoeid en ongeduldig glimlachje. 'Wij verhuren niet,' zei ze en ze gooide de deur voor Polly's gezicht dicht.

Later beweerden mensen Sadie Zimmer te hebben gezien in Alley's General Store en, wat noordelijker op het eiland, bij Cronig's. Christine Velman zag Sadie naar het huis van haar ouders in Katama rijden – en een paar dagen later, tijdens een bijeenkomst van leesclub Het Goede Punt, bevestigde Lydia Phelps dat Sadie de rest van de zomer op de Vineyard bleef, maar dat zij de taartenhandel even had stilgelegd. Reed was weggegaan, zei Lydia tegen Christine, maar of hij het eiland verlaten had of nog steeds op de Vineyard was, was niet bekend. Wij dachten bijna allemaal dat hij ergens anders was dan op het eiland – en, zoals wij allemaal weten, is 'ergens anders dan op het eiland' héél erg groot.

Maar toen, 's avonds laat op de vierde juli, reed Ken Doll bijna een fietser aan op South Road. Gelukkig zag Ken Doll nog net de schittering van een reflector en kon hij uitwijken. Maar Ken Doll schrok er wel van. Wie gaat er nu om elf uur 's avonds fietsen? vroeg hij zich af. Zelf bevond hij zich alleen maar op de weg omdat hij zijn tienerdochter, Justine, moest ophalen van een feestje bij Lucy Vincent. Hij draaide zijn raampje open om iets naar de fietser te roepen – maar toen hij zag dat het *dokter Reed Zimmer* was, was dat zo'n verrassing dat hij in plaats daarvan een dot gas gaf. Hij had gehoord dat dokter Zimmer voorgoed van het eiland was vertrokken.

Maar nee. Reed Zimmer was nog steeds op de Vineyard, waar hij praktisch als een kluizenaar bij Sheep Crossing woonde, in een huis dat eigendom was van de bejaarde tante Dot van een oude studiegenoot, die het huis, op de zeldzame keren na dat de studiegenoot er zelf gebruik van maakte, leeg liet staan. De oude studiegenoot, dokter Carter Mayne, werkte als het hoofd van de afdeling Infectieziekten in de Cleveland Clinic, een veeleisende baan waarin hij bitter weinig vrije dagen had, dus toen Reed hem belde om te zeggen dat hij huwelijksproblemen had en te vragen of hij het huis die zomer mocht gebruiken, zei Carter: *Natuurlijk, man, ga je gang. De sleutel ligt onder de mat. Ik zal de huisbewaarder een seintje geven.* Carter sloeg Reeds aanbod om een billijke huur te betalen af, want als iemand alles af wist van huwelijksproblemen was het dokter Carter Mayne wel. Hij was op dit moment getrouwd met echtgenote nummer drie en stond op het punt háár te verlaten voor een verpleegster van de brandwondenafdeling.

Het huis van Carters tante is niets bijzonders, maar Reed wil en verdient ook niets bijzonders. Elke minuut van elke dag sinds Sadie hem met Harper heeft betrapt bij Lucy Vincent Beach, heeft hij als een marteling ervaren.

Anderhalf jaar geleden was Reed van het ene moment op het andere niet meer verliefd op Sadie: het was alsof iemand een schakelaar had omgezet van VERLIEFD naar NIET VERLIEFD. Dit was gebeurd in de donkere dagen van januari, tijdens een sneeuwstorm. Reed en Sadie hadden de deur niet meer uit gekund terwijl buiten de sneeuw steeds hoger kwam te liggen. Sadie had de open haard aangestoken en een pastei met riblappen en uien in de oven gezet; ze had een fles rode wijn opengetrokken en een cd van Harry Connick Jr. opgezet. Toen klopte ze op het plekje naast haar op de bank en zei: 'Kom eens bij me zitten.' Reed ging gehoorzaam zitten en ze gaf hem een glas wijn, dat hij aanpakte, ondanks het feit dat hij zelden dronk en als hij dat deed – dat wil zeggen: als er geen kans bestond dat hij naar het ziekenhuis werd geroepen – de voorkeur gaf aan bier of whisky. Nadat ze hadden geproost zei Sadie: 'Kus me.'

Reed weet nog dat hij weerzin voelde. Hij had zijn vrouw niet willen kussen. Hij was niet betoverd of in de stemming gebracht door de knusse winterse huiselijkheid. Hij zag waar dit naartoe ging: Sadie wilde met hem vrijen en dat wilde hij gewoon echt niet. Hij nam een slok van zijn wijn, in de hoop dat de alcohol zijn werk zou doen en hem iets zou laten voelen voor de vrouw die naast hem zat. Het was niet minder dan een verlossing toen een tel later de telefoon ging: ze hadden Reed nodig in het ziekenhuis.

Reed had het gevoel dat hij was gered. Gespaard.

Maar Reed gaf niet zo snel op. Hij was van nature een praktische denker. Hij had het idee dat iets wat was uitgezet ook weer kon worden aangezet.

In de nacht van de sneeuwstorm was hij naar het ziekenhuis geroepen voor een bevalling. Dokter Vandermeer, de gynaecoloog, was ingesneeuwd bij Woods Hole en Reed, die sinds zijn coschappen tijdens zijn medicijnenstudie nooit meer een verloskamer vanbinnen had gezien, vond het een geweldige ervaring. De aanstaande moeder in kwestie was Alison, die haar eerste baby per se zonder pijnbestrijding ter wereld wilde brengen, maar de baby was groot en het was een zware bevalling. Alison lag te vloeken en te tieren; Reed vond het lastig de pijn op haar gezicht te zien en wilde haar bijna aanraden om toch maar overstag te gaan en op z'n minst een pilletje tegen de pijn te nemen – maar uiteindelijk was hij blij dat hij het niet had gedaan. Alison trad elke wee tegemoet als een berg die bedwongen moest worden en Reed en de twee zusters die hem assisteerden moedigden haar aan zoals ze een topatleet – Michael Phelps bijvoorbeeld, of Lindsey Vonn – zouden aanmoedigen. Na vier uur knokken en bijna vijftig minuten persen, zag Spencer Douglas het levenslicht, een mooi, gezond jongetje van bijna negen pond.

Toen Reed en Sadie elkaar na de sneeuwstorm, bijna zesendertig uur later, terugzagen, vertelde Reed aan Sadie hoe de bevalling was verlopen. Hij vertelde haar over Alisons vastberadenheid, de concentratie in haar blik, haar enorme wilskracht, de oerkracht van een vrouw tijdens het vervullen van haar fundamenteelste en fascinerendste taak: het baren van haar kind. Reed was op dat moment al meer dan twintig jaar arts, maar was toch diep getroffen door de grootsheid ervan.

Hij had Sadie bij haar schouders gepakt. 'Laten we voor een baby gaan.'

'Wát?' zei ze.

'Waarom niet?' zei Reed. Sinds de geboorte van Spencer Douglas was Reed steeds meer naar een kind gaan verlangen. Kinderen, had Reed begrepen, waren vaak de redding voor een huwelijk.

Maar bij de suggestie alleen al om samen een kind te krijgen, leek het of Sadies eigen schakelaar in de uitstand was gezet. Het was niet alleen dat ze geen kind wilde, zijn voorstel voelde ook als een belediging. Ze had altijd in de veronderstelling geleefd dat ze allebei kinderloos wensten te blijven. Dat Reed van gedachten was veranderd voelde als verraad. Die nacht sliep Sadie in de logeerkamer. Een paar dagen later trof Reed haar echter weer in hun bed aan en dacht hij dat ze bij zinnen was gekomen. Maar toen hij tegen haar aan probeerde te kruipen, hield ze hem tegen.

'Ik ben niet degene die in de logeerkamer zou moeten slapen,' zei ze, 'maar jij.'

En zo kwam het dat Reed de daaropvolgende anderhalf jaar alleen sliep. Sadie weigerde niet alleen om naast hem te slapen, ze raakte hem ook niet meer aan. Wanneer hij de autosleutels of de krant aan haar gaf, ontweek ze zijn handen; in krappe ruimtes bleef ze bij hem uit de buurt. Op bepaalde momenten vroeg Reed zich wel af hoe lang ze dit nog vol dacht te gaan houden. Sadie was altijd de fysiekste van hen tweeën geweest – de eerste die het initiatief nam om te vrijen, de eerste die aanbood zijn rug te masseren wanneer Reed een zware dag had gehad op zijn werk, degene die altijd hand in hand wilde zitten in de bioscoop. Op een avond zei Reed: 'Met je spiraaltje kun je niet zwanger worden, Sadie. Ongeacht wat ik wel of niet zou willen.'

'Dat weet ik,' had Sadie gezegd. Haar verzet tegen hem leek niets te maken te hebben met een eventuele angst om in verwachting te raken. Het had eerder te maken met vijandigheid, met macht, met kwellen.

Reed stilde zijn verlangens onder de douche. Hij maakte lange fietstochten. Hij bleef 's nachts vaak in het ziekenhuis; de verpleging roemde zijn toewijding aan zijn patiënten.

Afgelopen oktober, na bijna tien maanden zonder enige aanraking, kus, of streling, liep Reed op de Morning Glory Farm Harper Frost tegen het lijf. De vrouw die voor hem in de rij stond was hem al opgevallen vanwege de oogstrelende manier waarop haar spijkerbroek om haar billen spande. Toen ze zich omdraaide en hij zag dat het Harper Frost was, de dochter van zijn patiënt Billy Frost, was hij aangenaam verrast. Reed mocht Harper graag en dat had verschillende redenen. Ze was nuchter; ze was bezorgd om Billy, maar niet hypernerveus. Zij en Billy gingen leuk en ongedwongen met elkaar om; Reed genoot van hun gevatte opmerkingen. Harper plaagde haar vader met zijn rook- en drinkgedrag en met zijn complete legioen van vrouwelijke bewonderaars, en Billy plaagde Harper op zijn beurt dat ze hem aan zijn kop zeurde alsof ze zijn vrouw was, of zijn moeder. Hij noemde haar 'vrouwtje'. Ze hadden een heel goede band – ze praatten over het zoeken naar sint-jakobsschelpen, vissen, Dustin Pedroia en de toekomst van de Red Sox, Billy's handicap op de golfbaan (Billy beweerde dat zijn handicap drie was, maar volgens Harper was het honderdelf), en een restaurant in de North End waar je de krab-artisjokkenravioli kon eten waar zij allebei zo dol op waren. Wanneer Reed hen zo hoorde, voelde hij opnieuw het verlangen naar een eigen kind. Wie, zo vroeg hij zich af, zou er voor hem gaan zorgen op zijn oude dag?

Sadie? Dat leek hem niet waarschijnlijk.

Op de boerderij had hij Harper op een kop koffie getrakteerd en dat was het leukste uurtje dat Reed de laatste tijd had meegemaakt. Twee weken later, toen Reed Harper uitnodigde om iets met hem te gaan drinken, was dat een spontane opwelling geweest, maar ook iets waar hij wel eens aan had gedacht nadat ze afscheid hadden genomen bij de Morning Glory Farm. Reed wist dat het riskant was – iets gaan drinken (en daarna ook nog een hapje eten) met de dochter van een patiënt – maar tot het moment dat ze die avond de Atria verlieten had Reed zichzelf kunnen wijsmaken dat ze alleen maar vrienden waren. Reed had een druk leven – zijn patiënten, zijn collega's in het ziekenhuis, de familie van zijn vrouw – maar sinds zijn studietijd had hij geen vrienden meer gehad, op Sadie na. En nu kon hij wel stellen dat zelfs Sadie geen vriendin meer was.

Reed had Harper gekust. Waarom? Omdat de avond zo fris en koel was na een hete zomer? Omdat hij een beetje high was van de wijn, het eten, het gezelschap? Omdat Harper aan tafel per ongeluk zijn schouder had aangeraakt en met haar knie tegen de zijne was gestoten? De omstandigheden vroegen erom, dacht Reed later, toen hij trachtte te beredeneren wat hij had gedaan. Maar dat was laf. De beslissing haar te kussen was hem niet opgedrongen door de 'omstandigheden'. De beslissing was heel bewust genomen. Door hem.

In het begin hadden Reed en Harper elkaar één keer per week ontmoet, daarna vaker. Maar toen het weer warmer begon te worden, was Harper steeds minder vaak beschikbaar. Toen kwam Reed erachter dat ze al een paar keer uit was geweest met een politieagent uit Edgartown, de jonge, charismatische Drew Truman, een jongeman van goede komaf. Reed begreep niet goed waarom deze ontdekking hem zoveel pijn deed. Hij was nog nooit van zijn leven zo jaloers geweest. Hij besefte dat hij geen enkel recht had; ze hadden elkaar geen beloftes gedaan. Maar dat kon hem niet schelen. Hij kon de gedachte niet verdragen dat Harper met iemand anders was. Hij verliet het ziekenhuis halverwege zijn dienst, ging naar haar huis en eiste van haar dat ze met Drew zou breken.

Ze had hem in zijn gezicht uitgelachen.

Dokter Reed Zimmer, een van de pijlers van het ziekenhuis, zo niet van de hele gemeenschap, zat klem in een tweestrijd waarvoor normaal gesproken mannen van minder kaliber zich geplaatst zien. Hij was verliefd op iemand anders dan zijn eigen vrouw, maar wist niet of hij het lef had zijn huwelijk achter zich te laten. Weggaan zou verdriet, schande en kritiek opleveren. Hij dacht niet dat hij dat aankon; hij genoot ervan in hoog aanzien te staan – wat in feite, dat zag hij zelf ook wel in, op zich al een fout in zijn karakter was.

Reed had zichzelf wijsgemaakt dat hij onoverwinnelijk was. In tegenstelling tot alle andere overspelige mannen in de geschiedenis van de mensheid, zou hij nooit worden betrapt. Hij zou bij Harper blijven tot Sadie uit eigen beweging vertrok en dat kon nooit meer lang duren. Sadie was in dit huwelijk net zo ongelukkig als hij. In het voorjaar had ze het opeens heel vaak over Tad Morrissey, de Ierse timmerman met wie Franklin veel werkte. Tad was geweldig, aldus Sadie. Tad was naar de taartenwinkel gekomen om een paar nieuwe planken op te hangen en hij had de achterdeur gerepareerd, die 's zomers altijd zo moeilijk sloot.

Reed wist zichzelf ervan te overtuigen dat Sadie haar eigen verhouding had – met Tad Morrissey. Was daar iets mis mee? vroeg Reed zich af. Hij en Sadie waren allebei discreet en hielden voor anderen de schijn op. Ze gingen samen naar de begin-van-de-zomerbarbecue bij Lambert's Cove, met Sadies familie. Reed mocht Sadies familie graag: haar ouders, Al en Lydia; haar broer, Franklin. En ziedaar: Franklin bracht Tad Morrissey mee naar de barbecue, als zijn 'afspraakje', grapte hij – maar in werkelijkheid, vermoedde Reed, was Tad Sadies afspraakje. Misschien wist Franklin het, van Sadie, en speelde Tad het spelletje mee. In elk geval vertrok niemand een spier toen Sadie bij het kampvuur naast Tad ging zitten, of toen Sadie op een gegeven moment opsprong om voor Tad nog wat aardappelsalade op te scheppen.

'Als je toch staat, wil ik ook nog wel wat,' had Reed gezegd. Maar Sadie had net gedaan of ze hem niet hoorde.

Sadie besteedde die avond alleen even aandacht aan hem toen hij zijn sms'jes zat te lezen – en toen hij zich van het kampvuur afzonderde om Harper terug te bellen.

'Wat ga je doen?' vroeg Sadie. 'Je hebt vanavond geen dienst.'

'Een van mijn patiënten is onverwacht overleden,' zei Reed. Lydia hoorde wat hij zei en sloeg een kruisje. Sadie rolde met haar ogen, wat alleen maar weer bewees hoezeer haar minachting voor hem haar ziel bezoedelde. Ze draaide zich om, vroeg of Tad nog een biertje wilde en Reed kon vrijuit met Harper praten.

Hij had nooit met haar moeten afspreken bij Lucy Vincent Beach. Achteraf was hem dat wel duidelijk. Maar Billy was overleden en dat was voor Reed net zo onverwacht als voor haar. Billy leed aan hartfalen en nog allerlei andere kwalen, maar Reed had verwacht dat hij het nog wel een paar weken zou volhouden, misschien zelfs de hele zomer. Sommige mensen hadden een koppig overlevingsinstinct en daar was Billy Frost er een van. Hij had zo'n man geleken die ondanks zijn terminale aandoening het eeuwige leven had

Toen Reed het huis verliet dacht hij dat Sadie lag te slapen. Zij was in hun slaapkamer geweest, met de deur dicht en het licht uit.

Er lagen geen kleren of andere spullen van Reed meer in die kamer, zodat hij geen reden had om de deur open te doen en te kijken of Sadie sliep. Als ze wakker was, zou ze denken dat hij op seks uit was. Ze hadden allebei veel gedronken bij de barbecue en hoewel dit soms tot ruzie kon leiden, was Sadie onderweg naar huis vriendelijk, bijna lief, geweest – het gevolg, veronderstelde Reed, van een avond in het gezelschap van haar geliefde.

Toen hij de Lexus van de oprit liet rollen voelde hij zich net een tiener die stiekem wegsluipt uit het huis van zijn strenge ouders. Eenmaal op South Road werd hij overvallen door een onstuimig gevoel van vrijheid. Hij leefde. Hoeveel ogenblikken van hoeveel dagen had hij nagelaten zich dat te realiseren? Als iemand hem op dat moment had gevraagd of hij van plan was die avond, of ooit nog, terug te gaan naar Sadie, had hij wellicht zijn schouders opgehaald en gezegd: waarom?

Sadie was hem gevolgd. Ze had de auto horen wegrijden – of misschien had ze iets voorvoeld, een deel van zijn gesprek met Harper gehoord, iets van het bedrog van zijn gezicht gelezen – en was uit bed gesprongen. Misschien had ze wel liggen wachten tot híj naar bed ging, zodat zij weg kon sluipen voor een afspraakje met Tad. Hoe dan ook, ze had hem op de parkeerplaats bij Lucy Vincent met Harper betrapt.

Betrapt.

Eerst dacht hij nog zich vrij te kunnen pleiten door op kalme, redelijke toon op haar in te praten. Sadie was flink aangeschoten geweest; haar zicht was niet echt betrouwbaar. Het was donker geweest en ze had haar bril niet op.

Maar Sadie had onmiddellijk een uitgebreid onderzoek ingesteld, waar Reed helaas pas achter kwam toen Sadie die verschrikkelijke scène had geschopt op Farm Neck. In de dagen na Billy Frosts herdenkingsbijeenkomst hadden de mensen het over niets anders gehad dan de affaire tussen Harper Frost en dokter Reed Zimmer. Reed werd misselijk van de gedachte hoe sensationeel en ordinair zijn persoonlijke leven moest lijken nu hij was ontmaskerd als de zoveelste trouweloze hond. Een vreemdganger.

Sadie dwong Reed naar het huis van zijn schoonouders in Katama te gaan om alles op te biechten. Al Phelps had naar de grond gekeken, ongemakkelijk en gegeneerd bij het aanhoren van Reeds schuldbekentenis. Lydia had gehuild alsof zij degene was die door Reed was bedrogen.

'Je moest je schamen,' had ze gefluisterd.

Reed had graag willen vertellen hoe slecht het thuis ging, dat Sadie niet meer met hem wilde slapen, niet eens een kop koffie van hem wilde aanpakken, hem geen kus meer wilde geven wanneer hij naar zijn werk ging. Maar wat deed het er nog toe? Je had twee soorten mensen: trouwe en ontrouwe. Hij was ontrouw. En hij was er voor het gemak maar van uitgegaan dat zijn vrouw ook ontrouw was. Hij had een complete verhouding tussen haar en Tad Morrissey bij elkaar gefantaseerd, iets wat hij alleen had gedaan, besefte hij nu, om zijn eigen geweten te sussen.

Greenie, Adam Greenfield, de voorzitter van de raad van bestuur van het ziekenhuis, had hem verzocht deze zomer vrij te nemen.

'Ga een tijdje weg,' zei hij. 'In september is iedereen het weer vergeten.'

Reed had aanvankelijk wel overwogen om op reis te gaan. Hij kon naar California gaan, naar Oregon, Washington State, Alaska. Hij kon een bezoekje brengen aan Cincinnati, waar hij was opgegroeid. Hij kon een zomer vol nostalgie beleven door langs het huis te rijden waar zijn ouders hem hadden grootgebracht met grote glazen koude melk, rechtsboven naast zijn bord, waar hij een openhartoperatie had uitgevoerd op een kikker die hij in de vijver met koikarpers van zijn moeder had gevonden, waar hij had geleerd een gazon te maaien in tegengestelde diagonale strepen en waar hij met honkbal op het derde honk had gestaan tijdens de zomercompetitie. Het derde honk was een perfecte plek voor hem, als linkshandige, geweest. Hij zou chili kunnen eten bij Skyline en ijs van Graeter's. Hij zou Tracy Sweeten kunnen opzoeken, het meisje met de blonde krullen op wie hij in de brugklas verliefd was geweest. Wanneer Reed Tracy, of andere mensen die hij vroeger had gekend, dan tegenkwam, zouden ze zeggen dat ze hadden gehoord dat hij arts was, in het oosten van het land. Een enkeling zou nog weten dat hij op een eiland woonde, ook al zou vermoedelijk niemand zich iets bij de Vineyard kunnen voorstellen. Cincinnati was vlak en lag in een typisch midwestelijk landschap met maisvelden en forellenvijvers en zo ver van de kliffen van Aquinnah, de golven van de Atlantische Oceaan en het elitarisme van de oostkust verwijderd als je zowel esthetisch als filosofisch maar kon komen.

Reed had besloten om te blijven waar hij was omdat hij, op het moment dat hij zijn Lexus de boot op wilde rijden, opeens van gedachten was veranderd. Hij wilde niet weglopen. Hij reed terug naar Oak Bluffs en nam een kamer in een nieuw hotel dat het Summercamp heette; het was zo nieuw dat de receptioniste geen enkel teken van herkenning gaf toen hij zijn naam noemde.

En toen had hij, uit pure wanhoop, Carter Mayne gebeld.

Het huis van tante Dot stond in een straat die maar weinig mensen kenden. Het eerste wat Reed deed toen hij er aankwam – nadat hij eerst boodschappen had ingeslagen bij de Stop & Shop in Edgartown, waar zoveel toeristen rondliepen dat hij weer niet werd herkend – was zijn mobiele telefoon uitzetten. En vervolgens had hij, omdat hij bang was dat uitzetten niet genoeg was, zijn mobieltje aan de achterkant van het huis het bos in gesmeten. Elke minuut van elk uur voelde hij de verleiding Harper te bellen. Greenie had van iemand gehoord dat Harper was ontslagen en het eiland had verlaten, ook al moest Greenie bekennen dat dit slechts geruchten waren. Reed was langs haar huis gereden en had de Bronco niet voor de deur zien staan, maar dat zei niets. Was Harper vertrokken? Waar was ze dan heen? Ze had nooit de wens uitgesproken ook maar ergens anders te willen zijn dan op Martha's Vineyard. Wat dat betreft leken ze op elkaar.

Reeds zomer was rustig – zeg maar gerust stil – geweest tot Sadie er op de een of andere manier achter was gekomen waar hij zat. Zij was degene die hem het huis uit had willen hebben – het maakte haar niet uit waar hij naartoe ging, als hij maar wegging – en toch had ze kennelijk Carter gebeld en net zo lang op intimiderende wijze op hem ingepraat tot hij haar de waarheid vertelde: Reed zat in het huis van tante Dot. Misschien was het niet eens nodig geweest hem te intimideren: Carter was altijd een slappeling geweest als het op vrouwen aankwam.

Sadie was maar één keer bij hem langsgekomen, zogenaamd om te kijken of het wel goed met hem ging, maar uiteindelijk had ze op hem staan schelden, op Harper staan schelden, hem allerlei beledigingen naar het hoofd geworpen, om ten slotte met een betraand gezicht en nog nahikkend van het snikken te vragen: 'Houd je van haar?' Eerder had ze dat niet durven vragen en daar was hij juist zo blij om geweest.

Hij zei: 'Jij hebt een leegte gecreëerd. En zoals je je vast nog wel herinnert uit het werk van Aristoteles, heeft de natuur een afkeer van leegte.'

'Dat is geen antwoord op mijn vraag,' zei Sadie.

Het antwoord op Sadies vraag was: ja, hij hield van Harper. Het leek wreed om dat te zeggen, maar Sadie moest het van zijn gezicht hebben kunnen lezen, want voordat hij verder nog iets kon zeggen draaide ze zich om en ging weg.

Reed leidde een rustig, bedachtzaam leven op de manier van Thoreau. Om in deze moderne tijd geen telefoon te hebben, geen enkele manier om met de buitenwereld te communiceren, was bijna hetzelfde als ophouden te bestaan. Hij stond elke ochtend om half vijf op (in deze tijdzone is het dan al licht) fietste naar Great Rock Bight om te zwemmen en reed om zes uur, kwart over zes terug via de North Road, op een moment dat de rest van de eilandbewoners – van wie de meeste hier hun zomervakantie doorbrachten – zich nog eens omdraaide. Hierna bleef hij het grootste deel van de dag binnen en las pocketboekjes uit de boekenkast van tante Dot. Hij las Elmore Leonards *Get Shorty* en Louisa May Alcotts *Onder Moeders Vleugels*. Hij las *Jaws* en *Muiterij op de Caine* en *Deze Kant van het Paradijs*, waarbij hij vier dagen achter elkaar in slaap viel tot hij het uiteindelijk maar opgaf.

’s Avonds, wanneer het donker was, ging hij weer fietsen. Om een uur of tien, elf maakte hij een eenvoudige maaltijd klaar, waarna hij in een onrustige slaap viel en droomde van Harper.

Zijn buurman van twee huizen verder zat in de directie van Coca-Cola. Hij kwam uit Atlanta en heette Dick Davenport. Hij kwam op een gegeven moment langs om Reed te vragen of hij, wanneer hij niet thuis was, zijn krant wilde oprapen; hij kreeg elke dag *The Vineyard Gazette*. Reed vond het niet prettig om zo’n dagelijkse verplichting aan te gaan, maar op het moment dat Dick Davenport hem de vraag stelde realiseerde Reed zich dat Dick hem vermoedelijk aanzag voor Carter, zodat Reed zich wel verplicht voelde om ja te zeggen. Vervolgens begon hij de *Gazette* elke dag zelf te lezen – en zo kwam Reed erachter dat Brendan Donegal was overleden.

Reed had intens medelijden met Harper. Brendan was Harpers vriend geweest; hij was iemand die ze steevast, twee keer per week, weer of geen weer, op Chappy was gaan opzoeken. Het overlijdensbericht in de krant beschreef Brendans jonge jaren op de Vineyard en zijn surfsuccessen – grote wedstrijden die hij had gewonnen, zijn sponsors. Daarna volgde het verhaal van het ongeluk op South Beach, hoogstwaarschijnlijk het gevolg van drugsgebruik. Na het ongeluk was hij bij zijn moeder, in haar huis op East Beach, gaan revalideren. Een paar dagen geleden was hij er overleden aan een ‘onopzettelijke’ overdosis medicijnen.

Reed weet zeker dat Harper, waar ze zich ook verborgen houdt, het nieuws over Brendans overlijden moet hebben vernomen en terug zal keren naar de Vineyard, ook al vermeldt de krant heel expliciet dat er *geen uitvaartplechtigheid* zal plaatsvinden. De dag nadat hij het overlijdensbericht heeft gelezen wordt Reed wakker met het gevoel dat Harper in de buurt van het eiland is. Ze is op de ferry. Samen met Fish. Ze draagt haar witte denim korte broek en Billy's lichtblauwe golfshirt; haar haar, dat ze normaal gesproken los laat hangen, zit in een paardenstaart, een concessie aan de hitte.

Reed wil al bijna naar de veerhaven van Vineyard Haven rijden om haar op te pikken. Dan beseft hij opeens dat hij nu echt niet meer logisch nadenkt. Hij kan Harpers aura of energie niet voelen. Reed is een wetenschapper. Hij heeft geen mystiek botje in zijn lichaam. Hij ziet Harper alleen voor zich in haar witte korte broek en blauwe shirt omdat het de laatste outfit is waarin hij haar heeft gezien. Het was een dag of twee na Billy's herdenkingsbijeenkomst. Reed had het risico genomen langs Harpers huis te rijden omdat hij geen weerstand kon bieden aan zijn verlangen haar te zien en met haar te praten over wat er was voorgevallen. Hij had haar een berichtje gestuurd met het verzoek geen contact met hem op te nemen, wat wel heel kortaf en barbaars was. Dat wilde hij goedmaken. Maar toen hij aan kwam rijden, zag hij Harper net naar buiten komen. Ze stapte in de Bronco en reed gehaast weg. Ze heeft met iemand afgesproken, dacht Reed. Waarschijnlijk met Drew Truman. Reed was doorgereden naar het ziekenhuis.

Dat hij Harper voor zich zag in gezelschap van Fish lag natuurlijk voor de hand. Als Harper naar het eiland terugkwam, zou ze Fish zeker bij zich hebben.

Maar toch laat het gevoel hem niet los – het is nadrukkelijk, indringend. Harper komt naar huis.

Het is dus niet echt een verrassing wanneer Reed hoort dat er op de voordeur wordt geklopt. Het is tien over acht in de avond; de zon staat al achter de bomen bij Sheep Crossing. Het schemert, maar het is nog niet donker.

Reed probeert zich nergens op te verheugen. Misschien is het die maffe buurman of een Jehova's getuige, ook al is het voor beide al wat aan de late kant.

Hij doet de deur open en daar staat ze. Ze ziet er niet uit zoals hij zich haar heeft voorgesteld. Ze draagt een denim korte broek en een T-shirt van Hot Tin Roof die hij geen van beide eerder heeft gezien. Er is iets vreemds aan haar gezicht wat hij niet precies kan thuisbrengen. Maar, denkt hij, hij zal er in haar ogen zelf ook wel anders uitzien.

'Harper?' zegt hij.

Ze komt naar hem toe.

Tabitha

Hij kust haar, lang en intens. Het is een prima kus, denkt zij, maar het enige wat ze voelt is een scherpe steek van verlangen naar Franklin. Chemie tussen twee mensen is iets uitermate ongrijpbaars. Liefde is niet overdraagbaar.

Toch kust ze hem terug. De sensatie zit hem in het bedrog. Ze probeert zich voor te stellen wat Harper zou doen en besluit met haar handen door het haar van de dokter te woelen. Ja, dat lijkt een goede keus. De dokter kust haar nog hartstochtelijker en trekt haar dichter tegen zich aan. Tabitha voelt hem stijf worden tegen haar been en ze aarzelt. Zoenen is tot daaraan toe, maar hoe ver is ze bereid te gaan? Op het moment dat ze aanklopte had ze nog gedacht: tot het uiterste. Met minder zou haar wraak niet volledig zijn.

De hand van de dokter glijdt onder Tabitha's shirtje. Hij trapt er duidelijk in, ook al is Tabitha, zoals Eleanor eerder zo fijntjes had opgemerkt, wat zwaarder dan Harper en is ze wat forser rond haar middel. De dokter tast omhoog om haar beha los te maken.

Hó even. Ze maakt zich van hem los en slaat haar ogen neer.

'Hé,' zegt de dokter. 'Ik hou van je, Harper. Dat weet je toch? Ik hou van je.'

Tabitha knikt terwijl de tranen haar in de ogen springen. De dokter houdt van Harper en Harper houdt ongetwijfeld van de dokter. Maar dat betekent dat Tabitha gedoemd is om alleen te blijven.

'Ik ook van jou,' fluistert ze naar de vloer.

De dokter pakt haar hand en ze laat zich door hem meevoeren naar de slaapkamer aan de achterkant van het huis. Bij elke stap overweegt ze rechtsomkeert te maken. Het was haar bedoeling Harper te bedriegen, maar met elke seconde die verstrijkt wordt het haar duidelijker dat ze Franklin bedriegt. Als hij haar nu kon zien *met zijn zwager* zou hij... wat? Tabitha bedriegt de dokter ook, wat haar ook dwarszit, al is het iets minder. De dokter is niet bepaald onschuldig in het hele verhaal.

Wanneer de dokter de deur achter zich sluit, gaat Tabitha schoorvoetend op het bed zitten. De dokter trekt haar shirt over haar hoofd, trekt haar beha uit en spoort haar zachtjes aan te gaan liggen. Hij begint haar buik te kussen.

Op dat moment dringt opeens tot Tabitha door dat de persoon die zij hier uiteindelijk verraadt zijzelf is.

'Stop,' zegt ze.

De dokter kijkt gewillig naar haar op. Hij ziet iets in haar gezicht – of misschien ook niet.

'Harper?' zegt hij.

'Nee,' zegt ze. 'Ik ben Harper niet.'

Ainsley

Als ze thuiskomt van haar werk wordt ze bij haar grootmoeder ontboden. Het was vanmorgen een opluchting geweest om naar de boetiek te gaan en Caylee weer te zien; het voelde alsof ze eeuwen weg was geweest. Er was iets met Harper gebeurd, al wist Ainsley niet precies wat. Na haar bezoekje aan mevrouw Donegal was er nog niets aan de hand geweest, maar toen Harper Ainsley in Vineyard Haven was komen oppikken was ze beverig, huilerig, raar.

Volwassenen zijn nog steeds een mysterie voor Ainsley.

Eenmaal terug op Nantucket werd Harpers stemming wat beter, zelfs toen ze hoorden dat Eleanor weer thuis was, op Seamless.

'Eigenlijk moet ik even hallo gaan zeggen,' zei Harper toen ze het briefje van tante Flossie op het aanrecht zagen liggen. 'Ik heb Flossie al in geen eeuwen gezien.'

'Ik ook niet,' zei Ainsley. Ze heeft tante Flossie voor het laatst gezien tijdens een voorjaarsvakantie in Florida, toen ze in groep acht zat. Flossie was een jongere, veel leukere uitvoering van haar grootmoeder. 'Maar kunnen we niet tot morgen wachten?' Ainsley wilde nog niet dat alles weer hetzelfde werd als vroeger. 'Oma zal nu wel slapen.' Het was half tien.

'Je hebt gelijk,' zei Harper. 'Laten we maar tot morgen wachten.'

De volgende ochtend was Harper naar Seamless gegaan, maar moest Ainsley naar haar werk in de boetiek. Ze hoopte nog een dag uitstel van executie te hebben gekregen, maar zodra ze thuis is, zegt Harper: 'Je grootmoeder wil je graag zien.'

'O,' zegt Ainsley. 'Ga jij ook mee?'

'Nee,' zegt Harper. 'Ze wil je onder vier ogen spreken.'

Ainsley ziet vreselijk op tegen de verplichte solo-audiëntie bij haar grootmoeder; ze verwacht een preek. Zelfs het geluid van de deurbel – Ainsley en Tabitha moeten altijd aanbellen wanneer Eleanor thuis is, om te voorkomen dat zij haar 'overvallen' – klinkt onheilspellend.

Felipa doet open. Ainsley heeft Felipa al weken niet gezien, maar het is geen vrolijk weerzien. Felipa knikt Ainsley toe alsof ze van de ongediertebestrijding is. 'Senorita.'

'Hé, Filippah!' zegt Ainsley. '*Qué pasa*?'

Felipa gaat Ainsley voor naar de glazen serre, waar haar grootmoeder op de divan zit, gehuld in een zijden kimono – zwart met witte lelies. Over de leuning van de divan hangt een wandelstok.

Eleanors haar is opeens eerder wit dan zilvergrijs. Ze lijkt wel honderd.

'Hallo, oma,' zegt Ainsley. Ze merkt dat haar grootmoeder niet kan opstaan om haar te verwelkomen, dus bukt ze zich over haar heen om Eleanors bepoederde wang te kussen. Ze ruikt Soir de Paris. Ze vraagt zich af of oma al alles heeft gehoord over de gejatte Bombay Sapphire en haar schorsing van school. Maar het meisje dat Ainsley toen was is niet het meisje dat Ainsley nu is.

Eleanor klopt op de divan. 'Kom zitten, lieverd,' zegt ze. 'Ik heb je gemist.'

Ainsley gaat zitten. Het uitzicht over de Nantucket Sound is mooi, en Ainsley probeert te ontspannen. Haar grootmoeder klinkt helemaal niet boos – maar waarom is ze dan zo formeel ontboden? 'Waar is tante Flossie?' vraagt Ainsley.

'Die is een dagje op stap en komt vanavond pas terug,' zegt Eleanor. 'Ze heeft een afspraakje met Chet, mijn taxichauffeur.'

'O ja?' zegt Ainsley. 'Ik dacht dat ze getrouwd was.'

'Dat is ze ook,' zegt Eleanor. 'Maar haar man is al vijfentachtig. Ze had zin om eens wat tijd door te brengen met een jongere man. Het is volstrekt onschuldig, kan ik je verzekeren. Bovendien wilde ik Flossie er niet bij hebben. We gaan een interventie plegen.'

Opeens voelt Ainsley zich kotsmisselijk worden. Een interventie? Ze heeft de hele zomer geen druppel gedronken, geen joints gerookt, niet eens een sigaret. Weet haar grootmoeder dat niet? Dan moet Ainsley haar dat nodig vertellen. Net wanneer alles weer lekker begint te lopen voor haar, gaan ze haar naar een afkickcentrum sturen? Nou, ze gaat niet. Ze doet het gewoon echt niet! 'Oma, ik denk niet dat een interventie noodzakelijk is.'

'O, jawel,' zegt Eleanor. 'Ik heb deze vete tussen je moeder en je tante nu lang genoeg laten doorgaan. Ik had veertien jaar geleden al orde op zaken moeten stellen.'

'Wat?' zegt Ainsley.

'Julians dood was mijn schuld,' zegt Eleanor. 'Je moeder zou mij de schuld moeten geven, niet je tante.'

'Wát?' zegt Ainsley. Nog nooit eerder heeft ze haar grootmoeder Julians naam horen uitspreken. Maar de schok valt in het niet bij haar opluchting dat de interventie niet voor haar is bedoeld.

Eleanor zegt: 'Je moet weten, lieverd, dat ik van veel dingen in mijn leven spijt heb. Ik heb verschrikkelijke fouten gemaakt. Ik heb mensen van wie ik hield afschuwelijk behandeld. Billy, bijvoorbeeld. Ik hield van hem, maar ik heb de man zó slecht behandeld. Op een gegeven moment kwam ik tot de conclusie dat ik hem was ontgroeid of dat hij nooit goed genoeg voor me was geweest. Natuurlijk was dat niet zo. Je grootvader was de knapste, verfijndste man van heel Boston. Maar ik kleineerde hem. Ik beledigde hem, ik schold hem uit, ik jaagde hem gewoon weg. Hij heeft me jarenlang gehaat. En je moeder! Ik kan niet eens opnoemen wat ik je moeder allemaal heb aangedaan.' Eleanors stem trilt en Ainsley schuift ongemakkelijk heen en weer. Op het rooktafeltje naast de divan heeft haar grootmoeder een drankje staan, waarschijnlijk haar gebruikelijke Mount Gay met tonic. Ze brengt het glas naar haar mond, maar haar hand beeft.

'Oma,' zegt Ainsley. Ze wil iets zeggen om Eleanor te troosten, maar wat kan je tegen een eenenzeventigjarige vrouw zeggen zonder betuttelend te klinken? Haar grootmoeder heeft de mensen die het dichtst bij haar stonden inderdaad slecht behandeld. Ze is een keiharde tante, een kenau. Ze heeft liever dat mensen bang van haar zijn dan dat ze van haar houden. En toch is Ainsley ervan onder de indruk dat haar grootmoeder tot dit moment van zelfbewustzijn is gekomen. Waarschijnlijk is het een gevolg van het breken van haar heup. Ainsley veronderstelt dat het een nederig makende en pijnlijke ervaring moet zijn om een tijdlang volledig uitgeschakeld te zijn en dat het je herinnert aan je eigen sterfelijkheid.

Ainsley hoeft gelukkig niets meer te zeggen, want op dat moment wordt er opnieuw aangebeld en even later komt Harper binnen. Ze glimlacht begrijpend naar Ainsley. 'Heeft mam je alles verteld?'

‘Zo ongeveer,’ zegt Ainsley. Maar niet echt. Eleanor is wel over Julian begonnen, maar heeft er niet verder over uitgeweid.

Er is echter geen tijd meer om hierover na te denken, want er wordt alweer aangebeld en Ainsley denkt: FedEx? Of Flossie? Zou Eleanor van Flossie ook verlangen dat ze aanbelt terwijl ze hier logeert? Het lijkt haar niet onmogelijk.

‘Waar is de brand?’ zegt een stem.

Ainsley kijkt om. Haar moeder komt de serre binnengelopen.

‘Ga zitten, Tabitha,’ zegt Eleanor.

Tabitha kijkt om zich heen. Ze kijkt Harper een ogenblik koeltjes aan, maar wanneer ze naar Ainsley kijkt verschijnt er een glimlachje op haar gezicht. ‘Hallo, lieverd,’ zegt ze. Ze spreidt haar armen en Ainsley kan zich niet bedwingen en stort zich erin. Het is haar moeder.

‘Mama,’ zegt Ainsley.

Tabitha omhelst haar stevig en kust haar kruin. Ainsley ademt diep in, hopend op de vertrouwde mamageur, maar haar moeder ruikt alsof ze samen met een nest wilde katten tussen de vuile was heeft gezeten.

‘Ga zitten, meisjes,’ zegt Eleanor.

Ainsley neemt haar plekje op de divan weer in. Harper gaat op de armleuning van een leunstoel zitten en Tabitha ploft gehoorzaam neer in een identieke stoel. Ainsley kijkt van haar moeder naar haar tante en weer terug. Na zoveel tijd met Harper te hebben doorgebracht, dacht Ainsley de twee nu wel makkelijk uit elkaar te kunnen houden, maar ze lijken griezelig veel op elkaar. Als Ainsley nu haar ogen dicht zou doen en zij zouden van plek wisselen of niet, van kleding wisselen of niet, zou ze dan nog steeds weten wie wie is?

‘Wat is er aan de hand, moeder?’ zegt Tabitha.

‘Ze wil dat er vrede wordt gesloten,’ zegt Harper. ‘Ik zal haar een beetje helpen. Het spijt me, Tabitha. Het spijt me allemaal. Het spijt me van het feestje in de boetiek, het spijt me dat ik Caylee heb aangenomen en... het spijt me van Julian.’

'Julian!' zegt Tabitha. Ze werpt een korte blik op Ainsley. 'We gaan dit niet bespreken waar mijn dochter bij is.'

'Nou en of we dat gaan doen,' zegt Eleanor. 'Ainsley is oud genoeg om te mogen weten wat er is gebeurd.' Eleanor brengt haar glas naar haar lippen en zet het dan langzaam en voorzichtig weer neer. Ze kijkt Ainsley aan. 'Je broertje werd te vroeg geboren. Eerlijk gezegd is het een wonder dat hij heeft geleefd. Maar zijn longen zijn nooit helemaal volgroeid.'

Ainsley knikt. Tot zover weet ze het allemaal, of denkt ze het te weten. Ze kan het aantal keren dat Julians naam ooit ter sprake is gekomen op één hand tellen, maar zijn geest hangt altijd om hen heen. Zijn dood vormt de basis van haar moeders persoonlijkheid – haar verdriet, haar ongeduld, haar onverschilligheid.

'Moeder, alsjeblieft, hou op,' zegt Tabitha zachtjes.

'Je moeder vindt dat je tante schuldig is aan Julians dood,' zegt Eleanor zonder haar blik van Ainsley af te wenden. 'Daarom spreken ze al die jaren al niet met elkaar.'

'Maar waarom?' zegt Ainsley. 'Als hij gewoon is gestopt met ademhalen?'

'Zij...' zegt Tabitha.

'Ik...' zegt Harper.

'Je tante kwam naar Nantucket om te helpen,' zegt Eleanor. 'En op haar laatste avond hier haalde ze je moeder over om met haar uit eten te gaan en daarna te gaan dansen. En dat was de avond dat Julian overleed.'

'Ik was niet thuis,' zegt Tabitha. 'Als ik thuis was geweest, was het niet gebeurd!'

'Nonsens!' zegt Eleanor. 'Dat is klinkklare nonsens, Tabitha Frost, en dat weet je best!' Eleanors stem klinkt harder en scherper dan Ainsley ooit eerder heeft gehoord. Eleanors woede komt doorgaans tot uiting in haar woordkeuze, niet in het volume waarmee ze de woorden uitspreekt. 'Jullie vader en ik hebben het nooit kunnen begrijpen,' zegt Eleanor. 'We piekerden erover en hadden het er samen vaak over. Wat was er gebeurd? Vanwaar die onenigheid? Billy dacht het een en ik dacht het ander.'

'Ik durf het bijna niet te vragen,' zegt Harper.

'Dat was iets tussen Billy en mij, en ik ga hier niet onze persoonlijke gesprekken met jullie delen,' zegt Eleanor. 'Ik heb jullie hier laten komen zodat ik mijn excuses kan aanbieden. Ik wil graag zeggen dat het me spijt.'

'Wat spijt je dan, moeder?' zegt Tabitha.

'Ik voel me schuldig aan de dood van Julian,' zegt Eleanor. 'Ten eerste had ik erop moeten staan de kosten voor een langer verblijf in het ziekenhuis op me te nemen...'

'Dat had Wyatt nooit geaccepteerd,' zegt Tabitha.

'Wil je me alsjeblieft even laten uitpraten?' zegt Eleanor.

Iedereen zwijgt en Eleanor maakt van de gelegenheid gebruik om een dramatische adempauze in te lassen. Ze neemt heel langzaam een slok van haar drankje. Ze zien allemaal hoe haar handen beven en de ijsblokjes een nerveus dansje in haar glas maken.

'Die zomer hebben we de boetiek in Candle Street geopend,' zegt Eleanor. 'Weet je nog?'

'Ja,' zegt Tabitha.

'Ik wilde alles klaar hebben voor het weekend van Memorial Day,' zegt Eleanor. 'En het was ongewoon warm voor de tijd van het jaar.' Ze kijkt naar Tabitha en er staan tranen in haar ogen. 'Ik heb je afgebeuld. Je was nota bene zes en een halve maand zwanger en ik liet je dozen sjouwen en in de brandende zon kledingrekken over het trottoir duwen, stoep op en stoep af. Ik gaf je amper de tijd om even te gaan zitten en weet je nog wat ik je te drinken gaf toen je dat toch deed? Herinner je je dat, Tabitha?'

'Een espresso,' zegt Tabitha.

'Toen gaf ik je een espresso,' zegt Eleanor. 'Omdat ik dacht dat het een oppeppertje voor je zou zijn.' Ze schudt haar hoofd en er rolt een traan over haar wang. 'Ik had van jullie tweeën zo'n zware zwangerschap dat het naar mijn mening een fluitje van een cent moest zijn om zwanger te zijn van één baby. Ergens vond ik waarschijnlijk dat jij het maar makkelijk had.' Eleanor kijkt naar haar handen, die in haar schoot liggen. 'Ik was een monster. Op een gegeven moment begon je over pijn te klagen en voor ik het wist was met achtentwintig weken de bevalling begonnen.' Ze neemt nog een slok van haar drankje. 'Het is mijn schuld dat Julian te vroeg werd geboren. En daarom ben ik schuldig aan zijn dood. Waarom je al die tijd je zus de schuld hebt gegeven is mij een raadsel.'

Het blijft even stil terwijl iedereen Eleanors bekentenis tot zich door laat dringen. Ainsley verbaast zich over de vele manieren waarop ouders de levens van hun kinderen kunnen verknoeien. Ze had gedacht bijna bevrijd te zijn uit Tabitha's greep – over een paar jaar is ze achttien en volwassen – maar nu realiseert ze zich dat de invloed van een moeder een leven lang kan duren.

'Ik begrijp niet wat je bedoelde toen je zei dat papa en jij zogenaamd zo over ons piekerden,' zegt Harper. 'En de gesprekken die jullie daarover hadden. Jij en papa praatten immers nooit met elkaar?'

'Nu niet opeens over iets anders beginnen,' zegt Tabitha. Ze wendt zich tot Eleanor. 'Jij neemt nu alleen de schuld op je om Harper in bescherming te nemen.'

Op dat moment laat Eleanor haar glas vallen. Het raakt de rand van het rooktafeltje, en valt kapot op de grond. De glassplinters en ijs vliegen in het rond. Het drankje spettert over het Tabriz-tapijt en de onderkant van Eleanors kimono. Maar Eleanor geeft nauwelijks een krimp, zodat Ainsley het vermoeden krijgt dat haar grootmoeder het glas met opzet heeft laten vallen.

'Laat het gewoon mijn schuld zijn!' zegt Eleanor. 'Ik wil dat jullie het goedmaken! Ik wil dat jullie doen wat zussen horen te doen – een hekel hebben aan je ouders, maar veel van elkaar houden! Flossie en ik hadden allebei de pest aan onze moeder; nu, na zestig jaar, hebben we het er nog steeds over wat een afschuwelijk mens het was. Ik zou niet weten wat ik had moeten beginnen als ik Flossie niet had gehad om dat mee te kunnen delen. Zij is mijn zus. Maar jij, Tabitha Winford Frost, en jij, Harper Vivian Frost, jullie zijn méér dan zussen.'

Ainsley schuift een eindje op om de hand van haar grootmoeder vast te pakken. 'Jullie hebben oma gehoord,' zegt Ainsley tegen haar moeder en tante. 'En nu we het toch over Julian hebben, kunnen we ook wel meteen erkennen dat ik hem ook heb verloren. Ik heb de foto's gezien, mama, die jij tussen de boeken hebt verstopt. Ik heb nooit de kans gekregen hem als mijn broertje te zien of om hem te rouwen. Al mijn vrienden denken dat ik altijd enig kind ben geweest. Maar jullie twee hebben elkaar. Jullie boffen maar.' Ainsley kijkt haar moeder aan. 'Alsjeblieft, mama, vergeef tante Harper. Doe het voor mij.'

'Het was nooit alleen om Julian,' zegt Tabitha. 'Ik ben al kwaad op haar sinds Harper met Billy is meegegaan. Zij had gewonnen en dat nam ik haar heel erg kwalijk.'

'Gewonnen?' zegt Eleanor. 'Ik zou het feit dat zij met Billy meeging niet bepaald als winst willen beschrijven. Of vergis ik me nu heel erg?' Ze kijkt op naar Tabitha. 'Ik heb altijd gedacht dat jij je verstand gebruikte en tot de conclusie was gekomen dat je bij mij gelukkiger zou zijn.'

'Het punt is, moeder, dat jullie ons niet hadden mogen dwingen om tussen jullie te kiezen!' zegt Tabitha. 'Het was wreed van jou – en van papa – om ons op die manier uit elkaar te halen. We waren onafscheidelijk, dat wisten jullie, en toch leek het jullie geen probleem om ons als een paar papieren poppetjes van elkaar los te scheuren. Het ene moment waren we nog een duo, een team, een hecht stel – en het volgende ogenblik verloor ik het spelletje en ging Harper weg.'

'Welk spelletje?' vraagt Eleanor.

'We deden steen-papier-schaar,' zegt Harper. 'De winnaar mocht met Billy mee.'

'O, in godsnaam, zeg!' zegt Eleanor.

'Wat is steen-papier-schaar?' vraagt Ainsley. Het klinkt als iets wat een vroege Engelse pionier kon hebben gespeeld.

'Dat is een spelletje dat Billy de tweeling had geleerd omdat hij en zijn schoolkameraadjes altijd elke onenigheid zo oplosten op het schoolplein in Boston.’ Eleanor staart naar haar schoot. ‘De winnaar mocht met Billy mee. De winnaar? En de verliezer moest dus bij mij blijven. Was ik werkelijk *zo erg*?’ Er schitteren tranen in Eleanors ogen en Ainsley krijgt een brok in haar keel. Haar arme grootmoeder! Ze heeft carrière gemaakt en geld verdiend, ze bezit huizen en mooie spullen... maar ze is nooit de favoriet van de meisjes geweest. Ainsley snapt hoe ze zich voelt. Zij is enig kind, maar er zijn de afgelopen tijd heel wat momenten geweest waarop zij zich niemands favoriet heeft gevoeld.

‘We waren kinderen, moeder,’ zegt Tabitha. ‘We waren beschermd opgevoede meisjes van zeventien.’

‘Je vader zal wel veel aantrekkelijker voor jullie zijn geweest,’ zegt Eleanor. ‘Billy Frost was een charmante rotzak. Vrouwen van alle leeftijden waren dol op hem. En jullie tweeën... nu ja, jullie adoreerden hem gewoon. Jullie vochten altijd om een plekje op zijn schouders. Twee vaderskindjes, door en door. Net als Flossie en ik.’ Ze kijkt Ainsley aan. ‘Wees gewaarschuwd, lieverd, je stamt af van een lange lijn van sterke, onaardige vrouwen!’

Tabitha zegt: ‘Harper heeft je een terechte vraag gesteld, moeder. Wanneer hadden jij en papa die gesprekken over ons? Je belde hem nooit en wanneer hij naar Nantucket kwam, wilde je hem nooit zien.’

Eleanor droogt haar ogen en begint te lachen. ‘Dat bewijst maar weer eens hoe slecht jullie hebben opgelet. Als Billy op Nantucket was, kwam hij elke avond langs, wanneer jullie lagen te slapen.’

‘Echt waar?’ zegt Tabitha. ‘En... en dan?’

‘Wat denk je?’ zegt Eleanor. ‘Zoals ik al zei was ik stapelgek op Billy. Ik heb hem nooit kunnen weerstaan. En hij mij evenmin, denk ik.’ Er glijdt een glimlach over haar gezicht en ze gaat wat rechter zitten. ‘Ik wil graag dat jullie elkaar nu een knuffel geven. Een echte dikke knuffel. En dan wil ik dat jullie de rotzooi opruimen die ik heb gemaakt.’

Ainsley weet dat haar moeder en tante bijna veertig zijn, te oud om zich zo te laten commanderen, maar ze doen wat Eleanor van hen vraagt. Harper spreidt haar armen en tot haar stomme verbazing ziet Ainsley haar moeder een stap in haar richting zetten. Even later omhelzen ze elkaar. Het is onwerkelijk om te zien hoe twee mensen die zo sprekend op elkaar lijken zich op die manier aan elkaar vastklampen. Ainsley stelt zich voor hoe ze vier decennia geleden zij aan zij in de baarmoeder moesten hebben rondgedreven. Vanaf het moment van conceptie zijn ze samen geweest. Het is eigenlijk een wonderbaarlijk iets, als ze er zo over nadenkt.

Wanneer ze elkaar loslaten, bukt Tabitha zich om de glasscherven op te rapen en snijdt Harper zich in haar handen door ze aan te pakken. Ainsley heeft het idee dat ze beter niet als een schoothondje op de bank kan blijven zitten en haast zich naar de keuken voor een spons en een doekje. Ze probeert te bedenken hoe ze alles wat er vandaag is gebeurd aan Caylee gaat vertellen. *Mijn oma heeft de verantwoordelijkheid op zich genomen voor het feit dat mijn broertje te vroeg is geboren... mijn moeder en mijn tante hebben een spelletje met stenen, papier en scharen gespeeld dat hun toekomst moest bepalen... mijn grootmoeder heeft bekend dat ze al die jaren stiekeme ontmoetingen heeft gehad met mijn opa, terwijl ze allebei toch al hartstikke oud waren.*

Ze ziet Caylees glimlach.

En waarom niet? Als Ainsley zich bukt om het kleverige mengsel van rum en tonic op te dweilen voelt ze zich, ondanks het drama... goed. Misschien zal het niet langer duren dan een paar minuten, maar op dit moment geniet ze ervan deel uit te maken van een gelukkige familie, of op z'n minst een familie zonder geheimen.

Ainsley heeft dit nog niet gedacht of Harper schraapt haar keel.

'Ik ben zwanger,' zegt ze.

Tabitha

Deze zomer zijn zij en Harper het over weinig eens geweest, maar wanneer ze van Seamless zijn vertrokken en terug zijn in het koetshuis, zijn ze het er beiden over eens dat het tijd is voor Harper om voorgoed terug te keren naar de Vineyard. Tabitha gaat met haar mee, maar zal maar een paar dagen blijven. Ze moet haar spullen pakken en afrekenen met de onderaannemers. En ze moet een takenlijst maken van zaken die Harper nog moet regelen voordat ze Billy's huis te koop kunnen zetten.

'Dus jullie gaan allebei naar de Vineyard?' zegt Ainsley. 'Gaan jullie samen?'

'In Harpers auto,' zegt Tabitha. 'En ik breng onze auto mee terug.' Ze voelt zich verschrikkelijk schuldig om haar dochter opnieuw alleen te laten, maar ze moet nog wat laatste dingetjes afhandelen.

Franklin, denkt ze. Ze wil proberen Franklin te vinden om afscheid van hem te nemen. Dat is ze hem verschuldigd. Dat is ze zichzelf verschuldigd.

Eleanor is er niet blij mee dat Tabitha en Harper weggaan, maar Flossie blijft nog een dag en ze heeft Ainsley. Ze heeft de hereniging trouwens zelf bewerkstelligd, dus mag ze nu niet klagen.

Wanneer de ferry Oak Bluffs binnenvaart, zitten Harper en Tabitha naast elkaar in Harpers Bronco en ligt Fish achterin te slapen.

'Ben je zenuwachtig?' vraagt Tabitha aan haar zus. Ze heeft Harper verteld dat ze bij Reed langs is geweest. Ze heeft toegegeven dat ze van plan was geweest een stiekeme 'twuster' uit te halen en de dokter onder valse voorwendselen te verleiden, maar dat ze het uiteindelijk niet had gekund. Ze heeft Harper ook verteld hoe verliefd Reed had geleken – op de persoon die hij had aangezien voor Harper. En vervolgens had ze Harper het adres gegeven.

Je moet naar hem toe gaan, had ze gezegd. *Zeker nu.*

'Te zenuwachtig voor woorden,' zegt Harper. 'En jij?'

'Waar zou ik zenuwachtig om moeten zijn?' vraagt Tabitha.

Harper haalt haar schouders op. Even later zegt ze: 'Was het echt, tussen jou en Franklin? Ik bedoel, het gebeurde allemaal zo snel.'

'Harper,' zegt Tabitha. 'Het was echt.'

Tijdens de rit naar het huis praten ze niet veel. Tabitha is nog niet eens een hele dag weg geweest, maar is blij weer op hetzelfde eiland te zijn als Franklin. Ze wil zo graag geloven dat hij zijn verstand gaat gebruiken en zijn eigen leven gaat leiden.

Zij en Harper gaan via de achterdeur Billy's huis binnen. In de keuken zit Tad op handen en knieën voor de koelkast. Hij is bezig de laatste nieuwe vloerdelen te leggen. Als hij opkijkt gaat zijn blik heen en weer tussen de tweeling.

'Whoa,' zegt hij.

'Ha, Tad,' zegt Harper. 'Raak je van ons in de war?'

Tabitha kan het niet schelen of hij in de war is. 'Is Franklin hier?' vraagt ze. 'Heb je hem gezien?'

Tad staat op en veegt zijn handen af aan zijn werkbroek. 'Hij is hier wel geweest.'

Tabitha's hart voelt als een vogel die zich te pletter vliegt tegen een raam. 'Geweest?'

'Ja. Hij vroeg naar je. Ik heb hem verteld dat je was vertrokken.'

'Je hebt hem verteld... Heb je hem ook verteld waarnaartoe?'

'Dat wist ik zelf niet,' zegt Tad. 'Jij bent zonder een woord te zeggen het huis uit gestormd. Hij zag natuurlijk wel dat je je auto had laten staan.'

'En toen?'

'Toen ging hij weg,' zegt Tad.

'Hoe lang is dat geleden?' vraagt Tabitha.

'Uren,' zegt Tad. 'En nee, hij heeft me niet verteld waar hij naartoe ging of wanneer hij van plan was terug te komen.' Hij wendt zich tot Harper. 'Vertel, wat heb jij de laatste tijd zoal gedaan?' vraagt hij.

'Ik zou niet weten waar ik moest beginnen,' zegt Harper.

Harper

Het kost haar meer moeite om Nantucket te verlaten dan ze had verwacht. Ze heeft niet veel tijd nodig om in te pakken en een uurtje in de stad is voldoende om van iedereen afscheid te nemen. In de boetiek omhelsde ze Meghan en gaf ze baby David een kus op zijn voorhoofd.

Daarna stak ze haar armen uit naar Caylee. 'Dank je wel,' fluisterde ze. 'Jij hebt de winkel gered.'

'Doe niet zo dramatisch,' zei Caylee.

'Tabitha was kwaad toen ze hoorde dat jij in de winkel werkte,' zei Harper. 'Maar tegen een stijging van vijfhonderd procent van de verkoopcijfers valt niets in te brengen.'

'Denk je dat ik mag blijven?' vroeg Caylee.

'Absoluut,' zei Harper. 'Ik denk dat je haar zelfs aardig zult gaan vinden.'

'Denk je?' zei Caylee.

'Maar natuurlijk niet zo aardig als je mij vindt,' zei Harper.

Harper liep door Main Street naar het kantoor van Striker & McClain. De receptioniste, Bonnie, vernauwde haar ogen tot spleetjes toen ze Harper zag.

'Wie van de twee ben jij?' vroeg ze.

'Harper,' zei Harper.

'Ik vraag het alleen omdat ik heb gehoord dat Tabitha terugkomt,' zei Bonnie.

Wauw, dacht Harper. Op Nantucket verspreiden de roddels zich nog sneller dan op de Vineyard. Waarschijnlijk omdat ze minder lange afstanden hoeven af te leggen... en omdat het verkeer minder druk is.

'Dat klopt,' zei Harper.

Op dat moment werd ze gered door Ramsay.

'Als jij weggaat, neem ik aan dat je zus terugkomt,' zei Ramsay.

'Zij komt inderdaad terug,' zei Harper. Ze overwoog nog even

Ramsay te vertellen dat Tabitha op het andere eiland verliefd was geworden, maar ze beet op haar tong. Voor hetzelfde geld was Tabitha van plan het weer goed te maken met Ramsay – en zou het niet typisch iets voor Harper zijn om dat ook te verknoeien? Harper omhelsde Ramsay. 'De Vineyard is hier maar achttien kilometer vandaan. Je bent te allen tijde welkom.'

'Ik kom in het najaar,' zei Ramsay. 'Wat vind je daarvan?'

'Leuk,' zei Harper. Ze vermoedde dat hij alleen maar beleefd wilde zijn. Mensen op de Vineyard beloven altijd van alles 'in het najaar', wanneer de zomerse hectiek voorbij is, maar vervolgens blijkt het najaar weer veel drukker dan iemand voor mogelijk had gehouden en doemt aan de horizon het vakantieseizoen al weer op. Harper had Meghan en haar man ook al uitgenodigd om naar de Vineyard te komen, maar betwijfelde of ze ooit zouden komen. Die achttien kilometer zouden er net zo goed achttienhonderd kunnen zijn en de Vineyard zou net zo goed Las Vegas of Venus kunnen zijn.

Als Ramsay in het najaar echt langskomt, zal hij zien dat Harper zwanger is. Ze ziet al voor zich hoe ze hem met haar dikke buik zal opwachten bij de veerboot – *verrassing!*

Het moeilijkst was het natuurlijk geweest om afscheid te nemen van Ainsley. Er was zoveel wat Harper haar nichtje wilde vertellen: *Wees een lieve meid, wees lief voor je moeder, heb geduld met je grootmoeder, drink niet voor je eenentwintigste verjaardag, dan gaan jij en ik samen een goede champagne drinken. Ga niet roken. Nóóit. Word nooit verliefd, word hopeloos verliefd, wanneer je ouder bent ga je dingen begrijpen, je gaat de dingen nooit begrijpen. Het leven is niet eerlijk, maak verstandige keuzes, neem het jezelf niet kwalijk als je een slechte keuze maakt, waardeer jezelf zoals ik je waardeer. Reis. Luister. Stel vragen. Gebruik zonnebrand, gebruik voorbehoedsmiddelen, koop nooit tomaten buiten het seizoen. Ik ga je missen. Je bent een geweldig, getalenteerd kind, Ainsley, en ik ben maar een boottochtje bij je vandaan.* En ten slotte: *De schaar ver-*

knipt het papier, de steen maakt de schaar bot, het papier bedekt de schaar.

Ainsley zei: 'Mag ik volgende zomer bij jou op de Vineyard komen logeren als kindermeisje?'

Kindermeisje? Harper zag zichzelf niet echt als iemand die een kindermeisje nodig had. Maar om Ainsley een plezier te doen lachte ze en zei zonder enige aarzeling: 'Absoluut.'

Ze laat Tabitha achter in Billy's huis om te douchen en in te pakken en brengt Fish en haar bagage naar haar eigen huis. Fish ploft neer in zijn mand en doet zijn blauwe ogen dicht en Harper is blij. Ze was bang geweest dat hij mee zou willen wanneer zij wegging en dit is iets wat ze alleen moet doen.

'Ik moet eventjes weg, jochie,' zegt ze.

Fish tilt niet eens zijn kop op.

Sheep Crossing: ze kent het weggetje, ook al is ze er tijdens haar werk als pakketbezorgster zeker een keer of vijf, zes aan voorbijgereden. Het is niet veel meer dan een smalle onverharde weg, met een klein houten straatnaambordje, half verscholen tussen het struikgewas. Wanneer Harper de afslag neemt gonst het bloed in haar oren en gieren de zenuwen door haar lijf op een manier die nooit goed kan zijn voor de baby.

We gaan zo je vader zien, denkt ze.

Ze rijdt de eerste oprit aan haar linkerhand op, zoals Tabitha haar had geïnstrueerd, en daar staat de Lexus en daar staat Reeds fiets. Harper zit nu te zweten en haar ademhaling is oppervlakkig; haar zenuwen heeft ze wel onder controle. Ze zet de motor af en denkt dan: oké, daar gaan we dan. Dan loopt ze naar de deur en klopt aan.

'Hallo?'

Bij het horen van de stem draait Harper zich om. Een man – niet Reed – komt over het gras aangelopen met een fles whisky in zijn hand. De man heeft een hangsnor waarvan de punten met was in een krul zijn gedraaid en Harper huivert, ondanks de hitte. Ze kan vrede hebben met zo ongeveer elke variatie op het uiterlijk van een man – ze heeft het per slot van rekening drie jaar uitgehouden met Roosters hanenkam, en daarvoor met Joe Bowens matje – maar een hangsnor kan ze werkelijk niet uitstaan.

De man steekt een hand uit en Harper schudt hem beleefd.

'Ik ben Dick Davenport, de buurman,' zegt hij. 'Ben je misschien op zoek naar dokter Zimmer?'

Dick Davenport, denkt ze. De naam lijkt goed bij hem te passen. Hij ziet eruit als een lid van een barbershopquartet, maar ook als een pornoacteur uit de jaren zeventig. 'Inderdaad,' zegt ze.

'Hij is niet thuis,' zegt Dick. 'Ik heb hem tussen de middag naar de ferry gebracht. Ik kwam alleen even langs om deze fles Laphroaig bij hem neer te zetten, als bedankje. Reed heeft mijn kranten opgeraapt terwijl ik thuis was in Atlanta.'

'O,' zegt Harper. Dick kijkt alsof hij de whisky nu aan haar wil geven. 'Dus jij hebt hem naar de veerboot gebracht? Ging hij ergens naartoe?'

'Ja,' zegt Dick. Hij neemt Harper ongegeneerd van top tot teen op. 'Jij bent heel erg mooi. Ben je heel toevallig vrijgezel? Want dan zou ik je graag een keer mee uit eten nemen. Vanavond misschien? Ik ken toevallig degene die de reserveringen opneemt in het Covington.'

Harper weet niet wat ze meemaakt. De buurman van het huis waar Reed zich verborgen houdt – of verborgen hield, aangezien hij kennelijk met onbekende bestemming op de ferry is gestapt – vraagt haar mee uit. 'Dank je, maar ik kan niet. Ik eet vanavond met mijn zus.'

'Ik wil best met jullie allebei uit eten,' zegt Dick. 'Is ze net zo mooi als jij?'

'Een andere keer misschien,' zegt Harper. Ze doet een paar stappen naar achteren, totdat ze een armlengte van de Bronco verwijderd is en kijkt toe hoe Dick de fles achter de hordeur zet. Ze stapt in en neemt niet eens de moeite om haar gordel om te doen. Ze kan hier niet snel genoeg weg zijn.

Dick zwaait. Harper zet de auto in zijn achteruit.

Wanneer ze Billy's huis weer binnenkomt, zit Tabitha op een van de gloednieuwe keukenkrukken een glas champagne te drinken. De fles staat naast haar op het aanrecht en Harper knippert met haar ogen. Ziet ze nu al dingen die er niet zijn? Het is een Billecart-Salmon rosé, dezelfde champagne die Harper veertien jaar geleden mee naar Nantucket had genomen, de champagne die ze samen hadden gedronken toen ze op de steiger zaten en hun voeten vlak boven het water lieten bungelen. Beseft Tabitha dat wel? Heeft ze deze champagne met opzet uitgekozen? Dat moet haast wel: er is niet veel wat haar zus ontgaat. Is dit dan een hint? Heeft Tabitha Harper vergeven? Is ze er klaar voor om alles achter zich te laten? Echt waar?

Harper is nog niet overtuigd.

'Pak een glas uit het kastje,' zegt Tabitha. 'Dan schenk ik voor jou ook een slokje in.'

'Heb je Franklin gevonden?' vraagt Harper.

'Ik heb gebeld, maar kreeg meteen zijn voicemail. Ben naar zijn huis gegaan. Zijn pick-up staat er, maar hij is niet thuis. Ik heb naar binnen staan gluren.'

'Reed is ook weg,' zegt Harper. 'Zijn buurman zei dat hij hem naar de ferry heeft gereden, maar dat hij hem niet heeft verteld waar hij naartoe ging.'

'Toen ik je aan zag komen rijden, dacht ik al zoiets,' zegt Tabitha.

Harper pakt een champagneflûte uit een van de nieuwe kastjes met glazen deurtjes. De keuken lijkt in niets meer op de onhygiënische stinkzooi die het vroeger was. Harper ziet dat Tabitha nieuw glaswerk heeft gekocht, van Tiffany – bij de champagneflûte zit het ronde blauwe stickertje nog op de onderkant.

'Dit zijn behoorlijk chique glazen,' zegt Harper. 'Gaan we na al het werk wat er in het huis zit nog wel winst op maken?'

'Heel veel winst,' zegt Tabitha. 'De glazen zijn voor de show. Die nemen we weer mee zodra we het huis hebben verkocht.'

Nu het huis zo mooi is geworden, wil Harper eigenlijk niet meer verkopen; ze wil het liefst zelf in Billy's nieuwe oude huis gaan wonen. Maar dat is niet de afspraak en tegen de woorden 'heel veel winst' valt weinig in te brengen.

Tabitha pakt de fles en schenkt een symbolische hoeveelheid champagne in Harpers flûte. Ze heft haar eigen glas. 'Er is hier nog steeds een man in huis,' zegt ze.

'O ja?' zegt Harper. 'Is Tad er nog?'

'Nee,' zegt Tabitha. 'Billy. Zijn as staat op de schoorsteenmantel. Wat vind jij, zullen we hem maar eens netjes uitstrooien?'

Billy, denkt Harper. Ze doet haar ogen dicht en ziet haar vader voor zich in zijn ziekenhuisbed. Hoeveel uren heeft ze met hem zitten kaarten op het kleine formica tafeltje dat aan zijn bed bevestigd was? Harper denkt terug aan de tijd... van de telefoontjes die haar vader midden in de nacht soms kreeg toen ze nog in Pinckney Street woonden. Blijkbaar kwamen er in de binnenstad van Boston noodgevallen voor die alleen Billy Frost kon verhelpen: de helft van de hotelkamers in het Park Plaza zat zonder stroom; de koelcel van Locke-Ober deed het niet meer; kortsluiting in de ketelruimte van de openbare bibliotheek. Onder de elite van Boston stond Billy in die tijd bekend als de allerbeste elektricien. Zijn carrière was minder chic en stijlvol dan die van Eleanor, maar was er niet minder om. Hij was geliefd bij vakbondsbonzen en lokale politici; bijna overal waar hij kwam – Boston, Chinatown, Fenway – kwam Billy wel iemand tegen van wie hij nog een drankje tegoed had.

Toen Eleanor hem vertelde dat ze wilde scheiden was hij daar eerder gelaten onder geweest dan kwaad, bijna alsof hij al had verwacht dat het ooit zou gebeuren. En in vele opzichten – in de meeste zelfs – was hij gelukkiger geweest met zijn leven op de Vineyard. Harper ziet hem nog voor zich op het strand bij Cape Poge en hoe hij geduldig de haakjes verwijderde uit de bek van elke vis die ze vingen, zijn bewegingen behendig en zelfverzekerd. Billy was een man die altijd wist wat hij deed. Ze ziet hem voor zich op zijn vaste plekje in de Lookout en hoe hij, wanneer hij zich omdraaide en haar zag binnenkomen, de barkeeper, Sopp, grijnzend een seintje gaf en riep: 'Een biertje en een dozijn oesters voor mijn vrouwtje, alsjeblieft.'

Harper probeert zich Billy voor te stellen als jonge man, op het moment dat hij Eleanor Roxie ontmoette. Ze hadden elkaar ontmoet in de Country Club in Brookline, op een kerstfeest dat Eleanors ouders elk jaar gaven. Billy was naar het feest gekomen als partner van Eleanors oudste nichtje, Rhonda Fiorello, maar Eleanor mocht Rhonda niet en had er geen problemen mee haar vriend in te pikken. Eleanor was eenentwintig, laatstejaars op Pine Manor en Billy, al wat ouder met zijn drieëntwintig jaar, had twee jaar elektrotechniek gestudeerd aan de universiteit van Massachusetts, in Boston, alvorens over te stappen naar een vakschool. Harper had foto's gezien van haar ouders in hun stralende jeugd en verwondert zich erover dat de aantrekkingskracht die zij in 1967 voor elkaar voelden vijftig jaar was blijven bestaan... áls Eleanor de waarheid sprak over het feit dat Billy altijd in het holst van de nacht bij haar langskwam.

Harper is zo vervuld geweest van haar eigen drama dat ze nog niet aan rouwen om Billy is toegekomen. Ze was niet van plan geweest Billy's as uit te strooien, voornamelijk omdat ze er niet aan moest denken het alleen te moeten doen. Maar nu Tabitha hier is, lijkt het een goed plan.

'Laten we dat maar doen,' zegt Harper. Zij en Tabitha klinken met hun champagne en drinken hun glas leeg.

Harper rijdt, omdat de Vineyard in principe nog steeds 'haar' eiland is en Billy 'haar' ouder.

'Jij kende hem beter dan ik,' zegt Tabitha. 'En ik heb hem hier nooit meegemaakt. Waar zou hij hebben gewild dat we zijn as uitstrooien?'

Harper heeft zich precies hetzelfde afgevraagd. Ze besluit dat een deel van Billy zich moet herenigen met het land en een deel met het omringende water. Een deel van hem moet bij Harper blijven en een deel van hem moet met Tabitha mee naar Nantucket. Ze weet niet zo goed wat ze bij de as moet voelen. Het is niet Billy, maar het is ook niet niks.

'We verstrooien een kwart van de as in de haven van Oak Bluffs en een kwart op Farm Neck.'

'De golfbaan?' vraagt Tabitha.

Harper knikt. Als Harper één ding zeker weet, is het wel dat Billy het fijn zou hebben gevonden als hij met zijn as de tee bij de derde hole kon bemesten.

'Ik had me voorgenomen daar nooit meer te komen,' zegt Tabitha.

'Ach ja,' zegt Harper.

Farm Neck is al gesloten en Harper is bang dat hun de toegang tot de baan zal worden ontzegd. Bij de balie vraagt ze naar Ken Doll, die een paar tellen later al komt aanlopen, even zwierig gekleed als altijd – stropdas, bijpassend pochet, glimmend gepoetste schoenen met gespen. Wanneer hij de tweeling ziet, glimlacht hij, wat Harper al een wonder op zich vindt, gezien het feit dat Harper de oorzaak was van het onverkwikkelijke incident bij de ingang van zijn particuliere club.

'Harper,' zegt hij. 'En Tabitha!'

Hij vindt het leuk om Tabitha te zien, beseft Harper, en ze voelt weer de oude pijn van het feit dat mensen altijd de voorkeur gaven aan haar zus. Maar in dit geval weet ze dat ze er blij om moet zijn.

'We komen je om een gunst vragen.'

'Wauw,' zegt Tabitha als ze bij de tee van de derde hole staan. 'Wat een uitzicht.'

Harper knikt. De derde hole heeft het mooiste uitzicht – misschien wel het mooiste van het hele eiland – over het strand en

Sengy Pond, terwijl in de verte nog net het uiterste puntje van Chappaquiddick zichtbaar is. Als er een hemel bestaat en Billy er ook maar iets te vertellen heeft, denkt Harper, dan ziet het er daar waarschijnlijk ongeveer zo uit.

Vervolgens rijden ze naar de haven van Oak Bluffs. Harper vindt een parkeerplekje vlak bij de plek waar de ferry aanlegt – een wonder op zich – en nu draagt Tabitha de urn. Overal waar ze kijken lopen toeristen en Harper stelt haar verwachtingen voor deze onderneming een beetje bij. Het wordt geen sereen, intens gevoelig moment; het zal erop neerkomen dat ze elk een handvol as in het water gooien, terwijl ze hun best doen niet de aandacht te trekken. Er lopen gezinnen te winkelen, ijsjes te eten en van hun zomervakantie te genieten. Niemand wil graag getuige zijn van een surrogaatbegrafenis.

Harper loopt voor Tabitha uit naar de aanlegsteiger, maar blijft dan opeens doodstil staan. Vlak voor hen ligt een motorjacht, zo wit en sierlijk gevormd als een bruidstaart, en op de achterplecht staat, in vol ornaat, Drew Truman te midden van een groepje elegant uitgedoste, oudere donkere vrouwen. Zijn moeder, denkt Harper, en de tantes.

'Wat is er?' zegt Tabitha. Ze volgt Harpers blik. 'Ken je die dames? Vriendinnen van Billy? Denk je dat ze mee willen?'

'Nee. Doorlopen,' zegt Harper, zonder haar lippen te bewegen.

'Waarom?' zegt Tabitha. 'Kijk nou, een van die vrouwen draagt een jurk van moeder!'

Harper kijkt. Een van de tantes – of misschien is het Yvonne, want zij is degene die het dichtst bij Drew staat – draagt een ivoorkleurige Roxie. De japon accentueert Yvonnes taille, maar zorgt toch voor een klassiek silhouet. Een onverwacht gevoel van trots welt in Harper op. Haar moeder heeft iets ontworpen wat na haar dood nog generatieslang zal worden gedragen. Hoeveel mensen kunnen dat zeggen?

Wanneer ze de steiger op lopen, Harper met haar blik naar de grond gericht, klinkt er een scherp fluitje en Harper kijkt onwillekeurig op. Drew zwaait naar haar en opeens is... Polly Childs, de makelaar, aan Drews zijde verschenen. Polly legt een arm om Drews schouder en wuift met één vinger naar Harper.

'Hé, Harper,' zegt Drew. 'Hallo, Tabitha!'

'Ken ik die knaap?' vraagt Tabitha.

'Je hebt hem ontmoet op Billy's herdenking,' zegt Harper. 'Hij is de politieagent met wie ik een paar keer ben uit geweest.'

'Zo te zien heeft hij nu iemand anders om mee uit te gaan,' zegt Tabitha. 'Sorry, zus.' Ze pakt Harpers hand en ze lopen doelbewust naar het eind van de steiger. Tabitha neemt het deksel van de urn en ze halen er allebei een handvol van hun vaders as uit.

'Klaar?' zegt Tabitha. 'Eén, twee... drie!'

Precies tegelijk gooien ze de as in de lucht. Het poeder glinstert als mica.

'We houden van je, papa,' zegt Harper. Als de baby een jongetje is, besluit ze op dat moment, gaat ze hem William noemen.

'Als de baby een jongetje is, zou je hem eigenlijk William moeten noemen,' zegt Tabitha.

Harper draait met een ruk haar hoofd om en kijkt haar zus aan. *Kun je mijn gedachten lezen?* vraagt ze bijna. *Is dat een talent dat je altijd hebt gehad?* Maar dan ziet ze dat Tabitha tranen in haar ogen heeft. Arme Pony.

Harper slaat een arm om Tabitha's schouders. Ze verwondert zich erover hoe draaglijk alles in de wereld opeens is, met haar zus aan haar zijde.

Martha's Vineyard

De meest onderschatte kracht in het universum is die van het toeval. Maar wie van ons is er nog nooit aan ten prooi gevallen?

Sinds Reed is vertrokken heeft Sadie Zimmer het huis alleen nog maar in de allernoodzakelijkste gevallen verlaten. Ze heeft de taartenwinkel gesloten, uitnodigingen voor barbecues en borrels bij vrienden afgeslagen en heeft al herhaaldelijk geweigerd lid te worden van leesclub Het Goede Punt, ondanks verwoede pogingen van haar moeder om Sadie aan andere dingen te laten denken dan haar trieste leefomstandigheden.

'Dat is het mooie van boeken,' zei Lydia. 'Je leest over de ellende en de beproevingen van andere mensen. Eén middagje met Kafka en je bent maar wat blij dat je bij het wakker worden niet opeens in een soort kakkerlak blijkt te zijn veranderd.'

Sadie heeft geen zin om Kafka te lezen; ze heeft niet eens zin om Nicholas Sparks of Maria Semple te lezen. Sadie wentelt zich liever in zelfmedelijden. Het voelt goed om de rekeningen van Reeds mobiele telefoon uit te pluizen en het aantal keren te tellen dat hij met Harper heeft gebeld en hoe lang die gesprekken duurden. Om Harper te stalken op Facebook, ook al moet ze toegeven dat daar niet veel op te vinden is. Harper heeft er niets meer op gezet na een foto uit 2014, van haar met haar vader en een zeebaars van een meter, met het onderschrift: *Grootte doet er wel degelijk toe! Eén meter!* Op die foto gluurt Harper onder de rand van een zonneklep van de Farm Neck Golf Club uit. Ze draagt een witte, afgeknipte spijkerbroek en een herenoverhemd met opgerolde mouwen. Is ze mooi? Sadie vindt van wel, maar ze heeft een reputatie voor problemen – die hele toestand met Joey Bowen – en als arts heeft Reed professionele en persoonlijke normen hoog te houden. Als hij het met Harper Frost heeft aangelegd, moet hij echt wanhopig zijn geweest. Hij wás wanhopig, weet Sadie, omdat ze hem als echtgenoot en als man heeft buitengesloten. Wat had ze dan verwacht – dat hij de rest van zijn volwassen leven nooit meer seks zou hebben? Sadie was absoluut niet van plan geweest hem weer toe te laten in de echtelijke sponde. Zij was zelf degene geweest die erover fantaseerde bij Reed weg te gaan. Ze was tot over haar oren verliefd geworden op Tad Morrissey, maar zou nooit de moed hebben kunnen opbrengen er iets mee te doen – uit angst te worden afgewezen en, veronderstelt ze, omdat ze bang was voor wat haar ouders ervan zouden vinden en hoe de rest van het eiland over haar zou kletsen.

De mensen kletsen nu ook over haar, alleen vervult ze nu tenminste de rol van slachtoffer.

Sadie blijft nog even naar de foto op Facebook zitten kijken. Ze verplaatst haar blik van Harper naar Billy. Sadie had Billy Frost altijd graag gemogen. Hij was ooit bij haar in de zaak geweest om wat lichtpunten te vernieuwen. Deze herinnering doet haar denken aan de keer dat Harper naar de winkel was gekomen om een kreeftentaart voor haar vader te halen. Harper was in de winkel geweest! Sliep ze toen ook al met Reed? Jazeker. Reed heeft haar zelf verteld dat hun verhouding in oktober was begonnen en Harper was in maart of april in de zaak geweest. Toen had ze dus al een half jaar een verhouding met Sadies man, maar toch had ze het kennelijk geen probleem gevonden om even een taart voor Billy bij haar te komen halen. Waarschijnlijk had ze gewoon willen zien wat Sadie voor type was.

En wat, vraagt Sadie zich af, had ze van haar gevonden?

Maar op een dag wordt Sadie wakker en voelt ze zich niet ellendig. Ze voelt zich eigenlijk best goed. Het is een prachtige dag. Ze kan best even naar Grange Hall lopen, aan de overkant, waar een boerenmarkt is. Ze heeft opeens ontzettend veel trek in loempia's van Khen's. Dan kan ze meteen een bos gladiolen meenemen, en een fles olijfolie, en citroen-gemberhoning van de Martha's Vineyard Honey Company.

De eerste die Sadie op de markt tegen het lijf loopt is Dorrit Prescott, Patti Prescotts moeder. De manier waarop Dorrits gezicht oplicht is rechtstreeks evenredig aan de wijze waarop Sadie de moed onmiddellijk in de schoenen zinkt. Niet dat Sadie Dorrit niet aardig vindt: Dorrit is een lieve vrouw. Alleen is Dorrit sinds het overlijden van Patti, hoe lang dat ook geleden is, heel erg intens geworden; ze gelooft niet in oppervlakkige gesprekken. Ze houdt van zware, diepzinnige, waarachtige gesprekken, ook wanneer je samen met haar op de boerenmarkt voor een kraam met potten gelei staat.

'Sadie!' roept Dorrit uit.

'Ha, Dorrit,' zegt Sadie. Ze pakt een pot rodepepergelei van de kraam. Na wekenlang geen eetlust te hebben gehad, is ze plotseling uitgehongerd. De lekkernijen van de boerenmarkt zijn al die tijd op een steenworp afstand van haar huis geweest, maar tot vandaag heeft ze er geen moment naar getaald. Nu wil ze alles wel proeven – een muffin met frambozencrème van Kitchen Porch, een mango-lassi van Mermaid Farm, Eidolon-kaas van Grey Barn, Vineyard Sunshine-muesli van Little Rock Farm, apfelstrudel van Beth's Bakery. Ze heeft geen tijd voor een therapeutische sessie met Dorrit Prescott.

Dorrit pakt Sadies arm. Daar gaan we, denkt Sadie. Nu gaat ze vragen hoe het zit met de affaire en of Reed nu echt bij haar weg is. Ze gaat vragen hoe het met Sadie gaat.

'Hoe is het met Franklin?' zegt Dorrit. 'Ik hoorde via via dat hij met iemand van Nantucket omgaat. Is dat waar?'

Franklin? Sadie is niet voorbereid op een vraag over Franklin, ook al is het niet vreemd dat Dorrit naar hem vraagt, aangezien Patti Franklins vriendin was geweest en hij sinds Patti's zelfmoord nooit meer een serieuze relatie heeft gehad. Sadie kan zich niet voorstellen dat de enige vrouw voor wie hij wel gevoelens heeft Harpers tweelingzus is. Het is een verraderlijke ironie, een perfide plotwending.

'Ik hoop zo dat het waar is,' zegt Dorrit. 'Turk en ik willen niets liever dan dat Franklin iemand vindt om van te houden. Hij heeft zoveel meegemaakt. Hij verdient het.'

Sadie knikt instemmend. Franklin verdient het inderdaad. Na Patti's dood was Sadie bang geweest dat hij er nooit overheen zou komen. En in de tussenliggende jaren heeft Sadie zich vaak genoeg afgevraagd of hij ooit nog eens verliefd zou worden.

'Ik weet niet precies wat er gaande is in Franklins liefdesleven,' zegt Sadie. Dit is een grove leugen. Sadie weet heel goed wat er gaande is in Franklins liefdesleven: niets. Sadie heeft tegen Franklin gezegd dat hij moest kiezen tussen haar en Tabitha, waarop hij plichtsgetrouw voor haar, zijn bloedeigen zus, heeft gekozen, omdat hij nu eenmaal zo iemand is, solide en betrouwbaar.

Ik ben een verbitterd, ellendig monster, denkt Sadie. Franklin verdient het om van iemand te houden, net als ieder ander. Meer dan ieder ander.

'Het was leuk je te zien, Dorrit,' zegt Sadie. 'Nu ga ik een portie apfelstrudel halen.'

'Dat kun je goed gebruiken,' zegt Dorrit. 'Je bent veel te mager.'

Sadie haalt de apfelstrudel en een beker versgeperst sinaasappelsap bij Good Tastes en loopt ermee de zon in. Ze gaat buiten van dit lekkers zitten genieten en daarna gaat ze weer naar binnen voor een muffin en een grote doos karamels met zeezout van Enchanted Chocolates om mee naar huis te nemen. Waarom ook niet? Ze is veel te mager.

Op hetzelfde moment ziet ze Tad Morrissey in zijn eentje op het gras zitten met wat ze herkent als een beker ijskoffie met koolzuur van Chilmark Coffee. Hij zwaait en wenkt haar.

'Kom gezellig bij me zitten,' zegt hij.

Later, nadat Sadie twaalf gladiolen in een vaas heeft gezet en een douche heeft genomen – ze gaat die avond een pizza eten met Tad – stuurt ze Franklin een sms. Ze schrijft: *Ga maar naar Tabitha. Mijn zegen heb je.*

Reed Zimmer ziet Franklin Phelps in de rij staan voor de snackbar op de intereilandferry en vraagt zich af of Sadie Franklin opdracht heeft gegeven hem te volgen. Waarom... Nee, zonder gekheid, welke reden zou Franklin anders in godsnaam kunnen hebben om naar Nantucket te gaan?

Reed wacht tot Franklin met het meisje achter de toonbank

staat te praten, haast zich dan de trap op en vindt op het bovendek een plekje in de zon. Hij legt zijn hoofd tegen de rugleuning van de plastic kuipstoel en valt prompt in slaap.

Franklin heeft voor zijn tochtje naar Nantucket niets anders bij zich dan zijn portefeuille en zijn gitaar.

In de portefeuille zit geld, waarmee hij drie biertjes kan kopen; hij besluit er hooguit twee te drinken. Met de ferry naar het andere eiland varen om de vrouw van wie je houdt te gaan zoeken is alleen een romantisch gebaar als je een heldere blik en een zuiver hart hebt.

De gitaar voorziet Franklin van vrienden. Hij is nog niet gaan zitten of drie tienermeisjes komen al vragen of hij het nummer 'Here' van Alessia Cara kent.

'Nee,' zegt hij. 'Maar wel "Sunshine" van Jonathan Edwards.'

'Nooit van gehoord,' zegt een meisje met een roze beugel. 'Ken je iets van Meghan Trainor?'

'Ook niet,' zegt Franklin. 'Maar ik ken "Free Bird" van Lynyrd Skynyrd.'

'En van Justin Bieber?' vraagt een meisje met een wenkbrauwpiercing. '"Love Yourself"?'

'Nee,' zegt Franklin trots.

Ze komen tot een compromis met 'Killing Me Softly' – Franklin kent de uitvoering van Roberta Flack en de meisjes die van de Fugees en het is leuk. De meisjes kunnen goed zingen. Er komt een stroom verzoeknummers op gang. Franklin speelt wat van James Taylor, van Bob Dylan en van Cat Stevens. Algauw zingt iedereen op zijn gedeelte van de boot mee en één man wil hem zelfs tien dollar fooi geven. Franklin wuift het geld lachend weg. Hij kan wel hulp gebruiken, maar niet op die manier.

Reed wordt wakker van het geluid van applaus. Het komt van binnen in de boot. Hij knippert met zijn ogen en schiet overeind als hij ziet dat ze Nantucket naderen. Vuurtoren, steiger, grote huizen aan de haven – zoveel verschilt het niet van de Vineyard, denkt hij. Het komt wel goed.

Wanneer ze aanmeren treuzelt hij een beetje zodat hij alle andere passagiers eerst van boord kan laten gaan. Als Franklin ook treuzelt, weet Reed zeker dat hij hier alleen is om hem in de smiezen te houden. En hoe moet Reed dit tochtje gaan verklaren? Het is eigenlijk te gek voor woorden. Hij heeft een bezoekje gekregen van Harpers tweelingzus, Tabitha, dat bijna op een ramp is uitgelopen – maar Tabitha heeft op het laatste moment toch haar ware identiteit prijsgegeven en is hard weggelopen. Reed dacht toen: als Tabitha op de Vineyard is, dan is Harper misschien op Nantucket, bij haar moeder.

Reed had het bos achter het huis van tante Dot afgezocht naar zijn mobieltje. Hij vond het wel, maar het ding was nat geworden en werkte niet meer. Toen fietste hij naar de bibliotheek om een computer te kunnen gebruiken en vond het adres van één Frost op Nantucket – ene Eleanor Roxie-Frost. Is dat de naam van Harpers moeder? Ja, hij denkt van wel.

Franklin heeft het geluk meteen een taxi te vinden. Die wordt hem in feite aangeboden door de ouders van een van de tieners in zijn publiek. Pas wanneer Franklin is ingestapt, realiseert hij zich dat hij geen idee heeft waar hij naartoe gaat. Hij kijkt op zijn telefoon en ziet dat hij een gemiste oproep heeft van Tabitha. Ze moet hem hebben gebeld toen hij zat te spelen. Bijna belt hij haar terug, maar dan bedenkt hij hoeveel leuker het zal zijn als hij plotseling voor haar neus staat.

Hij buigt zich naar voren. De taxichauffeur is een man van middelbare leeftijd.

'Weet u toevallig waar de Frosts wonen?' vraagt Franklin.

De taxichauffeur knikt. 'Nou en of ik dat weet.'

Nantucket

Eleanor en Flossie genieten, gezelschap gehouden door Ainsley, van hun laatste gezamenlijke borreluurtje. Eleanor heeft Felipa naar 167 gestuurd voor de blauwbaarspaté, de guacamole en twee pond garnalencocktail. Eleanor wil in stijl afscheid nemen van haar zus. Vanavond bestellen ze een maaltijd bij de Lobster Trap – surf & turf.

Eleanor heft haar glas. 'Flossie, ik weet niet wat ik zonder jou had moeten beginnen.'

Flossie klinkt met haar. 'Waarschijnlijk zou Felipa het idee hebben opgevat je in je slaap te vermoorden.'

Er wordt aangebeld. Eleanor kijkt Ainsley aan. 'Misschien is je moeder alweer terug. Ga eens even kijken, lieverd.'

Ainsley staat op en Flossie zegt: 'Ik vind het onvoorstelbaar dat je je eigen dochters laat aanbellen. Heus, Ellie, je moet echt eens wat relaxter worden.'

Eleanor is het niet met haar eens. Ze wil net tegen Flossie zeggen dat ze relaxed genoeg is als Ainsley de veranda op komt wandelen in gezelschap van een bijzonder aantrekkelijke heer met een gitaar.

Hij buigt voor Eleanor alsof ze een koningin is. Eleanor is meteen dol op de man! Maar wie is hij? En vanwaar die gitaar? Eleanor is even bang voor een gezongen telegram of een mannelijke stripper, iets wat Flossie voor haar laatste dag heeft geregeld om Eleanor wat relaxter te laten worden.

'Mijn naam is Franklin Phelps,' zegt de man. 'Ik kom voor Tabitha.'

'Tabitha?' zegt Eleanor. Dan moet dit de minnaar zijn! De broer van de vrouw die met Billy's dokter getrouwd is. Dan herinnert ze zich haar manieren en reikt hem haar hand. 'Franklin, ik ben Eleanor Roxie-Frost, Tabitha's moeder.'

'En ik ben Flossie,' zegt Flossie, hem haar hand toestekend. Ze komt meteen in actie, ziet Eleanor. Typisch Flossie! Die laat geen enkele knappe man met rust. 'Ik ben Tabitha's tante.'

'Aangenaam met u beiden kennis te maken,' zegt Franklin.

'Ik heb hem al verteld dat mama er niet is,' zegt Ainsley. 'Ze is op de Vineyard.'

'Dat is een ongelukkig toeval,' zegt Franklin. 'Daar kom ik net vandaan.'

'Ze komt bijna terug,' zegt Eleanor. 'Morgen al. Je kunt net zo goed hier op haar wachten. Ik zal Felipa vragen de logeerkamer in orde te maken.'

'Ik wil me niet opdringen,' zegt Franklin.

'Ik wil juist dat je je opdringt!' zegt Eleanor.

'Ik óók!' zegt Flossie.

Eleanor wendt zich tot Flossie, maar probeert niet te laten merken dat ze zich ergert aan het flirtzieke gedrag van haar jongere zus. 'Kunnen we Franklin iets te drinken aanbieden, Flossie?'

'Nou en of!' zegt Flossie. 'Waar heb je zin in, Franklin?'

'Een biertje zou geweldig zijn,' zegt Franklin. 'En als er geen bier is, een whisky.'

'Dan wordt het whisky,' zegt Eleanor. Ze wuift Flossie weg om het drankje in te schenken. 'Ga zitten, Franklin. En vertel ons eens wat je doet voor de kost. Ben je professioneel muzikant?'

'Gitaar spelen doe ik voor mijn plezier,' zegt Franklin. Hij gaat in de leunstoel tegenover Eleanor zitten en zet de gitaarkoffer aan zijn voeten op de grond. 'Ik ben timmerman van beroep. Ik heb mijn eigen aannemersbedrijf. Ik help Tabitha en Harper met de renovatie van Billy's huis.'

Eleanor klapt in haar handen. 'En wanneer je daarmee klaar bent, kun je mooi míjn huis renoveren,' zegt ze. Ze kijkt om zich heen. Wat kan wel een opknapbeurt gebruiken? Er is vast wel iets te bedenken.

Flossie komt terug met Franklins drankje. 'Het huis is prima zoals het is, Ellie,' zegt Flossie. Ze geeft Franklin een knipoog. 'Dat is gewoon Eleanors manier om te zeggen dat je haar bevalt.'

Eleanor geneert zich dood voor deze uitspraak, maar deze man bevalt haar inderdaad – hij is alleraardigst! Eleanor had gedacht dat ze nooit meer iemand zo aardig zou vinden als Ramsay Striker, maar ze merkt tot haar genoegen dat ze zich heeft vergist.

Er wordt weer aangebeld.

'Het lijkt hier het Centraal Station wel,' mompelt Flossie.

Ainsley staat op. 'Misschien is dat mama wel.'

Maar de volgende gast met wie Ainsley de glazen serre binnenkomt is opnieuw een man. Deze draagt een bril en ziet er wat netter uit: kakibroek, op maat gemaakt overhemd (zoiets ziet Eleanor meteen) en suède instappers van Gucci. Ainsley kijkt alsof ze per ongeluk een hele Spaanse peper in haar mond heeft gestopt. Ze ziet rood en haar ogen rollen bijna uit hun kassen.

Die leuke Franklin staat op. 'Reed?'

De nieuwe gast wendt zich tot Eleanor. 'Hallo, mevrouw. Ik ben dokter Reed Zimmer. Ik kom voor Harper.'

'Harper?' zegt Eleanor. Ze hapt naar adem. 'Ben jij dan de vader?'

'Vader?' zegt Franklin.

De dokter trekt wit weg. 'Váder?' zegt hij.

'De vader,' zegt Flossie, ter verduidelijking. 'Van Harpers baby. Ze is namelijk zwanger, weet je.'

Aan de wezenloze blik op het gezicht van de dokter is goed te zien dat hij dat níét weet. Net iets voor Flossie om haar mond niet te kunnen houden, denkt Eleanor. Het moment van schok en sprakeloosheid geeft Eleanor de kans om beide heren met elkaar te vergelijken. Franklin, met zijn heerlijk warrige bos haar en zijn teenslippers, lijkt haar Harpers type. En die dokter Zimmer, met zijn bril en zijn op maat gemaakte overhemd, is eerder een type voor Tabitha. Maar blijkbaar is het dus precies andersom.

Niets is geheimzinniger, verwarrender en onvoorspelbaarder, denkt Eleanor, dan de verlangens van het menselijke hart.

'Flossie,' zegt ze. 'Zie je niet dat die man een borrel nodig heeft?' Tegen de dokter zegt Eleanor: 'Ga zitten. En neem wat blauwbaarspaté. Die is heerlijk.'

Epiloog: Fish

Zijn leven is er een van de zintuigen, maar in de loop van zijn twaalf en een half jaar – of zevenentachtig en een half jaar, afhankelijk van wie er telt – heeft hij ook andere vormen van intelligentie ontwikkeld. Zo is hij handig geworden in het herkennen van plekken – zowel nieuwe als bekende – en is hij bekend geraakt met de steeds terugkerende ritmes van dag, nacht en jaargetijden, maar waar hij vooral goed in is geworden is in het lezen van menselijke emoties. Als hij ooit het vermogen zou krijgen om te spreken, zou hij de helft van zijn tijd besteden aan het stellen van vragen – *Waarom kleren dragen? Waarom gereedschap gebruiken? Waarom afval laten slingeren?* – en de andere helft aan het uitleggen aan mensen waarom ze zijn zoals ze zijn.

Wanneer het kouder wordt en de dagen korter worden, begint Harpers gestalte te veranderen en daarna ook haar geur. Harper pakt al haar spullen in – alweer – en Fish vraagt zich af of ze nu soms voorgoed teruggaan naar het andere eiland. Maar in plaats daarvan nemen ze de boot naar Chappy. Samen met Harper verhuist hij naar een huisje dat sterk naar de Surfer ruikt. Fish rent het hele huis door, op zoek naar de Surfer, maar vindt alleen een sok onder het bed. Hij brengt de sok naar Harper en zij laat een zachte snik horen.

De Surfer maakt plaats voor de Dokter. Eerst is de Dokter er af en toe, dan steeds vaker en op het laatst altijd. Hij wordt degene die Fish 's ochtends en voor het slapengaan uitlaat. Harper maakt nog wel lange wandelingen met Fish – maar nu over East Beach. Fish is dol op East Beach. Het ligt er vol met dode krabben en zeewier, slakken, kraakbeenvissen en restanten van picknicks. Wanneer Harper met hem wandelt zegt ze dingen als: 'Waar ben ik mee bezig, Fish? Waar ben ik mee bézig? Ik weet helemaal niet hoe ik moeder moet zijn.'

Als Fish kon praten, zou hij tegen Harper zeggen dat ze zich vergist. Ze is de liefste, trouwste moeder die hij zich had kunnen wensen.

Soms, wanneer Harper, Fish en de Dokter samen op de bank hangen of tv-kijken, en Harper valt in slaap, neemt de Dokter Fish' kop tussen zijn handen en kijkt hem recht in de ogen. 'Echt, jongen, als mannen onder elkaar,' zegt hij. 'Ik ga goed voor haar zorgen. Ik ga voor haar en voor jou zorgen en ik ga voor de baby zorgen.'

Fish vermoedt dat hij eigenlijk verrast hoort te zijn door het nieuws van de baby, maar zijn leven is er een van zintuigen, dus hij weet allang dat er een baby gaat komen. Hij heeft al een tweede hartslag voelen kloppen wanneer hij zijn kop op Harpers buik legt. Een paar dagen geleden voelde hij opeens een schopje. In plaats van boos voelde Fish zich gevleid. De baby maakte contact met hem. Hij denkt wel dat de baby zijn vriendje zal worden, misschien wel de beste vriend die hij ooit heeft gehad.

Dan komt er een dag die belangrijk lijkt te zijn. Er zijn ballonnen, cadeautjes en een taart die wordt bezorgd door iemand die de 'Tiny Baker' heet en die heel klein is en een mopshond bij zich heeft die Lucy Bean heet. Lucy Bean blaft naar Fish en laat haar tanden zien wanneer Tiny Baker de taart afgeeft. Fish schudt zijn kop; mopshonden kun je moeilijk serieus nemen.

Hij denkt niet dat het al Babydag is. Hij begrijpt al snel dat het Harpers verjaardag is, haar veertigste. Zij en de Dokter en Edie, de moeder van de Surfer, gaan het samen vieren – ze gaan kaarsen aansteken en zingen en taart eten – maar eerst moet Harper nog iets anders doen. Zij en Fish rijden samen naar Cape Poge. Fish snapt er niets van. Harper is vergeten haar hengel mee te nemen.

'Ik weet dat dit heel gek lijkt,' zegt Harper. 'Maar ik ga Tabitha feliciteren met haar verjaardag. Zij staat op het strand bij Ram Pasture, op Nantucket en zij gaat mij feliciteren.'

Fish tuurt in de verte. Hij ziet alleen maar water.

'Ik op Cape Poge en Tabitha op Ram Pasture – dichter bij elkaar kunnen we niet komen terwijl we op onze eigen eiland blijven,' zegt Harper. Ze legt haar hand op haar bolle buik. 'Zij en Franklin komen vrijdag hiernaartoe om de laatste papieren te tekenen voor de verkoop van Billy's huis, maar dat is niet onze echte verjaardag. Daarom moeten we dit per se vandaag doen.' Ze kijkt op Billy's horloge om haar pols. 'Om twaalf minuten over drie roep ik haar naam, want toen werd Pony geboren. Pony roept mij om veertien minuten over drie, omdat dat het tijdstip is waarop ik ben geboren.'

Harper zet haar handen aan haar mond en roept: 'Gefeliciteerd, Tabitha!'

Fish tuurt in de verte. Water, water en nog eens water. Mensen zijn stapelgek, denkt hij. Zelfs Harper.

Maar dan, negentig seconden later, houdt Fish zijn kop een beetje scheef. Het is heel vaag – misschien beeldt hij het zich in. Maar nee, het is echt – een stem die bijna hetzelfde klinkt als de stem die hij elke dag hoort, maar net even anders. Het is een nuance die alleen een heel oplettende hond zou opmerken.

'Gefeliciteerd, Harper. Heel hartelijk gefeliciteerd!'

Fish blaft.

Dankwoord

Ik ben er een van een tweeling. Wij zijn echter niet een-, maar twee-eiig. Ik heb een tweelingbroer, Eric Hilderbrand genaamd. Onze moeder noemde mij Elin (uitgesproken als 'Ellen'), maar koos voor deze ongebruikelijke spelling, die al zevenenveertig jaar voor veel verwarring zorgt, vanwege onze Zweedse voorouders... en omdat ze mijn naam volledig symmetrisch wilde maken met die van mijn tweelingbroer. Eric en ik zijn altijd heel close geweest, maar ik heb ervoor gekozen deze roman op te dragen aan al mijn broers en mijn zus. Wij zijn een samengesteld gezin van vijf personen, en sinds 1976 bij elkaar. Na Eric en mij komt mijn stiefbroer Randall Osteen ('Randy', 'Rand', 'the Bean'), een van de geweldigste kerels ter wereld, ondanks vroege aanwijzingen dat hij een moeilijk mannetje zou worden (zo was hij fan van de Quebec Nordiques, weigerde cranberrysaus te eten als er deukjes in het blik zaten en dan heb ik het nog niet eens over de kaplaarzen die hij per se wilde dragen tijdens de beruchte paaseierenjacht van de familie Hilderbrand). Rand is mijn vaste partner tijdens het Jazzfest in New Orleans en wij hebben dus geheimen voor de rest van de familie. Na Randy komt mijn stiefzusje, Heather Osteen Thorpe. Heather is mijn grootste bewonderaarster, mijn luidruchtigste aanmoedigster, mijn allerbeste vriendin. Verkleedden we ons als eenden en hebben we zo rolschaatsvoorstellingen in de kelder gegeven? Ja. Nam ik haar mee naar studentenfeestjes toen ik aan Johns Hopkins studeerde en zij vijftien was en voorzitter van een actiegroep voor scholieren? Ja. Hoe diep ik ooit ook zal gaan, ik zal nooit verdrinken, omdat ik Heather heb. Zij is mijn baken en mijn licht. De hekkensluiter is mijn broer Douglas Hilderbrand, de jongste en gevoeligste van ons allemaal. Doug leest al mijn romans en belt me als hij er eentje uit heeft bijna altijd op omdat de emoties waarover ik meestal schrijf hem diep raken. Hij heeft ook wel eens gehuild om bepaalde nummers van Dan Fogelberg.

Ik had zelf geen vier fijnere mensen kunnen uitkiezen om mijn jeugdherinneringen mee te kunnen delen: het uitgraven van heremietkreeften, badmintonnen, strandglas en sint-jakobsschelpen zoeken, vechten om de buitendouche, ouderwetse kringspelletjes spelen, thuis samen films kijken, brieven schrijven naar de kerstman, uitgebreide plannen bedenken om niet naar de kerk te hoeven, *The Love Boat* kijken, keihard 'Hot Blooded' van Foreigner zingen in de auto – en, jaren later, ons eerste feestje zonder dat onze ouders thuis waren (en waarvan de bijzonderheden nog minimaal tien jaar in de kluis blijven, en ik alleen kan zeggen dat er iets was met sigaren in de elektrische afvalvermaler). Als volwassenen zijn mijn broers en zus niet alleen voorbeeldige burgers en mijn beste vrienden, het zijn ook opmerkelijk goede ouders voor alles bij elkaar tien kinderen. We hebben onze kapitein – mijn vader – verloren toen we allemaal midden in onze puberteit zaten, maar niemand van ons is uit de koers geraakt. Onze onderlinge relatie vormde een stevige, solide basis waarop wij ons eigen leven hebben kunnen bouwen.

Ik had deze roman nooit kunnen schrijven zonder de grootmoedigheid en ruimdenkendheid van de bewoners van Martha's Vineyard. Wie ik speciaal wil bedanken is de politiecommissaris van Oak Bluffs, Erik Blake. Erik beantwoordde in de loop van vijftien maanden honderden van mijn vragen; ik ben hem eeuwige dank verschuldigd. Ook bedank ik Erica McCarron alias de 'Tiny Baker', Steve Caillhane, Mark en Gwenn Snider, Liza May Cowan en alle leden van de Facebookgroep Islanders Talk. Als een op Nantucket wonende schrijfster die over de Vineyard wilde schrijven, had ik eigenlijk op scheve blikken gerekend – maar niets van dat al. In de loop van de afgelopen anderhalf jaar ben ik veel liefde, begrip en waardering gaan voelen voor Martha's

Vineyard en alle geweldige, lieve, attente mensen die er wonen.

Een derde locatie in deze roman – waarover meer wordt verteld in een extra hoofdstuk getiteld 'De Country Club', over hoe Billy Frost daar in 1967 Eleanor Roxie leerde kennen (beschikbaar in bepaalde edities van dit boek) – is Beacon Hill in Boston. Ik breng ieder najaar zes weken door op Beacon Hill en ik wil graag alle mensen bedanken die ervoor zorgen dat ik me daar zo thuis voel: Paul Kosak en Anouk van der Boor, Julie Girschek, Michael Farina, Nina Castellion van E. R. Butler, Tom Kershaw van Hampshire House, mijn maffe maatje Liz King, Jennifer Hill van Blackstone's, Laura, en Brie van Crush. (Ik bewerk daar mijn teksten... en winkel er heel wat af.)

Zoals ik al vele malen eerder heb verteld is mijn redacteur, Reagan Arthur, een absoluut genie. Zij staat aan het hoofd van de uitgeverij, Little, Brown and Company, die mijn werk publiceert en vindt daarnaast ook nog de tijd om de redacteur van mijn dromen te zijn en natuurfoto's te maken voor Instagram. Mijn agenten, Michael Carlisle en David Forrer, wijden zich aan het geluk en het welzijn van Elin Hilderbrand de schrijfster en van Elin Hilderbrand de persoon – daarom hou ik zoveel van hen; het zijn de fijnste kerels die er in deze branche te vinden zijn. Veel bewondering heb ik voor mijn fantastische publiciteitsteam, bestaande uit Katharine Myers en Alyssa Persons en de andere superbelangrijke mensen bij Hachette: Peggy Freudenthal, Terry Adams, Craig Young, Matt Carlini, Andy LeCount en de legendarische Michael Pietsch.

En dan is er mijn thuisploeg. Het voelt een beetje raar om die namen elk jaar weer te herhalen, maar ik kan niet leven, schrijven of lachen zonder de volgende mensen: Rebecca Bartlett, Debbie Briggs, Wendy Hudson, Wendy Rouillard, Margie en Chuck Marino, Anne en Whitney Gifford, Richard Congdon, Elizabeth en Beau Almodobar, Evelyn en Matthew MacEachern, Heidi en Fred Holdgate, Norm en Jen Frazee, Jen en Steve Laredo, John en Martha Sargent, Dave en Laura Lombardi, Manda Riggs, David Rattner en Andrew Law, Shelly en Roy Weedon, Helaina Jones, MKF, de Timothy Fields, groot en klein, en Ginna, Paul en Christian Kogler. Verder wil ik de complete staf van het Nantucket Hotel noemen, want dat is, zonder enige twijfel, mijn thuis als ik niet thuis ben, en grote delen van deze roman zijn daar aan het zwembad geschreven.

Beth Boucher, jij krijgt je eigen paar regels: ik heb in het verleden fantastische kindermeisjes gehad (Za, AV, Steph, Sarah, Erin), maar jouw taak was nog uitdagender dan de hunne vanwege de explosieve leeftijden die mijn kinderen vorige zomer hadden (zestien, veertien en tien). Wie heeft er zin om op een jongen van zestien te passen? Niemand! Of op een jongen van veertien? Absoluut niemand! Bedankt, Beth. Jij hebt ze in leven, tevreden en beziggehouden. Ze waren liever bij jou dan bij mij – wat natuurlijk de bedoeling is van het inhuren van een kindermeisje.

Lu Machiavelli: jij tovert met bloemen! Ik heb geen idee wat het voor bloemen zijn die bij Eleanor voor het raam staan, maar ze klinken fantastisch!

En ten slotte voor mijn kinderen, Maxwell, Dawson en Shelby: dit is zowel een bedankje als een verontschuldiging. Twee boeken per jaar schrijven vereist discipline en afzondering, geen van tweeën erg handig voor een moeder van drie drukke kinderen. Dit afgelopen jaar zijn er dingen misgegaan, wedstrijden gemist, zelfbeheersingen verloren en maaltijden week in, week uit herhaald (of, zoals Dawson vaak zegt: *Jij maakt altijd dezelfde drie dingen klaar!*). Maar weet alsjeblieft dat elk woord dat ik schrijf een eerbetoon is aan zowel jullie als aan het ongelooflijk mooie eiland waar jullie opgroeien. Ik ben om heel veel redenen een gelukkig mens – maar vooral omdat ik drie zulke slimme, getalenteerde, gezonde en geweldig gedijende kinderen heb.

Over de auteur

Elin Hilderbrand heeft een tweelingbroer die geen schrijver van bestsellers is. Ze schrijft haar beste werk op de stranden van Nantucket, in de mooie straten van Beacon Hill en in Boston. Ze heeft drie fantastische kinderen die haar smeken niet mee te zingen met de radio of in het openbaar te dansen. *Zomerzusjes* is haar negentiende roman.

LEES MEER VAN

Elin Hilderbrand

Claire Danner is een gevierd kunstenares en moeder van vier jonge kinderen. Ze leidt een druk maar gelukkig leven en denkt dat ze alles heeft wat ze maar zou kunnen wensen. Maar dan wordt haar gevraagd om een groot festival mede te organiseren en vol enthousiasme zegt ze ja, ook omdat het gewoon heel erg moeilijk is nee te zeggen tegen de wel erg charmante Lockhart Dixon.

Voor ze het weet wordt Claire meegesleept in een duizelingwekkende achtbaan van gebeurtenissen. Een van de grote attracties van het festival is de rockster Max West, wereldberoemd, charismatisch... en Claires ex-vriendje van de middelbare school. De verwarring is compleet als Claire ontdekt dat ze zich aangetrokken voelt tot zowel Max als Lockhart Dixon, maar ze heeft helemaal geen tijd om verliefd te worden! Toch?